James Carlos Blake

Das Böse im Blut

Roman

Aus dem Englischen von
Matthias Müller

liebeskind

2. Auflage 2014

Die amerikanische Originalausgabe erschien 1997 unter
dem Titel *In the Rogue Blood* bei Avon Books, New York.

Umschlaggestaltung: Marc Müller-Bremer, München
Umschlagmotiv: Bettmann / Corbis
Herstellung: Sieveking · Verlagsservice, München
Typografie und Satz: Frese Werkstatt, München
Druck und Bindung: CPI – Ebner & Spiegel, Ulm

ISBN 978-3-95438-016-9

für
Dale L. Walker

Dein Schwert, wie ist's von Blut so rot?
Edward, Edward?
Dein Schwert, wie ist's von Blut so rot?
Und gehst so traurig da? Oh!

AUS EINER ANONYMEN SCHOTTISCHEN BALLADE AUS DEM MITTELALTER

Ich stand auf erhöhtem Grund
und sah, unter mir, viele Teufel
rennen und springen
und sündvoll schwelgen.
Einer blickte grinsend hoch
und sagte: »Kamerad! Bruder!«

STEPHEN CRANE

Der typische Amerikaner ist in seinem Wesen hart, abgesondert, stoisch und mörderisch.

D. H. LAWRENCE

Lo que no tiene remedio se tiene que aguantar.

ALTES MEXIKANISCHES SPRICHWORT

I

DIE FAMILIE

1 Im Sommer 1845 war Edward Little sechzehn Jahre alt und von ruhelosem Blut. Er kniete im Morgengrauen vor einem Baumstumpf neben dem Stall und schnitzte bedächtig an einer Rinde. Er hatte oft auf diesem Stumpf gesessen und beobachtet, wie die Sonne in die Bäume sank, und sich gefragt, wie groß die Entfernung sein mochte zwischen dort, wo er saß, und dort, wo die Sonne noch senkrecht am Himmel stand. Seine Familie war im Herbst '42 in diese sumpfige Wildnis geflüchtet, knapp östlich des Perdido und beinahe zwei Tagesritte nördlich von Pensacola, als Daddyjack sie nach einem Aufruhr bei einem Scheunenfest aus dem Hochland von Georgia fortbrachte. Es hatte einen Toten gegeben, und der örtliche Konstabler hatte eine Untersuchung eingeleitet. Der Getötete hieß Tom Rainey. Er war ein Jugendfreund von Edwards Mutter und hatte sich erdreistet, sie zum Tanz zu bitten. Sie schüttelte den Kopf, ebenso sehr um ihn zu warnen, wie um ihn abzuweisen, doch noch bevor er sich fortwenden konnte, stand da Daddyjack schon vor ihm, die Augen vom Trinken gerötet und sehr erbost über Raineys Vertraulichkeit gegenüber seiner Frau. Harte Worte schlugen plötzlich in Handgreiflichkeiten um, und Leute stoben auseinander, als ein Tisch umstürzte, und dann starrte Rainey mit großem ungläubigem Blick auf den Messergriff, der, fest in Daddyjacks Hand, aus seinem Brustbein stak. Edward war dreizehn und hatte schon so manchen Mann unter gefällten Bäumen, nach einem Maultiertritt gegen den Schädel und mit irrem Fieberblick auf der Pritsche liegend sterben sehen, doch hier war er zum ersten Mal Zeuge eines Mordes und dessen rascher und vollkommener Endgültigkeit. Daddyjacks entschlossene Miene, als dieser die Klinge noch einmal heftig drehte, bevor er sie mit einem Ruck herauszog, brachte sein Blut in Wallung. Rainey taumelte, und sein Gesicht sackte zusammen, als er mit staunend geöffnetem Mund auf die hellrote Blüte

vorne auf seinem Hemd starrte, und dann die Augen verdrehte und tot umfiel. Daddyjack brachte die Familie dort so schnell hinaus, wie die Umstehenden von der Tür zurückwichen. Der Junge war fast atemlos und hatte einen trockenen Mund, weil er gerade etwas von sich selbst gesehen hatte, etwas Schreckliches und Beglückendes und Drängendes zugleich, dem er sich nicht verweigern konnte, irgendein grimmiger Bereich seines eigenen Seins, der ihn erwartete wie der Horizont in den Badlands, rot wie die Hölle.

2 Ihr Planwagen war Richtung Florida gezockelt auf schmalen schlammigen Pfaden, die sich durch tiefe Kiefernwälder schlängelten und Marschsavannen überquerten und dunkle Sumpfgebiete säumten, wo das Moos schwer herabhing und Irrlichter im Abenddunst flackerten. Daddyjacks Pferd lief an einem Führstrick hinterher, und ihre beiden Hunde trotteten daneben. Hin und wieder war bei den seltenen Kreuzungen ein Gasthof, wo Daddyjack das Gespann festmachte und eintrat, um einen Becher des örtlichen Branntweins zu kosten, während Edward und sein Bruder John die Tiere tränkten und den Gesprächen vorbeikommender Reisender lauschten. So manche Gruppe Auswanderer, der sie begegneten, war unterwegs in die Republik Texas. Alle hatten gehört, ihre Herrlichkeit sei nicht zu beschreiben, und sie sprachen darüber, als hätten sie sie schon mit eigenen Augen gesehen – die hochragenden Kiefernwälder und das fruchtbare Tiefland, die lange geschwungene Küste und die wogenden grünen Hügel, die riesigen Ebenen, die sich über unzählige Meilen bis zu den westlichen Bergen erstreckten. Man hatte ihnen versichert, ein Mann könne in Texas gut leben, wenn er nur den Mut habe, der mexikanischen Armee und den marodierenden Banden roter Wilder die Stirn zu bieten. Es würde sowieso mit Sicherheit in Kürze ein Bundesstaat werden, zum Teufel mit mexikanischen Einwänden. Daddyjack hörte einmal einen Trupp von ihnen, und als er die Maultiere zurück auf den südlichen Pfad trieb, schüttelte er den Kopf und murmelte etwas über Dummköpfe, die meinten, sie könnten sich selber entkommen in Texas oder sonst wo.

Eines niesligen Nachmittags auf der Fahrt nach Florida, als Edward und seine Geschwister zusammen mit ihrer Mutter hinten im Wagen saßen, während Daddyjack das Maultiergespann durch den wehenden Nebel trieb und ihm das Wasser von der Hutkrempe rann, flüsterte sie ihnen zu, dass Jack Little ein mörderischer Mann sei, der niemals bewundert und dem noch weniger getraut werden dürfe. Es waren ihre ersten Worte nach über einem Jahr, und einen Moment lang war sich Edward nicht sicher, ob sie tatsächlich etwas gesagt oder ob er irgendwie ihre Gedanken gehört hatte. »Dieser Mann wird euch auffressen«, zischte sie. »Euch alle. Wenn ihr ihn nicht vorher tötet.«

Das Mädchen nickte mit zusammengepressten Lippen zustimmend und starrte seine Brüder grimmig an. Die Brüder tauschten unsichere Blicke aus. Daddyjacks raue Stimme drang in den Wagen: »Is mir lieber, du hältst gleich ganz dein Maul, als dass ich mir so'n verrücktes Weibergeschwätz anhören muss.«

Sie sagte nichts mehr, weder an jenem Abend noch für die nächsten drei Jahre, doch die Glut in ihren Augen kam Edward wie das Schimmern des Wahnsinns vor.

3 Sie war eine hellhäutige, geschmeidige Schönheit mit scharfen Zügen, doch weder Daddyjack noch die Kinder wussten – noch wusste es die Frau selber –, dass ihre aufrührerischen grünen Augen und ihr kastanienbraunes Haar das Erbe eines mörderischen Wüstlings waren, der sie an einem kalten Nachmittag in Süd-Georgia auf einem dreizehnjährigen Mädchen liegend gezeugt hatte, während seine Kumpanen die Planwagen johlend niederbrannten und die Familie des Mädchens abgeschlachtet dalag. Die kindliche Mutter erholte sich nie von dem Wahnsinn, den das Martyrium ausgelöst hatte, und für den kurzen Rest ihres Lebens sprach sie kein Wort mehr. Sie irrte tagelang im Buschwerk umher, bis ein Kesselflicker sie auflas und in seinem Wagen bis zum nächsten Ort mitnahm. Dort kam sie bei einem Ladenbesitzer und seiner Frau unter, bis diese erkannten, dass sie ein Kind trug, und sie an die unverheirateten Schwestern des Mannes weiterreichten. Einige Wochen nach der Geburt ihrer Tochter knüpfte sie sich am Balken ihrer Stube auf. Eine Zeit lang war ihr Selbstmord das Hauptgesprächsthema

unter den Einheimischen, doch mit dem Tratsch wurden selbst die Umstände ihres Todes bald ebenso unsicher wie alles andere, was sie betraf. Irgendwann waren alle Geschichten, die man sich von ihr erzählte, pure Erfindung.

Der Säugling wurde von einem kinderlosen methodistischen Pastor namens Gaines und seiner blässlichen Frau unter die Fittiche genommen, die auf dem Weg waren, sich im Hochland niederzulassen. Der Reverend taufte sie auf den Namen Lilith und erzählte allen, sie sei seine Nichte, die die Cholera zum Waisenkind gemacht hatte. Sie wuchs zu einem stillen, gehorsamen Mädchen heran, das die Bibel las und Schreiben lernte, indem sie Passagen aus Salomons Lied abschrieb, das, wie die gute Frau des Reverend zu ihrer Beunruhigung erfuhr – und wodurch sich der Reverend insgeheim gekränkt fühlte –, ihr Lieblingsteil des Buchs der Bücher war. Sie hatte gerade das zwölfte Lebensjahr erreicht und leistete keinen Widerstand, als der Prediger sie eines späten Abends entjungferte, während seine schwindsüchtige Gattin in einem Nachbarraum ihr Leben forthustete. Sechs Wochen später, am Abend nach der Beerdigung seiner Frau, lag er wieder bei dem Mädchen und weinte, selbst während er unter der Mühe seiner Lust ächzte. Er sagte ihr, es sei der Wille des Herrn, dass sie sich einander fleischlich hingaben, und sie lächelte über seine Tränen und sagte, es sei wunderbar, dass der Herr etwas so Lustvolles wolle – und lachte, als ihm über so viel Schamlosigkeit der Mund offen blieb. Danach nahm er sie beinahe jede Nacht zu sich ins Bett.

Als sie vierzehn war, war sie bereits Burschen aus allen Ecken des County zu Willen im Austausch für ein wenig Bares oder wenigstens für irgendeinen Plunder aus dem General Store, der ihr gefiel. Es bereitete ihr Freude, dabei zuzusehen, wie sie sich um sie prügelten. Mit der Zeit lockte ihr Ruf durchreisende Hausierer und Krämer von der Hauptstraße. Reverend Gaines erfuhr es als Letzter. Als er entdeckte, dass er nicht mehr der alleinige Empfänger ihrer Liebesdienste war, geriet er in Zorn über ihre Niedertracht und verlegte sich darauf, allabendlich laute Gebete an den Herrn zu richten, dass Er ihre verdorbene Bastardseele retten möge. Er beschloss, sie zu verheiraten und fortzuschicken, sowie sich ein Tölpel fand, der um ihre Hand anhielt.

Und da erschien Jack Little, groß gewachsen, stämmig und schnauzbärtig, und ließ wissen, dass er aus Tennessee stamme und seines Faches Hauer sei, auf der Suche nach einer Ehefrau. Er sagte, sein Vater käme aus dem County Cork. Der Prediger lud ihn zum Abendessen ein und stellte ihm seine verwaiste »Nichte« vor. Lilith war inzwischen fünfzehn und ebenso begierig, dem Reverend und dem ganzen Bundesstaat Georgia zu entkommen, wie er es war, ihrer ledig zu sein. Und obwohl niemand auch nur eine einzige gesicherte Tatsache über Jack Little wusste, außer dass in seinem Zungenschlag wenig von Tennessee herauszuhören war, dass er gesund war und dringend auf der Suche nach einer Braut, sah sie in ihm eine günstige Möglichkeit für ihre Flucht hinaus in die Welt.

Sie heirateten drei Wochen nachdem sie einander vorgestellt worden waren. Unmittelbar nach der Zeremonie erklärte Reverend Gaines, er habe sein Haus und seinen Besitz an Jack Little verkauft und werde zu seinem früheren Wanderleben zurückkehren und die Heilige Schrift verbreiten. Noch keine Stunde später war er mit unbekanntem Ziel verschwunden. Jack Little wies verlegen zum Haus und sagte zu seiner Braut: »Wollt dich überraschen.« Ihre feuchtäugige Sprachlosigkeit deutete er als Freude. Tatsächlich war sie betäubt von der grenzenlosen Ironie der Welt und verfluchte ihr vermeintliches Glück. Ihr Gatte lächelte über ihre augenscheinliche Glückseligkeit.

Sowie Jack Little in ihrer Hochzeitsnacht die Schlafzimmertür hinter ihnen schloss, setzte sie ihre verletzlichste Miene auf und Tränen traten ihr in die Augen, als sie ihm verriet, sie sei tief betrübt und schäme sich mehr, als er sich vorstellen könne, weil sie zwei Sommer zuvor einen Unfall gehabt habe. Sie sei ausgeglitten und rittlings auf das Dollbord eines Ruderbootes gefallen und habe ihr Jungfernhäutchen entzweit und sich und auch ihn des kostbarsten Geschenkes beraubt, das eine Braut ihrem Gatten darbringen könne. Sie weinte in ihre Hände. Er warf ihr einen schmaläugigen Blick zu, beschloss aber, die Sache auf sich beruhen zu lassen. Er hatte in seinem Leben mit keinen anderen Frauen außer Huren verkehrt und musste glauben, dass sie aus feinerem Holz geschnitzt war, und weigerte sich daher, Misstrauen zu hegen. Im Bett erwiderte sie sein Drängen mit solcher Glut, dass er sich glücklich schätzte, mit einer

Frau verheiratet zu sein, die so jung und ungehemmt begierig war, ihrem Mann zu Willen zu sein. Er meinte vielleicht sogar verliebt zu sein.

Er fand Arbeit in einem Holzfällerlager ein paar Meilen tief im Wald. John wurde im frühen Winter geboren, und ein Jahr später kam Edward. Im Sommer des folgenden Jahres war Lilith im sechsten Monat mit Margaret schwanger, als zwei missmutig dreinblickende, blondbärtige Brüder namens Klasson mit langen Flinten im Ort auftauchten und sich nach einem Mann namens Haywood Boggs erkundigten. Sie behaupteten, er sei ein Halunke, der vier Jahre zuvor ihren Onkel in West-Kentucky ermordet habe und jetzt angeblich hier in der Gegend lebe. Ihre Beschreibung von Boggs klang beunruhigend vertraut, und jemand wies sie schließlich zu dem Weg, der zu dem Holzfällerlager führte.

Drei Tage später lenkte Jack Little ein Gespann in den Ort, ausgestreckt auf den Wagenbrettern hinter ihm die steifen Leichen der Klassons. Eine Menge Bürger einschließlich des Konstablers versammelten sich, um sich den klaffenden dunklen Einschuss einer Gewehrkugel über dem glasigen linken Auge der einen Leiche anzusehen und den zertrümmerten und verunstalteten Kopf der anderen, der von dicken blauen Fliegen umschwärmt in eine erstarrte Lache aus Blut und Hirnmasse gebettet war. Der Vorarbeiter des Lagers war zu Pferde mitgekommen, um Jack Littles Bericht von dem, was sich zugetragen hatte, zu bestätigen. Die Klassons waren am Vortag früh im Lager erschienen, mit dem Gewehr in der Hand abgestiegen und hatten nach einem Mann namens Boggs gerufen. Als der Vorarbeiter vortrat und sagte, es gebe unter ihnen niemanden dieses Namens, erblickte einer der Klassons Jack Little, legte sein Gewehr an und schoss ein Loch in die hohe Krone von dessen Hut. Die Holzfäller stoben auseinander und suchten Deckung, als auch der andere Mann schoss und ebenfalls sein Ziel verfehlte. Jack Little eilte in den Seitenschuppen, wo er sein Gewehr geladen im Trockenen aufbewahrte, schnappte es sich und rannte wieder hinaus, legte an und erschoss den ersten Schützen, als dieser gerade das Gewehr hob, um ein weiteres Mal zu schießen. Er eilte zu dem zweiten Schützen, der beinahe fertig geladen hatte, schmetterte ihm die flache Seite seines Gewehrkolbens übers Gesicht, warf ihn nieder und trieb ihm dann die Schaftkappe ein halbes Dutzend Mal knirschend in den Schädel, um sich zu vergewissern, dass von ihm keine Bedrohung mehr ausging. Es war schon alles vorbei, als die übrigen Holzhauer aus dem Wald herbeigerannt kamen, um zu sehen, warum geschossen worden war.

Er habe keinen der beiden Männer je zuvor gesehen, beteuerte Jack Little, und er könne sich ihren Angriff nicht erklären. Der Konstabler kratzte sich am Kinn und zuckte die Achseln. Ohne einen Grund für ein anderes Urteil befand er, dass es sich um einen Akt der Selbstverteidigung gehandelt habe. Nach örtlichem Recht hatte Jack Little als Erster Anrecht auf den Besitz der Toten, von den Pferden bis zu den Gewehren und den Habseligkeiten in den Satteltaschen. Er behielt die Gewehre, verkaufte aber die Pferde und die Satteltaschen für einen ansehnlichen Betrag. Und damit war die Geschichte erledigt. In einer Taverne an jenem Abend waren sich alle einig, dass die Klassons Jack Little mit jemand anderem verwechselt hatten. »Haben sich bestimmt geirrt«, raunte ein Bursche und, sich mit einem Blick vergewissernd, dass Jack Little nicht in der Nähe war, fügte er hinzu: »Selbst wenn nicht!« Er erntete allgemeine Zustimmung und Lachen und viel weises Kopfnicken.

4 Elf Jahre vergingen. Das einzige Buch im Haus war eine Bibel, die Reverend Gaines zurückgelassen hatte. Die Mutter benutzte sie als Fibel, um den Kindern das Lesen und Schreiben beizubringen, als sie noch recht klein waren, und sie sorgte dafür, dass sie in Übung blieben. Daddyjack unterwies die Brüder im Gebrauch von Werkzeug, sobald sie groß genug waren, ein Beil zu wägen. Als sie eine Körpergröße erreicht hatten, um ein Gewehr zu halten und damit zu zielen, brachte er ihnen mit seinem Kentucky-Steinschlossgewehr namens Roselips und den beiden Hawkens mit Perkussionsschloss, die er den Klasson-Brüdern abgenommen hatte, das Schießen bei. Beide Hawkens hatten achteckige Läufe und Doppelabzüge und fleckige Ahornkolben mit ovalen Wangenstücken. Eines war ein Halbschaft Kaliber .54 und das andere ein Kaliber .66 mit einem riesigen Vollschaft, das über zwölf Pfund wog

und das, wie die Brüder mit Begeisterung erfuhren, auf eine Entfernung von zweihundert Yards eine Kugel durch eine doppelte Eichenplanke jagen konnte. Er brachte ihnen bei, wie man eine Ladung schnell abmaß, indem man sich gerade die richtige Menge Schießpulver in die Handfläche schüttete, um eine Gewehrkugel zu bedecken. Sie lachten sich gegenseitig aus, wenn der Rückschlag des großen Gewehres sie umwarf. Schon von jungen Jahren an waren sie stark und behände. Von der Arbeit mit der Axt wurden ihre Muskeln lang wie Seile. John war der Größere, Edward der Schnellere, und beide hatten Handgelenke, so breit wie der Stielkopf einer Spitzhacke. Wie ihr Vater hatten sie einen natürlichen Hang zur Gewalt und machten viel Gebrauch davon. Sie schlugen sich regelmäßig in Faustkämpfen blutig, die durch schieren Übermut ausgelöst wurden, während Daddyjack zusah und jeden gelandeten Schlag lobte. Er brachte ihnen bei, wie man jemandem ein Knie wirkungsvoll in die Eier rammt, wie man mit dem Ellbogen in die Zähne schlägt und mit der Rückfaust gegen die Kehle. Wie man einen Augapfel ausdrückt. Wie man mit einer Kopfnuss eine Nase bricht und auf einen Spann stampft und mit einem Tritt ein Knie ausrenkt.

Als sie ihn dann begleiten durften, wenn er für Besorgungen in die Stadt ging, entdeckten sie das noch größere Vergnügen, gegen andere zu kämpfen, und es dauerte nicht lange, da wurden selbst größere und ältere Jungs vorsichtiger in ihrer Gegenwart. Eines Samstags in einer Gasse in der Stadt legte sich ein sechzehnjähriger Raufbold, frisch aus North Carolina, mit John an. Der andere Junge war John dreißig Pfund und drei Lebensjahre voraus und hämmerte in den ersten paar Minuten unablässig auf ihn ein, während die umstehende Meute von Jungs zusah und nach Blut grölte. Dann zeigten Johns anhaltende Gegenangriffe Wirkung. Als er dem anderen Jungen eine Kopfnuss ins Gesicht versetzte und ihm die Nase brach, schossen dem Burschen Tränen in die Augen, und von Panik ergriffen zog er ein Schnappmesser und schnitt John übers Kinn. Edward sprang von hinten auf ihn drauf, zog ihn zu Boden, rang ihm das Messer ab und schlitzte ihm damit die abwehrenden Arme und Hände auf, während John ihm einen Tritt nach dem anderen in die Rippen versetzte und die anderen Jungs

»Töten! Töten!« brüllten. Das hätten sie vielleicht auch getan, wäre nicht ein breitschultriger Ladenbesitzer erschienen, der eine Schaufel schwang und die ganze Bande in die Flucht schlug. An jenem Abend nähte Daddyjack Johns Kinn zusammen, und am nächsten Tag zeigte er ihnen, wie man ein Messer abwehrt und mit einem kämpft.

»Es gibt immer genug Gründe in dieser Welt zum Kämpfen«, sagte Daddyjack zu ihnen. »Musst dich selber und was dir gehört verflucht noch mal verteidigen, das ist schon mal das eine. Tatsache ist, man kann um alles Mögliche kämpfen. Aber eins müsst ihr euch merken: Egal, worum ihr kämpft, seid immer bereit, dafür zu sterben. Das ist der Trick dabei, Jungs. Seid ihr bereit zu sterben und der andere Bursche nicht, dann kann er sich von seinem Arsch verabschieden, glaubt mir.«

»Was, wenn's dem anderen Burschen auch nix ausmacht zu sterben, Daddyjack?« fragte John.

»Also dann«, sagte er und bleckte die Zähne, »dann fliegen die Fetzen, und dann wird's richtig interessant.«

Die Brüder erwiderten sein Grinsen.

Während dieser elf Jahre wusste Jack Little nichts über die liederliche Vergangenheit seiner Frau, aber eines Nachmittags reparierte er in der Werkstatt des Hufschmieds gerade einen Schleifsteinbock, als ein vorbeikommender Hausierer, der sein Pferd neu beschlagen lassen wollte, sich in der anwesenden Runde erkundigte, ob irgendeiner von ihnen wisse, was aus der kleinen rothaarigen Hure geworden sei.

»Ihr wisst doch, wen ich meine, ist etwa zehn Jahre her, als ich das letzte Mal hier war. Beinahe noch ein junges Küken, aber sie hat's immer im Wald getan und bloß 'n halben Dollar verlangt. Das süße kleine Ding war auch mit Kleingeld zufrieden, wenn man nicht mehr hatte. Hatte die leckersten Titten und den rundesten kleinen Hintern diesseits von New Orleans. Wie zum Donner hieß sie noch?«

Die Männer warfen unruhige Blicke nach hinten in die Werkstatt, wo Jack Little den Lehrling des Schmieds bei der Ausrichtung der Schleifsteinachse beaufsichtigte und jetzt auf den Hinterkopf des Hausierers starrte. Der Schmied versuchte den Hausierer mit einem Blick zu warnen, doch der Mann streichelte seinen schütteren Knebelbart und blickte auf seine Füße, während er über dem Namen des Mädchens grübelte. »Ah ja«, sagte er, »Lily. Närrische süße kleine Lily. Also, das Mädchen hatte eine Art …«

Schon fiel Jack Little über ihn her, rammte ihm seine Faust ins Genick, schlug ihn zu Boden, trat ihm in Gesicht, Rippen und Leisten, und er hätte ihn gewiss getötet, hätte nicht eine Handvoll Männer eingegriffen und ihn festgehalten, während der Hausierer zu einem Gasthof getragen wurde, wo er sich im Verlauf der nächsten paar Tage wieder so weit erholen konnte, dass er die Zügel seines Gespanns halten und die Stadt für immer verlassen konnte. Als die Männer Jack Little losließen, funkelte er sie alle an, doch niemand wollte seinem Blick begegnen oder sagte ein Wort. Er wuchtete den Schleifstein auf den Wagen und spornte das Maultier zum Heimweg an.

Edward und John fütterten gerade die Schweine mit Abfällen, als er den Wagen in den Stall fuhr und dann mit einem aufgerollten Seil und einer Reitpeitsche erschien, die er am Fuß einer Eiche fallen ließ, und ins Haus schlich, sein Gesicht dunkel vor Wut. Einen Augenblick später hörten sie ihre Schwester schreien, und er kam heraus und schleifte mit einer Hand ihre Mutter an den Haaren hinter sich her, während er mit der anderen die zehnjährige Maggie abwehrte. Die Frau sträubte sich wie eine gefesselte Katze, und das Mädchen versuchte immerzu, in die Hand zu beißen, die an den Haaren seiner Mutter zerrte, und Daddyjack wehrte sie mit den Füßen ab. Er zerrte die Frau zu dem Baum, hielt sie mit einem Knie auf der Brust nieder und band ihre Handgelenke mit einem Ende des Seils zusammen. Das Mädchen ging wieder mit beiden Händen auf ihn los, und er versetzte ihm wieder einen Schlag mit dem Handrücken, und John kam herbeigerannt, umklammerte es fest mit seinen Armen und zog es fort. Sie schrie: »Lass sie los! Lass sie los! Lass sie los!«

Er warf das freie Ende des Seils über einen Ast, fing es auf, straffte es und zog dann die Frau an ihren gefesselten Händen gut zwei Fuß über den Boden und befestigte das Ende des Seils um den Baumstamm. Immer wieder versuchte sie, nach ihm zu treten, während er ihr Kleid am Kragen aufriss, es von ihren Armen und über ihre Hüfte zerrte und von ihren Beinen herunterzog, bis sie völlig nackt war. Sie baumelte langsam am Ende des Seils, als er die Gerte packte und begann, sie mit harten, schnellen Schlägen auszupeitschen.

Sie schrie mit jedem Streich der Gerte auf, der ihr in Rücken, Brüste und Bauch schnitt. Im Nu war ihr Leib von den Brüsten bis zu den Oberschenkeln kreuz und quer mit Blut gestreift. John sah erschüttert aus, behielt aber seine Schwester fest im Griff, die weinte und kreischte: »Hör auf! Hör auf!« Und obwohl auch Edward entsetzt war, verspürte er gleichzeitig etwas anderes, etwas, das mit dem Entsetzen verbunden und doch von ihm getrennt war, etwas, das sein zwölfjähriges Herz nicht benennen konnte, aber das ihn bis in die Knochen erregte, selbst während sich ihm die Kehle vor Scham zuschnürte.

Daddyjack peitschte sie kaum eine Minute lang und schleuderte dann die Gerte fort, umarmte ihre Hüfte und presste schluchzend sein Gesicht zwischen ihre Brüste und vermischte seine Tränen mit ihrem Blut. Dann ließ er sie behutsam hinab, befreite ihre Hände und massierte sie, um die Durchblutung wieder in Gang zu bringen, wischte ihr das verschwitzte Haar aus den Augen, während sie still dalag und ihn wortlos beobachtete. Er hieß Edward ein Tuch und einen Eimer Wasser holen, und als dieser das Gewünschte brachte, half Daddyjack der Frau auf die Beine und tupfte sanft das Blut und den Dreck von ihrem Rücken und Gesäß. Jedes Mal wenn er eine Wunde berührte, biss sie sich auf die Lippen, und Tränen rannen ihr Gesicht hinab.

»Gib's mir«, sagte die Tochter und streckte die Hand nach dem Tuch aus, und Daddyjack überließ ihr die restliche Reinigung, während er die Frau stützte. Die Tochter verrichtete gründliche Arbeit, wischte selbst das Blut weg, das ihrer Mutter in die Haare zwischen ihren Beinen getropft war. Am ärgsten verletzt war die linke Brustwarze, die die Gertenspitze beinahe abgerissen hatte, und als die Tochter das Blut mit dem Tuch abtupfte, ließ die Frau zum einzigen Mal ein Wimmern vernehmen.

Dann nahm Daddyjack sie auf den Arm und trug sie ins Haus, legte sie sanft aufs Bett und bedeckte ihre Scham mit einer Decke. Er gebot dem Mädchen, ihm Nadel und Garn zu bringen, und befahl den Jungs, nicht mehr die Blöße ihrer Mutter zu betrachten, und sie verließen widerwillig den Raum. Er gab der Frau ein gefaltetes Tuch, auf das sie beißen konnte, und dann nähte er die Brustwarze wieder an, so gut er konnte, während ihm die Tochter mit der Lampe leuchtete. Die Jungs lauschten angestrengt an der Tür, aber kein einziges Mal hörten sie ihre Mutter aufschreien. Es war eine gelungene, doch unbeholfene Operation, und die Frau sollte die hässliche Narbe bis zu ihrem Tode tragen. Ihr Gesicht war blutlos bleich, als Daddyjack sein Werk schließlich vollendet hatte, doch ihre Augen waren feuerrot und sie beobachtete ihn, als er zusah, wie die Tochter vorsichtig Fett auf ihre Wunden auftrug.

Als die Frau versorgt war, nahm Daddyjack das Mädchen und die Jungs mit hinaus und ging mit ihnen zum Bachufer, wo er sie Platz nehmen ließ und erklärte, er habe ihre Mutter ausgepeitscht, weil sie eine Hure gewesen war. »Sie hat nicht nur ihre Ehre geschändet, sondern auch meine«, sagte Daddyjack zu ihnen, »und hat mich angelogen. Hat auch über euch Schande gebracht, weil ihr damit leben müsst, dass euch eine Frau geboren hat, die herumgehurt hat. Was ich mit ihr gemacht hab, war schon längst fällig.«

»Du bist doch nicht Gott!« rief Maggie plötzlich und erschreckte damit Edward und John, die sie ansahen, als hätte sie den Verstand verloren.

Daddyjack nagelte sie mit einem Starren fest. »Missy«, sagte er, »du wirst nie auch nur annähernd groß und alt genug sein, um so mit mir zu reden. Denk ja nicht, dass ich nicht auch *dich* da an diesem Baum aufknöpfen werde, wenn du mir nicht mehr Respekt zeigst.« Das Mädchen begegnete trotzig seinem harten Blick, doch John trat neben sie und legte eine Hand auf ihre Schulter, und sie hielt den Mund. In den letzten Monaten hatte John eine Beschützerhaltung gegenüber ihrer Schwester eingenommen, die Edward etwas rätselhaft vorkam, weil Maggie nie das geringste Anzeichen hatte erkennen lassen, jemandes Schutz zu wollen oder zu schätzen.

»War meine eigene Dummheit, dass ich sie geheiratet hab«, sagte Daddyjack. »Sie war so jung, und ihr Onkel, der sie großgezogen hat, war ein Prediger, da hab ich gedacht, sie kann gar nich anders als rein sein. Ein Dummkopf, der so denkt, das geb ich zu, aber trotzdem, dieser Dreckskerl hätt mir sagen sollen, dass sie eine Hure war, und hätt mich nich anlügen sollen, von wegen dass die Cholera sie zum Waisenkind gemacht hat, worüber ich dann irgendwann die Wahrheit erfahren hab von Leuten, die sie kannten. Leute von unten im Lowland, wo sie geboren worden ist. Ich hab rausgefunden, dass sie schon beschmutzt geboren wurde. Ihre Mama war eine Verrückte, die ihren Mann umgebracht und sich selbst ertränkt hat, als eure Mama noch ein kleines Mädchen war. Genau – das ist ganz genau, was sie mir gesagt haben. Hab eurer Mama nie verraten, dass ich Bescheid weiß. Dachte, das ist nicht so wichtig. Dachte, nur weil *ihre* Mama verrückt war, muss das nich heißen, dass *sie* das auch is.«

Er hielt inne, um auszuspucken und kurz den Himmel zu betrachten.

»Jetzt weiß ich, dass es *wohl* wichtig ist«, sagte er. »Ich denke, eure Mama hat höchstwahrscheinlich was von derselben Verrücktheit wie ihre eigene Mama. Ich sag euch das, damit ihr Bescheid wisst, dass sie nich ganz richtig im Kopf is. Schätze, das liegt in ihr'm Blut. Das ist schuld daran, dass sie zur Hure wurde und dass sie mich angelogen hat und meine Ehre befleckt hat und eure mit.« Er fixierte Maggie. »Du solltest mal lieber zu Jesus beten, dass sie das Blut nicht auch an dich weitergegeben hat, Missy, sieht allerdings allmählich verdammt danach aus.«

Maggie errötete und sah weg.

»Trotzdem ist sie immer noch eure Mama«, sagte er, »und sie ist immer noch meine Frau, und das ist 'ne Tatsache, und daran wird sich nix ändern. Ihr könnt Mitleid mit ihr haben, wenn ihr wollt. Sie kann ja nix dafür, wie sie is, genauso wie ein räudiger Hund nix andres tun kann, als was er tut, aber ich kann euch nur raten, glaubt niemals auch nur ein einziges Wort aus ihrem Mund.«

5

Er erhob nie wieder die Hand gegen sie für die restliche Zeit, die sie in Georgia lebten, doch hin und wieder betrank er sich zwei oder drei Tage lang und warf ihr dann viele böse Blicke zu und murmelte vor sich hin. Sie wiederum weigerte sich zu sprechen. Während des folgenden Jahres sprach sie mit niemandem ein Wort, obwohl sie ihre Verpflichtungen wie immer erfüllte, einschließlich ihrer ehelichen Pflichten gegenüber Daddyjack. Mit den Brüdern verständigte sie sich über Gesten und Mimik, verschaffte sich mit einem Händeklatschen die Aufmerksamkeit und wies sie mit einem Weisen des Kinns oder einem ausgestreckten Finger auf ihre Aufgaben hin. Mit einem heftig hingeworfenen Putzlappen und einem finsteren Blick setzte sie ihrer Herumtollerei im Haus ein Ende. Zunächst war Edward belustigt von ihrer hingebungsvollen Stummheit, aber er wurde ihrer bald überdrüssig und wollte dann seine Mutter manchmal schütteln und verlangen, dass sie von ihrer Torheit abließ. Er dachte, sie könnte genauso verrückt sein, wie Daddyjack gesagt hatte.

Maggie benötigte weder Gesten noch deutliche Signale, um ihre Mutter zu verstehen. Sie schien ihren Blick und ihre Gedanken ohne Worte lesen zu können. John war fasziniert von dem unheimlichen Band zwischen den beiden Frauen. Er erwähnte es eines Tages gegenüber Daddyjack, als sie gemeinsam Eichen schlugen. Daddyjack sagte, es sei ihm selber auch aufgefallen, aber er sei nicht beeindruckt. »Es gibt viel verrücktes Weibervolk, jung und alt, das so miteinander kann«, sagte er, »besonders wenn sie vom selben Blut sind. Wie die Mutter, so die Tochter, heißt es, und das ist 'ne Tatsache.«

Wenn die selbst auferlegte Stummheit seiner Frau Daddyjack störte, dann ließ er sich das nicht anmerken, außer manchmal spät in der Nacht, wenn Edward von dem Ächzen und Stöhnen ihres Paarens und dem brünstigen süßsäuerlichen Geruch von Geschlecht erwachte. Dann hörte er in der Dunkelheit, wie Daddyjack sie mit leiser und rauer Stimme aufforderte: »Los! Sag's mir, Frau! Sag schon, wie sehr's dir gefällt! *Sag's* mir, verflucht!« Seine Mutter stöhnte leise und warf sich noch heftiger hin und her, und Augenblicke später entfuhr Daddyjack ein explosiver Atemstoß und er sank auf ihr nieder. Dann lagen sie einige Momente schwer atmend in der Dunkelheit, bevor sich jeder in seine eigene Stille zurückzog.

Während ihrer Ehe hatten Daddyjack und Lilith regelmäßig die Scheunenfeste am Samstagabend besucht, die im ganzen County veranstaltet wurden, doch nach den Peitschenhieben wollte sie nicht mehr tanzen. Daddyjack sagte, er denke nicht daran, auf sein Vergnügen zu verzichten, nur weil sie sich weigerte, das Tanzbein zu schwingen. Er sagte seiner Frau, von ihm aus könne sie auf einer Bank an der Hinterwand sitzen bleiben, bis ihr Arsch Wurzeln schlug, aber er würde sich amüsieren, verflucht noch mal. Und das tat er auch immer, tanzte mit Mädchen, die seit ihrer Kindheit von der Geschichte mit den Klassons gehört hatten und ebenso verängstigt wie aufgeregt waren, in seinen Armen herumzuwirbeln, während ihre Väter und Brüder besorgt über sie wachten und hofften, Jack Little würde sich für den nächsten Tanz anderem Frauenvolk zuwenden. Seine eigene Tochter hatte inzwischen das Alter erreicht, in dem Schönheit von Gesicht und Gestalt erblüht und Aufmerksamkeit erregt, und sie liebte das Tanzen. Doch jedem Mann und Jungen dort war bewusst, dass ihr Daddy sie scharf im Auge behielt, selbst wenn er auf der anderen Seite des Raumes tanzte, und es fanden sich nur wenige junge Burschen, die das Wagnis eingingen, sich seinen Zorn zuzuziehen, indem sie Maggie mehr als einmal an einem Samstagabend auf die Tanzfläche baten. Dann kam der Abend, als Rainey Lilith zum Tanz aufforderte und Daddyjack ihm ein Messer in die Brust rammte. Dann kam Florida.

6 Sie schlugen ihre Heimstätte im tiefen Wald auf, weit entfernt vom Hauptpfad, am Flüsschen Cowdens Creek, in der Nähe seiner Gabelung mit dem Perdido-Fluss. Der schattige Wald ragte hoch um sie herum. Sie rodeten eine Fläche und errichteten ein Blockhaus mit zwei Zimmern und einem Stall. Lilith und Maggie legten auf einer Lichtung, die einige Stunden Sonne am Tag bekam, einen Gemüsegarten an. Die Mücken waren gnadenlos, und in der Sommerfeuchtigkeit wurde die Luft zu warmem Gallert. Die Alligatoren fraßen in den ersten paar Wochen die Hunde auf. Doch an Jagdbarem mangelte es nicht, und es fehlte ihnen nie an frischem Wild oder Wildschwein, und der Creek war voll mit Katzenwels, Brassen und Schnappschildkröten. Oft erspähten sie Schwarzbären am Rand des umgebenden Waldes, und nachts hörten sie manchmal in der Nähe einen Puma schreien. Am späten Abend schwebten mit rauschendem Flügelschlag riesige, jagende Eulen wie verwunschene Geister am Haus vorbei. Nach Einbruch der Dunkelheit blieben Stall und Hühnerstall verriegelt. Sie schlugen Holz

und schnitten es zurecht und schafften es auf Lastschlitten zum Creek und flößten es zum Perdido, wo etwa alle sechs Wochen ein Holzhändler mit seinem Dampfer erschien, der es ihnen abkaufte und flussabwärts beförderte, um es an die Holzfirmen weiterzuverkaufen.

»Das ist ein guter Flecken Erde hier, Jungs«, sagte Daddyjack eines Abends, als sie bei Sonnenuntergang alle auf den Verandastufen saßen und der Branntwein ihn in eine versöhnliche Stimmung versetzt hatte. »Jeder braucht 'nen Flecken Grund und Boden, den er sein Eigen nennen kann«, sagte Daddyjack. »Merkt euch das, Jungs. Ohne ein Flecken Erde, den er sein Eigen nennen kann, ist ein Mann bloß 'ne Feder im Wind.«

Doch seine Trinkerei war zur Trunksucht geworden, und seine Dämonen gewannen jetzt häufiger die Oberhand. Im Verlauf der nächsten drei Jahre beschuldigte er in seinen vereinzelten trunkenen Wutanfällen ihre Mutter, es mit diesem Idioten Rainey wie eine gewöhnliche Hinterhofkatze getrieben zu haben, mit ihm und anderen, schon damals, als sie kaum mehr als ein Kind war. »Das ganze County hat wahrscheinlich Bescheid gewusst, verflucht! Die ganzen Jahre haben sie mich *ausgelacht*, Jack Little ausgelacht, den Dummkopf, der die Hure geheiratet hat. Lachen wahrscheinlich *immer* noch!«

Sie ließ seine erbitterten Tiraden schweigend und mit ausdrucksloser Miene über sich ergehen, was seine Wut nur noch anfachte, und wenn er betrunken genug war, schlug er sie. In solchen Momenten war John hin- und hergerissen zwischen seiner Treue gegenüber Daddyjack und dem Drang, seine Mutter zu beschützen. Seine Schwester sah ihn dann so vorwurfsvoll an, dass er sich feige vorkam. Edward warnte ihn, sich nicht in den Streit seiner Eltern einzumischen, und nicht auf Maggie zu achten, die wahrscheinlich ebenso verrückt war wie ihre Mutter.

»Verrückt hat nix damit zu tun«, wandte John ein. »Sie ist unsere Mutter, verdammt! Er soll sie nich schlagen!«

»Und sie ist seine *Frau*«, sagte Edward. »Wir dürfen uns da nicht einmischen.«

Jetzt verurteilte Daddyjack ihre Mutter zuweilen auch schon in vollkommen nüchternem Zustand wegen ihrer Hurerei als junges

Mädchen. Der Hass zwischen seinen Eltern war so giftig geworden, dass Edward meinte, ihn riechen zu können wie fauliges Obst.

Und doch paarten sie sich immer noch. Nicht mehr so oft wie zuvor, doch wilder denn je, fauchten wie Hunde über einem Knochen, als seien sie darauf aus, einander an die Gurgel zu springen. Edward wusste, dass John und Maggie sie auch hörten, auch wenn sie nie darüber sprachen. Seine Schwester war in letzter Zeit launisch und gegenüber ihren Brüdern zunehmend verschlossener geworden. Hatten sich ihre Eltern nächtens wieder einmal geräuschvoll gepaart, so war sie tags darauf sogar noch einsilbiger als üblich. Ihr Brüten bereitete John Sorgen, doch Edward tat es mit einem Achselzucken ab und erinnerte sich an Daddyjacks Ermahnung: »Wie die Mutter, so die Tochter.«

Als sie eines frühen Morgens aufwachten, war Maggie verschwunden. Sie war in der Nacht hinausgeschlüpft und hatte Daddyjacks Pferd gesattelt und sich so still wie ein heimlicher Gedanke auf und davon gemacht. Obwohl sie sein Pferd mitgenommen hatte, bewunderte Daddyjack ihre Unverschämtheit. »War nicht der geringste Mond gestern Nacht«, sagte er. »Hab im südlichen Wald ein' Puma heulen hören, bevor ich die Lampe ausgeblasen hab. Mag sein, dass das Mädchen verrückter is wie'n zweiköpfiges Huhn, aber sie hat mehr Mumm als so mancher Mann, den ich kenne.«

Dann bemerkte er die Miene seiner Frau, die sich freute, dass das Mädchen fortgelaufen war, und seine gute Laune verschwand, und er verfluchte sie, dass sie eine wertlose Diebin von einer Tochter großgezogen hatte.

John wollte sich sofort auf die Suche machen. Er schätzte, sie war nach Pensacola gegangen, der nächsten größeren Stadt. Daddyjack pflichtete ihm bei. »Da ist sicher ein Hurenhaus, wo sie arbeiten kann«, sagte er und warf seiner Frau einen gehässigen Blick zu. Er strich sich kurz nachdenklich über den Schnurrbart, bevor er sich einverstanden erklärte, dass die Brüder sie suchen gingen. »Is mir egal, ob sie zurückkommt oder nicht, aber ich will das Pferd wiederhaben. Wenn ihr es findet, bringt ihr's sofort heim, verstanden?«

Ein paar Minuten später saßen sie aufbruchsbereit auf den bloßen Rücken der aufgezäumten Maultiere. Sie trugen jeder einen kleinen Jutesack mit Verpflegung und ein Messer im Gürtel, und beide hatten drei Dollar in der Tasche. »Lasst euch nicht zu viel Zeit«, sagte Daddyjack. »Wenn sie da ist, müsstet ihr sie schnell finden.«

»Und wenn sie sich versteckt hat, Daddyjack?« fragte John. »Schätze, in 'ner Stadt kann man sich leicht verstecken.«

»Spielt keine Rolle, ob sie untergetaucht is oder nicht«, erwiderte Daddyjack. »Wenn sie da ist, werdet ihr sie finden. Gleiches Blut, das findet sich immer. Von mir aus kann sie am andern Ende der verfluchten Welt sitzen, ihr würdet sie finden. Gleiches Blut findet sich *immer*. Und jetzt macht euch auf den Weg.«

Jeglicher Ausdruck von Freude war aus dem Gesicht ihrer Mutter gewichen. Sie schlang die Arme um sich und betrachtete die Brüder mit dunkler verdrießlicher Miene, was John in seiner Sorge um Maggie nicht bemerkte und die Edward bewusst ignorierte. Wenn sie etwas sagen will, dachte er, soll sie verdammt noch mal den Mund aufmachen und es tun. »Gehn wir«, sagte er und setzte das Maultier mit leichtem Fersendruck in Bewegung.

7 Lautes Feiern erfüllte Pensacola an jenem schwülen Nachmittag, als die Brüder in die Stadt hineinritten. Es war Amerikas Unabhängigkeitstag und der erste Vierte Juli für Florida, das vier Monate zuvor ein neuer Bundesstaat geworden war. Auf dem Hauptplatz plärrte eine Blaskapelle, und von den rotziegeligen spanischen Dächern warfen Jungs Knaller hinunter auf die sandigen Straßen und lachten jedes Mal laut, wenn sie die Tiere in Angst und Schrecken versetzten. Auf den Backsteingehsteigen drängten sich uniformierte Soldaten und wettergegerbte Matrosen, breit grinsende schwarze Hafenarbeiter, Farmer mit Strohhüten, vierschrötige Waldarbeiter und fein gekleidete Herren, am Arm ihre in Rüschenkleidern aufgeputzte Damen, die unter zierlichen Sonnenschirmen Schatten suchten. Das Bier floss reichlich und kläffende Hunde jagten durch die Menschenmenge.

»Yiiihaaa! Hier ist ja ordentlich was los!« sagte John.

Edward grinste zurück. »Würde sagen, wir haben uns den richtigen Tag ausgesucht, Brüderchen.«

Auf einer hohen Holzplattform stand ein Mann in einem dunklen Anzug und weißem Backenbart und predigte über Floridas glorreiche Zukunft. Darüber flatterte die amerikanische Fahne und daneben eine Flagge in fünf bunten Farben, auf der die Worten prangten: »Lasst uns in Ruhe.« Eine salzige Brise wehte vom schimmernden Hafen her, der nur einen Häuserblock hinter dem Platz lag, und ließ die Palmenblätter rascheln, und die Brüder trieben ihre Maultiere zum Fuß eines langen Holzpiers. Sie stiegen ab und gingen hinaus auf den Kai, wo sie sich die Frachtschiffe ansahen, die dort bereitlagen, um Leichterschiffe mit Holz, Baumwolle und Schiffsbedarf zu empfangen. Ein Schwarm Pelikane segelte nur einige Fuß über dem Wasser vorbei und ein Gestöber kreischender Möwen schwebte über dem Hafen. Bei ihrer Ankunft in Florida hatten die Brüder manchmal das Meer gerochen, wenn ein starker Wind von Süden hereinwehte, aber jetzt sahen sie es zum ersten Mal. Der Gegensatz zwischen der geschlossenen und tief schattigen Welt hoher Bäume und der unendlichen blauen Weite des Ozeans und des Himmels stieg ihnen zu Kopfe.

Sie banden die Maultiere vor einer Taverne an der Ecke des Platzes an und vereinbarten, sich bei Dämmerung wieder dort zu treffen. Sie würden getrennt auf Suche gehen, Edward in den Nebenstraßen und John auf dem Platz. Während Edward sich durch die Menschenmenge zwängte, nahm er jede blonde Frau, die er entdeckte, ins Visier. Als er in eine Nebenstraße einbog, hörte er: »Hey, Süßer!« und blickte hinauf zu einem Paar hübscher Mädchen, einem sommersprossigen Rotschopf und einer dunklen Mulattin, die von einem schmiedeeisernen Balkon zu ihm herunterlächelten. Sie trugen leuchtend weißen Unterkleider, und der Anblick ihrer Beine in den eng anliegenden Pantaletten und ihrer Brüste, die sich über den Rand ihres Korsetts wölbten, brachte ihn ins Straucheln. »Mach, dass du hier raufkommst, du Schlingel, du!« rief der Rotschopf, und beide Mädchen lachten und winkten ihn herauf, wobei die Rothaarige ihre Brüste zusammenpresste und ihm eine Kusshand zuwarf.

Er ging hinein, und ein ziegenbärtiger Mann in einer karierten Weste und mit einer Pistole im Gürtel sagte ihm, für fünf Dollar könne er das Mädchen seiner Wahl bekommen und er habe eine reiche Auswahl. Er hatte einen Goldzahn, der im Licht blitzte. Edward sagte, er habe nur drei Dollar, und der Mann entgegnete, na gut, da sie im Moment nicht so schrecklich beschäftigt seien, könne er ihm einen Sondertarif von drei Dollar für zehn Minuten anbieten. Edward gab ihm das Geld und wählte den Rotschopf.

Sein erstes Mal war im Jahr davor gewesen, als er und John oben am Escambia auf Jagd gewesen waren und auf zwei Frauen stießen, die aus den glasigen Flussuntiefen Muscheln schaufelten und einen Einbaum hinter sich herzogen. Die Ältere war die Mutter der Jüngeren und bot die Dienste ihrer Tochter im Austausch für den Hirschkadaver an, den die Jungen an einer Schulterstange trugen. Die Brüder gingen schnell auf das Geschäft ein, obwohl das Mädchen geistesschwach war, mit einem unsteten Starren und einem feuchten, leeren Lächeln. Sie war jünger als Maggie und ihre Brüste waren noch Knospen. Während die Brüder sich auf ihr abwechselten, lag sie reglos im Gras der Böschung. Dann wandten sie ihre Aufmerksamkeit der Frau zu, die zurückscheute und Nein sagte, nur wenn sie noch etwas zum Geschäft dazugaben. Sie hatte eine dünne weiße Narbe auf einer Seite des Gesichts, sah aber trotzdem prachtvoll aus und hatte volle Brüste unter ihrem abgetragenen feuchten Hemd. Edward wollte schon sein Messer anbieten, doch John sagte, sie würden ihr nicht das Genick brechen, wie wäre das als Dreingabe? Die Frau blickte vom einen zum anderen und hieß dann das Mädchen sich in den Einbaum setzen. Sie legte sich ins Gras, zog ihre Röcke hoch, und John legte sich zu ihr. Nachdem auch Edward an der Reihe gewesen war, luden sie den Hirsch in den Einbaum und sahen zu, wie die Frauen mit den Stangen das Boot um die Flussbiegung voranstießen. Dann klatschten sie sich gegenseitig auf die Schulter und lachten.

Mit dem süßen Pudergeschmack von der Haut der Rothaarigen auf seinen Lippen und ihrem Duft an seinen Händen ging er wieder hinaus auf die Straße und fühlte sich ganz wie ein Mann von Welt. Hätte er noch Geld gehabt, hätte er sich jetzt eine Zigarre gekauft. Er suchte weiter nach Maggie, bis die zinnoberrote Abendsonne rötlich von den Dachziegeln blitzte und hinter den Palmen versank. Dann lagen die Straßen in tiefem Schatten und die ersten Gehsteiglampen wurden entzündet. Er kehrte zu den Maultieren zurück und fand John bereits dort, der niedergeschlagen aussah, weil auch er keinerlei Spur von ihrer Schwester entdeckt hatte. Edward erzählte ihm von dem Bordell und der Schar hübscher Mädchen, die dort arbeiteten, doch John machte eine missmutige Miene und sagte, sie seien gekommen, um Maggie zu finden, nicht um sich zu amüsieren. Edward sei bei einem Preis von drei Dollar sowieso betrogen worden, meinte John. Edward fragte, woher er das wisse, und John entgegnete: »Schätze, jeder weiß das außer dir.« Tatsächlich wusste John nichts dergleichen, doch er war zornig, dass sie ihre Schwester nicht gefunden hatten, und nicht in der Laune, sich Edwards Vergnügungen in einem Hurenhaus anzuhören. Edward fragte nicht nach, doch die Vorstellung, dass er betrogen worden war, machte ihn wütend.

Sie beschlossen, etwas zu Abend zu essen, bevor sie ihre Suche wieder aufnahmen, und gingen in die Taverne und bestellten zwei Teller mit gebratenen Austern, eine Scheibe Brot und einen Krug Bier. Nachdem sie ihre Teller geleert hatten, bestellte John noch einen Krug, und als sie den ausgetrunken hatten, schlug er vor, etwas mit mehr Biss zu probieren, und Edward sagte, warum nicht, und sie bestellten eine Runde Whiskey. Sie prosteten sich zu und kippten die Gläser in einem Schwung hinunter. Es war das erste Mal, dass sie etwas anderes Hochprozentiges probierten als das grauenhafte Zeug, das sie manchmal von einer Sumpfratte namens Douglas Scratchley unten am Fluss kauften, und sie stießen ihren Atem langsam aus und grinsten einander an. »Na, jetzt weiß ich, warum Daddyjack *das* hier so gerne trinkt.«

Bei der Erwähnung von Daddyjack verdüsterte sich Johns Stimmung wieder. »Er hat sie weggejagt, wetten? Würde mich nicht wundern, wenn sie wieder aufmüpfig war und er sie geschlagen hat. Das hätt sie sich bestimmt nicht gefallen lassen.«

Edward zuckte die Achseln und sagte, er hätte nichts dagegen, wenn John noch eine Runde spendieren würde. John sagte, sein Geld reiche nicht einmal für den Geruch eines guten Whiskeys. »Hättest du dich in dem verdammten Hurenhaus nich bescheißen lassen, hätten wir jetzt genug für noch 'ne Runde.«

Die Erinnerung entfachte wieder Edwards Zorn. »Hat dieser Gauner mich wirklich beschissen?«

John nickte, das sei wirklich der Fall gewesen. Edward sagte, er würde sich das verflucht noch mal nicht bieten lassen, und er stand so ungestüm auf, dass sein Stuhl kippte und beinahe umfiel. »Schätze, ich knöpf mir diesen Hundesohn mal vor.« John sagte, er schätze, er werde mal mitkommen.

Auf dem Hauptplatz spielte jetzt bei Fackellicht eine andere Blaskapelle für eine große dankbare Menschenmenge, und die Gehsteige wimmelten immer noch von Zechbrüdern jeder Couleur. Die Luft fühlte sich schwer und kühl an. Als sie zu dem Bordell kamen, herrschte dort mehr Betrieb als am Nachmittag. Eine Schlange von Kunden reichte bis hinaus auf den Gehsteig, und durch die offene Tür sah Edward einen anderen Mann, der, jedes Mal wenn ein Kunde die Treppe herunterkam, das Geld entgegennahm und einen anderen hinaufwies.

Er hielt einen Mann an, der aus der Tür kam, und fragte ihn, was der Tarif sei. Der Mann grinste und sagte: »Zwei Dollar, Junge, wie immer.« Er fragte, wie viel Zeit man mit dem Mädchen dafür bekam, und der Mann lachte und zwinkerte den grinsenden Umstehenden zu. »Na, genauso viel Zeit, wie du brauchst, um deine Hose leer zu machen, Junge, solange du dem Mädel nicht den verfluchten Hof machst.«

»Was hast du denn vor, Junge«, rief ein Mann in der Reihe, »mit dem Mädchen rumsitzen und Tee trinken, bevor du zur Sache kommst?« Lautes Gelächter aus der Reihe.

Edward fragte den ersten Mann, ob er einen Burschen mit einer karierten Weste, Backenbart und einem goldenen Vorderzahn kenne, und der Mann sagte: »Walton? Der ist weg, hat sich was zu essen geholt, als ich noch in der Reihe stand. Wird gleich wieder da sein.«

Die Brüder gingen die Straße hinunter, überquerten sie und kamen unauffällig zurück, bezogen Stellung unweit der Gassenmündung und hielten Ausschau in beide Richtungen. Sie hatten noch keine zehn Minuten gewartet, als sie den Mann in der karierten Weste entdeckten, der auf ihrer Straßenseite auf sie zukam. John schlenderte zum Rand des Gehsteigs, spuckte in die Straße und machte sich daran, sein Hemd abzuwischen. Gerade als Walton die Gasse überqueren wollte, sagte Edward: »Mister Walton, kann ich Sie mal kurz sprechen, Sir?«

Als Walton stehen blieb und in dem trüben Licht seinen Blick misstrauisch auf Edward richtete, umklammerte John ihn fest von hinten und zerrte ihn in die dunkle Gasse, während Edward hervorsprang und dem Zuhälter die Pistole aus dem Bund riss. Walton bockte und wirbelte herum, wobei er seinen Hut verlor, krachte durch zerbrochene Kisten und leere Fässer, fluchte und versuchte, John abzuschütteln, doch John hielt ihn fest wie eine Bulldogge. Edward packte Walton am Hemd und schlug ihm vier Mal schnell mit dem Pistolenlauf ins Gesicht. Waltons Knie gaben nach, und John ließ ihn fallen, und nun bearbeiteten alle beide seinen Kopf mit Fußtritten. Die Männer auf der anderen Straßenseite sahen jetzt herüber und einer rief: »He, zum Teufel! Was ist denn da los!« Edward durchsuchte rasch Waltons Taschen und förderte eine Handvoll Geld zutage. Als einige der Männer auf sie zuliefen, rannten die Brüder die Gasse hinunter und um die Ecke und in die Menschenmenge hinein, die auf dem Platz wogte.

Am Schanktisch der Taverne zählten sie einundzwanzig Dollar und waren sich einig, dass es genügend Entschädigung dafür war, dass der Hurentreiber Edward betrogen hatte. Der Barkeeper sagte: »Was habt ihr Jungs denn angestellt? Seid wohl plötzlich reich geworden, wie?« und lachte. Edward kaufte eine Flasche Bourbon, und die Brüder gingen hinaus, stiegen auf ihre Maultiere und ritten gemächlich über den vollen Platz, trieben ihre Maultiere auch dann nicht an, als sie vor dem Bordell eine Handvoll Raubeine entdeckten, die sich einen Weg durch den überfüllten Gehsteig bahnten. Die Männer warfen prüfende Blicke auf die Gesichter in der Menge und blickten bei jeder Schenke, an der sie vorbeikamen, zur Tür hinein. Edward zog Waltons Pistole aus seinem Gürtel, spannte den Hahn und hielt sie dicht am Bauch, während das Maultier gelassen seinem Weg durch die lärmende Straße folgte, doch keiner der Raubeine entdeckte sie, und eine Minute später befanden sie sich wieder auf der nördlichen Straße heimwärts.

8

»Wir hätten bleiben und noch länger suchen sollen«, sagte John. Die Dunkelheit war einem harten blauen Morgenlicht gewichen. Sie waren die Nacht durchgeritten und befanden sich jetzt tief in den Kiefern, abseits des Escambia-Pfades und ein gutes Stück nördlich von Pensacola, und fürchteten nicht länger, verfolgt zu werden. »Sie hätte da irgendwo sein können. Bei so vielen Menschen hätte sie da sein können und wir haben sie einfach nicht gesehen.«

»Sie war nicht da«, sagte Edward. »Wenn sie da gewesen wäre, hätten wir sie gesehen. Sie hätte sich die Musik angehört, hätte getanzt, du kennst sie doch. Würde sagen, wir haben diese Menge da ziemlich gut durchkämmt. Und außerdem hätten wir dann mit Sicherheit Ärger mit den Burschen vom Hurenhaus gekriegt.«

»Ich hab keine Angst vor denen.«

»Hab ich auch nich behauptet.«

»Dann sind die doch nich so wichtig, oder?«

Beide schwiegen eine Weile, dann sagte John: »Könnte sein, dass sie nicht draußen war. Könnte sein, sie war irgendwo drin. Vielleicht am Arbeiten.«

»Was arbeiten? Ich war in diesem Hurenhaus, Johnny. Ich hab gesehen, was die für Mädchen haben. Da hätt sie nicht arbeiten können, selbst wenn sie gewollt hätte, dafür ist noch viel zu wenig dran an ihr.«

»Was verstehst du denn davon?« sagte John mit angespannter Miene. »Warst in dei'm ganzen Leben zehn Minuten lang in ei'm verfluchten Bordell. Ich wette, einige von denen haben Mädchen, die jünger sind als sie. Außerdem hab ich nicht gemeint, dass sie 'ne Hure ist. Sie könnte auch andere Arbeit machen.«

»Verflucht, gestern bei dem Fest haben doch nur Huren und Barkeeper gearbeitet. Sie war einfach nicht da, basta.«

»Wo ist sie *dann*, verflucht?«

»Irgendwo im Westen, wahrscheinlich. Vielleicht unterwegs.«

John spie heftig aus und schwieg eine Weile. »Wenn Daddyjack die Flasche da sieht, wird er dir danken und alles alleine austrinken.«

Edward zog den Whiskey aus dem Jutesack und hielt ihn bewundernd gegen das Licht. »Schätze, du hast recht«, sagte er, entkorkte die Flasche, nahm einen Schluck und reichte sie seinem Bruder. Sie teilten den Whiskey so ein, dass er für den größten Teil des Rittes reichte. Den letzten Schluck nahmen sie erst, als sie zehn Meilen von der Hütte entfernt waren, und sie fragten sich gegenseitig, ob sie betrunken wirkten. Sie beruhigten einander und meinten, nicht so, dass es jemandem auffallen würde, und lachten.

9 Sie rochen den Rauch, noch ehe sie die letzte Meile des Pfades zwischen den wuchtigen Bäumen zurückgelegt hatten, und traten auf die Lichtung und in den beißenden Dunst, der über den verkohlten Resten des Hauses hing. Nur der steinerne Schornstein und ein Teil der Rückwand standen noch aufrecht in der Asche. Der Stall war unversehrt, doch der Schweinepferch stand offen und die Schweine waren fort. Die Brüder glitten von den Maultieren, schritten behutsam durch die Ruinen und traten gegen die größeren Klumpen verkohlten Holzes. Sie prüften die Asche genau und stießen auf die schaftlosen und verbogenen Überreste der Kentucky-Büchse und des kleineren Hawken, fanden aber keine Spuren von Leichen. Sie sahen sich an, und Johns Gesicht war blass und angespannt, doch Edward verspürte nur eine seltsame Erregung, die er nicht benennen konnte. Der leichte Whiskeykater in seinem Schädel war einer fiebrigen Neugier gewichen und einem Gefühl, dass sein Leben bereits grundsätzlich verändert worden war, mehr als er ahnte.

»Jungs.«

Ihre Stimme erklang hinter ihnen und sie drehten sich um und entdeckten ihre Mutter, die am Waldrand stand. John flüsterte: »Verflucht«, als er sie sah. Ihr Gesicht war zerschlagen und ein Auge blau angeschwollen. Ihre Haare waren wirr zerzaust, und der obere Teil ihres Kleides war zerrissen. Sie breitete die Arme weit aus, als wollte sie sie an ihre Brust drücken, und das zerrissene Kleid teilte sich, sodass eine bleiche Brust und die dunkel vernarbte und verdrehte Brustwarze entblößt wurden.

»Er hat sie umgebracht«, sagte sie. Ihre Augen waren weit aufgerissen und schienen auf irgendein erinnertes Entsetzen gerichtet zu sein. »Er hat sich zu ihr gelegt, jawohl! Er hat seine eigene *Tochter* geschändet. Er hat bei ihr gelegen, sag ich! Und sie hat gedroht, sie würde es sagen, würde es ihren Brüdern sagen – *euch* sagen –, und er hat sie *umgebracht* und den Alligatoren zum Fraß vorgeworfen. Das hat er! *Hat* er!«

Edward sagte: »Was zum *Teufel*, Frau!« Er war überzeugt, sie war völlig verrückt geworden. Doch Johns Augen waren so weit aufgerissen und verzweifelt wie die der Frau und seine Fäuste bebten an seiner Seite, und Edward fand seinen Anblick schrecklicher als die verrückten Worte der Frau.

Sie kam ihnen langsam mit ausgestreckten Armen entgegen, redete schnell und atemlos. »Das hat er mir selber *gesagt*! Als ihr weg wart. Hat's mir gesagt und hat mich ausgelacht und mich geschlagen und gesagt, er bringt mich auch um, und hat gesagt, ich hätt versucht, ihn im Schlaf zu ermorden. Hat mich ans Bett gebunden und geschlagen. Hat sich selber geschnitten, damit er euch zeigen kann, wie ich versucht hab, ihn zu töten. Aber ich hab mich losgerissen und bin weggerannt und hab mich im Wald versteckt und auf euch gewartet und gewartet, und er hat das Haus angezündet und ist im Wald herumgestapft und hat mich gejagt und er … o lieber Gott.«

Ihr Blick war auf etwas hinter ihnen gerichtet, und ihre Arme schlossen sich fest vor ihren Brüsten. Sie drehten sich um und sahen Daddyjack von der anderen Seite mit dem großen Hawken in der Hand aus dem Wald auf sie zuhumpeln. Seine Hose war zwischen den Beinen rot gefärbt und er sah die Brüder nicht an, sondern nur die Frau, während er jetzt heranstolperte und sie eine teuflische Hure schimpfte. Die Frau winselte und wich mit steifen Schritten zu den Bäumen zurück. Daddyjack blieb stehen, riss das Hawken hoch und feuerte. Die Kugel ging zwischen den Beinen der Frau hindurch, wölbte den Rock ihres Kleides und zog sie hinab.

Jetzt rannte John mit seinem Messer in der Hand heulend auf Daddyjack zu und Edward lief hinter ihm her und rief, dass er stehen bleiben soll. Daddyjack beobachtete, wie sie näher kamen, dann schwang er das Hawken beim Schafthals und erwischte John mit dem Lauf an der Schulter, sodass dieser auf Hände und Knie zusammensackte. Seine Augen waren wild, als er mit beiden Händen das Hawken beim Lauf packte und mit hoch überm Kopf erhobenem und in eine Keule verwandelten Gewehr auf John zuging. Edward schrie: »NEIIIIIN!« Die Pistole war in seiner ausgestreckten Hand mit gespanntem Hahn auf ihn gerichtet, der Schuss löste sich mit einem trockenen Knall und einem kleinen Rauchwölkchen, und die Kugel durchdrang Daddyjacks linkes Auge und trat in einem blutigen Gesprüh von Hirn und Knochen hinter seinem rechten Ohr wieder aus. Er fiel der Länge nach auf den Rücken, die Arme weit ausgestreckt, die Zähne gebleckt, das andere Auge ungläubig aufgerissen.

Die Frau saß auf dem Boden, während ihre Söhne mit offenem Mund auf den Leichnam von Jack Little zu ihren Füßen starrten. Sie hatte die Hände vor das Gesicht geschlagen, um das Lächeln zu verbergen, das aus ihren Augen leuchtete.

10

Sie trugen den Leichnam eine halbe Meile in den Wald hinein und wechselten sich ab beim Ausheben eines tiefen Grabes unter einer breiten Schwarzeiche, neben einem kleinen Flüsschen. Das Hawken lehnte am Baumstamm, Pulverbüchse und Kugeltasche lagen daneben. Edward durchsuchte Daddyjacks Taschen und fand Tabak, eine Pfeife und Zündhölzer und eine Geldtasche, die sechs Dollar in Papiergeld und Silber enthielt. Und er fand das rasiermesserscharfe Schnappmesser mit einer spitz zulaufenden Sieben-Inch-Klinge, die viele Jahre zuvor Rainey oben in Georgia getötet hatte. In die breite obere Seite der Klinge waren die Initialen »H.B.« geritzt. Edward klappte die Klinge in den Griff zurück und steckte das Messer ein.

Daddyjacks Hose war zwischen den Beinen von dickem schwarzem Blut durchtränkt, aber da war weder ein Riss im Stoff noch ein Einschussloch, und Edward konnte seine Neugier nicht bezwingen. Er öffnete Daddyjacks Gürtel und zog an seiner Hose.

»Was *machst* du da?« sagte John. »Lass das!«

Edward zerrte und ächzte, und schließlich rutschte Daddyjacks Hose über seine Hüfte. Sein Geschlechtsteil war in ein blutdurchtränktes Tuch gewickelt. Edward entfernte es und legte einen beinahe abgetrennten Phallus und einen aufgeschlitzten Hodensack bloß, von dem ein Hoden fehlte.

»Himmelherrgott«, flüsterte John. Dann sagte er: »Verdammt, zieh die Hose wieder hoch! Verflucht noch mal, zieh sie hoch!«

Sie ließen den Leichnam behutsam ins Grab hinab. Edward sprang ins Loch hinunter, schloss Daddyjacks verbleibendes Auge, legte ihm vorsichtig seinen Hut aufs Gesicht, kletterte dann hinaus und sie schaufelten ihn mit Erde zu. Sie arbeiteten schweigend, während hoch oben in den Ästen ein Schwarm Krähen laut krächzte. Als sie zur Ruine zurückkamen, hatte die Sonne beinahe die Baumwipfel erreicht und ihre Mutter war mit beiden Maultieren verschwunden.

11

Sie machten ein Feuer vor dem Stall, holten sich einen Hut voll Eier vom Hühnerschlafplatz und kochten sie zum Abendessen in einem kleinen geschwärzten Kessel, den sie in der Asche fanden. Edward reinigte und lud das Hawken. Er lud auch die Pistole neu, aber ihm fehlte eine Kugel von der richtigen Kalibergröße .44, und so stopfte er sie mit einer Ladung glattem Kies, den er vom Ufer geschöpft hatte.

Sie waren sich einig, dass sie das Haus aufgeben würden. Keiner von beiden wollte auf diesem verbrannten Stück Erde bleiben, das die anklagenden Gebeine ihres Vaters und die Möglichkeit barg, dass hier früher oder später die örtlichen Ordnungshüter auftauchten. Daddyjack war oft zu den nahe gelegenen Dörfern gegangen, um Vorräte zu kaufen und in den Schenken etwas Gesellschaft zu suchen, und er war jemand, den man nicht so schnell vergaß und nach dem man sich nach längerer Abwesenheit sicherlich erkundigen würde.

Sie saßen vor dem Feuer, starrten in die flackernden Flammen und lauschten den Geräuschen der Nacht, ein Rufen und Quaken hier, ein Platschen und ein plötzlicher Flügelschlag dort. Der Himmel war leicht bewölkt, das Mondlicht geisterhaft blass. Vom Creek schwebte dicker Nebel durch die Bäume herein und umgab das Feuer mit gelbem Dunst.

»Der Dreckskerl«, sagte John.

Edward warf ihm einen Blick zu, schwieg aber.

»Hör zu«, sagte John. »Ich weiß, die Frau ist wirklich halb verrückt, aber so schwer fällt's mir nicht, einiges von dem zu glauben, was sie gesagt hat. Fällt mir nich so richtig schwer zu glauben, dass er sich ordentlich betrunken hat und ganz heiß war und sich was über Maggie in den Kopf gesetzt hat. Hat ja immer ihre Beine angestarrt, wenn sie die aufs Verandageländer gelegt hat, so wie sie das immer getan hat. Du weißt ganz genau, dass er das getan hat.«

Edward sagte nichts, aber er erinnerte sich, dass sie alle Maggies Beine betrachtet hatten, wenn sie sie so hochlegte, und dass sie alle gegrinst hatten, wenn sie den andern beim Gaffen ertappt hatten.

»Aber sie umbringen? Das glaub ich einfach nicht! Seine eigene Tochter! Schlimm genug, wenn er sie … na ja, es mit ihr getrieben hat. Aber er kann sie doch nicht umgebracht haben.« Er spuckte ins Feuer und wandte das Gesicht ab. »Hätt er das tun können, Ward, was meinst du?«

Edward sah ihn nicht an. »Weiß nicht.«

»Verdammt noch mal«, flüsterte John. Und dann, nach einer Weile, sagte er: »Das war ein verdammt guter Schuss.«

Edward sah ihn an. »Hab gar nicht gezielt. Das war reine Glückssache.« Er schnitt eine Grimasse und spuckte grimmig aus. »Scheiße! *Glück* ist ja wohl kaum das richtige Wort.«

»Für mich schon«, sagte John. »Das größte Glück, das mir je passiert ist.« Er hielt inne und bohrte mit einem Stock vor sich in der Erde. »Du hast keine Wahl gehabt. Das weißt du.«

Edward zuckte die Achseln.

»Er oder ich.«

Edward starrte in die Flammen.

»Er war drauf und dran, mir den Schädel einzuschlagen.«

Edward spuckte ins Feuer und sagte: »Schätze schon.«

»Du kannst schätzen, so viel du willst, aber das stimmt. Wenn du ihn nicht erschossen hättest, dann hättest du *mich* da jetzt begraben.«

Seine Stimme klang angespannt, und Edward warf ihm einen Blick zu und sah, dass sein Gesicht im Schein des Feuers unnatürlich bleich war. Sie sahen zu, wie das Feuer langsam niederbrannte. Die Dunkelheit legte sich enger um sie.

»Auch wenn's dir jetzt leidtut«, sagte John, »also, ich weiß, du hast es nur meinetwegen getan.«

Edward atmete hart aus. »Du brauchst nix mehr drüber zu sagen.«

»Das weiß ich. Wollt nur *das* sagen.«

»Gut, du hast es gesagt.«

»Gut.«

Edward wusste sehr wohl, dass geschehen war, was geschehen war, und dass es nie ungeschehen gemacht würde, durch keine Macht auf Erden. Ganz gleich, wie sehr sein Bruder sich selbst die Schuld gab, und ganz gleich, wie viel sie darüber redeten, und ganz gleich, was er für den Rest seines Lebens tun würde, nichts davon würde jemals etwas an der Tatsache ändern, dass er die Kugel abgefeuert hatte, die ihrem Daddy das Gehirn aus dem Schädel geblasen hatte. Es war eine Wahrheit, so unveränderbar wie sein Blut und seine Knochen, und daran war nicht zu rütteln, weder jetzt noch sonst irgendwann.

Er spürte noch etwas anderes, etwas, das er nicht benennen konnte. Es hatte mit der Art zu tun, wie ihre Mutter sie angesehen hatte, als sie Daddyjacks Leiche davontrugen.

Nach einer Weile gingen sie in den Stall, machten sich aus dem Stroh ein Lager, zogen ihre Stiefel aus und legten sich hin. Beide schwiegen eine Weile, dann sagte Edward: »Ich kann nicht glauben, dass er sich so geschnitten hat. Nicht so.«

»Ich glaube, er ist verrückt geworden«, meinte John. »Er hat ja immer gesagt, wie verrückt Mama und Maggie sind, aber kann sein, dass er verrückter geworden ist, als die beiden es jemals waren.«

»Man muss schon scheißverrückt sein, um sich so zu schneiden.«

»Vielleicht war er's ja.«

»Ich weiß nicht. Kann sein.«

Sie lagen schweigend da, doch keiner von beiden schlief ein.

John sagte: »Wo sie wohl hin is?«

Edward überlegte eine Minute. »Zur Hölle, würde ich sagen.«

John setzte sich auf und spuckte aus. »Na dann«, sagte er, »haben wir ja 'ne verdammt gute Chance, dass wir sie wiedersehen, stimmt's?«

12

Und jetzt, im ersten grauen Licht des Tages, schnitzte Edward bedächtig mit dem Schnappmesser in die Rinde des Stumpfs neben dem Stall. Er war fertig, gerade als sich der Himmel zu röten begann und John aus einem unruhigen Schlaf erwachte. Sie rollten ihre Decken auf, verschnürten sie fest, hängten sie sich über den Rücken wie Pfeilköcher und legten die restlichen Eier in einen Jutesack. Bewaffnet mit dem Hawken, der Pistole und ihren Messern brachen sie zum westlichen Pfad auf. John hielt am Waldrand inne und sah zu dem ausgebrannten Haus. Doch Edward blickte nicht zurück. Er war sechzehn Jahre alt, sein Blut war ruhelos, und er hatte seinen Abschied in den Baumstumpf neben dem Stall geschnitzt: »W.N.T.« Weg nach Texas.

II

DIE BRÜDER

1 Sie wanderten flussaufwärts und erreichten die Furt am folgenden Nachmittag und wateten von dort aus durch den Perdido nach Alabama. Sie gingen bis Sonnenuntergang und schlugen ihr Lager bei einem Weidenbach auf. Sie machten ein Feuer und verzehrten einsilbig die letzten gekochten Eier, dann wickelte sich jeder in seine Decke und schlief ein. Am nächsten Tag setzten sie auf einem Holzfällerkahn über den Tensaw über, und ein paar Meilen weiter westlich bezahlte jeder zehn Cent, um den Mobile auf einer Rollseilfähre zu überqueren. Violette Gewitterwolken türmten sich südlich über dem Golf. Der Duft des Meeres vermischte sich mit dem Geruch von reifem, schwarzem Auenland und nahendem Regen. Fischadler kreisten hoch oben im Himmel.

Der Fährmann war ein redseliger Graubart mit einem Holzbein und einem Mundvoll Kautabak. Die sehnigen Muskeln seiner Arme wölbten sich, als er das Rollseil betätigte, und er erzählte, sein Bein habe er in der Wildnis von Südflorida an ein Krokodil verloren, als er dort unten nach spanischem Gold gesucht hatte.

»Kein Alligator, ein verfluchtes *Krokodil*! Ich wate durch einen Mangroventeich und seh den Dreckskerl erst, als er mein Schienbein in zwei Stücke beißt. Hat sich angehört, wie'n Hund, der einen Hühnerknochen knackt, nur viel lauter, und kein verdammtes Hühnchen hat jemals so'n Brüller losgelassen wie ich. Ganze fünfzehn Fuß lang und ich seh's erst, als es mich erwischt. 'ne Menge Leute sehn keinen Unterschied zwischen 'nem Gator und 'nem Krok. Donnerkeil! Ist nur derselbe Unterschied wie zwischen 'nem Luchs und 'nem Puma, mehr nicht. Lass dich von 'nem Gator beißen und dann von 'nem Krok, dann kommst du verdammt schnell dahinter, was der Unterschied ist.«

Edward sagte, er habe einmal einen Alligator einen Hund schneller töten und auffressen sehen, als es dauert, davon zu erzählen. »Der Hund trabt am Ufer entlang, und in der nächsten Sekunde ist da nix außer 'nem riesigen Gator mit 'nem Maul voll mit blutigem Fell und gebleckten Zähnen.«

»Gator ist schon schnell«, sagte der Alte und entblößte seine schiefen, schwarzen Zähne zu entweder einem Grinsen oder einer Grimasse – es hätte beides sein können, »aber ein Krok ist schneller, und wenn so einer auf ei'm rumkaut, ist das weniger lustig. Das kann ich euch verflucht noch mal sagen.« Er spuckte einen braunen Propfen Saft in die Richtung einer Schildkröte, die sich auf einem Stück Treibholz sonnte. Er verpasste sie um ein Haar, und die Schildkröte platschte ins schwarze Wasser und verschwand.

Er fragte, wohin sie wollten, und als Edward Texas sagte, verzog der Alte den Mund und schüttelte den Kopf. »Mich bringen keine zehn Pferde dazu, ins verfluchte Texas zu gehen. Jeder Texaner, dem ich begegnet bin, war verrückter als 'ne Katze mit 'nem Bienenstich. Und die ganzen Mexikaner da machen's auch nich angenehmer. Überall wo man hingeht, gibt's Komantschen. Die lassen sich was einfallen, um einen zu töten, an das hat nicht mal der Teufel gedacht. Nein danke! Ihr Burschen könnt gerne mein Teil von Texas haben.«

Die Fähre stieß gegen das westliche Ufer, und der Alte sprang heraus und machte die Boleine an einem Pappelstamm fest. Die Brüder warfen ihre zusammengerollten Schlafdecken über die Schulter, verabschiedeten sich und wanderten zum Pfad hoch und schlugen einen Weg nach Süden ein. Der Alte stand da, spuckte Priemsaft aus und beobachtete sie, bis sie um die Biegung verschwunden waren.

2 Der Himmel verdunkelte sich zu einem tiefen Violett, als dicke Gewitterwolken aufzogen, und am frühen Nachmittag setzte heftiger Regen ein. Es schüttete zwei Stunden lang und hörte dann plötzlich auf. Die Bewölkung lichtete sich und die Sonne brach durch. Dampf stieg vom gestampften Flusspfad auf und bei Sonnenuntergang war ihre Kleidung wieder trocken.

Ihr Nachtlager schlugen sie auf einer Lichtung nah am Fluss auf. Sie entzündeten ein hohes Feuer, und einiges von dem Holz war noch feucht, knallte wie Pistolenschüsse und schleuderte Funkenstreifen in hohen Bögen durch die Luft. Sie schnitten dünne Weidenzweige ab, spitzten sie an und spitzten auch ein Dutzend kleinere Stöcke Grünholz. Jeder mit einer brennenden Hickory-Fackel und einem Weidenspeer bewehrt, gingen sie dann zum Ufer hinunter und hinab an den Rand des Schilfs, wo ganze Kolonien von Fröschen vor sich hin quakten. Sie hielten ihre Fackeln hoch und sahen eine Schar roter Augen zwischen den Rohrkolben leuchten. Sie gingen schnell und mit geübter Geschmeidigkeit zu Werke, spießten die Frösche mit den Speerspitzen auf und schüttelten mit einer Drehung des Handgelenks die Weidenspeere nach hinten, sodass die Frösche auf höheren Grund flogen, wo sie dann im Schein des Feuers zappelten und zuckten. Nach wenigen Minuten hatten sie vier Dutzend erjagt, legten dann ihre Speere und Fackeln beiseite, schnitten den Fröschen die Schenkel ab und warfen die Reste in den Fluss zurück. Sie zogen die Haut von den Schenkeln, spießten mehrere Schenkel auf jeden der Grünholzstöcke und brieten sie über dem Feuer, bis der Saft in den Flammen zischte. Dann lehnten sie sich an den breiten Stamm einer riesigen Eiche und aßen laut, schmatzten und leckten sich die Finger ab und warfen die dünnen Knochen ins Flussschilf, nur innehaltend, um zu rülpsen. Als sie fertig gegessen hatten, nahm Edward die Pfeife und die Tabakstasche heraus, die er Daddyjacks Leichnam abgenommen hatte, stopfte den Kopf, entzündete ihn mit einem Streichholz und nahm mehrere qualmende Züge, bevor er die Pfeife an John gab.

Sie ließen eine Weile die Pfeife hin und her gehen und rauchten schweigend. Das flackernde Licht des Feuers spielte auf ihren Gesichtern. Dann sagte John: »Was, wenn wir ihr über den Weg laufen?«

Edward sah ihn an. »Wem?«

»Mama. Was, wenn wir ihr begegnen zwischen hier und Texas?«

»*Darüber* hast du nachgedacht?«

John zuckte die Achseln. »Irgendwie schon. Wüsste gerne, warum sie einfach so weg is.«

»Weil sie verrückter is als ein besoffener Indianer, darum.«

»Na, schätze, kann nich schaden, nach ihr zu fragen.«

Edward sah ihn an. »Weißt du was – ich *hoffe*, dass wir sie verdammt noch mal finden, weil ich diese Maultiere haben will.«

John starrte ihn kurz an. »Schätze, sie dachte, sie hat ein Recht drauf.«

»Also *ich* schätze, uns stehen die genauso zu wie ihr. Wenigstens eins. Müssten nicht bis nach Texas zu Fuß latschen, wenn wir ein verdammtes Maultier hätten.«

Sie starrten eine Weile ins Feuer, und dann sagte John: »Was meinst du, was werden wir in Texas tun?«

Edward sah seinen Bruder an und zuckte die Achseln. »Was meinst *du*?«

»Hab noch nicht viel drüber nachgedacht.«

»Na, ich auch nich. Schätze, wir gehen da einfach hin, und dann sehen wir schon, was wir da machen.«

»Is mir recht«, sagte John. Er musterte einen Moment den wolkengestreiften Himmel, zog dann Schleim hoch und spuckte ihn ins Feuer. »Trotzdem, ich hab die letzten paar Tage drüber nachgedacht. Hab gedacht, dass es vielleicht, na ja, schön wär, wenn wir unser eigenes Haus hätten.«

Edward starrte ihn an.

»Warum nicht?« begann John sich zu rechtfertigen, als er den Einwand im Blick seines Bruders wahrnahm. »Du hast die ganzen Siedler vom Waldland in Texas reden hören. Sie sagen, es ist genauso gut wie in Florida, vielleicht besser. Wir könnten uns einen Teil davon holen und was Gutes aus dem Ding machen. Wer weiß mehr übers Bäumefällen als wir? Sag mir irgendwas, das wir nicht übers Sägen wissen. Wir könnten unsere eigene Mühle haben. Wenn Daddyjack auch sonst nicht viel getaugt hat, hat er uns doch alles beigebracht, was es übers Holzfällen zu wissen gibt.«

Edward stopfte wieder die Pfeife. Sie hatten nie drüber gesprochen, aber er hatte immer das Gefühl gehabt, dass John sich nichts mehr wünschte, als sein eigenes Stück Land zu bearbeiten und eine Familie zu gründen, so wie die meisten Männer. Das Haus in Florida wäre das natürliche Geburtsrecht seines älteren Bruders gewesen, doch jetzt waren beide entwurzelt, und Edward wusste, dass dieser Umstand John mehr zu schaffen machte als ihm. Während er die Pfeife stopfte und ein Streichholz entzündete, um sie anzustecken, wurde auch ihm klar, dass er nicht sein eigenes unbestimmtes und ruheloses Sehnen über die Treue zu seinem Bruder stellen konnte, der alles war, was ihm an Familie in der Welt noch blieb. Wenn für John nichts anderes infrage kam, als sich in Texas niederzulassen und einen Streifen Wald zu bearbeiten, dann würden sie das tun.

Trotzdem gab es noch Einwände.

»Was, wenn nix mehr übrig is, um sich niederzulassen?« fragte er. »Was, wenn wir Bargeld zahlen müssen für das Grundstück, auf das du so versessen bist?«

»Nix mehr *übrig*? In *Texas*? Ungefähr die größte verfluchte Gegend, die du jemals gesehen hast? Wo es heißt, dass der Wald einfach immer weitergeht, so weit man sehen kann, und dann noch weitergeht?«

»Ich sag bloß, was wenn?«

»Das is dasselbe, wenn du sagst, was, wenn morgen die Sonne vom Himmel fällt, so is das. Es ist Quatsch.«

»Aber was wenn, Johnny?«

»Dann arbeiten wir für Lohn, verflucht noch mal, bis wir zusammengespart haben, was wir brauchen«, sagte John. »Andere haben das auch schon gemacht, und das weißt du genauso gut wie ich. Denkst du, andere können das und wir nicht? Du und ich zusammen, Ward, wir werden mit allem fertig. Zeig du mir nur den Burschen, der das Gegenteil behauptet.«

So glühend war die Zuversicht seines Bruders, dass Edward grinsen musste.

»Hör zu, Ward. In einer Sache hatte Daddyjack recht. Ein Mann, der keinen Flecken Grund und Boden sein Eigen nennen kann, ist nur 'ne Feder im Wind.«

Edwards Grinsen wurde breiter. »Fühl ich mich deswegen in letzter Zeit so leicht um den Arsch?«

John lachte. »Mach so viele Witze, wie du willst, aber du weißt, dass es stimmt. Du und ich, wir bleiben keine Federn im Wind, wir nicht. Verflucht, Ward, wir könn' uns ein hübsches Häuschen bauen, ein verfluchtes *Geschäft* könnten wir uns aufbauen, wenn wir's richtig anpacken.«

»Wie du meinst, großer Bruder«, sagte Edward. »Wie du meinst.«

3 Die nächsten beiden Tage folgten sie dem Flusspfad stromabwärts in stetigem Regen, der zu einem Nieseln wurde, als sie nach Mobile hineinschlappten wie Geister von Ertrunkenen. Die Straßen lagen tief in rotem Schlamm, und in der Luft hing der schwere Geruch von Lehm. Als Erstes überprüften sie die Hotels und erfuhren, dass sich niemand namens Lilith Little in letzter Zeit in irgendeinem von ihnen einquartiert hatte, und keinem der Rezeptionisten sagte Johns Beschreibung von ihr irgendwas.

Sie beschlossen, die Mietställe zu überprüfen, und gleich im ersten sahen sie eines ihrer Maultiere in einer Box.

»He, Foots«, sagte Edward. Das Maultier schwang den Kopf herum, sah ihn an und zuckte mit den Ohren. Das andere Maultier, Remus, war nicht da.

Der Stallmeister war mit einem Grinsen aus seinem Schaukelstuhl aufgestanden, als die Brüder eintraten, aber als er sah, dass sie das Maultier offenkundig wiedererkannten, verschwand die falsche Fröhlichkeit aus seinem Gesicht. Eine weiße Bulldogge stand an seiner Seite und knurrte leise mit aufgestellten Nackenhaaren und gefletschten Zähnen. Der Stallmeister brachte sie mit einem Fingerschnippen zum Schweigen. Er war groß und stämmig und ihm fehlte der größere Teil seiner Nase, die aussah, als sei sie kürzlich abgebissen oder irgendwie abgerissen worden. Die Wunde war roh und klaffte.

»Ihr braucht was zum Reiten, Jungs?«

»Haben schon was«, sagte John. »Das Maultier da gehört uns.«

Der Mann blickte zu dem Maultier hinüber und dann zurück zu den Brüdern. »Tatsache?« Er betrachtete sie genauer und spuckte seitlich aus. »Schätze, ihr habt ein Papier dafür?«

John sah Edward an, und der starrte zu ihm zurück. Dann sahen beide den Stallmeister an.

»Von ei'm Papier wissen wir nichts«, sagte John.

Der Stallmeister verschränkte die Arme. »Dann habt ihr kein' Beweis, dass das Tier euch gehört.«

»Brauchen kein verdammtes Papier, um zu wissen, was uns gehört«, erwiderte John.

»Schätze nicht«, sagte der Stallmeister. »Aber wissen und beweisen sind zwei verschiedene Dinge. Dem Gesetz ist es scheißegal, was ihr alles wisst, da zählt nur, was ihr beweisen könnt. Wenn ihr das Tier haben wollt, müsst ihr beweisen, dass es euch gehört, oder ihr müsst dafür bezahlen.«

»Haben *Sie* denn ein Papier für das Maultier?« fragte Edward.

Der Stallmeister seufzte und ging zu einem abgewetzten Schreibtisch in der Ecke, kramte einen Schlüssel aus der Tasche, steckte ihn geräuschvoll in das Schloss der Schublade und öffnete sie. Er blätterte einen dünnen Stapel Papiere durch und holte ein Blatt heraus, rief die Bulldogge zu sich herüber und wies sie an, dazubleiben. Dann winkte er die Brüder zum Tisch und unter das Licht der überhängenden Lampe. »Schätze, ihr Jungs könnt lesen?«

John wollte das Papier nehmen, doch der Mann legte seine große Hand darüber und drückte es auf die Tischplatte. »Zum Lesen brauchst du's nicht anfassen.«

Die Unterschrift unten auf dem Kaufvertrag trug den Namen Joan Armstrong, doch John erkannte die Handschrift seiner Mutter. Er blickte von dem Papier auf und nickte Edward zu. Der Stallmeister beschrieb, dass sie dunkelrotes Haar gehabt habe, eine Farbe wie ein gebratener Apfel. »Ein Engelsgesicht bis auf diese Augen. Diese Augen haben Dinge gesehen, die kein Engel je gesehen hat, das will ich wetten. Und jemand hat ihr vor Kurzem ein Veilchen verpasst. Sagt ehrlich, Jungs, kennt ihr die Frau?«

Edward sah weg und spuckte aus. John sagte: »Kann sein, dass wir sie kennen.«

»Hab ich mir schon gedacht«, sagte der Stallmeister und sah sie beide durchdringend an. Er teilte den Brüdern mit, dass sie vor zwei Tagen da gewesen sei. »Kommt hier reinspaziert mit dem Maultier da an der Leine und sagt, sie will's verkaufen. Ich sage, wie viel, und sie sagt, für 'nen fairen Preis. Ich hab sie gefragt, ob sie ein Papier dafür hat, und sie hat Nein gesagt. Ich sage, wem gehört es denn, und sie sagt, es hätt ihrem Mann gehört, der ganz plötzlich gestorben wär und ihr nicht viel hinterlassen hat, und deswegen muss sie das Tier verkaufen. Jetzt sagt mal, Jungs – war das gelogen? Wisst ihr das?«

»Nein«, sagte John. »Nicht direkt gelogen.«

»Nicht direkt«, wiederholte der Stallmeister. Er schürzte die Lippen und nickte, als ließe er sich eine bedeutende Tatsache durch den Kopf gehen. »Sie war ein bisschen gereizt, weil ich nach ei'm Papier gefragt hab«, sagte er. »Hat mich gefragt, ob sie wie 'ne unehrliche Person aussieht. Also, meine Mama hat keine Hinterwäldler großgezogen, sondern hat mir beigebracht, dass ich nie 'ne Dame beleidigen soll, also hab ich gesagt, nein, Ma'am, es wär mir 'ne Ehre, das Tier zu kaufen, wenn Sie so nett wären, diesen Vertrag hier zu unterschreiben, damit alles seine Ordnung und Richtigkeit hat, wie es so schön heißt.«

»Hier steht, Sie haben nur zwanzig Dollar bezahlt«, sagte Edward.

Der Stallmeister kicherte. »Ich hab mit zwölf angefangen, aber davon wollte sie nix wissen. Aber sie hat's irgendwie eilig gehabt, also hab ich schön langsam gemacht und das Angebot immer nur um ein' Dollar angehoben, und sie hat mich praktisch 'n verdammten Dieb geschimpft. Ich hab gesagt, sie kann gerne zu 'nem andern Stall gehen, ob sie da 'nen besseren Preis kriegt, und sie hat gesagt, wir stecken wahrscheinlich alle unter einer Decke. Schätze, sie ist ein bisschen rumgekommen. Aber wie gesagt, sie sah aus, als hätte sie's eilig, und als ich gesagt hab, zwanzig ist mein letztes Wort, hat sie's genommen.«

»War ein Mädchen bei ihr?« erkundigte sich John. »Ungefähr so groß wie Sie.«

Edward sah seinen Bruder an. Keiner von beiden hatte von ihrer Schwester gesprochen, seit sie das eingeäscherte Haus verlassen hatten. Er selbst wollte nicht glauben, dass das, was ihre Mutter ihnen erzählt hatte, wahr war, er hatte nicht das *Gefühl*, dass es wahr war, und er war überrascht, dass auch John noch seine Zweifel hatte.

»Hab kein Mädchen gesehen. Das hübsche Ding ist hier ganz allein aufgetaucht.«

»Zwanzig Dollar is'n ganzes Stück weniger, als was das Tier wert ist«, sagte Edward.

»Das is 'ne Tatsache«, sagte der Stallmeister. Die großen Nasenlöcher blähten sich über einem breiten Grinsen. »Einige haben ein natürliches Talent fürs Geschäft.«

Edward nahm die Pistole aus seinem Bund und sagte: »Ich geb Ihnen zwanzig Dollar und diese Pistole hier dafür«, sagte Edward.

Der Stallmeister lachte und schüttelte den Kopf. »Machst wohl gerne Witze, mein Junge.«

Edwards Augen wurden schmal. Der Pistolenlauf war zur Decke gerichtet, doch jetzt krümmte er den Finger um den Abzug und legte den Daumen auf den Hahn. Der Stallmeister warf einen Blick auf die Pistole, lächelte aber weiter.

John legte Edward die Hand auf den Arm und sagte: »Lass gut sein. Er hat das Papier und so ist das verdammte Gesetz. Los, wir gehen.« Edward blieb noch einen Moment länger stehen und starrte den Stallmeister durchdringend an, doch dieser weigerte sich nachzugeben und grinste einfach weiter. Edward spuckte seitlich aus und steckte die Pistole in seine Hose, und die Brüder traten hinaus in den sprühenden Regen.

Der Stallmeister ging zur Tür, blickte ihnen nach und rief: »Kommt ruhig wieder, Jungs, und sprecht mit mir, falls ihr was zum Reiten braucht. Ich mach die besten Angebote in der Stadt, und das is 'ne Tatsache.«

4 Der finstere Himmel grollte stetig, während sie durch die Stadt strichen und in die anderen Mietställe hineinschauten, doch sie fanden weder das Maultier Remus noch Daddyjacks Pferd. Keiner der Stallmeister hatte eine Frau oder ein Mädchen gesehen, die auf die Beschreibungen der Brüder passten.

Nach dem letzten Stall hatte der Regen wieder zugenommen, stocherte in die schlammigen Straßen und pladderte auf die Dächer. Sie betraten eine Schenke, und der plötzliche Luftschwall, der durch die Tür eingelassen wurde, ließ die Lampenflammen in ihren rußigen Gläsern flackern. In dem engen, schummrigen Raum war es laut vom Getrommel des Regens auf das Dach, und es stank nach der feuchten Kleidung von Männern, die sich zu lange nicht gewaschen hatten. Beschattete Gesichter drehten sich um und die Unterhaltung stockte, als die Brüder dastanden und Wasser von ihren Hüten auf den Boden schüttelten. Sie gingen zum Schanktisch, bestellten Whiskey, spülten ihn weg und bestellten noch einen und nippten schweigend daran, während im Raum die Gespräche allmählich wieder in Gang kamen. Als sie ihr zweites Glas geleert hatten, traten sie hinaus auf die kleine Veranda und beobachteten den Regen.

»Sieht jedenfalls nicht so aus, als würde es bald aufhören«, meinte John mit einem Blick auf den dunklen Himmel und dann zur Straße hinunter Richtung Westen. »Soviel ich weiß, liegt Texas immer noch da drüben. Je eher wir weitergehen, umso eher sind wir dort.«

»Ich geh nich ohne das Maultier«, sagte Edward.

John sah ihn an.

»Mach ich nicht. Ich lass das Maultier doch nicht bei einem dahergelaufenen Schmied für zwanzig Dollar. Is mir egal, ob sie ein Papier dafür unterschrieben hat.«

»Zum Teufel, mein Lieber, wann hast du *das* denn beschlossen?«

»Da drin, gerade eben.« Edward blickte zu einer Nebenstraße, und John folgte seinem Blick und erkannte die Straße, die zu dem Stall führte, wo sie das Maultier Foots gesehen hatten. Er sah Edward an und sagte: »Der Bursche sieht wie ein rauer alter Kerl aus.«

»Er hat sie um das Maultier betrogen, und ich hol es mir wieder. Der macht mir keine Angst.«

»Hab ich nicht behauptet. Mir auch nicht«, sagte John. Er sah wieder die Straße hinunter. »Wenn du das Maultier haben willst, dann würd ich sagen, holen wir's uns.«

Edward betrachtete den bewölkten Himmel. »Bald ist's richtig dunkel. Besser, wir warten noch.« Er fing Johns Blick auf die Tür zur Schenke auf. »Ich hab keine Angst, aber besser, wir machen das nicht halb betrunken.«

Sie hatten ihre Schusswaffen zum Schutz vor dem Regen in ihre Decken gewickelt und holten sie jetzt heraus und überprüften die Schlösser, um sich zu vergewissern, dass sie noch trocken waren, dann wickelten sie die Pistolen wieder ein. Sie saßen auf der Veranda mit dem Rücken zur Wand und warteten auf den Einbruch der Nacht, und als sie kam, standen sie auf und stapften die dickschlammige Straße hinunter.

Der Regen hatte unter beständigem Donnergrollen wieder nachgelassen, doch die Wolken waren noch dick und aufgewühlt und hingen tief. Gelegentlich ließen Blitze die Straßen in blauem Licht und schwarzen Schatten aufleuchten. Der Wind hatte jetzt an Stärke zugenommen und schüttelte in schweren, sprühenden Schwaden Wasser von den Bäumen. Sie konnten das Rauschen des angeschwollenen Flusses vernehmen. Der Geruch von blankem Lehm lag schwer in der Luft. Die Gebäude entlang der Hauptstraße waren geschlossen und dunkel bis auf die Schenken und Vergnügungssalons, durch deren Fenster schwankendes Lampenlicht drang und Musik und Gelächter herausschallte. Zwei Reiter in Regenjacken platschten laut vorbei und witzelten lärmend über Mobiles Freudendamen.

Sie gingen um die Ecke und sahen den Schein blassgelben Lichts vom Mietstall. Sie schlichen zur Tür und spähten hinein. Der Stallmeister saß in seinem Schaukelstuhl, nippte an einem Krug und redete mit der Bulldogge, die mit dem Kopf auf den Pfoten zu seinen Füßen lag. Sie traten ein, und der Hund sprang auf und knurrte leise mit gekrümmtem Rücken und gefletschten Zähnen.

Der Stallmeister stellte den Krug auf den Boden und erhob sich aus dem Stuhl, und John richtete das Hawken von der Hüfte aus auf ihn. Der Mann blieb stehen und sah schwermütig aus. Edward nahm ein aufgerolltes Seil von einer Boxtür, warf es ihm zu und befahl ihm, den Hund kurz angeleint an einen Pfosten zu binden. Der Mann tat wie ihm geheißen, und dann befahl Edward ihm, den Schlüssel für die Schreibtischschublade auszuhändigen und sich wieder in seinen Schaukelstuhl zu setzen. Er fesselte den Mann fest an den Stuhl, während die Bulldogge fauchend und geifernd, doch ohne zu bellen, an ihrer kurzen Leine zog. John fabrizierte aus einem Seil eine Zäumung für das Maultier und legte sie ihm an, während Edward zum Schreibtisch ging, die Schublade öffnete, den Kaufvertrag fand, ihn zusammenfaltete und in seine Tasche steckte.

»Wir könnten jedes deiner Tiere hier mitnehmen, wenn wir wollten«, sagte Edward zum Stallmeister, »aber wir sind nicht hier, um von dir zu stehlen, sondern nur um uns das zu nehmen, was rechtmäßig uns gehört. Du hast zwanzig Dollar für den alten Foots bezahlt, aber es war Betrügergeld, weil du ganz genau weißt, dass er mehr wert ist. Es is also nur gerecht, dass du verlierst, was du bezahlt hast.«

Während John sich daranmachte, einen breiten Streifen aus einem Jutesack zu schneiden, sagte der Stallmeister: »Ihr bestehlt mich, Jungs, egal wie ihr's dreht. Ihr kriegt es mit dem Gesetz zu tun. Seid ihr sicher, dass ihr das wollt?«

»Falls du uns doch irgendwann ein faires Angebot machen willst«, sagte John, »dann komm uns in Pensacola besuchen.« Er zwinkerte Edward über den Kopf des Stallmeisters hinweg zu. »Da wohnen wir, und dorthin sind wir unterwegs.«

John rollte den Jutestreifen zusammen und knebelte den Mann damit. Edward trat hinaus, um sich zu vergewissern, dass die Luft rein war, John blies die Lampe aus, und die Brüder bestiegen das Maultier Foots und ritten im Regen die Straße hinunter und aus Mobile hinaus.

5 Sie ritten die ganze Nacht hindurch und den größten Teil des nächsten Tages, wechselten sich unterwegs mit Schlafen ab, jeweils hintereinander, zogen immer weiter Richtung Westen, immer weiter weg von Mobile. Es regnete ohne Unterlass. Sie waren bis auf die Knochen durchnässt. Beim ersten Licht überflogen sie die verschwommene Landschaft hinter ihnen nach Anzeichen von Verfolgern. Der tief liegende Himmel wirkte wie aus Lehm gemacht. Auf dem Pfad entlang der Auen ging dem Maultier das Wasser bis zum Bauch und sie hielten nach Mokassinschlangen Ausschau. Die einzigen Geräusche waren der keuchende Atem und der platschende Schritt des Maultiers, während der Regen auf die Bäume prasselte und das Wasser mit Grübchen musterte. Ein totes Schwein trieb vorbei, sein verdrehtes Auge trüb wie Stein, und dann ein Dutzend weiße aufgeblähte Hühner, deren Federn der Wind verstreute. Als ein Katzenwels so groß wie ein Kind neben ihnen die Wasseroberfläche durchbrach, scheute das Maultier, und Edward wurde abgeworfen und bekam beinahe einen Tritt gegen den Kopf. Während er sich aufrappelte, schluckte er gehörige Portionen schlammigen Wassers. John beruhigte das Tier wieder.

Später an jenem Nachmittag ließ der Regen nach, doch der Himmel blieb bleiern. Während das Maultier durch das knietiefe Wasser vor sich hin platschte, sahen sie etwa dreißig Yards vor sich neben einem Zuckerrohrfeld bei der Straße etwas Großes auf dem Wasser schwanken. Es sah aus wie ein schweres Stück Holz, doch als sie näher kamen, entdeckten sie, dass es ein leerer Sarg war. Im Verlauf der nächsten halben Meile stießen sie auf vier weitere, alle leer. Die Luft roch jetzt nach Verwesung. Die Straße machte eine Biegung um ein weites Zypressenwäldchen, und dahinter trieben mehr als ein Dutzend Särge im Wasser, wo ein Friedhof überflutet worden war und das steigende Grundwasser die Särge aus der aufgeweichten vollgesogenen Erde nach oben gedrückt hatte. Die meisten Särge waren deckellos und leer, einige waren kaum mehr als ein paar verrottete Planken, die noch an ein paar verrosteten Nägeln zusammenhingen. Leichen in verschiedenen Stadien der Verwesung trieben in der langsamen Strömung der Überschwemmung. Die meisten hatten schon die Farbe der Erde angenommen. Einige waren im Gestrüpp und im Schilfrohr hängen geblieben, und jene, die auf dem Rücken schwammen, kehrten ihre schwarzen leeren Augenhöhlen und ihr verrottetes gelbes Grinsen dem trüben Himmel entgegen.

Jetzt sahen sie auf einer nahe gelegenen Anhöhe zwei Männer in schwarzen Regenjacken, die mit einem Stemmeisen einen Sarg bearbeiteten. Der Deckel knarrte und zerbrach, und einer der Männer beugte sich über den Sarg und rief: »Volltreffer!« Er sank auf die Knie und hob eine verfaulte Hand ins Blickfeld. Er zog ihr einen Ring vom Finger, spülte ihn im Wasser ab und hielt ihn hoch, damit sein Kompagnon ihn sehen konnte. Doch der andere hatte jetzt die Brüder entdeckt, nahm sein Gewehr von der Schulter, riss den Lappen herunter, den er um den Verschluss gewickelt hatte, um ihn trocken zu halten, und richtete die Waffe in Hüfthöhe auf sie.

Die Brüder ritten langsam in einer Entfernung von zehn Yards an ihnen vorbei, und Edward zog am Zaumzeug, um den neugierigen Blick des Maultiers von den Leichenfledderern wegzulenken. John hielt, den Finger am Abzug, das gespannte Hawken gegen seinen Schenkel gepresst. Die Männer hatten graubärtige, knochendürre Gesichter, und es lag nichts in ihren dunkeläugigen Mienen als scharfe Wachsamkeit. Niemand sagte etwas, und John behielt sie im Auge, bis er sich auf dem Rücken des Maultiers beinahe vollständig herumgedreht hatte. Die Leichenfledderer ihrerseits beobachteten sie, bis die Brüder um die nächste Biegung ritten und aus ihrem Blickfeld verschwanden.

6 Sie kampierten an diesem Abend auf einer kleinen Lichtung auf erhöhtem Gelände, dicht bewachsen mit Gebüsch und Laubbäumen und von einem reißenden Bach gesäumt, der hoch zwischen steilen Ufern dahinströmte. Edward hackte Äste von einer Wassereiche, schälte die nasse Rinde ab und benutzte das innere Holz, um ein Feuer zu machen, während John zum Bach ging und eine große Schildkröte für ihr Abendessen erlegte. Sie schnitten Steaks aus ihr heraus und brieten sie auf angespitzten Stöcken, die sie gegen die Feuersteine stützten. Sie fachten die Flammen an und zogen ihre Stiefel aus und stellten sie dicht neben das Feuer. Dann zogen sie sich bis auf die Haut aus und hängten ihre Kleider und Decken an einem Gerüst aus Weidenästen ums Feuer herum, damit diese, während sie aßen, trocknen konnten. Anschließend zogen sie Hosen und Hemden wieder an, rollten sich unter ihren klammen Decken zusammen und schliefen ein.

Edward träumte, er wäre wieder in der Hütte in Florida und säße am Tisch Daddyjack gegenüber, der ihn, ohne Hut und mit wirren Haaren, mit einem traurigen Auge und einer leer klaffenden Augenhöhle anstarrte, die mit Streifen trockenen, blutigen Schleims behängt war. Er wirkte weniger zornig als neugierig und etwas verwirrt. Edwards Herz klopfte. Er sagte Daddyjack, es tue ihm leid, wirklich, aber er habe seinen Bruder beschützen müssen. »Das ist gut«, sagte Daddyjack. »Ich schimpfe dich nicht deswegen, Brüder sollten sich immer umeinander kümmern.« Dann verzog er das Gesicht und schüttelte den Kopf, und Edward verstand nicht und fragte, was er meine, und Daddyjack schüttelte wieder den Kopf. Er drehte sich in seinem Stuhl und blickte aus dem Fenster in das Dunkel dahinter, und Edward sah das zerklüftete rotschwarze Loch in seinem Hinterkopf, wo die Pistolenkugel ausgetreten war. Daddyjack wies in die Dunkelheit hinaus und sagte: »Die Hure weiß es.« Und dann war seine Mutter am Fenster und sah zu ihnen herein und lächelte genau wie damals, als er sie zum letzten Mal gesehen hatte.

Er wachte im Dunkeln auf. Sein Gesicht war nass und Sprühregen fiel leicht auf das Laub. Ein verschwommener Viertelmond schien trübe durch eilende violette Wolken hindurch. Das Feuer war zu einem Bett hell glimmender Asche herabgebrannt, und in dem Geniesel stieg ein geisterhafter Rauch davon auf. Er hörte ein Rascheln im Gebüsch und vernahm deutlich, wie jemand mit krächzender Stimme flüsterte: »Hier. Sieht aus wie'n Feuer.«

John flüsterte ihm »Ward« ins Ohr und berührte leicht sein Gesicht. Edward nickte, wickelte sich aus seiner Decke und zog seine Stiefel an. Sie steuerten auf die Bäume entlang des Bachufers zu, doch sie waren kaum ein paar Schritte gegangen, da fiel hinter ihnen ein Gewehrschuss, und Edward spürte einen harten Schlag oben im Rücken und taumelte vorwärts. Er stürzte durch Niederholz schwer das Ufer hinab und in das Hochwasser des rauschenden Baches.

Wasser schoss ihm brennend in Mund und Nase, und er würgte und er spürte, wie er von der Strömung am Boden entlanggeschleift wurde, sodass er nicht aufrecht stehen konnte und sich gewiss war, er würde ertrinken. Er griff wild um sich und es gelang ihm, eine Wurzel zu packen und seine Rutschpartie stromabwärts zu bremsen, wieder festen Boden unter den Füßen zu finden und schließlich den Kopf über Wasser zu bekommen und nach Luft zu schnappen. Er erwischte einen Weidenast und zog sich ächzend die Böschung empor und fiel platt auf den Bauch, verschluckte sich, spuckte einen Strahl Bachwasser aus und blieb dann keuchend dort liegen. Der lange Muskel oben auf seiner Schulter schmerzte schlimm, und er spürte warmes Blut über sein Schlüsselbein rinnen, aber er konnte den Arm beugen und drehen und wusste, dass kein Knochen gebrochen war.

Er blieb still im Gras liegen und lauschte, versuchte, sein schweres Atmen zu dämpfen, und schmeckte das beißende und schlammige Erbrochene in seinem Mund. Ihm war, als hätte er im Wasser einen weiteren Gewehrschuss gehört, aber er war sich nicht sicher. Jetzt hörte er Stimmen in der Dunkelheit weiter oben am Bachufer, aber konnte nicht verstehen, was gesagt wurde. Jemand näherte sich, schob sich durch das Gebüsch, ohne Anstalten zu machen, unbemerkt zu bleiben. Edward nahm behutsam Daddyjacks

Schnappmesser aus der Tasche, öffnete die Klinge mit einer Drehung des Handgelenks und kroch tiefer in den Schatten eines großen Busches. Dort hockte er, flach durch den offenen Mund atmend und das etwas hellere Stück Himmel über dem Gebüsch beobachtend, lauschte er, während der Unbekannte stetig näher kam.

Als sich die Silhouette des Mannes vor den Flecken Himmel schob, erhob sich Edward lautlos hinter ihm, schlang ihm blitzschnell den Arm in einem Klammergriff um den Kopf mit einer Sicherheit, die ihm so selbstverständlich war wie das Atmen. Sein Arm erstickte den Schrei des Mannes, als er ihm das Messer in den Hals stieß und die Klinge herumdrehte. Er spürte, wie sie gegen den Genickknochen schrappte, und dann riss er sie mit einem Ruck heraus, und Blut sprudelte in einem riesigen Strahl hervor, spritzte über das Gebüsch und verebbte unvermittelt zu einem heißen pulsierenden Fluss, der nach geschnittenem Kupfer roch. Das Blut floss vom Hals des Mannes über seine Regenjacke und vorne auf Edwards Hemd. Der Mann wurde plötzlich schlaff, und sein totes Gewicht war mit nichts vergleichbar, was Edward jemals gespürt hatte. Er ließ die Leiche fallen. Das Herz schlug ihm wie wild gegen die Rippen. Das Blut war warm auf seinem Hemd, dick auf seinen Händen, der Geruch davon schwer auf seinem Gesicht. Er musste den Drang unterdrücken, laut aufzuheulen.

Ihm war schwindlig, und er fühlte sich schwach in den Beinen. Ein scharfer Schmerz schoss ihm durch den Hals bis zur linken Schulter. Er legte seine Finger auf den Muskel, der Hals und Rücken verband, und spürte die Wunde. Die Gewehrkugel war über seinem Schulterblatt ein- und knapp über dem Schlüsselbein ausgetreten, wo bei der geringsten Berührung heißer Schmerz aufloderte. Blut pulsierte aus der Wunde. Sein Hemd triefte.

Ein Gewehrschuss erschallte aus der Richtung des Lagerfeuers, und ein Mann heulte vor Schmerz auf. Edward sackte in die Hocke. Eine Stimme schrie: »Harlan, hilf mir! Mich hat's erwischt!«

Er klappte sein Messer zu und schlich in der Dunkelheit zu dem Toten hinüber, der, wie er inständig hoffte, Harlan war. Er nahm dem Mann die Pulverdose und die Kugeltasche ab, hob das heruntergefallene Gewehr auf, vergewisserte sich, dass es geladen war, und machte sich auf zurück zum Lagerfeuer. Behutsam, leichtfüßig und gebückt schlich er durch das Gebüsch, er hörte sein eigenes Atmen und die tropfenden Blätter, roch Blut und rohe Erde.

Er war nur noch ein paar Schritte von der Lichtung entfernt, als der Verwundete wieder nach Harlan rief. Dann wurde seine Stimme höher, als er sagte: »Oh, nein, mein Sohn, töte mich nicht. Ich wollte nich –« Ein dumpfer Schlag war zu hören und der Mann stöhnte tief.

Edward erhob sich und spähte durch die Büsche auf die Lichtung, wo ihr Lagerfeuer immer noch matt rötlich glühte. John stand über einem würgenden Mann in einer schwarzen Regenjacke, der auf der Seite lag, die Hände zwischen den Beinen. Am hinteren Rand der Lichtung lag ein Mann in einer gelben Regenjacke in einer so unnatürlichen Haltung, die nur die Toten einnehmen können.

Edward trat aus dem Gebüsch, und John wirbelte weißäugig herum, das Hawken wie einen Knüppel in den Händen, und als er sah, dass es sein Bruder war, senkte er das Gewehr und atmete scharf aus. »Verflucht, Bruder!« sagte er. »Ich war mir sicher, die haben dich erschossen.« Er sah sich schnell um und senkte die Stimme. »Da ist noch einer irgendwo.«

»Stimmt«, sagte Edward. »Aber der macht kein' Ärger mehr.«

»Wie das? Ich hab kein' Schuss gehört.«

»Schnappmesser schießt nicht.«

»*Schnappmesser*? Verflucht, mein Junge!« Johns Gesicht leuchtete vor Bewunderung mit einem wilden Hochgefühl so alt wie Kain. »Verdammt, kleiner Bruder«, sagte er und wies zu dem Mann in der gelben Regenjacke. »Wir haben sie alle niedergemacht, du und ich! Alle! Obwohl die *uns* überrascht haben.«

Edward spürte, wie er das Grinsen seines Bruders erwiderte. Der Mann zu Johns Füßen stöhnte leise. »Hier«, sagte John, »schauen wir mal, was wir hier haben.« Er setzte dem Mann seinen Stiefel auf die Schulter und gab ihm einen Stoß, sodass er auf den Rücken rollte. Selbst im schwachen Licht der glimmenden Asche war die entstellte Nase des Stallmeisters aus Mobile unverkennbar.

»Er und ein paar Freunde kommen den ganzen Weg im Regen, um uns wegen einem verdammten Maultier zu erschießen, das ihm sowieso nicht gehört hat.« John grinste hinunter auf den Stallmeister und sagte: »Dein Daddy hätte dir das Jagen besser beibringen sollen.«

Der Stallmeister blickte zu Edward und hob flehend eine Hand. »Bitte«, flüsterte er. Edward sah den dunklen Fleck über seinem Bauch, wo John ihn getroffen hatte, und wusste, dass die Verletzung tödlich war.

»Was willst du, krummer Hund?« fragte John den Stallmann. »Noch einen Tritt in die Nüsse? Willst du, dass ich dich von deinem Leid erlöse?« Er hob das Gewehr, um die Schaftkappe durch das entsetzte Gesicht des Mannes zu treiben, und Edward sagte: »Johnny, nicht.«

John sah ihn an, das Gewehr erhoben.

»Ist nicht nötig«, sagte Edward. »Nicht mehr.« Seine Wunde krampfte, und er fasste hin und taumelte.

John eilte zu ihm. »Verflucht, Junge – du blutest!«

Er ließ sein Gewehr fallen und stützte Edward, während der sich vorsichtig neben dem glühenden Feuer auf den Boden niederließ. Dann half er ihm, das blutdurchtränkte Hemd auszuziehen, und untersuchte die Wunde, so gut es in dem schwachen Feuerschein ging.

»Geht schon«, sagte Edward. »Brennt nur ein bisschen, weiter nix.«

John bestätigte, dass das Geschoss sauber durch den Muskel über dem Schlüsselbein gegangen war. Er sagte Edward, er solle bleiben, wo er war, während er Wasser vom Bach holte. Edward drückte fest auf die Wunde und starrte in die gelbrote Glut, als er vom lauten Stöhnen des Stallmannes aufgeschreckt wurde.

Dann entfuhr der Kehle des Mannes gurgelnd sein letzter Atemzug und verflüchtigte sich in die Nacht.

John wusch Edwards Wunde mit Bachwasser aus und legte ihm einen festen Verband aus dem Hemd des Stallmeisters an. Sie hörten das Wiehern der Pferde, mit denen die Männer gekommen waren, und fanden die Tiere zwischen den Bäumen festgebunden, kurz hinter dem Pfad, und brachten sie zum Bach, um sie zu tränken. In den Taschen der Männer aus Mobile fanden sie zwei Schachteln Zündhölzer, ein fein geschliffenes Schnappmesser und weniger als fünf Dollar. Unter den Habseligkeiten der Toten fanden sie auch Bündel mit geräucherter Meeräsche und gerösteten Maiskolben, und sie fachten das Feuer wieder an, setzten sich daneben und aßen.

Nach einer Weile sagte John: »Ich hätte nie gedacht, dass es sich, ich weiß nicht … *so* anfühlen würde.«

Edward sah noch die Aufregung in den Augen seines Bruders leuchten.

John sagte: »Ich meine, einen Mann zu töten. Ich hab immer gedacht, na ja, ich weiß nicht mehr, was ich gedacht hab … Aber ich hab nie gedacht, dass es sich so … verdammt *richtig* anfühlt …« Er grinste, und dann erinnerte er sich daran, wer der erste Mann war, den sein Bruder getötet hatte, und sein Grinsen verschwand und er sah weg.

Edward war selber kurz davor zu grinsen, hatte dann aber auch an Daddyjack gedacht. »Schätze«, sagte er, »hängt davon ab, wer der Bursche ist.«

»Ja, schätze auch.«

Sie aßen eine Weile schweigend, und dann fragte John, ob er meine, dass andere kommen würden, um nach diesen dreien zu suchen.

»Glaub nicht, dass sich irgendein Sheriff die Mühe macht«, sagte Edward. »Weiß zwar nicht, wer diese andern beiden da sind, aber der Nasenlose hat nix davon gesagt, dass einer von denen vom Gesetz ist. Vielleicht hat er ja versucht, das Gesetz auf uns zu hetzen, aber die werden sich wohl kaum um so was Unwichtiges wie ein Maultier kümmern, für das der Bursche noch nicht mal ein Papier hat. Könnte trotzdem sein, dass irgendwelche Verwandten sie suchen. Besser, wir ziehen weiter.«

Der Himmel war hart und grau im anbrechenden Tag, während sie den Männern ihre Regenjacken, Waffen, Pulver und Munition abnahmen. John nahm die Regenjacke des Stallmeisters für sich selbst. Der Mann, der am Rand der Lichtung ausgestreckt lag, hatte ein beinahe vollkommen rundes Loch über der linken Augenbraue, und als Edward ihn umdrehte, um ihm die gelbe Regenjacke auszuziehen, sah er die große Austrittswunde an seinem Hinterkopf. Ein toller Schuss unter diesen Umständen. John war immer schon der bessere Schütze gewesen.

Er tauschte sein Hemd gegen das unblutige des Mannes, dann

wuschen die Brüder die Regenjacken im Bach und zogen sie gegen das anhaltende Nieseln an. Der Mann mit der gelben Regenjacke hatte eine spanische Muskete getragen, die mehr als ein Jahrhundert zuvor geschmiedet worden war. John untersuchte sie, schnaubte verächtlich und schleuderte sie in den Bach. Die anderen beiden Waffen waren gut gepflegte Kentuckys vom Kaliber .45 mit in die Kolben eingebauten Kugelfächern. Dazu gehörten noch beinahe volle Pulverdosen. Einer der Männer hatte zusätzlich noch eine Pistole Kaliber .54 getragen, die John schnell für sich beanspruchte, mit der Begründung, dass Edward bereits eine Handfeuerwaffe habe, egal, dass ihm die .44-Munition dafür fehlte. Sie luden die Waffen neu und machten sich zum Weiterreiten bereit.

Das beste Pferd war eine Fuchsstute. Die Brüder warfen eine Münze und Edward gewann. Er nannte das Tier Janey in Erinnerung an ein hübsches Mädchen, das er einmal bei einem Scheunentanz kennengelernt und nie wieder gesehen hatte. Alle Sättel des Trupps waren verschlissen und gerissen. John bestieg ein gesundes, aber nervöses rotbraunes Tier und führte das dritte Pferd, einen alternden Falben, an der Leine. Edward zog das Maultier hinter sich her.

Am späten Morgen brach zum ersten Mal seit Tagen die Sonne durch die Wolken. Das Hochwasser ging stetig zurück, und am frühen Nachmittag ritten sie bereits hauptsächlich durch Schlamm. John erlegte mit der Pistole einen großen Hasen, nahm ihn aus, und sie brieten ihn auf einem Spieß, aßen die Hälfte und bewahrten den Rest für später auf. John sah nach Edwards Wunde, und sie war geschwollen und Blut sickerte aus ihr heraus. Bei Sonnenuntergang schlugen sie ihr Lager unter einer riesigen Eiche auf hohem trockenem Gelände auf und verspeisten den Rest des Hasen und sahen die westliche Baumlinie aufleuchten, als stünde sie in Brand.

Am nächsten Morgen hatte Edward hohes Fieber. Die geschwollene Wunde hatte die Farbe von verdorbenem Fleisch, und die Haut war gespannt. Er konnte den linken Arm nur unter Grimassen und Schmerzen heben. »Bleibt nix andres, als sie auszubrennen«, meinte John. »Hätte ich schon gestern tun sollen.«

Er fachte das Feuer an und legte einen Gewehrladestock hinein, bis das Metall leuchtend rot wurde. Edward saß dicht dabei, schob sich einen Stock zwischen die Zähne und packte den Gürtel über seinem Bauch fest mit beiden Händen. John nahm den alten Verband als Handschuh, um den glühenden Ladestock aufzuheben, und sagte: »Beiß drauf, Bruder.« Er presste das Ende der Stange in die hintere Öffnung der Wunde. Das Fleisch zischte und rauchte, und Edward schrie gellend durch den Stock hindurch, der zwischen seinen Zähnen knirschte. Die Sehnen in seinem Nacken traten wie Drähte hervor. Dann schob John die Stange in das vordere Ende der Wunde, und es zischte nicht mehr so laut. Um die Abkühlung des Eisens auszugleichen, ließ er diesmal den Stock etwas länger drin, bevor er ihn zurückzog. Edward atmete keuchend aus und sackte nach vorne, der zerbrochene Stock fiel ihm mit blutigem Speichel bedeckt aus dem Mund. Der widerwärtige Geruch von verbranntem Fleisch lag wie Fett in der Luft.

John wischte den Ladestock an seinem Hosenbein ab und sagte: »Schätze, wir sollten es noch einmal machen, nur um sicher zu sein, dass nichts bleibt.«

Edward sah zu dem bösen Grinsen seines Bruders hoch und lächelte schwach. »Du trauriger Hurensohn.«

»Das musst du gerade sagen, kleiner Bruder«, sagte John. »Das musst du gerade sagen.«

7

Früh an jenem Abend stießen sie auf eine Familie, die in Sichtweite des Pfades neben einem Pappelhain kampierte. Am Himmel leuchtete im Westen ein roter Streifen, der mit dünnen violetten Wolken verwischt war. Stärlinge krächzten in ihren hohen Schlafplätzen und Baumfrösche quakten ohne Unterlass. Die Brüder fragten die Siedler, ob sie etwas Kaffee erübrigen könnten, und wurden von ihnen zum Abendessen eingeladen.

Sie kamen aus South Carolina und waren unterwegs nach Ost-Texas. Der Mann, ein Farmer namens Campbell, war ein vierschrötiger Mann, der schleppend sprach. Sein Gesicht war schlimm verunstaltet, ein Backenknochen stak scharf hervor, während der andere eingefallen war, ein Auge saß höher und tiefer im Kopf als das andere, die Nase war schief, der Unterkiefer verschoben, und dem oberen fehlten beide Vorderzähne. Die Narben vereitelten jede Vermutung, dass er mit diesem Gesicht geboren worden war. Der Mann war irgendwann einmal beinahe zu Tode geprügelt worden.

Farmer Campbells Stimme wallte aus der Tiefe seiner Nase hervor. Er sagte, er habe genug von Carolina und habe lange darüber nachgedacht, in den Westen zu ziehen, habe sich aber gescheut, seine Töchter der Gefahr durch die verdammten Indianer auszusetzen. Aber er habe die Nachrichten aus Texas aufmerksam verfolgt und schätze, die Texaner würden mit Sicherheit die Angliederung an die Union annehmen, die der Kongress im Winter genehmigt hatte.

»Sowie der Bundesstaat kommt, wird die US Army bestimmt das Land von den Wilden säubern, damit ein Mann es vernünftig bewirtschaften kann«, sagte er. »Verflucht, könnte sein, dass die Texaner schon längst beigetreten sind. Natürlich muss man jetzt noch mit den verdammten Mexikanern rechnen. Aber die sind keine große Sorge wert. Die Hundesöhne konnten schon vor zehn Jahren Texas nicht gegen Sam Houstin und zweihundert Texaner halten, und jetzt drohen sie, gegen die gesamten Vereinigten Staaten von Amerika Krieg zu führen darüber, wo die Grenze verlaufen soll. Also, wenn die ihr verfluchtes Maul weiter so aufreißen wie jetzt, dann kann es sein, dass sie sich gar keine Sorgen mehr um 'ne Grenze machen müssen, weil sie dann gar kein gottverdammtes Land mehr haben, für das sie 'ne Grenze brauchen, Herrgott noch mal!«

»Douglas Campbell!« fuhr seine Frau ihn an. »Willst du wohl sofort aufhören mit dieser schrecklichen Sprache und all dieser Gotteslästerei vor deinen Töchtern!« Die Mädchen waren etwa neun und zehn Jahre alt und schienen sich über die Gottlosigkeit ihres Vaters zu freuen. Der Farmer zwinkerte den Mädchen mit einem Achselzucken zu, und sie versteckten ihr Lächeln hinter vorgehaltener Hand. Mit einem verzweifelten Seufzer füllte die Mutter die Teller.

Als Campbell fragte, wohin sie wollten, widmete Edward sich ganz seinem Teller mit Maisbrot und Bohnen und Opossum-Eintopf, obwohl er noch fiebrig war und ihm der richtige Appetit fehlte, und überließ es John, dem Mann zu erzählen, sie seien nach New Orleans unterwegs. Er sagte, sie hätten dort einen Onkel, der Möbel machte und ihnen das Handwerk beibringen wollte. Edward warf seinem Bruder einen bewundernden Seitenblick zu, wie leicht ihm doch das Lügen fiel. Sie hatten vereinbart, niemandem ihr wirkliches Ziel zu verraten, für den Fall, dass jemand hinter ihnen her war und sich nach zwei Jungs erkundigte, die kürzlich drei Bürger von Mobile getötet hatten.

Als Edward nach dem Essen versuchte, sich auf seinem linken Arm abzustützen, um sich zu erheben, schoss ihm ein stechender Schmerz von der Schulter hoch durch den Hals. Die Frau bemerkte seine Grimasse. »Nanu, mein Sohn, du bist verletzt!«

Edward versuchte es herunterzuspielen, doch auch Campbell meinte fürsorglich, wenn Edward eine Verletzung habe, sollte er seine Frau sie sich mal ansehen lassen. »Sie ist eine natürliche Heilerin, wenn es so was gibt«, sagte er. Edward zögerte, doch John sagte: »Lass sie nachsehen, Bruder. Ich bin mir nicht sicher, wie gut ich es gemacht hab.«

Die Frau half Edward beim Ausziehen des Hemds, unterzog die Wunde einer genauen Untersuchung und blickte dann zu ihrem Mann. Er kam dazu und besah sie sich ebenfalls. Er schaute die Brüder an, als sähe er sie zum ersten Mal. Dann setzte er sich hin und machte sich daran, seine Pfeife zu stopfen und anzuzünden.

Die Frau lobte John für seine fachkundige Handhabung des Brenneisens, doch weder sie noch Campbell fragte Edward, woher er die Wunde hatte. Sie hieß die ältere Tochter von einem sauberen Leinenlaken Streifen für einen Verband schneiden, und sagte der jüngeren, sie solle einen Kessel Wasser kochen und mit einem Teil davon eine Tasse Rotwurzeltee zubereiten. Sie holte eine Handvoll Wildkartoffelblätter aus dem Wagen und zerdrückte sie in einer kleinen Menge Wasser, um eine Salbe daraus herzustellen. Als das heiße Wasser bereit war, tauchte sie einen sauberen Streifen Leinen hinein, wusch dann die Wunde behutsam aus, tupfte sie trocken, legte die Blattsalbe darauf und umwickelte sie mit einem frischen Verband. Das jüngere Mädchen bot Edward eine dampfende Tasse Rotwurzeltee an, und die Frau wies ihn an, sie bis zum letzten Tropfen auszutrinken. »Das ist Weidenrinde«, sagte sie. »Das nimmt jedes Fieber weg, das du noch hast.«

Nachdem die Frau und die Mädchen sich zur Nachtruhe in den Wagen zurückgezogen hatten, blieben Campbell und die Brüder noch beim verglimmenden Feuer sitzen und tranken Kaffee. Eine Weile lang saßen alle drei schweigend da, dann fragte Campbell mit leiser Stimme, ob den Jungs vielleicht der Sinn nach etwas Stärkerem als Kaffee stünde. Edward und John tauschten ein Grinsen aus, und John entgegnete, er glaube, etwas Stärkeres wäre sehr willkommen. Campbell blickte zum Wagen, als wolle er sich vergewissern, dass seine Frau tatsächlich schlief. Er legte einen Finger an die Lippen und erhob sich. Er ging zu einer Ecke des Wagens und nahm behutsam einen Rucksack, der dort hing, herunter, kam damit zum Feuer zurück und zog einen verkorkten Krug heraus.

»Meine Alte denkt, ein Schluck Sprit ist ein Schluck von des Teufels eigener Spucke«, sagte er. »Hat wahrscheinlich recht. Aber was soll's, hin und wieder braucht ein Mann den Geschmack von gutem Fusel, sonst verliert er seinen Saft vollkommen. Hab ich recht, Jungs?« Die Brüder versicherten ihm, dass er absolut recht habe. Sie flüsterten alle drei.

»Vor allem, wenn ein Verwundeter unter ihnen ist«, sagte Campbell und goss einen großzügigen Schuss Selbstgebrannten in jeden Becher. »Verwundete sollen alle Hilfe nehmen, die sie kriegen können.« Die Brüder sagten, auch da habe er recht wie sonst nur was.

»Trifft sich, dass ich selbst seit über einem Jahr 'ne richtig böse Wunde mit mir rumtrage«, sagte John mit ernster Miene. »Letztes Jahr bei 'nem Tanz passiert. Sarah Jean Charles hat sich geweigert, eine Runde mit mir zu drehen. Hat mein armes Herz schlimmer zugerichtet als ein Indianerpfeil, und ich bin immer noch nicht gesund.« Edward grinste, und der Farmer schlug sich leicht auf den Schenkel und bedeckte seinen Mund, um sein Kichern zu ersticken. Die drei stießen sachte mit ihren Bechern an und nahmen einen Schluck, gefolgt von einer Reihe von leisen anerkennenden Seufzern.

So tranken sie eine Weile, nippten immer wieder und schmatzten mit den Lippen. Der Farmer schenkte eine zweite Runde ein und reichte Edward etwas Tabak, mit dem dieser seine Pfeife stopfte und anzündete und an John weitergab. Sie rauchten und tranken zufrieden schweigend, genehmigten sich noch eine Runde und prosteten sich wieder wortlos zu. Der Mond stand hoch, als der Farmer für alle einen letzten Schluck ausschenkte, und sie stießen mit ihren Bechern an und tranken und legten sich dann zur Ruhe.

Am Morgen hatte der Schmerz von Edwards Wunde merklich nachgelassen, und er hatte überhaupt kein Fieber mehr. Die Frau von Farmer Campbell untersuchte die Wunde, verkündete dann, dass sie sich schön verschorfe, und legte einen frischen Verband an. Die Brüder frühstückten noch gemeinsam mit der Familie, und anschließend packte die Frau für sie noch ein Stück Maisbrot und ein paar Haxen zum Mitnehmen ein. Als Zeichen der Dankbarkeit für die erwiesene Gastfreundschaft und Edwards Verarztung schenkten sie Campbell den alten Falben, und sie dankten auch den Töchtern für ihre Fürsorge. Dann ritten sie fort, die aufgehende Sonne im Rücken.

8 Richtung Westen nach Mississippi hinein. Tage brennender Sonne und schwammiger, feuchter Hitze. Reife Flachlandgerüche. Sie ritten auf verschlungenen Pfaden über niedrige Hügel und durch dichte Pinienwälder, durch Wälder voll moosbehangener Eichen und Magnolienbäume, deren weiße Blüten fast platzten. An manchen Nachmittagen wölbten sich die Wolken dunkel und riesig über dem Golf, Donner rollte und Blitze verzweigten sich grell, und Wind schüttelte die Bäume und Regen fegte heran und wühlte frischen rotgelben Schlamm auf. Manchmal regnete es nachts, und die Brüder fluchten und schliefen unruhig in durchweichten Decken. Doch morgens teilten sich die Wolken, und die Sonne brach rot durch die Bäume, und die Flüsse stiegen für den Rest jenes schwülen Sommers nicht mehr über ihre Ufer.

Sie kannten keine Eile, und selten trieben sie ihre Tiere zum Trab an. Manchmal verweilten sie tagelang bei einem Lagerfeuer. Sie erlegten Rehe und stopften sich mit den gebratenen Lenden voll und räucherten das Rückenfleisch in dicken Streifen. Sie kletterten auf Bäume, um sich einen Rundblick zu verschaffen und die Wolken näher zu betrachten und ihre Namen über die Wipfel hinauszubrüllen. Sie badeten in Seen und kescherten mit ihren Hemden Katzenwels aus den Bächen. Sie dösten im hohen Sommergras. Sie übernachteten auf Wiesen, knochenbleich im Schein des Mondes, unter Himmelszelten, die schwarz waren wie Geheimnisse und von Sternen barsten. Sie deuteten verschiedene lodernde Kometen als Vorzeichen ihrer eigenen leuchtenden Zukunft und erzählten einander von den schönen Frauen, von denen sie geliebt werden, und dem großen Reichtum, den sie gewiss anhäufen würden.

Sie wurden von einem Arbeitstrupp, der die Brücke reparierte, über den Pasacagoula gebracht, teilten mit den Männern ihre Beute von geräuchertem Wild und lernten von ihnen Drei-Karten-Poker, das manche Monte nannten. Der Einsatz waren zwei Bits. Edward war unfähig zu verlieren. Wenn jemand ein Ass auf der Hand hatte, hatte er ein Paar Dreien. Hatte jemand ein Paar Damen, wartete er mit einer Vier-Fünf-Sechs auf. Als John drei Sechsen hinlegte und schon dachte, er hätte die Partie gewonnen, zeigte Edward vergnügt eine Straße von drei Achten und holte sich den Pot. Er gewann eine Partie nach der anderen und lachte, als er das Geld einstrich. Die Augen der Arbeiter wurden schmal, und ihre Münder zogen sich zusammen.

Als Edward drei Asse mit der Herz-Sieben-Acht-Neun übertrumpfte und zum achten Mal in Folge gewann und seinen Gewinn damit auf beinahe zwanzig Dollar erhöhte, warf der mit den Assen seine Karten weg und sagte: »Du falschspielender Hundesohn!«

Edward sprang auf und trat ihm in die Kehle, bevor das Messer des Mannes seine Scheide verlassen hatte. John stieg schnell auf sein Pferd und hielt mit wild klopfendem Herzen die anderen mit der Pistole in Schach, während Edward das Geld zusammenschaufelte, auf die Fuchsstute aufsaß und mit dem Maultier im Schlepptau davongaloppierte. John verhielt sein Pferd, die entsicherte Pistole auf die Arbeiter gerichtet, bis Edward weit genug entfernt war. Dann riss er die Zügel herum und machte sich im Galopp aus dem Staub, um seinen Bruder einzuholen. Sie lachten und juchzten und ritten schnell, bis die Sonne unter der Baumlinie war. Dann bogen sie vom Pfad ab in die tieferen Wälder hinein und machten sich dort ein feuerloses Lager und wechselten sich während der Nacht mit Wachehalten ab, aber niemand kam hinter ihnen her.

9 Eines frühen Morgens, als die Sonne sich gerade zwischen den Bäumen zu zeigen begann, stießen sie auf eine Hauserrichtung. Mehrere Familien waren zusammengekommen, um einem Nachbarn zu helfen, sein neues Blockhaus auf einer Lichtung voller Wildblumen aufzustellen, in Sichtweite des Pfades und flankiert von einem breiten, flachen Bach. John rief den Leuten einen Gruß zu und fragte, ob sie etwas Kaffee übrighätten, und die Brüder wurden eingeladen, abzusteigen und zu frühstücken. Sie saßen an einem von zwei langen behelfsmäßigen Tischen und taten sich gütlich an gebratenem Katzenwels und Maisgrütze mit roter Soße, Maisbrot mit Sirup und gekochtem Gemüse. Sie tranken dampfende Becher Zichorie. An den Tischen herrschte ausgelassene Unterhaltung und lautes Gelächter, und die Kinder beäugten die beiden Fremden scheu und hielten sich kichernd die Hand vor den Mund, wenn John oder Edward ihnen zuzwinkerte oder mit den Augenbrauen wackelte. Es waren großzügige, von harter Arbeit gezeichnete Menschen, die hier zusammengekommen waren. Einige Familien hatten sich in der Gegend niedergelassen, bald nachdem Jackson die Creeks besiegt hatte, andere waren erst vor Kurzem eingetroffen. Die Neuankömmlinge, die Familie, deren Haus heute errichtet wurde, waren aus dem Alabama-Hochland gekommen, um das fruchtbare Auenland des Mississippi zu bestellen.

Als das Gespräch auf die Brüder kam, verfiel John wieder auf seine Lüge mit dem Onkel, bei dem sie in New Orleans in die Lehre gehen wollten. Sodann gab er seine schlechte Meinung von Mobile zum Besten, berichtete von den Überschwemmungen in Alabama und erzählte auch von den Leichenfledderern, die sie bei ihrem gruseligen Geschäft überrascht hatten. Einige Männer räusperten sich und warfen Seitenblicke auf die am Tisch sitzenden Frauen, die sich angelegentlich mit ihren Tellern beschäftigten, und Edward gab seinem Bruder mit einem Blick zu verstehen, dass er sich weitere Bemerkungen zu dem Thema lieber verkneifen solle. Sie putzten ihre Teller mit dicken Stücken Maisbrot sauber, sahen einander an, und John sagte zu den Männern am Tisch, es wäre ihm und seinem Bruder eine Ehre, ihnen bei der Arbeit zur Hand zu gehen. Ihr Angebot wurde dankbar angenommen.

Während der vorangegangenen Tage hatte der nachbarschaftliche Hausbautrupp das für den Bau benötigte Holz gefällt, es geschält, entastet und die Stämme auf die richtige Länge zugeschnitten und sie von Ochsen zum Bauplatz schleppen lassen. Heute sollte nun das Blockhaus errichtet werden.

Das Haus würde ein aus zwei Räumen bestehendes Rundbalken-Blockhaus mit Eckenausklinkung und ohne überdachten Durchgang werden. Edward und John grinsten über die Schlichtheit des Entwurfs, und die Arbeit ging schnell vonstatten. An Daddyjacks Seite hatten sie Blockhäuser mit vierkant behauenen Stämmen errichtet, und die hatten sie zuvor mit Zimmermannsäxten zugeschnitten, die einen Winkelgriff hatten, um ihre Hände vor den Stämmen zu schützen. Doch hier brauchten sie nur die Stämme einzukerben und die Außenwände zu errichten, indem sie die Stämme mithilfe von Gestellen einen auf den anderen rollten. Zwei Männer zogen von oben die Stämme mit Seilen hoch, während zwei weitere unten sie mit dicken Stangen auf die Gestelle hinaufschoben. Während die Brüder mit an der Errichtung der Außenwände arbeiteten, spalteten andere Männer Schindeln mit Klopfholz und Spalteisen und hobelten sie mit Abziehmessern ab. Gegen eine der Rückwände errichtete eine Gruppe größerer Kinder unter der Anleitung eines älteren Mannes einen provisorischen Lehmschornstein, den man später durch einen steinernen ersetzen würde. Die warme Morgenluft erbebte vom stetigen Hacken der Äxte und den dumpfen Schlägen der Hämmer. Als die Frauen das Esseisen schlugen, standen bereits die Außenwände, und der größte Teil des Schornsteins und der Dachrahmen war auch schon aufgebaut.

Die Männer versammelten sich alle am Bach, um sich in gelöster Stimmung zu waschen, mit viel familiärem Gescherze und Geschiebe und anerkennenden Bemerkungen über die Geschicklichkeit der Brüder mit der Axt. Dann nahmen alle an den Tischen Platz, wo Wildeintopf und gebackene Kartoffeln, Augenbohnen und Yams und Maiskolben, Kekse und Soße und Erdbeerpastete aufgetragen wurden. Das Tischgespräch drehte sich darum, wer in der Gegend geheiratet hatte, wer geboren worden und wer gestorben war. Die meisten Todesfälle hatten sich unter gewaltsamen Umständen ereignet. Einem Mann wurde der Schädel durch den

Tritt eines Maultiers eingeschlagen. Ein anderer Mann trat fehl, als er eine Plankenbrücke überquerte, und stürzte mit seinem kleinen Sohn, den er auf der Schulter trug, in den reißenden Fluss, wo beide ertranken. Einem anderen sprang die Säge aus der Kerbe und zerschnitt seinen Oberschenkel bis zum Knochen, und er verblutete, während er heimwärts hinkte. Eine weitere Nachricht, die am Tisch die Runde machte, war, dass am nächsten Samstagabend auf Nathaniel Hurleys Farm ein Scheunentanz stattfinden sollte. John raunte Edward zu, wie gern er dafür noch hier wäre, angesichts all der hübschen Mädchen. Als die Männer mit Essen fertig waren, gönnten sie sich noch ein paar Minuten Entspannung mit ihren Pfeifen und Zigarren und gingen dann wieder an die Arbeit.

Während ein Trupp Männer das Dach fertigstellte, schnitt ein anderer, zu dem auch John und Edward gehörten, Öffnungen in die Außenwände für Fenster und Tür, und ein weiterer füllte die Ritzen in den Wänden mit Lehm. Die Brüder stellten ihren meisterlichen Umgang mit verschiedenen Sägen unter Beweis, und am Ende des Tages hatten sie sich unter diesen Männern einen Ruf als wahre Holzhandwerker erworben. Als das Blockhaus schließlich fertig war, stand die Sonne immer noch über den Bäumen. Die Männer klopften sich gegenseitig auf die Schulter, und jeder sammelte sein Werkzeug ein und legte es in seinen Wagen. Dann nahmen alle zu einem Abendessen von Schinken und Bohnen, Gemüse und Maisbrot Platz.

Dann wurden die Banjos und die Fiddles herausgeholt, und alles versammelte sich auf einem breiten gerodeten Flecken, und ein Rotbart namens O'Hara sang ein Lied über ein Mädchen namens Molly in der schönen Stadt Dublin, und dann eines über das liebliche County Galway. Als der Hauptfiddler einen Squaredance ankündigte, stellte sich das Volk schnell in Gruppen auf. Fiddles und Banjos stimmten eine lebhafte Melodie an, und der Fiddler rief die Tanzfiguren aus. Edward und John hatten als kleine Jungen in Georgia Tanzen gelernt und machten mit. Es folgten Reels und Walzer und noch mehr Squaredances, die sich hier größter Beliebtheit zu erfreuen schienen. Im Licht der Lampen tauchte der Staub von den tanzenden Füßen die ganze Szene in ein sanftes gelbes Licht, und die Brüder grinsten und grinsten jedes Mal, wenn sie den Blick des anderen erhaschten, während sie mit einem lächelnden Mädchen nach dem anderen tanzten.

Als sie sich für einen Schluck aus einem Krug Cider zu ein paar Männern hinter einen der Wagen gesellten, stieß Edward John an und sagte leise: »Siehst du das apfelhaarige Mädchen da, mit dem ich getanzt habe? Will verflucht sein, wenn die mir nicht schöne Augen gemacht hat.«

John grinste und sagte: »Ich war viel zu sehr mit dem schwarzhaarigen Fohlen da drüben beschäftigt. Siehst du sie? Da – wie sie gerade Wasser für ihren Papa holt? Ist die nicht was?«

Edward tat so, als werfe er einen prüfenden Blick auf die Brünette, und nickte weise, während er sich übers Kinn strich. »Na ja, Bruder. Muss zugeben, sie ist nicht schlecht für eine, die aussieht, als hätt sie das eine oder andere Feuer mit ihrem Gesicht ausgemacht.«

John packte ihn am Hals und tat so, als würde er ihn erwürgen. »Du bist ja ungefähr der *blindeste* Hurensohn von allen!«

Edward lachte, als er sich aus dem Griff befreite. »*Ich* blind? Ich bin doch nicht derjenige, der sie hübsch findet!«

Einige der Männer, die vom Cider-Krug nippten, grinsten über sie; jeder von ihnen hatte selbst Brüder und war vertraut damit, wie Brüder miteinander umgingen. Der ihnen am nächsten saß, lehnte sich vor und sagte mit leiser Stimme: »Ich muss dem hier recht geben« – er wies mit einem Nicken auf John – »wegen dieser krähenhaarigen Jeannie Walsh. Ist ein hübsches Ding. Aber ihr Jungs solltet lieber aufpassen, dass die Daddys von diesen Mädchen euch nicht zu vertraulich über ihre Töchter reden hören. Einige von den Männern da sind nicht so duldsam wie einige andere von uns.«

Edward sagte: »Wir wollten nicht unhöflich sein.«

»Sagen Sie mal, Mister«, sagte John, »welche ist denn Ihre Tochter?«

»Nun ja, ehrlich gesagt«, sagte der Mann, und sein Grinsen wurde breiter, »ich hab gar keine. Daher bin ich auch so duldsam.«

Die Brüder fielen in sein Lachen ein.

Sie tanzten und tanzten. Auf ihren Hüten zeigten sich dunkle Schweißränder, ihre Gesichter glänzten, und ihre Hemden klebten ihnen an Brust und Rücken. Als die Fiddler und Banjospieler endlich ihre Instrumente niederlegten und der Tanz vorbei war, wurden die Mädchen, mit denen sie getanzt hatten, von ihren Vätern fortgerufen. John und Edward standen da und sahen zu, wie sie zu ihren Wagen gingen. Die Daddys warteten auf sie, und beide Väter verzogen das Gesicht, als die Mädchen sich umdrehten, um den Brüdern zum Abschied zu winken.

Sie legten ihre Schlafdecken unter eine Pappel dicht an den gurgelnden Bach und starrten dann auf dem Rücken liegend hinauf zum Dreiviertelmond, der durch die Äste schien.

Nach einer Weile sagte John: »Hast du gesehen, wie sie uns angesehen haben?«

»Das waren schon zwei richtig kesse.«

»Nicht sie. Ihre verdammten Daddys.«

Edward drehte sich um und spuckte Richtung Bach. »Sie passen nur auf ihre Töchter auf«, sagte er. »Das müssen Daddys so machen.«

»Wir sind ungefähr die Besten, die sie je mit einer verdammten Axt oder Säge gesehen haben, wir zwei«, sagte John. »Aber sie wissen, wir haben kein bisschen Geld oder Land. Deswegen haben sie uns so angesehen. Das ist der einzige Grund. Die wollen doch nicht, dass ihre Töchter sich auf jemand einlassen, der nicht ein kleines Stück Land hat.« Er stützte sich auf den Ellbogen und sah Edward an. »Nur noch ein guter Grund, uns schleunigst ein Stück Land zu besorgen und was draus zu machen, das jeder Mann respektieren kann. Dann wollen wir mal sehen, ob's da einen unter denen gibt, der was dagegen hat, seine Tochter an mei'm Arm zu sehen.«

Edward lächelte über seinen Bruder im gefleckten Mondlicht. »Weißt du, was ich glaube? Ich glaub, du hast 'n Schluck zu viel von dem Fusel da gehabt, das glaub ich.«

»Du weißt, dass ich recht hab.«

Edward seufzte. »Ich weiß, Johnny. Schlafen wir.«

Kurz bevor er einschlief, hörte Edward John wieder sagen: »Du weißt, dass ich recht hab.«

Sie schliefen bis Tagesanbruch, und da waren die meisten Familien schon fort. Die Brüder frühstückten mit der Familie, die in dem neuen Blockhaus wohnte. Rückenspeck und Grütze und süßes frisches Maisbrot mit Kaffee. Und nachdem sie ihnen für die

Mahlzeit gedankt und den Dank der Familie für die Hilfe beim Hausbau entgegengenommen hatten, schwangen sie sich in den Sattel, trieben ihre Pferde auf den westlichen Pfad und folgten ihren Schatten Richtung Westen.

10

Sie wateten durch Bäche, Ströme und Flüsse und durchquerten Wälder, die so dicht waren, dass sie zur Mittagsstunde im Zwielicht ritten. Adler verließen ihre Horste in den hohen Pinien, über den Wiesen kreisten langsam Rotfalken, und schlanke Blaureiher staksten langbeinig an den flachen Gewässern entlang. Scharfschnabelige Schlangenhalsvögel hockten an den Ufern und spreizten ihre Flügel der Nachmittagssonne entgegen. In der Dämmerstunde lugten Eulen von ihren kahlastigen Hochsitzen auf die Brüder hinunter. Vereinzelte Wolfsrudel streiften noch durch diese Wälder, und ihr qualvolles Heulen trug weit zwischen den Bäumen hindurch. In einigen Nächten brüllten Pumas so nah an ihrem Lager, dass Edward spürte, wie sich die Haare auf seinen Armen aufrichteten. Eines nebligen Morgens stießen sie auf eine Schwarzbärin, die ihren beiden Jungen im Bach das Fischen beibrachte. Wasser perlte silbern von ihrem indigofarbenen Pelz, als sich die Bärin knurrend und riesig auf die Hinterbeine aufrichtete. Die Pferde scheuten, und die Brüder hatten Mühe, sie zu zügeln, stießen ihnen dann die Fersen in die Flanken und galoppierten den Pfad hinunter.

An einem Sonntagmorgen, als sanfte gelbe Strahlen schräg durch die Bäume fielen, wurden sie Zeugen einer Taufe in einem nebligen Bach hinter einer weißen Kirche mit einem schlanken spitzen Turm. Der Täufling war ein groß gewachsener Mann mit zerfurchtem Gesicht und Haaren so weiß wie sein kragenloses Hemd. Während die Gläubigen eine Hymne freudiger Erlösung anstimmten, kniff er sich die Nase zu und wurde von zwei vierschrötigen Männern, die ihn auf beiden Seiten stützten, nach hinten gekippt und vollständig untergetaucht, während der Prediger Worte der Reinigung sprach. Als der Weißhaarige nach Atem ringend und prustend hochgezogen wurde, beugte sich eine Frau ein paar Schritte von den Brüdern entfernt zu einer Freundin und sagte laut genug, dass Edward und John es hören konnten: »Mir tun die Fische in dem Bach da leid. Die ersticken wahrscheinlich an den Sünden, die von *dem* alten Gauner abgewaschen wurden!« Sie bemerkte das Grinsen der Brüder und errötete tief, bevor sie zurücklächelte und sich abwandte.

Hier und dort entlang der Landstraße fanden sie die Überreste verlassener Wagen, die meisten umgekippt und bis auf die Achsen für Brennholz ausgeschlachtet. Gelegentlich trafen sie auf den verfaulten, von Maden wimmelnden Kadaver eines Zugtieres. Eines Tages fanden sie am Straßenrand einen weit aufgeklappten Koffer, aus dem sich verschiedene Kleidungsstücke ergossen, darunter zwei Männerjacken gleicher Größe, sodass die von Edward etwas lose an seinem Körper hing, doch Johns passte beinahe so, als sei sie für ihn geschneidert worden. Der Koffer enthielt auch ein paar berüschte Stücke Damenunterwäsche und die gekrümmte Haarbürste einer Frau. Die dünne baumwollene Wäsche mit den Spitzenrändern und roten Schleifen zwischen den Händen zu spüren, erregte die Brüder. Sie stellten wilde Mutmaßungen über deren Besitzerin an und wie es dazu gekommen sein konnte, dass der Koffer am Straßenrand zurückgelassen worden war mit solch persönlichen Kleidungsstücken, die da der vorbeiziehenden Welt dargeboten wurden. Die Unterwäsche rief eine Flut fleischlicher Bilder wach, und ihre Nacht war ruhelos mit wollüstigem Sehnen.

Am nächsten Tag wandten sie sich auf der Landstraße nach Biloxi Richtung Süden und ritten am späten Nachmittag in die Stadt ein, wo sie als Erstes einen Mietstall aufsuchten, um Erkundigungen einzuholen. Sie wurden zum westlichen Stadtrand verwiesen und erreichten schließlich ein stattliches zweistöckiges Haus, das in Sichtweite eines weißen Golfstrands im Schatten einiger mächtiger Lebenseichen stand. Die Bäume waren mit spanischem Moos behangen, die Luft war diesig von dunkelgelbem Sonnenlicht.

Die Eigentümerin war Mrs. Clark, eine Frau mittleren Alters und von aristokratischer Erscheinung, die die Brüder freundlich willkommen hieß, doch ihnen mitteilte, dass Waffen im Hause streng verboten seien und sie daher ihre Schusswaffen und Messer zusammen mit ihrer Ausrüstung der Obhut der Stallknechte übergeben müssten. Sie erlaubte ihnen, im Salon etwas zu trinken, während sie die Mädchen in Augenschein nahmen und ihre Wahl trafen, doch sie bestand darauf, dass sie sich der Badewannen im hinteren Teil des Hauses bedienten, bevor ihnen erlaubt werde, mit den Mädchen nach oben zu gehen. John beschwerte sich, dass es hier ja verdammt viele Regeln gebe, doch die Brüder taten wie ihnen geheißen.

Sie vergnügten sich fröhlich in benachbarten Zimmern, bis ein sanftes Klopfen an den Türen ein Ende der Vergnügung oder zusätzliche Bezahlung signalisierte, falls sie ihren Spaß fortsetzen wollten. Die Brüder steckten ihren harten bleichen Oberkörper zum Flur hinaus, grinsten sich zu und meinten, warum nicht. John gab der Aufseherin das Geld für eine weitere Runde, und sie brachte ihnen frische Handtücher. Dann tauschten die Brüder die Mädchen, die nackt und kichernd im Flur aneinander vorbeihuschten. Ihr Lustgelage währte die ganze Nacht hindurch. Als der Morgen anbrach, waren sie beide mit jedem der sechs Mädchen zusammen gewesen, und nun humpelten sie wie nach geschlagener Schlacht die Treppe hinunter zum Stall hinaus und ließen sich behutsam in den Sattel fallen. Sie hatten bis auf drei Dollar ihr gesamtes Geld durchgebracht, und einen davon verwendete Edward noch auf eine Flasche Bourbon zum Mitnehmen. Alle Mädchen des Hauses standen zum Abschied zusammen mit Mrs. Clark draußen auf der Veranda, bliesen ihnen Küsse zu und nannten sie Helden, und die Brüder grinsten stolz. Mrs. Clark erzählte ihnen von einem Etablissement in Nacogdoches, Texas, das ihre verwitwete Schwester führe, eine Mrs. Flora Bannion, und empfahl ihnen ihre Dienste, sollten sie je in jener lebhaften Stadt vorbeikommen. Als die Brüder davonritten, winkten die Mädchen und riefen ihnen zu, sie sollten bald wiederkommen.

An jenem Abend saßen sie um das Lagerfeuer und ließen eine Weile schweigend und zufrieden die Flasche hin und her gehen. Als ein Drittel der Flasche geleert war, hoben sie an, sehnsüchtig von der vergangenen Nacht zu schwärmen. Als der Bourbon die Halbwegmarke erreichte, begannen sie die unterschiedlichen Attribute der Mädchen zu vergleichen. Sie waren sich einig, dass Jolenes Brüste am schönsten geformt und Sue Ellens Brustwarzen am längsten waren und Belindas Gesicht am hübschesten war, dass Rose Marys

Beine die schönsten waren und Coras Bauch mit Sicherheit die süßeste Rundung hatte. Marceys Lippen waren am küssenswertesten und Belindas Mund war der begabteste. Doch als Edward meinte, es gebe ja wohl keine Frage, dass Sue Ellen den tollsten Hintern habe, war John anderer Meinung und entgegnete, jeder mit einem Paar Augen im Kopf könne sehen, dass das hübscheste Hinterteil im Haus Cora gehörte.

Edward gab zurück, jeder, der denke, Cora habe einen hübscheren Hintern als Sue Ellen, könne offenbar einen Frauenarsch nicht von einem Sack Süßkartoffeln unterscheiden. John erwiderte, von ihm aus könne sich Edward ruhig mit Süßkartoffeln auskennen oder nicht, aber er habe verflucht noch mal keine Ahnung vom Arsch einer Frau, und wo man schon bei dem Thema sei: Von Titten habe er auch nicht gerade viel Ahnung, da es doch sonnenklar sei, dass Belinda die schönsten habe. Er habe nur aus reiner Höflichkeit zugestimmt, dass die von Jolene die schönsten seien, aber er wolle verflucht sein, noch einmal zu jemandem höflich zu sein, der sich in Sachen Frauenärsche so wenig auskannte. Ehrlich gesagt, fügte John hinzu, war Belindas Mund auch längst nicht so geschickt wie Coras.

Also, wenn *er* jetzt mal gottverdammt ehrlich sein wolle, entgegnete Edward, sei er mit *keiner* von Johns Vorlieben einverstanden und habe nur eingewilligt, weil im Buch der Bücher steht, wir sollten freundlich sein gegenüber den Schwachsinnigen, und jeder, der glaube, Cora habe den hübschesten Arsch von allen, müsse ja wohl schwachsinnig sein und vielleicht gerade noch wissen, wie man ein- und ausatmet.

John gab zurück, Edward verstehe vom Buch der Bücher ungefähr so viel wie von Frauen, nämlich absolut gar nichts.

Sie fuhren mit diesem Zwiegespräch fort, bis die Flasche leer war und sich ihre Argumente vollkommen verknäult hatten und sie Mühe hatten, sich daran zu erinnern, welche Mädchen ihrer Meinung nach in welcher Hinsicht die Schönsten waren. Als sie sich schließlich in ihre Decken einrollten, sagte Edward, er könne es kaum verstehen, aber er fühle sich in dieser Minute sogar noch geiler als am Abend zuvor.

»Mein armer alter Johannes ist beinahe blutig, und meine Eier fühlen sich an, als ob ein Maultier draufgetreten wär, und ich kann an nix anderes denken, als mich an ein nackiges Mädchen zu pressen.«

John sagte, er wisse, was er meine, und sei es nicht schade, dass man die Befriedigung nach einer guten Vögelei nicht aufbewahren konnte, um in einsamen Zeiten davon zu zehren. »Weißt du, so wie ein Eichhörnchen Nüsse für den Winter lagert.«

Edward meinte, dass sei so ungefähr das Idiotischste, was er je gehört habe, und fragte John, wie lange er schon an dieser Geisteskrankheit leide. Johns Antwort darauf war ein lautes feuchtes Schnarchen. Einen Augenblick später schlief auch Edward.

Er träumte von den Mädchen in dem Etablissement in Biloxi. Er sah sich mal mit Jolene, mal mit Marcie, mal mit Cora, Sue Ellen und Rose May und dann mit allen zusammen in lustvollem Getummel auf dem Bett. Plötzlich machte sein Herz einen Sprung bei dem Anblick von Daddyjack, der in seiner blutigen Hose auf der Bettkante saß und mit breitem Grinsen die nackten Mädchen betastete. Die Mädchen lachten, und eines von ihnen fuhr mit dem Daumen über den Rand seiner leeren Augenhöhle, und die anderen liebkosten ihn abwechselnd zwischen den Beinen, und zwischen ihren Fingern sickerte Blut. Daddyjack schnitt eine Grimasse und fasste sich an seine verstümmelten Geschlechtsteile und sah Edward an, der auch einen scharfen Schmerz zwischen den Beinen spürte. »Schmerzt höllisch, nicht?« sagte Daddyjack. Edward erwachte und lockerte seine Hose, die seine wunde Erektion eingeklemmt hatte. Seit sie Florida verlassen hatten, hatte er beinahe jede Nacht von Daddyjack geträumt.

11

Gelegentlich trafen sie auf dem Pfad auf Siedlerfamilien und tauschten Wild gegen Kaffee oder Hirsebrot oder Maiskolben. Sie badeten in Flüssen, wuschen ihre Kleidung und beobachteten braune Otter, die im Wasser planschten und sich gegenseitig an der Böschung jagten. Sie dösten nackt in der Sonne, während ihre Kleidung trocknete und die Pferde und das Maultier zufrieden im hohen Gras weideten.

»Warum haben wir eigentlich nicht schon viel früher angefangen, so zu leben«, meinte Edward eines Abends schläfrig beim Feuer, während er auf der Seite lag und in die Flammen starrte.

»Weil wir Daddyjack da noch nicht getötet hatten«, sagte John unumwunden, ohne ihn anzusehen. Er war schon den ganzen Abend launisch und einsilbig gewesen, saß da im Schneidersitz und stocherte mit einem Stock im Feuer. Sein Gesicht lag im Schatten der Hutkrempe.

Keiner von beiden sagte an jenem Abend noch etwas, aber zum ersten Mal fragte Edward sich, ob John wohl auch von Daddyjack träumte, und kam zu dem Schluss, dass das ziemlich sicher der Fall war.

12

Sie ritten unter strahlenden, sonnenüberfluteten Himmeln. Sie ritten durch Eichenhaine, die beinahe bis zum Boden mit graugrünen Ranken von spanischem Moos behängt waren, das wie das Haar der Toten aussah, das Haar großer Hexen, deren Wald dies gewesen sein mochte. Sie ritten durch Felder von bleichem Gras, das den Bauch ihrer Pferde streifte. Beinahe einen Tag lang ritten sie durch Wolken von burgunderroten Libellen, die hier in der Gegend Skeeterhawks genannt wurden und deren plötzliche Geschwindigkeits- und Richtungswechsel sämtlichen Naturgesetzen zuwiderzulaufen schienen, und kein einziges Mal setzte sich eine auf sie. Krähen krächzten von den hohen Pinien, Spottdrosseln schrillten aus dem Gebüsch. Als sie durch einen breiten, langsamen Bach wateten, fingen sie den unverwechselbaren Gestank einer Wassermokassinotter auf. So stark war der Geruch, dass er von einem ganzen Nest kommen musste. Auch die Pferde nahmen ihn wahr, und Reiter wie Tiere blickten wild um sich, entdeckten aber keine Schlangen. Die Brüder trieben ihre Pferde an, und sie peitschten durch den Bach und hinauf auf das andere Ufer und fort von dem schrecklichen Gestank.

An einem anderen Nachmittag stiegen sie bei einem Bach ab, um ihre Flaschen zu füllen, und kaum waren sie aus dem Sattel, kam ein riesiges Wildschwein aus dem Gebüsch gebrochen und stürmte auf sie zu. Die verängstigten Pferde gingen durch, und Edward war so überrascht, dass er sein Gleichgewicht verlor und kopfüber in den Bach fiel, während das Wildschwein mit seinen scharfen Hauern auf ihn zustürmte. Das Wildschwein rannte zum Rand des Ufers und wirbelte dann herum, erspähte John, der mit offenem Mund dastand, und ging auf ihn los. John sprang hoch, packte einen Eichenast, zog sich hinauf und klammerte sich mit Armen und Beinen an ihm fest, etwa zehn Fuß über dem Boden und vielleicht die Hälfte davon über den aufgerichteten Hauern des schnaubenden Wildschweins. Dann krachte Edwards Gewehr, und John hörte die Kugel in die Seite des Wildschweins prallen. Das Wildschwein taumelte, drehte sich um und rannte jetzt wieder auf Edward los, der triefnass dastand und sich nun Johns Gewehr schnappte, anlegte und schoss. Die Kugel traf das Tier ins Gesicht, seine Vorderbeine gaben nach, und es sank zu Edwards Füßen zusammen. Dort schrie es erbärmlich und trat wild um sich, bis Edward seine Pistole direkt zwischen die Ohren abfeuerte und es tötete.

John ließ sich von dem Ast auf den Boden fallen und lachte. »Ha! Dein Gesicht, als das Schwein aus den Büschen auf dich zugestürmt ist! Und der *Platscher*!« Er warf die Hände hoch und breit in die Luft, um das aufspritzende Wasser nachzuahmen, als Edward in den Bach gefallen war. Vor lauter Lachen konnte er kaum gehen.

»Das war nicht halb so komisch, wie du auf den Baum gehüpft bist, das kann ich dir sagen. Hätt ich diesen Burschen nicht erschossen, wärst du die ganze verdammte Nacht dort oben geblieben, bis du runtergekracht wärst und er dich ordentlich aufgespießt hätte.« Doch Edwards Grinsen war schwach. Er wusste, er hatte die lächerlichere Figur abgegeben. Er kniete neben dem Wildschwein und gab vor, es eingehend zu untersuchen, bis John, immer noch lachend, näher kam. Edward sprang auf und fing ihn in einer Bärenumarmung, hob ihn in die Luft und schleppte ihn zum Bach. John erkannte, was er vorhatte, und versuchte verzweifelt, sich zu befreien, doch Edward schaffte es, mit John fest umklammert zum Ufer zu wanken, und er stieß ein irres Lachen aus, als er von der Böschung sprang und sie beide ins Wasser purzelten. Sie kamen prustend und ringend nach oben, und mal drückte der eine den Kopf des anderen kurz unter Wasser, bevor ihm der andere entwischte und seinerseits die Oberhand bekam. Sie tauchten sich gegenseitig ein halbes

Dutzend Mal unter, bis sie den Wasserkampf für unentschieden erklärten und hustend, fluchend und lachend wieder ans Ufer krochen. Nach Atem ringend sagte John: »Aber du hättest *wirklich* dein Gesicht sehen sollen … als du …«, und Edward packte ihn in den Schwitzkasten, und das Gerangel ging im Gras am Bach weiter, bis die Sonne beinahe bis zu den Bäumen gesunken war und beide erschöpft waren.

Während John das Wildschwein im Licht der Abenddämmerung ausnahm, machte Edward sich auf die Suche nach den Pferden und fand sie eine Viertelmeile weiter den Pfad hinunter auf einer Wiese grasen. Sie brieten das Schwein an einem Spieß. Die Schenkel erwiesen sich als zäh, doch die Rückenrippen waren schmackhaft, und die Brüder schlugen sich den Bauch voll, bis sie fetttriefend gesättigt waren.

Am nächsten Nachmittag trafen sie auf einer großen Wiese am Waldrand auf eine Lagerversammlung. Es mochten beinahe dreihundert Menschen sein, die sich da versammelt hatten – Männer und Frauen, Kinder und Alte, die Brüder hatten ihre lauten Stimmen beinahe schon eine halbe Stunde, bevor das Lager in Sicht kam, vernommen. Es war ein wolkenloser und schwüler Tag. Sie hielten ihre Pferde hinter der letzten Reihe der Anwesenden an und ließen ihre Tiere im Schatten der Bäume grasen. Dann richteten sie ihren Blick zur anderen Seite der Wiese, wo ein Prediger in Farmerkleidung auf einer Bretterkanzel stand und zur Menge sprach. Er betupfte sich das Gesicht mit einem zusammengeknüllten Taschentuch, und seine angestrengte Stimme klang schwach, doch vernehmbar bis zu ihnen. Er sprach von den zahllosen Segnungen des Christentums und den Belohnungen eines tugendhaften Lebens, und sein Publikum lauschte, nickte und durchsetzte seine Pausen mit einem Chor von »Amen!«.

Dann verabschiedete sich der Prediger von der Menge mit einem »Gott segne euch« und stieg von der Kanzel. An seine Stelle trat ein anderer Prediger, der auch wie einer aussah, gekleidet wie er war, in einem schwarzen Anzug, mit schwarzer Cowboy-Krawatte und einem breitkrempigen schwarzen Hut, unter dem schwarzes Haar bis auf die Schulter herabfiel. Für einen langen Moment stand er da und betrachtete schweigend die Menschenmenge, lehnte sich auf das Podium, als würde er im nächsten Augenblick darüberspringen in das Feld der Menschen hinein. Mitten an diesem drückend heißen Sommertag, an dem sich die Männer immerfort über die Stirn wischten und die Damen sich ohne Unterlass zufächelten, schien er kühl und ohne zu schwitzen dazustehen.

Und jetzt hob er an, vor der versammelten Brüdergemeinde von der Sünde Lohn zu sprechen, der nicht nur sicherer Tod und Verdammnis war, sondern ewige Höllenqual, von den entsetzlichsten Strafen, dem besiegelten Schicksal der verlorenen Seelen. Er begann langsam und sprach so leise, dass John und Edward, die sich ein Stück hinter der Menge befanden, seine Worte kaum verstehen konnten. Doch als er allmählich in Fahrt kam, schwoll seine Stimme an, schwoll immer mehr an und wurde fester und verwandelte sich in die hämmernde Stentorstimme geweihter Autorität. Er sprach von brüllendem Höllenfeuer und Schwefelrauch und Schmerzen, die jeder Vorstellung, jedem Albtraum spotteten. Sprach von gehörnten und pferdefüßigen Dämonen mit dornigen Peitschen, Dämonen, deren Erscheinung und Wesen aller Beschreibung trotzten und deren ewiges Vergnügen es war, die markerschütternden Schreie der Verdammten hervorzulocken. Dämonen, deren Gelächter dem Tollhaus des Teufels entstammte und sich mit dem unablässigen Geheul der Verurteilten vermengte und ohne Unterlass von den lodernden Mauern der Hölle widerhallte. Er sprach von Miasmen, neben denen sich die stinkendsten Abtritte und die Pestilenzgerüche verrottender Toter wie die lieblichen Düfte von Blumengärten ausnahmen, von Ausdünstungen, so abscheulich, wie sie noch keinem menschlichen Odem widerfahren waren. Er beschwor ein entsetzliches Schreckensbild nach dem anderen, und die Menge hatte schon bald vor Grausen und Selbstmitleid zu stöhnen begonnen. Nun weinten einige von ihnen frei heraus und andere schluchzten, als sie sich ausmalten, was sie jenseits des Grabes erwartete, wenn sie nicht hier und heute handelten, um sich der Errettung ihrer Seelen zu versichern. Jetzt stimmten einige ein Heulen und Wehklagen an, verdrehten die Augen und schüttelten sich wie unter Krämpfen, während die schrecklichen Verkündigungen des Predigers über die Wiese hallten. Während John und Edward sich mit einem unsicheren Grinsen ansahen, begannen selbst ihre Pferde zu stampfen und zu scheuen, da sie die zunehmende Angst und Tollheit um sich herum spürten, und die Brüder mussten die Zügel ihrer Tiere anziehen und ihnen beruhigende Worte in die Ohren flüstern. Im nächsten Moment wurde die Masse der Gläubigen von heftigen Zuckungen ergriffen, einige sanken zu Boden und wälzten sich umher, und alle stöhnten und flehten mit lauter Stimme Jesus an, er möge ihre verfluchten Seelen retten. Und immer noch brüllte der Prediger seine Worte von Verderben und Verdammnis hinaus. Die Pferde waren jetzt so aufgeschreckt, dass sie sich gegen die Zügel sträubten, als seien auch sie von den gleichen zuckenden Krämpfen entsetzter Ekstase befallen wie die Menge vor ihnen.

»Verflucht noch mal«, schrie John Edward zu. »Hauen wir ab!«

Sie zogen ihre Tiere herum und stießen ihnen die Fersen in die Flanken, und in einer einzigen Bewegung erhoben sich die Pferde auf die Hinterbeine und schossen vorwärts, als brannten ihre Schwänze lichterloh. Erst nach zwei Meilen auf dem Pfad verlangsamten sie ihren Galopp, und selbst dann zogen die Tiere einen nervösen Passgang vor, anstatt sich auf ein gemächlicheres Tempo einzulassen.

John sagte, so etwas habe er noch nie in seinem Leben gesehen, und er hätte nichts dagegen, wenn es dabei bliebe. Edward schüttelte den Schweiß aus seinem Hut und meinte, er sei auch nicht davon begeistert.

»Was meinst du, warum die das alle so mitgenommen hat?« fragte John.

Edward entgegnete, das wisse er nicht. Dann sagte er: »Kann sein, dass das richtig echte Gläubige sind.«

»Gläubige?« sagte John. »Gläubige von *was*?«

Edward zuckte mit der Achsel. Inzwischen schien sich sein Tier wieder eher in einen Schrittgang zügeln zu lassen.

John verlangsamte sein Pferd und fiel zurück neben seinen Bruder. »An was glaubt einer, dass er das tut, was die getan haben?«

Edward sah ihn an und zuckte wieder mit den Achseln. »Keine Ahnung. Das, was man ihnen da alles gesagt hat, schätze ich.«

»*Alle* diese Leute glauben was, nur weil es ihnen jemand gesagt hat?«

»Kann mir keinen andern Grund vorstellen.«

»Also, ich will verflucht sein, wenn *ich* jemals an so was glauben will.«

Edward grinste. »*Ich* glaube, darüber brauchen wir uns keine großen Sorgen zu machen.«

Sie sahen einander einen Moment lang an, als würde jeder plötzlich etwas von sich selbst im anderen sehen. Dann lachten sie und ritten weiter.

13

An einem späten Nachmittag mit zarten rosa Wolken am Himmel überquerten sie den Wolf River in der Nähe eines kleinen Ortes, von dem ein solcher Lärm herüberdrang, dass die Brüder dachten, es sei eine Feier im Gange. Sie lenkten ihre Tiere zu der Ortschaft hin und entdeckten bald an ihrem Rand eine lärmende Menge von etwa hundert Menschen, die um eine große Lebenseiche versammelt waren. Eine Meute Hunde rannte aufgeregt umher, bellte und winselte, verkeilte sich in knurrenden Gefechten, in die lachende, fluchende Männer mit Fußtritten dazwischenfuhren.

Als die Brüder näher kamen, sahen sie das Schlingenende eines Seils über einen niedrigen Ast der Eiche segeln und lose nach unten wackeln, wartenden Händen entgegen. Einen Moment später wurde das Seil straff, und die Umstehenden brüllten, als ein Schwarzer mit nacktem Oberleib, die Hände auf den Rücken gefesselt, über den Köpfen der Zuschauer in Sicht kam. Sein Hals war unter der würgenden Schlinge zu unglaublicher Länge gestreckt, mit den Beinen trat er wild um sich, die Augen groß wie Eier und die Zunge dick hervorgewölbt. Vorne auf seiner hellbraunen Hose breitete sich ein dunkler Urinfleck aus.

Das Seil wurde plötzlich locker, und der Neger krachte hart zu Boden, und die Menge jubelte, als einige Männer nach vorne eilten und ihn traten, kleine Buben ihn mit Stöcken schlugen und Frauen auf ihn spuckten und die Hunde nach seinen Beinen schnappten. Dann spannte sich das Seil wieder bebend und zerrte den Schwarzen wie eine riesige Marionette auf die Beine, und wieder zog es ihn hoch in die Luft, und Steine flogen in hohem Bogen aus der Meute und prallten von seinem Kopf ab. Jetzt waren seine strampelnden Beine durch seine Hose behindert, die ihm bis zu den Schienbeinen heruntergezogen worden war, sodass seine Geschlechtsteile entblößt waren.

Ein großer kinnloser Mann mit Zylinder trat hervor, griff hoch und packte mit einer großen Hand die baumelnden Geschlechtsteile des Schwarzen, zog sie lang und trennte sie mit einem einzigen glatten Rasiermesserschnitt sauber ab. Blut spritzte aus der Wunde heraus und strömte hellrot die schwarzen Beine des Negers herunter, und die Zuschauer johlten. Der große Mann warf die abgetrennten Teile der Hundemeute zu, es gab ein kurzes wildes Gefecht unter ihnen, dann riss ein Hund den Hodensack ab und schluckte ihn hinunter, und ein anderer, dem die Spitze des dunklen Phallus aus dem Maul stak, rannte durch die lachende Menge, die anderen Hunde auf seinen Fersen.

Wieder wurde das Seil locker und der Erhängte stürzte zu Boden. Die Schlinge wurde gelockert und dann wieder um seinen geschwollenen, unförmigen Hals gelegt, und Wasser wurde ihm ins zerschlagene Gesicht geschüttet. Die Meute krähte vor Vergnügen, als die Nachricht durch die Menge ging: »Er lebt immer noch!«

Die Brüder tauschten staunende Blicke aus. Edward beugte sich im Sattel herunter und fragte einen Mann in der Nähe: »Sagen Sie, Mister, was hat der Nigger eigentlich *verbrochen*?«

Der Mann blickte scharf auf und sah erst ihn und dann John mit zusammengekniffenen Augen an. »Etwas, wo er sich jetzt verdammt noch mal wünscht, dass er's nicht getan hätte!« Mehrere Männer und Frauen in Hörweite lachten herzhaft.

Nun wurde dem Neger die Hose von den Füßen gezogen, und er wurde mit Lampenöl übergossen und wieder an der Schlinge hinaufgezogen. Der Mann mit dem Zylinder entflammte ein Zündholz, das schwefelig funkte, und hielt es an die blutigen, ölglänzenden Beine des Schwarzen. Im Nu war er eine lebende Fackel. Seine Beine zuckten wild, als könnten sie in der Luft selber Halt finden und ihn von diesem Grauen forttragen. Die Schreie, die ihm trotz der würgenden Schlinge entfuhren, waren so laut, dass sie noch über dem Grölen der Menschenmenge zu hören waren. Noch nie hatte Edward derartige Schreie aus dem Mund eines Mannes gehört, hätte sich solche Laute nie auch nur vorstellen können.

Die Flammen loderten auf, verschlangen den Kopf des Schwarzen, und seine bebenden Schreie wurden schriller, und er wand sich und zappelte wie ein riesiger dunkler Fisch an einer Leine. Jetzt verbrannten die Seile um seine Hände und zerfielen, und seine Feuer sprühenden Arme ruderten, und dann ganz plötzlich sackten seine Hände herunter, die Schreie verstummten, und er hing schlaff herab und war tot.

Die Leiche brannte weiter. Das verkohlende Fleisch knisterte und warf Blasen und tropfte, und jetzt nahm die Menge den schrecklichen Gestank wahr, und Frauen hielten sich Tücher vor das Gesicht und zogen hastig ihre Kinder fort. Die Brüder sahen einander an, und John sagte: »Jesses!«

Das Feuer züngelte hoch zu dem Schlingenknoten, und plötzlich riss das Seil und die menschlichen Überreste fielen in einem großen Funkengestöber zu Boden. Einige Schaulustige jubelten, andere juchzten und ein paar Frauen kreischten, manche aus Angst vielleicht, andere aus Hochgefühl.

Nun wandte sich der Mann mit dem Zylinder um und lenkte seine Schritte zurück zu dem Ort, hastig gefolgt von einer Frau mit Sonnenhütchen und einem halben Dutzend Buben und Mädchen verschiedenen Alters, die alle wie der Vater kein Kinn hatten. Binnen weniger Minuten danach zerstreute sich die Menschenmenge. Außer den Brüdern waren nur noch eine Handvoll kleiner Jungen und ein paar Männer zurückgeblieben, die Pistolen und Halstücher und eine unnahbare Autoritätsmiene zur Schau trugen, während sie am Baumstamm lehnten, ihre Pfeifen rauchten und sich leise unterhielten. Die Buben umringten die verkohlte Leiche und machten sich gegenseitig auf verschiedene Einzelheiten aufmerksam, stupsten sich mit den Ellbogen und lachten. Einer trat gegen die Beine des Toten und schlug ein verkohltes Stück von etwas ab, das noch vor Kurzem lebendiges Fleisch gewesen war, und die Jungs lachten lauter. Einer der Männer am Baum sagte: »Genug jetzt, Jungs, macht euch davon«, und als einer der Buben leise etwas zu den anderen murmelte, richtete sich der Mann mit einem scharfen Blick auf, und sie flitzten mit schallendem Gelächter davon.

Die Brüder warfen noch einen letzten Blick auf die sterblichen Überreste des Schwarzen, zogen dann die Zügel ihrer Pferde herum und ritten weg.

14 Es zog sie nach New Orleans – Dixie City, so genannt, seit die Vereinigten Staaten Louisiana gekauft hatten und Banken in New Orleans Zehn-Dollar-Scheine ausgaben, die auf der einen Seite mit einem englischen »Ten« und auf der anderen mit einem französischen »Dix« bedruckt waren. Die Amerikaner hatten ihre eigene Art, das französische Wort auszusprechen, und nannten den Schein oft einen »Dixie«, und sehr bald stand das Wort für die Stadt selbst. Die Brüder hatten von Dixie Citys verderbten Vergnügungen gehört und waren begierig, selber von ihnen zu kosten. Doch solche Vergnügungen waren teuer, und ihr letztes Geld hatten sie für einen Krug Whiskey ausgegeben, den ihnen ein Händler unterwegs angeboten hatte. So suchten sie sich Arbeit in einem Holzfällerlager knapp östlich des Pearl-Flusses, um ihre leere Geldbörse wieder zu füllen.

Sie fällten und säuberten Zypressen und schafften die Stämme auf Lastschlitten zum Fluss, wo sie, zu Flößen zusammengebunden, im Schlepptau gezogen wurden. Einige wurden auf Broadhorns oder Kielboote geladen, je nach dem Bestimmungsort des Holzes und den Wasserwegen, die dafür durchschifft werden mussten. Sie schufteten von morgens bis abends und legten den größten Teil ihres Lohnes beiseite, doch an jedem Zahltag steckten sie etwas von ihrem Geld in den Einsatz für Edward, den besseren Spieler von beiden, damit er an einem der halben Dutzend Pokerspiele teilnehmen konnte, die jeden Samstagabend in den Unterkünften veranstaltet wurden. Über die nächsten Wochen blieben ihm am Schluss eines jeden Spiels immer ein paar Dollar Gewinn übrig, doch gab es zu viele Falschspieler, als dass er ständig gewinnen konnte.

Dann spielte eines Samstagabends sein Glück verrückt, und binnen einer Stunde hatte er über vierzig Dollar gewonnen. Woraufhin ein großer Schwede namens Larsson ihn des Betrugs beschuldigte. Als sie ihre Hemden auszogen und nach draußen stapften, um die Angelegenheit zu regeln, wurden lärmige Wetten auf den bevorstehenden Kampf abgeschlossen. Weil der Schwede dreißig Pfund schwerer und einen Kopf größer war als Edward, hatte John wenig Mühe, eine Quote von 3:1 auf seinen Bruder zu bekommen.

Sie kämpften auf der mit Fackeln beleuchteten Lichtung vor den Unterkünften, umringt von den Holzfällern, die nach Blut und Verstümmelung brüllten. Bei all seiner Größe und Körperkraft war Larsson, wie die meisten Holzfäller, ungelenk und schwerfällig. Edward hingegen war behände und hatte schnelle Fäuste und die Schlagkraft eines viel größeren Mannes. Immer wieder ließ er die tapsigen Angriffe des Schweden ins Leere laufen, wich geschmeidig seinen weiten Schwüngen aus und konterte mit einem Trommelfeuer, das Larssons breites, wütendes Gesicht bald in ein blutiges Stück Fleisch verwandelte. Einige in der Menge, die viel auf den Schweden gesetzt hatten, riefen jetzt immer wieder erbost: »Betrug!« Und dann, nachdem er beinahe eine Viertelstunde lang mit seinen wilden Schwingern meistens danebengeschlagen hatte und von Edwards harten Gegenschlägen bombardiert worden war, heulte der Schwede verzweifelt auf, stürmte mit ausgebreiteten Armen auf ihn zu, umfing ihn in einer Bärenumarmung, hob ihn von den Füßen und biss ihm die Spitze seines rechten Ohrs ab.

Edward brüllte auf und rammte Larsson sein Knie zwischen die Beine. Die Augen des Schweden quollen hervor und sein Griff lockerte sich, und Edward schlug ihm mitten ins Gesicht, und dann ließ der Schwede ihn endlich los und taumelte rückwärts, während ihm das Blut aus der Nase strömte. Edward versetzte Larsson einen gewaltigen Schlag gegen den Kiefer, der ihn zu Boden warf, dann stürzte er sich auf ihn und trat ihm wieder und immer wieder gegen den Schädel und hätte ihn sicherlich umgebracht, hätte jetzt nicht eine Schar kühlerer Köpfe eingegriffen und ihn zurückgehalten.

John gewann über siebzig Dollar bei der Wette. Er schlug jubelnd auf Edwards wunden Rücken, bis Edward ihm sagte, er solle aufhören, oder er würde ihm seinen verdammten Arm brechen. Am folgenden Morgen war Edwards eingekerbtes Ohr geschwollen und mit getrocknetem Blut verkrustet, und sein Rücken und seine Rippen fühlten sich an, als wäre er aus einem Baum gefallen. Aber jetzt hatten sie eine Menge Geld und waren für Dixie City gerüstet. Sie verkauften das Maultier an einen Vorarbeiter und verdingten sich als Bootshelfer auf einem antiken, stark umgebauten Kielboot, das mit einer Ladung Zypressenholz und einem halben Dutzend Milchkühe flussabwärts fahren wollte. Sie brachten ihre Pferde im Bordstall bei den Kühen unter und legten bei Sonnenaufgang an einem kühlen Tag Anfang November Richtung New Orleans ab.

15 Sie fuhren den trägen Strom des Pearl hinunter zum Delta, machten gelegentlich an einem Flussdorf halt, um sich satt zu essen oder für einen abendlichen Scheunentanz und eine Rauferei mit den örtlichen Rabauken. Eines späten Abends auf dem Fluss brannten am ganzen Himmel fallende Sterne. »Die Leoniden«, sagte der Kapitän. Den hartgesottenen Matrosen verschlug es den Atem, und sie zeigten nach oben wie Kinder bei einem Feuerwerk. Ein Trommelfeuer von Kometen durchkreuzte den Nachthimmel wie brennende Kanonenkugeln und erleuchtete das Dach der Welt mit Flammen. Die Brüder standen da und staunten.

Eines frühen Nachmittags legten sie bei einer kleinen Ortschaft am Fluss an, um Vorräte an Bord zu nehmen. Unweit des Ankerplatzes war ein Jahrmarkt im Gange. Der Kapitän gab seinen Leuten die Erlaubnis hinzugehen, warnte sie aber, dass es ernste Folgen haben werde, falls ihm Berichte über Schlägereien oder schlechtes Benehmen gegenüber den Frauen des Ortes zu Ohren kämen.

»Wir sind bald in Dixie, und dort könnt ihr mit den Freudendamen machen, was ihr wollt. Aber hier lasst ihr den Kleinen lieber in der Hose und die Fäuste schön locker. Ich hab hier Freunde, und ich werd nicht zulassen, dass sie schikaniert oder ihre Mädchen belästigt werden.«

Der Jahrmarkt war eine kleine, lebhafte Veranstaltung. Es gab Reihen von Tischen, an denen Damen ihre schönsten Stepparbeiten ausstellten und Männer ihre Holzschnitzereien, wo Frauen ihre leckersten Torten und Kuchen verkauften, Schalen ihres besten Eintopfs und kleine Beutel ihres süßesten Zuckerwerks. Es gab Pferche für Viehbewertungen und Preise für das dickste Schwein, den prachtvollsten Stier, die ergiebigste Milchkuh, die beste Legehenne und den lautesten und dreistesten Hahn.

Das größte Zelt gehörte einer Wanderschau, die erst kürzlich im Ort eingetroffen war und sich dem Jahrmarkt angeschlossen hatte. Ein Mann mit einer Melone und einer rot-weiß gestreiften Weste stand bei der Eingangsklappe und verkündete: »Treten Sie näher, Herrschaften, treten Sie näher und machen Sie sich gefasst auf ein Schauspiel, wie Sie noch keines gesehen haben. Wunder und Kuriositäten der Natur, jawohl! Und umso erstaunlicher, weil sie wahr sind, jedes einzelne, denn es gibt nichts Erstaunlicheres als die Wahrheit!« Die Brüder sahen einander an, zuckten die Achseln, bezahlten die zehn Cent Eintritt und gingen hinein.

Das Zelt war durch eine hohe, durchgehende Schirmwand in zwei Räume aufgeteilt. Im ersten Raum sahen die Brüder einen Mann in einem grünen Umhang, der auf einem Podium stand und Feuer schluckte. Er stieß sich das brennende Ende einer Stange tief in die Kehle, ließ es mehrere unglaubliche Sekunden lang dort und zog es dann immer noch brennend wieder heraus und wedelte grinsend damit herum, und alles klatschte Beifall. Er hielt einem der Schiffer die brennende Stange entgegen und fragte, ob er es mal probieren wolle, und der Angesprochene wich zurück und rief: »*Verflucht,* auf keinen Fall!«, und die Menge um ihn herum lachte. Nach dem Feuerschlucker betrat ein anderer Mann das Podium. Dieser hatte ein kleines Schwert mit einer glänzenden, dünnen, etwa drei Fuß langen Klinge in der Hand. Er hielt ein Blatt Papier hoch und schnitt es sauber entzwei, um die Schärfe der Klinge unter Beweis zu stellen. Dann legte er den Kopf zurück und ließ die gesamte Klinge in seine Kehle gleiten, und nachdem sie in seinem Mund verschwunden war, hielten die Zuschauer den Atem an. Als er die Klinge herausnahm und sie keinen Tropfen Blut darauf sahen, klatschten und jauchzten und pfiffen sie bewundernd.

John beugte sich zu Edward und flüsterte: »Verflucht, manche Leute stecken sich auch alles in den Mund, oder?«

Wie um Johns Worte unter Beweis zu stellen, betrat jetzt ein großer dünner Mann mit blutunterlaufenen Augen und schlimmen Geschwüren im Gesicht das Podium. Er zog eine Strumpfbandnatter aus seiner Jackentasche und hielt das sich windende Tier hoch, damit alle es sehen konnten. In einer einzigen blitzartigen Bewegung brachte er die Schlange zu seinem Mund und biss ihr den Kopf ab, und im Zelt wurde es vollkommen still, während der restliche Teil der Schlange wild um sich schlug und sich wie ein altes ägyptisches Armband um den Arm des Mannes wickelte. Dann spuckte der Mann den Kopf in einem hohen Bogen in die Luft, und die Zuschauer sprangen zur Seite, sodass er zwischen ihnen landete. Und dann brachen sie in den bisher lautesten Beifall aus.

Die Brüder hörten einen Mann hinter ihnen erzählen, dass er einmal in Nashville einen Mann gesehen habe, der einem verdammten Huhn den Kopf abgebissen hatte und dann daran erstickt war, während die Menge ihm wahrscheinlich den größten Beifall spendete, den er je in seinem Leben bekommen hatte.

Und jetzt betrat eine kurze Parade von Missgestalten das Podium. Ein Bursche, der »der Verrottende Mann« hieß, war ein eiterndes Geschwür auf zwei Beinen. Nase und Lippen waren weggefault und offene Geschwüre, aus denen der Eiter floss, bedeckten seine hemdlose Brust. Der Mann stank tatsächlich wie verfaulendes Fleisch. »Der Alligator-Mann« hatte Kopf und Füße eines gewöhnlichen Mannes, doch vom Hals bis zu den Kniescheiben war er überzogen mit der rauen schuppigen Haut eines Reptils. Ihm folgten eine Frau mit einem Bart, so buschig wie der eines Mannes, und eine große, traurig dreinblickende Frau, zwischen deren beiden normalen Brüsten sich noch eine dritte etwa von der Größe einer Jungenfaust befand. Und schließlich ein kleiner rothaariger Junge von etwa sechs Jahren, der acht Finger an der einen Hand und neun an der anderen hatte, und dafür keinerlei Zehen an den Füßen, bis auf den großen Zeh am rechten Fuß. Edward fand, der Junge hatte die traurigsten Augen, die er jemals gesehen hatte. Jemand in der Nähe der Brüder bemerkte vernehmbar, es sähe so aus, als seien die Zehen des Jungen irgendwie nach oben an seine Hände gerutscht, und ein anderer meinte, vielleicht hatte seine Mama ihn zu viel hin und her geschleudert, bevor er geboren wurde. Beide Männer lachten, und der Junge sah sie mit seinen traurigen Augen an, und auch die anderen Missgestalten warfen ihnen böse Blicke zu, der einzige Moment, in dem sie ihr Publikum zur Kenntnis nahmen. Der Alligator-Mann legte seinen Arm um den rothaarigen Jungen und führte ihn vom Podium herunter und hinaus durch die hintere Klappe im Zelt, und die anderen Missgestalten folgten ihnen.

Edward bewunderte die Geste des Alligator-Mannes und wie die Missgestalten ihren verletzten Stolz zum Ausdruck gebracht hatten, die Kameradschaft von Aussätzigen. Für einen flüchtigen und beinahe erschreckenden Augenblick hatte er das Gefühl, eigentlich sollte er mit ihnen gehen, spürte es auf eine Art, die er nie hätte erklären können. Doch spürte er es so sicher, wie er sein schlagendes Herz spürte. Er blickte zu John und sah, dass auch er den Missgestalten nachstarrte. Dann richtete John den Blick auf ihn, und Edward empfand ein unerklärliches Gefühl, außerhalb der Welt zu stehen, abgesehen von seinem Bruder, und er wusste irgendwie, dass es John genauso ging. Die Brüder zeigten einander die Zähne, John täuschte einen Schlag an und Edward einen Konter, und sie lachten und klopften sich gegenseitig auf die Schulter und gingen in den anderen Raum.

Hier gab es sowohl lebendige als auch konservierte Schaustücke zu bestaunen. Jedes Tier in seinem eigenen Käfig: eine zweiköpfige Schnappschildkröte, eine Bulldogge mit nur einem Auge und lediglich Knochen und Fell, wo das andere hätte sein sollen, eine dreibeinige Ente, eine Klapperschlange mit zwei Schwänzen, jeder Schwanz mit seiner eigenen Rassel, eine Albino-Krötenechse, so weiß wie Milch. Auf zwei langen Bänken standen Reihen von Glasbehältern, einige nicht größer als ein Einmachglas, einige so groß wie ein kleines Fässchen, und jeder enthielt irgendein Körperteil in Whiskey konserviert, nach dem es stark roch. In mehreren Gläsern waren Augäpfel. John war fasziniert von einem Glas mit einem einzelnen Auge darin, so hellblau wie ein Sommerhimmel. Und dann war Edward neben ihm und flüsterte: »Das hat genau die Farbe von Maggies.« John sah ihn an, und Edward runzelte die Stirn und sagte: »Was?«, und John erkannte überrascht, dass er seinen Bruder zornig anfunkelte. Er zuckte die Achseln und sah weg.

»Das dort ist das Auge eines Mädchens, das von unbekannter Seite erstochen wurde«, sagte jemand hinter ihnen, und als sie sich umdrehten, sahen sie den Mann mit der Melone, der an der Zelttür gestanden hatte. »Das hat der Bursche gesagt, der's mir verkauft hat. Er hat keine Ahnung, was mit ihrem andern Auge passiert ist.

Habt ihr Jungs gewusst, dass ein Menschenauge das Bild von dem festhält, was es als Letztes vor dem Tod sieht? Das ist 'ne wahre Tatsache. Guckt nur richtig tief in das Auge da und es kann gut sein, dass ihr das Gesicht von dem Mann seht, der sie umgebracht hat. Vielleicht schwer zu erkennen, aber es ist da. Hab selber ganz tief reingeguckt, und wenn meine Augen mir keinen Streich spielen, bin ich doch ziemlich sicher, dass der Bursche einen Vollbart und einen Maultiertreiberhut getragen hat. Ist nicht so ganz deutlich zu sehen, also, schätz ich, hat sie beim Sterben die Augen halb geschlossen gehabt.«

Edward schnaubte höhnisch und ging weiter, um sich ein Paar grüne Augen in einem anderen Glas anzusehen. Der Mann mit der Melone folgte achselzuckend und sagte, *diese* hätten einer feinen Dame aus New Orleans gehört, die sich im Mississippi ertränkt hatte, nachdem sie erfahren hatte, dass ihr Galan, unterwegs zu ihr auf einem Dampfer, bei einer Kesselexplosion getötet worden war. John verweilte noch bei dem blauen Auge und verspürte einen großen Drang, sich herunterzubeugen und aus nächster Nähe hineinzuspähen. Aber er hatte ebenso viel Angst vor dem, was er sehen könnte, wie es ihm unangenehm war, sich von Edward als Dummkopf auslachen zu lassen, und so zog er stattdessen weiter, um mit seinem Bruder ein beinahe komplett blutrotes Paar Augen zu betrachten, mit schwarzen Pupillen, die so aufgerissen waren, dass nur der kleinste Rand brauner Iris zu sehen war. Der Mann mit der Melone sagte, sie seien von einem verurteilten Mörder, der noch am Galgen seine Unschuld beteuert hatte.

Sie kamen zu einer Reihe größerer Gläser, die kleine Säuglinge enthielten. Einer war nicht voll ausgeformt und hatte Schwimmhäute zwischen seinen winzigen Fingern und einen Klumpen Fleisch zwischen den Beinen, und es ließ sich schwer sagen, ob es ein Junge oder ein Mädchen gewesen wäre. Ein anderer war ein normal aussehender männlicher Säugling bis auf das gezackte Loch in seinem Bauch und Rücken. Der Mann mit der Melone sagte, das Kind sei kurz vor der Geburt gewesen, als sein Daddy, ein Hutmacher, eines Tages durchgedreht sei und zweimal auf seine Frau geschossen habe, einmal in den Kopf und einmal in den Bauch, wobei der zweite Schuss natürlich auch das Kind tötete.

In einigen Behältern schwammen Finger, Ohren und Zungen, in anderen männliche Genitalien. Ein Glas enthielt einen Fuß, den der Mann mit der Melone von einem Burschen oben im Norden gekauft hatte. Den Mann hatte ein Pfeil knapp oberhalb des Knöchels erwischt, und die Wunde hatte sich derart schlimm entzündet, dass er nur die Wahl hatte, zu sterben oder den unteren Teil seines Beines abzuschneiden, was er dann auch tat. »Zuerst wollte er, dass der Fuß ein ordentliches christliches Begräbnis kriegen soll«, sagte der Mann mit der Melone, »aber er überlegte sich, dass er dann buchstäblich einen Fuß im Grab hätte, und der Gedanke war ihm richtig unheimlich. Aber mit dem Fuß in seiner Satteltasche herumreiten wollte er auch nicht, da er wusste, sowie der Tau kam, würde er faulen. Ich kann mit Stolz sagen, dass ich ihm eine gute Lösung für sein Problem angeboten hab. Ich hab ihm gesagt, es wäre ein viel besseres Schicksal für diesen Fuß, in meinem Wagen herumzureisen. Er hat ihn mir sofort verkauft, als ich ihm gesagt hab, solange dieser Fuß in dem Glas Whiskey bleibt, hat er immer einen Fuß *außerhalb* des Grabes, auch wenn der Rest von ihm schon tot und begraben ist.« Der Mann lachte mit zurückgeworfenem Kopf und weit aufgerissenem Mund, wobei seine größtenteils gebrochenen schwarzgelben Zähne zum Vorschein kamen.

Sie traten gerade rechtzeitig aus dem Zelt, um den Aufruf zur letzten Anmeldung im Schießwettkampf zu hören. Es musste aus einer Entfernung von fünfzig Yards aus dem Stand auf eine gegen einen Baum gelehnte Zielscheibe geschossen werden. Der Gewinn war ein Stier. Zusätzlich zu dem guten Dutzend Ortsansässiger hatten sich mehrere Leute vom Schiff für das Wettschießen angemeldet. Auf Edwards Drängen nahm auch John teil. Er gewann mühelos und verkaufte dann den Stier dem Erstbesten, der ihm ein Angebot machte, zu einem Spottpreis.

16

Unter einer leuchtenden Morgensonne glitten sie durch den Pass und aufs offene Wasser von Lake Borgne. Gelb und weiß gekrönte Pelikane segelten entlang und stürzten sich hinunter in schimmernde Schwärme von Meeräschen hinein, und als sie die Wasseroberfläche wieder durchbrachen, waren die bauschigen Säcke ihrer Unterkiefer mit zappelnden Fischen gefüllt. Die Seeleute stakten mühelos über den See und anschließend durch ein Netz von Kanälen, und an einem frühen Sonntagnachmittag fuhren sie unter einem strahlend blauen Himmel und versprengten hohen Wolken, so weiß wie Baumwollblüten, in den Mississippi ein.

Es war der erste Blick der Brüder auf den großen Fluss, den die Schiffer den Old Man nannten. Sie starrten stumm auf seine schiere Unendlichkeit. Fahrzeuge aller Arten befuhren die Weite seiner schlammigen Oberfläche. Dampfschiffe, so groß wie Stadthäuser, stießen riesige Bäusche schwarzen Rauchs aus ihren Schornsteinen, während ihre gewaltigen Räder das Wasser weiß aufwirbelten. Da gab es hochmastige Schoner, elegante Schluppen und geschmeidige Schuten und alte Flachboote und provisorische Flöße und hier und dort ein Ruderboot, das kaum groß genug war, um zwei Jungen zu fassen.

Die Besatzung stemmte die Schultern gegen die Stangen, um das Schiff gegen die Strömung vorwärtszubringen. Als sie eine Biegung umrundeten, wurde der Flussverkehr noch dichter und das Vieux Carré kam in Sicht. Pfeifen schrillten, Glocken bimmelten und Hörner bliesen lang und heiser. Sie stakten auf dem Frachtdock zu jenseits der Place d'Armes, dem verwitterten Exerzierfeld, welches das Herz des Alten Viertels markierte. Das Schiff schwankte im Fahrwasser eines vorbeifahrenden Heckraddampfers, und jedes Tuten des großen Schiffes kabbelte den Brüdern das Rückgrat hinauf. Musik, Rufe und Gelächter kamen aus dem Viertel herübergeweht. Die Luft war mit exotischen Gerüchen gewürzt.

»Atmet das mal gut ein, Jungs«, sagte ein rothaariger Schiffer namens Keeler, als sie hart auf ihren Stangen lehnten und zum Heck schritten. Sein großer Brustkorb weitete sich, als er lang und tief die Luft einsog. »Könnt ihr's riechen? Ich mein nicht das Zeugs aus dem Kochtopf, sondern was direkt drunter liegt. Ein bisschen wie warme gebutterte Garnelen zwischen frischen Rosen. Das ist Njorliens-Muschi, was da in der Luft liegt, Jungs. Dixie-City-Ritzen. Die besten auf Gottes guter Erde.«

Sie steuerten das Schiff zu den Ankerplätzen für Frachtschiffe bei der Tchoupitoulas Street, und dort machten sie fest. Die Brüder halfen beim Entladen und führten ihre Pferde hinüber zu einem

Mietstall auf der anderen Straßenseite, wo sie die Tiere unterbrachten und ihre Ausrüstungen und Waffen in Verwahrung gaben, bis auf ihre Stiefelmesser und das Schnappmesser, das Edward in seiner Tasche behielt. Sie zogen sich bis zur Hüfte aus und wuschen sich bei einer Pumpe, dann nahmen sie ihre Jacken aus ihren Bettrollen und wollten sie gerade mit feuchten Tüchern abbürsten, als Keeler herantrat und sagte: »Beeilung, Jungs. Gleich geht's richtig schön rund, ja-woll!« Er hatte ein sauberes Hemd und seine Schifferjacke angezogen und sich die Haare geglättet. Er hatte einen hageren und schlaksigen Kumpel namens Allenbeck dabei.

Eigentlich wollten sie direkt zu einem prächtigen Bordell, von dem Keeler in höchsten Tönen geschwärmt hatte, einem Haus im Old Quarter, gut bestückt mit den besten Mulattinnen, doch Allenbeck wollte unbedingt noch für einen schnellen Schluck in einer Taverne einkehren, um sich für den Gang zum Quarter zu stärken, und die anderen hatten nichts dagegen.

Sie waren noch nicht die halbe Tchoupitoulas Street hinunter, da waren sie schon in vier verschiedenen Honky-Tonks gewesen und in zwei Schlägereien geraten. Zur ersten Schlägerei kam es, als Allenbeck hinausprahlte, er sei mit der Schnappschildkröte verwandt und von einer Wölfin gesäugt worden und könne jeden Mann auf zwei Beinen diesseits und jenseits des Mississippi unter den Tisch kämpfen, ficken, tanzen und trinken. Ein fassförmiger Maultiertreiber trat hervor und sagte: »Ach ja?« und schlug ihm beim ersten Hieb einen Vorderzahn aus. Allenbeck sprang auf und stieß einen schrillen Schlachtruf aus, und im nächsten Moment wälzten sie sich raufend auf dem Boden, und der Treiber versenkte seine Zähne in Allenbecks Schulter und Allenbeck krallte nach seinen Augen und versuchte, sie ihm auszukratzen, und dann meinte Keeler, es sei Zeit weiterzuziehen, und zertrümmerte einen schweren Bierkrug auf dem Kopf des Treibers, um diesen von Allenbecks Schulter zu lösen. Sie hoben Allenbeck vom Boden auf und rannten hinaus. Die nächste Schlägerei fand zwischen Keeler und einem Dampfschiffheizer statt. Ein Hieb von Keeler ließ den Heizer rückwärts durch die Tür eines Spielzimmers auf einen mit Geld beladenen Pokertisch krachen, der dadurch umgestoßen wurde. Das folgende Handgemenge war derart wüst und laut, dass es noch von einem Block entfernt Schaulustige und Teilnehmer anzog. Die Brüder und die Schiffer verdrückten sich durch einen Seitenausgang und tauchten in eine Taverne zwei Häuser weiter ein, wo sie über Bierhumpen und Gläsern von Monongahela-Rye herzhaft lachten, während die Straße draußen von dem Gedröhn und Gebrüll der Schlägerei widerhallte.

Die rote Sonne stand niedrig, als sie schließlich in das lebhafte Quarter schlenderten, vorbei an einem Paar von Stadtwachtmeistern, die sie misstrauisch musterten. Die Abendluft war gewürzt mit Cayenne und Parfüm, verwoben mit den unterliegenden Gerüchen nach Schweiß und Sumpffäule. Vor dem Cabildo in der Chartres Street stand ein leerer Pranger, und Keeler sagte, seit zwanzig Jahren habe kein Weißer mehr darin gestanden, doch manchmal steckten Nigger mit Händen und Hals darin, auf dem Rücken ein Zeichen, um die vorbeigehende Welt über ihr Vergehen aufzuklären. Während Keeler in einer Taverne eine frische Flasche Rye kaufte, trat Edward in einen Waffenladen und kaufte einen Beutel mit Kugeln Kaliber .44 und befestigte ihn an seinem Gürtel.

Obwohl die Stadt mittlerweile schon seit über vierzig Jahren amerikanisch war, war die Architektur des Viertels hauptsächlich spanisch und sein Charakter eindeutig französisch geblieben. Die glatte Aussprache des Französischen vermischte sich überall mit dem härteren Knurren des Englischen, dem Krächzen und Zischen des Spanischen, dem Grunzen und den kehligen Lauten von Zungen, so fremd, dass sie nicht von dieser Welt schienen. »Das ist das, was ich an dieser Stadt so hasse«, sagte Allenbeck. »Diese Scheißfremden und ihr verdammtes Geschwätz.« Die Brüder erinnerte die Stadt in vieler Hinsicht an Pensacola, nur größer und lauter und mit mehr Schwarzen.

Das Haus, zu dem Keeler sie führte, befand sich an der Orleans Street. Als sie sich ihm näherten, hörten sie das rasende Dröhnen primitiver Trommeln und erspähten eine Menschenmenge ein Stück weiter auf einem großen Platz auf der anderen Straßenseite vor ihnen. »Congo Square«, sagte Keeler. »Die Nigger dürfen hier jeden Sonntag zusammenkommen und ihre Voodoo-Jigs von Afrika veranstalten. Früher mussten sie's heimlich tun, aber das ganze Getanze macht sie richtig scharf, und wenn sie dann getanzt haben, gab's danach in der ganzen Stadt Schlägereien und Fickereien. Wenn sie alle auf einem Platz sind, hat man sie besser im Griff.«

Die Brüder wollten es sich ansehen, und die vier überquerten die Straße und schoben sich nach vorne durch die Menge, wobei es fast zu Schlägereien mit denen kam, die an ihrem Gedrängel Anstoß nahmen. Die Menge bestand hauptsächlich aus Männern, obwohl einige der besser gekleideten Herren Frauen am Arm hatten. Die Augen weit aufgerissen, die Zähne entblößt, wirbelten und hüpften in der Mitte des Platzes Dutzende von Tänzern und Tänzerinnen zum Rhythmus der Trommeln, fielen immer wieder auf die Knie, um sogleich wieder aufzuspringen, wild um sich zu schlagen und in unverständlichen Zungen zu singen. Die Zuschauer wiegten sich zum Trommelschlag und machten einander auf diesen Tänzer oder jene Tänzerin aufmerksam.

»He Jungs, seht mal *da drüben*«, sagte Allenbeck mit einem Kopfnicken zu einer Frau von der Farbe wilden Honigs, die unweit von ihnen tanzte, zwischen zwei muskulösen nacktbrüstigen, schweißüberströmten Männern, die schwarz wie Kohle waren. Sie war eine klassische Schönheit, groß gewachsen, mit schmaler Taille, vollen Brüsten, geschwungenen Hüften und wohlgerundetem Hintern. Sie war zweifellos nackt unter dem dünnen weißen Hemdkleid, das ihr nass an der Haut klebte, an ihren langen Schenkeln und den Schwellungen von Gesäß und Brüsten. Edward geriet in heftige Erregung, als er zusah, wie die Frau, mit zurückgeworfenem Kopf und geschlossenen Augen ihre langen Haare hin und her schleudernd, auf die Knie sank. Die Beine weit auseinandergespreizt, stieß sie ihr Becken wild und rasend zum Rhythmus der Trommeln vor. Sie fuhr sich über ihre glänzenden Schenkel, wobei sich der Saum des Hemdkleides bis zur Hüfte hinaufschob, und ließ eine Hand unter das zusammengeraffte Kleid gleiten und rieb sich heftig. Ihre Lippen glitten über die entblößten Zähne zurück, und ihre andere Hand wanderte zu ihrer Brust und kniff in die hervorstehende Brustwarze. Einer der beiden Männer postierte sich mit kreisenden Hüften direkt vor ihr, und sie legte eine Hand auf seine Männlichkeit, die sich steif in seiner engen Hose wölbte, und er riss sie zu sich hinauf und grub seine langen Finger in ihr Gesäß und zog

sie eng an sich, und sie wanden sich Lende an Lende hin und her
und die Zuschauer pfiffen und johlten.

Edward konnte nicht zwischen dem Hämmern der Trommeln und dem Pochen seines eigenen Blutes unterscheiden. Seine Kehle war wie zugeschnürt, sein Geschlecht schwer und geschwollen. Er wandte sich zu Keeler und sagte: »Los jetzt zu diesem Haus.« Selbst seine Zunge fühlte sich dick an. Keeler lachte und sagte: »Bin selber reif dafür, mein Junge.« John grinste wie ein Hund, seine Augen glänzten.

Die Menge um sie herum war in der Zwischenzeit größer geworden, und als sie sich wieder hinausdrängelten, rempelte Allenbeck hart gegen irgendeinen aus der Menge, und es gab einen kurzen Schlagabtausch. Dann gingen sie über die Straße und den Block hinab und hinein in den Salon von Miss Melanies House of Languor.

Minuten später befand sich Edward in einem kleinen, schummrig beleuchteten Zimmer bei einer jungen Mulattin mit einem atemberaubenden Körper, deren Lippen durch die weiße Narbe über der rechten Seite ihres Mundes zu einem anhaltenden hämischen Lächeln verzogen waren. Sie warf einen Blick auf sein verstümmeltes Ohr, sparte sich aber eine Bemerkung. Sie streifte ihr Hemd ab und stand dann auf glatten langen Beinen nackt vor ihm, ihre Brüste voll und mit dunklen Warzen. Seine Hose war noch nicht unter seinen Knien, da kam sein Ejakulat schon in einem Bogen von einem Yard herausgespritzt und besprenkelte ihren Mokkabauch. Das überraschte Mädchen lachte laut los und sagte: »*Huuu!* Du bist mir ja ein *ganz* schneller!«

Nach den Regeln des Hauses war einem Mann, der seine Ladung abgegeben hatte, eine angemessene Bedienung widerfahren, und wenn er noch einmal wollte, musste er noch einmal bezahlen. Edward kramte das Geld aus seinem Geldbeutel und überreichte es dem lächelnden Mädchen, und sie gab es weiter an die Aufseherin, die auf dem Gang patrouillierte. Dann half sie ihm, Stiefel und Hose auszuziehen, zog ihn aufs Bett, drückte ihn sanft auf den Rücken und bestieg ihn. Er wollte protestieren, dies sei für einen Mann keine Art zu ficken, doch sie beugte sich vor, schob eine Brustwarze in seinen Mund und begann langsam mit der Hüfte zu kreisen, und

Edward unterließ jegliches Klagen. Zwei glorreiche Minuten später kam er, als würde ihm eine Eisenkette durch den Schwanz gerissen. Das Mädchen hielt ihn fest an sich gedrückt, strich ihm übers Haar und nannte ihn ein süßes Baby.

Plötzlich erschallte ein lautes Donnern, das die Fensterläden klappern ließ, und Edward richtete sich kerzengerade auf. Das Mädchen kicherte, zog ihn an die Brust zurück und sagte, er müsse neu in New Orleans sein, wenn er nicht wisse, dass dies die Sperrstunden-Kanone war, die jeden Abend abgefeuert wurde als Befehl für die Sklaven, heimzugehen.

17

Eine halbe Stunde später waren sie wieder auf der Straße und ließen die Flasche Nongela herumgehen und erzählten sich gegenseitig von den wunderbaren Mädchen, die sie gehabt hatten. Edward fragte John, wie sein Mädchen gewesen sei, und sein Bruder verdrehte die Augen und grinste breit. Keeler sagte ständig: »Hab euch doch *gesagt*, dass hier alles nur vom Feinsten is, oder? Hab ich euch das nich gesagt?«, und sie wiederholten alle immerzu, ja, gewiss, er habe es gesagt, jaa-wohl.

Lachend und lärmend gingen sie hinüber zur Canal Street und kauften sich noch eine Flasche Nongela in einer Taverne, zogen dann Richtung Westen und verirrten sich, und alle verfluchten Keeler, der behauptet hatte, sich in der Stadt auszukennen. Auf der Poydras fand er die Orientierung wieder und führte sie die South Liberty hinunter, und selbst von der anderen Seite des protestantischen Friedhofs aus konnten sie schon jetzt die Laute hemmungsloser Lust hören und Whiskey und Parfüm in der Nachtluft riechen. Hinterm Friedhof bogen sie in die Girod Street ein und betraten The Swamp, den berüchtigtsten Streifen von Saloons, Bordellen und Spielhöllen in der ganzen berüchtigten Stadt.

»Hier gibt's jeden Spaß, den ihr haben wollt, Jungs«, sagte Keeler zu ihnen. Er musste schreien, um sich über dem Lärm von Musik, Flüchen und Drohungen Gehör zu verschaffen. »Aber hier wird dir schon für'n Penny die Kehle aufgeschlitzt, ungelogen. Ein Dutzend Morde pro Woche mindestens, also Vorsicht. Die Polizei lässt sich hier nicht blicken, und dafür gibt's 'n verdammt guten Grund.

Wahrscheinlich werden sie irgendwann die ganze Gegend hier abfackeln.«

In einem Gasthaus voll unbestimmbarer Ausdünstungen und Geklapper von Geschirr nahmen sie ein Abendessen aus Wurst und Paprika mit roten Bohnen und Reis ein. Anschließend gingen sie zum Hole World Hotel, einem weitläufigen einstöckigen Gebäude ein Stück weiter die Straße hinunter. Es war die Sorte Hotel, erklärte Keeler, wo es ungefähr alles zu kaufen gab, das man sich wünschen konnte. »Wenn sie's nicht haben«, sagte Keeler, »schicken sie jemand los, der's für euch klaut. Hat natürlich sein' Preis.«

Es war dort brechend voll, der Raum war von Pfeifen- und Zigarrenqualm verschleiert und erfüllt mit dem Lärm von Gelächter und dröhnenden Gesprächen, von quietschenden Fiddles und scheppernder Klaviermusik, Gesang und lautstarkem Streit und den Rufen von Kartengebern. Auf einer schmalen Bühne entlang der Wand gegenüber der Theke tanzte ein Sextett von Mädchen in roten Samtkleidern und warf die Beine hoch, um ihre rüschige weiße Unterwäsche zu zeigen, und jedes Mal wenn sie sich umdrehten und den Hintern dem Publikum entgegenstießen und ihre Kleider hoch über das Gesäß warfen, gab es Rufe und Pfiffe und sie wurden mit Münzen überschüttet.

»Französischer Tanz!« brüllte Keeler und stieß Edward mit dem Ellbogen an. »Gut, was?«

Sie drängelten sich zu einer Theke aus rohen Planken durch und bestellten Gläser Nongela und Deckelkrüge mit Bier. »Hey, seht mal da drüben!« sagte John. Er zeigte auf einen Tisch in ihrer Nähe, auf dem ein backenbärtiger Mann mit einem schrecklich verstümmelten Gesicht lag. Selbst von dort, wo sie standen, konnten sie sehen, dass er tot war. Der Barmann erzählte ihnen, der Bursche sei erwischt worden, als er heimlich die Würfel austauschen wollte, und man habe ihn nach draußen gebracht, um ihm eine Lektion zu erteilen.

»Armer Kerl, hat, ähm, diese Lektion nicht überlebt, könnte man meinen«, sagte der Barmann mit einem Lächeln. »Ganz schön frecher Bastard. Hat gesagt, er tut nur das, was die Bank tut. ›Wenn man mit Falschspielern spielt, muss man falschspielen‹, hat er gesagt. Der bleibt da auf dem Tisch liegen als Warnung für andere Großmäuler, bis jemand sein' Platz einnimmt oder er so stinkt, dass man's nicht mehr aushält. Dann kommt er da weg und wird in den Fluss geschmissen. Da is fast immer irgendjemand auf dem Tisch, da könnt ihr drauf wetten.« Er erklärte, das Haus betreibe Würfeln, Pharo, Blackjack und Roulette, aber die Pokertische gehörten den Spielern.

Als Allenbeck fragte, ob es Mädchen gebe, lachte der Barkeeper. »Da kannst du genauso gut fragen, gibt's Katzenwels im Fluss.« Er wies auf zwei Türen hinter Vorhängen im hinteren Teil des Raumes. »Links geht's zur Küche, wenn ihr also nich 'ne Schüssel Bohnen ficken wollt, müsst ihr durch die rechte gehen. Da ist ein kleiner Vorraum, wo 'n Bursche sitzt. Ihr bezahlt den Herrn, und dann schickt er euch hoch zur Mutter. Wenn ihr sie gern besonders jung habt, dann is das da die Treppe ins Paradies. Jüngere als hier gibt's nirgendwo, da müsst ihr sie schon aus der Wiege holen, Gott ist mein Zeuge. Die eine Siebzehnjährige, die wir haben, ist praktisch eine alte Schachtel. Die meisten sind fünfzehn. Hab gehört, vor'n paar Tagen sind zwei neue gekommen, noch keine dreizehn Jahre alt. Bin selber noch nicht dazu gekommen, sie auszuprobieren. Hatte hier neulich 'n Burschen, der hat gesagt ›zwölf!‹, so als ob sie 'n bisschen zu jung dafür wär, aber ich schätze, es ist, wie die Mexicanos sagen: Wenn sie alt genug sind zum Bluten, dann kann man sie auch schlachten.«

John sagte, er hätte direkt Lust, gleich mal eine Kleine zu schlachten, doch Edward und Keeler waren mehr in Stimmung, ihr Glück an den Kartentischen zu versuchen. John und Allenbeck verhöhnten sie als schlappschwänzige Schwächlinge und machten sich durch den vollen Raum davon.

Edward beobachtete, wie sein Bruder durch den Dunst auf die verhängte Tür zusteuerte, und grinste ihm nach. »Der muss ja wirklich ein' Schwanz aus Hickory haben«, sagte er zu Keeler. »Ich hab mich *immer* noch nicht von dem braunen Mädchen erholt.«

»Einige Burschen kriegen einfach nicht genug von der haarigen Auster, das stimmt schon«, sagte Keeler. »Ich gehör selber dazu, wie der liebe Gott wohl weiß, aber ein Mann braucht auch noch andern Zeitvertreib, bei Gott, sonst wird er weich in der Birne, das steht fest.«

Sie bestellten noch einen Eimer Bier und vereinbarten, ihre Gewinne zu teilen. Dann fanden sie einen Pokertisch mit zwei freien Plätzen und setzten sich.

III

JOHN

1 Hinter der verhängten Tür saß ein Mann mit Ärmelhaltern an einem kleinen Tisch in der Nische unter der Treppe und unterhielt sich mit einem Zigarre rauchenden Mann mit einer Melone, der rittlings auf einem umgedrehten, geraden Stuhl saß und sich die Hand massierte. Er trug eine Pistole am Gürtel. Am Fuß der Treppe hinter ihm war ein Ausgang zur Gasse.

Der Mann mit den Ärmelhaltern war der Kassierer. Er klopfte auf die Tischplatte und sagte: »Kostet euch zwei ganze Dollar, Jungs.« Der Mann mit der Melone musterte die beiden prüfend, als sie zahlten. Der Mann mit den Ärmelhaltern fragte nach ihren Vorlieben, und Allenbeck sagte, er sei in der Stimmung für einen Rotschopf. Aus einem Bastkorb mit verschiedenen Pokerchips nahm der Kassierer einen weißen heraus, auf dem die Nummer vier aufgemalt war, und reichte ihn hinüber. »Gib das hier der Niggerfrau da oben«, sagte er. Allenbeck zwinkerte John zu und nahm zwei Stufen auf einmal.

John wollte eine Mulattin, aber ihm wurde gesagt, alle drei seien beschäftigt und würden das wohl auch noch eine Weile bleiben, und so verlangte er eine Blondine, aber die beiden waren ebenfalls besetzt. Der Kassierer schlug ein chinesisches Mädchen vor, ein schlitzäugiges Schätzchen frisch vom Boot und gerade erst dreizehn, eine Jungfrau, so gut wie. So frische Ware koste nur einen Dollar mehr. John bezahlte und bekam einen blauen Chip mit der Nummer dreizehn.

»Das Stiefelmesser da behalt ich hier, bis du wieder runterkommst«, sagte der Mann mit der Melone. John begegnete dem Blick des Mannes. Der Mann grinste und zuckte die Achseln. »Brauchst es mir nicht zu geben, mein Junge, aber nach oben geht es nicht.« John zog das Messer aus seinem Stiefel und legte es auf den Tisch. Ohne ihn aus den Augen zu lassen, sagte der Mann: »Besten Dank auch.«

Auf dem oberen Treppenabsatz saß eine riesige, dicke, gelbäugige Negerin in einem breiten Schaukelstuhl neben einem niedrigen Holzkasten, in dem sich eine Ansammlung von Pokerchips befand. Sie nahm Johns Chip entgegen und warf einen Blick drauf. »Zimmer Nummer acht«, sagte sie. »Mädchen auf der Linken.« Sie warf den Chip in den Kasten und wies durch die offene Tür in den schmalen, schwach beleuchteten Flur, der zu beiden Seiten von nummerierten Türen gesäumt war.

Der Flur war leer, doch die dünnen Türen dämpften kaum das Stöhnen und Fluchen der Männer, die sich in ihrer Leidenschaft suhlten. Ein Paar Fensterläden, die auf einen Balkon am Ende des Flurs gingen, war geschlossen, um den Lärm von der Straße unten zu dämpfen. Als er an der zweiten Reihe Türen vorbeikam, hörte er Allenbecks Stimme aus dem Zimmer rechts mit der Nummer fünfzehn: »*Sachte*, verflucht noch mal! *Vorsichtig* lutschen, du rote Hure!«

Auf halbem Weg den Flur hinunter schwang plötzlich die Tür zu Nummer zwölf auf, und ein wütender dicker Mann, der nur Hose und Stiefel anhatte, trat heraus und murmelte: »Gottverdammtes kleines Luder!« Er rief: »He, Tante!«, und John warf einen Blick zurück und sah, wie die Schwarze sich in ihrem Schaukelstuhl vorbeugte und zu ihnen herüberspähte. Der Dicke winkte sie herbei und sagte: »Komm mal hier rüber und sieh dir das an, verdammt!«

Als er an der geöffneten Tür von Nummer zwölf vorbeiging, warf John einen Blick in das Zimmer und sah ein Mädchen mit geschlossenen Augen auf dem Rücken in dem schmalen Bett liegen. Ihr kurzes grünes Satinhemd war hoch über ihre Hüfte geschoben, sodass die blonden Haare zwischen ihren Beinen entblößt waren. Er ging zwei Schritte weiter, blieb stehen, kehrte um und sah wieder hin und erkannte, dass es seine Schwester Maggie war.

Er blickte den Flur hinunter zu der Schwarzen, die immer noch in ihrem Schaukelstuhl saß und sich frischen Priem in den Mund steckte und es offenbar nicht eilig hatte nachzusehen, was der Dicke wollte. Die Tür zu Nummer vier ging auf, und ein Mann mit einem Ziegenbart kam heraus. Er rückte Jacke und Pflanzerhut zurecht, warf ihnen allen einen Blick zu und schritt dann den Flur hinunter. Die Negerin war jetzt auf den Beinen und tat einen Schritt in den Flur und dann wieder einen nach hinten, um dem Mann Platz zu machen.

John schnürte es die Kehle zu. Er warf noch einen Blick auf das Mädchen und sagte sich, dass er sich irrte, das war nicht sie, konnte nicht sie sein. Aber er wusste, dass sie es war.

Der Dicke sah ihn an und sagte: »Kleines Luder. Ich geh da rein und frag sie, ob sie was trinken will. Hatte sowieso schon ziemlich glasige Augen, also hätte ich's wissen müssen, aber sie sagt, sicher, und ich geb ihr meine Flasche Rum, fast halb voll, und dreh mich um, weil ich Jacke und Hemd aufhängen will, und da hör ich, wie sie das Zeug runtergurgelt wie'n Neger vom Sägewerk. Sie hat sie *ausgetrunken*, Freund. Keine fünf Sekunden und er war *weg*. Ich sag, ›was zum Teufel soll das, Kleine?‹, und sie grinst mich nur dämlich an, verdreht die Augen und kippt aufs Bett. Hab schon gedacht, die ist tot, aber das kleine Luder is nur sturzhagelvoll, weiter nix. Wenn diese Dreckskerle sich einbilden, ich bezahl denen was, dass ich 'ne ohnmächtige kleine Säufernutte vögeln darf, die mir mein' ganzen Schnaps weggesoffen hat, dann ha'm die sich aber geschnitten.«

Sie hat gelogen, dachte John. *Sie hat gelogen, gelogen, unsere verlogene gottverdammte verrückte Mutter.*

»Hören Sie, mein Freund«, sagte er zu dem Dicken. »Tauschen wir. Sie können meine in Nummer acht haben. Eine Drei-Dollar-Sondernummer, ein Schlitzauge, dreizehn Jahre alt, so gut wie 'ne Jungfrau, haben sie gesagt. Also, *mir* gefällt's, wenn die völlig hinüber sind.« Es war die einzige Erklärung, die ihm einfiel. Sein Herz raste, sein Mund war trocken. Er fragte sich, was der andere wohl von ihm hielt.

»Was wollen Sie?« sagte die Schwarze, als sie bei ihnen war.

Der Dicke sah John schief an. »Es *gefällt* dir, wenn sie ohnmächtig sind? Scheiße, mein Sohn, das ist doch wie 'ne Tote vögeln. Das ist doch kein Vergnügen.«

»Ich mag's. Hören Sie, Mister, ich leg noch einen Dollar drauf.« Er kramte einen Silberdollar hervor, gab ihn dem Dicken und dachte, wenn er nicht darauf einging, würde er ihm alles restliche Geld anbieten, das er hatte, etwa vier Dollar. Und wenn sich der Dicke dann immer noch weigerte, würde er den Hurensohn zu Brei schlagen.

»Warum stehen Sie hier so rum?« fragte die Schwarze.

Der Dicke hielt den Dollar wie einen Pokerchip, bei dem er sich nicht sicher war, ob er ihn einsetzen wollte. »Dann musst du's aber teuflisch nötig haben, mein Sohn.« Er warf einen Blick den Flur hinunter zur Nummer acht. »Eine Chinesin, sagst du?« Er blickte wieder auf den Dollar in seiner Hand, lächelte, steckte ihn ein und sagte: »Abgemacht.«

»Was machen Sie da?« fragte die Negerin. »Sie können nich einfach von einem Zimmer ins andre gehn. Nich erlaubt.«

Der Dicke ging noch mal kurz ins Zimmer, kam wieder raus und sagte zu ihr: »Setz dich einfach wieder in dein' Stuhl, Tantchen, und kümmer dich um dein' eignen verdammten Mist.« Er ging zur Nummer acht, trat ein und machte die Tür hinter sich zu.

»Ist mein Mist«, sagte sie und warf einen durchdringenden Blick auf die Tür und dann zu John.

John betrat Nummer zwölf und wollte die Tür schließen, doch die große Frau hielt sie mühelos mit einer Hand auf und lugte um ihn herum auf das Mädchen im Bett. »Is die *wieder* betrunken? Mista Boland wird ihr aba ganz dicke den Arsch versohln.«

»Is mir scheißegal, ob sie betrunken ist«, sagte John. »Lass uns einfach alleine.« Er war bereit, sie zu schlagen, wenn sie nicht die Tür losließ.

»Das sehn wir noch«, sagte sie und watschelte zum Treppenabsatz davon.

John machte die Tür zu, trat zum Bett und blickte auf Maggie hinunter. Sie atmete durch den Mund und roch, als sei sie in Rum eingelegt. Er berührte sanft ihr Gesicht, konnte kaum fassen, dass sie es wirklich war. Er streichelte ihre gepuderte Wange und sah, dass unter dem Puder ein Wangenknochen leicht blau war. Da war ein kleiner frischer Schorf in ihrem Mundwinkel und ein Schneidezahn war angeschlagen. Auf ihren Beinen waren ein paar gelbliche Flecken. Ihre Schamhaare waren fein säuberlich gestutzt. Er stand einen langen Moment da und starrte auf die kompakten Lippen ihrer Scham, bis er sich seiner Erregung bewusst wurde und er errötend schnell den Saum ihres Hemdes herunterzog, um ihr Geschlecht zu bedecken.

Ihm schwirrte der Kopf. Er hatte keine Ahnung, was er tun

sollte. Der vordere Balkon lag gut fünf Yards über dem Bürgersteig.
Er selber könnte ohne Weiteres runterspringen, aber nicht mit Maggie im Arm. Er könnte hinuntergehen und Edward holen, aber wie würden sie dann …

Stiefelhacken kamen den Flur entlanggeknallt. Er ging zur Tür, gerade als der Mann mit der Melone sie erreichte, seine Miene so hart wie die Fäuste an seiner Seite. Er trug immer noch die Pistole am Gürtel. Hinter ihm die dicke Negerin.

»Was zum Teufel tust du da …«, hob der Mann an, und John fuhr dazwischen: »Hören Sie, Mister, sie ist schwer verletzt! Jemand hat ihr 'ne Klinge in den Bauch gerammt! Sie braucht dringend Hilfe!«

Der Mann mit der Melone wandte den Blick zu dem Mädchen im Zimmer, und in dem Moment stieß John ihm mit der ganzen Wucht seines Gewichts einen Ellbogen ins Gesicht und verlor beinahe das Gleichgewicht, als der Kopf des Mannes mit einem lauten Krachen gegen den Türrahmen schnellte und seine Beine unter ihm nachgaben. Er sackte hart zu Boden und seine Melone rollte davon. John riss dem Mann die Pistole aus dem Gürtel, sprang zurück und richtete die Waffe auf die Schwarze, die sich umgedreht hatte und auf dem Weg zur Treppe war, und sagte: »Stehen bleiben, Mama.« Die Pistole war ein schickes silberbeschlagenes Kentucky-Duelliermodell, und das Geschoss Kaliber .54 war in der Lage, eine beträchtliche Portion ihres Schädels zu entfernen.

Die Negerin drehte sich um und verschränkte die Arme vor ihrem großen Busen und starrte auf einen Punkt knapp neben John. »Das geht mich überhaupt gar nix an, ich hab damit gar nix zu tun«, sagte sie.

Der Mann auf dem Boden stöhnte und betastete vorsichtig sein Gesicht. Blut strömte ihm aus dem Mund und rann seinen Arm entlang und rötete seinen weißen Ärmel. Er bewegte seine Zunge langsam im Mund und ließ an einem blutigen Speichelfaden zwei Zähne zu Boden fallen, blickte dann zu John hoch und sagte: »Has mei Kia gebroch'n, du Schuein.«

Als er sich gegen den Türrahmen stemmte und sich aufrappeln wollte, schlug John ihm mit dem Pistolenlauf hinters Ohr, und der Mann sackte lautlos zusammen und blieb reglos liegen. John nahm ihm die Geldbörse ab, hängte sie sich an den eigenen Gürtel und durchsuchte den Bewusstlosen schnell nach dem Stiefelmesser, aber er hatte es nicht bei sich. Die Tür zu Nummer drei ging auf, und ein Mann steckte den Kopf hinaus. John zeigte ihm seine Pistole, und der Kopf des Mannes verschwand wieder und die Tür schlug zu.

»Zieh ihn hier rein«, sagte John und bedeutete der Frau, dass sie den Mann in das Zimmer ziehen solle. Die Negerin tat es und hatte dabei ebensolche Mühe, ihre eigene massige Gestalt durch die Tür zu quetschen. Sie schien das Zimmer ganz und gar auszufüllen. John setzte sich aufs Bett und sagte ihr, sie solle ihm Maggie über die linke Schulter legen, und die große Frau drapierte das Mädchen über ihn wie einen Mehlsack. John stand auf, Maggies Arme und Haare hingen über seinem Rücken, und ihre Beine baumelten gegen seine Brust. Mit der freien Hand auf ihrem nackten Gesäß hielt er sie fest an sich gedrückt und rückte sie hin und her, verlagerte ihr Gewicht, bis es ausgeglichen war. Er sagte der Frau, sie solle Maggies Hemd herunterziehen, doch das Kleidungsstück war nicht lang genug, um den nackten Hintern des Mädchens ganz zu bedecken, und so befahl er ihr, dem Mann auf dem Boden das Hemd auszuziehen und es um die Hüfte des Mädchens zu wickeln. Sie tat es, und dann sagte er ihr, wenn sie schlau sei, solle sie sich hinsetzen und dort bleiben.

Er hoffte auf Allenbecks Hilfe, doch als er zu Nummer fünfzehn kam, stand die Tür offen, und ein rothaariges Mädchen saß nackt und allein auf dem Bett. Sie starrte ihn stumm mit offenem Mund an und legte die Hände über ihre Brüste. Hinter ihm im Flur ging eine Tür auf, und ein voll bekleideter Mann trat heraus. Er warf einen Blick von dem Mädchen auf Johns Schulter zu der Pistole in seiner Hand und zog sich schnell wieder in das Zimmer zurück.

Er spürte, wie sich Maggies Bauch in Krämpfen gegen seine Schulter drückte, als sie würgte, und dann rann warmes Erbrochenes an der Rückseite seines Hosenbeins herunter, und er hörte es auf den Boden platschen und roch den säuerlichen Gestank. Er verlagerte ihr Gewicht ein weiteres Mal und ging hinaus auf den Treppenabsatz. Die Musik und das Stimmengewirr vom vorderen

Raum waren jetzt lauter, doch selbst durch den Lärm hindurch hörte er das Gelächter und die Unterhaltung von der Nische unter der Treppe. Die Gassentür unten an der Treppe schien ungeheuer fern zu liegen. Auf halbem Weg die Treppe hinunter kam ein lachender Mann in Sicht, und als er aufblickte und John die Pistole auf ihn richten sah, blieb ihm das Lachen in der Kehle stecken.

»Was ist, Stevie?« fragte eine Stimme. »Kriegst du mal wieder den bösen Blick von Big Bertha?«

Der Kassierer mit den Ärmelhaltern und ein magerer Mann mit Schnurrbart und einer Pistole an der Hüfte erschienen neben dem Mann namens Stevie, beide lächelnd, und dann sahen sie John auf der Treppe und ihr Lächeln verschwand.

Er zielte direkt auf das Gesicht des bewaffneten Mannes und sagte: »Hände hintern Nacken, mein Freund. Und zwar schnell.« Der Mann funkelte ihn an, zögerte und gehorchte dann. John hielt die Pistole auf ihn gerichtet, während er die restlichen Stufen hinunterging und dem Mann namens Stevie befahl, sich mit dem Gesicht zur Wand umzudrehen und die Hände hinter seinem Nacken zu verschränken. Zu dem Kassierer sagte er: »Nimm die Pistole von deinem Freund und steck sie in meinen Gürtel. Und zwar schnell und vorsichtig.«

Der Mann mit dem Schnurrbart wich von dem Kassierer zurück, als wollte er ihm die Waffe verwehren. John trat vor und schlug ihm mit dem Pistolenlauf übers Gesicht. Der Mann fasste sich mit beiden Händen an die gebrochene Nase und sank auf die Knie, während das Blut zwischen seinen Fingern hervorströmte. John verschob Maggies Gewicht auf seiner Schulter und sagte: »Tu es.« Der Kassierer nahm dem Mann die Pistole ab und schob sie mit spitzen Fingern in Johns Gürtel. Es war ein prächtiges Kentucky-Modell mit einem Perkussionsschloss.

Ein Mann kam aus dem vorderen Raum durch die behängte Tür herein, sah alle nacheinander an und hob wortlos die Hände.

John hieß den Kassierer die Tür zur Gasse öffnen, dann befahl er ihnen allen, sich auf ihren Händen auf den Boden zu setzen. Als der Mann mit dem Schnurrbart die Hände von seiner Nase nahm, quoll ihm das Blut über Mund und Kinn und sein Hemd. Seine tränenden Augen loderten vor Schmerz und Hass.

»Ich erschieß den ersten Hurensohn, der seinen Kopf aus dieser Tür hier steckt«, sagte John. Er ging rückwärts in die Gasse hinaus und schlug die Tür mit einem Tritt zu.

2 Das näher gelegene Ende der Gasse mündete in die hell erleuchtete und sehr belebte Straße vor dem Hole World Hotel. Er eilte mit hämmerndem Herz in die andere Richtung, der Dunkelheit entgegen, horchte nach Alarm und Rufen von Verfolgern, doch er hörte nur den Vergnügungslärm in der Straße hinter ihm und das leise grollende Rumpeln von nahendem Donner.

Wie Lebewesen huschten die Schatten in dem schnell wechselnden Licht des Viertelmondes, der durch herannahende Gewitterwolken raste. Er folgte der Gasse über eine schmale Straße hinüber, ohne auf die Stimme zu achten, die rief: »Vier Kröten für Ihr Paket, Käpt'n«, oder auf die Männer, die darüber lachten. Jetzt schlängelte sich die Gasse hinter unbeleuchteten Gebäuden und Reihen doppelstöckiger verfallener Lagerhäuser entlang, und plötzlich verschwand der Mond in vorbeieilenden schweren Wolken, und in der jähen Finsternis wäre John beinahe gegen eine Steinmauer gerannt. Einen verzweifelten Augenblick lang dachte er, er sei in eine Sackgasse geraten und müsse umkehren, doch dann erkannte er, dass die Gasse nach links und rechts abzweigte. Er wusste nicht, welche Richtung er einschlagen sollte, hatte das Gefühl, dass er sich ganz und gar verirrt hatte, überzeugt, dass ihm bereits ein Suchtrupp wie geräuschlose Spürhunde auf den Fersen war. Dann erklang das heisere Stöhnen eines Dampfschiffhorns irgendwo zu seiner Rechten. Er verfluchte sich als dummer Angsthase und setzte sich in Bewegung, den Lauten des Schiffsverkehrs entgegen. In Richtung der Hörner, Glocken und Pfeifen laufend, verfolgte er seinen gewundenen Kurs durch die dunkle Hintergassenwelt undeutlicher Gestalten und undurchdringlicher Schatten. Ein längeres und näheres Donnergrollen ertönte. Er suchte sich seinen Weg durch Abfallhaufen, stolperte über Backsteinbrocken und weggeworfenes Holz, stieß gegen zerbrochene Kisten. Er watete durch Schichten glitschigen, scheußlich stinkenden Mülls. Fiepende Ratten huschten über seine Stiefel. Ein Hund knurrte in der Dunkelheit. Er spürte Augen, die ihn aus den dunkelsten Nischen beobachteten, hörte gedämpftes Husten in den Schatten, gemurmelte Flüche, überraschtes Keuchen. Als er an einer Seitengasse vorbeikam, hörte er das drängende Schnaufen menschlichen Kopulierens.

Plötzlich wurde die Gasse durch einen grellen Blitz hell erleuchtet, und der gespenstische Moment enthüllte eine schwarze Frau, nackt bis auf ihr Hemd, die ausgestreckt auf einem Haufen Abfall lag, das Gebiss zu einer starren Grimasse entblößt, während Ratten an ihren Augen fraßen. Und dann war die Welt wieder schwarz, und ein krachender Donnerschlag ließ ihn taumeln, sodass Maggie beinahe seinem Griff entglitt. Vereinzelte Regentropfen fielen, als er endlich aus der Gasse heraus auf eine Straße trat, die am Fluss entlanglief. Er steckte die Pistole unter seine Jacke in seinen Gürtel, neben die Pistole, die er dem Mann mit dem Schnurrbart abgenommen hatte. Er war überrascht über die Schmerzen in seiner Hand, so fest hatte er die Waffe umklammert. Er stand dort und überlegte, während Regentropfen auf seine Hutkrempe platschten. Auf jeden Fall musste er sich fernab von den Straßen halten, bis Maggie wieder bei Bewusstsein war, dann konnten sie zusammen zum Stall beim Tchoupitoulas Dock gehen, wo er und Edward ihre Sachen in Verwahrung gegeben hatten, und entweder warten, bis Edward erschien, oder ihn dort schon vorfinden.

Blitze leuchteten auf, Donner krachte, und der Wind wurde stärker. Männer eilten zu den Schiffen, die am Kai lagen, oder zu den Tavernen in der Straße. Er meinte weiter vorne auf der linken Straßenseite ein Hotelschild zu sehen und steuerte darauf zu. Ein paar Männer in den weiten Hemden der Flussmatrosen wollten gerade einen Saloon betreten, blieben aber stehen und starrten ihn an. Er merkte, dass das Hemd um Maggies Hüfte hinaufgerutscht war, sodass ihr Gesäß größtenteils entblößt war, und zog es wieder herunter. Er hörte, dass die Matrosen ihm folgten. »Scheint sich ja ganz schön zu langweilen mit dem da, stimmt's?« sagte einer, und der andere lachte lüstern. John zog eine Pistole, drehte sich um und richtete sie auf die beiden, und sie blieben stehen. »Is ja gut, Kumpel«, sagte der eine und hob die Hände in einer besänftigenden und abwehrenden Geste. Sie gingen zurück zum Saloon, warfen ihm einen grinsenden Blick hinterher und gingen hinein.

Auf halbem Weg den Block entlang markierte ein Hängeschild, das im Wind schwankte und knarrte, THE MERMAID HOTEL, ein kleines und schäbiges zweistöckiges Etablissement, dessen schmierige Fensterscheibe die vergilbte Verkündung – SCHNAPS – ESSEN – ZIMMER zierte. Er betrat einen beinahe menschenleeren Schankraum, als der Regen plötzlich in einer Sturmflut die Straße entlangfegte. Bis auf einen Mann, der, den Kopf auf die Arme gestützt, schlafend an einem Tisch saß, und zwei Männer, die an der Theke würfelten, war niemand zu sehen. Einer war bärtig und wie ein Schiffer gekleidet, der andere war der Gastwirt und sagte, ja, er habe ein Zimmer für die Nacht. Ein Dollar. Die Blicke der Männer wanderten kühn über Maggies nackte Beine.

»Is das dein Papagei?« fragte der bärtige Mann mit einem Grinsen.

»Meine Schwester. Sie ist krank.«

Der Bärtige lachte und zwinkerte übertrieben. »Na klar, mein Junge. Ich hab mir auch mal 'n paar hübsche Schwestern mit der Rumkopfkrankheit zu Gemüte geführt.«

»Sie *ist* meine Schwester«, sagte John. Der Bärtige lächelte breit und nickte und sagte: »Aber natürlich ist sie das.«

Das Zimmer war oben, eines von sechs in einem schmalen Flur, in dem eine Wandlampe ein diffuses Licht verbreitete. Unregelmäßiges Schnarchen drang auf den Flur hinaus, und es stank von den Ausdünstungen ungewaschener Männer. Der Wirt führte ihn zu dem Zimmer, ging als Erster hinein und entzündete die Öllampe auf einem kleinen Nachttisch, auf dem auch eine Waschschüssel und ein Krug Wasser standen. Ein kleines Messingbett mit einer fleckigen Matratze, die einen scharfen Geruch verströmte, war das einzige andere Mobiliar in dem Zimmer. Die Flamme in dem Lampenglas flackerte und hüpfte in dem Luftzug von der Tür, die sich auf einen schmalen Balkon über der Gasse öffnete. Der Wirt schloss die Läden gegen den hereinsprühenden Regen. John beugte sich vor und hielt die Schulter schief, damit Maggie aufs Bett gleiten konnte. Vor lauter Erleichterung darüber, endlich seine verkrampften Muskeln entspannen zu können, schrie er beinahe auf. Das Hemd hatte sich wieder von der Hüfte des Mädchens gelöst, und die leuchtenden Augen des Wirts waren auf ihre entblößte

Scham gerichtet. John zog den Saum ihres Hemdes nach unten, und der Mann grinste ihn an, zuckte die Achseln und ging.

Ihre Atmung war tief und regelmäßig, aber sie reagierte nicht, als er sich auf die Bettkante setzte und ihre Schulter schüttelte und ihr sanft an die Wangen schlug. Er hatte noch nie jemanden so betrunken gesehen, nicht einmal Daddyjack. Er weichte das Hemd in der Waschschüssel ein und wischte die Spuren von Erbrochenem von Gesicht und Armen. Ihre feuchten Haare sahen matt aus und fühlten sich fettig an, und er erinnerte sich, wie viel sie immer auf ihre Sauberkeit gegeben hatte und vor allem wie stolz sie auf ihre gold glänzenden Haare gewesen war.

Er schüttelte sie wieder und ihre Brüste wackelten unter dem dünnen Hemdchen. Er starrte darauf. Dann blickte er zur Tür. Vorsichtig berührte er eine Brust. Drückte sie sanft. Spürte ihre feste Weichheit. Ihm pochte das Blut in der Kehle und seine Brust verengte sich. Jahrelang hatte er solche beschämenden Sehnsüchte genährt …

Herr im Himmel! Er sprang vom Bett auf und bedeckte ihre Beine mit dem feuchten Hemd. *Du dreckiger Hurensohn! Was zum Teufel ist mit dir los?* Er lechzte auf einmal nach etwas zu trinken. Er ging zur Tür und blickte hinaus in den düsteren Flur. Schnarchen, Furzen und Schlafgebrabbel aus den anderen Zimmern. Die Tür hatte einen Schwenkriegel auf der Innenseite, aber es gab kein Schloss auf der Außenseite. Er zog die Tür hinter sich zu, ging zum Ende des Flurs und spähte über das Treppengeländer. Der Bärtige und der Wirt standen immer noch an der Theke, sonst niemand.

Er ging hinunter und fragte nach einer Flasche Nongela. Der Wirt und der Bärtige tauschten einen Blick, aber er schenkte ihm keine weitere Beachtung.

Der Wirt sagte, er müsse den Nongela hinten aus dem Lager holen, und schlug John vor, dass er etwas zu essen mit nach oben nahm. »Sie wird Hunger haben, wenn sie aufwacht«, sagte er. »Sie lieben einen für immer und ewig, wenn man sie füttert. Ich kann dem Küchenjungen sagen, dass er einen Teller mit Brot und Käse machen soll.«

John fiel ein, dass Maggie wahrscheinlich seit einiger Zeit nicht mehr gegessen hatte, und etwas Essen zur Hand zu haben, wenn sie zu sich kam, wäre eine gute Idee, wenn ihr Kater nicht zu groß war, um zu essen. Von diesem Ende der Theke konnte er die Treppe gut im Auge behalten, während der Teller vorbereitet wurde. »In Ordnung«, sagte er.

Der Wirt sagte, gut, er sei gleich wieder da, und schenkte John ein großes Glas Whiskey auf Kosten des Hauses ein, während er wartete. Der Bärtige bemerkte, es sehe nicht so aus, als würde es demnächst aufhören zu regnen, also könne er genauso gut aufhören zu warten und zu seinem Schiff zurückkehren. Zum Teufel mit Nasswerden. Er kippte sein Getränk hinunter, sagte: »Bis dann« und trat zur Tür hinaus in den strömenden Regen.

Der Regen schlug wie Kies gegen die Fensterscheibe, und Donner bebte durch die Holztheke unter seinen Ellbogen, und die Luft war scharf vom Geruch des Blitzes. Er trank den Whiskey und beobachtete die Treppe, und die Minuten verstrichen, und dann fiel ihm der Balkon vor der Tür des Zimmers ein und er fragte sich, ob er über die ganze Länge des Gebäudes verlief oder vielleicht sogar ganz darum herum.

Er sprang so schnell vom Hocker, dass dieser sich auf einem Bein drehte, bevor er umkippte, und nahm, mit der Pistole in der Hand, drei Stufen auf einmal. Oben war er aber geistesgegenwärtig genug, um sich lautlos der Tür zu nähern, während das Krachen und Prasseln des Unwetters das Knarren der Dielen unter seinen Stiefeln übertönte. Er hielt vor der Tür inne und drückte sanft dagegen, doch sie bewegte sich nicht. Er spannte die Pistole, tat einen Schritt zurück und trat mit der Stiefelsohle mit voller Wucht gegen die Tür. Der Riegel krachte laut entzwei, und er rannte ins Zimmer hinein, und da waren die Hurensöhne.

Im flackernden Licht der Öllampe stand der regendurchnässte Wirt mit hängendem Mund zwischen den offenen Läden, mit den Fingern an den Knöpfen seiner Hose. Der Bärtige lag mit durchnässtem Hemd zwischen Maggies gespreizten Beinen, die Hose um seine gestiefelten Füße gebündelt, und sein bleicher Hintern rammelte heftig in das Mädchen. Er glotzte mit großen Augen über die Schulter zu John, hörte sofort auf und erhob sich auf alle viere, während der Wirt herumwirbelte und durch die offenen Läden hinausschoss und über den Balkon flüchtete.

John hielt dem Bärtigen die Pistole vors Gesicht und zog den Abzug. Der Zündstein funkte, doch es löste sich kein Schuss. Er warf die Pistole beiseite und griff nach der anderen unter seiner Jacke, aber der Mann stürzte sich auf ihn und packte ihn vorne am Hemd, und die zweite Pistole entglitt John, als beide in einer fauchenden Umarmung zu Boden stürzten. Obwohl durch seine Hose behindert, die um seine Knöchel hing, rollte der Mann auf John drauf und schaffte es, ihm beide Hände um die Kehle zu legen, und begann ihn mit dem brennenden Blick der Raserei zu würgen. John schob eine Hand zwischen sich und seinen Angreifer, fand die nackten Hoden des Mannes, umklammerte sie, so fest er konnte, und riss sie mit aller Macht weg. Er spürte, wie der Hodensack zerriss und heißes Blut über seine Faust strömte.

Der Mann brüllte auf. Er ließ von Johns Kehle ab, fiel auf die Seite und packte seinen zerfetzten Hodensack. John rappelte sich auf die Knie, riss den Kopf des Mannes an den Haaren nach hinten und versetzte ihm einen Hieb in den Adamsapfel, worauf das Gesicht des Mannes sofort blau anlief und er grässlich würgte. John stand auf und packte ihn mit beiden Händen am Kragen, schleppte ihn hinaus auf den Balkon in den strömenden Regen, zog ihn auf die Beine hoch und stieß ihn übers Geländer.

Der Mann fiel lautlos in die Dunkelheit und schlug mit einem gedämpften Platschen auf dem schlammigen Boden auf. Nach Atem ringend lehnte sich John über das Geländer, konnte aber in der Finsternis unten nichts ausmachen, bis ein schimmernder blauer Blitz den auf dem Bauch Liegenden beleuchtete, das Gesicht halb im Schlamm vergraben, mit nacktem, glänzendem Hintern, die Beine an den Knöcheln gekreuzt, wo seine Hose sich herumgewickelt hatte. Dann wurde die Gasse wieder schwarz und John wollte hinunterspucken, doch seine schmerzende Kehle konnte keinen Speichel hervorbringen. Schlucken war eine Tortur. Er stand am Geländer und ließ den Regen das Blut von seinen Händen waschen. Im nächsten Blitzlicht erhaschte er einen Blick auf das Regenrohr, das an der Ecke des Gebäudes nach unten verlief, das Rohr, an dem die Dreckskerle hinaufgeklettert waren.

3 Er taumelte in das Zimmer zurück und schloss die Läden. Der Boden war glitschig von Blut. Er nahm die Perkussionspistole wieder an sich und ging zur offenen Tür. Der Flur war immer noch menschenleer. Wie schon zuvor war nur Schnarchen zu hören und das gelegentliche Gemurmel von Schlafrednern. Wahrscheinlich waren Schreie und Schlägereien im Mermaid Hotel so alltäglich, dass sie selten auffielen. Er schloss die Tür und überprüfte die Steinschlosspistole und sah, dass das Zündpulver nass war. Die Perkussionspistole war noch schön trocken.

Maggie war immer noch ohnmächtig, auf dem Rücken ausgestreckt, ihr Hemd über ihren Brüsten zusammengeknüllt. Sie war so nackt. Hätte er es nicht mit eigenen Augen gesehen, hätte er nicht geglaubt, dass eine Frau so betrunken sein könnte, dass sie nicht merkte, wie sie geschändet wurde. Er betrachtete sie einen langen Augenblick, bevor er hastig ihre Beine zusammenschob, ihr Hemd geradezog und ihre Schenkel damit bedeckte.

Er verwarf den Gedanken, sie wieder auf die Schulter zu nehmen und sich auf die Suche nach einem anderen Hotel zu machen. Falls der Wirt die Rechnung für seinen Freund in der Gasse begleichen wollte, wäre es das Beste, zu bleiben, wo er war, und den Mann zu zwingen, zu ihm zu kommen, anstatt zu versuchen, sich mit Maggie auf der Schulter wieder auf den Weg zu machen. Selbst wenn sich der Wirt Verbündete suchte, wusste er, dass John bewaffnet war. Es war unwahrscheinlich, dass sie das Zimmer stürmen und dabei riskieren würden, eine Kugel zwischen die Zähne zu bekommen.

Er spürte ein berauschendes Hochgefühl, das er niemandem hätte erklären können. Da hatte er verflucht noch mal eine Geschichte, die er Edward erzählen konnte. *Und wo zum Teufel warst* du*, als ich damit beschäftigt war, die Haut unserer Schwester zu retten, das würde ich mal gerne wissen.*

Er räumte den kleinen Tisch frei, stellte die Lampe neben das Bett und stemmte den Tisch fest gegen die Tür. Er balancierte die Schüssel und den Krug darauf, sodass sie beim geringsten Ruck der Tür warnend zu Boden fallen würden. Er zog Hemd und Jacke aus, beides triefend nass, und wrang sie aus, zog dann das Hemd wieder an und hängte die Jacke an den Bettpfosten zum Trocknen, so gut es ging. Dann stieg er ins Bett und setzte sich mit dem Gesicht zur Tür und dem Rücken zur Wand, die Perkussionspistole in der Hand und sein Bein an Maggies Seite. Seine Hose war vorne feucht und mit Blut befleckt. Gerne hätte er die Stiefel ausgezogen, weil es bequemer war, fühlte sich aber besser gegen Ärger gewappnet, wenn er sie anbehielt. Eine Minute später kam ihm die Idee, die Lampe auszublasen, um sich die Deckung der Dunkelheit zu geben, sodass jeder, der plötzlich die Tür aufmachte und sich im Gegenlicht des Flurs einrahmte, eine bessere Zielscheibe abgäbe.

Für die nächste Stunde saß er in äußerster Wachsamkeit da, seine Augen jetzt vollkommen an die Dunkelheit gewöhnt. Hin und wieder flackerten Blitze blauweiß gegen die Läden. Er hörte nichts als das unaufhörliche Platschen des Regens und das Rumpeln des Gewitters. Er war sich jetzt sicher, dass der Wirt den Kampf nicht wieder aufnehmen würde. Er war sich auch eindringlich Maggies Körperwärme bewusst geworden. Er versuchte an andere Dinge zu denken, an all die Schauspiele, die er zwischen Florida und New Orleans gesehen hatte, an den ersten Blick vom Mississippi, an alles außer Maggie, die neben ihm nahezu nackt dalag. Doch je mehr er sich bemühte, dem Gefühl ihres Körpers an seinem Bein keine Beachtung zu schenken, umso deutlicher nahm er es wahr.

Er betrachtete ihre dunkle Gestalt, das leichte Heben und Senken ihrer Brüste. Er sprach ihren Namen aus und klopfte ihr auf die Wange und schüttelte sanft ihre Schulter. Sie stöhnte langsam und rollte auf die Seite, das Gesicht von ihm abgewandt, und das Hemd rutschte von ihren Beinen, und ihr nacktes Gesäß drückte gegen seine Hüfte. Er sagte wieder ihren Namen und streichelte ihre Haare, aber sie bewegte sich nicht oder veränderte ihre Atmung. Er legte seine Hand auf ihre Brust. Liebkoste sie durch den weichen Stoff hindurch. Spürte, wie die Brustwarze hart wurde. Er erschrak selbst von seinem Stöhnen.

Wie oft hatte er sich damals in Florida an warmen Tagen zum Fluss geschlichen, wenn sie dort badete, und hatte zugesehen, wie sie nackt in den Untiefen plantschte und sich die Brüste einseifte und deren rosarote Spitzen befingerte und mit geschlossenen Augen in dem schenkeltiefen Wasser stand und sich langsam zwischen den Beinen einseifte? Sie war noch keine dreizehn gewesen, als er sie zum ersten Mal bespitzelt hatte, aber er konnte danach nie mehr in ihrer Nähe sein, ohne Hand an sie legen zu wollen. Er hatte sich schmerzhaft danach gesehnt, sie zu berühren, sie zu küssen, ihre kleinen Brüste zu liebkosen und ihre hübschen Beine zu streicheln. Das Gesicht in ihre Haare zu stecken und seine Wange an ihrem Bauch zu reiben. Ihr blondes Geschlecht zu küssen.

Sein Selbsthass hatte ihn beinahe verzehrt. Nur der niedrigste, traurigste, wertloseste Hurensohn auf zwei Beinen konnte jemals seine Schwester auf diese Weise betrachten, konnte solche verdammungswürdigen Gelüste haben wie er. In den ersten Monaten, in denen er sie von den Büschen aus mit seinem puckernden Schwanz in der Hand beobachtete, war sein Selbstekel so groß gewesen, dass er kurz davor war, sich an einem Stallbalken zu erhängen. Mit einer Notiz an der Brust: »Nicht wert, einen weiteren Tag zu leben.« Doch im Laufe der Zeit hatte er gelernt, mit seinem Selbstekel zu leben, indem er ihn einfach so lange ertrug, bis er ihm zu etwas Vertrautem geworden war. Doch hatte er sich geschworen, er würde sie niemals auf irgendeine Weise so berühren, wie er es sich ersehnte. Würde sich ihr gegenüber nie anders verhalten als wie ein guter Bruder. Würde sie behüten und beschützen, wie es sich für einen guten Bruder gehörte.

Lügner! Gottverdammter schmutziger Lügner! Du bist genauso ein Lügner wie deine gottverdammte Mutter. Ihr habt dasselbe niedrige Blut in euch, niedrig und gemein und keinen Rattendreck wert.

Er legte die Pistole neben sich, drehte sich auf die Seite und fuhr mit der Hand über Maggies Hüfte und streichelte ihren bloßen Hintern. Er steckte die Finger zwischen ihre Beine und spürte die flaumige Wärme dort und dann die plötzliche Glätte. Der starke Geruch ihres Geschlechts schloss sich um ihn wie ein Netz. Seine Erektion pulsierte schmerzhaft in seiner engen Hose. Noch während er sich selbst leise verfluchte, löste er seinen Gürtel, knöpfte seine Hose auf und schob sie sich von der Hüfte. Sein Glied sprang federnd hervor, schmerzte bis in die Wurzeln.

Nein, verflucht, tu's nicht. TU'S NICHT, du Dreckskerl, du verdammter Dreckskerl …

Ebenso gut hätte er dem Gewitter befehlen können, nicht mehr gegen die Läden zu knallen. Er stöhnte, als er von hinten in sie eindrang, glatt und tief in sie hineinglitt, sie fest an sich zog und beinahe sofort zuckte und aufschrie, als würde er die Milch des Teufels verschütten …

Für eine Weile krallte er sich vor Entsetzen gelähmt an ihr fest.

Dann wich er zurück, streifte seine Hose hoch, machte seinen Gürtel zu und setzte sich aufrecht an die Wand. Jetzt rührte sie sich, und mit einem undeutlichen Murmeln drehte sie sich um und schmiegte sich an ihn, einen Arm über seiner Hüfte.

Eine Zeit lang saß er starr da, spürte den Rhythmus ihrer tiefen Atmung an seinem Bein, sein eigener Atem roh und eng in seiner Kehle.

Gott verdamm mich.

Es war sein einziger Gedanke. *Gott verdamm mich.*

4

Er hatte keine Ahnung, wie lange er gedöst hatte, als er im Dunkeln die Augen aufschlug und sofort an ihrer Atmung merkte, dass sie wach war. Er starrte hinunter auf ihre dunkle Gestalt, und sein Herz machte einen Sprung, als sie unvermittelt von ihm abrückte und mit erstickter Stimme fragte: »Wer bist du? *Wer?*«

»Hab keine Angst.« Was anderes fiel ihm nicht ein. Seine Kehle schmerzte beim Sprechen.

»Wer *bist* du?« In ihrer Stimme schwang ein Anflug von Hysterie mit. »Wo bin ich hier. *Wo?*«

»Moment, nur ein Moment.« Er griff hinunter und tastete am Bett entlang, dann fand er die Lampe, hob sie hoch und holte eine Schachtel Zündhölzer aus seiner Tasche. Er strich vier Nieten, bevor eines entflammte. Er hob das Glas und entzündete den Docht, und dann war das Zimmer in ein schwaches gelbes Licht getaucht.

Sie kauerte am Fuß des Bettes, starrte ihn an, die Arme fest über den Brüsten verschränkt, die Beine unter sich gekreuzt. Ihr Gesicht war geschwollen, ihre Augen rot, groß und leer.

»Ich bin's, Maggie. Johnny.«

Ihre Stirn runzelte sich, als hätte man ihr eine seltsame Frage gestellt.

»*Johnny*«, wiederholte er. »Dein *Bruder.*« Er hielt die Lampe näher an sein Gesicht.

Ihr Blick wanderte über sein Gesicht, prüfte eingehend seine Augen, verweilte bei seinem Mund. »Johnny«, sagte sie stumpf. Sie steckte sich unversehens den Daumennagel zwischen die Zähne, biss drauf, zog ihn sofort zurück und verschränkte wieder die Arme. Ihr Blick ruhte auf ihm, aber irgendwie schien sie ihn nicht wirklich zu sehen.

»Maggie, *erkennst* du mich nicht?« Der Blick in ihren Augen machte ihm Angst. »Ich bin dein Bruder, verdammt noch mal. Johnny. Ich bin *Johnny.*«

Und dann sagte sie »*Johnny*«, beinahe wie ein Ausatmen. Und lächelte.

Sein Herz machte einen Sprung. »*Ja!* O Maggie, ich dachte … *wir* dachten, du wärst … Sie hat gesagt … Mama, mein ich … sie hat gesagt –« Er hielt inne bei ihrem plötzlichen Lachen. Es war hohl und tonlos, so unnatürlich wie ihr hölzernes Lächeln und ihr vager Blick.

»Sie hat gesagt, er hätte dich *getötet*«, sagte sie mit einem schiefen Lächeln. »Sie hat gesagt, er hätte euch beide getötet, das hat sie gesagt.«

»Maggie …«

»Nein, wirklich, das hat sie!« Jetzt weiteten sich ihre Augen, und dann beugte sie sich zu ihm und fuhr atemlos und hastig flüsternd fort: »Sie hat mit mir geredet, wenn sonst niemand da war. Sie hat gesagt, dass er verrückt ist und sie die ganze Zeit schrecklich schlägt und sie umbringen wird, und deswegen will sie weglaufen und ob ich mitwill, und ich hab gesagt, ja, ja, ja, und sie hat gesagt, ich soll mich nachts rausschleichen und sein Pferd nehmen und an einer Stelle flussaufwärts warten, wo wir immer hingegangen sind, um Muscheln zu holen, und ich soll da nicht weg, bevor sie nicht kommt, egal was passiert. Ich hab Verpflegung und Zündhölzer und Zeug mitgenommen und hab gewartet und gewartet, ich weiß nicht wie viele Tage. Ich hatte so schrecklich Angst nachts. Ich war sicher, ein Puma würde mich fressen oder ein Gator. Schließlich konnte ich nicht mehr warten und ich bin wieder nach Hause gegangen. Da hab ich Rauch gesehen, wo das Haus war, und konnte ihn irgendwo in der Ferne schreien hören, schreien und fluchen. Ich hab zu viel Angst gehabt und bin wieder dahin zurückgegangen, wo ich warten sollte, und ich hab gewartet und gewartet, ich weiß nicht wie lang. Und dann hab ich ein' Schuss gehört und dann noch ein' und ich hatte so Angst. Und dann ist sie endlich gekommen und war ganz zerschlagen, und ihr Kleid war zerrissen, und sie hatte Foots und Remus dabei und ... sie hat mir gesagt ...«

Einen flüchtigen Augenblick lang schien sie ihn direkt anzusehen, und sie legte die Finger auf den Mund.

»Was ist passiert?« fragte er sanft. Sie blickte sich im ganzen Zimmer um. »Als sie gekommen ist«, sagte er, »was habt ihr dann gemacht?«

Sie richtete ihren leeren Blick wieder auf ihn, und ihre Finger fuhren zu ihrer Brust. »Sie hat gesagt, er hat euch getötet. Euch beide. Hat gesagt, ihr habt mich gesucht, und als ihr wiedergekommen seid, habt ihr alle gestritten, und er hat euch beide erschossen. Sie hat gesagt, wir müssen schnell weg, bevor er uns findet und auch umbringt. Wir sind geritten und geritten. Wir haben im Wald geschlafen. Sie hat dieses große Schlachtermesser dabeigehabt. Ich musste im Wald draußen vor Mobile warten, während sie in die Stadt gegangen ist und eins von den Maultieren verkauft hat, und dann konnten wir ab und zu in einem Gasthaus schlafen und uns was zu essen kaufen. Aber meistens haben wir im Wald geschlafen. Jedes Mal wenn jemand den Pfad lang gekommen ist, haben wir uns in den Büschen versteckt.«

Jetzt weiteten sich ihre Augen angstvoll vor irgendeinem Schreckensbild in ihrem Geist, und ihr raues Flüstern wurde noch leiser, und er musste sich vorbeugen, um mitzubekommen, was sie sagte. »In Mississippi haben uns diese Männer im Wald überfallen, drei Männer. Der Größte hatte die Zahl 12 aufs Augenlid tätowiert. Er hat sie am Arm gepackt, und sie hat ihn mit dem Schlachtermesser geschnitten, und dann hat er ihr die Hand umgedreht und ihr Arm ist gebrochen wie ein Stock. Er hat sie ausgelacht und sie auf den Boden geworfen und ihr Kleid hochgeschoben und es mit ihr gemacht. Dieser andere, der nach toten Fischen gerochen hat, der hat es mit mir gemacht, und ich hab geschrien, weil es so wehgetan hat. Dann hat der andere, der wie ein Nigger aussah, es auch mit mir gemacht. Dann der Größte. Der hat am meisten wehgetan. Ich hab gedacht, ich sterbe. Sie hat mir dauernd gesagt, ich soll ja nicht weinen, sonst haben die noch mehr Spaß dran, und die ganze Zeit wechseln die sich auf uns ab. Als sie endlich aufgehört haben, konnte ich nicht aufstehen. Ich war ganz blutig. Es hat sich angefühlt, als wär drinnen alles zerrissen.«

Während sie sprach, wiegte sie sich leicht und hielt ihr Geschlecht mit beiden Händen bedeckt wie eine Wunde, ihre Augen geweitet von den Bildern der Erinnerung. John hatte das Gefühl, als würde ihm gleich die Brust zerplatzen vor Wut.

»Ihre Hand war so komisch verdreht und ganz geschwollen, aber sie hat kein einziges Mal geweint, kein einziges Mal. Die haben getrunken und gelacht und gesagt, sie würden uns an einen Hurentreiber in New Orleans verkaufen. Sie haben ihr ein Seil um den Hals gelegt wie bei einem Hund, und mich haben sie an einem Baum festgebunden. Ich muss eingeschlafen sein, denn dann war plötzlich Tag, und der wie'n halber Nigger aussah, lag da auf dem Rücken mit der Hose um die Knie. Seine Kehle war durchgeschnitten, und der Boden um seinen Kopf war dunkelrot und zwischen seinen Beinen auch, wo sie sein Ding abgeschnitten hatte. Das Seil lag da, und sie war längst weg, auf einem von ihren besten Pferden. Niemand hat das Geringste gehört. Die andern beiden haben gar nicht mehr aufgehört zu fluchen, als sie gesehen haben, was passiert war, und ich hab geweint, weil sie mich zurückgelassen hat. Der Fischige hat mich getreten und verflucht, und der Große hat gesagt, er soll aufhören, sonst wär ich nichts mehr wert in New Orleans. Aber er hat immer weitergemacht und gesagt, ich muss bezahlen für das, was sie Larry angetan hat, der Nigger, schätze ich. Der Große hat ihn gepackt und von mir weggezerrt, und dann haben sie angefangen zu kämpfen. Der Große hat den Fischigen um den Hals gepackt und ihn umgedreht, und man konnte hören, wie sein Genick gebrochen ist.«

»*Verflucht!*« sagte John. »Ich wünschte, *ich* hätte ihn getötet, Maggie, wirklich! Und auch die andern – diese Dreckskerle!« Und er dachte: *Du musst gerade reden, du wertloses Stück Dreck.*

Sie sah ihn mit halb zusammengekniffenen Augen an und rieb sie sich dann heftig mit den Fingerspitzen. Dann fuhr sie fort, jetzt weniger hastig, den Blick auf das Stück Bett zwischen ihnen gerichtet. »Wir sind jeden Tag den ganzen Tag lang geritten, und er hat gesagt, er wird sein Ding nicht mehr in mich reinstecken, damit ich da unten wieder gesund werden kann und er mehr Geld für mich kriegt. Aber jede Nacht hat er mich gezwungen … du weißt schon, ich musste ihn in den Mund nehmen. Zuerst musste ich würgen, aber nach einer Weile konnte ich es ganz gut, außer wenn er es losließ, dann hatte ich das Gefühl, ich würde ertrinken. Er …« John schlug mit so plötzlicher Wucht auf die Matratze zwischen ihnen, dass sie zusammenzuckte und ihn verwirrt ansah. Und dann fuhr sie fort: »Er hat mir Whiskey gegeben. Hat gesagt, das macht alles leichter. Beim ersten Mal hab ich ihn schnell runtergekippt, so wie er, und alles ist sofort wieder hochgekommen, durch die Nase, und hat so schlimm gebrannt, dass ich vor Tränen nix sehen konnte. Er fand das richtig komisch. Er hat mir gezeigt, wie man ihn in kleinen Schlucken trinkt, bis ich mich dran gewöhnt hab. Ich musste jeden Abend mit ihm trinken, wenn wir das Lager aufgeschlagen hatten, und nach einer Weile, schätz ich, hat mir das gefallen, wie es bis runter in den Bauch brennt und meine Lippen ganz gefühllos werden und mir alles egal ist. Er hat immer gelacht, wenn ich so voll war, dass ich nicht mehr grade gehen konnte. Manchmal hat er auf seiner Mundharmonika gespielt, und ich bin ums Feuer herumgetanzt.« Sie hielt wieder inne, starrte immer noch auf den Raum zwischen ihnen, und dann schien sie ein wenig zu lächeln. »An einem Abend hab ich beim Tanzen alle meine Kleider ausgezogen, und er hat geklatscht, als wäre er bei einer Vorstellung, und hat mich Liebling genannt und mich zum allerersten Mal auf den Mund geküsst.«

Jetzt blickte sie auf und an ihm vorbei, und ihr Gesicht verdunkelte sich und sie redete schneller. »Dann sind wir in New Orleans angekommen, und er hat mich für 100 Dollar an Boland verkauft. Hat mir gesagt, er würde mich ganz schrecklich vermissen, und hat mich zum Abschied geküsst. Ich war so überrascht und ganz verwirrt, weil ich ihn sofort so vermisst hab, dass ich kaum atmen konnte. Ich hatte das Gefühl, dass mir niemand was tun kann, wenn ich bei ihm bin. Als er ging, hab ich geweint und geweint, bis Boland mir den Riemen gab, damit ich aufhöre.«

Sie wischte brüsk ihre Tränen weg, als seien es lästige Fliegen. Sie starrte ihn einen Augenblick verschwommen an, setzte dann ein schiefes Lächeln auf und sagte: »Sag mal, du hast nicht vielleicht was zu trinken?«

Er sah sie lange an, unfähig Worte zu finden, um ihr zu sagen, wie er sich fühlte. »Nein. Könnte verflucht noch mal selber was gebrauchen.«

Sie gähnte groß und schwankte und hielt sich am Bettpfosten fest. »Herrgott«, sagte sie müde. Sie rollte sich neben ihm zusammen und schmiegte ihren blonden Kopf in seinen Schoß.

»Wie hieß er?« fragte John. »Der dich verkauft hat, wie so ein Sklavenmädchen auf dem Block.«

Ihre Worte klangen gedämpft an seinem Schenkel. »Twelve. Big Ole Twelve, wegen seinem Auge ...« Und dann schlief sie wieder.

Seine Augen brannten vor Erschöpfung. Er stellte die Lampe auf den Boden und lehnte sich zurück und bettete Maggies Kopf in die Mulde seiner Schulter. Der Donner war jetzt nur noch ein fernes Knurren, es blitzte nicht mehr gegen die Läden, und der Regen war zu einem leichten Pladdern geworden. *Nicht weiter drüber nachdenken. Denk dran, wie du sie gefunden hast und sie weggeholt hast. Denk dran, dass sie jetzt in Sicherheit ist. Sie ist in Sicherheit, weil du das richtig gemacht hast. Denk nicht an das andere. Dinge passieren manchmal einfach. Niemand ist schuld. Dinge passieren einfach. Sie weiß es sowieso nicht. Niemand weiß es. Niemand außer dir. Lass es und denk nicht dran, du nichtsnutziger gemeiner Hurensohn ...*

5

In der grauen Morgendämmerung barst die Tür nach innen, der kleine Tisch zersplitterte, Schüssel und Krug fielen klappernd zu Boden, und drei Konstabler kamen ins Zimmer hereingestürzt. Maggie sprang mit einem Schrei vom Bett und rannte direkt in den Griff des Wirts an der Tür. John tastete verzweifelt nach der Pistole, als er sich vom Bett aufrappelte, aber sie entglitt ihm, als ihn der Anführer mit einem Knüppel an der Schulter erwischte. Er konterte mit einem Schlag gegen die Kehle des Mannes. Doch jetzt wurde einer seiner Arme gepackt, und er bekam einen heftigen Schlag aufs Ohr, er sah Sterne, und seine Knie gaben nach. Er taumelte rückwärts und erhaschte einen flüchtigen Blick auf den Wirt, der in der Tür mit den Händen zwischen den Beinen zusammengesackt war, und auf Maggie, die im Flur verschwand. Der Mann, der Johns Arm packte, hielt ihn auch an den Haaren fest und brüllte ihn auf Französisch an, und John schlug ihm auf den Mund, direkt bevor ihm eine Schaftkappe ins Gesicht gerammt wurde und er jegliches Gefühl in seiner Nase verlor und auf den Hintern fiel. Stiefel traten nach ihm, mit dem Ballen seiner Faust hämmerte er gegen ein Knie, und dann blitzte ein weißes Licht in seinem Kopf auf, und der Kampf war vorbei.

6 Auf dem Boden eines vergitterten Gefängniswagens kam er wieder zu sich, während er über Kopfsteinpflaster ratterte. Mit jedem Herzschlag verspürte er einen hämmernden Schmerz im Schädel. Die Bänke auf beiden Seiten des Käfigs waren voll besetzt mit Männern in Handschellen, und die wenigen, die in seine Richtung blickten, taten es ohne Neugier. Er merkte, dass er Ketten um die Handgelenke hatte und sich andere Männer schwer um ihn drängten, die zusammen mit ihm auf dem Boden ausgestreckt lagen. Der Schmerz in seinem Kopf flammte rot auf, als er sich hinsetzte. Er musste sein Bein unter einem großen, stinkenden bewusstlosen Mann hervorziehen, der nackt bis auf Hemd und Socken war. Einer der Männer auf den Bänken war vollkommen nackt, bedeckte seine haarigen Geschlechtsteile mit den Händen und blickte zornig drein. John betastete vorsichtig seine Nase und zuckte zusammen, weil sie geschwollen und empfindlich war. Er befühlte seinen Hinterkopf und spürte eine schmerzende Beule unter den verklebten Haaren. Seine Finger waren blutig, und jetzt sah er, dass seine Hand geschwollen war und Zahnabdrücke aufwies. Ein Mann auf einer Bank kicherte und sah dann weg, als John ihn anfunkelte.

Die Sonne war gerade über die Dächer aufgestiegen und strahlte hell in einem wolkenlosen Himmel, doch die Kühle des nahenden Winters lag in der Luft. Einer der Konstabler fuhr auf der rückwärtigen Seite des Wagens mit, direkt außerhalb des Käfigs, und John erkannte ihn als denjenigen, der ihn mit dem Knüppel geschlagen hatte. Zwei weitere Polizisten saßen vorne auf dem Wagensitz, der eine lenkte das Ochsengespann, der andere war der befehlshabende Offizier. Als der Offizier sich zum Fahrer umwandte, sah John die zerschundenen und geschwollenen Lippen desjenigen, dem er den Schlag auf den Mund versetzt hatte.

Im städtischen Gefängnis wurden sie in ihren klirrenden Ketten aus dem Wagen heraus in einen schwach beleuchteten Gang geführt, dann unter einem riesigen Fallgitter aus schwerem Holz hindurch in einen kahlen Hof, umgeben von hohen Steinmauern, auf denen bewaffnete Wachmänner postiert waren. Dort wurden ihnen für die Aufnahmeprozedur die Handfesseln abgenommen, und dann mussten sie durch ein Doppeltor in den Gefängnisblock gehen. Das Tor fiel donnernd hinter ihnen zu.

Beinahe zwei Wochen vergingen, bevor er einem Richter vorgeführt wurde, der ihn fragte, wie er zu den Anklagen von Diebstahl, Körperverletzung und versuchtem Mord stehe. Nicht schuldig, sagte John. Er überflog die kleine Schar Anwesender im Gerichtssaal, sah Edward aber nicht darunter.

Der Beamte, der die Festnahme geleitet hatte, gab zu Protokoll, dass in der fraglichen Nacht er und seine Deputys vom Eigentümer ins Mermaid Hotel gerufen worden seien. Dieser habe ihnen erzählt, er und einige Freunde hätten nach einem Abend in der Stadt in der Gasse hinter dem Hotel einen Mann gefunden. Nach Bekunden des Eigentümers war das Opfer ein Gast des Hotels namens Gaspar Smith. Er sei kaum bei Bewusstsein gewesen, doch habe er ihnen mitteilen können, dass er von dem Angeklagten, auch einem Gast des Hotels, nach einem Streit über eine *fille de joie* angegriffen worden sei. Der Angeklagte sei im Begriff gewesen, das Mädchen in sein Zimmer zu nehmen, als Smith in den Gang kam und ihr einen besseren Preis anbot. Es sei zu einem Kampf gekommen, bei dem der Angeklagte Smiths Männlichkeit auf grauenhafte Weise verstümmelt und dann versucht habe, ihn zu töten, indem er ihn vom Balkon seines Zimmers im ersten Stock warf. Der Eigentümer und seine Freunde hätten das Opfer zum nächsten Arzt gebracht und sich dann in der Wache gemeldet. Als die Beamten zum Zimmer des Angeklagten gingen, um ihn zu verhaften, habe er Widerstand geleistet und mit körperlicher Gewalt überwältigt werden müssen. Es sei ein Mädchen im Zimmer gewesen, ja, doch habe sie während des Handgemenges mit dem Angeklagten die Flucht ergriffen. Der Besitzer habe sie ihnen gegenüber als eine junge Prostituierte identifiziert, die oft auf den Kaistraßen gesichtet worden sei, wo sie ihrem Gewerbe nachgehe. Und ja, sie hätten das Opfer befragt, das sich in einem Gästehaus von seinen schrecklichen Verletzungen sowie von einem gebrochenen Bein erholen wollte. Es handelte sich dabei um einen gewissen Gaspar Surtee, einen bekannten Dieb, der bereits mehrmals kurze Haftstrafen im städtischen Gefängnis abgesessen hatte. Mr. Surtee würde jedoch nicht zur Zeugenaussage vor Gericht erscheinen. Zwei Tage zuvor sei er mit einem anderen Bewohner des Gästehauses in Streit geraten, und dieser habe Surtee mit seiner eigenen Krücke totgeschlagen.

Der Mann mit der Melone – dessen Name Joseph Barbato war und dessen gebrochener Kiefer ihn immer noch derart am Sprechen hinderte, dass er gezwungen war, seine Antworten niederzuschreiben – sowie der schnurrbärtige Mann namens Willard Moss, dessen Nase jetzt einen eindeutigen Schiefstand aufwies, bezeugten beide, dass John sie früher am fraglichen Abend nicht nur ihrer Pistolen und ihres Geldes beraubt, sondern sie auch auf hinterhältige Art angegriffen habe. Ihre Geschichten wurden von dem Kassierer bestätigt, der an jenem Abend Ärmelhalter getragen hatte und seinen Namen vor Gericht als Harris Wilson angab.

John seinerseits bezeichnete seine Ankläger als Lügner und erklärte, wie er seine Schwester aus dem Bordell im Hole World Hotel gerettet habe. Das Gericht lauschte ihm aufmerksam, bis er geendet hatte. Dann wandte sich der Ankläger an den Richter und sagte kurz etwas auf Französisch. Der Richter nickte, wandte sich dann zu John und fragte ihn, warum seine Schwester nicht anwesend sei, um zu seinen Gunsten auszusagen, worauf John entgegnete, es sei so gewesen, wie der Konstabler es geschildert hatte, nämlich dass sie während seiner Festnahme geflüchtet sei, und er habe keine Ahnung, wo sie sein könnte. Der Richter sah ihn prüfend mit schmalen Augen an und wandte sich dann an den Ankläger, der die Augenbrauen hochzog und mit den Achseln zuckte.

John blickte vom einen zum anderen und fügte schnell hinzu, selbst wenn er nicht beweisen könne, dass Surtee seine Schwester angegriffen hatte, habe der Konstabler selber gesagt, dass Surtee ein bekannter Dieb sei, und da niemand infrage stellte, dass Surtee vom

 Balkon von Johns Zimmer hinuntergeworfen worden war, könne man aus der Anwesenheit des Mannes dort zuallermindest schließen, dass er auf Dieberei aus war. Ein Mann handle doch gewiss rechtens, wenn er einen Dieb angreift, den er in seinem Zimmer antrifft.

Der Richter zog eine Augenbraue hoch und wandte sich an den Ankläger, der die Hände hinterm Rücken verschränkt und den Blick auf den Boden zu seinen Füßen gerichtet hatte. Der Richter betrachtete John einen Augenblick lang mit ernster Miene, lehnte sich dann zurück und blickte mit geschürzten Lippen zur Decke und trommelte mit den Fingern auf die Bank. Dann seufzte er schwer, sah wieder zu John hinunter und befand ihn des Bagatelldiebstahls und der leichten Körperverletzung für schuldig und verurteilte ihn zu drei Monaten Haft im städtischen Gefängnis.

7 Die Zeit verstrich langsam in der Gleichförmigkeit seiner Tage. Er arbeitete und aß und schlief und träumte. Träumte von Daddyjack, der anklagend auf ihn wies. Von seiner Mutter, die über Daddyjacks Leichnam stand und zu ihm hinablachte. Von seinem Bruder, der mit einer Pistole in jeder Hand dunkle Kopfsteinpflastergassen entlangwanderte und seinen Namen in die Finsternis rief. Von Maggie, die tanzte und ihr Kleid wirbeln ließ und ihre hübschen Beine zeigte. Wie sie mit hochgelegten Beinen auf der Veranda saß und er selber auf den Stufen darunter und verstohlene Blicke unter ihr Kleid warf. Wie sie ihn dabei ertappte und lächelte und ihn gucken ließ. Träumte, dass er sich unten am Fluss in den Büschen versteckte und ihr beim Baden zusah. Davon, wie sie bei einem Baumstamm am Flussufer kniete und von hinten von einem bärtigen Fremden genommen wurde, der im nächsten Augenblick Daddyjack war. Träumte vom Gerichtssaal und von seiner Verurteilung, wo Daddyjack jetzt auch der Richter war, sauber geschrubbt und in Schwarz gewandet, mit einer schwarzen Binde über dem fehlenden Auge, und nicht unfreundlich zu ihm hinabblickte. Er sagte: »Vergeben tu ich dir weder jetzt noch später, mein Junge, das weißt du ganz genau, aber vergiss ja nicht, was ich dir beigebracht hab, wenn du auch nur ein Stück Ehre im Leib haben

willst. Denk dran: Du kannst entweder als Schlappschwanz oder mit einem nimmermüden Schwengel sterben. Eine andere Wahl hat man nicht in dieser Welt.«

Der Block, in den er eingeteilt war, wurde jeden Morgen vor Tagesanbruch geweckt und bekam ein Frühstück von Brot, Sirup und Kaffee vorgesetzt, worauf sie jeweils zu zweit mit einer Kette an den Fußknöcheln gefesselt hinausgebracht und auf einen Gefängniswagen geschafft wurden. Jeden Tag wurden sie in einen anderen Teil der Stadt gebracht, um die Straßen, Gassen und Gräben zu reinigen. Es war ihnen verboten, miteinander zu reden, während sie paarweise mit klirrenden Fußfesseln entlangschlurften, der eine mit einer Schaufel bewehrt, der andere mit einem Sammelsack, in einigem Abstand gefolgt von den gelangweilten Wärtern, die ihre Schrotflinten schießbereit in der Armbeuge hielten. Täglich füllten sie die Säcke mit Unrat aller Art, mit Schlachtabfällen, mit toten Hunden und Katzen, mit verrottetem Fleisch und anderem verdorbenem Zeug. Manchmal fanden sie einen toten Säugling in dem Gassenmüll. Ob das Kind tot oder lebendig ausgesetzt worden war, würde niemand wissen.

Eine derart alltägliche Erscheinung waren die Häftlingskolonnen, dass die meisten Einheimischen kaum Notiz von ihnen nahmen. Nur hin und wieder geschah es, dass eine Schar junger Mädchen vorbeikam, die sich dann gegenseitig anstießen und hinter vorgehaltener Hand kicherten und tief erröteten, wenn die Häftlinge wollüstig zu ihnen hinüberglotzten und ihnen mehrdeutig zuzwinkerten. Schülerbanden verhöhnten sie und machten sich manchmal ein Spiel daraus, gebückt heranzustürmen, um ihre Fußfesseln zu berühren, und wieder wegzuflitzen. Eines Tages rannte ein Junge heran, um die Kette zu berühren, die John an einen knorrigen Graubart fesselte. Der Graubart spuckte gekonnt durch die Zähne und traf den Jungen mitten aufs Auge, der unter dem Gelächter der Häftlinge heulend die Flucht ergriff. »Geschieht dir recht, verfluchter Frechdachs!« rief ihm einer der Wärter hinterher.

Der Graubart, dem ein »T« auf einen Wangenknochen eingebrannt war, hieß Lucas Malone. John wurde oft für die Tagesarbeit an ihn gefesselt. Malone neigte mehr als andere dazu, gegen das auferlegte Schweigegebot zu verstoßen, wenn die Wärter außer Hörweite waren – dann flüsterte er anzügliche Bemerkungen über dieses oder jenes Frauenzimmer, das auf der Straße vorbeikam, machte Witze über die Wärter, verfluchte manchmal auch einfach nur das Wetter, denn frühmorgens war es jetzt so kalt, dass ihnen Hände und Füße schmerzten, an manchen Tagen war es so windig, dass sie meinten, die Ohren könnten ihnen erfrieren und abfallen.

Johns Bekanntschaft mit Lucas Malone wurde des Weiteren durch ihre Nähe im Gefängnisblock gefördert, wo sie zwei nebeneinanderliegende Pritschen an einem Ende ihrer langen, schmalen Zelle beanspruchten. In seiner ersten Nacht in der Zelle entdeckte John, dass der Boden abschüssig war, und dass alles, was aus dem Toiletteneimer herausschwappte, oder verspritzter Urin den Steinboden hinunter zum unteren Ende der Zelle rann. Daher gab es eine Hierarchie, nach der die härtesten Burschen ihre Pritschen am höheren und saubereren Ende der Zelle hatten und die Schwächsten ihr Leben am dreckigen unteren Ende fristen mussten. Bei Johns Ankunft wurde das obere Ende von Lucas Malone und einem Insassen namens Hod Pickett belegt, doch nachdem er eine Nacht in der stinkigen Nässe des unteren Endes der Zelle verbracht hatte, ging John zum anderen Ende und blickte vorsichtig vom grinsenden Lucas Malone zum schlitzäugigen Hod Pickett, bis er zu dem Schluss kam, dass ein Graubart, der seinen Anspruch auf den höchstgelegenen Teil des Bodens gegen alle Herausforderer verteidigen konnte, ungewöhnlich wild sein musste, also forderte er stattdessen Hod Pickett heraus. Fünfzehn Minuten später war eines von Johns Augen zugeschwollen, seine Lippen waren ungeheuer aufgedunsen und seine Knöchel zur Größe von Vogeleiern aufgequollen. Doch Pickett war bewusstlos und musste zusammen mit seiner Pritsche zum anderen Ende der Zelle getragen werden. Noch Tage danach würde er durch keines von beiden Augen klar sehen noch einen tiefen Atemzug nehmen können wegen des Schmerzes, den ihm seine gebrochenen Rippen bereiteten. Und es sollte Wochen dauern, bevor er wieder vernünftig schlucken oder zusammenhängend reden konnte wegen der Hiebe, die John ihm gegen die Kehle versetzt hatte. Lucas Malone hatte John geholfen, eine Pritsche neben seiner aufzubauen, und kichernd bemerkt: »Teufel noch mal, mein Junge, bist aber ein ganz Wilder. Schätze, ich hätte dich töten müssen, um dich unterzukriegen.«

John erfuhr, dass Lucas den größeren Teil seines Lebens in verschiedenen Bergregionen seiner Heimat Tennessee verbracht und hauptsächlich auf anderer Leute Land gearbeitet hatte. Er hatte einigen Ärger mit dem Gesetz gehabt, wollte sich aber nicht weiter darüber auslassen. Allerdings gab er zu, dass er den Staat spornstreichs nach einem Pokerspiel hatte verlassen müssen, bei dem auf geheimnisvolle Weise ein fünfter König im Spiel erschienen war, worauf die Stimmung gekippt und ein Toter auf dem Boden zurückgeblieben war.

»Hab mir immer nur eins gewünscht: So viel Geld verdienen, dass ich mir ein Stück Land kaufen kann. Mein eigener Herr sein«, erzählte er John. »Hab immer gehört, in Texas gibt's erstklassiges Land zu einem billigen Preis, und da wollt ich hin, als ich mir hier einen angesoffen hab.«

Er war auf einem Kahn von Memphis heruntergekommen, und sowie er in Dixie angekommen war, hatte er eine Überfahrt auf einem Dampfer nach Galveston gebucht. Aber das Schiff sollte erst in drei Stunden ablegen, und so beschloss er, einen Spaziergang durch das Quarter zu machen. Er war noch keine Stunde in der Stadt gewesen, als er auf dem Bürgersteig einem wutentbrannten Mann gegenüberstand, dessen Frau Lucas im Vorbeigehen offen zugezwinkert hatte. Anzug und Zylinder des Mannes sahen teuer aus, wie auch das Spitzenkleid und der Sonnenschirm seiner Frau. Schnell versammelte sich eine Zuschauermenge, als Lucas dagegenhielt, dass der Bursche seiner Frau dann eben verbieten müsse, Fremde wie ihn so einladend anzulächeln, wenn er nicht wolle, dass jemand ihr zuzwinkerte. Als der zornige Mann seinen Gehstock hob, als wollte er ihn damit schlagen, versetzte Lucas ihm einen Hieb gegen den Kiefer, der ihn zu Boden warf. Der Mann schlug mit dem Kopf hart aufs Pflaster auf und war fünf Tage lang bewusstlos, bevor er wieder zu sich kam. Die vorläufige Anklage wegen Mordes wurde zurückgezogen, und Lucas bekam sechs Monate Haft im städtischen Gefängnis für schwere Körperverletzung. Er würde zwei Wochen vor John wieder freikommen.

John seinerseits erzählte Lucas, er und sein Bruder seien auf dem Weg nach Texas gewesen, um dort ihr Glück zu suchen, doch kurz nach ihrer Ankunft in Dixie getrennt worden. Als er eines Abends im Old Quarter nach Edward suchte, sei er von zwei Räubern überfallen worden. Die Konstabler waren erschienen und hatten die Kämpfenden getrennt, woraufhin die beiden Diebe behaupteten, John habe ihnen zuvor in einer Taverne ihre Pistolen gestohlen und sie hätten einfach nur versucht, ihre Waffen zurückzubekommen. Die Konstabler schienen die Diebe zu kennen, John schwor, er habe gesehen, wie sie sich zugezwinkert hätten. Lucas Malone schüttelte mitleidig den Kopf und sagte, es sei verdammt traurig, dass in dieser Welt so oft die Unschuldigen leiden mussten, während die Schuldigen frei herumliefen. Sie grinsten sich breit an.

Im Laufe der folgenden Wochen wurden sie Freunde, doch John sprach nie von seiner Familie, außer von Edward, und auch das nur sehr wenig, und Lucas Malone enthüllte seinerseits auch nichts von seiner Vergangenheit bis auf die Schilderungen von Schäferstündchen mit Bergmädchen und wüsten Raufereien mit Flussmatrosen. Ein paar Tage vor seiner Freilassung schlug Lucas vor, gemeinsam nach Texas zu ziehen.

»Könnte gut sein, dass dein Bruder schon dorthin unterwegs ist und ihr euch findet«, sagte er. »Hab aber gehört, auf der Landstraße dorthin gibt's jede Menge Wegelagerer. Zu zweit läuft man weniger Risiko, überfallen zu werden, als allein. Ich warte, bis du entlassen wirst, und dann ziehen wir zusammen los. Was meinst du?«

John erwiderte, von ihm aus gerne. Lucas sagte, er würde am Tag seiner Entlassung um sechs Uhr abends in der Red Cat Tavern auf ihn warten, in einer Gasse westlich der Place d'Armes. John sagte, er werde dort sein.

8 Zwei Wochen später bekam er die dreizehn Dollar ausgehändigt, die er bei seiner Verhaftung dabeigehabt hatte, und trat in einen grauen Tag hinaus. Die Bäume schüttelten sich im Nordwind unter tief fliegenden Wolken, und Ladenschilder klapperten an den Ketten über den Bürgersteigen. Er zog seinen Hut ins Gesicht, stopfte die Hände in die Taschen, und dann stapfte er durch einen

messerscharfen Wind und betrat das erste Waffengeschäft, auf das er stieß. Eine halbe Stunde später schritt er wieder durch den eisigen Wind, im Bund unter seiner Jacke eine geladene Kaliber-.54-Steinschlosspistole, deren einwandfreies Funktionieren ihm von dem akkadischen Schmied garantiert worden war, oder Geld zurück. Derart vorbereitet erschien er bei der Gassentür des Hole World Hotel.

Die Pistole schussbereit unter seiner Jacke, drückte er die Tür sachte auf und betrat den kleinen Vorraum, doch es war niemand zu sehen. Er schlich sich vor, bis er unter die Treppennische sehen konnte und den kleinen Tisch unbesetzt fand. Nach den gedämpften Geräuschen zu urteilen, die aus dem Hauptraum drangen, hielten sich dort zu dieser frühen Stunde nur wenige Gäste auf. Er ging langsam die Treppe hinauf, und als er zwei Stufen vom oberen Treppenabsatz entfernt war, wo der Schaukelstuhl leer stand, kam die dicke Negerin aus dem Flur und entdeckte ihn. Sie blieb stehen und schüttelte langsam und resigniert den Kopf, als gebe sie es auf, den Wahnsinn des menschlichen Herzens verstehen zu wollen.

Er trat nah an sie heran, die Pistole noch verborgen, und flüsterte: »Ist sie im selben Zimmer?«

Ihr Lächeln war klein und traurig. »Ach Junge«, sagte sie.

John holte die Waffe hervor. »Ich spaße genauso wenig wie beim letzten Mal, Tantchen. Wo ist sie?«

Die Tür eines der nahe gelegenen Zimmer ging auf, und der Mann namens Harris Wilson, der an jenem Abend die Ärmelhalter getragen hatte, kam in den Flur heraus, steckte sein Hemd in die Hose und zog seine Hosenträger über die Schulter. Er schloss die Tür und wandte sich zum Treppenabsatz, und dann sah er die Pistole aus drei Schritten Entfernung auf sein Gesicht gerichtet und wurde vollkommen still.

»Wo ist sie?« fragte John.

Der Mann blinzelte in die Mündung der Waffe. »Wer ist *wo*?« Dann blickte er von der Pistole zu ihrem Besitzer, erkannte John und sagte: »Oh. Du meinst das Mädchen, das du mitgenommen hast? Teufel, mein Junge, die is nie wiedergekommen.«

»Nicht von selber, denk ich auch nicht«, sagte John. Er spannte die Pistole.

Die Augen des Mannes weiteten sich, und er hob die Handflächen, als könnte er die Kugel abwehren. »Hör … hör zu! Sie ist nicht hier, ich schwör's!« Blanke Angst zeigte sich in seinem Gesicht. John dachte, dass ihm vielleicht seine Falschaussage vor Gericht einfiel.

»Dann woll'n wir mal nachsehen«, sagte John. Er machte der Negerin ein Zeichen, dass sie in den Flur vorgehen solle. »Du machst jetzt jede Tür auf, Mister«, sagte er. »Du machst sie auf und bleibst stehen, und ich guck dir über die Schulter und seh nach. Wenn dieser Dreckskerl mit der Melone sich in ei'm von diesen Zimmern vergnügt so wie du gerade, dann hab ich nicht vor, als Zielscheibe mitten in der Tür zu stehen.« Er schob den Mann vor sich her zur ersten Tür auf der Rechten, Nummer sechzehn.

»Melone?« fragte der Mann namens Wilson. »Du meinst Barbato? Scheiße, Junge, der ist *tot.*« Er sah sich nach John um. »Ungelogen. Ist eines Abends zum Pissen rausgegangen und nicht mehr zurückgekommen. Paar Tage später haben sie ihn flussabwärts im Schilf treiben sehen, jedenfalls das, was die Hechte von ihm übrig gelassen haben. Anscheinend hat ihm jemand die Kehle durchgeschnitten.«

»Verdammt schade«, meinte John. »Hätt ich gern selber erledigt. Mach die Tür auf.«

»Eins musst du wissen, mein Sohn«, sagte der Mann. »Er hat gesagt, er bringt mich um, wenn ich im Gerichtssaal nicht genau das sage, was er will. Das ist der einzige Grund, warum ich …«

»Mach die Tür da auf.«

Der Mann öffnete sachte die Tür, und eine nackte Mulattin stand neben dem Bett und blickte ihnen ohne Überraschung oder Neugier entgegen. Wilson schloss die Tür und sie gingen zur nächsten weiter. Sie schauten in jedes Zimmer, und neun davon waren leer, und nur in vier waren die Mädchen an der Arbeit. Keine davon war Maggie. Drei der Männer waren derart vertieft in ihr Vergnügen, dass sie das flüchtige Publikum an der offenen Tür nicht einmal bemerkten. Der vierte funkelte sie über dem Kopf des Mädchens an, das es ihm mit dem Mund besorgte, und sagte: »Was zum Teufel?«, und Wilson machte die Tür schnell wieder zu. Die untätigen Mädchen in den anderen Zimmern blickten ihnen entgegen, als hätten sie die Tür schon vor dem Öffnen angestarrt und würden sie nach dem Schließen weiter anstarren, bis der nächste Kunde kam, um sich mit ihnen zu vergnügen.

»Die andern Mädchen sind um fünf hier«, sagte Wilson. »Falls du die auch noch sehen willst.«

Er wusste, dass sie nicht unter ihnen sein würde. Wusste jetzt, dass man sie nicht erwischt hatte und dass sie wahrscheinlich schon längst weg war. Er steckte die Pistole in den Gürtel und steuerte auf die Treppe zu.

Wilson und die Negerin standen auf dem Treppenabsatz und sahen zu, wie er hinunterging. »Ich kenn tausend junge Burschen, die gedacht haben, dass sie in 'ne Hure verliebt sind«, rief Wilson ihm hinterher, »und das is so ungefähr das Traurigste in der Welt, wenn ich das mal so sagen darf. Verflucht, Junge, wer soll wissen, wo sie jetzt ist? Vielleicht in Texas. 'ne Menge Mädchen gehn nach Texas, weil da die Army ist, und es gibt keine Hure, die nicht glaubt, dass die Army sie reich macht.«

Bei dem Mietstall auf Tchoupitoulas, wo er und Edward ihre Pferde untergestellt und ihre Gewehre und Habseligkeiten in Verwahrung gegeben hatten, fand er nichts, das ihm oder seinem Bruder gehörte. Der Stallbursche erinnerte sich weder an jemanden namens Edward Little noch an jemanden, der zu Johns Beschreibung passte, noch habe er irgendwelche Nachrichten für jemanden namens John. Er sagte, der Junge, der abends hier arbeitete, würde nach dem Abendessen kommen, falls er ihn befragen wolle. Aber John wollte nicht den ganzen Tag auf einen Jungen warten, der wahrscheinlich auch nichts über Edward wusste.

Langsamen Schrittes machte er sich auf den Weg zur Place d'Armes, hielt seine Jacke fest um sich geschlungen gegen den eisigen Wind, der ihm in die Wangen schnitt und in den Augen brannte. In dieser Stadt voller Menschen und lauter Unterhaltung, voller Lachen und Musik und Geruch von gutem Essen fühlte er sich allein und heimatlos. Wenn Edward die Stadt verlassen hatte, wäre er sicher weiter Richtung Texas gezogen, wie Lucas gesagt hatte. Und vielleicht hatte dieser Dreckskerl von Wilson recht und auch Maggie war nach Texas gegangen. Aber was, wenn einer von ihnen noch in der Stadt war? Was, wenn beide noch hier waren? Er sah sich ständig um, als könnte er einen der beiden die kalten und windigen Straßen entlanggehen sehen. Er unterdrückte den Drang, aufzuheulen.

Der Abend dämmerte bereits, als er die Place d'Armes erreichte, den warmen und verqualmten Innenraum der Red Cat Tavern betrat und den Wohlgeruch von scharfen Getränken und eingelegten Speisen einatmete. Es war lärmig vor lautstarker Unterhaltung und dem Tröten, Schrammeln und Zupfen einer Skiffle-Band. Er hörte Lucas Malones Stimme rufen: »Johnny-Boy! Hier!« und entdeckte den Graubart an der Theke. Er spürte, wie er grinste, als er sich den Weg durch die Menge zu dem blitzäugigen alten Schlitzohr bahnte. »Willkommen in der freien Welt, mein Junge!« dröhnte Lucas, als sie sich gegenseitig auf die Schulter klopften.

Lucas rief dem Barmann zu, er solle noch einen Becher bringen, schenkte ihm aus seinem Krug ein und schob John den Becher zu. »Trink aus, mein Junge! Du hast noch viel vor dir, bis du mich eingeholt hast!« Er prahlte ausgelassen damit, die gesamten zwei Wochen seit seiner Freilassung aus dem städtischen Gefängnis betrunken gewesen zu sein, und schwang wie die Flussmatrosen den Rumkrug am Fingergriff in die Beuge seines erhobenen Arms und legte den Ellbogen hoch, um einen tiefen Zug zu nehmen. John kippte seinen Becher hinunter, und Lucas schenkte ihm nach.

Die Unterhaltung in der Taverne drehte sich hauptsächlich um Krieg und war laut und eifrig. Während sie einen Drink nach dem andern kippten, erfuhr John, dass Texas Ende Dezember annektiert worden war und die Vereinigten Staaten den Rio Grande zur Südgrenze erklärt hatten, so wie es während der letzten zehn Jahre auch die Republik Texas schon getan hatte. Doch die Mexikaner sagten, die Vereinigten Staaten sollten verflucht sein. Sie beharrten darauf, dass die Grenze mehr als hundert Meilen nördlich am Rio Nueces liege. Präsident James Knox Polk hatte schon damit gerechnet, dass dies die Position der Mexikaner sein würde, und war wahrscheinlich froh, es zu erfahren. Jeder wusste, dass es Mr. Polks Ziel war, Amerikas Westgrenze bis zum westlichen Rand des Kontinents auszudehnen, und er daher darauf aus war, jeden Fuß mexikanischen Bodens zu erwerben, der zwischen Texas und dem Pazifik lag. Dabei war es eher nebensächlich, ob er dieses Land mit Dollars erkaufte oder es blutig durch einen Krieg in Besitz nahm. Sein Ehrgeiz wurde von der Mehrheit seiner Landsleute geteilt. In einem Leitartikel einer New Yorker Zeitschrift war erst vor Kurzem behauptet worden, es sei Amerikas »eindeutiges Schicksal«, seine göttlich sanktionierte Mission, die amerikanische Staatshoheit von einem schimmernden Meer zum anderen zu errichten. Im Sommer hatte Mr. Polk General Zachary Taylor mit beinahe viertausend aktiven Soldaten hinunter zur Mündung des Nueces bei Corpus Christi beordert, mehr als die Hälfte der US Army. Und jetzt war es Februar und sie waren immer noch dort. Aber überall ging das Gerücht, dass der alte Zack den Befehl bekommen habe, hinunter zum Rio Grande vorzurücken, und dass es jeden Tag so weit sein könne, dass er Richtung Süden marschierte.

»Und wir werden da sein, mit Ol' Rough an Ready, wenn's so weit is, bei Gott!« Dies wurde von einem betrunkenen Sergeant an einem Tisch voller Kameraden herausgebrüllt, die in der Nähe der Bar saßen. Sie waren die lautesten Gäste im Red Cat, brüsteten sich pausenlos mit den Prügeln, die sie den Mexikanern verpassen, dem Ruhm, den sie für sich selbst und das Land ernten würden, und die Ehre, die jeder von ihnen nach Hause tragen würde. Selbst durch den Nebel des Rums hindurch, der jetzt in seinem Kopf herumwirbelte, fielen John die häufigen funkelnden Seitenblicke auf, die Lucas zu den angeberischen Großmäulern hinüberwarf. Und jetzt bemerkte auch einer der Soldaten Malones harten Blick und sagte etwas zu einem vierschrötigen Kameraden an seiner Seite, der dann mit zusammengekniffenen Augen zu Lucas herübersah. Der Graubart sah beide abwechselnd an und spuckte dann verächtlich auf den Boden. In dem Moment merkte John, wie sehr er selber nach einer Rauferei lechzte. Als die beiden Soldaten sich erhoben und mit gewaltbereiter Miene auf sie zukamen, spürte er seine Lebensgeister zurückkehren.

»Sag mal, alter Mann«, hob der Größere an, »was denkst du eigentlich …«

Lucas' Hieb ließ ihn rückwärts taumeln, sodass er gegen den Tisch seiner Kameraden krachte und ihn im Fallen umwarf.

John trat dem anderen Soldaten in die Eier, und als der Soldat sich mit den Händen zwischen den Beinen vorbeugte, rammte er ihm ein Knie ins Gesicht und spürte, wie die Nase des Mannes mit einem zufriedenstellenden Knirschen nachgab.

Jetzt stürmten die restlichen Soldaten auf sie zu, und einige Gäste flohen aus der Taverne auf die Straße und stimmten ein großes Geschrei an, während Lucas einen Hocker packte und ihn mit zwei Händen gegen den Kopf eines Soldaten schwang. Der Mann schlug wie ein Futtersack auf den Dielen auf, und John ging unter einem fauchenden Knäuel von fluchenden, schlagenden, tretenden Soldaten zu Boden. Dann ertönte das Schrillen einer Pfeife, während er spürte, wie sich seine Finger in die Augen eines schreienden Mannes gruben, und er Blut schmeckte von dem Ohr zwischen seinen Zähnen. Funken platzten in seinem Kopf und er sah und fühlte nichts mehr.

9 Er erwachte mit starken Schmerzen im Kiefer, der sich etwas verschoben anfühlte, doch da der Schmerz auszuhalten war, als er ihn bewegte, wusste er, dass er nicht gebrochen war. Seine Rippen taten ihm bei jedem Atemzug weh. Er saß an der Wand eines kleinen engen Raumes mit einem stinkenden, schlammigen Boden und einer schweren Tür, durch deren kleines vergittertes Fenster graues Zwielicht drang. Es war nicht das städtische Gefängnis, aber es war zweifellos eine Zelle, und der Mut verließ ihn, als ihm klar wurde, dass er ein weiteres Mal im Gefängnis war.

Ein Stöhnen kam aus den dunklen Schatten neben ihm. Die Mühe, den Kopf zu drehen, jagte ihm einen stechenden Schmerz durch den Hals. Es war Lucas Malone, der sich da rührte, wieder stöhnte und sich dann langsam und bedächtig wie ein alter Mann aufsetzte. Er sah John aus seinen blutunterlaufenen Augen an, während er seine Zunge behutsam im Mund umherbewegte, vorsichtig zwei Finger hineinsteckte und einen Zahn herausholte. Er betrachtete ihn mit einer erbärmlichen Grimasse, und John sah die neue Lücke in seiner oberen Zahnreihe.

Im Raum waren drei weitere Männer, zwei von ihnen lagen bewusstlos da, der andere saß unweit von Lucas und sah sie ohne die geringste Spur von Interesse an. Jetzt ertönte ein lautes Klappern an der schweren Holztür, das Schloss klickte, und dann schwang die Tür auf und der Eingang füllte sich mit einem schnittig uniformierten Army-Sergeant, der Lucas und John mit düsterem Blick musterte.

»Ihr traurigen Dreckskerle seid im Militärgefängnis der Garnison«, sagte der Sergeant mit rauer Stimme. »Zwei von denen, die ihr gestern Abend zusammengeschlagen habt, sind Rekruten, die erst gestern von Fort Jessup angekommen sind. Der eine hat ein Auge verloren, und dem andern leckt das Gehirn aus dem zertrümmerten Schädel. Wahrscheinlich stirbt er, noch ehe der Tag um ist. Dann kriegt ihr beide 'ne Anklage wegen Mord, weil sich nicht sagen lässt, wer von euch beiden zugeschlagen hat.« John und Lucas sahen einander finster an.

»Jetzt hört gut zu«, sagte der Sergeant, »ich sag das nämlich nur einmal. Ich scher mich einen Dreck um euch beide oder um die beiden Scheißköpfe, aus denen ihr Mus gemacht habt, doch wegen euch Dreckskerlen bin ich jetzt zwei Männer unter meiner Quote für das Schiff nach Texas und will verflucht sein, wenn mein Arsch deswegen dafür draufgeht. Also hört gut zu. Ich kann euch an das städtische Gefängnis übergeben, bis ihr vor Gericht kommt und für die nächsten zwanzig Jahre in irgendei'm Straflager in den Sümpfen landet, wo ihr hingehört – oder ihr könnt euch anmelden, um die Plätze von den beiden einzunehmen, und noch heute Nachmittag nach Texas unterwegs sein. Ihr schlagt euch gerne, dann könnt ihr zeigen, wie ihr euch gegen die scheiß Mexikaner schlagt. Also, ich frag das nur einmal: Was soll's sein?«

Der Mann neben Lucas machte Anstalten sich zu erheben und sagte: »Zum Teufel damit, *mir* is die Army lieber als 'n verdammtes Straflager.«

Lucas Malone packte ihn am Kragen, riss ihn zurück, und sein Kopf schlug mit einem mächtigen Knall gegen die Wand, und er sackte zusammen und rührte sich nicht mehr. Lucas stand auf und sah zu John hinunter. »Was soll's, Johnny, mein Junge. Army ist besser als Straflager, so viel is sicher.«

John zögerte nur einen Augenblick, bevor er die Achseln zuckte und seine Hand hochhielt. Lucas nahm sie und zog ihn auf die

 Beine, und sie grinsten einander schief in die zerschlagenen Gesichter.

»Also gut«, krächzte der Sergeant, »kommt mit.«

Sie unterschrieben die übliche Urkunde für eine fünfjährige Dienstverpflichtung:

> ICH ______________________ GELOBE FEIERLICH, DASS ICH DEN VEREINIGTEN STAATEN VON AMERIKA WAHRE TREUE UND GEHORSAM ENTGEGENBRINGEN WERDE UND DASS ICH DIE BEFEHLE DES PRÄSIDENTEN DER VEREINIGTEN STAATEN VON AMERIKA BEFOLGEN UND IHNEN GEHORCHEN WERDE SOWIE DENEN MEINER VORGESETZTEN ENTSPRECHEND DEN GESETZEN UND ARTIKELN DES KRIEGES.

Der Sergeant fügte auf der Urkunde die erforderliche Anmerkung hinzu, dass er den oben genannten Rekruten vor der Unterzeichnung persönlich untersucht habe und ihn »zum Zeitpunkt der Anmeldung in vollkommen nüchternem Zustand« vorgefunden habe. Anschließend brachte er die beiden zu einem Arzt mit verquollenen Augen, der gerade aufgeweckt worden war und dessen Atem selbst über den halben Raum hinweg nach Whiskey stank. Er ließ den Blick einmal kurz über jeden von ihnen gleiten, bevor er ihre Anmeldeformulare unterzeichnete und somit bestätigte, dass der fragliche Rekrut sorgfältig von ihm untersucht worden sei und dieser seines Erachtens »keinerlei körperliche Mängel oder geistige Schwäche zeigt, die ihn in irgendeiner Weise untauglich macht, die Pflichten eines Soldaten auszuführen«.

10 Noch am Mittag desselben Tages steckten sie in neuen Uniformen und trugen Jaeger-Gewehre über der Schulter. Sie begleiteten den Sergeant und ein halbes Dutzend anderer Rekruten, von denen einige noch jünger als John aussahen, zu einer Schenke weiter oben in der Straße, wo der Sergeant zu Ehren ihrer neuen Mitgliedschaft in der United States Army die erste Runde spendierte. Er hieß Lawrence und erwies sich als freundlicher Trunkenbold.

Im Suff gab er sich als Veteran von San Jacinto zu erkennen und unterhielt sie mit Geschichten von ihrem großen Sieg über Santa Annas Armee und dem Gemetzel, das sie aus Rache für die Alamo und Goliad verübt hatten.

»Wir hab'n tausend von diesen fettigen Dreckskerlen in zwanzig Minuten getötet«, sagte er. »Auf den Knien hab'n die gewinselt: ›Ich nicht Alamo! Ich nicht Alamo!‹ Verflucht, wir hab'n einfach unsre Bajonette in ihre Lügenmäuler reingerammt. Ein paar von den Jungs haben Ohren und Nasen geerntet und die Kerle insgesamt ordentlich zersäbelt. Überall zerhackte Mexikaner, so weit das Auge reicht. Manche haben gesagt, man konnte die Fliegen von einer Meile Entfernung hören. Natürlich hat keiner von uns die stinkenden Halbblüter begraben, und nach ein paar Tagen war der Gestank so übel, dass Houston uns das Lager windaufwärts verlegen ließ. Wenn der Krieg kommt, tötet ihr Jungs noch viel mehr von denen, weil ihr da unten sein werdet, wo's ein gutes Stück mehr von diesen Dreckskerlen zu töten gibt.«

Unter den Rekruten ertönten Ausrufe wie »Und ob!« und »*Ich* leg die haufenweise um!«. Keiner unter ihnen hegte den geringsten Zweifel, dass der Krieg unmittelbar bevorstand, und sie ließen den Sergeant hochleben und erzählten einander, dass das Soldatenleben das Beste sei, das es gebe. Sergeant Lawrence lächelte und sagte, sie sollten mit ihrem Urteil über das Soldatenleben vielleicht lieber warten, bis sie den Elefanten mit eigenen Augen gesehen hatten.

»*Elefant?*« fragte ein junger Rekrut, dessen Augen vom Trinken schon ganz verdreht waren. »Ojemine! Gibt's in Mexiko *Elefanten*?«

Der Sergeant lächelte und sagte: »Hab gehört, da gibt's welche.« Die meisten von ihnen kannten den beliebten Ausdruck »den Elefanten sehen« für ein neues Abenteuer, vor allem eines, das enttäuschend war, und John und Lucas schlossen sich dem allgemeinen Spott über die Dummheit des Jungen an.

Sergeant Lawrence schlug jetzt vor, sie sollten sich des Freudenhauses im oberen Stock bedienen, solange sie noch die Gelegenheit hatten. »Hab gehört, mexikanische Punzen sind richtig saftig, aber es dauert wohl 'ne Weile, bis ihr Jungs Gelegenheit habt, sie auszuprobieren.«

Sie hatten nichts von dem Bordell oben gewusst, und Lawrence hatte noch nicht ausgeredet, da rannten schon alle zur Treppe.

Johns Mädchen war eine hübsche schwarzhaarige Cajun, der ein Vorderzahn fehlte. Sie hatte einen schweren Akzent und das dichteste Schamhaar, das er je gesehen hatte. Er genoss das federnde Gefühl unter seiner Hand, auf seinem Bauch. Sie schmeckte nach Flusswasser, und er konnte nicht genug von ihr bekommen, streichelte ihre Brüste und die Rundungen ihrer Hüften und ihres Gesäßes, küsste sie und lutschte an ihren dicken Brustwarzen. Sie war ein gutherziges Mädchen, das noch nicht lange im Gewerbe war, und lächelte über seinen Hunger und meinte, es sei wohl schon eine Weile her, hm? Als er zum zweiten Mal in sie eindrang, kicherte sie und drückte ihn an sich und sagte nichts davon, dass er noch mal bezahlen müsse.

Am Nachmittag führte Lawrence sie hinunter zum Hafen zu einem wartenden Dampfschiff, wo an die vierzig andere Rekruten bereits an Bord waren und ihnen zujohlten, dass sie sich verflucht noch mal beeilen sollten. Sergeant Lawrence brachte sie an Bord und winkte zum Abschied vom Kai, während die Taue losgemacht wurden und Pfeifen schrillten und der Dampfer sich unter dicken Schwaden violetten Rauchs flussabwärts in Bewegung setzte.

Unter einem strahlend blauen Himmel voll schreiender Möwen fuhren sie in den offenen Golf ein. »Nun, mein Sohn«, sagte Lucas, während er auf das entschwindende Delta starrte, »schätze, jetzt sind wir tatsächlich unterwegs, um den Elefanten zu sehen.«

11

Den Oberbefehl über die Rekruten führte ein Lieutenant Stottlemeyer, der im Allgemeinen in seinem Quartier blieb und die tägliche Ausbildung der Soldaten einem Sergeant Frome überließ. Frome weckte die Männer jeden Morgen vor Tagesanbruch, und sowie sie mit ihrem Geschäft fertig waren, ließ er sie antreten, um den ganzen Vormittag lang auf Deck zu exerzieren, während sich am nördlichen Horizont die dunkle Küstenlinie langsam hob und senkte. Gelegentlich scherte einer von ihnen aus, um zur Reling zu rennen und sein Frühstück dem Meer zu übergeben. Am frühen Nachmittag wurde Wäsche gewaschen, die Ausrüstung gereinigt und die militärische Organisation, die Vorschriften, allgemeine Befehle und die Befehlskette gelernt. Dann kamen Schießübungen vom Achterschiff aus. Sie schossen auf Flaschen und Dosen, die im Fahrwasser des Dampfers schaukelten, und schlossen Wetten ab, von denen John die meisten gewann. Schnell erwarb er sich an Bord einen Ruf als Scharfschütze. Nach den Schießübungen mussten die Männer ihre Gewehre reinigen und dann in Aufstellung gehen. Lieutenant Stottlemeyer kam heraus, um seine nachmittägliche Waffeninspektion durchzuführen. War das erledigt, waren die Pflichten des Tages zu Ende, nur nicht für jene, die für die Nachtwache eingeteilt waren. Der tägliche Aushang des Wachdienstes wurde vom Murren jener begrüßt, deren Namen darauf standen, und niemand murrte lauter als Lucas Malone.

»Was zum Teufel bewachen wir vor wem?« nörgelte er. »Wir sind auf'm gottverdammten Ozean, Herrgott noch mal! Glaubt denn wirklich jemand, irgendein Mexikaner wird hier zum Schiff rausschwimmen, sich an Bord schleichen und dir mitten in der Nacht die Kehle durchschneiden? Schlimm genug, dass wir jeden verfluchten Morgen damit verbringen, wie die Blöden herumzumarschieren, als wollten wir die Mexikaner zu Tode *beeindrucken*, aber diese Bewacherei gegen nix als Möwen is der reinste Unsinn, wenn man mich fragt.« Worauf Sergeant Frome stets entgegnete: »Dich fragt aber keiner, Malone. Halt besser deine Zunge im Zaum.«

Worauf Lucas Malone stets reagierte, indem er wartete, bis Frome ihm den Rücken zugekehrt hatte, ihm dann die Zunge rausstreckte, mit zwei Fingern reinkniff und ihm schielend mit einer verdrehten Bewegung der linken Hand salutierte. Die anderen Rekruten lachten schallend, und Frome wirbelte herum und sah lediglich, wie Lucas geflissentlich seine Fingernägel betrachtete.

John dachte, dass er vielleicht der einzige Mann an Bord war, dem der Wachdienst mitten in der Nacht gefiel. Er war gerne allein an Deck, wenn der Mond das vorübergleitende Meer in ein silbriges Violett tauchte und der Himmel ein Tumult von Sternen war. Hin und wieder durchbrach irgendetwas Großes die Wasseroberfläche dicht beim Schiff und zog schwimmend ein grüngelbes Feuer hinter sich her. Die einzigen Geräusche kamen von den Schaufeln, die durch das Wasser wühlten, und von der Takelage, die im Salzwind summte. Seit seinem ersten Blick auf den Ozean damals in Pensacola hatte er sich gefragt, ob er im Kern vielleicht ein Seefahrer war. In diesen einsamen Stunden, in denen er das nächtliche Meer vorbeirollen sah, dachte er, dass er das ganz gewiss war.

Zwei Wochen nach New Orleans wurden sie von einem Nordwind getroffen, der für die nächsten beiden Tage den Himmel schwärzte und acht Fuß hohe, bleifarbene Wogen aufpeitschte. Der Dampfer hob und senkte sich in der Dünung, und der Wind heulte durch jeden Spalt des Schiffes. Wellen brachen weiß schäumend über das Deck. Schon bei den ersten stärkeren Schwankungen des Schiffes wurden die meisten Soldaten seekrank, und am Ende des ersten Sturmtages stank das ganze Schiff nach Erbrochenem. Wie die meisten anderen Rekruten blieb Lucas Malone in seinem Quartier, den Kopf über den Rand seiner Pritsche gehängt, und fügte gelegentlich etwas zu der Schicht von Kotze auf dem Deck hinzu. Selbst einige der Schiffsbesatzung waren nicht in der Lage, das Essen in ihren aufgewühlten Mägen zu behalten. Unter den Rekruten machte nur John und einem Burschen namens Jimmy Zane, der als Schiffer auf einem Mississippi-Lichter gearbeitet hatte, das unaufhörliche Steigen und Schlingern des Dampfers nichts aus. Sie gingen an Deck, klammerten sich an die Reling und johlten vor Freude, während die Gischt ihnen ins Gesicht stach und der Wind ihre Haare zerzauste. Dann gingen sie lachend und zitternd in ihren triefend nassen Sachen nach unten in die Kombüse, um sich mit heißem Kaffee aufzuwärmen.

12

An einem strahlend klaren Morgen eine Woche später lagen sie außerhalb der Untiefen von Corpus Christi Bay vor Anker gegenüber der breiten sandigen Bucht, in die der Rio Nueces mündete. Noch bevor sie um die vorgelagerten Inseln herumgefahren waren und das Festland in Sicht kam, hatten sie den Staub und den Rauch gesehen, die von dem sieben Monate alten Lager von General Zachary Taylors 3500 Männern zählenden Armee aufstiegen. Jenseits des Lagers lag die Stadt Corpus Christi selbst, deren Bevölkerung von 2000 vor der Ankunft der Armee mittlerweile auf Zehntausende angeschwollen war. Es war ein ausgedehntes Unternehmen von Whiskeyverkäufern, Händlern, Dieben, Spielern, Huren, Marketendern und Schaustellern geworden. Je größer die Stadt wurde, umso größere Probleme bereitete Taylor der allgemeine Disziplinverfall in seiner Truppe, unter der Trunkenheit und Raufereien an der Tagesordnung waren.

Sie stiegen auf Bargen um, die sie über die Bucht beförderten. Als sie sich dem Landungssteg am Fluss näherten, sahen sie, dass im Lager Hochbetrieb herrschte. Überall waren Arbeitstrupps damit beschäftigt, Zelte zu streichen, Wagen zu beladen, sie mit Ochsen- und Maultiergespannen zu verbinden und in Formation aufzustellen, Pferde einzufangen und zu satteln. Die Luft war erfüllt vom Lärm plärrender Regimentskapellen und bellender Hunde, wiehernder Pferde und brüllender Männer. Alles mutete nach Chaos an, das sich kaum mehr im Zaum halten ließ. Der Steuermann lachte über die Aufregung der Rekruten und sagte: »Ihr Jungs kommt gerade rechtzeitig, um mit Old Zack zum Rio Grande zu ziehen. Zweite Dragoner sind gestern schon weg.«

»Der Rio Grande!« rief ein Rekrut. »Wurde der Krieg erklärt?«

»Nein, noch nicht«, sagte der Steuermann mit einem schwarzzahnigen Grinsen. »Aber wenn dich vorher ein Mexikaner in den Kopf schießt, bist du genauso tot.«

Sie wurden am Landesteg von einem Personaloffizier und seinen Assistenten in Empfang genommen, die rasch die Papiere der Männer bearbeiteten, sie einer Einheit zuteilten und zu einer Handvoll wartender Kompanie-Sergeants wiesen. John und Lucas und der Mann aus Mississippi, Jimmy Zane, gehörten zu fünfen, die der A-Kompanie der fünften Infanterie zugeteilt wurden. Sie wurden einem kleinen, hartgesichtigen Master-Sergeant namens Kaufmann übergeben, der ihnen befahl: »Einfallen, verflucht noch mal, und mir folgen.«

Er führte sie durch den staubigen Trubel des gewaltigen, aber geordneten Aufbruchs einer Streitmacht hindurch, die sich für einen langen Marsch bereit machte. Sie schlängelten sich durch ein Labyrinth von Zelten und um Gruppen von Soldaten herum, die sich mit ihrer Ausrüstung beschäftigten und ihnen im Vorbeigehen »Frischlinge!« zujohlten. Bei der Grenze zu den Offiziersunterkünften befahl Master-Sergeant Kaufmann ihnen stehen zu bleiben, ging dann zu einem der großen Zelte, meldete sich an und wurde eingelassen. Ein paar Schritte weiter stand in einem kleinen abgetrennten Karree ein hutloser Soldat auf einem Fass, die Hände auf den Rücken gebunden und ein handbeschriebenes Schild um den Hals, auf dem ICH BIN EIN ESEL stand. Lucas Malone rief ihm zu: »Sag mal, Freundchen, was hast *du* denn angestellt, dass du dir diesen Ehrenplatz verdient hast?« Der unglückselige Soldat erwiderte nichts, sondern starrte nur verdrießlich auf seine Füße.

Eine Minute später erschien Kaufmann wieder zusammen mit einem jungen Captain, der seinen Hut im flotten Winkel trug. Er stellte sich vor sie, die Hände hinterm Rücken verschränkt. Seine Stiefel schimmerten schwarz und seine Messingknöpfe glänzten. »Ich bin Captain Merrill«, sagte er, »befehlshabender Offizier, A-Kompanie, Fünfte Infanterie. Ich begrüße euch und habe euch nur eines zu sagen und tue das mit der größten Leidenschaft: Seid gute Soldaten. Wir haben keinen Platz für den, der kein guter Soldat sein will. Wir dulden ihn nicht, wir haben kein Erbarmen. Also seid gute Soldaten und vertraut dem Herrn. Das ist alles. Sie gehören Ihnen, Master-Sergeant.« Er machte auf dem Absatz kehrt und ging in sein Zelt zurück.

John warf einen Blick zu Lucas Malone, der die Augen verdrehte. Kaufmann bellte: »Hier lang!« und führte sie zu einem Vorratswagen, wo sie mit vollen Feldtaschen, Pulverflaschen und Munitionsbeuteln für die Jaeger-Gewehre ausgerüstet wurden. Dann führte er sie zum Standort der A-Kompanie und stellte ihnen einen bulligen Mann namens Willeford als ihren Platoon-Sergeant vor. Der Zug war mit dem Einpacken von Ausrüstung beschäftigt, und nur wenige Männer schenkten ihnen Beachtung.

»Bevor ich euch Sergeant Wilford übergebe«, sagte Kaufmann, »will ich hier mal was ganz klarstellen. Wenn einer von euch aus der Reihe tanzt, den prügle ich blau und schwarz, und das ist ein Scheißversprechen. Wir werden sehr bald einen Krieg führen müssen und haben keine gottverdammte Zeit für Dummheiten. Tut, was euch befohlen wird, und tut es zackig. Ich habe keine Verwendung für Schlappschwänze, die keine vernünftigen Soldaten sein können.«

Jimmy Zane lehnte sich mit einem kleinen Grinsen zu John hinüber und flüsterte: »Leck mich am Arsch, wenn das nicht ein gottverdammter Großkotz ist, der uns da drohen will.«

Kaufmann entging die Bemerkung nicht. Er trat zu ihm, und weil Jimmy Zane beinahe so klein war wie er selbst, musste er nicht den Hals recken wie sonst, wenn er einem Mann gegenüberstand. »Schätze, du hörst nicht allzu gut«, sagte er. »Oder vielleicht hast du einfach keine Lust aufzupassen.«

Jimmy Zane grinste langsam. »Ich hör gut«, sagte er.

Kaufmann rammte ihm das Knie hart zwischen die Beine. Die Augen des Rekruten traten hervor, und der Mund ging ihm auf. Dann schlug Kaufmann ihm mit voller Wucht in den Bauch. Jimmy Zane rutschte das Gewehr von der Schulter, als er auf alle viere sank. Sein Gesicht wurde dunkelviolett und er rang nach Atem. Der Rest des Zuges hatte sich schnell versammelt, mit Mienen, in denen die Gier nach einem brutalen Schauspiel blitzte.

Willeford trat zwischen Kaufmann und Jimmy Zane und sagte: »Lass es gut sein, Bill, das reicht. Das ist ein Frischling, der hat's nicht besser gewusst. Du hast ihm gerade 'ne ganze Menge beigebracht.«

Endlich war Jimmy Zane in der Lage, wieder einen Atemzug zu nehmen, und er übergab sich prompt. Kaufmann schob Willeford beiseite, ging neben dem würgenden Rekruten in die Knie, packte ihn an den Haaren und riss ihm den Kopf nach hinten, damit er ihm ins Gesicht sehen konnte. Jimmy Zanes Augen waren blutunterlaufen und voller Tränen. Sein Magen krampfte sich wieder zusammen, und Erbrochenes quoll ihm aus dem Mund und rann ihm am Kinn herunter.

»Nächstes Mal pack ich dich richtig hart an, mein Junge«, sagte Kaufmann zu ihm. »Merk dir das.« Er ließ ihn los und stand auf und sah dann die anderen neuen Männer an und sagte: »Das gilt für euch alle. Das ist eine Warnung für euch genauso wie …«

»Hab acht!« rief jemand, und jeder Mann richtete sich steif auf bis auf Jimmy Zane, der auf Händen und Knien immer noch abwechselnd nach Atem rang und kotzte.

»Rühren!« Die Stimme war heiser und beinahe gelangweilt. John drehte sich um und erblickte General Zachary Taylor, Old

 Rough and Ready persönlich. Er erkannte ihn sofort, diesen berühmten Held der Florida-Indianerkriege, hatte sein tintegezeichnetes Konterfei in Zeitungen und auf Plakaten in New Orleans gesehen. Grauhaarig und wettergegerbt wie er war, mit einem Gesicht, das hart genug aussah, um ein Beil stumpf zu machen, trug er seinen Farmeraufzug mit Strohhut, eine karierte Gingham-Jacke und eine Hose aus schmutzigem Sackleinen. Er saß im Seitensattel auf Old Whitey – der Name des Pferdes, den jeder im Lager kannte –, von einem halben Dutzend Offiziere flankiert. Er beugte sich vor und spuckte eine Portion Tabak aus, dann nickte er zu Jimmy Zane und sagte: »Was fehlt dem Mann, Master-Sergeant?«

Kaufmann trat vor und grüßte zackig. »Nichts als eine Dosis Disziplin, General. Der Mann war aufsässig. Er ist ein Frischling, Sir, aber das ist keine Ausrede.«

Taylor betrachtete Kaufmann eingehend und nickte langsam. Er sah zu Jimmy Zane, der jetzt auf die Füße kam. »Mein Sohn«, sagte er sanft, »sieh mich an.« Jimmy Zane hob seine roten Augen und wischte sich mit dem Ärmel Erbrochenes vom Kinn.

»Mein Junge, du scheinst mir von gutem Verstand zu sein«, sagte Taylor. »Also wirst du mich verstehen, wenn ich sage, dass es einen verdammt guten Grund für eine Befehlskette gibt und nur ein reinrassiger Dummkopf versucht, daran zu rütteln. Eine Armee ohne Disziplin ist nichts anderes als ein Mob, und ein Mob gewinnt keinen Krieg. Folge den Befehlen, mein Sohn. Folge den Befehlen und tu deine Pflicht. Ich weiß, dass wir stolz auf dich sein werden.« Er trieb das weiße Pferd an, und die anderen Offiziere gaben ihren Tieren auch die Fersen.

Kaufmann sah Jimmy Zane durchdringend an und drohte ihm noch einmal mit dem Finger, drehte sich dann um und schritt davon. Während sich die Zuschauermenge zerstreute, rief ein Corporal Jimmy Zane zu: »Willkommen zur Yuu-naited States Army, Frischling«, und mehrere Soldaten lachten.

Kaufmann nachblickend, meinte John: »Diesem klein' widerlichen Dreckskerl sollte es mal jemand ordentlich besorgen.«

Lucas erwiderte: »Weißt du was? Der wär ich gern, dieser Jemand.«

13 Während sie an diesem Nachmittag Seite an Seite mit ihren neuen Kameraden arbeiteten, stellten sie fest, dass es genau so war, wie die jungen Freiwilligen in Baton Rouge gesagt hatten: Es gab Männer in dieser Armee, deren Englisch sie kaum verstehen konnten, Männer, die überhaupt kein Englisch sprachen und nichts verstanden bis auf die wesentlichen militärischen Befehle. Das Englisch innerhalb der Truppe war ein Gemisch von einem Dutzend verschiedener Akzente. Der irische Zungenschlag war besonders oft zu hören. Die Truppe war voller Iren, die vor der Hungersnot geflüchtet und unter Menschen gelandet waren, die sie als eingewanderten katholischen Abschaum hassten und Schilder an ihre Ladentüren hängten, auf denen FÜR HUNDE UND IREN VERBOTEN stand. In Boston, Philadelphia und Saint Louis waren katholische Kirchen in Schutt und Asche gelegt worden bei gewalttätigen Protesten gegen die Wellen papistischer Kartoffelköpfe, die an Amerikas Küste spülten. Allein die Army bot den irischen Neuankömmlingen bereitwillig Aufnahme, wie auch anderen Fremdstämmigen – zumeist Deutschen, einigen Franzosen, ein paar Schweden und Holländern, und Männern, deren Herkunft und Muttersprache für immer ein Geheimnis bleiben würden. Manche dieser Einwanderer kannten einzig und allein das Soldatengewerbe und wären sowieso zur Truppe gekommen. Die meisten hatten nie ein Handwerk gelernt und verpflichteten sich nur aus wirtschaftlicher Not. Natürlich zweifelte man an ihrer patriotischen Gesinnung, und oft fanden ihre einheimischen, protestantischen Vorgesetzten, dass diese zu wünschen übrig ließ. Und so mussten sie die allermeisten Bestrafungen erdulden. Und es war nur natürlich, dass viele von ihnen verbittert waren.

Während sie geschäftig Zelte abbauten und aufrollten, erntete Jimmy Zane mit seinen Verwünschungen gegen Kaufmann nur Spott und Hohn seiner neuen Kameraden. »Ha«, sagte ein Soldat aus Kentucky, »das war doch keine Strafe. Hab mal einen in der Zweiten Infanterie gekannt, den ham'se gezwungen, auf 'nem Sägebock zu sitzen, Hände aufn Rücken gebunden und ein Zwanzig-Pfund-Gewicht an jedem Fuß. Zwölf Stunden lang musste der so sitzen. Hat gesagt, seine Eier und sein Arschloch hätten noch ein' Monat danach wehgetan. Jedes Mal wenn er pissen musste, hat's ihn auf die Zehenspitzen getrieben. Und weißt du, wegen was? Weil er gelacht hat. Hat während des Appells gelacht.«

Ein anderer erzählte, wie er einmal einem Sergeant einen Faustschlag versetzt hatte, weil er ihn getreten hatte, dafür dass er sich eines Morgens zu langsam von seiner Pritsche erhoben hatte. Als Strafe habe er sechs Monate keinen Sold bekommen und für die nächsten zwei Monate eine dreißig Pfund schwere Eisenkugel mit sich herumschleppen müssen. »War um meine Hüfte gekettet, sodass ich das Scheißding nicht für eine Scheißminute ablegen konnte, außer wenn ich auf dem Boden saß und sie danebengelegt hab. Pissen war verdammt mühsam, das kann ich euch sagen. Musste es auf den Knien tun. Am Ende des Tages war mein Rücken so wund wie der von 'ner Hure, von der ganzen Schlepperei. Hab Arme wie Herkules gekriegt und 'nen Rücken wie ein alter Mann. Verflucht, ein Knie in die Nüsse ist nichts gegen zwei gottverdammte Monate mit dieser Eisenkugel.«

»Ihr glauben, das is Strafe, das?« sagte ein Soldat mit einem starken französischen Akzent. »Seht, was mir ist passiert, als isch einen Sergeant 'ab geschlagen.« Er streifte sein Hemd ab und entblößte seinen Rücken, der ein Zickzackmuster von rosafarbenen, seilförmigen Narben zeigte, die Spuren einer Auspeitschung von über einem Jahr zuvor. »Das sein zwanzisch Schlage«, sagte er. »Isch 'abe gesehen welche, die 'aben vierzisch gekriegt. Fünfzisch. Isch 'abe gesehen welche sterben.«

»Warum hast du ihn geschlagen?« fragte ein junger Rekrut.

Der Franzose sah ihn an wie ein Vater seinen schwachsinnigen Sohn. »Weil er es 'at verdient, das ist warum.«

Ein Gefreiter namens O'Malley zeigte ihnen seine übergroßen, unförmigen Daumenknöchel, die Folge davon, dass er an seinen festgebundenen Daumen bis zu den Zehenspitzen hochgezogen und zwei Stunden lang mit einem Knebel im Mund hängen gelassen worden war. »Meistens machen sie's an den Handgelenken, und das ist nicht so schlimm«, sagte er. Jemand fragte, was er getan habe, und er sagte, er könne sich nicht mehr genau erinnern. »Ich war besoffen, aber ich erinner mich dunkel, dass irgendein Dreckskerl mich 'nen verdammten katholischen Kannibalen genannt hat.«

Sie erfuhren vom »Joch«, einem acht Pfund schweren Eisenkragen, der mit drei Stacheln versehen war, jeder einen Fuß lang. »Nach den ersten paar Stunden fühlt es sich an, als wär dein Halsknochen gebrochen«, sagte ein Soldat mit einem »T«-Brandmal unter einem Auge. »Und versuch mal, mit so 'nem Ding um den Hals zu schlafen.«

Weitverbreitet war auch das Bocken und Knebeln. Der Übeltäter musste sich auf den Boden setzen, die Fersen ans Gesäß gezogen, dann band man ihm die Hände um die Knie zusammen, schob ihm einen dicken Stock zwischen Kniekehlen und Unterarme und stopfte ihm den Mund mit einem Knebel. Einer von ihnen erzählte, wie er einmal mit drei Freunden bei eisigem Wetter einen ganzen Tag und eine ganze Nacht lang an ein und derselben langen Stange gebockt und geknebelt worden war. Ihr Vergehen sei es gewesen, nach einem Abendausgang erst am nächsten Morgen betrunken im Lager zu erscheinen. »Als die uns endlich losgemacht hab'n, konnten wir kaum aufstehen. Hab gedacht, mein Rücken bleibt krumm bis ans Ende meiner Tage. Hab gedacht, mir hängen die Hände jetzt für immer bis an die Knie. Und vom kalten Boden hab ich 'ne Hämorride so groß wie dein Daumen. Ungelogen.«

»Na bitte, Frischling«, sagte ein Soldat zu Jimmy Zane, »eine *Strafe* kann man das ja wohl nich nennen, was du da von Kaufmann gekriegt hast. Der wollte dich nur warnen, weiter nix.«

14

Schon vor Tagesanbruch hatte sich die Armee im aufsteigenden Staub Hunderter Wagen und Zugtiere und Tausender marschierender Füße in Bewegung gesetzt. Die Kapellen plärrten *Hail Columbia* und *Yankee Doodle* und *The Star-Spangled Banner*. Zwischen dem Gepolter von Hufen, dem Gerumpel von Wagenrädern und dem Geratter von Kriegsausrüstung und Geschirrringen stimmten die Infanterie-Sergeants ihre Marschgesänge an, ließen die mexikanischen Maultiertreiber ihre Peitschen knallen und trieben ihre Gespanne auf gotteslästerlichem Spanisch an. Sie folgten dem Nueces in westliche Richtung, fort von den Küstensumpfgebieten und hinaus zum festeren Boden der Prärie, und dort vollzogen sie ihre Wende Richtung Süden. Noch in fünfzehn Meilen Entfernung spürten mexikanische Schafhirten die Erde unter ihren

 Füßen beben und erspähten den Staub, der von der Tötungsmaschine der Yankees aufgewirbelt wurde, und bekreuzigten sich eilig.

Die ersten paar Tage waren klar und mild, die Abende angenehm. John sah sein erstes Gürteltier, und Lucas packte es am Schwanz und hob es hoch, und sie staunten, dass es weiches Fell auf dem Bauch hatte, obwohl sein Rücken gepanzert war. Sie übergaben es am Abend einem mexikanischen Maultiertreiber, der es für sie ausnahm, an einem Spieß briet und mit einer Chilisauce begoss, wofür er etwas von dem Fleisch für sich behalten durfte. John und Lucas waren sich einig, dass es ein bisschen wie Schwein schmeckte, doch mehr Würze hatte. Auch die Armee ernährte sich von den wilden Rindern, die durch das Buschwerk streiften, und obwohl man ihr Fleisch als zäh und sehnig empfand, war es doch Rindfleisch, und die Männer waren dankbar dafür. Nachts erstreckten sich die Reihen von Lagerfeuern meilenweit unter einem schwarzseidigen Himmel, der mit Sternen besprenkelt war. Die Melodien der Regimentskapellen trugen durch die Lager. Die Neger des Generals sorgten mit Banjos, Trommel-Bones und Tanzen und Gesang für Unterhaltung. Besonders beliebt war *The Rose of Alabama*.

John und Lucas erfuhren jetzt, dass Frauen mit dem Verpflegungszug reisten. Lagerfrauen wurden sie genannt. Sie betätigten sich als Köchinnen, Wäscherinnen und Krankenpflegerinnen und machten sich zusätzlich noch auf vielfältige andere Arten nützlich. Alle hatten Ehemänner in der Truppe, weil nur Soldatenfrauen gestattet war, die Entourage zu begleiten. Sergeant Willeford zufolge waren die meisten von ihnen ergebene Ehefrauen, die bereit waren, für die Army zu arbeiten, um in der Nähe ihrer Ehemänner zu sein. Aber einige waren unverhohlen Huren, so gewinnsüchtig wie die geschäftstüchtigen Soldaten, die sie aus reinem Geschäftsinteresse geheiratet hatten. Wenn diese Soldaten abends ihre Ehefrauen im Verpflegungszug besuchten, nahmen sie einige Kameraden mit, die bereit waren, je zwei Dollar für zehn Minuten allein mit der entgegenkommenden Gattin zu bezahlen. »Beliebteste Verpflegung im Lager, habt ihr das nicht gewusst?« sagte Willeford. Ihm zufolge hatten Old Zack und seine Offiziere schon von Anfang an in Corpus Christi von diesem blühenden Unternehmen gewusst und keinen

Grund gesehen, warum es die Armee nicht zum Rio Grande begleiten sollte. Sie ließen es zu mit der Begründung, es sei gut für die Moral. »Und damit meinen sie auch ihre eigene Moral«, sagte Willeford. »Was man so hört, hat Mrs. Borginnis auch schon 'ne Einladung, die vom General persönlich ›aufzurichten‹.«

Gemeint war Sarah Borginnis, Ehefrau eines Sergeant der Siebten Infanterie, und in Taylors ganzen Armee als ›The Great Western‹ bekannt. Denn wie das berühmte transatlantische Dampfschiff dieses Namens war sie eine atemberaubende Erscheinung. Es hieß, sie sei mittlerweile bei ihrem vierten Ehemann, und sie war bekannt für ihre großzügige Einstellung zur ehelichen Treue. Sie hatte eine Schwäche für Soldaten und zögerte nie, jedem, der ihr gefiel, ihre Gunst zu schenken. Willefords Behauptung, Old Zack selber sei einer ihrer Bevorzugten, war ein beliebtes Gerücht in der Besatzungsarmee. Doch nahm sie nie Geld im Austausch für ihre Zuneigung, und ihre unzähligen Bewunderer hätten jeden verprügelt, der sie eine Prostituierte nannte. Nicht dass sie jemandes Schutz benötigte. Sie war über sechs Fuß groß und dem Vernehmen nach stark wie ein Maultier. Erst einige Tage zuvor hatte sie vor einem Dutzend Zeugen einen Viehhirten bewusstlos geschlagen wegen seiner lauten Klage, ihr Haseneintopf schmecke so abgrundtief scheußlich, dass er eine mexikanische Geheimwaffe sein könnte, um jeden Amerikaner in der Truppe zu vergiften. The Great Western, hieß es, habe einen großartigen Sinn für Humor bei allem außer ihren Kochkünsten.

John bekam sie zum ersten Mal eines Abends kurz zu Gesicht, als sie im Lager der Fünften Infanterie erschien, um eine frische Ladung Wäsche abzuliefern, und mit begeisterten Rufen begrüßt wurde. Sie war dunkelhaarig und von verführerischer Gestalt, mit einer schmalen Taille zwischen gerundeten Hüften und vollem Busen, und ihr Mund war breit und sinnlich und schürzte sich schnell zu einer Kusshand als Erwiderung auf die Rufe der Soldaten. Ihr Gesicht hätte hübsch sein können, wäre da nicht eine dunkle Narbe über ihrem Kinn gewesen und eine andere, die ihre rechte Stirn in einer dünnen weißen Linie zu ihrem Augenwinkel überquerte und das Augenlid etwas geschlossen hielt. Die Muskeln ihrer Unterarme hoben sich wie Seile unter den aufgerollten Ärmeln ihres

 Hemdes ab, und ihre Hände waren groß und grobknochig. Sie nahm eine frische Pfeife Tabak von einem Soldaten an, und John stand ein paar Yards entfernt an einen Wagen gelehnt und sah zu, wie sie rauchte und mit der Gruppe der Gewehrschützen scherzte. Einmal ertappte sie ihn, wie er sie ansah, lächelte und zwinkerte ihm zu, und er spürte, wie er errötete, und wandte sich ab. Er hörte ihr Lachen und verfluchte sich als verdammten Dummkopf und sah wieder zu ihr hin, aber sie verabschiedete sich jetzt von ihren Verehrern, winkte und sagte, bis bald. Dann erhaschte sie sein Starren und zwinkerte wieder und war weg.

Sie zogen weiter in südliche Richtung auf dem Camino del Arroyo Colorado. Das Land war noch flacher geworden, der Sand weicher. Es gab weniger Bäume und der Chaparral wurde dichter. Die Sonne war erbarmungslos. An jedem einzelnen Tag funkelte Lucas Malone die öde Landschaft an und verfluchte den Namen jedes Mannes in Tennessee, der ihm von Texas' fruchtbaren Wundern erzählt hatte. Sie schoben sich durch einen Sandsturm, der einen Tag lang ohne Unterlass blies. Ihre Augen waren wund, ihre Lippen aufgesprungen, und die Haut auf ihrem Nacken war sonnenverbrannt und schälte sich. Die Stimmung wurde schlecht und zügellos. Nachts brachen Faustkämpfe um die Lagerfeuer aus, und die Kampfhähne wurden bis zum Tagesanbruch gebockt und geknebelt. Mehr als zwei Tage zogen sie dahin, ohne auf Wasser zu stoßen, und ihre Fässer waren beinahe erschöpft, als sie endlich bei einem schlammigen Bach ankamen und auftanken konnten. Sie erlegten jeden Tag Dutzende von Klapperschlangen. Nächtens wurden sie von Spinnen gebissen und von Skorpionen gestochen. Ein Mann verfiel nach dem Biss einer Vogelspinne in ein zuckendes Delirium und musste mit Seilen gefesselt und in einen Wagen gelegt werden, bis er wieder zu Sinnen kam. Ihre Finger und Lippen waren geschwollen durch die Stiche der winzigen Stacheln der süßen roten Frucht des Feigenkaktus. Es gab viel gemurmeltes Fluchen in der Truppe über die Gemeinheit des Landes.

Sie waren sechs Tagesmärsche vom Rio Grande entfernt, als er sie zum zweiten Mal sah. Er saß gerade mit vier anderen Männern der Kompanie bei einem Pokerspiel am Lagerfeuer, darunter auch ein großer Bursche mit kupferfarbenem Haar, den sie Jack nannten und der die größten Blätter gewann. John lag um einen Dollar vorn, als die Borginnis mit einer weiteren Lieferung Wäsche erschien und wieder blieb, um bei einer Pfeife mit einigen Männern zu plaudern. Er beobachtete sie so eingehend, dass er die Aufforderung nach Karten überhörte. Der Bursche namens Jack war der Dealer, beugte sich verärgert vor und klopfte mit seinen Knöcheln John leicht auf den Kopf und sagte laut: »Aufgewacht, mein Junge! In den Titten da drüben findest du keine Karten!«

Die Borginnis sah zu ihnen herüber und lachte, und John verspürte einen Rausch wilder Beschämung. Unvermittelt versetzte er dem Dealer mit der Ferse einen Tritt in die Brust, der ihn rückwärts taumeln ließ. Beide sprangen auf, zogen die Hemden aus und gingen in Angriffsstellung. Sofort bildete sich ein lockerer und lärmender Kreis von Zuschauern um sie. Einige von ihnen schwenkten brennende Holzscheite, um den Kampf besser zu beleuchten. Wetten wurden ausgerufen und angenommen, und als die ersten Hiebe fielen, kamen weitere Soldaten von benachbarten Lagern herbeigeeilt.

Jack der Dealer war muskulös, schnell und geschmeidig wie ein Turner und hatte große Fäuste. In seiner Wut schlug John wild um sich, verfehlte aber mit seinen Schwingern immer wieder seinen Gegner, sah dann plötzlich Sterne und ging zu Boden. Die umstehende Menge wirbelte wie ein feuerbeleuchtetes Karussell um ihn herum, und er hörte Beifall und Ermahnungen und schmeckte Blut. Er raffte sich benommen auf, und sein Kontrahent stürmte mit hochgezogenen Schultern und pumpenden Fäusten wieder auf ihn zu, rammte ihm klatschende Hiebe gegen Arme, Schultern und Stirn, trieb ihn zurück in die Menge, die sich, nach Blut brüllend, vor ihnen teilte, sich um sie schloss und ihnen folgte.

Sein Gegner war ein geschmeidiger und erfahrener Faustkämpfer und hielt die Hände jetzt tiefer, so zuversichtlich war er. Er führte kurze Geraden auf Johns Augen aus, landete Haken gegen seine Rippen, kreuzte zu seinem Kopf. Die Schläge entzündeten Funken in Johns Kopf, und er trippelte zurück und konterte ungeschickt, während er versuchte, wieder klare Sicht zu bekommen. Einige in der Menge ermahnten ihn mit Rufen wie »Hau rein, Frischling! Hau rein, verflucht!«, doch die meisten Zurufe galten Jack dem

Dealer, und jemand grölte: »Spiel nicht mit dem Jungen, Jack! Schlag ihn nieder und fertig!« Die Menge lachte, und Jack grinste breit und landete eine schnelle Links-Rechts-Kombination an Johns Kopf.

Jetzt ertönte die Stimme der Borginnis laut und deutlich – »Handsome Jack, Schätzchen! Der Sieger wird von mir verwöhnt, versprochen!« –, und die Menge johlte begeistert. Handsome Jacks Blick flog kurz seitwärts in Richtung ihrer Stimme, und in dem Moment hieb John ihm die Rechte mit voller Wucht gegen den Hals und die Linke gegen den Kiefer, sodass es ihm den Atem verschlug. Sie gingen aufeinander los, droschen mit beiden Fäusten aufeinander ein, dass ihnen das Blut von Mund und Braue spritzte, und die Menge tobte und brüllte und gierte nach Mord.

Doch jetzt kam ein Wachtrupp mit aufgepflanzten Bajonetten herbeigerannt, um die Menge zu zerstreuen. Der befehlshabende Offizier war ein Captain Johns, der mit der flachen Seite seines Säbels nach den Kämpfenden schlug, um sie zu trennen, wobei er Handsome Jack eine klaffende Schädelwunde beibrachte und Johns Wange bis zum Knochen aufschlitzte. Schließlich ließen sie voneinander ab und gingen auf ihn los. Captain Johns wich erbleichend zurück und befahl: »Stehen bleiben, Riley, verflucht noch mal!« Doch Jack Riley, dem das Blut aus den Haaren strömte, stürmte auf ihn zu, und John sah Mordlust in seinen Augen. Der Captain schlug mit seinem Säbel nach Riley und schnitt ihm in die abwehrende Hand, dann griff er tastend nach der Pistole an seinem Gürtel, doch John warf sich auf ihn, packte seinen Arm und riss ihm die Pistole weg, während Riley ihm den Säbel entwand. Der entwaffnete Captain taumelte rückwärts und stürzte zu Boden. Riley trat mit erhobenem Säbel auf ihn zu, um ihn zu durchbohren, doch in dem Augenblick eilten drei Wachen mit aufgesteckten Bajonetten zwischen ihn und den am Boden liegenden Offizier. Der Sergeant-at-Arms befahl ihnen, die Waffen fallen zu lassen, oder sie würden sterben. John ließ die Pistole fallen, doch Riley schien sich einen Moment lang den Befehl durch den Kopf gehen zu lassen, bevor er die Klinge über seinem Knie zerbrach und die Teile verächtlich beiseiteschleuderte.

Die Nacht verbrachten sie gebockt und geknebelt an derselben

Stange auf einem Flachwagen, der mitten im Lager aufgestellt wurde, sodass sie beim Weckruf vor versammelter Mannschaft zu sehen waren. Gegenwärtig schlief das Lager bis auf die Wachen, die ihre Runden machten, und die große, schemenhafte Gestalt, die sich jetzt dem Wagen näherte und von einem Wachmann angehalten wurde, der aus der Dunkelheit hervortrat. Die Gestalt beugte sich zum Wachmann vor, und die Umrisse ihrer Gesichter schienen kurz zu verschmelzen, und John hörte ein unverständliches Flüstern, und der Wachmann zischte: »Na gut, verflucht! Aber nur kurz. Und unten bleiben!« Er verschwand im Dunkel, und die andere Gestalt erklomm den Flachwagen, und als sie sich vor sie hockte, sahen sie, dass es The Great Western war. Sie konnten ihre Augen im Schatten ihrer Hutkrempe nicht sehen, doch ihr Grinsen war breit und weiß im Licht des Viertelmondes.

»Dich kenn ich ja als Teufelsbraten, Handsome Jack Riley«, flüsterte sie und legte ihre Hand an sein Gesicht, »und ich hab dich wegen deiner kühnen Art geliebt. Aber sag mal« – und sie wandte sich zu John – »wer ist denn dieser andere furchtlose Bursche hier?« Er zuckte zusammen, als ihre Finger die Wunde an seiner Wange berührten, aus der noch Blut durch die Nähte sickerte, die der Lagerarzt genäht hatte. Sie betupfte die Bluttropfen mit dem Saum ihres Rockes, küsste den Schnitt und sagte: »Diese Narbe da wirst du bis zum Grabe tragen« und küsste ihn dann sanft auf die Oberlippe gleich über dem Knebel. Sie betupfte Rileys blutenden Schädel, küsste auch ihn und streichelte sein Gesicht mit einer Hand und Johns mit der anderen. »Ihr beide habt keine Angst, weder vorm heiligen Petrus noch vorm Leibhaftigen, stimmt's? Was für ein Bild! Seht euch nur eure *Augen* an!«

Ihr Atem hatte sich beschleunigt, und jetzt verließen ihre Finger die Gesichter der beiden Männer, und John spürte ihre Hand zwischen seinen Beinen und war sofort erregt. Sie grinste ihn und dann Riley breit an. »Ihr Schlingel! Ihr fahrt noch mit 'nem Steifen in der Hose in die Hölle!« Sie nestelte an seinen Hosenknöpfen und befreite seine Erektion, tat das Gleiche bei Riley, und dann hatte sie beide in ihren Händen und grinste von einem zum andern. Sie hatte John noch kein Dutzend Mal gerieben, da stöhnte er in seinen Knebel hinein und entlud sich heiß über ihre Hand. Mit einem mädchenhaften Kichern beugte sie sich zu ihm und küsste ihn auf die Oberlippe, und dann, einen Moment später, stöhnte Riley in seiner Entladung und sie küsste auch ihn. Sie trocknete sich die Hände an ihrem Kleid und knöpfte ihre Hosen zu. Dann berührte sie wieder sanft ihre Gesichter und flüsterte »ihr zwei!« Und fort war sie.

Eine Minute lang saßen sie unbewegt da. John dachte schon, er habe sich das Ganze vielleicht nur eingebildet. Dass er noch benommen war von Rileys Schlägen oder von der tiefen Schnittwunde in seinem Gesicht. Jetzt machte Riley ein schnaubendes Geräusch, und John drehte sich um und sah, wie Handsome Jack ihn mit leuchtenden, feuchten Augen anstarrte, und einen Moment lang dachte er, Riley würde an seinem Knebel ersticken, oder vielleicht weinen. Doch dann wusste er, dass es keines von beiden war. Handsome Jack Riley lachte. Lachte in seinen Knebel. John versuchte zu sagen: »Du bist ein verrückter Hurensohn«, aber es kam heraus als »Uui-ai-*üü*-huuaaoo«, und Riley schnaubte noch lauter, und die Tränen rannen ihm das Gesicht herunter. Und dann schnaubte auch John vor Lachen und spürte, wie sich seine Augen heiß füllten, und hatte Mühe wegen des Schleims, der seine Nase überflutete, um den Knebel herumzuatmen, und so lachten sie in ihre Knebel und weinten, bis ihnen der Bauch schmerzte und die Augen brannten und sie dachten, sie würden an ihrem eigenen Lachen ersticken.

15

Am späten Vormittag des folgenden Tages waren sie bereits vor Gericht gestellt und verurteilt worden, zum Einzug ihres Soldes – drei Monate für John, fünf für Riley – und zum Tragen einer dreißig Pfund schweren Kugel samt Kette für die nächsten fünfundzwanzig Tage. Überdies wurde ihnen verboten, in den verbleibenden sechs Tagen des Marsches mit irgendjemandem zu sprechen, und um zu gewährleisten, dass sie es nicht taten, wurden sie gründlich geknebelt. Riley wurde stärker bestraft, weil er mit Captain Johns' Säbel Eigentum der United States Army zerstört hatte. Ihre Strafe hätte viel schlimmer ausfallen können, aber weil keiner der beiden Männer Captain Johns tatsächlich geschlagen hatte, und da es Dutzende von Zeugen gab, die bereitwillig aussagten, dass Johns beide Angeklagten mit seinem Säbel verwundet hatte und sie sich lediglich hatten verteidigen wollen, und da Captain Johns weithin einen Ruf als harter Zuchtmeister hatte, beschloss der Offizier, der das Urteil fällte, Colonel Belknap von der Achten Infanterie, dass es keinen Angriff gegen den Captain gegeben habe, sondern nur eine grobe Befehlsverweigerung.

Die Kugel, die jeder der beiden trug, war durch eine vier Fuß lange Kette am Knöchel befestigt. Beim Marschieren trugen sie sie erst unter einem Arm, dann unter dem anderen, verschoben jedes Mal ihr umgehängtes Gewehr zur gegenüberliegenden Schulter, während ihnen durch das zusätzliche Gewicht unter der sengenden Sonne der Schweiß herunterrann. Sie mussten im hintersten Teil der Kompanie marschieren, wo der aufgewirbelte Staub am dichtesten war und ihnen das Atmen noch schwerer gemacht wurde, als es durch die Knebel ohnehin schon war. Der Schweiß strömte ihnen in schlammigen Rinnsalen die zerschlagenen Gesichter herunter und durchnässte ihre Knebel, und sie schmeckten Staub und ihre eigenen scharfen Ausdünstungen. Sie achteten darauf, sich nicht zu oft anzusehen, weil sie jedes Mal anfingen zu lachen und zu würgen.

Nur zur Essenszeit wurde ihnen der Knebel entfernt, und sie bekamen einen Wachmann zugeteilt, der das Redeverbot überwachte, während sie aßen. Einmal, als sich der Mittagessenwächter ein paar Schritte entfernte, um sich von einem vorbeikommenden Kameraden etwas Tabak zu borgen, zischelte Riley, um John auf sich aufmerksam zu machen, und flüsterte dann: »Wie heißt du?«

John sagte es ihm. Riley sagte: »Ich heiße auch John. John Riley. Aber meistens werd ich Jack genannt.«

»Handsome Jack, wie ich höre«, sagte John. Sein Lächeln tat ihm weh und fühlte sich dick und schräg an.

Riley grinste ungelenk und legte die Finger auf sein geschwollenes Gesicht. »So schrecklich hübsch fühl ich mich grade nicht, und das hab ich dir zu verdanken.«

»Von mir hörst du keine Entschuldigung. Diese Klumpen im Gesicht hab ich *dir* zu verdanken.«

Riley kicherte. »Die Beulen sind nix verglichen mit dem Schnitt da auf deiner Wange. Der von mir is wenigstens in den Haar'n, den kann ich unter 'nem Hut verstecken.«

»Dieser Dreckskerl.«

»Ja, keine Art, Männer wie uns zu behandeln. Die Dummköpfe sollten mir lieber Befehle geben, statt mich an eine verdammte Kanonenkugel zu ketten.«

»Vielleicht sieht Old Zack seinen Fehler ein und macht dich morgen zum Kompaniekommandeur«, sagte John.

»Wär nicht sein dümmster Befehl«, meinte Riley. »Ich war mal Sergeant, weißt du. Eines Tages kommt dieser Lieutenant daher, forsch wie ein Frischling und doppelt so dumm, und will mir sagen, wie ich ein Sechspfünder aufstellen muss. Mir! Ich hab schon mehr über die Artillerie vergessen, als dieses Greenhorn jemals wissen wird. Jedenfalls führt eins zum anderen, und er nennt mich einen arroganten Katholik. Na, dann isser irgendwie gestolpert und in den Schlamm geflogen mit seiner nagelneuen Uniform, und keiner hat über ihn gelacht. Und bevor ich mich verseh, wird mir die Schuld gegeben, dass der Trottel so ungeschickt ist, und weg sind meine Streifen.« Er spuckte zur Seite, als wollte er einen schlechten Geschmack loswerden.

»Ich sag dir, Johnny. Ich hasse diese Dreckskerle. Zu Hause in Michigan dacht ich, ich tret in die Army ein, weil die den wahren Wert eines Mannes kennen, die Army, wo ein Mann ein Leben lang arbeiten kann. Verdammt, wie dämlich! Diese Dreckskerle sehen doch nur, dass ich Ire bin. Das sehen die auch bei dir. Schätze, du bist da nicht mal geboren, aber wo kommt dein Alter her, hä?«

»County Cork, hat er immer gesagt.«

»Ah ja, süßes County Cork, kenn ich gut. Hätt ich mir ja denken können, das ist in deiner Art, jawohl. Ich sag dir, Johnny, für die bist du der irische Gauner, der du bist, egal, dass du dich nicht so anhörst. Und die werden dich dafür runtermachen, glaub mir.«

Rileys Ton war beiläufig, doch John spürte die Wut dahinter. Und spürte auch die Wahrheit seiner Worte.

Jetzt lächelte Riley. »Aber wie findest du die große alte Sarah? Ist sie nicht ein Goldstück?«

»Die kriegt es schon hin, einem Mann den Geist zu stärken, wenn er zu leiden hat«, sagte John.

»Geist? Verflucht, Mann, das war nicht mein Geist, den sie gestärkt hat!«

Sie schnaubten und versuchten ihr Lachen zu unterdrücken. Der Wächter hörte sie und eilte zurück und sagte, sie sollten den Mund halten. Sie beugten sich mit ihren Löffeln über ihre Schalen, aber jedes Mal wenn sich ihre Blicke trafen, musste einer von beiden loslachen und versprühte einen Mundvoll Bohnen.

IV

EDWARD

1 Zwei Stunden nachdem John durch die Vorhangtür im hinteren Teil des Spielzimmers im Hole World Hotel verschwunden war, saß Edward immer noch am Pokertisch. Er hatte 122 Dollar gewonnen, das meiste davon in Gold- und Silbermünzen, einiges in der Notenwährung verschiedener Staaten und von zweifelhaftem Wert außer für jene, die sich bereit erklärten, damit geschäftliche Transaktionen vorzunehmen. Er hatte auch eine silberne Taschenuhr mit Kette gewonnen, einen Schneidezahn mit Goldkrone und ein gut geschliffenes Bowiemesser, das ein glückloser Spieler an Stelle einer Erhöhung von fünf Dollar eingesetzt hatte, nachdem ihm das Geld ausgegangen war.

Und er hatte ein Päckchen mit fünf Daguerreotypien bekommen. Ein wettergegerbter Graubart mit zehrendem Husten hatte das Päckchen als Gegenwert eingesetzt, um mit Edwards Erhöhung von einem Dollar mitzugehen. Im Pot waren über zwanzig Dollar, und Edward und der Graubart waren als Einzige noch übrig, doch der Alte hatte kein Geld mehr und wollte unbedingt mitgehen.

»Was ist das?« fragte Edward, als der Graubart das Päckchen in den Topf warf. Der Alte sagte ihm, er solle es öffnen und selbst nachsehen. Edward löste die Schleife und schlug das Papier auf, und sein Atem stockte beim Anblick der obersten Photographie, auf der, fettig und sehr verschmiert, eine vollkommen nackte junge Frau abgebildet war, die auf der Seite mit dem Rücken zur Kamera lag und sich lächelnd umblickte. Edward betrachtete lange ihr volles rundes Hinterteil.

Der Graubart lachte und hatte einen Hustenanfall und brachte dann hervor: »Keine Zeichnungen, mein Junge. Alles echt, bei Gott.«

Edward hatte noch nie zuvor eine Photographie gesehen. Es war umwerfend, wie lebensecht das Mädchen wirkte. Er räusperte sich und schluckte laut und betrachtete nacheinander die übrigen

 Photographien. Er sah dieselbe lächelnde Frau mit gespreizten Beinen auf dem Rücken liegen, die Knie erhoben, eine Hand zwischen den Beinen auf ihrem großen haarigen Geflecht und die andere über einer Brust. Sah eine weitere völlig nackte Frau von schönerem Gesicht und helleren Haaren auf der linken Seite liegend, das rechte Bein hoch in die Luft gereckt, so graziös wie eine Turnerin, um ihre Vulva der untrüglichen Erinnerung der Kamera in voller Sicht zu entblößen. Sah eine Seitenansicht derselben Frau, kniend und in die Kamera grinsend, während sie den erigierten Phallus eines stehenden Mannes umfasst, der nur von den Schultern abwärts sichtbar war. Und dieselbe Frau, die vielleicht vor demselben Mann kniet, mit geschlossenen Augen und beiden Händen um seine Erektion und ihrem Mund über seiner Eichel.

»He! Das sind diese französischen Bildkarten!« sagte der Mann zu Edwards Rechten, der sich über seinen Stuhl beugte, um einen Blick darauf zu werfen.

Der Graubart lehnte sich über den Tisch und riss Edward die Photographien aus der Hand. »Anschauen hab ich gesagt, nicht auswendig lernen!« Er hustete harsch und versprühte rosafarbenen Speichel über die Tischplatte. »Die sind noch viel mehr wert als einen mickrigen Dollar. Eher zwanzig Dollar. Aber ich hab nicht vor, dir den Pot zu überlassen, wenn ich erhöhe und dich wieder erhöhen lasse. Ich sag jetzt, diese Bilder da sind ein' Dollar wert, und den will ich hier und jetzt sehen.«

Die anderen Männer am Tisch verlangten lautstark, die Bilder zu sehen, doch der Graubart sagte ihnen, sie sollten zur Hölle fahren, während er die Photographien behutsam wieder in das Päckchen zurücksteckte.

Edward wollte die Bilder unbedingt, täuschte aber nur laues Interesse vor. Er schürzte die Lippen, zuckte gleichgültig die Achseln und sagte, in Ordnung, er würde sie als einen Dollar gelten lassen. Der Graubart grinste, warf das Päckchen in den Pot, ging mit und legte eine Zehn zu den beiden Zehnen, die er zuvor gezeigt hatte. Doch Edward zeigte drei Buben, und der alte Schwindsüchtige hatte einen so heftigen Hustenanfall, dass er blau anlief und es schien, als würden die Adern auf seiner Stirn platzen. Edward nahm die Photographien vom Tisch und steckte sie sich unters Hemd.

Keeler hatte in den ersten zwanzig Minuten sein gesamtes Geld verloren und stand seitdem trinkend an der Theke, mit einem Ohr Allenbeck lauschend, der sich über seine Episode mit der rothaarigen Hure oben ausließ. Allenbeck richtete seine Erzählung ebenso sehr an den Barmann auf der anderen Seite der Theke, doch dem waren in den vielen Jahren seines Barmanndaseins so viele Hurengeschichten anvertraut worden, dass ihm die Lust darauf inzwischen vergangen war, und so achtete er kaum auf die Schilderung des Flussmatrosen, während er Bierkrüge oberflächlich ausspülte. Keeler behielt den Fortgang des Spieles scharf im Auge und lächelte jedes Mal breit, wenn Edward einen Pot gewann, da er nach ihrer Abmachung Anrecht auf die Hälfte von Edwards Gewinn hatte. Kein anderer der Spieler, die jetzt am Tisch saßen, war da gewesen, als Edward zum Spiel gestoßen war.

Der Lärm der Unterhaltung und des Gelächters ließ jetzt merklich nach, und die Aufmerksamkeit der Anwesenden richtete sich vor allem auf die Vorderseite des Raumes. Edward blickte zu den Türen und sah dort eine Gruppe von einem halben Dutzend Männern, die sich in dem großen Raum mit einer Miene amüsierter Geringschätzung umsahen. Zwei von ihnen waren uniformierte Offiziere der US Army, doch der eindeutige Anführer der Gruppe war ein Mann mit einem majestätischen Bart und schwarzen Haaren bis zu den Schultern, prächtig gekleidet in einem Anzug aus grünem Tuch und einem passenden Umhang, einem breitkrempigen Hut mit einer grauen Feder, einer weißen Halsbinde und einem Spitzentaschentuch, das aus seinem Ärmel baumelte. Seine behandschuhte Hand hielt ein silbernes Flakon, von dem er jetzt einen Schluck nahm, ohne es danach seinen Gefährten anzubieten. Die anderen drei waren junge Männer, alle mit denselben schwarzen Jacken, weißen Seidenhemden, roten Schals, die ihnen bis zu den Knien reichten, und hohen, auf Hochglanz gewienerten Stiefeln. Sie trugen Säbel und Steinschlosspistolen an ihren Gürteln. Der Mann im grünen Anzug machte eine Bemerkung zu den anderen, die sie mit lautem Lachen quittierten, dann ging er hinaus und sie folgten ihm.

»Wer war *das* denn?« fragte Edward den Spieler zu seiner Rechten, einen bleichen, abgerissenen Mann namens Desmond, dessen

 Haltung und Sprache eine Vergangenheit verrieten, in der er eine höhere Stellung als jetzt bekleidet hatte.

»Das, meine Junge«, sagte Desmond, »war Marcel DeQuince, einer der obersten Maîtres d'Armes der Stadt. Vielleicht ist der große Pépé Lulla noch geschickter mit dem Breitschwert, aber nicht einmal Gilbert Rosiere persönlich kann sich im Säbel mit ihm messen. Sie sind ein ziemlicher Schurkenadel in dieser Stadt, die Maîtres d'Armes.«

»Was ist ein Mäter Darm?« fragte Edward.

»*Maître d'Armes*, junger Mann, *Maître* d'Armes. Ein Meister der Waffen. Säbel, Langdolch, Breitschwert, Pistole, jede Waffe, die für Menschenhand gedacht ist. DeQuince hat in den letzten zwei Jahren an die sechs oder sieben Männer im Duell getötet. Heißt es. Und dass er ein Vermögen macht, indem er amerikanische Offiziere lehrt, mit dem Säbel zu fechten. Ich nehme an, sie sind darauf erpicht, heldenhafte Berichte von sich zum Besten zu geben, wie sie sich in Montezumas berühmten Hallen mit Mexikanern duelliert haben. Die anderen Burschen waren auch seine Schüler. Man erkennt sie immer an diesen roten Schals.«

Edward wollte fragen, wer Montezuma sei, doch ihn beschämte noch, dass Desmond seine Aussprache verbessert hatte, und er wollte sein Unwissen nicht noch weiter zur Schau stellen.

Bei den nächsten beiden Spielen passte er nach der dritten Karte, geriet dann mit Desmond und einem Raddampferkoch in einen Einsatzwettlauf, nachdem die letzte offene Karte gelegt worden war. Im Pot waren ganze 37 Dollar, bevor der Koch sehen wollte und Edward ein Full House mit Neunen und Zweien zeigte und das Spiel für sich entschied. »Jesses!« sagte der Koch und schob seine Karten von sich weg. Desmond seufzte und warf sanft seine Karten hin.

Seit er sich zum Spielen gesetzt hatte, hatte Edward Bier getrunken und sagte jetzt der Runde, er würde pinkeln gehen und man solle aufpassen, dass in seiner Abwesenheit niemand seinen Stuhl einnahm.

»Verflucht, mein Junge, warum machst du dir die Mühe und gehst raus?« sagte ein Mann mit groben Geschwüren im Gesicht, der seit über einer Stunde mitgespielt und stetig verloren hatte. »Hast uns doch sowieso den ganzen Abend lang angepisst.«

Edward lachte und steckte das scheidenlose Bowie in seinen Gürtel, freute sich darüber, wie ausgewogen die riesige Waffe war, und über ihr beruhigendes Heft. Er steckte das Papiergeld in seine Hemdtasche und sammelte die Münzen und den Goldzahn und die Taschenuhr ein, stopfte alles in seine Geldtasche und nahm dann seinen Bierkrug mit zur Theke, wo er den Barmann anwies, ihn zu füllen.

Keeler grinste schief. »Läuft gut bei uns, wie?«

Edward warf ihm einen Blick zu und lächelte. »Ja, läuft richtig gut bei *uns.*« Er sah sich um, gab Keeler die Geldbörse und sagte: »Pass gut drauf auf, ich muss mal raus, die Blumen gießen. Wo is Johnny?«

»Hab nix mehr von ihm gesehen oder gehört, seit er raufgegangen ist, um die Fohlen auszuprobieren. Wünschte, der hier wär auch noch da oben, damit ich mir nich ständig anhören muss, wie er dies und das getan hat mit irgendei'm tripperigen Rotschopf. Hat mir die Ohren lahmgelegt mit sei'm Bockmist.«

Allenbeck quittierte Keelers Bemerkung mit einer obszönen Handbewegung. »Is kein Bockmist, und sie war nich tripperig. Du bist einfach zu alt, um öfter als einmal die Woche die Muschi zu bedienen, Opa.«

Keeler schob sein Gesicht dicht vor Allenbecks und musterte eindringlich seine Züge. »Weißt du was, ich könnte tatsächlich dein Opa sein. Ich glaub, ich hab deine Oma richtig gut gekannt.«

»Du Bastard von einer Gossengeburt«, sagte Allenbeck. »Jeder auf dem Fluss kennt deine *Mama.*«

Die Freunde warfen sich regelmäßig solche Beleidigungen an den Kopf und waren immer noch damit zugange, als Edward zur Vordertür hinausging. Im Süden flackerten Blitze, und vom Golf her ertönte tiefes Donnergrollen. Schwere Wolken drängten sich am Himmel. Im trüben Licht der Straßenlaterne rumpelten nacheinander zwei Ochsenkarren vorbei, die mit Zypressenbrettern beladen waren. Von der anderen Seite der Wagen erklangen Stimmen und ein Stakkato von metallischem Klirren, doch Edwards volle Blase duldete keinen weiteren Aufschub, und er eilte, im Gehen schon die Hose aufknöpfend, um die Ecke des Gebäudes. Der Abtritt befand sich in der Gasse, doch nur ein Mann in äußerster Not hätte sein Geschäft in dem dunklen und giftigen Gestank des verrotteten und rattenverseuchten Verschlages verrichtet. Die Pisser erleichterten sich einfach an der Gebäudeseite, so wie Edward es jetzt tat und darauf achtete, wie er seine Füße in den glatten uringetränkten Schlamm setzte.

Als er aus der Gasse trat, bemerkte er eine kleine Menschenmenge, die zusah, wie zwei von DeQuinces Offiziersschülern auf der Straße die Säbel kreuzten, hin und her scharrten, einen Ausfall machten und parierten, während der Meister von seinem Flakon nippend dabeistand und sie beobachtete. Abrupt bellte er: »Non!«, und die Fechter traten voneinander zurück und wandten ihm ihre ganze Aufmerksamkeit zu.

DeQuince reichte das Flakon einem rot beschalten Schüler und bedeutete einem der Offiziere, zu ihm zu kommen. Er nahm den Säbel des Soldaten und besprach mit ihm leise irgendeine technische Frage. Dann trat er hinaus und stellte sich dem anderen Offizier gegenüber und sagte: »En Garde.«

Der Offizier grüßte mit seiner Klinge und nahm die Stellung zur Gefechtsbereitschaft ein. Die Gardehaltung des Maître d'Armes war träge, der Säbel hing locker in seiner erhobenen Rechten, seine Linke beinahe mädchenhaft in die Hüfte gestützt. Er wirkte gelangweilt. Mit einem leichten Lächeln richtete er eine Frage an den Offizier, der kurz nickte und mit vollkommen ernster Miene seine Finger fester um das Heft schloss. Derart angriffsbereit begann der Offizier DeQuince langsam zu umkreisen. Mit lässigem Lächeln folgte der Meister seiner Bewegung so geschmeidig, als würde nicht er, sondern der Boden sich unter ihm drehen. Dann gähnte er breit, und die Zuschauer lachten. Selbst in der schwachen Beleuchtung der Straßenlaterne sah Edward, wie der Offizier errötete und zornig die Lippen zusammenzog. Der Offizier machte einen Ausfall, und DeQuince parierte mit einer beinahe unmerklichen Drehung des Handgelenks und ohne Haltung oder Miene zu verändern. Er sagte etwas auf Französisch und erntete Gelächter von den anderen Schülern, und der Offizier errötete noch tiefer. Ein weiterer eifrig geführter Ausfall wurde von einer weiteren beiläufigen Parade abgewehrt.

Der Offizier täuschte an, worauf DeQuince nur laut lachte, und die Miene des Soldaten verkrampfte sich vor Wut. Er führte einen Stoß nach vorne, der DeQuinces Herz durchbohren sollte, doch der Meister trat leichtfüßig zur Seite, und seine blitzschnelle, glänzende Klinge verflocht sich mit dem Säbel des Offiziers, riss ihn ihm aus der Hand und ließ ihn in hohem Bogen durch die Luft wirbeln. Die Zuschauer klatschten, als der Säbel auf dem Boden vor Edwards Füßen landete.

Als der Offizier herüberstapfte, um seine Waffe wiederzuholen, beugte sich Edward herab, mit der Absicht, sie ihm zu geben, doch bevor seine Finger das Heft berührten, stieß der Soldat ihn grob beiseite und fauchte: »Weg da, verdammtes Flussgesindel« und bückte sich selbst nach dem Säbel.

Edward reagierte ohne zu überlegen und rammte ihm mit einem Rückhandschlag die Faustkante seitlich gegen den Schädel. Der Offizier taumelte und fiel auf alle viere. Edward versetzte ihm einen Tritt in den Bauch, der ihn auf die Seite schleuderte, dann trat er ihn gegen den Kopf, sodass er aufs Gesicht herumwirbelte. Der Offizier blieb reglos liegen und atmete feucht gegen das Kopfsteinpflaster.

Die Menge starrte Edward stumm mit offenem Mund an. Sofort verfluchte er seine eigene Dummheit, als er ihnen da gegenüberstand. *Das ist eine ganze Meute, und du hast nichts zum Schießen, du verdammter Idiot!* Seine einzigen Waffen waren seine Messer – das Stiefelmesser, das Schnappmesser in seiner Tasche und das große Bowie flach an seinem Bauch.

Jetzt sagte der andere Offizier: »Du schmieriger Dreckskerl« und griff nach seiner Pistole, doch DeQuince klatschte mit seiner Säbelklinge gegen die Steinschlosspistole des Mannes, die noch in seinem Gürtel steckte, um ihn zurückzuhalten. Der Offizier starrte den Maître d'Armes an. DeQuince schüttelte den Kopf und trat dann mit träger Miene und entspannt lächelnd auf Edward zu, der Säbel baumelte an seiner Seite.

Der Soldat am Boden lag auf seiner Pistole, und Edward spürte, würde er versuchen, sie sich zu holen, würde der Maître d'Armes ihm augenblicklich den Säbel durch den Leib rammen. DeQuince verkleinerte den Abstand auf bequeme Säbelstoßlänge und hielt inne, mit abwesendem Lächeln, sein Blick ebenso frei von böser Absicht wie von Wärme, ein gelangweilter Blick, gleichgültig, ob er sich auf Regen, Blut oder prickelnden Wein richtete. Edward hatte einen solchen Blick noch nie gesehen.

DeQuince sprach ihn leise auf Französisch an. Edward zuckte die Achseln. Der Waffenmeister lächelte und hielt den Kopf schief und sah ihn mit schmalen Augen an, als wollte er ihn schärfer in den Blick bekommen. Dann sprach er wieder, lauter jetzt, und die Zuschauer lachten alle.

»Hat kein' Grund gehabt, mich so zu behandeln«, sagte Edward. Er wusste nicht, ob der Maître d'Armes Englisch verstand. Das Bowie in seinem Gürtel fühlte sich fern von seiner Hand an.

DeQuince sagte wieder etwas auf Französisch, und der steigende Tonfall seiner Worte deutete an, dass er eine Frage stellte. Edward zuckte die Achseln und sagte: »Scheiße, ich sprech kein Franzmännisch.« Der Waffenmeister setzte eine gespielt ernste Miene auf und zuckte in übertriebener Nachahmung die Achseln, und wieder lachten die Zuschauer. Edwards Ohren glühten vor Zorn. Er wendete den Kopf und spuckte, und im selben Moment blitzte DeQuinces Säbel auf und schnippte den obersten Knopf seines Hemdes weg. Die Menge lachte noch lauter. Edward wich einen Schritt zurück, und ohne sich scheinbar überhaupt zu bewegen, hielt DeQuince den Abstand zwischen ihnen. Die Säbelspitze ruhte leicht auf Edwards Brust, knapp unter dem zweiten Knopf.

Edward hob die Hand, um den Säbel wegzuschieben, und in einer Bewegung, schneller als das Auge zu folgen vermochte, schlug DeQuince ihm mit dem flachen Teil der Klinge auf die Hand und entfernte mit einem Rückhand-Schnipser den zweiten Knopf. Nun drückte die Säbelspitze den Stoff unter dem dritten ein. Wieder trat Edward einen Schritt zurück, und DeQuince bewegte sich so mühelos wie ein Schatten mit ihm mit. Die Menge applaudierte.

»Du Hurensohn«, sagte Edward durch seine Zähne. Mit einer kaum merklichen Seitendrehung des Kopfes machte DeQuince eine weitere Bemerkung zu seinem Publikum und stachelte die Menge wieder zum Lachen an. Er schnippte den dritten Knopf weg, und die Säbelspitze senkte sich zum vierten.

Etwas traf die Feder an DeQuinces Hut, als es an seinem Kopf vorbeiflog und an einer Wand zersplitterte. Eine Flasche, von Keeler geworfen, der betrunken grinsend vor dem Eingang des Hole World Hotel stand. Allenbeck, wankend neben ihm, schrie: »He, Müsjö Scheißkerl, versuch das mal mit mir!«

In dem Moment, als DeQuinces Augen zu den Salontüren wanderten, packte Edward die Säbelklinge fest mit seiner Linken, ohne auf den brennenden Schnitt in seiner Handfläche zu achten, als DeQuinces Griff am Heft reflexartig fester wurde und Edward die Klinge zur Seite riss und ihn aus dem Gleichgewicht brachte. Das Bowiemesser war jetzt in Edwards Rechter, und er stieß es DeQuince bis zum Heft in den Bauch.

Der Waffenmeister riss die Augen auf, die jetzt sehr weiß waren und ganz und gar nicht mehr gelangweilt dreinschauten, und seine Lippen schürzten sich wie zu einem Kuss. Blut überzog Edwards Hand, als er mit ganzer Kraft das Heft nach unten drückte und die rasiermesserscharfe Klinge mühelos durch Eingeweide und Organe und Knorpel glitt und auf Knochen stieß, und er lehnte sich stärker auf das Messer, um ihn zu durchtrennen, und die Klinge schnitt durch DeQuinces Leistengegend und kam frei in einem gewaltigen heißen Rauschen von Eingeweiden. Edward ließ den Säbel los, sprang zurück, und DeQuince stand wankend da und starrte entsetzt hinunter, wie seine Eingeweide sich mit einem leisen Zischen zu seinen Füßen entrollten. Er sank auf die Knie und fiel vorwärts auf die vergossenen Ruinen seines Lebens.

Einen Moment lang standen alle in einem stummen Tableau da – dann drehte Edward sich um und rannte. Er hörte hinter sich Allenbecks schrillen Schlachtruf und dann einen Pistolenschuss und ein Jaulen. Er bog um eine Ecke, während nacheinander mehrere Schüsse krachten und eine Kugel von einer Mauer hinter ihm abprallte. Er rannte einige trüb beleuchtete Gebäudeblocks entlang, während die Leute vor seiner überstürzten Flucht zur Seite sprangen. Er bog in eine Gasse ein, und in der Finsternis krachte er in einen Stapel kaputter Kisten, stürzte, raffte sich wieder auf und schoss hinaus auf eine Kopfsteinpflasterstraße mit hoher Bordsteinkante und erkannte sie und wusste jetzt, wo er war und wo der Fluss lag, und er schlug die Richtung ein, wählte jedoch nicht den kürzesten Weg, sondern eilte durch verschlungene Gassen und schmale Seitenstraßen. Er ging jetzt, anstatt zu rennen, mit schnellen Schritten im dunklen Schatten der Mauern entlang, die Ohren nach Geräuschen von möglichen Verfolgern gespitzt. Er kam um eine weitere Ecke und traf auf eine Gruppe Männer, die auf dem Bürgersteig vor ihm gerade eine Flasche rumgehen ließen und vor seinem Anblick zurückwichen. Da wurde ihm bewusst, dass er immer noch das Bowie in seiner blutigen Hand hielt, dass seine Hose von DeQuinces Blut durchtränkt war und dass von seiner Linken das Blut aus der Wunde tropfte, die er sich beim Ergreifen der Säbelklinge zugefügt hatte – sicherlich eine dämonische Erscheinung.

Über diesen Umweg erreichte er Tchoupitoulas Street und steuerte direkt auf das dunkle Ende des Mietstalls zu, wo sie ihre Ausrüstungen in Verwahrung gegeben hatten. Das Bowie war jetzt unter seiner Jacke, und seine blutende Hand hielt er fest in seiner Jackentasche geballt. Er versuchte, eine beiläufige Miene aufzusetzen, völlig unnötig auf dieser Straße, auf der es so wild zuging, dass er zweimal über Männer auf dem Bürgersteig steigen musste, die tot oder besinnungslos betrunken – wer vermochte das schon zu sagen – dalagen und von der vorbeiziehenden Welt nicht beachtet wurden.

Der Stallbursche machte bei Edwards Anblick große Augen, beeilte sich jedoch, seine Anweisungen zu befolgen, und sattelte sein Pferd, während Edward die Ladungen in seinem Gewehr und seiner Pistole überprüfte, sich dann einen festen Verband um die Hand wickelte und eilig eine Nachricht für John niederschrieb, dass er bei Mrs. Bannions Haus in Nacogdoches auf ihn warten werde. Er überlegte kurz, dann schwärzte er die Namen von Stadt und Madam und schrieb »bei Tante Flora in N«. Man konnte ja nicht wissen, wer die Notiz zu Gesicht bekam. Er steckte sie zu Johns Habseligkeiten und gab dem Jungen zwei Silbermünzen mit dem Auftrag, John dasselbe auszurichten, wenn er ihn sähe.

Der Junge erklärte ihm, wie er am schnellsten zur westlichen Straße käme, und Edward dankte ihm und ritt davon in die Nacht hinein, während am Himmel über ihm weiße Blitze aufleuchteten, Donnerschläge krachten und der Regen herabprasselte.

2 Zwei Tage westlich von Dixie City schlug ein harter Nordwind zu. Die Bäume und Büsche schüttelten sich im eisigen Wind und bedeckten sich dann mit Raureif. Das Land wurde diesig und blau vor Kälte. Atem wölkte sich blass vor Pferd und Reiter. Edwards dünne Jacke und Regenjacke boten wenig Schutz. Seine Ohren klirrten vor Kälte, seine Finger waren steif, die Füße schmerzten bis ins Mark. Er legte die Zügel locker um den Sattelknauf und schlang die Arme fest um sich und ließ das Pferd dem Weg folgen.

Er schlug an jenem Abend das Lager früh auf und machte zwei große Feuer, und obwohl er seit dem Morgen, als er zum Frühstück ein Kaninchen erlegt hatte, nichts gegessen hatte, war sein Appetit von der Kälte gedämpft. Er ließ das eine Feuer ausgehen, breitete eine Schicht Erde über den glühenden Boden und machte dort sein Lager. Er stockte das andere Feuer auf, und in der Wärme, die über ihn schwappte, wickelte er sich in seine Decke und schlief ein. Zwei Stunden später erwachte er in gefrorener Finsternis, alle Muskeln erstarrt in der eisigen Nacht. Er blies auf die Glut, fütterte sie mit Kleinholz, fachte die Flammen an und kauerte sich so dicht an sie heran, dass er, bevor er es sich versah, in Flammen stand.

Er sprang schreiend auf und schlug mit beiden Händen gegen seine qualmende Jacke, wodurch er sein Pferd derart erschreckte, dass es sich von seiner Leine fortriss und in der Dunkelheit Reißaus nahm. Schließlich fiel ihm ein, die Jacke auszuziehen und sie auf den Boden zu schlagen, um das Feuer zu löschen. Eine große verkohlte Stelle auf der linken Seite war in Flecken von der Größe eines Silberdollars durchgebrannt. Sein Hemd hatte auch Feuer gefangen und er hatte Brandblasen auf der Brust. Er kratzte mit der Handkante etwas Raureif von einem Weidenast und drückte ihn zuckend und Verwünschungen murmelnd auf die Verbrennung.

Er zog die Jacke wieder an, knöpfte sie bis zum Hals zu und schlug den Kragen hoch, dann zog er die Regenjacke an und wickelte sich ein Tuch um den Kopf, sodass es die Ohren bedeckte. Schließlich zog er sich den Hut tief ins Gesicht, nahm sein Gewehr und machte sich auf die Suche nach seinem Pferd. Nach einer Stunde gab er es auf, in den eisigen Nachtwind hineinzurufen. Er hatte sämtliches Gefühl in Fingern und Nase verloren. Er ging zum Feuer zurück und brachte es wieder in Gang und hielt vorsichtig Abstand von den windgepeitschten Flammen und sprühenden Funken. Nachdem er sich Hände und Füße etwas gewärmt hatte, wickelte er sich wieder in die Decke und schlief unruhig in den wenigen noch verbleibenden Nachtstunden. Als er kurz vor der Morgendämmerung erwachte, hatte der Wind nachgelassen und das Pferd stand bei der Glut des Lagerfeuers, den Kopf zur restlichen Wärme gesenkt.

Am nächsten Tag war die Sonne trüb und lau, die Luft kalt und scharf, doch es blieb relativ ruhig. Er kam an Feldern vorbei, wo Schwarze einzeln oder in kleinen Gruppen in gebückter Haltung die zerstreuten Überreste in Baumwollfeldern auflasen, die schon längst beinahe kahl gepflückt waren. Er erspähte kein Wild, ernährte sich von grünen Tomaten, die er neben einer verlassenen dachlosen Hütte wachsen sah, und von einer kleinen Schildkröte, die er von einem Baumstamm am Bach schoss. Die Hauptstraße verlief in nordwestliche Richtung durch die Kieferngebiete, kam zum Süden hin an riesigen Sümpfen vorbei und schlängelte sich um große und kleine mit hohem Schilf gesäumte Gewässer. Eines späten Vormittags kam eine kleine Farm in Sicht, wo eine Familie gerade damit beschäftigt war, Schweine zu schlachten. Er lenkte sein Pferd zur Farm und rief den Leuten einen Gruß zu und wurde eingeladen, heranzukommen und sich auszuruhen und mit ihnen zu essen.

Sie aßen an einem grob gezimmerten Tisch in der Nähe einer lodernden Feuerstelle und taten sich an gebratenem Speck und Gekröse, gerösteten Maiskolben und riesigen Scheiben Kartoffelpastete gütlich. Das Familienoberhaupt war ein breitschultriger Mann mit müden Augen namens Ansel Welch, der vier Söhne mit seiner ersten Frau gezeugt hatte, bevor sie an Gehirnfieber starb. Drei dieser Jungs waren inzwischen erwachsen und weggezogen und hatten ihre eigenen Familien gegründet, nur der siebzehnjährige Benson war noch bei ihm. Seine zweite Frau war einundzwanzig Jahre jünger als er. Sie war still und mager, und ihr wettergegerbtes Gesicht ließ sie älter als ihre dreiunddreißig Jahre erscheinen, doch ihre Arme hatten starke Muskeln. Sie war sechzehn gewesen, als sie geheiratet hatten, und hatte ihm sieben Kinder geboren, von denen nur vier noch lebten – zwei weitere Söhne und die einzigen beiden Töchter, die Ansel Welch je gezeugt hatte. Er war enorm stolz, dass er einen Enkel von sechzehn Jahren hatte und eine Tochter von noch nicht zwei Jahren, und dass der Bauch seiner Frau sich jetzt mit einem weiteren Kind wölbte, das sie am Ende des Winters erwarteten. Die ältere Tochter hieß Sharon. Sie war gerade sechzehn geworden, und Edwards Herz schlug schneller bei ihrem Anblick. Sie war groß gewachsen und schlank und hatte einen vollen Busen. Ihre sommersprossigen Wangenknochen röteten sich unter seinen Augen, doch sie begegnete kühn seinem Blick.

Als der Farmer erfuhr, dass Edward nach Nacogdoches wollte, behauptete er, ein Freund von Sam Houston zu sein. »Bin verdammt stolz drauf, sagen zu können, dass ich ihn kenn. Er hat in den letzten zehn Jahren mehr getan als sonst jemand, um aus Texas 'ne Republik zu machen, und ich schätze, er wird mühelos zum Gouverneur gewählt oder wenigstens zum Senator, jetzt wo die Texaner endlich der Union beitreten. Jetzt sagen sie natürlich, den verdammten Mexikanern schmeckt es kein bisschen, weil sie nie aufgehört haben zu glauben, dass Texas immer noch ihnen gehört. Es heißt, es gibt viel Gerede von Krieg in Mexiko und Washington, 'ne Menge.«

Vor etwas über dreißig Jahren, sagte der Farmer, hätten er und Sam Houston zusammen unter Andy Jackson bei der Schlacht von Horseshoe Bend gekämpft. »Ich war dreiundzwanzig und hab zu Andys Milizarmee gehört, und Sam war ein frischgebackener Lieutenant im regulären Armytrupp, der uns beim Kampf gegen die Creek-Banditen unterstützt hat. Die niederträchtigsten roten Nigger östlich vom Mississippi. Erst sechs Monate vorher hatten sie fünfhundert von uns bei Fort Mims ermordet. Haben sie auf 'ne Art geschändet, die ich vor meiner Frau und mein' Mädchen nicht beschreiben kann, aber was ich sagen will, wir haben nach diesen Teufeln gelechzt wie nur was. Ich weiß, dass es eintausend waren bei Horseshoe Bend. Als es vorbei war, ließ Andy uns nämlich die Nase von jedem toten Roten abschneiden, und dann mussten wir sie nachzählen. Wir haben versucht, diese Nasen an die Hunde zu verfüttern, aber die Köter haben sich einfach umgedreht und wollten nichts von dem Indianerfleisch fressen, nicht mal gebraten. Jedenfalls haben wir den Süden Alabamas für christliche Menschen sicher gemacht, das steht fest.«

Er wedelte mit einer Hand, an der die zwei Finger neben dem kleinen nur Stummel waren. »Einige von uns haben ein' Preis dafür bezahlt. Pfeile sind da durch die Luft gezischt, so dick wie Fledermäuse, die zur Abenddämmerung aus der Höhle kommen. Einer hat diese beiden Finger hier mitgenommen, sauber wie nur was. Hat kaum geblutet. Ich hatte mehr Glück als Sam. Er bekam ein' Pfeil in die Eier und hat geblutet wie 'ne Sau. Aber er hat sich ihn von jemand rausziehen lassen und sich verarzten lassen, und dann hat er gleich weitergekämpft. Hat sich völlig zusammenschießen lassen. Er war so schlimm dran, dass wir ihn zu den Toten gelegt haben, die am nächsten Tag beerdigt werden sollten, aber verflucht, hat der doch am nächsten Morgen noch geatmet. Old Hickory persönlich hat ihn sich angesehen und konnt nich glauben, dass er noch lebt. Will verdammt sein, aber ist dieser hartgesottene Hurensohn doch tatsächlich durchgekommen und sogar noch Präsident von Texas geworden.«

Nach dem Essen ging die Familie wieder an die Arbeit. Edward hatte von Daddyjack gelernt, wie man Schweine tötet, und Welch nahm sein Angebot mitzuhelfen an. Während die zwei jüngeren Söhne sich damit beschäftigten, Schweineeingeweide auszuwaschen, die als Wursthülle verwendet werden sollten, warfen Edward und die Benson-Jungs Küchenabfälle in einen Trog, und als die Schweine sich dort zum Fressen aufreihten, trat Welch der Reihe nach hinter jedes, schlug ihm mit der flachen Seite eines Beils genau zwischen die Augen und erschlug so jedes Schwein mit einem fachmännischen Hieb. Edward schnitt den niedergestreckten Schweinen mit dem Bowie die Kehle durch, um sie ausbluten zu lassen, und das Blut schoss hervor und verwandelte den Boden in roten Schlamm. Benson stieß den Schweinen kräftige spitze Stöcke durch die Fersen, und gemeinsam schleppten sie die Tiere an diesen Stöcken zu großen, mit kochendem Wasser gefüllten Wannen. Diese standen auf Feuern, die in Erdlöchern brannten, sodass die Ränder der Wannen etwa mit dem Boden abschlossen. Sie schoben die Schweine in die Wannen und verbrühten sie, bis sich die Haut von den Borsten freikratzen ließ. Dann hängten sie die Kadaver an einen Baum und nahmen sie aus. Sie wuschen jeden Kadaver gut aus und kratzten das Fett ab, zerlegten ihn und hängten die

Schinken und Speckseiten ins Räucherhaus. Die Mutter und die ältere Tochter buken das meiste Fett zu krossen Krusten, die man mit Maismehlbrot vermischen würde, und machten aus dem Rest Schmalz oder verkochten ihn zu Seife.

Am Ende des Tages war die Kleidung der Männer steif von ihrem blutigen Werk, und in der kühlen Luft hing der durchdringende Geruch von Schweineblut. Sie wuschen sich am Bach, und Benson gab Edward saubere Sachen im Austausch gegen seine blutigen. Hose und Hemd passten recht gut, nur an den Knöcheln und den Handgelenken waren sie eine Spur zu kurz. Sie stärkten sich mit Schweinerippchen und gebackenem Yams und Mais und dem Pfirsichkuchen, den das Mädchen Sharon gebacken hatte. Jedes Mal wenn sich Edward und das Mädchen ansahen, errötete sie und er spürte Hitze im Gesicht. Ihre grünen Augen leuchteten verschmitzt. Der Mutter entging der Blickwechsel zwischen den beiden nicht, und sie setzte eine finstere Miene auf, die das Mädchen mit festem Mund und trotzigem Blick erwiderte. Der Farmer schien von all dem augenfälligen Nebengeschehen nicht das Geringste mitzubekommen. Edward mied geschickt die vorwurfsvollen Blicke der Mutter, indem er den Kopf über Kaffee und Kuchen senkte. Er bewunderte die Kühnheit des Mädchens und versuchte sich vorzustellen, wie sie ohne ihre Kleider aussah.

Die Temperatur war mit der Sonne gesunken, und in der Nacht gab es beinahe Frost. Welch bot Edward an, seine Frau könne für ihn eine Pritsche auf dem Boden neben dem Kamin auslegen, doch Edward lehnte ab und erklärte, dass er lange vor dem ersten Licht fortreiten werde und die Familie nicht mit seinem Aufbruch stören wolle. Der Farmer tadelte ihn milde, und die Frau packte ein Bündel Verpflegung für ihn. Welch begleitete ihn mit einer Lampe in der Hand hinaus zur Scheune und stand dabei, während Edward sich neben dem Verschlag mit seinem Pferd ein bequemes Lager aus Stroh machte.

»Wenn du den Sabine nach Texas überquert hast«, riet er Edward, »hältst du dich an den nordwestlichen Weg. Der bringt dich direkt auf einen Pfad zur Straße nach Nacogdoches.«

Edward dankte ihm für seine Gastfreundschaft, und der Farmer dankte ihm für seine Hilfe. Sie wünschten einander eine gute

 Nacht, und Welch ließ die Lampe bei ihm und ging wieder zurück zum Haus.

In seinem Traum sah er sich im Schlaf in einer riesigen felsigen Einöde unter einem sonnenlosen, blutroten Himmel zittern. Neben ihm lagen die Gebeine eines Pferdes, und im Schlaf hörte er den kalten Wind durch den bleichen Rippenkasten pfeifen. Und dann kam das Pfeifen von Daddyjack, der hinter einer niedrigen sandigen Anhöhe auftauchte und mit flatternden, zerfetzten Kleidern auf ihn zuschlurfte, die klaffende Augenhöhle schwarz umrandet mit Blut. Edward wachte jetzt in seinem Traum auf und beobachtete, wie sein ausgemergelter Vater näher kam, und zitterte ebenso sehr vor Angst wie vor Kälte. Daddyjack hockte sich neben ihn und zeigte ein gelbliches Grinsen. Er stank unglaublich nach Pferdekot. Sein einzelnes Auge streifte über Edwards Gesicht wie ein wildes Tier, das in einem Käfig auf und ab geht. Dann setzte er sich wieder den Hut auf, ging pfeifend in die Leere davon und verschwand in der nächsten Talsohle.

Edward war jetzt wirklich wach und hörte den Wind in den Spalten in der Wand pfeifen. Ein leuchtender schmaler Streifen Mondlicht zeigte sich, wo die Scheunentür leicht offen stand, und der untere Teil dieses Streifens war durch eine Gestalt verdunkelt.

»Bist du wach?« flüsterte das Mädchen Sharon.

Die Tür öffnete sich weiter, und sie schlüpfte herein und schloss sie hinter sich. In dem schwachen Licht, das ein kleines Fenster auf der anderen Seite hereinließ, konnte er ihre schattenhafte Gestalt ausmachen. Er hörte sie mit den Füßen gegen die Kälte aufstampfen.

»Ich bring dir eine Decke«, sagte sie leise. »Ist so kalt.«

Er setzte sich auf und nahm eine Schachtel Zündhölzer aus seiner Jacke, brach eines von dem Block und strich es gegen den Stallpfosten. In dem plötzlichen schwefeligen Aufflammen blau-gelben Lichts sah er einen dampfenden Haufen Pferdeäpfel am Rand des Stalls, und dann sah er sie gleich neben der Tür stehen, die Kapuze ihres Mantels über den Kopf gezogen. Sie hielt eine zusammengefaltete Decke an die Brust gedrückt, im Glühen des Zündholzfeuers weiteten sich ihre Augen und sie zischte: »Kein Licht!«, und er löschte das Zündholz zwischen den Fingern.

Einen Moment lang war nur ihr gemeinsames Atmen zu hören.

Sein Herz schlug ihm in der Kehle. Ihre Kühnheit erschreckte und erregte ihn zugleich. Er hörte, wie sich ihre Füße durch das Stroh bewegten und die Decke, die sie brachte, sich mit einem leisen Geräusch entfaltete. Sie breitete sie über seine eigene Decke, die noch seine Beine bedeckte. Er spürte ihr Gewicht, als sie sich neben ihm niederließ, und ihre sitzende Silhouette war jetzt deutlicher, aber ihre Züge konnte er nicht erkennen.

»Hier kommt fast nie jemand vorbei«, sagte sie, ihre Stimme war so leise, dass er kaum ihre Worte ausmachen konnte. Sie schien ihren Mantel zu entfernen und machte sich irgendwie vorne an ihrem Kleid zu schaffen. »Die Welt ist weit da draußen, und ich werd *nie* auch nur ein bisschen davon zu sehen bekommen oder jemand kennenlernen. Das weiß ich. Mama war so alt wie ich jetzt, als sie geheiratet hat, und ich schätze, sie hat nicht viel gesehen, bevor sie ›Ja‹ gesagt hat, aber dass sie seitdem nicht viel gesehen hat außer ihre Arbeit, weiß ich genau.« Sie schien mit den Achseln zu zucken, und ihre Gestalt wurde etwas blasser, und er erkannte plötzlich, dass sie sich bis zur Hüfte entblößt hatte. Sie stand jetzt auf und nestelte an dem Kleid, das um ihre Hüfte geballt war.

Sie fuhr in ihrer geflüsterten Klage fort, während sie sich auszog, aber er hörte nicht zu. Er dachte an Geschichten, die er im Holzlager bei Pearl River gehört hatte, darüber, wie Väter, die ihre Tochter verheiraten wollten, manchmal genau solche Situationen wie diese einfädelten. Sowie der arglose Bursche und das süße Ding sich ihrer Kleider entledigt hatten, kam der Vater mit einer Flinte hereingestürmt und ließ dem Tölpel keine Wahl, als das Mädchen zu heiraten oder sich sein nutzloses Gehirn wegblasen zu lassen. Doch selbst wenn ihr Vater nicht derartige Tricks plante, könnte er trotzdem wach werden und feststellen, dass sie im Dunkel der Nacht in ihrem Bett fehlte, und als Erstes würde er doch sicherlich in der Scheune nachsehen, wo der vorbeireisende Fremde lag. Und er würde höchstwahrscheinlich mit einem Gewehr kommen und ihm überhaupt keine Wahl lassen. Doch er erinnerte sich auch an Daddyjacks Spruch, dass die wahrsten Vergnügen des Lebens voller Gefahren seien und dass sie deswegen so besonders seien. Während er zusah, wie ihre undeutliche Silhouette aus dem Kleid trat und es über eine Stallstange drapierte, streckte er die Hand aus und zog sein Gewehr näher zu sich heran. Dann glitt seine Hand unter den Sattel, den er als Kopfkissen benutzte, und er zog seine Pistole und sein Bowie hervor und legte sie griffbereit hin.

Sie kniete sich neben ihn, und er spürte, dass sie zitterte, und konnte ihre warme Nacktheit in der kalten Luft riechen. Er streckte die Hand aus und berührte ihr Haar. Sie ergriff seine Hand und drückte sie. Seine andere Hand wanderte zu ihrer Brust, und sie hielt die Luft an und zuckte unter seinen kalten Fingern zusammen. Sie führte sie an ihren Mund und hauchte kräftig ein paar Mal darauf und legte sie dann wieder auf ihre Brust und flüsterte: »Das ist schon viel besser.« Die Brustwarze unter seinem Daumen war dick und aufrecht. Seine Augen hatten sich an das Dunkel gewöhnt, und er konnte undeutlich die Sommersprossen auf ihren blassen Brüsten erkennen. Er stand auf und entledigte sich schnell seiner Hose, und sie krochen unter die Decken und dämpften ihr Jauchzen und Gekicher, während sie einander mit ihren kalten Gliedern berührten. Bald waren ihre Hände gut gewärmt und sie tasteten und untersuchten und leckten aneinander mit lüsternem Vergnügen.

Und dann waren sie eins und schaukelten zusammen im ältesten aller menschlichen Rhythmen – doch behielt er dabei ein Ohr gespitzt für die Schritte von Farmer Welchs väterlichem Zorn. Sein Vergnügen war umso größer wegen der Gefahr, entdeckt zu werden, obwohl er jetzt wusste, dass das Mädchen nichts im Schilde führte. Sie war bloß ein hübsches, einsames Mädchen, das spürte, dass seine Jugend und seine Schönheit in diesem entlegenen Winkel vergeudet waren und es vom Stadtleben, nach dem es sich sehnte, ebenso weit entfernt war wie vom Mond, unvorstellbar weit entfernt von den Sehenswürdigkeiten, der Musik, den Straßenlichtern und den Mengen erregender Fremder, die, wie es sich vorstellte, die Metropole bevölkerten. Er musste auf einmal an seine Schwester Maggie denken, wie sie sich in Florida auf dem Verandaschaukelstuhl lümmelte, die Augen geschlossen, die Hacken übers Geländer gelegt, und wie er und sein Bruder auf den unteren Stufen saßen und zu den entblößten Rückseiten ihrer Beine hinaufblickten bis zu ihrer weißen Baumwollunterhose. Er erschrak vor sich selbst, dass er bei dem Gedanken noch steifer wurde, und stieß noch härter in das keuchende Mädchen hinein.

Einen Moment später meinte er etwas zu hören und hielt abrupt in seinem Schaukeln inne. Er stützte sich auf eine Hand, schnappte sich die Pistole mit der anderen und lauschte angestrengt, selbst während er in dem Mädchen drinblieb. Sie lauschte mit ihm, schnalzte dann ungeduldig mit der Zunge und flüsterte: »Is niemand. Die schlafen alle wie die Steine.«

»Und wieso flüstern wir dann?« fragte er lächelnd und spürte, wie er in ihr pochte. Er hörte das Geräusch wieder und merkte, dass es ein Busch war, der leise im Wind scharrte.

Sie verschränkte ihre Hände hinter seinem Nacken, zog sich hoch, sodass ihr Mund an seinem Ohr war, und sagte: »Weil man nie ganz sicher sein kann, schätz ich.« Sie kicherte und steckte ihm ihre Zunge ins Ohr und drückte ihr Becken kräftig gegen ihn. Er fauchte glücklich und verfiel mit dem Gesicht zwischen ihren Brüsten wieder in seinen Rhythmus.

Etwas später, im Gegenschein der Morgendämmerung, stand sie auf und kleidete sich an, wobei sie sich Edwards liebkosender Hände erwehren musste. Edward grinste im Dunkeln und dachte, er müsse verrückt sein. Ihr Daddy könnte immer noch jeden Augenblick mit einem Gewehr in der Hand durch diese Tür da kommen. Könnte ihn noch totschießen. Es sei denn natürlich, dass es ihm gelang, Welch zuerst zu erschießen. Die Vorstellung, gezwungen zu sein, Welch zu erschießen, bremste für einen Moment seine Avancen. Tatsächlich verging er sich an der Tochter eines Mannes, der ihm Güte gezeigt hatte – und welcher Vater wäre nicht gezwungen, etwas dagegen zu tun, wenn er es wusste? Doch inzwischen hatte das Mädchen sein Kleid fertig zugeknöpft und war zur Tür gegangen, die es einen Spalt öffnete, um hindurchzulinsen, und er schüttelte seine Schuldgefühle ab und ging zu ihm.

Sie drehte sich um und nahm sein Gesicht in ihre Hände, küsste ihn leidenschaftlich, brach dann den Kuss ab und nahm seine Hände von ihrer Hüfte, hielt sie fest und lächelte ihn an. »Musst ja nicht gleich so schauen, als würd dich jemand erwürgen«, sagte sie. »Bist zu nix verpflichtet.«

Er öffnete den Mund ohne die geringste Ahnung, was er sagen würde, doch sie legte ihre Hand auf seine Lippen, damit er schweige, und küsste ihn dann schnell wieder. »Ich werd an dich denken, mein Lieber. Jetzt geh, verschwinde.« Und damit war sie zur Tür hinaus und verschwand in den dunklen Schatten.

Ein paar Minuten später führte er sein gesatteltes Pferd aus der Scheune und stieg auf. Er warf einen Blick zurück zum Haus und sah die dunklen Fenster und fragte sich, ob sie an einem von ihnen stand und ihn beobachtete. Er winkte zum Abschied, für den Fall, dass sie dort war. Ihr Geschmack blieb auf seiner Zunge und ihr Geruch auf seiner Haut bis weit in den nächsten Nachmittag hinein.

3 Die nächsten Tage waren kalt, doch meistens sonnig und windstill. Die Nächte waren frostig, und der Himmel explodierte vor lauter Sternen. Er ritt langsam, sowohl in seine eigene Decke als auch in die eingewickelt, die das Mädchen Sharon ihm in die Scheune gebracht hatte und die die Mutter sicherlich vermissen würde. Sie würde sich wohl ausrechnen, was aus ihr geworden war. Er hatte sich mehrmals gefragt, ob die Frau es Welch verraten würde, und wenn ja, ob der Farmer das Mädchen nackt an den Handgelenken von einem Baum hängen und sie als Hure blutig auspeitschen würde. Die Vorstellung erzürnte ihn so sehr, dass er Flüche murmelte und mehrmals erwog umzukehren. Doch jeder Drang, das Pferd zurückzulenken, wurde von der Frage verfolgt, was er dann tun würde. Sie bitten, mit ihm zu kommen? Die Vorstellung war hirnverbrannt. Mit ihm kommen – wohin? Und was tun? Eine Farm gründen? Den Rest seiner Tage seinen Lebensunterhalt damit verdienen, in der Erde herumzubuddeln? Und was, wenn sie vielleicht verrückt wurde? Und wenn sich seine Tochter mit vorbeikommenden Fremden einließ oder mit seinem besten Pferd davonlief? Seine Söhne vielleicht eines Tages die Hand gegen ihn erhoben? Ihn vielleicht umbrachten? Er spuckte. Lieber in der Hölle der Einsamkeit schmoren. Dann dachte er: *Du ganz bestimmt.* Er grinste bitter und trieb das Pferd an.

Das Gelände wurde jetzt wieder waldiger. Die Bäume rückten allmählich dichter zusammen und nahmen an Höhe zu. Schichten von Kiefernnadeln dämpften die Hufe der Stute. Die Verpflegung, die ihm die Frau mitgegeben hatte, hatte er längst verzehrt. Er hatte beinahe seit einem Tag nichts mehr gegessen, als er an einem dunstig-grauen Mittag zu einer Anhöhe kam, von der man auf einen dröhnenden Fluss hinunterblickte. Nicht weit entfernt nördlich auf dem diesseitigen Ufer schwankte und taumelte eine Fähre an ihrer Vertäuung an einem Rollseil. In der Nähe des Stegs stand auf kurzen dicken Stelzen eine schiefe Hütte, aus deren schmalem Schornstein Rauch aufstieg. Edward lenkte die Stute den Hang hinunter.

Auf einem frisch gemalten Holzschild bei der Fähre stand: TEXES FÄHRE 1 DOLLER. Der Fährmann saß schnitzend auf der Veranda auf einem Stuhl mit gerader Rückenlehne, der gegen die Wand gekippt war. Neben ihm lehnte ein rostiges Kentucky-Gewehr. Er hatte einen zahnlückigen Mund, war beinahe kahl und trug kein Hemd. Sein Unterhemd war grauschwarz vor Dreck. Edward hatte unten vor den Stufen haltgemacht und konnte ihn selbst von dort riechen. Ein noch ranzigerer Geruch wehte vom Haus herüber.

»Hab 'nen Possum-Eintopf aufm Feuer«, sagte der Fährmann. »'ne Schüssel davon kostet zwei Bits. Was Selbstgebranntes noch mal zwei Bits. Willst du über den Fluss, ist das ein Dollar, wie aufm Schild steht. Nur Münzen. Nehm kein Papier.«

»Mister, ich würde noch nicht mal 'n Dollar bezahlen, wenn mich der Engel Gabriel persönlich rüberfliegen würde.«

Der Fährmann antwortete mit schwarzgelbem Grinsen. »Schon in Ordnung. Aber stromaufwärts ist meilenweit keine Furt mehr, nicht so, wie er jetzt fließt.«

Edward, immer noch im Sattel, betrachtete den schnellen Fluss und das dicht bewaldete Ufer von Texas auf der anderen Seite. Er nahm einen Schluck aus seiner Feldflasche und sah auf den Fluss, während der Fährmann ihn von der Veranda aus beobachtete. Er hatte Hunger gehabt, bis er den Gestank vom Eintopf des Fährmannes gerochen hatte.

Er hörte hinter sich ein Pferd schnauben und blickte zum Wald, wo ein Reiter unter den Bäumen hervorkam. Das Pferd war ein recht großer Rappen, doch wirkte er klein unter seinem Reiter, einem riesigen schwarzbärtigen Mann. Er hielt ein kurzläufiges Gewehr über dem Sattelkopf, dessen Knauf so breit war wie ein Kuchenteller. Er trug einen flachkrempigen Hut und einen offenen

 Gehrock, unter dem ein Paar Pistolen in einfachen Schulterhalftern hingen. Als der Reiter näher kam, erkannte Edward, dass das, was er für Pistolen gehalten hatte, tatsächlich Revolver waren, Feuerwaffen, von denen er gehört, die er aber noch nie zuvor gesehen hatte. Texas Colts wurden sie genannt, obwohl sie im fernen New Jersey hergestellt wurden. Ihnen fehlte der Abzugbügel, und sie enthielten fünf Kugeln, die man alle verschießen konnte, bevor man neu laden musste. Er hatte Geschichten von Grenz-Rangern gehört, die mit solchen Pistolen rote Wilde zu Dutzenden im offenen Gefecht getötet hatten.

Der große Mann hielt bei dem Schild an, auf dem der Preis der Fährüberfahrt stand, und schien es sich zu überlegen. Er dirigierte sein Pferd mit leisem Schnalzen zur Hütte hinüber und nahm dort Edward mit ausdruckslosem Blick in Augenschein. Seine Augen wanderten zu Edwards leeren Händen, zu der Steinschloss-Pistole und dem Bowie in seinem Gürtel, dem Kentucky-Gewehr in der behelfsmäßigen Sattelscheide. Dann wandte er seine Aufmerksamkeit der Hütte zu, unterzog den dunklen Türeingang und das Fenster einem prüfenden Blick, den er dann schließlich auf den Fährmann richtete, der, als er ihn aus dem Wald hatte kommen sehen, sein Gewehr aufgehoben und auf seinen Schoß gelegt hatte und sich jetzt unter dem Blick des Mannes nervös die Lippen leckte.

»Irgendjemand drin?« fragte der Große. Der Fährmann schüttelte den Kopf, und Edward sah, dass er zu viel Angst hatte, um zu lügen. Die riesige Gewehrmündung des Schwarzbartes schwenkte leicht und richtete sich jetzt direkt auf die Brust des Fährmanns. »Wirf es weg«, sagte der Große in beiläufigem Ton, als würde er ihm die Uhrzeit nennen.

Der Fährmann schob das Gewehr von seinem Schoß, und es fiel scheppernd zu Boden. Der Große betrachtete es, richtete den Blick wieder mit schmaler werdenden Augen auf den Fährmann, der daraufhin dem Gewehr einen Tritt mit dem Fuß gab, sodass es von der Veranda schlitterte.

Der Schwarzbart ging mit dem kurzen, schwer aussehenden Gewehr so mühelos um wie mit einer Pistole und legte den Lauf auf seine Schulter. Er spähte zur Hüttentür und zog ein angewidertes Gesicht. »Du lieber Himmel. Hast du vor, das zu essen, was da so riecht?« Der Fährmann zuckte die Achseln und wirkte trotz der Umstände beleidigt.

Der Schwarzbart blickte wieder zu Edward, wies mit dem Kinn zum Schild und sagte: »Ein Dollar für eine verdammte Fährfahrt scheint mir ungefähr um neunzig Cent zu teuer, was meinst du, Junge?«

Edward meinte, der Preis sei ungefähr ein Dollar zu viel, und der Große lachte.

»Na ja, es heißt ja, Großzügigkeit ist Balsam für die Seele«, sagte der Große. »Ich denke, die habgierige Seele dieses Burschen ließe sich schon ein Stück besänftigen, wenn er sich so großzügig zeigen würde, uns kostenlos rüberzubringen.«

Und das tat der Fährmann, forderte die beiden Männer höflich auf, ihre Pferde zum anderen Ende der Fähre zu führen, damit das hintere Ende genügend Auftrieb bekam. Er zog kräftig an dem Rollseil, das bis zum anderen Ufer hinüber reichte, und das Boot steuerte schwankend in den Fluss hinein.

Es war eine beschwerliche Überfahrt. Die reißende Strömung drückte gegen die Seite der Fähre und bog das Schlepptau, und die Fähre tanzte am Seil wie ein Spielzeug. Die Pferde rollten mit den Augen und stampften, und Edward und der Schwarzbart stiegen ab und hielten mit einer Hand die Zügel fest, während sie mit der anderen das Geländer umklammerten und die Zähne gegen die eisige Gischt des Flusses zusammenbissen. Der Fährmann stand so entspannt da wie eine Katze. Er rammte eine lange Stange ins Flussbett und zog mit aller Kraft Hand um Hand daran und trieb so das Boot an den Rollseilen entlang vorwärts. Mit diesem mühseligen Verfahren brachte er sie über den Sabine-River hinüber nach Texas.

Als sie an Land waren und im Sattel saßen, fragte der Schwarzbart den Fährmann, ob er nicht das Gefühl habe, für seine bisherige Wucherei ein klein wenig Buße geleistet zu haben. Der Fährmann zuckte die Achseln und sagte, er schätze schon. Der Schwarzbart schüttelte mit bedauerndem Seufzen den Kopf und sagte, er glaube nicht, dass die Reue des Fährmanns aufrichtig sei. »Vielleicht könnte etwas Mühsal dir helfen, das Unrecht deines Tuns zu erkennen. Komm da runter.« Der Fährmann stieg argwöhnisch aus.

 Unter seiner Jacke zog der Schwarzbart ein Bowie hervor, das noch größer als Edwards war, lehnte sich aus dem Sattel und schnitt das dicke Rollseil durch. Der Fährmann sprang zum Rand des Ufers, und mit einem entsetzten Blick sah er zu, wie seine Fähre mit der Strömung davonwirbelte. Dann trieb der Große sein Pferd an, und das Tier drängte den Fährmann vom Ufer herunter ins rauschende Wasser hinein, und nur ein verzweifelter Griff nach einer aus der schlammigen Böschung herausragenden Wurzel bewahrte ihn davor, flussabwärts mitgerissen zu werden.

»Bleib ein Weilchen da hängen und lass das Wasser deinen Gestank abwaschen«, rief der Schwarzbart zu ihm hinunter und lachte. Er zwinkerte Edward zu, wendete sein Pferd und ritt in den Wald hinein.

Edward trieb die Fuchsstute vorwärts durch die Bäume zu einer kleinen Lichtung, wo der Mann sein Pferd anhielt und sagte: »Sieh mal, Junge. Das Zeichen hier.« Er winkte Edward an seine Seite und deutete auf den Boden neben seinem Pferd. »Was meinst du, was das ist?«

Als Edward neben ihm war und sich aus dem Sattel lehnte, um hinunterzuspähen, tänzelte das Pferd des Großen, und in dem Moment wusste Edward, dass er schon zum Schlag ausholte, doch er war wie erstarrt. Dann blitzte Licht hinter seinen Augen auf, und er spürte nicht einmal, wie er zu Boden fiel.

4 Er hörte tiefes Glucksen und erwachte in kalter Dunkelheit mit dem Gefühl, dass ihm der Schädel auseinandergepresst wird. Allmählich wurde er sich bewusst, dass er auf dem Rücken lag, dass die schwankenden Schatten, auf die er blickte, die obersten Baumäste waren, die im Wind schaukelten, und dass das Glucksen von dem durchs Schilf strömenden Fluss kam. Er versuchte sich aufzusetzen und hörte sich unter dem aufblitzenden Schmerz stöhnen, der seinen Schädel erschütterte, und er sank zurück. Als er das nächste Mal die Augen aufschlug, war der Himmel über ihm grau, und er wusste, dass er wieder eine Zeit lang bewusstlos gewesen war. Unter Ächzen und Stöhnen gelang es ihm, sich auf den Bauch zu rollen, und dann erhob er sich auf alle viere und erbrach sich. Nach

einer Weile setzte er sich auf seine Fersen und legte den Finger auf seinen Hinterkopf, betastete behutsam die Schwellung unter seinen Haaren und das dicke gerinnende Blut. Er kam sich wie der größte Idiot vor. Dass der Schwarzbart ihn nicht einfach erschossen hatte, war vermutlich nur dem Umstand zu verdanken, dass er die Stute nicht verscheuchen wollte. Ein anderer Grund fiel ihm nicht ein.

Er kam mit Mühe auf die Beine und hielt sich keuchend an einem Baum fest, bis das Zittern in seinen Knien nachgelassen hatte. Er stand in Socken da. Er blickte sich um und erspähte einen Stiefel neben einem Baumstumpf und einen Augenblick später den Rand des anderen im hohen Gras. Der Mann hatte sie ihm ausgezogen, um sie zu durchsuchen. Der verfluchte Hurensohn war nicht neu im Geschäft, das stand fest. Wenigstens hatte er die Stiefel dagelassen. Und seine Jacke. War wahrscheinlich zu verschlissen, als dass sie noch irgendeinen Tauschwert besaß. Aber die Messer und die Feuerwaffen und die Stute Janey hatte er mitgenommen. Edward sah in seiner Hemdtasche nach und war überrascht, dass die Daguerreotypien noch da waren. Der Dreckskerl war vermutlich zu beschäftigt damit gewesen, mögliche Verstecke wie seine Stiefel zu überprüfen, um an den naheliegenden Stellen nachzusehen. Hätte er sein Geld doch weiter in seinem Hemd aufbewahrt. Er zog die Stiefel an und entdeckte dann seinen Hut, der schief an einem Busch hing. Und in der Nähe lag sein zusätzliches Hemd, dessen Ärmel bis zur Schulter aufgerissen war. Und dann eine einzelne Socke. Da die kleine Pfanne. Doch Decken und Regenjacke waren weg, das Bündel Papiergeld, sogar die Schachtel Zündhölzer. Er entledigte sich seiner Jacke und zog das zerrissene Hemd über das, das er trug, zog dann die Jacke wieder an, steckte die Socke in die Tasche und ging zum Busch, um sich seinen Hut wiederzuholen.

Er stolperte durchs Gebüsch zum Flussufer und fand einen flachen Hang, wo er sich auf dem Bauch ausstrecken und den Kopf in den Fluss tauchen konnte. Bei der ersten Berührung des kalten Wassers mit der Wunde brüllte er vor Schmerz auf, doch nach mehrmaligem Eintauchen klangen die Schmerzen allmählich zu einem teilweise tauben und dumpfen Pochen ab. Nachdem er reichlich getrunken hatte, fühlte er sich etwas besser. Er blickte über den

 Fluss zur Hütte des Fährmannes, sah dort aber niemanden und auch keinen Rauch aus dem Schornstein aufsteigen. War der Mann von der Strömung fortgerissen worden, oder war es ihm gelungen, sich zu retten?

Nach einer Weile erhob er sich und setzte sich vorsichtig den Hut auf, kippte ihn ein gutes Stück nach vorn und von der Wunde weg. Der Morgen war dunstig und frostig kalt, und die hohen Kiefern wogten und raschelten in der Brise. Er ballte die Hände in die Seitentaschen seiner Jacke und machte sich auf durch die Bäume, fand den Weg und zog los, den Kopf gegen den Wind gesenkt.

Es folgten jetzt Tage des Wanderns durch kiefernbestandene Waldgebiete und Zypressensümpfe, hungrig, unbewaffnet, unberitten. Kalte feuerlose Nächte, in denen er nur döste, ein Ohr nach Schritten oder dem Rascheln sich nähernder Tiere gespitzt. Einige Tage waren so warm, dass er nicht bis auf die Knochen fror. Irgendwann am Anfang nahm er eine verkehrte Abzweigung, und der Weg wurde wilder, als er weiterging, und er wusste, dass hier seit Langem niemand gegangen war. Dann geriet er in beinahe undurchdringliches Dickicht, in Gras, das ihm bis an die Oberschenkel reichte. Er fand eine Hirschfährte und folgte ihr durch einen dunklen Wald aus moosigen Eichen und Kiefern und Sümpfen und Tümpeln. Er schlug eine nordwestliche Richtung ein und kam schließlich zu einer Straße, die ihn zu einem Gasthaus an einer Furt brachte. Er tauschte eine der Daguerrotypien gegen eine volle Mahlzeit und dann eine weitere gegen drei Krüge Bier ein. Während ihres Tauschgeschäfts sah sich der Wirt immerfort unruhig um, besorgt, seine Frau könnte ihn ertappen.

Eines grauen Abends an einer Kreuzung wurde er von zwei Wegelagerern angehalten, die nicht viel älter waren als er selbst. Der größere hielt ihn mit einer großkalibrigen Steinschloss-Pistole in Schach, während der andere ihn durchsuchte und nichts fand außer dem Päckchen mit den drei verbliebenen Daguerrotypien. Als er sie sah, fiel ihm die Kinnlade herunter. Er warf Edward einen schnellen Blick zu und hielt seinem Partner den Rücken zugekehrt, während er die Bilder aus dem Päckchen in sein Hemd gleiten ließ. Der Räuber mit der Pistole fragte, was er gefunden habe, und er sagte: »Nix, nur den leeren Umschlag hier«, drehte sich um und zeigte ihn seinem Partner und warf ihn weg. Er ging in die Hocke und besah sich Edwards Stiefel genau, die noch abgetragener waren als ihre eigenen, und er lachte und sagte seinem Gefährten, sie seien ja ganz schöne Dummköpfe gewesen, diesen Burschen hier überhaupt zu überfallen. Sie teilten mit ihm ihre letzte magere Ration Dörrfleisch und gaben ihm ein paar Zündhölzer. Doch als Edward fragte, ob er sich ihre Pistole mal ansehen könne, wich der eine sofort misstrauisch zurück, richtete aus der Hüfte die Waffe auf ihn und sagte, er könne sie sich so lange wie er wolle von dort ansehen, wo er stehe. Edward verfluchte sich für so wenig Hinterlist. Die Wegelagerer machten sich Richtung Süden davon, sahen sich noch einmal um und warnten ihn, dass sie ihm auflauern und ihn töten würden, sollte er versuchen, ihnen zu folgen.

Er zog weiter. Fand gelegentlich Arbeit auf Farmen im Tausch gegen eine Mahlzeit und einen warmen Platz zum Übernachten. Hackte Holz, reparierte Zäune, hob Senkgruben aus. Er schippte Dünger und verbrannte Stümpfe. Er war bereit, die erstbeste unbeaufsichtigte Waffe zu stehlen, doch jeder Farmer behielt sein Gewehr dicht bei sich, und Pistolen waren überhaupt keine zu sehen.

Auf einer unkrautüberwucherten Farm, wo Gerätschaften auf einer durchgesackten Hüttenveranda vor sich hin rosteten und kein Mann weit und breit zu sehen war, gab ihm eine schlanke, starke und schöne Schwarze mit einer Farbe wie Karamell ein Kaninchenragout zu essen, das so schmackhaft war, dass er auf den Verandastufen, wo er aß, beinahe laut aufgestöhnt hätte. Sie stand an der Tür und beobachtete ihn, während ihre Kinder ihn hinter ihren Röcken mit großen Augen anstarrten. Selbst durch den Duft des Ragouts hindurch konnte er ihren Moschusgeruch riechen, und er hätte nicht übel Lust gehabt, sie zu berühren, um ihre Bereitwilligkeit zu prüfen, doch unter der kühlen Beharrlichkeit ihres Blickes fühlte er sich unreif und unsicher. Als er zum Weg zurückging, erspähte er an der Seite des Hauses eine Flickendecke, die auf einer Leine zwischen einem Paar junger Kiefern hing, und er trottete hinüber, griff sie sich und rannte davon, obwohl ihm niemand nachrief.

Auf der Straße passierte so mancher Wagen, meistens Richtung Westen, seine in die Decke gehüllte Gestalt, Reisende, die ihm manchmal zu essen gaben, ihn manchmal mit vorgehaltener Waffe verscheuchten oder ihn auch ein Stück mitnahmen. Ein rundlicher Holländer lud ihn ein, zusammen mit seiner Familie bei ihrem Lager unter einer Eiche am Bach das Abendessen einzunehmen. Mitten während der Mahlzeit erhaschte der scharfäugige Vater den Blick, den dieser zerlumpte Kerl mit den wilden Augen und den Händen eines Mannes und seine dreizehnjährige Tochter austauschten, die sich ihrem Daddy gegenüber durchweg mürrisch verhielt. Er sprang auf und versetzte ihr einen Schlag mit der Rückhand, der sie von dem Baumstumpf fegte, auf dem sie saß, und ihren Teller durch die Luft wirbeln ließ. Die Mutter kam herbeigestürzt und kümmerte sich um ihre aus dem Mund blutende Tochter, und wie durch einen Zaubertrick erschien ein Gewehrlauf in Edwards Gesicht, so schnell war der Holländer. Seine Miene verriet Mordlust, doch die Frau, die ihre Tochter an den Busen drückte, flehte ihn an, den Jungen nicht zu erschießen. Der Mann ließ zischend seinen Atem durch die Zähne entweichen und sagte Edward, er solle verschwinden, bevor er bis zehn gezählt habe. Was Edward, der beinahe an seiner Wut erstickte, auch tat und sich mit schnellen Schritten entfernte – er weigerte sich zu rennen –, die Fäuste schmerzhaft geballt. Er überlegte sich, ob er über Umwege zurückkehren und sich von hinten an den Dreckskerl heranschleichen solle, um ihm den Schädel mit einem Felsen oder einem Ast zu spalten, entschied aber, die Frau, die ihm das Leben gerettet hatte, nicht zur Witwe zu machen. Ohne den Holländer wären sie und das Mädchen noch schlechter dran.

Er kochte vor Wut. Er wollte verflucht sein, wenn er noch länger von guten Samaritern abhängig sein würde. Er kundschaftete Farmen aus sicherer Entfernung aus, stellte fest, ob Hunde oder jemand mit einer Waffe in der Nähe waren, prägte sich das nächste Gebüsch zu den Hühnerställen ein. Er stahl aus Maisfeldern und Gärten. Stahl einen Pfirsichkuchen, der zum Abkühlen am Küchenfenster stand, verschlang dann das ganze Ding in einem Eichenhain, wobei er sich den Mund verbrannte und danach eine Stunde lang unter Bauchschmerzen litt. Machte sich mit einem Abhäutemesser davon, das jemand unvorsichtigerweise auf einem Hackblock liegen gelassen hatte. Rannte mit einem schreienden und Federn verlierenden Huhn in Deckung in einen Wald, während vom Hühnerstall hinter ihm Gewehrsalven und Flüche hallten. Er war meilenweit vom Schauplatz der Tat entfernt, als er den Vogel endlich ausnahm, ihn an einem Stock briet und bis auf die Knochen aufaß.

In frostigen Nächten machte er sich ein großes Feuer, saß dann mit der Decke über der Schulter davor und dachte nach, während er unter dem aufgehenden Mond die flackernden Flammen beobachtete. Wahrscheinlich war John schon in Nacogdoches eingetroffen und wartete auf ihn. Er lächelte bei dem Gedanken daran, wie sein Bruder lachen würde, wenn er ihm erzählte, was er alles hatte durchstehen müssen. Er war sicher, Johnny liebte dieses Land. Texas war alles, was man ihnen versprochen hatte. Die Kiefern waren groß und dick und in unvorstellbarem Überfluss vorhanden. Johnny würde mit Sicherheit ein flussnahes Stück Wald erwerben und keine Zeit verlieren wollen, sich ganz und gar einem Leben des Fällens, Sägens und Verkaufens hinzugeben. Er würde wahrscheinlich schnell ein Haus bauen, sich eine Frau nehmen und Söhne zeugen, der gute Johnny. Das war das natürliche Verlangen einer gewöhnlichen Seele. Dass er selbst dieses Verlangen nicht verspürte, hatte Edward schon seit Langem als den Makel eines rastlosen Wesens hingenommen, der sich vielleicht nie beheben ließ. Jeden Abend heftete sich sein Blick auf den weiten Himmel im Westen, der rot wie Blut loderte.

5 An einem späten, kühlen, grauen Nachmittag betrat er die ehrwürdige Stadt Nacogdoches. Durch dieses Tor von Texas kamen die unterschiedlichsten verzweifelten Männer. Hier hatten Verschwörungen, Freibeuter-Expeditionen und Rebellionen ihren Ausgang genommen. Hier hatte die Republik Fredonia kurz und strahlend geleuchtet.

Er erschien dort als ein schlurfender Schemen, seine Kleidung zerrissen und schmutzig, seine Stiefel rot von getrocknetem Schlamm, die Sohlen beinahe aufgelöst. Seine Füße waren wund, und die Haare hingen in Zotteln unter seinem ramponierten Hut hervor. Er trug seine Decke unterm Arm gerollt und das Abhäutemesser in seinem Stiefelrand. Doch er war guter Dinge, voller Vorfreude darauf, John zu finden, sich in Flora Bannions Etablissement mit den Mädchen auszuleben, schon bald sauber und frisch eingekleidet zu sein und ein Beefsteak mit einem Krug Bier hinunterzuspülen.

Er kam an einem gepflegten, von Eichen beschatteten Friedhof vorbei, wo ein Totengräber seine Arbeit unterbrach, um ihn zu mustern. Nur sein Oberkörper war über der Erde sichtbar, und seine Augen lagen unter seiner Hutkrempe verborgen. Edward versuchte, ihn mit seinem Blick zum Wegsehen zu zwingen, doch der Totengräber blieb, die gelben Zähne bleckend, auf seiner Schaufel gelehnt und blickte ihm seelenruhig so lange hinterher, bis er die Straße ein gutes Stück hinuntergegangen war.

Auf der Calle del Norte herrschte dichtes Gedränge von Wagen, Reitern und Passanten. Edward musste sehr achtgeben. Mitten auf der Straße brach plötzlich ein Hundekampf aus, und ein verängstigtes Maultier trat nach den Kämpfenden, worauf einer jaulend auf drei Beinen forthumpelte. Ein Banjo klimperte in einem schummrigen Saloon und eine Fiddle folgte seiner Melodie. Er starrte sehnsüchtig auf den dunklen Türeingang und lechzte nach etwas zu trinken. Dann sah er einen Mann, der auf einem gekippten Stuhl vor einem Kurzwarengeschäft saß und Zeitung las. Er ging hinüber und spähte auf die erste Seite. In der Schlagzeile ging es um Mexiko und Präsident Polk, das Datum war der 17. Januar 1846. Er war länger als einen Monat unterwegs gewesen.

Etwas an diesem Datum nagte einen kurzen Augenblick an ihm, und dann erinnerte er sich, dass es sein Geburtstag war. Er wurde an diesem Tag siebzehn Jahre alt.

Bei einem Verkäufer, der den Bürgersteig fegte, erkundigte er sich nach Flora Bannions Etablissement und erhielt die Auskunft, er müsse bei der nächsten Straße rechts gehen und nach dem rosafarbenen zweistöckigen Gebäude mit einem Blumengarten vor der Veranda Ausschau halten. »Aber diese alte Katze kann sehr eigen sein, wen sie reinlässt«, sagte der Verkäufer, der Edwards zerrissene Erscheinung musterte. »Bei Sally Longacre einen Block weiter wärst du bestimmt eher willkommen.«

Der Himmel im Westen stand jetzt in Brand und glühte rötlich entlang der welligen Wolken. Bei Flora Bannions Haustür war

schon eine orangene Laterne entzündet, als Edward am Tor ankam.
Gerade wurden zwei lachende Männer in Anzügen eingelassen, dann schloss sich die Tür hinter ihnen. Er ging den Weg hinauf, erklomm die breite Veranda und betätigte den Klopfer, eine gusseiserne liegende Katze. Eine junge Schwarze mit sauberer Schürze öffnete die Tür einen kleinen Spalt, nahm ihn in Augenschein und rümpfte die Nase über seinen Geruch. Sie sagte, wenn er etwas zu essen haben wolle, solle er hinten herum an die Küchentür kommen. Er sagte, er wolle mit John Little sprechen, falls dieser anwesend sei. Das schwarze Mädchen sagte, der einzige anwesende Mann sei Bruno, der Hauswart, der sich gern um jeden stinkenden Landstreicher kümmerte, der hier Ärger machen wollte. Edward hätte das freche Miststück am liebsten geohrfeigt. Nun, sagte er, dann wolle er eben mit Flora Bannion sprechen. Das Mädchen erwiderte, Miss Flora rede nicht mit Fremden, vor allem nicht mit Landstreichern. Sie wollte ihm schon die Tür vor der Nase zumachen, da sagte er schnell, er habe eine Nachricht für Flora von ihrer Schwester Molly in Biloxi. Sie sah ihn argwöhnisch an und hieß ihn dann bei der Küchentür warten.

Die Frau, die dort erschien, war fleischig, mit Säcken unter den Augen, und trug ein glänzendes grünes Kleid. Ihr Mund verzog sich bei seinem Anblick. Sie fragte, welche Nachricht er von Molly habe, und er sagte, sie hoffe nur, es gehe Flora gut, und sie solle wissen, dass sie an sie denke. Die Frau presste die Lippen gereizt zusammen und sagte: »Nie im Leben hat Molly so was gesagt. Du bist doch bloß auch nur so ein verdammter Lügner, der darauf aus ist, mehr zu kriegen, als er verdient.« Sie machte Anstalten, die Tür zu schließen, und er beeilte sich zu sagen, dass er wirklich in Mrs. Clarkes Haus gewesen sei, nahe am Strand von Biloxi. Er beschrieb es schnell und sagte, Mrs. Clarke habe ihm und seinem Bruder empfohlen, dem Etablissement ihrer Schwester Flora Bannion in Nacogdoches einen Besuch abzustatten, und er habe wegen der Nachricht gelogen, weil er gedacht habe, sie würde sich darüber freuen und wäre umso geneigter, mit ihm zu reden und ihm eine Frage zu beantworten.

Sie hielt die Tür fest und sah ihn prüfend an, und ihr Ausdruck wurde etwas weicher. »Na schön, mein Sohn«, sagte sie. »Frag.«

»Ich wollte nur wissen, ob mein Bruder hier ist oder hier gewesen ist, mehr nicht.« Er erklärte, sie seien in New Orleans getrennt worden, hätten sich aber verabredet, sich hier zu treffen, und er wüsste gern, ob John schon auf der Suche nach ihm hier aufgetaucht war. Er beschrieb ihn genau, doch die Frau schüttelte den Kopf und sagte, nein, er sei nicht hier gewesen, daran hätte sie sich erinnert, sie habe ein hervorragendes Gedächtnis für Gesichter. »Pass auf, Süßer«, sagte sie, »geh dich erst mal waschen, verbrenn diese schrecklichen Kleider und zieh dir was Sauberes an, und dann komm wieder, hörst du?«

Er ging auf die andere Straßenseite und tauchte den Kopf in einen Wassertrog, kratzte seine eitrige Kopfhaut durch das triefend nasse Haar, tauchte den Kopf wieder ein und schrubbte sich das Gesicht mit den bloßen Händen, schüttelte dann das Wasser von ihnen ab und setzte sich wieder den Hut auf. Er setzte sich auf den Rand des Troges und betrachtete das rosafarbene Haus. Wäre John dort gewesen, hätte er sich nach ihm erkundigt und Miss Flora hätte sich erinnert. Vielleicht hatte der Stallbursche in Dixie ihm die Nachricht nicht übergeben. Vielleicht hatte der Bursche oder jemand anders Johns Habseligkeiten und den darin versteckten Zettel gestohlen. Warum sonst war er nicht hier? Vielleicht war er in New Orleans in irgendwelchen Ärger geraten. Oder vielleicht war ihm etwas zugestoßen, nachdem er die Stadt verlassen hatte. Wer konnte das schon wissen. Aber wenn er nicht in Schwierigkeiten war und wenn er die Nachricht nicht erhalten hatte, würde er ihn dann nicht in Nacogdoches suchen kommen? John hatte direkt neben ihm gestanden, als Mrs. Clarke ihnen von diesem Haus erzählte.

Es blieb nichts anderes übrig, als hier zu bleiben, bis John auftauchte oder nicht.

Und wenn er nicht auftaucht?

Er wird auftauchen.

Klar wird er. Aber was, wenn nicht?

Dann, so schätzte er, würde er zurückmüssen und versuchen, ihn zu finden.

Zurück war ein langer Weg in die falsche Richtung.

Er malte sich DeQuince aus, der in dem hässlich gelben Licht der Straßenlaterne in seinem eigenen Blut lag.

Das Einzige, was er dort finden würde, wäre ein Strick um seinen Hals.

Und jetzt überlegte er, ob sich Johnny da in Dixie City ein großzügiges Mädchen geangelt hatte oder irgendwo unterwegs dreimal am Tag bedient wurde und zweimal so oft in der Nacht. Wer konnte es ihm verübeln, wenn er es nicht eilig hatte, vom Vergnügen zu lassen? Teufel noch mal, wahrscheinlich hatte der seit dem letzten Mal, als sie sich gesehen hatten, keine nüchterne Minute mehr erlebt. Da war Johnny und amüsierte sich prächtig, und hier war *er* und sah wie ein verfaultes Possum an einem Stock aus, ohne Waffe oder Pferd, die er sein Eigen nennen konnte. Er war ein verdammter Dummkopf, sich um John Sorgen zu machen, wo er doch mehr als genug damit zu tun hatte, sich um sich selber zu kümmern.

Aber es ließ sich nicht abstreiten, dass er sich in den vergangenen Wochen, die er allein durch die Wälder gewandert war, kein einziges Mal so allein gefühlt hatte wie in diesem Augenblick.

Nach einer Weile zog er los und streifte durch die Straßen, spähte über Zäune und hielt Ausschau nach unbeleuchteten geöffneten Fenstern, aber dies war keine Stadt, die einen leichtfertig zum Diebstahl verleitete. Er irrte umher und besah sich die Häuser und verlangsamte seinen Gang, als er an einem weiß getünchten Haus vorbeikam, das nach einem wohlhabenden Bewohner aussah. An beiden Enden erhoben sich mächtige Backsteinschornsteine, und die Vorderseite zierte eine tiefe Veranda. Ein Paar Doggen an langen Leinen waren an dem hohen Geländer angebunden, fletschten ihre Zähne im Zwielicht und knurrten tief, als er vorbeiging.

Er kam an einer alten steinernen Festung vorbei, in die zwei Männer in Uniform gerade einen Mann in Handschellen hineinführten. Andere schwer bewaffnete Männer standen rauchend am unteren Rundgang und unterbrachen ihre Unterhaltung und blickten ihm verwundert hinterher. Er spürte ihre Augen auf sich, bis er die nächste Straßenecke erreicht hatte und um sie herumgegangen war.

Beim zweiten Mietstall, bei dem er anfragte, kam er mit dem Stallmeister ins Geschäft und verbrachte die nächsten zwei Stunden damit, die Ställe auszumisten und frisches Heu zu gabeln, die Wassertröge mit frischem Wasser zu füllen, das Sattel- und Zaumzeug an den Wänden zu ordnen. Er wurde für seine Arbeit mit einem halben Silberdollar belohnt. Dann machte er sich auf den Weg zu einer hell erleuchteten Schenke am Ende der Straße, wo man nach Auskunft des Stallburschen für zwei Bits eine gute Mahlzeit und ein ordentliches Glas Whiskey für denselben Preis bekam.

Ein halbes Dutzend Pferde stand an der Anbindestange vor der Schenke, und als er sich der Tür näherte, warf er einen Blick auf die Tiere und erstarrte. Dann trat er vom Bürgersteig herunter, um die Fuchsstute näher zu inspizieren, und sah im Lichtschein, der aus dem Raum drang, dass es tatsächlich seine Janey war. Mittlerweile trug sie einen guten Sattel, der mit einer Bettrolle und Satteltaschen ausgestattet und mit einer Feldflasche und einem Lasso behängt war. Sie zuckte mit den Ohren, und er klopfte ihr auf den Hals und sagte: »Hey, mein Mädchen.«

Er überprüfte schnell die anderen Tiere an der Stange, aber ein schwarzer Hengst war nicht darunter. Er schlich zu den Türen, spähte darüber und sah in dem gut erleuchteten Innenraum ein paar Männer, die mit dem Barmann am Schanktisch plauderten, einen anderen Mann, der am hinteren Ende des Schanktischs alleine trank. Fünf Männer spielten Karten an einem Tisch im hinteren Teil des Raumes. Gleich neben der Tür saß ein einsamer Trinker mit dem Kopf auf dem Tisch und ein Glas und eine halb volle Flasche vor sich. Den schwarzbärtigen Hünen sah er nirgendwo.

Einer der Kartenspieler stand auf und wünschte der Tischgesellschaft eine gute Nacht. Edward trat herunter neben die Stute, und als der Mann herauskam und ein großes Pferd mit Blesse bestieg, sagte er. »Verzeihung, Mister, könn' Sie mir vielleicht sagen, wem dies Pferd hier gehört?«

Der Mann machte es sich in seinem Sattel bequem und blickte zu ihm hinunter.

»Würde dem Besitzer gerne ein Angebot für sie machen«, sagte Edward.

Der Mann trug eine Satteljacke von gutem Schnitt und einen makellosen weißen Hut. Sein Pferd schüttelte den Kopf, und er klopfte ihm beruhigend auf den Hals. »Nimm's mir nicht übel, Junge«, sagte er, »aber du siehst nicht so aus, als könntest du auch nur den Preis für ein abgestandenes Glas Bier hinlegen. Ich denke, du solltest wissen, dass man in dieser Gegend einen Pferdedieb schneller aufhängt, als er ›Herr im Himmel‹ sagen kann.«

»Ich bin kein verdammter Pferdedieb.«

»Natürlich nicht. Aber wo wir gerade beim Thema sind: Keinem wünsch ich mehr, dass ihm sein Pferd gestohlen wird, als Marcus Loom. Wenn ich eine Stunde übrighätte, würd ich dir erzählen, was ich von diesem Hurensohn halte.«

»Gehört das Pferd hier diesem Marcus Loom? Ist er da drin?«

»Ja, ist er. Der Gauner mit dem roten Halstuch und dem langen Schnauzbart in der verlogenen Visage. Viel Glück, mein Junge.« Er wendete sein Pferd und dirigierte es die Straße hinunter.

Edward sah sich noch einmal im Raum um und hatte keine Mühe, Marcus Loom ausfindig zu machen. Er trug ein dünnes rotes Halstuch und einen dunklen Anzug mit breitkrempigem Spielerhut. Er saß mit dem Rücken zur hinteren Wand und teilte gerade lachend Karten für ein neues Spiel aus.

Draußen entdeckte Edward eine Kiste aus Kiefernholz, die an der Ecke des Gebäudes lehnte. Er trat sie mit dem Fuß ein und brach ein Kantholz heraus, drei Fuß lang und über zwei Inches im Quadrat. Er lehnte es gegen die Wand gleich neben dem Eingang und legte seine Deckenrolle daneben, dann stieß er die Türen auf. Die Männer an der Bar beobachteten, wie er direkt zum hinteren Tisch ging und dann dort stehen blieb und Marcus Loom ansah, während der Spieler seine Karten begutachtete. Die anderen drei Spieler blickten zu Edward auf und wirkten eher neugierig als beunruhigt über seine plötzliche Anwesenheit. Nur einer von ihnen trug eine Pistole an der Hüfte, soweit er sehen konnte.

Marcus Loom warf eine Karte weg, sagte: »*Dealer takes one*« und nahm sich eine Karte. Er prüfte sie und steckte sie vorsichtig in sein Blatt. Dann legte er behutsam die Karten mit dem Gesicht nach unten auf den Filz und lehnte sich mit einer Hand unterm Tisch zurück und blickte zu Edward auf.

»Tut mir leid, wenn ich beim Spielen störe«, sagte Edward, »aber mir wurde gesagt, Sie sind der, der mein Pferd reitet.«

Marcus Loom starrte ihn einen Augenblick lang an, als hätte man ihn in einer fremden Sprache angesprochen. Lächelte dann und sagte: »Wie bitte, Kleiner?« Er sah zu den anderen und zwinkerte. Einer kicherte.

»Die Stute da draußen gehört mir. Sie wurde mir bei der Fähre am Sabine unter den Füßen weggestohlen. Ich hab überall nach ihr gesucht, und jetzt habe ich sie gefunden und sage Ihnen nur Bescheid, dass ich sie mir wiederhole. Schätze, der Sattel gehört Ihnen, den lass ich auf der Veranda.«

Er wandte sich um und steuerte auf die Türen zu und hatte den halben Weg zurückgelegt, als Marcus Loom sagte: »Fass das Pferd an, Junge, und ich mach Hackfleisch aus dir.« Als er an dem Tisch mit dem schlafenden Betrunkenen vorbeikam, schnappte er sich die Whiskeyflasche und steckte sie sich in seine Jackentasche.

Er trat hinaus und warf einen Blick zurück und sah Marcus Loom, der sich mit finsterer Miene Richtung Türen bewegte, einen Bündelrevolver in der Hand. Er nahm das Kantholz, packte es fest mit beiden Händen und baute sich neben der Tür auf. Sie flog auf, und Marcus Loom trat heraus, die Pistole vor sich, die Augen auf die Stute gerichtet. Edward holte aus und schlug ihm ins Gesicht, und der dumpfe Schlag war vermutlich noch in der nächsten Straße zu hören. Als der Spieler gegen den Türrahmen prallte, ging der Bündelrevolver mit einem grellen gelben Blitz los, und die Pferde scheuten und zerrten an ihren Zügeln, die um die Anbindestange geschlungen waren. Marcus Loom ging mit schiefem Hut und blutüberströmter Nase hart zu Boden, und Edward ließ das Kantholz auf seinen Schädel niedersausen, als würde er einen Pflock in den Boden rammen, und der Spieler kippte zur Seite und blieb bewegungslos liegen.

Edward hob schnell den Bündelrevolver und seine gerollte Decke auf, nahm die Zügel der Stute und stieg hastig in den Sattel, als die anderen durch die Türen gestürzt kamen. Einer von ihnen kniete nieder, um nach Marcus Loom zu sehen, und der Rest stand da und sah Edward an, der auf der Stute saß, die Zügel in einer Hand und die Pistole in der anderen. Niemand hatte eine Waffe gezückt, bis auf den Barmann, der eine kurze Muskete hielt, und Edward richtete den Bündelrevolver auf ihn und sagte, er solle sie fallen lassen, was er umgehend tat.

»Verdammt, Jeff, sieh dir dein Pferd an, es ist angeschossen.«

Das Pferd zur Rechten der Stute stand mit gesenktem Kopf da und schniefte feucht, und ein dürrer Mann, der am Kartentisch gesessen hatte, fluchte und blickte zu Edward hoch und starrte dann böse hinunter auf die bewusstlose Gestalt von Marcus Loom.

Der Mann, der über den Spieler gebeugt war, sagte: »Er wird's überleben. Nase ist gebrochen, und er hat 'ne Beule so groß wie'n Apfel am Kopf, aber der wird noch 'ne ganze Weile leben.« Er stand auf und sah zu Edward. »Junge, da hast du ihm aber ganz schön Dresche gegeben!«

»Ist selber schuld«, sagte Edward. »Ihr wisst alle, dass der mich einfach abknallen wollte.«

»Du sagst, das da ist dein Pferd?« fragte jemand.

»Der Scheißkerl, der sie gestohlen hat, hat mir meine ganze Ausrüstung abgenommen, bis zum Stiefelmesser. Großer Bursche mit 'nem Bart. Hat ein' Rappen geritten und ein Paar Texas-Revolver dabei.«

»Stimmt, von dem hat Marcus das Pferd gekauft«, sagte einer der Spieler. »Letzte Woche drüben bei Dean's Mietstall. Hab ihn selber gesehen. Bärtig und riesig, so sah der aus, und hat einen Rappen geritten, wie der Junge sagt.« Ein anderer Mann nickte bestätigend.

»Ich wollte ihm ja den Sattel lassen«, sagte Edward, »aber wenn der mir mit der Pistole kommt, ist er mir ordentlich Genugtuung schuldig. Schätze, mit dem Sattel und dieser Pistole hier sind wir quitt. Sagt ihm, wenn ihm das nicht passt, findet er mich in New Orleans. Sagt ihm, er soll nach Bill Turner fragen.«

Er ließ die Stute rückwärtsgehen, um ihnen nicht den Rücken zuzukehren, und dann wendete er das Pferd und stieß ihm die Fersen in die Flanken und preschte die Straße hinunter in die Nacht.

6 Mit Pferd und Waffe ausgestattet fühlte er sich wie ein neuer Mensch. Er kam auf die Hauptstraße und ließ seiner Janey freien Lauf, bis er die Lichter der Stadt hinter sich nicht mehr sehen konnte. Der zunehmende Halbmond stand beinahe im Zenit, hoch über seiner Schulter, während Pferd und Reiter, ihren eigenen Schatten auf den Fersen, durch sein geisterhaftes Licht dahintrab-

 ten. Dann beschloss er, die Hauptstraße zu verlassen, und führte die Stute in hohes Gras und Gebüsch und kam bald darauf auf einen überwucherten Wagenpfad, der in Nordsüdrichtung verlief. Er ritt weitere zwei Stunden Richtung Süden, bevor er schließlich bei einem Cottonwood-Hain haltmachte, der von einem schnellen, flachen Bach durchschnitten wurde. Er lockerte den Sattelgurt, ließ die Stute schnauben, streichelte sie und flüsterte ihr ins Ohr, was für ein braves Pferd sie sei. Er untersuchte die Taschen und fand ein paar gebündelte Streifen gedörrten Rindfleischs, ein zusammengerolltes sauberes Hemd und ein paar Socken, eine Schachtel Zündhölzer und ein Green-River-Messer in einer Scheide, das er sich oben in den Stiefel steckte. Er nahm das Lasso vom Sattel und band die Stute an einer langen Leine an einen Baum und ließ sie trinken. Dann ließ er sich auf der Böschung auf den Bauch nieder und tauchte den Kopf ins kalte Wasser und keuchte vor Wonne. Er zog seine übel riechenden Stiefel aus, weichte seine Füße eine Weile ein und zog dann die Stiefel wieder an. Er machte kein Feuer, lehnte sich an einen Baum, aß etwas von dem Dörrfleisch und trank von dem Whiskey und lauschte angestrengt, hörte aber nur das leise Rupfen der Stute und einen einsamen Frosch, der in dem Bach quakte. Er hatte noch nie besseres Dörrfleisch gekostet, und der Whiskey wärmte ihn wunderbar. Er bereitete unter dem Baum sein Lager und schlief mit der Pistole in der Hand ein. Irgendwann in der Nacht schreckte er vom warmen Atem der Stute auf seinem Gesicht hoch und streichelte ihr Maul und sagte zu ihr, sie brauche sich keine Sorgen zu machen.

Im Morgenlicht sah er, dass der Bündelrevolver ein sechsläufiger Darling Kaliber .36 war, und der einzige ungeladene Lauf war derjenige, den Marcus Loom abgefeuert hatte, als er fiel. Er wollte mit der Waffe schießen, um ein Gefühl dafür zu bekommen, doch ohne Pulver und Munition zum Nachladen beschloss er, keinen Schuss zu vergeuden. Am Bach füllte er die Feldflasche mit frischem Wasser auf und zurrte den Sattel auf der Stute fest, band die Bettrolle hinter dem Sattel fest, stieg auf und lenkte das Pferd südwärts.

Gegen Mittag kam er zu einer kleinen Ranch, wo der Vorarbeiter ihn einlud, mit ihm und den Helfern zu essen. Er schlug sich mit Beefsteak und Bohnen voll und bot an, im Gegenzug den Nachmittag zu arbeiten, doch der Vorarbeiter wollte nichts davon hören. Er ließ Edward wissen, dass San Antonio de Bexar drei Tage südlich vom Camino Real liege. Der Ritt sei etwas länger, fügte der Vorarbeiter hinzu, wenn man die Seitenpfade nehme. Aber er fragte nicht, warum Edward abseits der Hauptstraße gereist war, erkundigte sich nicht einmal nach seinem Namen.

Er ritt den restlichen Tag, ohne einer weiteren Menschenseele zu begegnen, bis die Bäume in der Abendsonne aufflammten und laut widerhallten vom Zwitschern der Vögel, die ihre Schlafplätze aufsuchten. Er erspähte ein Lagerfeuer in einem Eichenhain ein Stück vor ihm. Ein kühler Wind raschelte in den Bäumen. Ein paar Ochsen weideten auf einer grasigen Anhöhe, und ein Planwagen stand unter einer hohen weiten Eiche. Eine Frau arbeitete bei einem rauchenden Topf, der über dem Feuer hing, und ein groß gewachsener Mann in Schwarz kam hervor und hob eine Hand zum Gruß, und Edward grüßte zurück. Der Mann rief: »Kommt, ruht euch ein wenig aus, Bruder, und nehmt mit uns das Abendessen ein.«

Der Mann stellte sich als Reverend Leonard Richardson vor, Gründer der Kirche von Jesu Blut. Er bat Edward, sich ans Feuer zu setzen und eine Tasse Tee zu trinken, während seine Frau das Abendessen fertig zubereitete. Edward lockerte den Sattelgurt der Stute, ließ die Zügel fallen und ließ sie grasen, wo sie stand. Der Reverend schenkte ihm Tee aus einem Kessel ein. Die Frau war dünn und kantig. Sie wandte ihm den Rücken zu, während sie das Essen aus dem Topf in die drei Schalen schöpfte.

»Riecht verdammt gut«, sagte Edward.

»Schildkröteneintopf«, sagte der Reverend. »Sie kocht ihn wirklich gut.«

Jetzt drehte sich die Frau um, eine Schale in jeder Hand, und in dem trüben Licht meinte Edward erst, dass sie eine Maske trug. Doch als sie näher kam, um ihm eine Schale zu reichen, sah er, dass sie eine Art Zaumzeug aus dünnen Metallstreifen trug, das fest um ihren Kopf geschnallt und mit einem Eisenstück ausgestattet war, das sich zwischen ihre Zähne schob und ihre Zunge festhielt. Ihre Mundwinkel waren von dem reibenden Mundstück ganz schwarz geworden. Das Ganze war mit einem kleinen Schloss hinten in ihrem Nacken befestigt. Ihre Augen waren rot und feucht im Feuerschein. Nachdem sie Edward und den Reverend bedient hatte, setzte sie sich abseits und fütterte sich selbst, indem sie die Brühe vorsichtig in ihren Mund löffelte und dann ihren Kopf nach hinten kippte, um sie wie ein trinkender Vogel die Kehle hinunterlaufen zu lassen.

Edward wandte sich zu dem Prediger und sah, dass der Mann ihn anlächelte, während er aß. »Noch nie eins von denen gesehen, wie?« sagte der Reverend mit einem Nicken zu der Frau. »Nennt man Knebeleisen. Schandmaske. Hab ich vor ein paar Monaten besorgt, in Galveston. Von 'nem Deutschen, der es noch drüben von sei'm Daddy bekommen hat. Seine Frau war gerade an der Cholera gestorben, und er hatte geschworen, nicht mehr zu heiraten, und brauchte es nicht mehr. Hat gesagt, es war früher ganz üblich, um eine zänkische Frau zu bestrafen. Natürlich« – er hielt inne und maß die Frau mit einem kalten Blick – »tut es genauso gut Dienst für jede Frau, die ihre Zunge nicht im Zaum halten kann.« Er löffelte seine Schale aus, dann pfiff er, um die Frau auf sich aufmerksam zu machen, und winkte sie heran. Sie setzte ihre Suppenschale ab und beeilte sich, seine wieder zu füllen. Nachdem sie dem Prediger die nachgefüllte Schale gereicht hatte, blickte sie Edward mit ihren gepeinigten, feuchten Augen an, und er gab ihr zu verstehen, dass er nichts mehr wolle, und sie ging zur anderen Seite des Feuers zurück und setzte ihre mühselige Selbstfütterung fort.

»Die haben die Zunge der Schlange, mein Junge«, sagte Richardson mit einem Kopfnicken zu seiner Frau. »Ich meine jede von denen. Seit dem Garten Eden. ›Die Schlange betrog mich also, dass ich aß.‹ Und was hat sie gleich danach als Erstes getan? Na, hat sich umgedreht und den alten Adam bezirzt, auch von der verbotenen Frucht zu essen. Der Teufel is kein Dummkopf. Der weiß immer, wer den schwächeren Geist hat und wer das schwächere Fleisch. Der hat gewusst, wenn er an Adam rankommen will, muss er das über die Frau tun. Hat gewusst, dass er sie verführen kann und dass sie die Tat für ihn begeht und Adam zusammen mit sich selber in den Untergang reißt, und genau das hat sie getan. Eva ist die Hurenmutter von allem Unglück des Mannes, und jede Frau, die seitdem auf dieser Erde gewandelt ist, hat dasselbe verräterische Hurenblut wie sie. Sie hat jeden von uns dazu verdammt, ein Leben der Mühsal und des Schweißes und der fruchtlosen Mühe zu führen. Hat uns dazu gebracht, dass wir dem Herrn untreu werden, sodass Er Sein gütiges Angesicht von uns abwendet, und seitdem haben sie mit ihrer Zunge immer nur Schlechtes und Böses angestellt. Wenn sie nicht schimpfen oder jammern, dann erzählen sie Lügen oder tratschen oder geben irgendwelche anderen sündigen Gemeinheiten von sich.« Er hielt inne, um zur Seite zu spucken und die Frau böse anzufunkeln, die nicht zu ihnen hinsah.

»Kaum eine Bosheit ist wie Frauenbosheit«, verkündete der Prediger. »Ecclesiasticus 25,19. Hört auf mich, mein Junge, wenn ihr den Worten einer Frau Beachtung schenkt, dann lasst ihr der Schlange Zunge in euer Ohr. Der Herr hat Sein Vertrauen in uns gelegt, und wir haben dieses Vertrauen gebrochen wegen einer Frau, und seitdem haben wir das Vertrauen zu Ihm und zu unseren Menschenbrüdern wieder und wieder gebrochen. Es ist nicht an uns, Seine Wege zu hinterfragen, aber wenn Er es für gebührlich gehalten hätte, dieser Hure Eva eine Schandmaske zu verpassen, ebenso schnell, wie Er sie aus der Rippe des guten alten Adam gemacht hat, dann wäre uns allen genützt, glaubt mir. Dann würden wir jetzt die Milch des Paradieses schlürfen an der Seite vom guten alten Adam und würden aus keinem andern verdammten Grund lachen außer dem, dass wir keine Sorge hätten in der ganzen verdammten Welt.«

Er nahm die Einladung des Reverend an, für die Nacht bei seinem Lager zu kampieren, und wickelte sich neben dem Feuer in seine Decke, um sich gegen die heranschleichende Kälte zu wärmen. Der Reverend zog sich für die Nacht in den Planwagen zurück, doch die Frau blieb draußen und ließ sich auf der anderen Seite des Feuers nieder. Edward beobachtete sie eine Weile durch den gelben Schein der flackernden Flammen, drehte sich dann um und kehrte ihr den Rücken zu.

Aber er konnte nicht schlafen. Er wurde das Bild von dem Knebeleisen in ihrem Mund nicht los, dem roten Schmerz in ihren Augen. Er sagte sich, dass ihn das nichts anginge, dass die Frau es ja auch herausgefordert haben könnte. Vielleicht hatte sie es ja verdient, dass ihr die Zunge herausgeschnitten wurde, und der Prediger hatte Barmherzigkeit gezeigt, indem er ihr stattdessen das Knebeleisen angelegt hatte. Doch er sah ihre roten Augen und ihren verwüsteten Mund. Und er erinnerte sich jetzt an den verdammten Holländer, der seine Tochter blutig geschlagen und ihn mit vorgehaltener Waffe verscheucht hatte.

Nach einer Stunde stand er auf, zog seine Stiefel an und rollte seine Decke auf. Er sah, wie die Frau ihn beobachtete, ihre Augen glänzten in dem rubinroten Glühen des niedrigen Feuers. Die Stute wieherte leise, während er sie sattelte. Der Halbmond stand hoch im Himmel und schien leuchtend weiß durch die Bäume, die im kalten Wind raschelten und ihre Schatten auf den Boden wirbelten. Als er bereit zum Aufbruch war, ging er hinüber zu der Frau, die sich rasch aufsetzte, die Decke eng um sich zog und ihn aus ihren roten Augen angstvoll anblickte. Er zog sein Stiefelmesser und flüsterte: »Du brauchst das verdammte Ding da nicht tragen.« Doch als er Anstalten machte, es von ihrem Gesicht loszuschneiden, winselte sie und versuchte, seine Hand abzuwehren.

»Teufel noch mal, Frau!« zischte er. »Ich tu dir nicht weh. Ich versuch, dir zu helfen, verdammt.«

Die Frau schüttelte den Kopf wie ein Hund, der Wasser abschüttelt, und ihre Weigerung erzürnte ihn noch mehr. »Du dumme, verfluchte Frau!« Sie versuchte, von ihm wegzukrabbeln, doch er packte sie an den Haaren und hielt sie fest, als er geschickt das Messer unter einen der Metallriemen hinter ihrem Kopf schob und die Klinge drehte, um die scharfe Seite auf den Riemen zu bekommen. Dabei drang der obere Rand der Messerklinge in ihren Schädel. Sie begann, durch ihre Zähne hindurch zu kreischen, und wand sich verzweifelt unter seinem Griff, und Edward spürte, wie die Kandare sich jetzt noch fester in ihren Mund grub. Das Messer konnte das Metall nicht durchtrennen. Er fluchte und sie kreischte lauter, und plötzlich ertönte Reverend Richardsons Stimme aus dem Wagen: »Was zum Donnerwetter machst du da mit ihr?«

»Sei verflucht!« rief Edward und stieß die Frau von sich weg, als der Reverend mit einem langen Gewehr in der Hand vom Wagen herunterkletterte.

Er rannte zur Stute, schwang sich in den Sattel, bohrte seine Fersen in ihre Flanken, und sie galoppierte zur Straße, gerade als das Gewehr krachte und die Kugel an seiner Schulter vorbeizischte.

Er hörte die Frau heulen, als beweine sie einen eben Dahingeschiedenen.

Er verfluchte sich, während er unter dem weißen Mond dahinritt.

Idiot! Du hast genug damit zu tun, dich um dich selber zu kümmern. Sollen die Idioten um dich herum verflucht sein! Sollen sie selber sehen, wie sie zurechtkommen.

Idiot!

Eine Stunde später kam er zu einem Weidenhain dicht an einem Bach, und dort hielt er an und rastete für den Rest der Nacht ohne Feuer. Er träumte wieder von einer kahlen Einöde, rot wie Blut in der untergehenden Sonne. Und wieder sah er Daddyjack, diesmal kauerte er vor einer Gestalt im dunklen Schatten, machte sich an ihr zu schaffen, grunzte vor Anstrengung und murmelte Verwünschungen. Und jetzt erhob sich Daddyjack, wich von der Gestalt zurück, drehte sich um und blickte Edward mit seinem einen irren Auge an. Und jetzt sah Edward, dass die Gestalt seine Mutter war, die auf dem Boden saß, die Hände im Schoß und eine Brust entblößt, ihre Brustwarze eine harte Beule von vernarbtem Fleisch. Sie hatte ein Knebeleisen um den Kopf. Die Stange schnitt ihr tief in den Mund, und Blut rann ihr am Kinn herunter. Sie blickte Edward an mit Augen, die loderten wie brennendes Öl, und verzog den Mund hinter dem Knebeleisen zu einem grauenhaften roten Grinsen. Und ihr Lachen gellte wie die Glocke einer Irrenanstalt.

Er erwachte keuchend und schweißgebadet in der kalten Nachtluft.

7 Die Kiefernwälder verschwanden hinter ihm, der Himmel weitete sich, und das Land öffnete sich und wurde sanft hügelig. Er ritt durch Grashorste und Sohlen entlang, die von Harthölzern gesäumt waren, durchquerte Haine von Pekannussbäumen und Eichenwaldungen. Mit der Zeit stieß er am Rand des Berglandes auf die ersten felsigen Vorläufer und Zederngestrüpp und sah weiter im Westen eine niedrige Linie von weißfelsigen Palisaden, die wie breite Stufen geformt waren und zu den hohen Plains führten. Zwi-

 schen den Harthölzern erschienen jetzt vereinzelte Mesquitebäume und gelegentlich Gruppen von Feigenkaktus. Der Westwind trug den Duft von Zedern heran, und die Sonnenuntergänge schienen von einem tieferen und leuchtenderen Rot zu sein, wie mit frischem Blut gemalt. Schneller als woanders bauten sich hier die Wolken auf, änderten die Richtung und verflüchtigten sich in blasse Schleier. Ein heftiger Hagelsturm, der die Stute Janey verängstigte, trieb ihn in den Schutz eines Eichenhains.

An einem leuchtenden, sonnigen Februarmorgen traf er in Bexar ein. Er ritt eine grasige Anhöhe hinauf, und da lag der Ort. Fernes Glockengeläut trieb ihm auf der kühlen Luft entgegen, und zwischen den Türmen des Missionsgebäudes erhob sich eine Kirchenkuppel, die wie eine Vision aus einem orientalischen Märchen aussah. Das weiß getünchte Gebäude leuchtete in der Sonne. Pappeln säumten die Ufer des Flusses, der sich durch die Stadt wand, ihr Laub schimmerte im Wind. Er erspähte die Fahne der Vereinigten Staaten, die sanft im Wind flatterte, und daneben das Lone-Star-Banner des Staates Texas. Er dirigierte die Stute die Anhöhe hinab auf eine sandige Landstraße und ritt in den Ort hinein.

Trotz des Sternenbanners wirkte der Ort wie ein fremdes Land. Auf den öffentlichen Plätzen hörte man Spanisch und die Klänge von Drehleier, Guitarron und Kastagnetten. Die Menschen waren dunkelhäutig, hatten breite Münder und trugen weiße Baumwollkleidung. Es roch scharf nach Gewürzen und den Hinterlassenschaften von Tieren. Prächtig besattelte Hengste trugen schnauzbärtige Reiter, deren Augen unter den riesigen Krempen ihrer Sombreros funkelten, gekleidet in schwarze Jacken und enge, mit silbernen Conchos gesäumte Hosen, an den Stiefeln riesige dornenbesetzte Sporen. Auf der breiten Haupt-Plaza herrschte ein reges Gedränge von ratternden Wagen, klappernden Ochsenkarren und Herden trappelnder Longhorns, die von jugendlichen Vaqueros zu den Schlachthäusern getrieben wurden. Burros, beladen mit Waren aller Art. Kutschen, vollgestopft mit Passagieren und Türmen von Gepäck auf dem Dach. Räudige Köter überall. Blinde oder verstümmelte Bettler. Straßenverkäufer mit umgebundenen Bauchläden. Auf den breiten Stufen eines Amtsgebäudes saßen Frauen mit schwarzen Rebozos auf Decken, auf denen Lebensmittel und Süßigkeiten, religiöser Schnickschnack und Arzneimittel verschiedenster Art ausgebreitet waren. An ihren mit Tintenfässern und Sandschalen ausgestatteten Tischen verfassten Schreiber schmachtende Briefe für liebeskranke Analphabeten. Garnisonssoldaten rekelten sich auf Bänken und beäugten die vorbeikommenden Mädchen hinter den Rücken der Dueñas. Geschäftsleute gingen beim Gerichtsgebäude ein und aus. Die hohen Mauern um die Plaza herum waren mit bunten Glasscherben gekrönt.

Er tränkte die Stute an einem Brunnen auf der Plaza und führte das Pferd dann durch eine enge Seitenstraße voller Stände und Geschäfte, wo Geschirrmacher und Kesselflicker, Näherinnen und Schuster fleißig ihrem Gewerbe nachgingen. Er kam zu einer kleinen Plaza, an der Cafés und Cantinas dicht an dicht standen. Er band die Stute an und ging in ein Speisehaus, wo er sich einen Teller gebratenes Zicklein in Chilisoße bestellte, die so scharf war, dass er sich während des Essens ständig mit der Serviette Nase und Augen wischen musste. Als er wieder hinaus auf den Platz trat, atmete er Chilidämpfe aus, und da er noch ein paar Münzen in der Tasche hatte, ging er nach nebenan in eine Cantina, um etwas zu trinken.

Der Schankraum war schummrig und kühl und hatte eine hohe, mit Balken versehene Decke und einen glatten Lehmboden. Der Boden glänzte in dem schrägen Licht, das vom Eingang kam. Ein halbes Dutzend Männer stand in einer Gruppe am andern Ende der Bar, und aller Aufmerksamkeit war auf etwas auf dem Schanktisch gerichtet. Die meisten sahen mexikanisch aus und sprachen schnelles, lautes Spanisch. Aber zwei der Anwesenden waren Amerikaner, die Pidginspanisch sprachen und ausgiebig gestikulierten. Beide sahen nur wenige Jahre älter aus als Edward. Ihre Kleidung war schmutzig und mit angetrocknetem Blut verschmiert. Sie trugen Schlapphüte und jeder ein Paar Perkussionsschloss-Pistolen am Gürtel, ein Bowie an der Hüfte und ein Messer in jedem Stiefelrand.

Plötzlich erstarb die Unterhaltung, und die Männer drängten sich dichter um die Theke herum, und einen Moment lang bewegte sich niemand. Dann schnellte einer der Mexikaner jäh vom Schanktisch zurück, und die andern Männer brüllten im Chor auf und einige lachten. Der Mann war zusammengezuckt, fluchte laut und spie auf den Boden. Jetzt sah Edward, dass auf dem Schanktisch ein großes durchsichtiges Glas stand, in dem eine zusammengerollte Klapperschlange lag.

Ein grinsender Mexikaner im Ranchermantel und mit ledernen Beinkleidern sammelte Geld vom Schanktisch ein. Er ließ das Papiergeld in seine Börse fallen, wog den Sack auf seiner Handfläche, um sein Gewicht zu prüfen, und sah sehr zufrieden mit sich selber aus. Er ließ den Blick durch die Runde wandern und sagte: »Pues, quién más?«

Edward schob sich an die Bar und klopfte hart auf die Theke, um über dem lauten Gerede und Gelächter die Aufmerksamkeit des Barmanns zu erhaschen. Der Mann kam herüber und sagte: »Qué tomas?«

Er zuckte mit den Achseln und sagte: »Ich sprech nur Amerikanisch. Gib mir was zu trinken. Whiskey.«

»Wickskey«, sagte der Barmann mit einem Nicken. Er schenkte ein Glas ein und nahm sich einen Dime von den Münzen, die Edward auf die Theke legte. Edward kippte das Glas hinunter und atmete heftig aus. Er spürte, wie ihm Tränen in die Augen stiegen. Das Zeug war abscheulich, doch wie es ihm heiß durch die Kehle rauschte und warm in seinem Bauch explodierte, das war reine Wonne. Er schob den anderen Dime über die Theke, und der Barmann füllte sein Glas und gesellte sich dann wieder zu den anderen.

Die Amerikaner berieten sich, und dann sagte einer laut: »Verdammt, ich probier's noch mal! Ich weiß, dass ich sie schlagen kann!« Er war klein, vierschrötig, glatt rasiert und betrunken.

Der andere Amerikaner war bärtig, und sein spärlicher Schnurrbart hatte eine Lücke unter der Nase, wo eine nackte rosa Hasenscharte war. Er sprach breit und zäh. »Scheiße, Easton, du hast schon fünf Dollar an den Dreckskerl verloren. Dir bleibt kein Penny übrig, wenn du mit der Schlange weitermachst.«

Der Mann namens Easton machte eine wegwerfende Handbewegung und wendete sich an den Rancher. Er nickte zu dem Glas und stieß sich mit dem Finger gegen die Brust und sagte: »Du. Ich. Noch mal.« Der Rancher grinste und rieb den Daumen über die

Zeige- und Mittelfinger. Der Bursche namens Easton grub einen Silberdollar hervor und klatschte ihn auf die Theke, und der Rancher legte seinen eigenen Dollar obendrauf. Jetzt begannen die anderen Mexikaner aufgeregt zu schnattern und ihre eigenen Einsätze hinzulegen.

Der Amerikaner stellte sich direkt vor das Glas wie ein Mann, der sich bereit macht, in eisiges Wasser zu springen. Er atmete mehrmals tief ein, während die anderen sich um ihn herumdrängten. Edward lehnte sich über die Theke, um besser sehen zu können. Er sah, dass der Glasdeckel Löcher hatte, und dass das Glas zu dick war, als dass die Schlange es zerbrechen konnte. Die Schlange war zu einer festen schwarzen Spirale zusammengerollt, ihre dünne schwarze Zunge züngelte, ihre Schwanzspitze war aufgerichtet, und ein gedämpftes Klappern war zu hören. Jetzt verschränkte Easton seine Finger, ließ seine Knöchel knacken und wischte dann seine Handflächen an den Hüften ab. »Qué esperas, hombre?« sagte der Rancher und machte eine ungeduldige Geste.

Der Amerikaner legte einen Finger an das Glas, und die Schlange stieß zu und er riss den Finger zurück. Alle lachten und Wetten wurden ausbezahlt. Der Rancher sammelte die Gewinne von der Theke in seine Börse ein.

»Hab ich dir doch gesagt!« sagte Hasenscharte zu dem murrenden Burschen Easton. »Hab ich dir's nich gesagt?«

Edward kippte den Rest seines Glases hinunter, nahm seinen Halfdime und ging hinüber zu der Gruppe und sagte zu dem Rancher: »*Ich* kann meinen Finger auf dem Glas lassen.« Er hielt den silbernen Halfdime hoch.

Der Rancher musterte ihn, blickte auf den Halfdime, und dann grinste er den anderen zu und sagte: »Mira este con su monedita. Qué gran apuesta, eh?«, und alle lachten.

Er spürte Zorn in sich aufwallen und wandte sich an die beiden Amerikaner. »Was ist so verdammt lustig?«

»Die sind von deinem Einsatz nicht so schrecklich beeindruckt«, sagte der Easton-Bursche.

Edward funkelte sie alle rundum an, zog den Bündelrevolver heraus und legte ihn auf die Theke. »Das ist mein Einsatz.«

Der Rancher nahm die Waffe in die Hand und untersuchte sie.

»Mira pues«, sagte er und wirkte amüsiert. »Y cuanto vale esta cosa tan buena pa nada?«

Edward sah die Amerikaner an. »Wie viel soll er gegen die Pistole einsetzen?« sagte Hasenscharte.

»Ist mir egal, verdammt.« Er sah den Rancher an und hielt einen Finger hoch. »Ein Dollar.«

»Un dollar«, sagte der Rancher. Er legte die Pistole auf die Theke und einen Silberdollar daneben.

Niemand setzte auf Edwards Erfolg. Er stellte sich vor das Glas. Die Schlange rollte sich fest zusammen. Er wusste, dass die Schlange ihn unmöglich durch das Glas erwischen konnte, unmöglich, und legte den Finger auf das Glas.

Die Schlange schnellte empor, und er riss den Finger weg, bevor er sich's versah. Die Mexikaner brüllten vor Lachen. Der Rancher grinste und steckte den Bündelrevolver in eine Seitentasche seines Mantels.

Er war wütend auf sich selbst und verlangte einen weiteren Versuch und verlor diesmal seinen Sattel. Er versuchte es wieder und verlor sein Pferd. Den Mexikanern standen die Tränen in den Augen vor Lachen. Der Rancher schob ihm einen halben Dollar hinüber und machte eine Trinkgeste mit Daumen und abgespreiztem kleinem Finger – ein großzügiger Gewinner, der einen Mann nicht ohne Geld zum Trinken stehen ließ.

Edward setzte sich an einen Tisch bei der Wand und trank in missmutiger Wut, während der Easton-Bursche einen weiteren Dollar gegen die Schlange verlor. Dann kamen noch ein paar Mexikaner herein, und auch sie wollten ihr Glück mit dem Spiel versuchen. Die Amerikaner brachten ihre Gläser herüber und setzten sich zu ihm. Die Hasenscharte stellte sich als Dick Foote vor und den anderen als Easton Burchard. Er sagte Edward, er solle nicht zu hart gegen sich sein, weil er seine Hand weggezogen hatte. »Gibt kein' hier, der die Hand dranlässt, wenn diese Schlange zuschlägt«, sagte Hasenscharte. »Konnt es selber auch nicht. Glaube, es geht gar nicht.«

»Typisch Mexikaner, sich ein Spiel ausdenken, das keiner gewinnen kann«, sagte Easton Burchard.

Dick Hasenscharte sagte, sie kämen nördlich vom Red River

und seien unterwegs nach Corpus Christi, um sich den texanischen Freiwilligen anzuschließen. »Es heißt, es wird garantiert Krieg mit Mexiko geben, und General Taylor braucht jeden Mann, den er kriegen kann. Haben gehört, ein Haufen Rangers wartet in diesem Moment am Nueces, und wir schließen uns denen an. Angeblich will Old Rough and Ready sehr bald Richtung Süden ziehen.«

»Teufel noch mal, bin selber auch schon ziemlich rough und ready«, meinte Burchard.

»Angeblich liegt in Mexiko das Gold nur so rum«, sagte Hasenscharte mit seinem zähen Tonfall. »Die Reicheleutehäuser und Kirchen da sollen voll sein mit Gold und Goldkreuzen und Trinkbechern und so Zeug. Ungefähr alles, was man nicht essen kann, ist da unten aus Gold. Und wie's ja so schön heißt, dem Sieger die Beute.«

»Keine Frage, dass wir auch was von der Beute kriegen«, sagte Burchard und funkelte betrunken. »Als hätten wir vergessen, was diese Bohnenfresser erst vor zehn Jahren da draußen in der Alamo angerichtet haben. Oder was sie in Goliad gemacht haben. Dreckige Mischlingsbastarde. Dick und ich waren damals noch kleine Knirpse und konnten nix tun als drüber quatschen, als wir's gehört haben, aber jetzt können wir verdammt noch mal was tun.«

»Haben auch nicht vergessen, was die mit den texanischen Jungs gemacht haben, vor drei Jahren, gleich auf der anderen Seite vom Rio Grande, in Mier«, sagte Dick Hasenscharte. Edward hatte von der Geschichte gehört. Ein Haufen texanischer Freibeuter war bei Mier von den Mexikanern gefangen genommen worden, und jeder der 176 Gefangenen wurde gezwungen, eine Bohne aus einem Tonkrug zu ziehen, der hauptsächlich weiße Bohnen enthielt und 17 schwarze. Den Männern, die die schwarzen Bohnen zogen, wurden die Augen verbunden, dann wurden sie vor eine Mauer gestellt und erschossen.

»Nur irgend so ein mexikanischer Hurensohn denkt sich so was aus wie schwarze Bohnen ziehen«, sagte Burchard. Er kippte sein Glas hinunter und heftete seinen zornigen Blick auf die Mexikaner, die sich um die Klapperschlange auf dem Schanktisch drängten. »Verdammte Mischlinge, führ'n sich auf, als wär'n sie noch in Mexiko, als wär das hier nicht schon seit zehn verdammten Jahren

 Texas. Wenn sie nicht endlich lernen, Amerikanisch zu sprechen, und anfangen, sich amerikanisch zu benehmen, dann soll'n sie ihre Ärsche mal lieber runter nach Mexiko bewegen, wo sie herkommen, die schmierigen Dreckskerle. Reden die ganze Zeit mexikanisch und lachen und tun höflich und zeigen ihre Zähne und schneiden ei'm ebenso schnell die Kehle durch, wie sie ei'm die Hand geben. Knöpfen dir dein ganzes Geld ab mit 'ner gottverdammten Schlange im Glas.«

»Kann's kaum erwarten, da endlich runterzukommen und diese Hurensöhne zu töten und mir was von dem Gold zu holen«, sagte Dick Hasenscharte.

Easton Burchard hieb plötzlich mit der Faust auf den Tisch, und seine Miene erhellte sich. »Donnerkeil! Ich weiß, wie ich das Spiel gewinne!«

»Nein, verdammt noch mal, nicht schon wieder!« sagte Hasenscharte, als Burchard sich erhob. »Wir ha'm nur noch 'n paar Dollar übrig, Bud.«

»Jetzt bin ich gerade draufgekommen, wie man's machen muss«, sagte Burchard. »Pass gut auf.«

Er ging zur Theke und gab dem Rancher zu verstehen, dass er einen weiteren Versuch wagen wollte. Der Rancher lächelte und zuckte mit den Achseln und machte die Geldgeste mit den Fingern. Burchard legte seinen Dollar auf die Theke und der Rancher deckte ihn. Die anderen Mexikaner grinsten breit und schubsten sich gegenseitig.

»Ich will's gar nich sehen«, sagte Hasenscharte und kehrte den Rücken zur Theke. Die Menge an der Theke verstellte Edward die Sicht, aber er verließ seinen Stuhl auch nicht.

Plötzlich verstummten alle und er wusste, Burchard war bereit. Dann erschallte ein Chor von Rufen, und Burchard gab ein lautes Juchzen von sich, und der Barmann rief etwas und alle an der Theke schrien auf.

»La apuesta no vale!« sagte der Rancher zornig zu Easton Burchard. Er zeigte zum Barkeeper und sagte: »Éste te vió con los ojos cerrados, cabrón!«

»O Scheiße!« sagte Dick Hasenscharte und fuhr auf seinem Stuhl herum, um sich den Aufruhr anzusehen.

Der Barmann nickte und brabbelte etwas, auf Easton Burchard deutend, zu den anderen. »No vale!« sagte ein anderer Mexikaner. »No vale!«

»No valli, am Arsch!« sagte Easton Burchard. »Is mir egal, ob der Dreckskerl gesehen hat, wie ich die Augen zugemacht hab. Hat niemand gesagt, dass das verboten ist. Wichtig is doch nur, dass ich meine Hand auf dem Glas gelassen hab, und das bedeutet, dass ich gewonnen hab, und das da sind meine zwei Dollar.«

Er griff nach dem Geld, doch der Rancher stieß ihn zurück, und Easton Burchard sagte: »Verfluchter Gauner!«, zog beide Pistolen aus seinem Gürtel und entlud eine direkt in die Brust des Ranchers.

Der Rancher fiel zurück gegen die Theke und sackte zusammen. Während er verzweifelt nach dem Schanktisch griff, um sich zu halten, stieß er mit dem Arm das Glas von der Theke. Es krachte zu Boden, und die Klapperschlange schoss aus dem zerbrochenen Glas und biss einen der Männer knapp unter dem Knie. Der Mann kreischte und trat wild nach der Schlange und fiel schwer zu Boden, während die anderen schreiend von der Klapperschlange wegsprangen. Einer der Männer starrte entsetzt auf sie hinunter, während sie an seinen Stiefeln vorbeiglitt, und schoss auf sie, traf sich aber selber in den Fuß im selben Moment, da Easton Burchard einen Mexikaner erschoss, der keine zwei Schritte von ihm entfernt stand. Das Gehirn flog dem Mann in einem hellroten Strahl aus dem Kopf. Edward hechtete zu Boden, als Hasenscharte von einem Knie aus feuerte und ein Mexikaner sich mit beiden Händen ans Gesicht griff und umfiel. Mehrere Pistolen gingen auf einmal los, und Easton Burchard schrie und ging neben dem Rancher zu Boden, der sich mühte, den Bündelrevolver aus seiner Jackentasche zu ziehen. Burchard rammte ihm den Ellbogen ins Gesicht und nahm ihm die Waffe ab, als Hasenscharte seine zweite Pistole abfeuerte und einem Mexikaner eine Kugel durch den Hals jagte. Burchard schrie wieder und spannte und feuerte den Bündelrevolver zweimal schnell hintereinander ab, und ein Mexikaner krachte gegen einen Tisch und sackte auf dem Boden zusammen. Der Letzte der Mexikaner rannte zur Hintertür hinaus, und dann war die Schießerei vorbei.

Kein Mann im Raum war mehr auf den Beinen, und die Luft war ein beißender Dunst.

Hasenscharte erhob sich, ging zu Easton Burchard und half ihm auf die Beine. Auf Burchards linker Seite knapp unter den Rippen war ein dicker Flecken Blut und ein anderer auf seinem Oberschenkel. »Gottverdammt«, sagte er, »hat denn *keiner* danebengeschossen?« Er versuchte, mit dem Bein aufzutreten, stellte fest, dass er es belasten konnte, und meinte, es gehe schon.

Auf der Straße erhob sich ein aufgeregtes Stimmengewirr. Der Rancher lag auf dem Rücken, ein Bein linkisch weggestreckt und beide Hände über seiner Brustwunde. Seine Atmung war schnell, flach und feucht, und er schien sprachlos vor Verwunderung über irgendeine tiefschürfende und geheime Erkenntnis, während sein Leben sich über den Lehmboden ergoss. Der Mexikaner, der sich in den Fuß geschossen hatte, stieß seine entladene Pistole von sich fort und zeigte Hasenscharte seine leeren Hände. Der von der Schlange gebissene Mann umklammerte sein Schienbein und starrte die Amerikaner ausdruckslos an. Seine Pistole hing noch an seinem Gürtel, und Hasenscharte ging zu ihm und nahm sie ihm ab. Der Barmann tauchte wieder hinter der Theke auf, und Hasenscharte wies mit einem Finger auf ihn und der Mann tauchte wieder ab.

Immer wieder zur Tür blickend, durchsuchte Hasenscharte rasch die Börsen der Getöteten, nahm ihr Geld, ihre entleerten Pistolen, Pulverflaschen und Patronentaschen an sich. Easton Burchard legte den Bündelrevolver auf die Theke und untersuchte behutsam seine Verletzungen. Edward ging hinüber, hob den Revolver auf und überprüfte die verbleibenden drei Patronen. Burchard sah ihn ohne zu lächeln an und fragte: »Hast du vor, mir die Drehpistole abzukaufen?«

»Hör auf, den Jungen zu ärgern, wir müssen abhauen«, sagte Hasenscharte, trat zwischen die beiden, steckte zwei Pistolen in Burchards Gürtel und hängte ihm die Patronentaschen um den Hals. Die Stimmen draußen wurden lauter, ihr Tonfall drängender. »Sieh nach, ob irgendjemand vom Gesetz da draußen ist«, sagte Hasenscharte zu Edward.

Er schlich sich bis zur Tür heran, linste um den Türpfosten in das grelle Sonnenlicht hinein und sah eine Ansammlung Neugieriger, die aufgereiht auf der anderen Straßenseite standen und in seine Richtung wiesen und spähten. Er drehte sich um und sah Hasenscharte seinem Kumpan Easton Burchard zur Hintertür hinaushelfen.

Inmitten des Gemetzels auf dem Boden tat der Rancher einen letzten rasselnden Atemzug. Fünf Männer lagen tot da. Edward sah die zwei Dollar noch auf der Theke liegen, ging hinüber und steckte sie ein. Der gebückte Barmann warf einen Blick zu ihm hoch, senkte ihn aber schnell wieder. Er ging durch den Hintereingang in die Gasse hinaus. Einige mexikanische Buben standen da und sahen ihn neugierig an. Von den beiden Amerikanern war nichts zu sehen. Er ging zum Ende der Gasse und trat auf eine kleine Plaza, wo Leute mit Straßenverkäufern feilschten, riefen und fröhlich lachten; ein Fiddle-Trio spielte neben einem spritzenden Springbrunnen. Über einen Umweg ging er zurück zur Straße gegenüber der Cantina und sah eine Menschenmenge an der Tür. Soldaten mit Gewehren und aufgepflanzten Bajonetten und mit Pistolen fuchtelnde Männer bahnten sich einen Weg durch die murmelnde Menge. Er wartete, bis sie hineingegangen waren, schlenderte dann zur Cantina und entschuldigte sich, um sich zu seinem Pferd Janey durchzudrängeln. Er stieg auf, lenkte die Stute behutsam aus der Menge heraus und ritt die Straße hinunter, über die Plaza und aus Bexar hinaus.

8

Für ein paar Meilen schlug er auf dem Camino Real eine Route Richtung Süden ein, bevor er die Hauptstraße hinter sich ließ und wieder die weniger bevölkerten Pfade aufsuchte. Obwohl er sich an der Schießerei in Bexar nicht beteiligt hatte, war es ja durchaus möglich, dass einer der überlebenden Mexikaner ihn als einen Verbündeten von Dick Foote und Easton Burchard identifizierte.

Als er tiefer in das Buschland eindrang, wurde das Gelände bleich und flach. Hier machte sich der Chaparral breit. Gras wich Feigenkaktus und Buschwerk, und immer mehr Mesquitebäume mit knochigen, dornigen Ästen und dürftigem Schatten erschienen.

 Die Luft wurde trocken und staubig, die Mittagssonne weiß wie eine Oblate. Sonnenuntergangshimmel boten Visionen von biblischen Feuerstürmen. Die Luft der Abende war dunstig rot. Er ritt ohne Eile und Ziel durch diese fremde Einöde. Für seine Mahlzeiten schoss er Kaninchen und Klapperschlangen, schlug frühzeitig sein Lager auf und betrachtete mit aller Muße die untergehende Sonne. Ihm war, als würde er sich in der Unermesslichkeit des Nachthimmels verlieren, in den Explosionen funkelnden Sternenlichts aus unergründbaren Tiefen. Feuerschwänzige Kometen strichen von Pol zu Pol und stürzten in dem Augenblick, in dem er sie gewahrte, in die Unendlichkeit.

Eines sonnigen Nachmittags kam er zu einem Dorf an einem Fluss, der wenig Wasser führte und mit Buschwerk und knorrigen Zwergeichen gesäumt war. Der Ort war dem Anschein nach ausschließlich von Mexikanern bewohnt. Hunde rannten mit gefletschten Zähnen und aufgestellten Nackenhaaren herbei oder schlichen mit eingezogenen Schwänzen davon, je nach Temperament. Er führte die Stute im Schritttempo die staubige Straße hinunter zum Fluss, gefolgt von einem kleinen Trupp krakeelender Buben. Nachdem er das Pferd getränkt hatte, kehrte er um und ging zu einer kleinen Wirtschaft, auf deren Tür eine grobe Holzkohlezeichnung einer Schale und eines Löffels prangte, und er trat ein und setzte sich an einen Tisch. Der alte Besitzer kam aus dem Hinterzimmer heraus, in der Hand einen Tonbecher mit kühlem Wasser, den er ihm vorsetzte, und er sagte: »A sus ordenes, caballero.« Edward stürzte das Wasser hinunter, das leicht nach Schlamm schmeckte. Er machte eine Essensgebärde und der alte Mann sagte: »Si, señor, inmediatamente«, ging durch eine Tür im hinteren Teil des Raumes und kam mit einem weiteren Becher Wasser, einem kleinen Teller mit warmen Tortillas und einem Holzlöffel zurück, der in eine weiße Baumwollserviette gewickelt war. Als Nächstes brachte er eine dampfende Schale mit irgendeinem Fleisch in dunkler Chilisoße und eine kleinere Schale mit Bohnen.

Der Alte setzte sich an einen anderen Tisch und sah ihm beim Essen zu. »El hambre es la mejor salsa, no es verdad?« sagte er mit einem gönnerischen Lächeln. Edward aß und lächelte zurück und sagte: »Wie Sie meinen, Mister, Sie haben bestimmt recht.« Als er sein Mahl beendet hatte, gab er dem Alten einen Dollar und erhielt drei Zwei-Bit-Silberstücke zurück.

Draußen sah er ein paar Buben seine Stute Janey streicheln und mit ihr reden. Ohne mit dem Streicheln aufzuhören, musterten sie Edward vom zerfetzten Hut bis zu den ausgelatschten Stiefeln.

»Schätze, sie spricht kein Mexikanisch«, sagte er.

»Ja«, sagte der größere der beiden Jungs. »Sie comprende, was wir sie sprechen.« Edward lächelte und streichelte das Maul der Stute. »Tatsache? Na ja, kann sein, sie hat auf irgendeiner Koppel einen mexikanischen Hengst kennengelernt. Sagt mal, welcher Fluss ist das?«

»Fluss? Es el Rio Nueces.«

»Ungelogen? Der verdammte Nueces?« Er sah sich um und betrachtete das sandige Buschland, das sich in jeder Richtung bis zum Horizont erstreckte. »Es soll eine Armee geben, die sich am Nueces bereit macht. Bei Corpus Christi. Wo ist Corpus Christi?«

»Corpos Chrissie?« fragte der Junge. Er blickte sich überall um, als könnte er es ausfindig machen, blickte dann zurück zu Edward und zuckte die Achseln.

»Und die Rangers? Weißt du, wo die sind, die Texas Rangers?«

»Los rinches!« sagte der kleinere Junge und machte eine obszöne Geste mit seinem kleinen Arm.

»Na, toll«, sagte Edward. Er blickte hinüber zum Fluss und erinnerte sich an die Behauptung von Hasenscharte, dass es dort Gold zu schaufeln gäbe. Er bezweifelte es, aber warum nicht trotzdem mal nachsehen? Sprach ja nichts dagegen. Suchet und ihr findet oder nicht, aber suchet nicht, dann ist es noch unwahrscheinlicher, dass ihr irgendwas findet. Er wies Richtung Süden. »Mexiko. Wie weit?«

Die Jungs tauschten verwirrte Blicke aus. Der Größere sah Edward an, zuckte die Achseln und wies auf den Boden zu seinen Füßen und sagte: »Mexiko.«

Edward lachte. »Tatsache? Na, ich hab gehört, da gibt's ein' Haufen alte raue Burschen, die vorhaben, das zu ändern.« Er zeigte wieder Richtung Süden. »Was liegt da hinten?«

Die beiden Jungs spähten mit großer Konzentration zum dunstigen Horizont. Dann blickte der Größere der beiden zu Edward und sagte: »Banditos. Viel böse Männer.«

»Verdammt, die sind überall. Was ist da sonst noch? Welche Städte?«

»Städte? Es Laredo.«

»Wie weit ist das?«

In einer ausholenden Geste, die eine große Entfernung andeutete, wies der Junge mit seinem Arm Richtung Süden.

»Besten Dank für die Auskunft.« Er nahm die Zügel und stieg in den Sattel und winkte den Jungs zum Abschied.

Am Ende der Straße hielt er vor einem Laden, an dessen Außenwand ein paar gerupfte Hühnerkadaver und dunkle Streifen Dörrfleisch hingen. Auf kleinen Holzständen darunter waren Schachteln mit getrocknetem Mais und kleine Säcke mit trockenen Bohnen ausgelegt, Wolldecken und bunte Sarapes, eine Sammlung von Tonwaren und Wasserflaschen aus Ziegenhaut. Er kaufte Bohnen und Dörrfleisch, einen kleinen Kupfertopf mit grün verkrustetem Boden und eine zusätzliche Feldflasche, die die Dueña des Ladens sogleich von einem kleinen Jungen mit Flusswasser füllen ließ. Er bezahlte mit sechs Bits Silber, und die Frau riss ihm die Münzen aus der Hand, als könnte er es sich noch anders überlegen. Derart ausgerüstet, verabschiedete er sich von der Dueña mit einem Tippen an seinen Hut, lenkte dann die Stute zur Furt und watete planschend hinüber.

Er begegnete wenigen Reisenden auf diesen Pfaden, die so abgelegen von der Landstraße waren, und die wenigen, auf die er stieß, waren nicht zu Freundlichkeiten aufgelegt und verschwanden im Chaparral, sowie sie ihn erblickten. Ihre Vorsicht ließ ihn an einen biblischen Satz denken, den seine Mutter ihnen oftmals in Georgia vorgelesen hatte: »Der Gottlose flieht, und niemand jagt ihn.« Wenn das wahr ist, dachte er jetzt, dann flieht *sie* wahrscheinlich jede Minute des Tages und der Nacht. Er sah sich um nach der Einöde ringsum und lächelte grimmig, zog sich den Hut ins Gesicht und dachte: *Wie so einige andere verdammte Burschen, die wir nennen könnten.*

Eine Woche weiter südlich stieß er auf ein totes Pferd neben dem Pfad. Es war furchtbar aufgequollen unter der weißen Sonne, und Maul und Augenhöhlen brodelten von Maden. Der Bruch des Vorderbeines war deutlich zu erkennen, und bei näherem Hinsehen sah er die Stelle, direkt hinter dem rechten Auge, wo das Tier einen großkalibrigen Gnadenschuss bekommen hatte. Am nächsten Tag kam er über eine niedrige sandige Anhöhe und sah einen Mexikaner keine dreißig Yards den Pfad hinunter auf seinem pferdelosen Sattel unter einem Mesquitebaum sitzen, ein Gewehr über den Beinen. Der Mann grinste breit, stand auf und hob eine Hand zum Gruß. »Amigo! Qué tal!«

Mit dem ersten Blick registrierte Edward seine gute Kleidung und seine guten Stiefel, sah die beiden weißgriffigen Pistolen auf seiner Hüfte und eine weitere in einem Gurt unter seinem Arm, und er wusste, der Mexikaner war entweder ein Bandit oder ein Gesetzesmann, und in beiden Fällen brauchte er ein Pferd und hier war seine Stute Janey.

Er dirigierte die Stute hart nach links, grub seine Fersen in ihre Weichen und steuerte mit ihr auf ein etwa fünfzehn Yards entferntes Mesquite-Dickicht zu. Der Mexikaner riss das Gewehr hoch und schoss, und Edward hörte die Kugel durch das dicke Gewirr spröder Äste krachen. Fest den Sattelknopf umklammernd, ließ er sich auf der linken Seite der Stute tief herabhängen und benutzte sie so als Schild in der Hoffnung, der Mexikaner würde nicht auf das Pferd zielen, um nicht das Risko einzugehen, es zu verlieren. Dann war er im Dickicht und Dornen rissen an seiner Kleidung, und er glitt vom Sattel und ließ die Stute weitergehen. Tief geduckt rannte er durch lockeren Sand an einer dichten Reihe Büsche entlang, lief parallel den Weg zurück, den er gekommen war. Er fand eine Lücke im Dickicht und hielt am Rand einer Lichtung an, um sich zu orientieren, und ja, da war der Pfad, und dort, nur ein paar Yards weiter, lag der Sattel des Mannes unter dem Mesquitebaum.

Er hörte den Mexikaner lockend rufen: »Yegua! Ven aquí, mi hijita. Aqui, yeguita, aquí.«

Die Stute kam mit schleifenden Zügeln in die Lichtung hineingelaufen, und ihr hinterher der Mexikaner. Er trat schnell an sie heran, darauf achtend, sie nicht scheu zu machen, während er besänftigend auf sie einredete: »Ay, que preciosa yeguita. Si, de veras, que hermosa yeguita.« Und dann hatte er die Zügel gepackt, doch das Pferd versuchte, sich loszureißen, und der Mexikaner hatte Mühe, das Gewehr *und* die Stute festzuhalten, und so ließ er das Gewehr fallen, packte die Zügel mit beiden Händen, riss den Kopf der Stute herunter und schlug ihr aufs Maul. Sie versuchte wieder, sich wegzureißen, aber er fing sie am Ohr und drehte es fest, und sie hörte auf, sich zu sträuben.

Edward kam geduckt und schnell aus dem Dickicht heraus, den Bündelrevolver vor sich ausgestreckt. Der Mexikaner hörte seine Stiefel durch den Sand scharren, drehte sich mit dem Zügel in einer Hand um und griff nach einer Pistole an seiner Hüfte. Edward feuerte im Laufen und schoss beim ersten Mal daneben, beim zweiten Mal ebenfalls, worauf der Mexikaner seine Pistole abfeuerte. Die Kugel jagte durch Edwards Hemdsärmel knapp unter seinem Arm. Edwards nächster Schuss traf seinen Gegner aus fünf Yards Entfernung in den Bauch, und der Mexikaner feuerte einen ungezielten Schuss ab, als er zu Boden fiel und die Stute sich losriss. Edward schlug dem Mann mit den schweren Läufen des Bündelrevolvers ins Gesicht und fühlte Knochen knirschen, und der Mexikaner fiel nach hinten. Edward warf sich auf die Waffenhand des Mannes, entrang ihm die Pistole, ging sofort wieder auf Abstand und spannte die Waffe. Als der Mexikaner sich aufsetzen wollte, schoss Edward ihm ins Kinn, und der Mann fiel mit zerstörtem Unterkiefer zurück, und Edward spannte wieder und schoss dem sich Windenden in die rote, klaffende Mundhöhle, und das Winden des Mexikaners hörte auf.

Er blieb eine Weile auf dem Boden sitzen und ließ seinen Atem und seinen Herzschlag langsam zur Ruhe kommen. Die Schnauzbartspitzen des Mexikaners bebten in einer schwachen Brise. Sein Oberkiefer wies eine säuberliche Reihe leuchtend weißer Zähne auf, sein Unterkiefer dagegen war eine blutige Ruine zerbrochener Knochen und Backenzähne. Seine Zunge hing schlaff und violett gegen seinen Hals. Ameisen und Fliegen sammelten sich bereits zum Festmahl auf seinem Gesicht, folgten instinktiv einer Pflicht, so alt wie die Erde selbst.

Die Pistole in seiner Hand war ein Texas Colt, eine Five-Shooter, Kaliber .36. Er entdeckte jetzt, dass das Gewehr auch ein Colt war, ein Glattrohr-Karabiner mit Spannhebel, dessen .525-Kaliber-Mündung riesig klaffte. Die anderen beiden Handfeuerwaffen waren .44-Steinschlosspistolen. Der Mexikaner hatte kein Sheriffabzeichen an sich, aber in seinen Sachen fand Edward einen Beutel mit mehr als 40 Dollar in Gold und Silber darin.

Er ging der Stute hinterher, beruhigte sie, führte sie zu der Stelle zurück, wo der Tote lag, und band sie an einen Busch. Kurz darauf hatte er die Hose des Banditen, seinen Schlangenledergürtel, seine Pistolengurte und seine Lederstiefel an, die neu und ihm nur ein klein wenig zu groß waren. Das blutgetränkte Hemd des Mannes war nutzlos. Der Sombrero mit der riesigen Krempe war ein hervorragender Sonnenschutz, fühlte sich aber fremd auf seinem Kopf an, und so blieb Edward bei seinem eigenen zerfledderten Hut. Er tat den mexikanischen Sattel auf die Stute. Er war fein gearbeitet mit einem großen runden Sattelknopf, und in den Satteltaschen fand er unter dem Hinterzwiesel Beutel mit Kugeln für Kaliber .36 und .44 und zwei volle Flaschen mit Pulver.

Er war froh, dass er keine Schaufel hatte, sodass er sich keine Gedanken darüber machen musste, ob er den Leichnam begraben sollte. Die Geier drehten bereits ihre Kreise über ihm.

9

An einem kühlen Abend mit aufkommendem Wind traf er in Laredo ein, nur sechs Jahre entfernt von seiner Zeit als Hauptstadt der ehemaligen und stürmischen Republik Rio Grande. Der Halbmond glänzte silbern und tauchte die Straßen in weißes Licht. Wehender Sand stach ihm in den Augen, als die Stute mit klappernden Hufen durch die Straßen trottete, in denen zu dieser späten Stunde die meisten Fenster bereits dunkel waren. In einer Nebenstraße klimperte eine Gitarre. Von einem kleinen Balkon, auf dem eine junge, in einen Schal gehüllte Frau saß, fiel ein schwacher Lichtschein nach unten auf die Straße, wo er ihren Verehrer im Schatten seines Sombreros stehen sah und das sanfte Gesäusel seiner Serenade hörte. Diese Art des Hofmachens war ihm ebenso fremd wie die Sprache des Liebesliedes.

Die Straße führte ihn zum Landesteg einer Fähre, von dem aus man am anderen Flussufer eine Reihe hell erleuchteter Cantinas sah.

In der Nachtluft kamen Fetzen von Klaviergeklimper und Klänge von Drehorgel und Gitarre herübergeweht. Er führte die Stute auf die Fähre, und das Klappern ihrer Hufe lockte den Fährmann hervor, der etwas auf Spanisch sagte. Edward zog einen halben Dollar hervor, und der Fähmann nahm ihn begierig entgegen und betätigte das Rollseil.

Als sie ans andere Ufer stießen, lockte Edward die Stute mit Schnalzlauten vom Fährdeck und ritt hinauf zu der ersten Cantina in der Reihe. Dort stieg er ab, band die Stute fest, streichelte sie und flüsterte ihr etwas ins Ohr und ging hinein. Der Raum war gut erleuchtet, und ein halbes Dutzend Männer stand an der Bar, eine Handvoll andere saß an ein paar Tischen. Sie schenkten ihm nur flüchtige Beachtung und wandten sich dann wieder ihren Getränken und Gesprächen zu. In einer hinteren Ecke zupfte ein Mann an einer Gitarre. Edward bestellte Whiskey, doch der Barmann schüttelte den Kopf. Er wies auf das Getränk des Mannes neben ihm, und der Barkeeper sagte: »Tequila«, und schenkte ihm ein Glas ein. Edward stürzte es hinunter und verlangte ein weiteres.

Während er an dem zweiten Glas nippte, spürte er, dass jemand sehr dicht hinter ihm stand, und er drehte sich um und sah sich einem wuchtigen hutlosen Mexikaner gegenüber, der einen ungewöhnlich großen Kopf hatte und dem Speichelfäden an den Winkeln des schiefen, offen stehenden Mundes klebten. Die schwarzen Augen des Idioten glubschten ihn an und sahen aus, als seien sie voll stummer Schreie. Er streckte sein Gesicht vor, bis auf wenige Zoll an Edwards heran. Sein Atem stank.

»Bleib mir vom Leib«, sagte Edward und kehrte ihm den Rücken zu.

Der Idiot gab einen Laut zwischen einem Knurren und einem Stöhnen von sich und stupste Edward mit einem Finger in den Rücken. Edward wirbelte herum und schlug seine Hand weg. »Ich hab gesagt, lass mich in Ruh, verdammtes Weichhirn.«

Er war sich bewusst, dass Musik und Unterhaltung plötzlich verstummt waren. Die Augen des Idioten waren jetzt noch wilder, und Edward konnte das schreckliche stumme Schreien, das er in ihnen sah, nicht ertragen. Der Idiot streckte ein weiteres Mal seine Hand flehend aus, und Edward schlug sie beiseite und sagte: »Belästige auf ihn zu stürzen, doch der Riese versetzte ihm einfach einen Schlag mit dem Handballen gegen die Stirn und stieß ihn zurück. »Junge, du hast vielleicht Mumm, verflucht noch mal«, sagte er. »Aber wenn du jetzt nicht aufhörst, meine Geduld zu strapazieren, dann mach ich kurzen Prozess mit dir.«

»Du hast mir meine ganze verdammte Ausrüstung geklaut«, brachte Edward heraus. Sein Atem ging immer noch schwer, und seine Lippen waren geschwollen von dem Schlag in der Cantina. Er versuchte, zur Seite zu spucken, aber das meiste von dem blutigen Schleim landete auf seinem Ärmel.

»Hab ich«, sagte der Schwarzbart. »Aber ich hab dich nicht umgebracht, oder? Kann ja verstehen, dass du's mir heimzahlen willst, weil ich dich ausgeraubt hab, aber jetzt hast du's ja probiert, und es hat nicht geklappt, und mehr lass ich mir von dir nicht gefallen. Geh noch einmal auf mich los und ich schlag dich friedhofsreif.«

Edward wollte sich wieder auf den Mann stürzen, brachte aber nicht die Kraft dazu auf. Jeder Muskel und Knochen in seinem Leib pochte vor Schmerzen.

»Du hast meine Stute gestohlen und sie verkauft, verdammt. Ich musste einen Burschen niedermachen, um sie zurückzukriegen.«

»Ja, Teufel noch mal, ich hab sie verkauft. Hab das Geld gebraucht. Das ist der übliche Grund, warum man jemand beraubt, oder?« Er spuckte zur Seite und grinste plötzlich. »Der Bursche, den du niedergemacht hast, ich hoffe, das war ein Spieler mit 'nem langen Schnurrbart.«

»Das war er.«

»Gut. Der Hurensohn war mir nich sympathisch. Freut mich richtig zu hören, dass du dein Pferd von ihm zurückhast.«

Edward veränderte seine Lage an der Wand und schnitt eine Grimasse. »Ich glaub, du hast mir das Rückgrat gebrochen.«

»Teufel, Junge, wenn es gebrochen wär, könntest du dich nicht mehr bewegen. Du bist nur ein bisschen wund.«

Ein Gefangener trat auf Edwards ausgestrecktes Bein, und Edward versetzte ihm fluchend einen Fußtritt und der Schwarzbart fauchte: »Cuidado, bruto! Ya te lo dije!« Der Mann verdrückte sich in die Schatten.

»Wo sind meine Waffen und Messer geblieben?« sagte Edward. »Meine Decken? Meine gottverdammte Regenjacke?«

»Die Waffen hab ich verkauft. Von deinem Zeug ist nicht mehr viel übrig, bis auf die Decke und die Jacke. Die sind bei meiner Ausrüstung drüben im Mietstall. Aber der gehört dem Alcalde, also werden wir beide wahrscheinlich unsere Sachen nicht mehr wiedersehen.«

»Was ist der Alcalde?«

»Der Bürgermeister, könnte man sagen. Der Bursche mit dem Abzeichen, der dich verhaftet hat. Hat sich hier seine eigene Stadt eingerichtet diesseits vom Fluss und nennt es auch Laredo. Einige nennen es West Laredo, andere New Laredo, kannst dir aussuchen. Es ist dasselbe Scheißloch, egal wie man's nennt.«

»Dieser Dreckskerl.« Edward erzählte ihm von seinem Ärger in der Cantina.

Der Schwarzbart sagte, Edward sei nicht der Erste, der wegen des Idioten eingesperrt worden war. »Der Schwachkopf ist der Neffe von der Frau des Alcalde. Bei all den Hurensöhnen in dieser Stadt, die bereit sind, dem Alcalde in den Arsch zu kriechen, ist es ein verdammtes Wunder, dass sie dich nicht getötet haben, wie manch anderen, der den Idioten provoziert hat.«

»Wieso bist du hier drin?« fragte Edward.

Der Schwarzbart erzählte, er sei unterwegs gewesen, um sich mit ein paar Partnern in Monclova, Mexiko, zu treffen, etwa 125 Meilen südwestlich von Laredo. Er hatte sich von der Gesellschaft in San Antonio verabschiedet und war nach Arkansas gegangen, um eine Angelegenheit seiner Schwester zu regeln, der einzigen noch lebenden Verwandten, die er hatte. Er wusste, seine Partner würden eine Weile in Monclova bleiben, nachdem sie sich um eine Sache gekümmert hatten, die sie sich verpflichtet hatten, im Staat Coahuila zu erledigen. Er hatte in New Laredo haltgemacht, für einen Drink, einen Fick und eine Nacht in einem richtigen Bett, doch die Hure war ein so träges Miststück gewesen, dass er sich geweigert hatte, sie zu bezahlen, und sie aus dem Zimmer geworfen hatte. Als er am nächsten Morgen zum Mietstall ging, wartete der Alcalde auf ihn, zusammen mit einem Dutzend bewaffneter Burschen. Er wurde verhaftet mit der Anschuldigung, die Hure beraubt zu haben, und in den Cárcel geworfen. Das war vor einem Monat gewesen. Seitdem hatte er herausgefunden, dass jede Hure in der Stadt dem Alcalde die Hälfte ihrer Einnahmen abgeben musste, und der Alcalde war nicht erfreut, von einem vorbeiziehenden Yankee um einen Dollar betrogen zu werden.

»Was ist mit einem Prozess? Kriegen wir keinen Prozess?«

Der Schwarzbart lachte. »Du kriegst deinen Prozess, wenn der Alcalde dazu kommt, dich zum Gericht zu bringen, wo sein Bruder der Richter ist. Der verdammte Mexikaner wird dir alles abnehmen, was du hast, einschließlich Pferd und Ausrüstung, und dich zu sechs Monaten Zwangsarbeit verurteilen, jeweils da, wo der Alcalde dich grade braucht. Die machst du mit Fußeisen und unter den Augen von irgendwelchen gemeinen Wärtern. Ich hab noch keinen Prozess gekriegt.«

»Verdammt«, sagte Edward. »Sieht so aus, als wäre ich noch ’ne ganze Weile hier.«

»Kann sein«, sagte der Schwarzbart. Dann grinste er. »Kann auch sein, dass du dich gerade genau zum richtigen Zeitpunkt hier hast reinwerfen lassen.«

»Was meinst du damit?«

»Na ja, letzte Woche wurden wir in Fußketten rausgebracht, um die Gräber für ’ne Familie von ’nem halben Dutzend Leuten auszuheben, die verbrannt waren, als ihr Haus Feuer fing. Wie wir mit unsern Schaufeln auf der Schulter vom Friedhof zurückschlurfen, wen sehe ich da in der Tür der Cantina stehen und mir überm Glas Bier zugrinsen? Charlie Geech. Er gehört zu den Leuten, die ich in Monclova treffen wollte. Hat nix gesagt oder getan, hat mir nur zugezwinkert. Ich weiß nicht, warum der da war, aber wenn er die Gesellschaft nicht verlassen hat, dann sind die andern auch in der Nähe. Ich bleib stehen, um vielleicht was zu sagen, doch da ist schon der Wärter hinter mir, stößt mich mit sei’m Gewehr und sagt, wird noch lange dauern, bis ich ’ne Cantina von innen seh, und ich soll gefälligst weitergehen. Das tu ich dann auch. Eine Minute später hab ich mich noch mal umgesehen, aber Geech war weg. Schätze, die werden bald hier sein, um nach mir zu sehen.«

»Meinst du? Dann musst du aber ein paar verdammt gute Freunde haben.«

»Hör zu, mein Junge, hast du jemals Menschen gejagt? Banditen und Indianer und so?«

»Nein, nie.«

»Na, dann sag das niemand. Du scheinst mir jemand zu sein, der das Handwerk schnell lernen kann, und das hier is deine Chance. Schätze, der Captain nimmt dich auf, wenn ich ihm erzähl, was du für'n Mumm hast.«

»Welcher Captain?«

»Captain der Gesellschaft. Hobbes heißt er.«

»Du meinst, dieser Captain holt dich hier raus, ungelogen?«

Der Schwarzbart lachte. »Das weiß ich ganz sicher, dass er's tun wird. Nimmt dich auch mit, wenn du mit uns reiten willst. Der Captain lässt nie einen seiner Männer hängen, wenn er drüber Bescheid weiß. Das ist das Einzige, was ich über den Mann mit Sicherheit sagen kann.«

»Na, das ist das Beste, was ich dich über ihn hab sagen hören, und ich hoffe, du hast recht damit.«

Zwei Tage später, als das erste graue Licht der Morgendämmerung durch die Gefängnisfenster sickerte, hörten sie draußen das Donnern von Pferdehufen und Schüsse. Hörten Wiehern und Flüche und Schreie. Eine Minute später ratterte das Schloss in der Tür, und sie schwang weit auf und ließ einen Schwall grauen Lichts herein. Der Wachmann kam hereingerannt, die Hände an seiner Kehle, in dem erfolglosen Versuch, das strömende Blut zu dämmen, und taumelte und fiel. Und selbst während sein Leben ins schmutzige Stroh davonblutete, kamen einige der Insassen herbeigerannt und begannen ihn zu treten. Andere stürzten zur Tür, hielten dann aber inne und wichen zur Seite, als ein Mann mit einem Revolver in der einen und einem blutglänzenden Bowie in der anderen Hand eintrat. Von unbeeindruckender Statur und Größe, bewegte er sich doch mit der Miene eines Mannes, der gewohnt ist, das Kommando zu geben. Schwarzes Haar hing ihm vom flachkrempigen, schwarzen Hut bis knapp über die Schulter, sein Schnauzbart bis zum Kinn. Seine Augen wirkten, als wären sie aus Obsidian. Er hielt in der Tür inne und beachtete den Mann mit der durchschnittenen Kehle mit keinem Blick. Die Schießerei, das Geschrei und das Geheul draußen hielten an.

»Bill Jaggers!« rief der Mann.

»Du hast ihn gefunden, Capt'n!« erwiderte der Schwarzbart. Er steuerte mit einem breiten Grinsen auf die Tür zu, sah sich nach Edward um und sagte: »Gehen wir, mein Junge!«

V

JOHN

1 An einem warmen Vormittag mit einem blassen, wolkenlosen Himmel trafen sie am Rio Grande ein, den die Mexikaner Rio Bravo del Norte nannten. Taylors Kundschafter hatten berichtet, die Stadt Matamoros, am Südufer des Flusses etwa fünfundzwanzig Meilen landeinwärts von seiner Mündung im Golf von Mexiko entfernt, sei mit einer kleinen mexikanischen Garnison befestigt. Auf dieser Höhe hatte der Fluss eine Breite von achtzig Yards, und die Mexikaner hatten sämtliche auffindbaren Boote beschlagnahmt, auf ihre Seite gebracht und meilenweit zu beiden Seiten östlich und westlich der Stadt Wachposten am Fluss aufgestellt.

Nachdem er einen Trupp losgeschickt hatte, um Point Isabel am Golf als Landungspunkt für seinen Nachschub vom Meer zu sichern, beschloss Taylor, den Mexikanern ein Spektakel zu bieten. Er ließ seine Truppen stromaufwärts am nördlichen Ufer aufmarschieren und erschien in Sicht von Matamoros mit laut schallenden Regimentskapellen und wehenden Fahnen. Er ließ die Soldaten auf einer breiten Lichtung halten und ritt mit seinen Stabsoffizieren zum Kamm eines Felsvorsprungs, der einen hervorragenden Blick auf den Fluss in beide Richtungen und auf Matamoros gegenüber bot. Der Fluss hatte die Farbe von Wildleder, und seine Ufer waren mit Röhricht gesäumt, außer entlang der Flussfront bei Matamoros und dem gegenüberliegenden Ufer, wo die Fähre in Betrieb gewesen war, bevor die Mexikaner den Verkehr einstellten, als sie von Taylors Vormarsch erfuhren. Stromaufwärts lagen an beiden Ufern Hartholzwaldungen, und auf der mexikanischen Seite leuchteten Baumwollfelder in der Ferne.

Am Ufer von Matamoros hatte sich ein Menschenauflauf gebildet, um die Amerikaner zu bestaunen. In ihrer Mitte befand sich ein Trupp Lanzenreiter, die in grünen Tuniken mit roten Schärpen und hohen schwarzen Schakos mit Pferdeschwanzbüscheln auf ihren prachtvollen Pferden saßen. An ihrer Seite spielte eine Armeekapelle mit voller Lautstärke zündende patriotische Lieder und lieferte sich einen Wettstreit mit den Yankee-Musikern am anderen Ufer. Die Lanzenreiter wurden von einem Major kommandiert, der jetzt in seinen Steigbügeln stand und den Eindringlingen seinen Säbel entgegenschwang und laut und weitschweifig in eloquentem Spanisch das Wort an sie richtete, das Taylors Dolmetscher als eine Aufforderung an die Yankees, heimzugehen oder zu sterben, übersetzte.

Sowie der Major seine Ansprache beendet hatte, fiel die Menge mit Verwünschungen und Fäusteballen ein, und die anwesenden Jungen warfen Steine, die weit vor ihrem Ziel ins Wasser plumpsten. Die einfachen amerikanischen Soldaten schleuderten den Mexikanern Flüche unzweideutigen Inhalts entgegen. Die Kakophonie martialischer Musik und zweisprachiger Verwünschungen ließ den Himmel erzittern, während Taylor sich mit seinen Beratern über mögliche Verteidigungspositionen beriet.

John und Riley waren inzwischen von ihren Knebeln befreit, aber mussten noch vierzehn Tage lang Kugel und Kette tragen. Als Master Sergeant Kaufmann an ihnen vorbeischritt, rief Riley: »Sagen Sie mal, Sergeant, was ist, wenn diese schmucke mexikanische Kavallerie über den Fluss gestürmt kommt, hm? Wie sollen Johnny hier und ich denn kämpfen, wenn wir an diesen verdammten Kanonenkugeln festgekettet sind?« Kaufmann würdigte ihn kaum eines Blickes und ging wortlos weiter. Riley sah John an und sagte: »Ich hab zum lieben Gott gebetet, dass er mir nur fünf Minuten allein mit diesem Hurensohn gibt, nur fünf Minuten, um ein paar Sachen geradezubiegen, und dann kann ich als glücklicher Mann sterben.«

»Solltest lieber beten, dass ich dir nicht zuvorkomme«, meinte John.

Der mexikanische Major bellte jetzt Befehle an seine Truppe, und die Lanzenreiter wendeten ihre Pferde und die Einheit trabte in schnittiger Formation davon, die staubige Straße hinunter und zurück zur Garnison. Die Kapelle marschierte immer noch spielend hinterher und wurde leiser, je weiter sie sich vom Fluss entfernte. Kurze Zeit später waren die einzigen Mexikaner am Ufer die Wachposten und ein paar verweilende Zivilisten.

2 Während zwischen Washington und Mexiko-Stadt die diplomatischen Bemühungen, einen Krieg zu vermeiden, andauerten, hatte Taylor Befehl zu bleiben, wo er war, und keine Kriegshandlungen zu unternehmen, es sei denn als Antwort auf einen mexikanischen Angriff. Die Gerüchteküche brodelte, und am häufigsten erzählte man sich, die Mexikaner auf der anderen Flussseite würden nur auf die Ankunft weiterer Regimenter warten, bevor sie zum Angriff übergingen. Um sich auf diese Möglichkeit vorzubereiten, befahl Taylor umgehend den Bau eines Bollwerks, das Fort Texas heißen würde. Es sollte auf dem Felsvorsprung angelegt werden und fünf Seiten haben. Die äußeren Mauern würden neun Fuß hoch und fünfzehn Fuß dick sein. Jedes Regiment trug zum Bau mit dem täglichen Einsatz von Arbeitskommandos bei, die in Wechselschichten arbeiteten. Als Entschädigung erhielt jeder Mann im Trupp am Ende der Tagesarbeit einen doppelten Whiskey. Verpflichtet, jeden Tag mit den Bautrupps zu arbeiten, doch ohne Whiskey-Belohnung waren alle Männer unter Bestrafung, darunter auch John Little und Jack Riley mitsamt Kugel und Kette. Sie holten und schleppten Material und Gerätschaften, mischten Eimer mit Schlammmörtel, arbeiteten mit Spitzhacke und Schaufel, und verfluchten alldieweil die Army, die sie weniger als Soldaten denn als Arbeitstiere behandelte.

Lucas Malone meldete sich bei jeder Gelegenheit freiwillig zum Arbeitstrupp und arbeitete so an den meisten Tagen in Johns und Rileys Nähe. An einem schwülen Nachmittag, als sie allesamt entlang der vierten Mauer des Forts Bauschutt in Schubkarren schaufelten, machte John Lucas Malone und Jack Riley miteinander bekannt. Gewitterwolken erhoben sich wie blutgetränkte, violette Türme über dem Golf, und die Sonne gleißte von den weiß getünchten Häusern von Matamoros. Riley fragte Lucas, aus welchem Teil Irlands seine Familie stamme. Lucas sagte, County Galway, und Riley grinste breit. »Da bin ich doch *geboren*, Mann! Ein paar Meilen nördlich von uns haben auch Malones gewohnt. Waren das Verwandte von dir?« Lucas sagte, das sei schon möglich, aber er wisse es nicht sicher. Sie hatten eine Menge Malone-Verwandte im alten Land, aber sein Großvater war der alten Heimat entflüchtet, weil er bei einer Rauferei einen Mann getötet hatte. Nachdem er

 New York erreicht hatte, floh er immer weiter und hörte erst auf, als er es bis nach Tennessee geschafft hatte.

Riley fragte Lucas, warum er sich freiwillig für den Arbeitstrupp gemeldet hatte. »Ist doch schlimm genug, das als Strafe machen zu müssen«, sagte er.

»Weil ich jederzeit lieber wie ein richtiger Mann arbeite«, sagte Lucas, »als auf einem Exerzierfeld herumzumarschieren und Soldat zu spielen. Marschieren und exerzieren, exerzieren und marschieren. Was anderes tun wir in diesem verdammten Lager doch eh nicht.«

»Lager würde ich das nicht nennen«, sagte Riley. »Eher ein verdammtes Gefängnis.«

John, der sich an das Stadtgefängnis von New Orleans erinnerte, widersprach Handsome Jack. »Verdammt, Jack, sind nur noch sieben Tage mit diesen Schmuckstücken an unsern Beinen«, sagte er.

»Diesmal nur sieben Tage«, sagte Riley. »Dann kommt das *nächste* Mal, und dann sind es vielleicht sechzig Tage, oder neunzig. Vielleicht kriegen wir beim nächsten Mal das verdammte Joch für einen Monat oder mehr. Vielleicht wird's die verdammte Peitsche. Diese Dreckskerle könn' mit uns machen, was … *hallo*, was ist das denn?«

Ihre Kameraden schwärmten in heller Aufregung ans Ufer, johlten und jubelten und schwenkten ihre Hüte. Ein Dutzend junge Frauen, alle mit langen schwarzen Haaren und roten lachenden Mündern, waren ans Flussufer gekommen und hatten sich dort vollständig entkleidet, waren bis zu ihren braunen Oberschenkeln in den Fluss hineingegangen und seiften jetzt sich selbst und gegenseitig ein und warfen den jubelnden Amerikanern auf der anderen Seite Luftküsse zu. Hinter ihnen stand eine Schwadron mexikanischer Soldaten am Wasserrand mit abgehängten Gewehren. Sie hielten die Kleider der Frauen und wiesen hinüber zu den Amerikanern und lachten und sagten Dinge zu den Frauen und traten schnell grinsend zurück, als diese sie nass spritzen wollten. Ein paar der Amerikaner zogen ihre Stiefel aus und wateten ein Stück in den Fluss hinein und riefen den Frauen zu, auf ihre Seite herüberzukommen. Die Frauen lachten und spritzten Wasser in ihre Richtung und sprangen auf und ab, sodass ihre Brüste mit den dunklen Brustwarzen umso mehr hüpften. Sie seiften sich gegenseitig die glänzenden Hintern ein und warfen in gespieltem orgiastischem Vergnügen die Köpfe zurück und rundeten die Lippen, während sie sich dicken Seifenschaum in das Haar zwischen ihren Beinen massierten. Die Amerikaner heulten wie eingesperrte Hunde.

»Heilige Jungfrau«, stöhnte Riley grinsend, »ich hab 'nen Sonnenstich!«

Lucas lachte über das fröhliche Bild all dieser wunderschönen weiblichen Nacktheit im hellen Sonnenlicht. »Sieh dir mal die da an, Johnny – gleich da drüben! Oh, und die da, da vorne, mit 'nem Busch so groß wie 'n Biber. Siehst du sie? Gott verdamm mich!«

Jetzt waren Offiziere mit Säbeln in der Hand erschienen und bahnten sich den Weg nach vorne durch die Menge der Soldaten. Die Mädchen winkten die Amerikaner herbei, hielten ihnen ihre hübschen Brüste hin und riefen ihnen süße Worte auf Spanisch zu. Und jetzt waren einige Amerikaner zum tiefen Teil des Flusses hinausgewatet und schwammen los zur anderen Seite, und die Offiziere rannten bis zu den Knien ins Wasser und befahlen ihnen, sofort umzukehren. Die meisten taten es, aber einige schwammen weiter, und auf der Hälfte des Flusses begann einer wie wild um sich zu schlagen und verschwand plötzlich unter der Wasseroberfläche. Seine Leiche wurde am nächsten Tag an einer Stelle mehr als zwanzig Meilen stromabwärts in der Nähe der Flussmündung gefunden, wo sie sich in einer Baumwurzel am Ufer verfangen hatte.

Drei schafften es ins Flache auf der anderen Seite, und einer von ihnen wäre um ein Haar auch dann noch ertrunken, wären nicht einige Mädchen herausgekommen und hätten ihm auf die Beine geholfen. Auch den anderen beiden Yankees wurde geholfen, in ihren triefenden Hosen ans Ufer zu waten. Sie blickten alle drei zurück zu ihren jubelnden Kameraden und winkten und drückten die nackten Mädchen an sich, streichelten ihre Hüften und Hintern und drückten ihre Brüste. Die Mädchen schlugen spielerisch ihre Hände weg und beeilten sich jetzt, ihre Kleider wieder anzuziehen, während die Amerikaner sie küssten und herzten. Die mexikanischen Soldaten lachten und schüttelten den Amerikanern die Hände und klopften ihnen wie alte Freunde auf den Rücken. Die Mädchen in ihren lockeren Baumwollröcken und tief ausgeschnittenen ärmellosen Blusen legten den amerikanischen Soldaten die Arme um den Hals, und die Amerikaner streichelten ihre Hüften, und alle entfernten sich lachend zusammen die Straße hinunter und verschwanden um eine Ecke.

Ein halbes Dutzend Offiziere stand jetzt in den Untiefen auf dieser Seite des Flusses mit Pistolen in den Händen und befahl den Männern, sich vom Ufer zu entfernen und zurück zu ihrer Einheit zu gehen. Die Soldaten waren noch ganz benommen und atemlos von dem Schauspiel der Mexikanerinnen und folgten nur widerwillig, aber sie taten wie ihnen befohlen.

Den ganzen Abend lang drehte sich das Gespräch an den Lagerfeuern nur um das wundervolle Schauspiel, das die Mädchen geboten hatten, und darum, wie gut es den dreien auf der anderen Seite jetzt wohl gehen müsse. Wetten wurden abgeschlossen, ob sie wiederkommen würden, was für wahrscheinlicher gehalten wurde, da die Bestrafung für Fahnenflucht viel strenger war als einfach unerlaubtes Entfernen von der Truppe, um sich eine Weile mit einem Mädchen zu amüsieren.

In jener Nacht wurden sie von einem heftigen Gewitter heimgesucht, das sie in der angstvollen Gewissheit wach rüttelte, dass das Lager unter Artilleriebeschuss lag, so kraftvoll waren die Donnerschläge. Blitze erleuchteten die Nacht mit geisterhafter Helle. Der Wind schüttelte die Bäume und zerrte an den Zelten und trug einige davon. Der Fluss schoss dahin, schwoll an und trat über seine Ufer. Er strömte durch das Gestrüpp und verwandelte die niedriger gelegenen Teile des amerikanischen Lagers in Sumpf. Das Gewitter wütete die ganze Nacht hindurch und war erst kurz vor Morgendämmerung vorbei. Das Wasser ging schnell zurück, und die Sonne stieg rot wie Blut über eine Landschaft, die durchweicht und stinkig von Schlamm war. Überall waren Zelte, Dachstroh und Flussschilf verstreut, mit entwurzelten Büschen und ersoffenen Hunden und halb gerupften Hühnern dazwischen, die im Treibholz am Rand des Flusses festhingen.

Am Nachmittag kam einer der drei, die den Fluss überquert hatten, zurück. Er wurde von zwei mexikanischen Soldaten, die eine weiße Fahne an den Lauf eines Gewehrs befestigt hatten, herübergerudert. Sie ließen ihn im Flachen aus dem Boot steigen und ruderten rasch zu ihrer eigenen Seite zurück.

Der Soldat, Thomson hieß er, hatte vor Aufregung leuchtende Augen und erzählte den Männern, die sich am Ufer um ihn versammelt hatten – John und Lucas und Handsome Jack gehörten ebenfalls zu diesem neugierigen Publikum –, was für ein wunderbares und großherziges Volk die Mexikaner seien, wie fromm, wie schön und liebevoll die Frauen, wie schmackhaft das Essen und ergötzlich die Musik. Thomson sagte, die anderen beiden kämen nicht zurück. Er selber sei nur zurückgekehrt, weil er seiner Mutter nicht das Herz brechen wolle.

Jetzt tauchte ein Wachtrupp auf, und der befehlshabende Lieutenant verhaftete ihn und sie führten ihn ab. Keiner der anderen sah ihn je wieder.

Am nächsten Morgen schwammen weitere sieben Soldaten über den Fluss, und tags darauf noch mal fünf. Taylor erhöhte die Anzahl der Wachen am Ufer und erteilte den ausdrücklichen Befehl, dass niemand das Wasser betreten dürfe, außer um zu baden, und nicht tiefer als bis zu den Knien. Am nächsten Tag schwammen vierzehn Männer hinüber. Und Taylor erließ eine neue Order: Jeder, den man beim Hinüberschwimmen zur anderen Seite erwischte, würde aufgefordert umzukehren, und wenn er das nicht tat, würde er erschossen. Als einer von Taylors Stabsoffizieren darauf hinwies, dass Fahnenflucht in Friedenszeiten kein Kapitalverbrechen sei, entgegnete Taylor grob: »Aber meinen Befehlen nicht zu gehorchen verdammt noch mal schon.«

Am folgenden Tag gaben vier Männer vor, sich im Flachen zu waschen, und schwammen dann plötzlich schnell auf das andere Ufer zu, ohne auf die Rufe der amerikanischen Wachen zu achten, die sie zur Umkehr aufforderten. In voller Sicht des Lagers und der Mexikaner, die ihnen vom anderen Ufer aus zusahen, eröffneten die Wachen das Feuer, und zwei der Schwimmenden zuckten und ruderten, und hellrote Wolken breiteten sich in dem braunen Wasser um sie herum aus und sie tauchten unter. Die anderen beiden schafften es hinüber und wurden eilig von den mexikanischen Wachen fortgebracht.

3 Eine Woche nach dem Schauspiel am Fluss führte der Wachsergeant John und Riley zum Zelt des Schmiedes neben der Hauptkoppel, wo sie von Kugel und Kette befreit wurden. Als sie aus dem Zelt kamen, schlug Riley die Hacken zusammen und John lachte.

An jenem Abend wurden Dutzende Kopien eines mexikanischen Handzettels irgendwie an den Wachen vorbeigeschmuggelt und zirkulierten bald im ganzen Lager. Sie trugen die Unterschrift von Pedro Ampudia, dem kommandierenden General der mexikanischen Armee des Nordens:

Wisset: Dass die Regierung der Vereinigten Staaten wiederholt barbarische Akte gegen die großherzige mexikanische Nation begeht; dass die Regierung, die unter der »Fahne der Sterne« existiert, der Bezeichnung christlich unwürdig ist. Erinnert euch jetzt, ihr Männer, die ihr in Großbritannien geboren seid: Dass die amerikanische Regierung mit Kälte auf die mächtige Fahne von St. George blickt und das kriegsliebende Volk, dem sie angehört, zu einem Bruch provoziert; Präsident Polk bekundet kühn den Wunsch, von Oregon Besitz zu ergreifen, wie er es bereits mit Texas getan hat. Schließt euch mit allem Vertrauen den mexikanischen Reihen an, und ich garantiere euch, auf meine Ehre, gute Behandlung und dass alle eure Unkosten getragen werden bis zu eurer Ankunft in der schönen Hauptstadt von Mexiko. Diese Worte der Freundschaft und Ehre biete ich in christlicher Brüderlichkeit nicht nur den guten Männern von Großbritannien, sondern auch allen Männern der katholischen Bruderschaft, die gegenwärtig in der Armee der Vereinigten Staaten versklavt sind, egal, woher ihr stammt, und dränge euch alle, euch von den Yankees zu trennen.

»Was hältst du davon, John?« fragte Lucas, der den Handzettel über einer von Rileys Schultern mitlas, während John über die andere spähte.

»Der Mann will, dass die Brits diese Armee verlassen und in seine eintreten«, sagte John.

»Das weiß ich auch«, sagte Lucas. »Glaubst du, er meint auch Amerikaner?«

»Steht nicht da, dass er 'nen Yankee abweisen würde«, sagte Riley. »Er ist aber schrecklich zurückhaltend, wenn's darum geht zu sagen, wie viel er einem Mann fürs Überlaufen bezahlen will, findet ihr nicht?« Sie sahen sich alle drei an, aber keiner erwähnte es danach noch einmal.

Überall im Lager machten sich Soldaten über den Handzettel lustig, gaben vor, sich damit abzuwischen, oder hielten Zündhölzer daran, oder wiesen aufeinander und riefen: »Katholischer Sklave! Katholischer Sklave!« Aber einige unter den Iren lachten nicht, genau wie einige der Deutschen. Sie sahen sich an und blickten immer wieder über den Fluss. Und jeder Blick auf die andere Seite war länger als der vorhergehende.

In jener Nacht träumte John, er würde durch einen weiten Sumpf rennen, und jedes Mal, wenn er sich umblickte, sah er Daddyjack mit einem Spürhund an der Leine hinter ihm herrennen und immer näher kommen. Und dann war es nicht mehr ein Hund am Ende der Leine, sondern Maggie, vollkommen nackt. Sie bewegte sich auf allen vieren so geschmeidig wie ein Jagdhund, ihr Gesicht dicht überm Boden und hart auf seiner Fährte. So führte sie Daddyjack in einem Zickzack-Kurs, doch immer auf John zu, immer weiter verkürzte sie den Abstand, obwohl John schnell rannte und keuchte und das Gefühl hatte, als würde ihm das Herz in der Brust bersten. Jetzt hatte Daddyjack ihn eingeholt und schrie: »Gleiches Blut, das findet sich immer! Immer!«, und Maggie ging jetzt aufrecht und lachte, und ihre hübschen Brüste wackelten, während sie an Daddyjacks Leine vorantrottete …

Und dann war er wach, saß keuchend und schweißüberströmt da, und Lucas Malone und Jack Riley saßen ebenfalls aufrecht und starrten ihn in dem mondbeschienenen Zelt an. Wahrscheinlich hatte er im Schlaf geschrien. Aber keiner von beiden sagte etwas zu ihm. Nach einem Moment legte er sich wieder hin, hörte sie tief seufzen und sich ebenfalls wieder zurechtlegen. Und jeder der drei Männer lag noch lange in die Nacht hinein wach in der rohen Gesellschaft seiner eigenen Gedanken.

4 Eines Nachmittags unternahm Colonel Truman Cross, ein beliebter Quartiermeister, einen Ausritt in den Chaparral und kehrte nicht zurück. Es hatte Berichte über mexikanische Guerilla-Banden gegeben, die auf der Nordseite des Flusses ihr Unwesen trieben, und jetzt schwirrte das Gerücht im Lager herum, dass sie Cross getötet hätten. Ein Einheimischer erzählte den amerikanischen Behörden, dass die meisten dieser Guerilla-Truppen, die sie Rancheros nannten, nichts weiter seien als wilde Banditen, die schon seit Jahren das Grenzland terrorisierten, Banden von Räubern, Mördern, Deserteuren, Viehdieben und Skalpjägern. Die zwei berüchtigtsten Ranchero-Banden wurden von Ramón Falcón angeführt und dem berüchtigten Antonio Canales, einstiger Präsident der kurzlebigen und gewalttätigen República del Rio Grande. Beide Männer waren langjährige und bitter verachtete Feinde der Texaner. Als junge Offiziere waren sie beide unter Antonio López de Santa Anna in Alamo und auch bei Mier dabei gewesen. Während der gesamten zehn Jahre der Republik hatte jeder mit seiner Bande immer wieder Überfälle auf Texas verübt. Ortsansässige warnten Taylor, dass die Rancheros nicht nur Mexikaner umbrachten und ausraubten, was sie immer schon getan hatten, sondern jetzt auch amerikanische Nachschubzüge plünderten und unter dem Vorwand der Verteidigung des Vaterlandes skrupellos Amerikaner töteten. Diese Darstellung der Rancheros als blutrünstige Marodeure, die keinen militärischen Respekt verdienten, konnten die Texas Rangers bezeugen, die jetzt unter Taylor dienten. Unter dem Kommando von Colonel Samuel Walker waren sie die ersten Freiwilligen, die Old Zack in seine Armee aufgenommen hatte, und es gab unzählige Geschichten von der Barbarei der Rancheros. Wer vertraut war mit der texanischen Kriegsführung, wusste, dass sich viele solche Geschichten auch über die Texaner erzählen ließen. Tatsächlich hatte Taylor die texanischen Freiwilligen aufgenommen in der Überzeugung, dass sich eine Bande Barbaren am besten mit einer eigenen Bande Barbaren bekämpfen ließ. Trotzdem wollten manche, die die Geschichten der Texaner hörten, das meiste davon nicht glauben. Sie schrieben die schauerlichen Erzählungen der Rangers deren allseits bekanntem Hass auf alles Mexikanische zu.

Und dann kam die Zehn-Mann-Patrouille, die losgeschickt worden war, um Colonel Cross zu suchen, auf fünf lahmenden Tieren zurück anstatt auf ihren eigenen guten Pferden. Zwei Mann pro Pferd, jeder von ihnen nackt und auf dem Bauch liegend am Pferd festgebunden. Zwei der Leichen fehlte der Kopf ganz, und den restlichen tropfte das Blut von den skalpierten Schädeln und den offenen Wunden zwischen den Beinen, wo die Genitalien abgeschnitten worden waren. Einige hatten ein abgetrenntes Geschlechtsteil im Mund, manchen fehlten die Hände, anderen waren Ohren und Nasen abgeschnitten worden, und einige waren ohne Augen. Viele der jungen Amerikaner hatten Derartiges noch nie zuvor in ihrem Leben gesehen außer vielleicht in Albträumen oder in den abscheulichen Geschichten von betrunkenen alten Indianerkämpfern. Und keiner unter ihnen zweifelte jetzt noch an den Erzählungen der Texaner über die Grausamkeit der Rancheros.

Kurz darauf wurde der Leichnam von Colonel Cross im Chaparral gefunden, und auch er war geschändet worden.

Die Yankees kochten vor Rachegelüsten.

5 Dem ersten Handzettel, der die Amerikaner zur Fahnenflucht drängte, folgten bald weitere, jeder ausführlicher und eindeutiger in seinen Argumenten und Verlockungen als der vorhergehende. Die Zettel betonten, dass, im Gegensatz zu den Vereinigten Staaten, Mexiko ein tiefreligiöses katholisches Land sei, wo Sklaverei verboten sei. Warum also sollten katholische Yankees oder andere Männer, die wahrhaftig an Freiheit und Gerechtigkeit für alle glaubten, gegeneinander Krieg führen? Insbesondere die Iren hätten doch durch ihren gemeinsamen Glauben stärkere Bande mit den Mexikanern als mit den amerikanischen protestantischen Soldaten. Die Zettel gelobten, dass jeder Yankee, der sich entschloss, zur Verteidigung von Mexiko und der Heiligen Mutter Kirche zu kämpfen, für seine ehrenwerte Tat reich belohnt werde. Jedem Amerikaner, der sich der mexikanischen Seite anschloss, wurde ein Eintrittsbonus zugesichert. Jedem Mann wurde ein Rang versprochen, der seiner Ausbildung und Erfahrung entsprach, auf keinen Fall würde er einen Rang bekleiden, der niedriger war als der, den

 er bei der amerikanischen Army eingenommen hatte, und auf jeden Fall würde er besser entlohnt. Und man versprach Land. Jeder, der zur mexikanischen Seite überwechselte, würde mindestens 200 Ar bestellbaren Landes erhalten, mit mindestens 100 Ar zusätzlich für jedes weitere Dienstjahr.

An einem wolkenlosen Abend kurz nachdem die neuesten Zettel ebenso geheimnisvoll wie immer ihren Weg über den Fluss und ins Yankee-Lager gefunden hatten, saßen die drei Freunde auf dem Felsvorsprung und blickten hinüber zu dem hell erleuchteten Ort, wo gerade eine Fiesta stattfand. Taylor hatte jetzt am Ufer alle paar Yards Wachen aufstellen lassen, ebenso sehr um seine eigenen Soldaten davon abzuhalten, zur anderen Seite überzuwechseln, wie als Abwehr gegen Unterwanderer.

Die Klänge von Musik und Gelächter kamen von der Fiesta zu ihnen herübergeweht. Die Düfte würziger mexikanischer Speisen vermischten sich mit dem kräftigen Geruch des umgebenden Landes. Glühwürmchen leuchteten grünlich in der lauen Nachtluft.

Lucas Malone schaufelte mit der Hand Erde auf und ließ sie zwischen seinen Fingern hindurchrieseln. Sein Blick war verschwommen und entrückt.

»Ich hab heute mit diesem Mexie-Burschen drüben bei der Koppel gesprochen, den alle für einen Maultiertreiber halten, ist er aber nicht«, sagte Riley kaum lauter als im Flüsterton und sah dabei über den Fluss. »Er ist von der andern Seite. Heißt Mauricio. Spricht gut Englisch und hat mit vielen von den Jungs geredet. Meistens mit andern Iren, aber auch mit den Deutschen. Sagt, da sind schon vierzig oder mehr von uns da drüben.«

John sah ihn an, sagte aber nichts. Lucas blickte auf die Erde, die zwischen seinen Fingern hindurchglitt.

»Hat gesagt, dort würde man mich zum Offizier machen«, sagte Riley, immer noch ohne sie anzusehen. »Hat gesagt, Ampudia wird mich als den Soldaten nehmen, der ich bin.«

Niemand sagte etwas. Dann meinte Riley: »Wie willst du sonst jemals zu dem Stück Land kommen, das du unbedingt haben willst, wie du immer behauptest?«

Lucas sah ihn scharf an.

»Ich glaub nicht, dass sie den Krieg verlieren können«, flüsterte

Riley. »Sind zu viele. Verdammt, das Land selbst wird diese Armee besiegen. Habt ihr die Karten gesehen? Da sind nur Berge von einem Ende bis zum andern.« Er wandte sich jetzt ihnen zu. »Nicht jeder hat die Chance, das zu bekommen, was er sich am meisten wünscht. Es ist meine Chance, der Soldat zu sein, der ich bin, den Rang zu haben, den ich verdiene. Du, Lucas Malone, was du willst, das weiß ich. Das ist auch deine Chance. Und du, Johnny, was willst du mehr als alles andere ? Auch dein eigenes Stück Land, wie Lucas hier? Ich hab den Blick in deinen Augen gesehen, wenn er davon redet, aber ich hab es dich nie sagen hören.«

John sah vom einen zum anderen. Was er sich wünschte, war unaussprechlich. Wie sollte man denn etwas erklären, das man nicht einmal sich selbst gegenüber in Worte zu fassen vermochte, das man nur im Pochen seines Blutes spürte? Wie könnte er ihnen denn erzählen, dass er sich nichts sehnlicher wünschte, als dass ihm endlich Daddyjack und Maggie nicht mehr im Traum erschienen? Dass es ein Ende hätte mit dem nächtlichen Aufschrecken, wenn ihm das Herz wild in der Kehle schlug, wenn er an seiner eigenen Angst erstickte, sich gejagt fühlte von irgendeiner furchtbaren Nemesis, die mit jedem blutigen Sonnenuntergang näher rückte?

»Ohne ein Stück Land, das er sein Eigen nennen kann«, sagte er, »ist ein Mann nur 'ne Feder im Wind, ist das nicht so?«

6

Er hätte lieber noch ein paar Tage gewartet, bis der Mond abnahm und verschwand – oder zumindest bis eine wolkige Nacht ihnen bessere Deckung gab –, doch Riley und Lucas waren wild entschlossen, noch in derselben Nacht die Überquerung zu wagen. Und so schlüpften sie kurz nach Mitternacht aus dem Zelt und schlichen sich durch die tiefen Schatten der Pappeln eine Viertelmeile flussaufwärts und suchten dann aus der Deckung der Bäume das diesseitige Ufer ab. Sie entdeckten einen einsamen Wachposten, der leise vor sich hin singend im blassen Licht der Mondsichel, die hell am Sternenhimmel leuchtete, entlangschlenderte. Kein anderer Wachposten in der Nähe. John erregte seine Aufmerksamkeit, indem er leicht im Gebüsch raschelte, und der Wachposten näherte sich argwöhnisch mit dem Gewehr an der Hüfte. Als der Wachposten an ihm vorbeiging, trat Riley hinter einem Baum hervor und trieb ihm die Kante seines Gewehrkolbens mit Wucht in den Hinterkopf, sodass es feucht knirschte. Er und Lucas nahmen ihm schnell Gewehr, Beutel und die paar Dollar ab, die er in seiner Tasche hatte, und stießen dann zu John im Ufergebüsch. John fragte, ob sie den Wachposten getötet hatten, und Riley flüsterte, das zwar nicht, aber womöglich würde der Kamerad etwas Mühe haben, jemals wieder in einer geraden Linie zu gehen.

Sie zogen sich bis auf die Haut aus, schnürten ihre Kleidung zu festen Bündeln zusammen und banden sie an ihre Gewehrläufe. Sie ließen sich am Ufer herab, das hier steiler war als unten beim Ort, schoben sich durch das Schilf, das sie wie kleine Rasiermesser schnitt, und glitten hinein ins mondbeschienene Wasser. Der Fluss schmeckte nach Schlamm und Fäulnis. Sie hielten ihre Gewehre und Bündel über ihren Köpfen und schwammen mit einer Hand, doch der Fluss strömte schneller und tiefer, als sie gedacht hatten, und sie wurden schnell stromabwärts getrieben.

»Jesses«, keuchte Lucas, als er zum anderen Ufer strebte. »In einer Minute sind wir direkt vorm Lager, verflucht.«

Doch sie waren alle drei gute Schwimmer und stießen schräg über den Fluss. Sie waren nur noch zehn Yards vom gegenüberliegenden Ufer entfernt, als eine Stimme rief: »Ihr da im Wasser! Sofort umkehren, sonst schießen wir!«

Sie schwammen nun in wilder Verzweiflung, John vorne, als sie das Röhricht erreichten und ein Gewehr hinter ihnen am anderen Ufer aufblitzte und krachte und die Kugel einen Schritt zu seiner Rechten ins Wasser platschte. Er wünschte, der Mond würde sterben und sich verdunkeln. Seine Füße berührten jetzt den weichen Schlamm am Grund und sein Atem ging schwer, als er nach dem Schilf griff, um sich die abschüssige Böschung hinaufzuziehen. Er spürte, wie es ihm in die Hände schnitt, fühlte aber keinen Schmerz. Er warf Gewehr und Bündel auf höheres Gelände, als mehr Gewehrschüsse ertönten und eine Kugel an seinem Ohr vorbeizischte und in die schlammige Böschung klatschte. Er hörte Lucas Malone grunzen und leise hinter sich fluchen, und er drehte sich um und schaute, doch Lucas war nicht da. Aber da kam Riley, der längsseits trieb, und John packte den Gewehrlauf, den Handsome

Jack ihm hinstreckte, und zog ihn ins Schilf. Riley schleuderte seine triefenden Sachen auf die Böschung hinauf und kroch an ihm vorbei durch das Röhricht und fort ins Dunkel.

Während er Riley das Ufer hinauf folgte, wurde ein halbes Dutzend Gewehre beinahe gleichzeitig abgefeuert, und er verspürte einen scharfen Schlag am Unterschenkel und dann ein Brennen. Er fluchte und wand sich durch das Schilf hinauf. Er fiel auf den Böschungsrand und schob sein Gewehr und seine Kleidung vor sich her, als er ins Gebüsch kroch und noch mehr Schüsse ertönten und Kugeln durch das Gebüsch zischten.

Geduckt lag er in dem dichten Gestrüpp und sah zu seiner Linken die bleiche nackte Gestalt von Lucas Malone, der ungelenk in die Dunkelheit einer Weidenwaldung kroch.

Die Kugeln kamen jetzt verstreut, und John wusste, dass die Wachposten sie aus den Augen verloren hatten. Der Beschuss dauerte eine Minute an und erstarb schließlich. John blieb, wo er war, für den Fall, dass die Schützen nur darauf warteten, dass er seine Position verriet. Sein Unterschenkel pochte, und er betastete sein Schienbein und sog zischend Luft ein, als seine Finger die Wunde fanden. Er rührte sich eine ganze Weile nicht aus seinem Versteck, und als eine vorbeiziehende Wolke kurz den Mond verdunkelte, kroch er aus dem Gebüsch, über einen offenen Streifen Gelände in die Bäume hinein. Dort fand er Riley, der angekleidet auf ihn wartete. Riley half ihm auf die Beine, und John schlüpfte schnell in seine schlammigen Sachen. Als er seinen linken Stiefel anzog, blitzte hinter seinen Augen ein weißer Schmerz auf, der ihn kurz schwindeln ließ. Während sie sich stromabwärts durch die Schatten bewegten, spürte er, wie die Innenseite seines Stiefels glitschig von Blut wurde.

Sie stießen auf Lucas Malone, der mit dem Rücken an einem Baum saß. Er war in die Seite getroffen worden und blutete stark, doch er konnte stehen und gehen. Er hatte sein Gewehr und seine Kleidung verloren und hatte jetzt nichts mehr in der Welt als seine nackte Haut. John und Riley gaben ihm ihre Hemden, und Lucas trug eines in der üblichen Art und das andere um seine Hüfte gebunden wie einen Rock. »Wenn einer von euch Ärschen lacht«, zischte er, »der kriegt meine Faust ins gottverdammte Maul.« Riley und John grinsten ihn an, und Lucas Malone verfluchte sie leise als Hurensöhne.

Sie setzten ihren Weg durch die Bäume fort, landeinwärts und vom Fluss weg, stießen bald auf einen sandigen Pfad und folgten ihm durch den blauen Schein des Mondlichts zum Rand der Ortschaft. Johns Stiefel war jetzt schwer von Blut.

Ein paar Wachposten traten aus den Schatten, ihre Gewehre aus der Hüfte auf sie gerichtet, und riefen: »Quién vive?«

»Freunde«, erwiderte Riley. »Amigos.«

Jetzt kamen ein Offizier und zwei weitere Soldaten und ein Mann in Zivil die Straße heruntergeeilt, und wieder rief Riley: »Amigos, wir sind Amigos.«

Der Mexikaner in Zivil sagte: »Esta bién, Nacho. Son irlandeses.« Er wies auf Riley. »Yo conozco este grandote.«

»Mauricio!« sagte Riley. »Hab dich verdammt noch mal nicht erkannt.«

Mauricio lachte, und er und Riley umarmten sich und klopften sich in einem rauen Abrazo auf die Schultern.

Der Offizier steckte seine Pistole weg, grinste ihnen zu und sagte: »Bienvenidos, amigos. Ihr seid willkommen.«

7 Der Offizier hieß Lieutenant Saturnino O'Leary und ergötzte sich sehr an ihren Mienen, als er ihnen seinen Namen verriet. Sein Vater war Ire, der an die fünfundzwanzig Jahre zuvor über die Vereinigten Staaten nach Mexiko gekommen und durch das ganze Land gezogen war, bevor er sich in Durango niederließ und eine Mexikanerin aus gutem Hause heiratete. Saturnino hatte die Muttersprachen beider Eltern fließend sprechen gelernt.

John und Lucas wurde auf einen von Maultieren gezogenen Munitionswagen geholfen, und er eskortierte sie dann alle zur Hauptgarnison auf der anderen Seite des Ortes. Auf dem Weg zum Hauptposten kamen sie an vielen kleineren Lagern vorbei und es war klar, dass die mexikanischen Truppen seit Ankunft der Amerikaner am Nordufer wesentlich verstärkt worden waren. Mit diesen Soldaten waren Hunderte von Marketenderinnen gekommen – hauptsächlich Ehefrauen und Verlobte, doch auch eine gute Anzahl

Huren –, und ihre Feuer und provisorischen Lager waren überall.
Riley und der Lieutenant gingen nebeneinander und unterhielten sich mit gesenkten Stimmen, doch ohne viel Gestikulieren. Bei der Hauptgarnison entfernten sie sich, während man John und Lucas in ein großes, von Lampen beleuchtetes Sanitätszelt brachte, wo sie von mehreren mexikanischen Krankenschwestern empfangen wurden. Die Frauen kicherten und verdrehten die Augen, als sie Lucas Malones Aufzug sahen. Sie lachten auch über die überaus große Verlegenheit der Männer, als ihnen ihre durchnässten Kleider ausgezogen wurden. Die Amerikaner wurden von einem mexikanischen Chirurgen namens Dr. Alonzo untersucht, der kein Englisch sprach, doch dem ein muskulöser junger Mann namens Arturo assistierte, der über ein passables Pidgin verfügte. Ein Ende des Zeltes diente Dr. Alonzo als Arbeitsplatz, und dazu gehörte eine Feuerschale voll glühender Kohlen, in denen eine Anzahl Schüreisen steckte. Der Rest des geräumigen Zelts enthielt etwa drei Dutzend Feldbetten, von denen derzeit nur etwa sechs belegt waren, eines von einem Mann, der dem Anschein nach tot war.

Der Doktor behandelte Lucas zuerst, gestattete ihm mehrere große Schlucke Tequila, um sich zu wappnen. Lucas verkündete, dass es verdammt gutes Zeug sei. Dann musste er sich zurücklegen, und Arturo gab ihm ein gefaltetes Stück Leder zum Draufbeißen und hielt seine Oberarme mit festem Griff nieder, damit er sich nicht bewegen konnte, während der Arzt die Wunde nach der Gewehrkugel absuchte. Eine Schwester hielt die Lampe nahe darüber, und Motten flatterten und stießen gegen das rußige, feuerhelle Glas. Einige flogen zu nahe an die Oberseite der Lampe und fielen versengt auf Lucas, und der Doktor schnippte sie während des Arbeitens einfach weg. Lucas bleckte die Zähne und fluchte durch das Leder hindurch, und seine Halsmuskeln traten wie Seile hervor. Dann hatte Alonzo die Kugel und hielt sie mit der Pinzette hoch, damit alle sie sehen konnten, bevor er sie klirrend in eine Blechschale fallen ließ. Er ging jetzt zu der Feuerschale und nahm ein Schüreisen heraus, dessen Spitze orangerot glühte, und er sagte Lucas, er solle noch einmal fest zubeißen. Die Muskeln schwollen entlang Arturos Armen, als er Lucas ein weiteres Mal auf den Tisch niederdrückte. Lucas brüllte durch die Zähne hindurch, als das Eisen in der Wunde zischte, und dann war es vorbei und der süße wächserne Geruch von verbranntem Fleisch hing im Zelt.

Als er verbunden wurde, fragte Lucas mit heiserer Stimme, ob er noch einen Schluck von diesem prächtigen mexikanischen Schnaps haben könne. Dr. Alonzo reichte ihm die Flasche und ließ ihn ordentlich trinken, damit er tief schlafen konnte. Lucas sang *Molly Malone*, während ein paar Soldaten ihn zu einem Bett trugen, wo eine dralle mexikanische Krankenschwester ihn mit einer Decke zudeckte und ihm den Schmerzschweiß auf der Stirn mit einem feuchten Tuch trocknete und ihm sanft zuredete, während er in Schlaf versank.

Die Behandlung von Johns Wunde beanspruchte mehr Zeit, weil die Bleikugel vom Schienbeinknochen abgeprallt und zersplittert war. Der Arzt verkündete, der Knochen sei nicht gebrochen, wenn auch gehörig geprellt, und er verbrachte eine Stunde damit, Bleistücke aus dem zerrissenen Fleisch zu zupfen. Er starrte auf Johns frische Gesichtsnarbe und schürzte die Lippen, sparte sich aber eine Bemerkung. Während Alonzo ihn behandelte, trank John den Tequila aus. Jetzt hielt Arturo sein Bein fest, während Dr. Alonzo ein glühendes Schüreisen in die Wunde presste, und wieder füllte sich das Zelt mit dem Geruch von verbranntem Fleisch, und John gellte in das Leder, auf das er biss. Und in diesem Augenblick erinnerte er sich lebhaft an das eine Mal in Alabama, als er die Schulter seines Bruders mit einem glühend roten Ladestab kauterisiert hatte.

Er ließ das Leder aus seinem Mund fallen und keuchte: »Edward.«

»Qué?« fragte Arturo. Er sah seinen Assistenten an. »Qué dijo?«

»Egg word?« Arturo zuckte die Achseln. »Quién sabe?«

8 Die nächsten beiden Wochen lang mussten sie ihr Bett im Sanitätszelt hüten, ohne viel darüber zu erfahren, was in der Welt geschah, bis auf das, was sie den in schlechtem Englisch überbrachten Berichten Arturos entnehmen konnten. Er erzählte ihnen, dass Riley, nur wenige Stunden nachdem der Arzt sie behandelt hatte, vorbeigekommen sei, um zu sehen, wie es ihnen ging, aber

sie hätten beide geschlafen, und Doktor Alonzo habe verboten, sie zu wecken. In den Tagen danach hatte Riley eifrig an den Artilleriebatterien der Garnison geübt. Arturo sprach von ihm als dem »teniente Riley«. Sie erfuhren auch, dass General Ampudia von General Mariano Arista abgelöst worden war, der kürzlich mit zusätzlichen Truppen eingetroffen war und General Torrejón und seine Kavallerie über den Fluss an eine Stelle stromaufwärts geschickt hatte, wo sie gegen eine Abordnung amerikanischer Dragoner gefochten und sie besiegt hatten. »Arista es el mejor general, der am beste General«, sagte Arturo glühend. Ein paar Tage nach Torrejóns Sieg hatte eine Bande Rancheros einen Trupp von Texas Rangers überfallen und zehn von ihnen getötet. »Rinches chingados! Los Rancheros die haben die scheiß Rinches gut getötet, gut getötet!«

Nach ihren ersten paar Tagen im Lazarett erlaubte Alonzo Lucas, aufzustehen und im Zelt herumzugehen, aber es dauerte mehr als eine Woche, bevor John an einer Krücke gehen durfte. Eines Tages berichtete Arturo aufgeregt, Taylor habe seine Zelte abgebrochen und sei mit all seinen Männern und Wagen zu Point Isabel am Golf gezogen, bis auf ein Regiment, dass zur Verteidigung von Fort Texas zurückgelassen worden war. Die Amerikaner brauchten dringend Nachschub, und Taylor wusste, es würde den größten Teil seiner Streitmacht erfordern, die beladenen Wagen auf dem Rückweg vom Hafen zu verteidigen. Jetzt hatte General Arista den Großteil seiner Truppen stromabwärts von Matamoros gebracht, wo er den Fluss überqueren wollte, in der Hoffnung, Taylor zwischen Fort Texas und Point Isabel abzufangen.

»Arista er ist töten Taylor«, sagte Arturo fröhlich.

Einige Tage später wurden sie von Artilleriefeuer geweckt. Obwohl von keiner Seite der Krieg erklärt worden war, beschossen die Mexikaner Fort Texas. Bis auf die Kanone in New Orleans, die die Ausgangssperre verkündet hatte, waren dies die ersten Artilleriegeschütze, die John in seinem Leben hörte, und sein Herz machte einen Satz bei jeder donnernden Entladung. Er packte seine Krücke und gesellte sich zu Lucas Malone am Eingang des Zelts, wo ein Wachposten stand, der dafür zu sorgen hatte, dass sie im Lazarett blieben, wie Alonzo es angeordnet hatte. Das Lager war in heller Aufregung und dunstig von Geschossrauch. Sie sahen eine Geschützbatterie, etwa vierzig Yards von ihnen entfernt, und da war Handsome Jack Riley, der den Kanonieren Anweisungen gab, während ein mexikanischer Offizier zusah.

»Yiiiihaaa!« grölte Lucas. »Jack hat den Jungs das Schießen beigebracht, als wär das ein gottverdammter Revolver, so schnell schießen die. Ich hoffe nur, dass dieser verfluchte Kaufmann noch da drüben ist und ein Schuss ihn voll im Arsch erwischt! Gib's ihnen, Jack! Schieß diesen scheiß Kaufmann in die Hölle!«

Der Beschuss dauerte bis Sonnenuntergang. Das letzte Geschoss quer über den Fluss war von großem Jubel der mexikanischen Soldaten begleitet, und von ihren heiseren Drohungen an die Yankees am anderen Ufer, dass noch mehr kommen würde.

Kurz nach Einbruch der Dunkelheit an jenem Abend kam Jack Riley sie besuchen. Er trug die Uniform eines mexikanischen Artilleristen, deren Kragenspiegel eine explodierende Bombe zeigte. Er grinste weißlich durch sein pulverrußiges Gesicht, setzte sich an den Fuß von Johns Bett und rieb sich, einen müden Seufzer ausstoßend, heftig das Gesicht. Verfluchte sie dann beide als faule Burschen und fragte, wann sie denn bereit seien, mit den San Patricios zu kämpfen.

»San Patricios«, sagte John. »Was ist das denn?«

»Die Kompanie des heiligen Patrick«, sagte Riley. »Hab sie selber aufgestellt. Taylor hat nämlich viel mehr Deserteure, als er zugegeben hat. Die Cantinas von Matamoros sind voll mit ihnen. Viele von denen sind bereit, sich den Mexies anzuschließen im Austausch für etwas eigenes Land – und unter der Bedingung, dass sie in derselben Truppe dienen können. Also hatt ich 'ne Idee, und es dauerte nicht lange, da war ich schon bei General Arista höchstpersönlich, um sie ihm zu erklären. Und Jungs, ihm hat die Idee gefallen und er hat mir sein' Segen gegeben. Wirklich! Eine Kompanie aus Soldaten, die alle von der andern Seite kommen, beinahe alles Iren, die meisten sind Taylor abgehauen, aber einige sind selber hier runtergekommen. Ein paar sind in den Staaten geboren, aber die meisten kommen aus der alten Heimat. Wir ham auch ein paar Deutsche dabei, is ja klar – gibt keine Armee auf der Welt, die nicht ihre Deutschen hat, stimmt's?« John hatte Handsome Jack noch nie so aufgeregt gesehen. »Es gibt ein paar verdammte Engländer bei uns, und ein paar Schotten, und sogar einen Burschen aus Kanada. Aber wie gesagt, die meisten sind Iren wie wir. Schon zweiundvierzig in der Truppe, und ich erwarte, dass wir noch viel mehr kriegen, sowie die Jungs genug davon haben, dass sie für die Yankees nix anders sind als irische Hunde, die man herumtritt.«

»Also, die San Patricios sind noch nicht amtlich, versteht ihr, aber bald. Das hat Arista mir selber gesagt. Muss nur noch der nötige Papierkram erledigt werden. Bis dahin sind wir die San Patricios. Wir tragen die Artillerieuniform der Mexies, aber wir werden unser eigenes Banner kriegen. Wisst ihr, wie uns die Mexies nennen? Colorados. Die Roten. Weil es so viele rothaarige Iren in dem Haufen gibt. Is das nicht ’ne Bombe?«

Er hielt inne und blickte sie mit schmalen Augen an. »Keiner von euch Burschen hat was zu meinem Abzeichen gesagt.« Er berührte das Offiziersmessing, das über dem Artillerie-Rangabzeichen an seinen Kragen befestigt war.

»Was bedeuten die denn, Jack?« fragte John mit einem Zwinkern zu Lucas Malone.

»Die bedeuten, dass ihr mich verdammt noch mal zu grüßen habt, das bedeuten sie«, sagte Riley mit breitem Grinsen. »*Lieutenant* Riley heißt es jetzt für euch beide, und ei’m Lieutenant steht immer ein Gruß von bloßen Sergeants zu.« Er strahlte sie an.

John und Lucas wechselten Blicke.

»Genau, Jungs, ich hab Sergeants gesagt«, sagte Riley. »Der befehlshabende Offizier ist natürlich ein Mexie, aber ein guter Bursche und ein verdammt prächtiger Soldat, und er lässt mich meine eigenen Unteroffiziere aussuchen. Ich werd euch Jungs bald für den Einsatz brauchen, also müsst ihr jetzt mal aufhören mit Simulieren, alle beide. Doc Alonzo sagt, er lässt euch morgen gehen. Er sagt, du brauchst noch einen Stock, Johnny, aber ich und Captain Moreno – das ist der befehlshabende Offizier –, wir schätzen, es is besser, du humpelst herum und lernst, wie man mit den großen Kanonen schießt, als dass du da noch länger auf dei’m faulen Arsch rumliegst.«

Er erhob sich und blickte grinsend von einem zum anderen. »Ihr seid zu höflich, um zu fragen, also sag ich's euch: Euer Sold ist 16 Dollar im Monat. Na, schlägt das nich die mickrigen sieben Dollar, die wir als frische Gefreite vom alten Taylor bekommen haben? Und das ist nicht alles. Ihr habt Anspruch auf 400 Ar Land, jeder von euch. Das stimmt, Jungs, ich hab vierhundert gesagt. Betet, dass der Krieg ein Jahr dauert, dann kriegt ihr noch mal 200. Das ist es, Kumpels, *die* Chance, für was zu kämpfen, für das es sich lohnt – für euch selber, euer eigenes Land. Ihr werdet reiche Männer sein, wenn die Schießerei vorbei ist.«

Er zog zwei Formulare aus seiner Jackentasche und breitete sie auf dem Bett neben John aus. »Müsst nur noch hier unterschreiben.«

John hob eines auf und sah, dass es auf Spanisch war.

»Arturo«, rief Riley, »bring Feder und Tinte vom Doc da vom Tisch.« Der Krankenwärter holte das Gewünschte, und Riley tunkte die Feder ein und reichte sie John.

John zögerte. Er blickte vom Formular auf und hielt Jack Rileys Blick stand. Handsome Jacks Lächeln wurde starr. Seine blauen Augen leuchteten hart. »Ja oder Nein, Johnny, mein Junge«, sagte er leise. »Ein einfaches Ja oder Nein.«

John glättete das Formular auf dem Bett, unterschrieb es und gab die Feder zurück. Riley tunkte sie wieder ein und reichte sie Lucas Malone, und auch Lucas unterschrieb.

Riley löschte die Unterschriften mit seinem Ärmel und steckte die gefalteten Papiere in die Tasche. Er grinste sie an, nahm eine Flasche aus seiner Jacke, entkorkte sie und hob sie zu einem Toast. »Auf jene von uns, die die wahre Bruderschaft kennen.« Er trank und gab die Flasche an Lucas Malone weiter, der sie ansetzte und dann an John weitergab, der sie den anderen nacheinander entgegenhob und trank.

Riley steckte die Flasche weg und sagte: »Wir sehn uns beim Wecksignal, Jungs – ich meine, Sergeants.«

Er war schon an der Zelttür, als Lucas ausrief: »Sag mal … *Lieutenant.* Ich hab noch 'ne Frage. Was, wenn wir nicht unterschrieben hätten?« Malone lächelte, doch sein Blick war gespannt. »Was wär dann aus uns geworden?«

Riley sah beide an und grinste. »Was schon, Mann? Ihr wärt

morgen früh an die Wand gestellt und als Spione erschossen worden.« Lachend ging er hinaus.

9 Den Großteil ihrer Artillerieausbildung erhielten sie während des täglichen Beschusses von Fort Texas. Sie lernten, wie man ein Artilleriegeschütz von einer Stellung zur anderen bewegte, wie man das Rohr entkoppelte und lud und seine Elevation einstellte, wie man es mit einem Putzstab ausrieb und zwischen den Schüssen mit Wasser kühlte. John war beeindruckt, wie souverän Handsome Jack mit den großen Waffen umging. Riley nahm sie mit zur Barrikade, die den Fluss überblickte, gab ihnen ein Messingfernrohr und schulte sie in der Kunst des Artilleriebeobachters. Das Fort hielt sich gut unter dem ständigen Beschuss, und Lucas Malone sagte: »Verdammt, wir haben das Ding richtig gut gebaut, wie?«

Mehrmals am Tag unterbrachen die Mannschaften den Beschuss, um sich auszuruhen oder etwas zu essen. Während dieser Atempausen ging der stellvertretende Kommandeur des Forts, Major Jacob Brown, an den vorderen Mauern des Forts entlang, um den Schaden zu inspizieren. Während einer Pause an einem windigen Nachmittag, als sie bei der Stellung saßen und ihre Mittagsmahlzeit aus Tacos und Bohnen verzehrten und beobachteten, wie Brown seine Inspektion machte, sagte Riley plötzlich: »Unverschämter Hurensohn.«

Er setzte seinen Teller ab und befahl zwei Kanonieren, zwei der Geschütze mit explosiver Munition zu laden. Die mexikanische Artillerie verwendete immer noch hauptsächlich massive Munition, und Riley bat Captain Moreno täglich um Sprenggeschosse, mit dem Argument, dass ihre Artillerie sonst den Yankees nicht gewachsen sei. Moreno gab ihm recht, doch seine Anträge beim Oberbefehl in Mexiko-City wurden routinemäßig ohne Erklärung abgelehnt oder einfach ignoriert. Die wenige explosive Munition, die sie hatten, war kostbar, aber in diesem Moment war das Riley egal. Er wollte Brown unbedingt töten, und das ging nur mit explosiver Munition. Er stellte sich an eines der Geschütze und postierte einen geschickten Kanonier, Octavo, am anderen. Er berechnete den Abschusswinkel mit dem Auge und rief ihn Octavo zu. Als Brown langsam vor der Mauer entlangschlenderte und seine sorgfältige Inspektion machte, richtete Riley sein Geschütz auf einen Punkt direkt hinter ihm und ließ den mexikanischen Kanonier auf einen Punkt etwa fünfzehn Yards vor dem Yankee zielen. Jetzt zündeten sich er und der Mexikaner je eine Zigarre an und pafften heftig, bliesen dann die Asche von den Spitzen und hielten sie ans Zündloch. Die Soldados schlossen Wetten ab, machten Scherze und verfolgten mit konzentrierter Miene den weiteren Gang der Ereignisse. Als Brown die Stelle erreichte, die nach Rileys Schätzung in der Mitte zwischen den beiden Zielpunkten lag, sagte dieser: »Ya!«, und er und Octavo legten die Zigarrenspitzen an die Öffnungen, und die Geschütze dröhnten beinahe gleichzeitig.

Brown wirbelte herum, als er die Geschütze hörte, und rannte, den Weg, den er gekommen war, zurück – wie ein Hirsch im vollen Lauf im perfekt geführten Visier des Jägers: Er machte vielleicht drei Schritte, bevor das Geschoss des Mexikaners ein gutes Stück hinter ihm explodierte. Im gleichen Moment landete Rileys Geschoss zu seinen Füßen, und die Explosion schleuderte ihn hoch in die Luft wie eine Puppe, die an den Nähten auseinanderfällt. Blut spritzte und Glieder lösten sich in alle Richtungen, und er fiel in Stücke zerteilt auf den Boden zurück.

Die mexikanischen Soldaten und die San Patricios jubelten fröhlich, als der Rauch sich auf der anderen Seite des Flusses lichtete und die Gestalten anderer Amerikaner vorsichtig aus dem Fort erschienen, um Browns verstreute Überreste einzusammeln. Eine große einsame Gestalt stolzierte zum äußersten Rand des Flusses und stand da und schwenkte ein Bowie-Messer und brüllte Verwünschungen, die bei der mexikanischen Stellung nur schwach zu hören waren, doch klar genug, um zu begreifen, dass sie an Jack Riley und John Little gerichtet waren. Es war die Great Western, die sie als verräterische mörderische Bastarde verfluchte und gelobte, sie totzuschießen und ihre männlichen Teile abzuschneiden. Als sie in dieser Art fortfuhr, rief Riley John zu sich, bedeutete einem Schützen, ihm sein Gewehr zu geben, und sagte: »Zeig ihr mal, dass wir sie hören, Johnny, mit deinem Adlerauge.« Johnny legte sich hin und stützte das Gewehr auf einen großen Felsen, riss etwas Unkraut aus und warf es in die Luft, um den Wind zu prüfen. Er richtete sein Visier, holte tief Atem, atmete zur Hälfte aus, zielte genau und drückte ab. Der hohe Hut der Borginnis sprang ihr vom Kopf, beschrieb in der Brise einen Bogen stromaufwärts und kullerte das Flussufer entlang, wo ein Hund ihm hinterherjagte, ihn fing und wie einen Hasen hin und her schüttelte.

Riley juchzte auf. »Da hat sie, was sie verdient, wenn sie unsere Schwänze abschneiden will, verdammt! Großartiger Schuss, Johnny!«

Die Great Western fasste sich mit der Hand auf ihren bloßen Kopf, drehte sich um und sah, wie der Hund ein Stück stromaufwärts ihren Hut herumzerrte. Sie blickte zurück über den Fluss, und selbst auf diese Entfernung konnten sie ihr weißes Grinsen sehen. Sie legte die Hände um den Mund und brüllte: »*Ich* werd *euch* nicht verfehlen … ihr *Dreckskerle*!«

Einige Tage später gab Taylor einen allgemeinen Befehl aus, den Ort in Fort Brown umzubenennen. Aber noch Monate danach sprach die mexikanische Armee des Nordens von dem Schuss, den der Ire Riley am Rio Bravo dem Yankee in die Tasche gelegt hatte.

10

Sie hatten das Fort eine Woche lang beschossen, als sie eines späten Vormittags fernes Artilleriewummern hörten und Staub am Horizont Richtung Norden erspähten, und da wussten sie, dass die Schlacht zwischen den beiden Armeen begonnen hatte. Sie schätzten, die Gefechte waren etwa zehn Meilen entfernt und um den Teich von Palo Alto konzentriert. Am späten Nachmittag stand bereits dichter weißer Rauch am Himmel, der, wie sie später erfuhren, von Grasbränden stammte, die durch brennende Pulverpfropfen der amerikanischen Artillerie entzündet worden waren. Mexikanische Verwundete verbrannten bei lebendigem Leib, während sich die Feuer durch den Chaparral ausbreiteten. Riley verfluchte Arista wegen seiner Dummheit, seine Geschütze nur mit massiver Munition auszurüsten. »Die Yankees benutzen Sprengmunition, und er schießt mit Eisenkugeln nach ihnen, verdammt! Warum nicht gleich mit Steinen nach ihnen werfen?« Captain Moreno nahm ihn beiseite und riet ihm, solche aufrührerischen Ansichten für sich zu behalten. Doch sie hörten bald, wie die Yankees über die massive Munition lachten und sich ein Spiel daraus machten, einen Schritt zur Seite zu tun, wenn sie vorbeirollte und von den Hunden gejagt wurde.

Das Schlachtgetöse verstummte bei Sonnenuntergang, doch die Grasbrände loderten weiter, und der nördliche Himmel flackerte rötlich die ganze Nacht hindurch. In der Garnison grassierten die wildesten Spekulationen. Die Gefechte wurden bei Anbruch des nächsten Tages wieder aufgenommen und waren deutlich näher, denn jetzt war schon das Knattern kleinerer Waffen zwischen den Böllern der Artillerie vernehmbar. »Moreno glaubt, sie sind jetzt bei einem trockenen Flussbett namens Resaca de la Palma«, sagte Riley zu John und Lucas. »Der Chaparral ist da draußen so dick wie Moses' Bart.«

Von dort stiegen jetzt dichter Staub und Rauch auf. Und jetzt hörten sie andere Laute, die sich mit dem Wummern der Geschütze und dem Knattern und Knallen der Gewehre vermischten. Hörten das schrille Wiehern von Pferden, Schlachtrufe und Schreie der Wut, Angst und Agonie. Und jetzt erspähten sie einen zersprengten Trupp Dragoner, der in völliger Unordnung dem Fluss entgegenritt, jeder verzweifelt um noch größere Geschwindigkeit bemüht, während sie ihren Rössern die Peitsche gaben und die Sporen in die blutigen Weichen gruben. Die schäumenden Pferde kamen wild herangeprescht, die aufgerissenen Augen weiß vor Angst. Ihnen folgten weitere Reiter und hinter diesen eine große Schar der zerschlagenen mexikanischen Infanterie in heilloser Auflösung. Einige noch mit dem Gewehr in der Hand, viele ganz ohne Waffen, flüchteten sie wie vor dem Teufel persönlich. Noch nie hatte John Angst in diesem Ausmaß erlebt, noch nie ein so kollektives Heulen der Verzweiflung gehört. Die Mexikaner rannten mit wildem Blick in den Fluss, einige stürzten kopfüber ins Wasser und wurden von denen niedergetrampelt, die hinter ihnen kamen. An manchen Stellen ertranken Männer in weniger als einem Fuß Wasser. Sie schwammen fieberhaft auf das südliche Ufer zu, und einige strampelten und tauchten in der Flussmitte unter, und keiner der Männer neben oder hinter diesen ertrinkenden Kameraden dachte daran, ihnen beizustehen. Jeder war nur verzweifelt darauf bedacht, seine eigene Haut vor den Yankee-Dämonen zu retten, die ihnen hart auf den

Fersen waren. Und diese Dämonen kamen jetzt in Sicht, kamen kreischend vor Mordlust und mit gefälltem Bajonett und durchbohrten jeden gefallenen Mexikaner auf ihrem Weg.

So kehrten Aristas Soldaten zurück von ihrem ersten größeren Gefecht mit den Amerikanern. Moreno und Riley hatten wieder begonnen, das Fort zu beschießen, um die Soldaten drinnen in Schach zu halten und sie daran zu hindern, sich an dem Gemetzel zu beteiligen.

John hatte seinen Stock beiseitegelegt und sich einer von Rileys Geschützmannschaften angeschlossen. Und selbst während sie eine Ladung nach der andern auf Fort Texas abschossen, tauschten er und Riley und Lucas Malone Blicke aus, und alle drei wussten, dass der Krieg wahrhaft begonnen hatte und die Würfel ihrer Zukunft geworfen worden waren und rollten.

Während der nächsten Nächte lag Matamoros wach unter dem Stöhnen der Sterbenden und dem Heulen der sie umkreisenden Wölfe. In der Hitze des Tages summten Schwärme dicker grüner Fliegen. Auf den Mauern von Fort Texas und den Dächern von Matamoros drängten sich die Geier wie feierlich rot behaubte Priester bei einem Massenbegräbnis.

Beerdigungstrupps auf beiden Seiten des Flusses arbeiteten pausenlos, um die Toten unter die Erde zu bringen. Aber man kam nur langsam voran, und nachts konnte man die Wölfe hören, wie sie schnappten und fauchten und an den Leichen rissen.

Reporter, die mit Taylors Armee reisten, behaupteten, die Wölfe zögen es vor, tote Amerikaner zu fressen als vom degenerierten, durchwürzten Fleisch der Mexikaner.

Vier Tage später erklärten die Vereinigten Staaten Mexiko den Krieg.

11

Aristas geschlagene Armee des Nordens überließ Matamoros und alle Kranken und Verwundeten ihrem Schicksal, nahm aber eintausend Marketenderinnen mit und schleppte sich beinahe zweihundert strapaziöse Meilen zur Stadt Linares nach Südwesten. Der Treck verlief durch baumloses Buschland unter einer sengenden Sonne, die endlich gesegnetem Regen wich. Aus diesem wurde alsbald ein zwei Tage lang wütender Wolkenbruch, der die Landschaft in Schlamm verwandelte. Wagen blieben stecken und Tiere versanken. Die Verpflegung ging aus, und sie schlachteten und verspeisten Lasttiere und ließen die Ausrüstung zurück, die sie getragen hatten.

Bei Linares rasteten sie und formierten sich neu und warteten auf weitere Befehle aus Mexiko-Stadt. Den Rest des Frühjahrs und die erste Sommerhälfte verbrachten sie damit, zu exerzieren und wieder zu Kräften kommen. Während dieser Zeit fanden noch mehr amerikanische Deserteure den Weg zu ihnen, unterzeichneten Dienstverträge und wurden in die neue, aus Fremden bestehende Kompanie eingegliedert, die sich die San Patricios nannte, aber den Mexikanern unter verschiedenen Namen bekannt war, einschließlich »los Colorados« und »los voluntarios irlandeses«. Wenn sie nicht exerzierten, gingen sie zu örtlichen Fiestas, Hahnenkämpfen, Rodeos oder in die Cantinas, tranken und würfelten und sangen mit den Gitarrenspielern. Sie vergnügten sich mit den Mädchen in den Badehäusern. Es war eine unbekümmerte Zeit, wie sie allen Soldaten vertraut ist, die jemals auf den Ruf zur Schlacht gewartet haben. Doch hin und wieder wanderte ein Blick zwischen den drei Freunden hin und her, ein Blick, der eine traurige Vorahnung verriet, den alle verstanden, obwohl keiner ihn hätte erklären können, selbst wenn er gewollt hätte, was keiner tat.

John entdeckte jetzt, dass Tequila in genügenden Mengen viel dazu beitrug, seine Träume zu unterdrücken. Er lernte, wie viel und wie schnell er an einem Abend trinken musste, damit er noch aus eigener Kraft ins Lager zurückkam und doch traumlos wie ein Stein schlafen konnte. Der Kater war ein geringer Preis für einen Schlaf, ungetrübt von den Schreckensbildern seiner Vergangenheit. Doch die abendlichen Schlägereien waren eine andere Sache. Er war jetzt leicht reizbar und wieder dazu übergangen, ein Messer im Stiefel zu tragen. Bei einer Gassenschlägerei säbelte er einem Einheimischen ein Auge aus dem Kopf, und in einer anderen Tavernenschlägerei verletzte er zwei mexikanische Kameraden mit dem Messer so schlimm, dass man fürchtete, sie würden sterben, doch beide überlebten. Der Zivilist war ein bekannter Dieb und Mädchenschänder, sodass sich niemand für ihn einsetzte, doch der andere

Zwischenfall brachte John eine Anklage der Armee wegen Körperverletzung ein.

Bei dem Prozess trat Lieutenant John Riley vor General Arista und seine Justizbedienstete und plädierte für John, bezeichnete Sergeant Little als ein wertvolles Mitglied des San-Patricio-Bataillons, als einen Mann, der bei der Überquerung des Rio Bravo sein Leben riskiert hatte, um für Mexiko zu kämpfen, der sich in dem fraglichen Kampf im Saloon lediglich verteidigt habe. General Arista persönlich führte den Vorsitz. Er musterte John Little eingehend und bemerkte, dass er ihm sehr dankbar sei für seine Loyalität gegenüber Mexiko, aber hoffe, John fände in der Zukunft keine Veranlassung, sich so gut zu verteidigen, außer gegen die Yankee-Aggressoren. Dann wies er die Anklage zurück.

Arista hatte größere Probleme als John Little. Im Juli kam er wegen seiner stümperhaften Führerschaft bei Matamoros vor ein Militärgericht und wurde aus der Armee entlassen. Pedro Ampudia wurde ein weiteres Mal zum Kommandeur der Armee des Nordens ernannt, jener Ampudia, der einmal einem verfeindeten General den Kopf abgeschnitten und in Öl gebraten hatte, um ihn für die Zurschaustellung überm Haupttor seiner Hacienda zu konservieren.

Es grassierten auch Gerüchte, dass Antonio Lopez de Santa Anna bald aus seinem kubanischen Exil zurückkommen werde, um die Präsidentschaft wie auch den Oberbefehl über die Armee zu übernehmen.

12

Gegen Mitte des Sommers zog die mexikanische Armee nach Monterrey, der Hauptstadt von Nuevo León, einer ehrwürdigen alten Stadt am Nordufer des Rio Santa Catarina. Die Stadt war umgeben von scharf gezackten Bergzügen, die die San Patricios tief beeindruckten, denn nur wenige von ihnen hatten andere Berge gesehen als die Appalachen, die im Vergleich bescheidene Anhöhen waren. Für ein paar kurze Wochen genossen sie die Pracht und Annehmlichkeiten der Stadt, bevor im September die Kunde von Taylors anrückender Streitmacht kam. Die Patricios wurden bei den großen Geschützen in der Zitadelle postiert, einer uneinnehmbaren Festung, die die Mexikaner den Bischofspalast nannten und die Amerikaner das schwarze Fort nennen sollten. Hunderte von Einwohnern flohen im Vorfeld von Taylors Ankunft aus der Stadt, nahmen alles mit, was sie auf ihre Tiere laden und in ihren Armen tragen konnten. Andere blieben und bildeten Bürgerbrigaden und errichteten Barrikaden in den Straßen. Eine Gruppe katholischer Bischöfe vollführte eine Reihe von Segnungsritualen auf den Stufen der Hauptkathedrale.

An einem grauen Nachmittag, dem 18. September, erschien Taylor am Rande eines Waldes vor der Stadt in der Gesellschaft von einem Dutzend Offiziere. Die San Patricios erkannten ihn selbst aus der Entfernung, erkannten sein weißes Pferd und die Haltung des Reiters. Riley, der an einer Mauer der Zitadelle stand, sagte, er könne den Krieg jetzt auf der Stelle gewinnen. Er stellte den richtigen Abschusswinkel ein und hielt die Lunte an das Geschütz. Die massive Kanonenkugel zischte durch die Luft und schlug keine zehn Yards vor Old Zack auf, prallte ab und flog weniger als drei Fuß über seinem Kopf hinweg. Wäre Taylor in seinen Steigbügeln gestanden, hätte die Kugel ihm den Kopf abgesäbelt. Wäre die Munition ein Sprenggeschoss gewesen, hätte sie Gulasch aus dem Mann gemacht. Insgesamt war es ein spektakulärer Schuss, und die Mexikaner bejubelten ihn wild und klopften Riley auf die Schulter.

Doch Taylor stand nicht in den Steigbügeln, und es war kein Sprenggeschoss, und er drehte sich beim Vorbeifliegen der Kugel in seinem Sattel und sah zu, wie sie in einen Hain von Pekannussbäumen flog, verfolgt von einer kläffenden Meute Lagerhunde. Er lehnte sich vor, spuckte aus, wendete sein Pferd und sagte zu seinem großäugigen Stab: »Schätze, ihr Burschen fühlt euch wohler, wenn wir uns etwas zurückziehen, sagen wir, zu der hübschen kleinen Quelle, die wir auf der anderen Seite von diesen Pekannussbäumen gesehen haben?« Und das taten sie.

Die ganze Nacht hindurch stimmten mexikanische Trompeten den *Degüello* an, eine unheimliche Melodie, die bedeutete, dass es keine Gnade geben würde. Sie war eine Erbschaft der Spanier. Die hatten sie zum ersten Mal als uralten maurischen Gesang gehört, der dazu aufrief, auch die letzte Feindeskehle durchzuschneiden.

Und am Morgen begann die Schlacht.

Die Kämpfe wüteten drei Tage und Nächte. Die US-Artillerie vermochte nur wenig gegen den Bischofspalast auszurichten, und die mexikanische Kugelmunition bewirkte wenig außer Gelächter unter den amerikanischen Soldaten. Die ersten Gefechte fanden zwischen den Kavallerien statt, dann stießen die Infanterien unmittelbar vor der Stadt aufeinander, und dann wurde von Haus zu Haus in den Straßen gekämpft. Dichter Pulverqualm stieg über der Stadt auf. Das Bajonett herrschte. Blut rann zwischen das Kopfsteinpflaster, strömte von den Dachrinnen, bespritzte die weiß getünchten Wände. Es kam ein Gewitter und noch eines, während die Gefechte weiter wüteten. Das umgebende Land verwandelte sich in Schlamm. Regenwasser floss rosarot in den Straßen. Das Gemetzel flackerte grell unter zitternden blauen Blitzen auf. Die San Patricios feuerten und feuerten ihre Kanonen in die Yankees, bis alle ihre Munition verschossen war, dann griffen sie zu den Gewehren. Flüche und Verwünschungen auf Englisch und Spanisch erfüllten die Luft. Männer kreischten vor Todesangst und Mordlust, schrien um Hilfe, riefen um Gottes Gnade, flehten um die zarte Hand ihrer Mütter. Frauen beteiligten sich an der Verteidigung der Barrikaden und erwiesen sich als erbittert kämpfende Soldaderas. John sah eine, die einen Yankee-Kopf mit einem beidhändig geführten Schlag ihrer Machete spaltete, Augenblicke bevor sie von Bajonetten durchbohrt wurde und Blut aus ihrem Mund sprudelte und sie ihre Mörder verfluchte und starb. Die Amerikaner nahmen die Barrikaden mit Kartätschen unter Beschuss, feuerten aus nächster Nähe wie mit kolossalen Schrotflinten, und die mexikanischen Verteidiger wurden zurückgeschleudert, mit weggeschossenen Gesichtern, abgetrennten Gliedern und hoch durch die Luft wirbelnden Eingeweiden. Blut sprühte und spritzte und vermischte sich mit fallendem Regen. Die Luft stank nach vergossenen Körpersäften und Kot. Der monströse Elefant lief Amok.

Nach drei Tagen des Schlachtens waren beide Seiten erschöpft. Ein Waffenstillstand wurde vereinbart und das Schießen hörte auf. Die Toten lagen überall. Haufen von verstümmelten Männern und Frauen. Aufgequollene, von Fliegen umschwärmte Pferde- und Maultierkadaver. Aasvögel verdunkelten den Himmel. Das Geheul und die Attacken der Wölfe trieben die Totengräbertrupps zur Verzweiflung. Der Gestank der Toten war ein stetiger, unablässiger Angriff.

Eine gemeinsame Kommission amerikanischer und mexikanischer Offiziere einigte sich auf die Kapitulation von Monterrey unter der Bedingung, dass der mexikanischen Armee erlaubt werde, sich mit ihren Waffen aus der Stadt zurückzuziehen. Die Evakuierung dauerte drei Tage. Die Mexikaner marschierten mit wirbelnden Trommeln und hoch wehenden Bannern davon. Die Yankee-Truppen murrten und sahen sie vorbeiziehen, und einige erkannten die Deserteure unter ihnen und verfluchten sie. Besonders Riley war das Ziel ihrer Verwünschungen und finsteren Warnungen. Er spuckte und starrte geradeaus, doch Lucas Malone grinste in die wütenden Gesichter der Yankees und erkannte Master Sergeant Kaufmann unter ihnen und bedachte ihn und alle anderen mit einer obszönen Geste. Ein Platoon von Iren, die die Treue gehalten hatten und die Deserteure hassten, weil sie den guten Ruf aller Söhne Irlands besudelten, wollte sich auf ihn stürzen, wurde aber von den berittenen Offizieren zurückgetrieben. »Wir kriegen sie noch, Jungs«, hörte John einen Yankee-Offizier sagen. »Ihr werdet sehen. So weit können die gar nicht rennen, dass wir sie nicht kriegen, bei Gott.«

13

Sie zogen sich 250 Meilen nach Süden zur Silberbergwerkstadt San Luis Potosí zurück, mehr als eine Meile hoch in den Bergen, und sammelten sich dort erneut. Santa Anna war wie erwartet aus Kuba zurückgekehrt und wurde von seinen Landsleuten als Erlöser bejubelt. Er übernahm das Kommando über die Armee und bildete sie zur Befreiungsarmee des Nordens um. Er erteilte den San Patricios die Erlaubnis, ihre eigene Flagge zu hissen, und Riley beauftragte die Nonnen des örtlichen Klosters, ein Banner nach seinem Entwurf zu fertigen. Grüne Seide war es, auf einer Seite mit einem Kleeblatt und einer Harfe, gesäumt vom mexikanischen Wappen und dem Motto »Libertad por la Republica Mexicana«, und unter der Harfe das Motto »Erin go Bragh«. Auf der anderen Seite war eine Abbildung des heiligen Patrick mit einem Schlüssel in der linken Hand und einem Stab in seiner Rechten, der eine Schlange festnagelt. Unter der Abbildung stand der Name »San Patricio«. Die Männer der Kompanie jubelten begeistert bei der ersten Entfaltung des Banners. John war überrascht, dass er sich von diesem Emblem bewegt fühlte, von dieser leuchtend grünen Fahne der Entwurzelten und Verdammten.

Während der nächsten vier Monate exerzierten sie, bereiteten sich vor und rekrutierten, und in dieser Zeit desertierten weitere fünfzig Amerikaner aus Taylors Armee und schlugen sich nach San Luis durch, um sich den Saint Patricks anzuschließen. Riley widmete sich rückhaltlos ihrer Ausbildung. Der Verlust von Monterrey hatte seine Gewissheit erschüttert, dass Mexiko den Krieg gewinnen würde gegen die Amerikaner – oder Gringos, wie die Mexikaner die Angreifer nannten. Der Name war von *Green grow the rushes* abgeleitet, einem Lied, das sie die Yankees oft singen hörten. Handsome Jack versuchte es zu verbergen, doch John und Lucas konnten sehen, dass sein Vertrauen in die mexikanische Armeeführung seit Monterrey erheblich geschrumpft war.

Doch wenn Rileys Glaube an die Führer der Armee nachließ, wurde seine Hingabe an die Saint Patricks immer größer – und er duldete bei seinen Kameraden keinerlei Glaubensverlust. Im November desertierten zwei Männer der Kompanie. Eine Woche später wurden sie, als Zivilisten gekleidet, auf dem Weg nach Tampico gefangen genommen, auf der Suche nach einem Schiff, das sie außer Landes brachte. Sie wurden in Handschellen nach San Luis zurückgebracht und wegen Fahnenflucht vor Gericht gestellt. Die Recht sprechenden Offiziere waren ein Regiments-Infanterieoberst namens Gomez, Captain Moreno und Lieutenant Riley. Alle drei votierten für eine Verurteilung. Oberst Gomez war gegen die Todesstrafe, wurde aber von Moreno und Riley überstimmt. Riley beantragte, das Erschießungspeloton befehlen zu dürfen, was ihm auch gewährt wurde. Er befahl allen Saint Patricks, der Hinrichtung beizuwohnen.

»Was für eine ernste Sache Fahnenflucht ist, weiß keiner besser als die, die selbst desertiert sind«, sagte er der versammelten Gesellschaft. »Ein Mann mag guten Grund haben, einmal zu desertieren, ja, aber wer zweimal desertiert, erweist sich als untreuer Vagabund, der niemandes Bruderschaft verdient hat. So ist es mit diesen beiden. Von uns erhalten sie wenigstens eine Kugel, doch vergesst nie, dass ihr die Schlinge bekommt, wenn ihr dem Feind in die Hände fallt.«

Die Verurteilten wurden auf der zentralen Plaza nacheinander vor eine Seitenmauer der Kathedrale gestellt. Bevor ihnen die Augen verbunden wurden, durften sie ein paar letzte Worte sagen. Der Erste bat darum, dass jemand seiner Mutter sage, dass er sie liebe. Der Zweite sagte, er hoffe, die ganze verdammte Welt komme in den Himmel, damit er in der Hölle nichts mehr von ihr sehen müsse. Sie wurden von einem Sechs-Mann-Kommando der San Patricios erschossen, die per Los ausgewählt worden waren. Lucas Malone war unter ihnen. An jenem Abend, als sie sich im Oso Rojo betranken, sagte Lucas zu John: »Üble Geschichte. Für einen Moment dacht ich, ich schieß da auf mich selber. Hab mich da selber mit verbundenen Augen gesehen. Verdammt üble Geschichte …«

John sagte nichts, obwohl ihm angesichts dieser Hinrichtung Zweifel kamen, wie groß der Unterschied eigentlich war zwischen dieser Armee und jener, aus der sie desertiert waren. Und Rileys Argument, dass Fahnenflucht nur beim ersten Mal zulässig sei und danach nie mehr, kam ihm vor, als würde er sich in die eigene Tasche lügen. Jede Fahnenflucht war verdammungswürdig oder keine. Aber Handsome Jack war jetzt Offizier, und John fragte sich, ob Offiziere vielleicht mehr mit anderen Offizieren gemein hatten – Offizieren *jeder* Armee – als mit einfachen Soldaten.

14

Es wurde Heiligabend, und während Jack Riley bei der Mitternachtsmesse war und Lucas Malone bei einem mexikanischen Mädchen, mit dem er sich kürzlich eingelassen hatte, geriet John im Oso Rojo in einen Streit mit zwei Männern. Dem einen versetzte er einen Tritt zwischen die Beine, der den Getroffenen in die Luft hob, bevor er kotzend zu Boden ging, dann brach er dem andern einen Arm, als er ihm das Messer abnahm, und schleuderte ihn aus der Cantina auf die Straße hinaus. Keine zwei Minuten später kehrte dieser Mann mit einem Bündelrevolver in der gesunden Hand wieder und schoss John, der an der Theke stand, zweimal in den Rücken. John sackte gegen den Schanktisch und drehte sich um, und der Mann schoss ihm in die Brust, doch bei den nächsten beiden Versuchen versagte die Waffe, und der Angreifer drehte sich um und rannte davon. John glitt zu Boden und sank vornüber auf den festgestampften Lehm und spürte das Leben aus sich herauslaufen. Er hörte Daddyjacks lautes Lachen und dachte, er könnte auch Maggies Weinen hören. Mit der Wange lag er auf dem kalten Lehm und spürte Augen, die auf ihn hinabblickten, und dachte, *so sieht also mein Ende aus.*

Es war jedoch nicht aus mit ihm, obwohl die Ärzte eine der Pistolenkugeln nicht herausholen konnten und sie in ihm drin ließen. Es dauerte zwei Wochen, ehe sie bereit waren zu sagen, dass er vielleicht nicht an seinen Verletzungen sterben würde. Ende Januar, als Santa Anna und die Armee für ein weiteres Gefecht mit den Gringos Richtung Norden zogen, war er immer noch sehr schwach. Am Abend bevor sie fortgingen, statteten Riley und Lucas ihm einen Besuch im Krankenhaus ab. Handsome Jack drückte ihm ein Medaillon der Heiligen Mutter in die Hand. Lucas sagte, er würde ihm Kaufmanns Ohren bringen. Nachdem sie gegangen waren, schenkte er das Medaillon einer der Schwestern.

Zwei Wochen später war er wieder auf den Beinen, und noch eine weitere Woche darauf wurde er für so weit genesen erklärt, um einen Munitionszug nach Querétaro hundert Meilen weiter südlich als Wagenbewachung begleiten zu können. Doch tatsächlich war er immer noch sehr schwach, und bei Ankunft in Querétaro wurde er mit rasendem Fieber und einem schweren Fall von blutigem Durchfall ins Garnisonslazarett eingeliefert, das schon überfüllt war mit Männern, die an allen möglichen Krankheiten litten. Tag und Nacht wurden die Toten hinausgetragen und in den Totenwagen gelegt, mit dem man sie zum Friedhof karrte, und an ihrer Stelle wurden neue Patienten hereingebracht.

Die Schwestern waren hingebungsvolle Mädchen und Frauen, die Essen brachten und Abtritteimer hinaustrugen, versuchten, jene zu füttern, die essen konnten, ohne sich zu übergeben, und ihr Bestes taten, um den Sterbenden Trost zu spenden. Die meiste Zeit lag er im Fieberwahn, spürte aber hin und wieder, dass seine Hand gehalten wurde. In seinem Delirium sah er manchmal Maggie an seinem Bett, in Schwarz gekleidet, und manchmal war sie nackt und fragte ihn, ob er es tun wolle, und dass sie täte, was immer er wolle, weil er ihr Bruder sei und sie ihn liebe und niemand anderen in der Welt habe, der sie liebte. Manchmal war sie so strahlend schön, dass er weinen wollte. Doch manchmal war ihr Körper mit hässlichen, stinkenden, eiternden Geschwüren bedeckt und ihr Gesicht grauenhaft verzerrt, und sein Entsetzen ließ sein Blut gefrieren wie Eis.

Zu anderen Zeiten saß Daddyjack am Fuß seines Bettes und grinste aus einem fleischlosen, einäugigen Schädel und sagte zu ihm: »Sieh dich nur an, liegst in deiner eigenen Scheiße und kannst kaum mehr richtig atmen wegen der Schmerzen. Teufel, mein Junge, bist nicht mehr viel wert, stimmt's?« Und manchmal war er wieder in dem qualmenden, regendurchnässten Gemetzel von Monterrey, sah das zerfetzte Fleisch und hörte die unweltlichen Schreie und roch Ausdünstungen, die so grauenhaft waren, dass sie aus den Eingeweiden der Hölle selbst hätten kommen können.

15

Als er endlich aus dem Fieber emportauchte, fand er seine Hand in der einer jungen Schwester, die sagte, sie heiße Elena. Ihre Mestizenaugen leuchteten wie dunkles Wasser im Mondlicht. Sie war von Jesuiten erzogen worden und sprach gut Englisch. Sie nannte ihn Juanito und sagte, man sei überzeugt gewesen, er würde es nicht schaffen, aber sie habe jede Stunde darum gebetet, er möge nicht sterben. Er war beinahe zwei Wochen dort gewesen und zu Haut und Knochen zusammengeschrumpft, und sein ganzer Körper schmerzte bis ins Mark. Sie erzählte ihm, er habe in seinem Fieberwahn oft geschrien und über Personen mit seltsamen Namen fantasiert, aber jetzt gehe es ihm gut und er bräuchte nur Ruhe und Pflege und Zeit, um wieder zu Kräften zu kommen. Sie erzählte ihm von Santa Annas Sieg über die Gringos bei Angostura – das die Yankees Buena Vista nannten – und von dem hohen Preis, der dafür bezahlt worden war. In Angostura seien auf beiden Seiten viel mehr Menschen getötet worden als in Monterrey. Es werde, so berichtete Elena, viel über die Kompanie der San Patricios geredet, die so tapfer gekämpft hatte, obwohl beinahe die Hälfte von ihnen als gefallen gemeldet worden war. Sie wusste wenig über die Schlacht, doch auf sein Drängen versuchte sie so viel wie möglich herauszufinden. Sie erfuhr, dass weder Juan Riley noch Lucas Malone auf der Liste der Gefallenen stand, dass Juan Riley sogar zum Captain befördert worden war für seine herausragende Führerschaft und Tapferkeit, die er in der Schlacht bewiesen hatte. Moreno war zum Oberst befördert worden, und Santa Annas Armee war jetzt wieder in San Luis Potosí.

Eine Woche später saß er aufrecht und trank Brühe und sein Fieber war zurückgegangen. So groß war der Bedarf an Hospitalbetten, dass Elenas Bitte stattgegeben wurde, den Kranken in ihre Obhut zu entlassen. Sie nahm ihn mit nach Hause, wo sie mit ihrer Mutter lebte. Ihr Vater war ein gebildeter Mann spanischer Abstammung gewesen, ein Kreole, und war als Offizier in Santa Annas Armee im Krieg gegen Texas bei San Jacinto gefallen. Sie hatte keine Brüder. Die Mutter war eine winzige Person und hütete ihr winziges Zimmerchen, an dessen Wänden Kruzifixe und Dutzende von Heiligenikonen hingen. Hier verbrachte sie ihre Tage und Nächte in geflüstertem Gebet.

Elena fütterte und wusch ihn, bis er stark genug war, es selbst zu tun. Sie hielt ihn über den Fortgang des Krieges auf dem Laufenden. Taylor war nach Monterrey zurückgekehrt und hatte offenbar den Befehl, dort zu bleiben.

Mitte März trafen Berichte ein von einer Yankee-Landung knapp außerhalb des Golfhafens von Veracruz. Die Stadt lehnte die Kapitulationsforderungen der Amerikaner ab. Drei Wochen später kam Elena mit der Nachricht heim, General Winfield Scott habe die Stadt drei Tage und Nächte beschossen. Die Stadt sei schrecklich verwüstet worden, bevor sie kapitulierte. Alle sagten, Scott würde sich jetzt landeinwärts in Marsch setzen, in Richtung der Berge und dann weiter nach Mexiko-Stadt, und dort würde der Krieg entschieden. Und es gebe jetzt Gerüchte, erzählte sie ihm mit leiser Stimme, als könnte sie in ihrem eigenen Haus abgehört und vielleicht als Verräterin verdächtigt werden, dass Santa Anna wegen Angostura gelogen habe, dass es gar kein Sieg gewesen sei.

In den ersten Tagen des Aprils war er stark genug, um das Krankenbett zu verlassen, und er nahm die meisten seiner Mahlzeiten draußen in dem blumigen Patio hinter dem Haus ein. Spatzen kamen zu der kleinen Vogeltränke, und er fütterte sie mit Brotkrumen. Elena war eine wunderbare Köchin, und selbst wenn er keinen Hunger hatte, konnte er nicht widerstehen, wenigstens etwas von dem zu essen, was sie für ihn zubereitet hatte. Sie besorgte ihm Kleidung und er legte seine Uniform bis auf seine Stiefel beiseite. Sie unternahmen Spaziergänge an einem nahe gelegenen Bach und aßen im Schatten der Alamo-Bäume entlang der Ufer, wo Libellen schläfrig in der Luft schwebten.

Eines sonnigen Nachmittags am Bach fragte sie ihn, weshalb er sich gegen die Vereinigten Staaten gewandt und sich entschlossen habe, für Mexiko zu kämpfen. Er lächelte und sagte: »Weil ich für dich kämpfen wollte.«

Sie errötete und senkte die Augen und sagte: »Das ist eine schöne Lüge. Du hast mich damals noch gar nicht gekannt.«

Und er sagte: »Ich kannte dich. Ich wusste nur nicht deinen Namen, oder wo du warst. Ich war dir einfach noch nicht begegnet.« Er wusste nicht, wo diese Worte hergekommen waren. Er spürte, dass sie wahr waren, fragte sich aber, ob er vielleicht nicht mehr ganz richtig im Kopf war. Doch lächelte er sie an und lächelte dann über sich selbst, weil es ihm egal war, ob er verrückt war. Wenn es sich so anfühlte, verrückt zu sein, dachte er, dann wollte er verflucht noch mal eben verrückt sein.

Sie sah ihn eindringlich an, ihre leuchtenden schwarzen Augen wanderten über sein Gesicht, ihr kleines Lächeln war traurig auf eine Weise, die er sich nicht erklären konnte. Doch als er sich ihr entgegenbeugte, hob sie das Gesicht, um den Kuss zu empfangen.

Er hatte das Gefühl, zu Hause zu sein.

Trotzdem wurde er immer noch in seinen Träumen von Daddyjack heimgesucht. Wenn die Nacht am dunkelsten war, heftete er mit einem gelben Grinsen sein brennendes rotes Auge auf ihn und sagte: »Du verdienst sie nicht, und das weißt du. Sie weiß nicht, wer du wirklich bist.«

Dann erwachte er schweißgebadet mit Daddyjacks wieherndem Lachen im Ohr, und Elena hielt ihn fest an sich gedrückt und redete ihm besänftigend zu und sagte ihm, er solle keine Angst haben, der Krieg seit weit weg. Langsam ließ dann sein Herz von seinem atemlosen Galopp ab.

Eines Tages kam sie mit der Nachricht zurück, dass Santa Anna einen Teil der Armee nach Osten geschickt habe, um den amerikanischen Vormarsch von Veracruz abzuschneiden. Die San Patricios waren angeblich Teil dieser Streitmacht.

Seine Gleichgültigkeit überraschte ihn. Der Krieg war inzwischen für ihn unwirklich geworden, etwas, das weit weg war und nichts mehr mit ihm zu tun hatte.

Er ging jeden Tag in die Hügel hinaus, aß mit Appetit und fühlte seine Kräfte zurückkehren. Eines mondbeschienenen Abends gingen sie Hand in Hand zur Hauptplaza und lauschten den Gitarrenspielern und tranken Limonade, ohne die missbilligenden Blicke der Frauen in ihren Rebozos und der Priester in ihren schwarzen Roben zu beachten. Und auf dem Weg nach Hause hielten sie unter einem großen Schattenbaum, durch den das Mondlicht wie Honig tropfte, und küssten sich. Als sie nach Hause kamen, liebten sie sich, und während er ihren nackten Leib an sich gedrückt hielt und den Duft ihrer samtenen, braunen Haut und ihrer weichen, schwarzen Haare einatmete, konnte er die geflüsterten Gebete der Alten im Zimmer nebenan hören.

Eines Tages Anfang Mai kam sie mit Fieber heim. »In ein paar Tagen geht es mir wieder besser«, sagte sie. »Viele Mädchen im Lazarett werden manchmal für ein paar Tage krank, und dann geht es ihnen wieder besser. Es ist nichts Ernstes, du wirst schon sehen.«

Doch das Fieber verschlimmerte sich in der Nacht. Sie wälzte sich und stöhnte, und der Schweiß rann von ihr hinab und durchnässte das Laken. Den ganzen nächsten Tag und die ganze nächste Nacht brannte sie, doch sie lächelte schwach und versicherte ihm mit heiserem Flüstern, noch ein Tag und es würde ihr besser gehen, er würde schon sehen. Er blieb an ihrer Seite und tupfte ihre Stirn mit kühlem Wasser und sang ihr leise vor.

Am dritten Tag wütete das Fieber. Sie beschmutzte sich und weinte vor Scham darüber. Er reinigte sie und küsste sie und flehte sie an zu genesen. Doch das Fieber stieg noch weiter, und sie verfiel in ein Delirium und konnte nicht mehr hören, wie er ihr sagte, er würde für sie sorgen, wie sie für ihn gesorgt hatte, ihr sagte, wie schön ihre Augen seien, ihre Brüste, und wie er den Klang ihrer Stimme liebe. Er döste zwischendurch, schreckte immer wieder auf und drückte sie fest an sich, um ihr Herz besser schlagen zu hören.

Und dann brach durch die Alamo-Bäume der vierte Tag an und schlich durch die Fenster herein, und er schreckte aus einem trüben, erstickenden Traum auf, der von gemeinem, dröhnendem Gelächter widerhallte, und sie lag in seinen Armen, die Augen weit aufgerissen, mit Blut am Kinn – tot.

16

Am Abend wurde eine Totenwache gehalten, und Greisinnen in schwarzen Rebozos jammerten und beteten laut und ohne Pause, bis er dachte, er würde verrückt von der Eintönigkeit der Litanei. Die Mutter wurde irr, mal schrie sie wie eine Katze und warf sich auf den Sarg ihrer Tochter, mal wies sie auf ihn und kreischte: »Tú! Tú eres la razón que ella está muerta! Tú, condenado gringo, tú!«

Am nächsten Morgen wurde sie beerdigt, und keiner der Trauernden hatte ein tröstendes Wort für ihn. Selbst auf dem Friedhof funkelten ihn einige mit offenem Hass an.

Von der Beerdigung ging er geradewegs zu einer Cantina und begann zu trinken und hörte erst auf, als er an einem Ecktisch das Bewusstsein verlor. Der Barmann kannte ihn als einen San Patricio und ließ ihn in Ruhe. Als er am nächsten Vormittag zu sich kam, trank er weiter. Am Abend ging ihm das Geld aus, und so tauschte er beim Barmann seinen Soldatenrock gegen eine Flasche Tequila ein. Als die leer war, tauschte er seine Stiefel gegen zwei weitere Flaschen.

Am nächsten Tag geriet er mit dem Barmann in Streit, weil der es ablehnte, seine Hose im Tausch gegen eine weitere Flasche anzunehmen. Ein Armee-Sergeant und zwei Gefreite kamen herein und sagten ihm, er sei verhaftet. Er zerbrach eine Flasche über dem Kopf des Sergeants und stieß ihm, als dieser zu Boden ging, den scharf gezackten Rand ins Gesicht. Die Gefreiten droschen mit ihren Gewehrkolben auf ihn ein, aber er rang einem das Gewehr ab, zertrümmerte dem Burschen mit der Kolbenplatte die Zähne, wirbelte dann herum und feuerte das Gewehr aus nächster Nähe dem dritten Soldaten ins Herz. Der Bursche mit dem zertrümmerten Mund entfloh durch die Hintertür.

Er trank gerade sein zweites Glas auf Kosten des Hauses, als ein halbes Dutzend Soldaten durch die Tür kam und der Sergeant eine Pistole auf ihn richtete und ihm sagte, er solle die Hände hoch nehmen, sonst würde er ihn erschießen.

John lachte ihn an, spuckte auf den Boden zwischen ihnen, hängte seine Daumen in seinen Gürtel und lehnte sich an die Theke.

Der Sergeant spannte den Hahn seiner Pistole, als der Barmann hinter der Theke ausholte und mit einem Lederbeutel, der 20 Silberpesos enthielt, John einen Schlag auf den Hinterkopf versetzte, der ihn bewusstlos zu Boden sacken ließ.

17

Vier Tage später war sein Hinterkopf immer noch wund. Er befand sich in einer Zelle und wartete auf seine Anklage wegen Mordes vor dem Kriegsgericht, als Oberst Francisco Moreno, Captain John Riley und Sergeant Lucas Malone erschienen und dem Garnisonskommandeur ein Dokument vorlegten, das von Präsident Santa Anna persönlich unterzeichnet war. Sie wurden umgehend zu Johns Zelle eskortiert. Alle sahen mitgenommen aus und keiner lächelte. Während John die Handschellen entfernt wurden, fragte Moreno, was passiert war.

John sah ihn an und zuckte die Achseln. »Jemand ist umgekommen.«

»Die haben was von einem Mädchen gesagt.«

John sah weg und blickte ihn dann wieder an. »Gibt kein Mädchen.«

Moreno wandte sich zu Handsome Jack, doch der sah weg. Riley wirkte gereizt und ungeduldig. Moreno musterte John lange, dann seufzte er und seine Miene wurde amtlich. Er informierte ihn, dass Santa Anna die San Patricios in ein Infanteriebataillon umorganisiert habe, das aus zwei Kompanien von je hundert Mann bestehen sollte, und es Fremdenlegion genannt habe. Moreno selbst war Bataillonskommandeur, und Riley und Saturnino O'Leary befehligten die Kompanien. Santa Anna wollte die Einheit umgehend auf volle Stärke haben und begnadigte jeden inhaftierten Fremdstämmigen, der bereit sei, unter der San-Patricio-Fahne zu kämpfen. Es würden weitere Handzettel in die Yankee-Lager geschmuggelt, damit noch mehr Deserteure geworben wurden, und es gab Berichte, dass in den letzten paar Wochen Dutzende von Fremdstämmigen in Mexiko-Stadt in die Legion eingetreten waren.

»Scott marschiert auf Mexiko-Stadt zu«, sagte Riley. Er zuckte beinahe vor Erregung. »Santa Anna verlegt die gesamte Armee dorthin, um sich ihm zu stellen. Wir müssen schnell rüber, Mann.« Es dauerte einen Moment, bis John begriff, dass er sich freute, Jack Riley so besorgt um seine eigene Zukunft zu sehen.

»Schätze, je schneller wir da runterkommen und Scott in den Arsch treten, umso schneller wirst du General in der Armee von diesem Mann, was, Jack?«

Rileys Augen verengten sich. »Hör zu, mein Junge, ich weiß nicht, was mit dir hier unten passiert ist, und es ist mir im Moment auch verdammt egal. Wir haben keine Zeit dafür, verflucht. Wenn du lieber hier bleiben und dich als Mörder erhängen lassen willst, brauchst du's nur zu sagen.«

Lucas Malone lachte müde und sagte: »Ruhig Blut, Jungs. Wir sind gerade alle ein bisschen überspannt. Komm los, Johnny, machen wir uns auf den Weg nach Mexiko-Stadt. Wir können jetzt nichts anderes tun als zusammenhalten und für uns selber kämpfen.«

John stieß einen schweren Seufzer aus. »Für uns selber, Lucas? Uns? Teufel, Mann, wer ist das denn?«

»Komm mir jetzt nicht dumm, Junge«, sagte Lucas Malone ernst. »Das kannst du mit Jack hier machen, soviel du willst, aber nicht mit mir. Du weißt verdammt gut, dass wir alle aus demselben Holz geschnitzt sind – du und ich und Jack hier und all die andern Burschen in der Kompanie, die zur anderen Seite desertiert sind.«

»Was soll das denn heißen ›und Jack hier‹?« ging Riley dazwischen, doch Lucas ignorierte ihn.

»Teufel noch mal, Junge«, sagte Lucas jetzt leiser, »denkst du, du bist der Einzige, der sich ziemlich unnütz und im Herzen verloren fühlt? Der Einzige, den die braven Leute so angucken, als würde dich entweder das Gefängnis oder die Schlinge erwarten, egal wohin du gehst in dieser Welt?«

John sah ihn an.

»Weißt du, was das Traurige dabei ist, Johnny?« flüsterte Lucas.

Und er begriff, dass er es wusste, ja.

»Das wahrhaft Traurige dabei ist, dass die braven Leute recht haben, wenn sie uns so sehen. Wir wissen, dass sie recht haben. Und zwar verdammt gut. Und man kann nix anderes machen als es einfach zugeben und so gut damit leben, wie's geht.«

Riley johlte. Moreno sah sie alle verwirrt an.

»Du bist *so was* von voller Scheiße, Lucas«, sagte Riley. »Mit so'nem Haufen Trottel, wie du sie beschreibst, hab ich nix zu tun.« Er blickte von einem zum andern und lachte plötzlich. »Wenn ihr meint, ihr seid nichts als gewöhnliche Pfeifen, von mir aus gerne. Teufel noch mal, das denk ich ja selber von euch – *verrückte* Nieten, ehrlich gesagt. Aber ich, ich bin ein rechter Bursche, und das darf ruhig jeder wissen.«

John spürte, dass er lächelte. Keiner von ihnen war in dieser Welt irgendetwas anderes gewesen als ein Schurke, allesamt, und ihre Väter waren vor ihnen allesamt Schurken.

Er erhob sich und setzte seinen Hut auf. »Also, *Teufel noch mal*, Lucas«, sagte er mit gespieltem Ernst, »geht mir gleich viel besser bei diesen weisen Worten. Muss ja richtig dämlich gewesen sein, dass ich das vorher nicht kapiert hab.«

»Was meinst du mit ›gewesen sein‹?« sagte Riley. Er stieß Lucas mit einem Ellbogen an und zeigte auf John. »Der Bursche redet ja so, als ob seine Dummheit eine geheilte Krankheit wär statt ein natürlicher Zustand.«

John grinste und sagte: »Ich piss auf dich, Jack« und mimte einen trägen Faustschlag, dem Riley ebenso lässig mit einem Kopfrollen auswich.

Major Moreno betrachtete alle drei, wie sie lachten und sich auf Arme und Schultern schlugen, und schüttelte den Kopf. Dann fiel er in ihr Lachen ein und sagte: »Vámonos! A la capitál! Victoria o muerte!«

»Victoria o muerte«, rief Riley und steuerte mit erhobener Faust auf die Tür zu.

»Kannte mal ’n altes Mädchen, das Victoria hieß«, sagte Lucas, als sie davontrabten. »Titten wie ’ne Milchkuh und ’n Arsch wie ’n Maulesel. Aber gemein? Au-weiaaa! ’ne Frau, die dich ebenso gut töten wie küssen konnte, und man hat nie gewusst, was von beiden sie als Nächstes probiert.«

»Das ist nicht die Victoria, die der alte Moreno meint«, sagte John.

»Kann man wohl sagen, Teufel noch mal«, meinte Handsome Jack.

VI

EDWARD

1 Sie hinterließen an jenem kühlen Märzmorgen in Laredo elf Tote und über ein Dutzend Verstümmelte oder Verwundete, als sie den Schwarzbart Jaggers aus dem Gefängnis holten und Edward bei sich aufnahmen. Nur einer der Toten war einer von ihnen. Sie waren zu fünfzehnt und galoppierten in einer großen Staubwolke Richtung Westen davon, Edward auf seiner Janey, die er zusammen mit seinen Waffen und seiner Ausrüstung aus dem Mietstall geborgen hatte, wo ein großer bemalter Indianer dem Stallburschen eine Heugabel durch den Hals gejagt und ihn an die Wand genagelt hatte. Während er seinem Tier die Fersen gab, sah er flüchtig Männer in den ungelenken Stellungen des Todes ausgestreckt und mit dunklem Blut befleckt auf der Straße liegen. Eine Frau kniete bei einem Wassertrog, ihr Rücken war blutig und das Gesicht ins grau-rosa Wasser eingetaucht. Sah einen Hund auf den Vorderbeinen kriechen und seine von einer Kugel zerschmetterte hintere Hälfte hinter sich herschleppen. Sah einen kleinen Jungen, der mit blutenden Augen auf der Straße umherwankte und plötzlich unter den Hufen des Pferdexpress niedergetrampelt wurde, der aus der Stadt hinaus und aufs offene Land rumpelte. In dieser galoppierenden Bande nahm sich die Janey-Stute wie ein edles Vollblut aus gegenüber dem scheckigen Haufen halb gezähmter Pferde, die noch Wochen zuvor wild über das Wüstenland geprescht waren und jetzt mit klackernden Knochen und Zähnen geschmücktes Zaumzeug aus geflochtenem Menschenhaar trugen.

Sie wurden nicht verfolgt.

Am Abend schlugen sie in den Hügeln ihr Lager auf. Die Stute zeigte weißäugige Angst, als sie zusammen mit den Mustangs angebunden wurde. Sie rempelten sie an und schnappten nach ihr. Einer stieß hervor und biss ihr in die Flanke, und sie wirbelte herum und versetzte dem Gescheckten einen so harten Tritt, dass er wiehernd zurückwich. Danach ließen die Mustangs sie meistens in Ruhe.

Die Lagerfeuer sprangen und wirbelten im sandigen Nachtwind, und die Männer verzehrten die Lenden einer Antilope, die ein Scharfschütze namens Runyon, der sich mit seinem Können brüsten wollte, aus beinahe sechshundert Yards Abstand mit einem Hawken erlegt hatte. Jaggers stellte Edward seine Kameraden Geech, Finn und Huddlestone vor, die um dasselbe Feuer saßen.

Sie waren unterwegs nach Chihuahua, um dort unter Vertrag Jagd auf Apachen zu machen. Das Geschäft war mit dem Gouverneur des benachbarten Bundesstaates Coahuila abgeschlossen worden, wo die Bande rekrutiert worden war und wo sie ihren Sold in den Cantinas und Hurenhäusern von Saltillo verprasst hatte. Wochenlang hatten sie für die Regierung von Coahuila in der Sierra de San Marcos eine gefürchtete Banditenbande gejagt und waren von ihrer Expedition zur Hauptstadt mit einer Beute von fünfzehn Köpfen zurückgekehrt. Sie baumelten zu beiden Seiten eines blutbefleckten Maultieres, darunter auch der Kopf des berüchtigten Pablo Contreras, der ihnen allein schon eintausend Pesos in Silber einbrachte. Der Alcalde persönlich identifizierte Contreras Kopf, und der Gouverneur befahl, dass er auf einer Lanze über dem Hauptportal des Stadtgebäudes zur Schau gestellt werden sollte.

Es traf sich, dass eine Delegation von Regierungsbeamten aus Chihuahua in Saltillo weilte, um an einer Ratsversammlung der Föderation teilzunehmen. Diese Männer waren tief beeindruckt von dem Anblick der Köpfe der Übeltäter, die oben an der Fassade des Stadtgebäudes aufgereiht waren, wo sie den Krähen zum Fraß dienten. Sie luden Hobbes ein und teilten ihm mit, wenn er Indianer ebenso gut jagen könne wie Banditen, sollte er an der Bereitschaft des Staates Chihuahua interessiert sein, einhundert Pesos für jeden Skalp eines Indianerkriegers und fünfzig für die Skalps von Frauen und Kindern zu bezahlen. Hobbes gab an, er habe in seiner Zeit als Pelzjäger im Gebirge von Sangre de Cristo gegen die Wilden gekämpft und während der Henry-Expedition am oberen Missouri und mit Leuten wie Tom Fitzpatrick und Jedediah Smith am unteren Colorado-Fluss. Er meinte, wenn der Gouverneur das Kopfgeld ausschließlich in Gold bezahlen könnte – wobei jede Mischung mexikanischer Dublonen und amerikanischer Adler genehm wäre –, dann seien sie handelseinig. Die Vertreter des Gouverneurs willigten ein, und Hobbes machte sich daran, seine Männer auszurüsten.

Während er sich in Saltillo um die Vorräte kümmerte, schickte er ein paar Männer nordwärts nach Sabinas mit dem Auftrag, von den Mustangern, die regelmäßig ihre wilden Herden dort zum Markt brachten, frische Pferde zu kaufen und zu zähmen. Geech und einen anderen Mann schickte er nach Laredo, wo sie einen Vorrat von verlässlichem Schwarzpulver und neue Geschossgießformen für die Texas-Revolver der Bande einkaufen sollten. Als diese beiden wieder knapp südlich von Sabinas zum Haupttrupp stießen, brachten sie auch die Nachricht mit, dass Jaggers sich im Gefängnis von West Laredo befand.

»Der Captain tötet nicht gerne Sheriffs, wenn's nicht unbedingt sein muss, nicht mal mexikanische«, sagte Huddlestone zu Edward und drehte sich dann mit einem Grinsen zu Finn. »Was man nicht von jedem in dieser Truppe behaupten kann.« Huddlestone war vierschrötig und hatte nur noch ein Auge. Von einer Stelle über seiner Augenbraue schlängelte sich eine hellrote Narbe unter seiner Augenklappe hindurch bis halb auf seine Wange.

Finn spuckte ins Feuer und ignorierte ihn. Er war ein kleiner, stämmiger Mann, dem das linke Ohr fehlte und beide kleinen Finger. Seine Haare standen unter seinem Hut ab, und sein Bart war ein schmieriges Dickicht, in dem sich Parasiten tummelten. Edward erfuhr, dass Finn ein Flüchtling von den Kentucky Hills war, der seine Frau wegen Untreue verbrannt hatte. Den Mann, der ihm die Hörner aufgesetzt hatte, soll er geköpft haben.

»Ein' Sheriff töten bringt kein Geld«, sagte Huddlestone, »und man kann Ärger kriegen, auf den ein Geschäftsmann gut verzichten kann. Und das isser nämlich, der Captain, ein Geschäftsmann, verstehst du.«

Finn schnaubte. »Das ist ein Leichenbestatter genauso, ein verdammter Geschäftsmann. Aber ich kenn kein' Leichenbestatter, auf dessen Kopf 500 Dollar ausgesetzt sind.«

Jetzt war es an Huddlestone, Finn zu ignorieren. »Aber er hat nicht vorgehabt, den alten Bill in diesem Cárcel sitzen zu lassen, unser Captain. Ein Mann, der mit James Kirkson Hobbes reitet, wird nicht zurückgelassen. Aber wie gesagt, ein' Sheriff töten, das vermeidet er, wenn er kann. Als wir am Rand von West Laredo waren, etwa eine Stunde oder so vor der Morgendämmerung, ist der Captain allein reingegangen, um mit dem Alcalde zu reden und zu versuchen, Bill aus dem Knast freizukaufen. Hat nicht lang gedauert, bis er wieder da war, weil der Alcalde nicht allzu erfreut war, so früh geweckt zu werden. Wollte nicht mal runterkommen, um mit ihm zu reden. Hat ihm von 'nem Diener ausrichten lassen, dass er *vielleicht* später am Nachmittag Zeit für ihn hat. Teufel noch mal, der Captain hatte keine Zeit zu vergeuden, um auf irgendeinen mexikanischen Großkotz zu warten, der *vielleicht* mit ihm redet. Also sind wir alle in die Stadt reingeritten zum Haus vom Alcalde, und der Captain hat wieder gerufen, und der Alcalde kommt raus und sieht ganz aus wie Señor Mucho Mighty. Der Captain sagt, er will Bill Jaggers jetzt auf der Stelle aus dem Juzgado haben, weil wir verflucht noch mal noch was andres zu tun haben. Aber mit manchen Leuten kann man einfach nicht vernünftig reden. Der Alcalde hat dann richtig laut auf Mexikanisch auf den Captain eingeredet, und der Captain hat sich das 'ne halbe Minute angehört. Dann hat er ihm in den Mund geschossen und die Zähne zum Hinterkopf rausgeblasen. Keine zehn Minuten später warst du schon mit uns unterwegs aus der Stadt raus. Kannst von Glück reden, dass der Alcalde sich geweigert hat, Bill an den Captain rauszugeben, sonst wärst du höchstwahrscheinlich immer noch da drin.«

Edward blickte hinüber zum Captain, der mit einem mexikanischen Sarape um die Schulter gegen den kühlen Wind abseits von der Bande saß, abseits von den Spötteleien und den Lagerfeuern, und seine Pfeife rauchend auf die grenzenlose Dunkelheit im Westen hinausblickte.

Sie waren eine Bande, die noch primitiver aussah als ihre Pferde, und alle hatten Augen, die nie auch nur für einen Moment ein Lebewesen mit Mitleid oder Erbarmen betrachtet hatten. Sie trugen grobe Kleidung und Tierhäute, manche davon nicht vollständig gegerbt, und ihre Hüte waren von unterschiedlichster Machart und mit Raubvogelfedern oder Schlangenhäuten geschmückt. Sie hatten Gürtel aus Menschenhaut und Ketten, an denen Goldzähne,

Abzugfinger und Ohren baumelten, verschrumpelt und schwarz wie aneinandergereihte Trockenfrüchte. Derjenige, der Finn hieß, trug an seinem Gürtel einen Tabakbeutel, der von der Brust einer Squaw gegerbt war, die Haut von derselben braunen Farbe wie ihr Inhalt, und auf der Unterseite war noch die schwarze Brustwarze zu sehen. Einigen war selbst ein Ohr abgeschnitten worden, oder beide, und manchen fehlten Finger oder ein Auge. Unter solchen Verstümmelungen fand Edwards zerschnittenes Ohr wenig Beachtung. In dieser Bande gab es Tätowierungen und Narben jeder Form und Größe, primitive Nähte, die unter üblen Umständen zustande gekommen waren. Manche Männer trugen eingebrannte Buchstaben oder Nummern im Gesicht oder auf den Händen oder den Innenseiten ihrer Unterarme. Jeder war bewaffnet mit Bowies, so groß wie Macheten, und Hautmessern und Colt-Five-Shooters, und es gab Gewehre verschiedenster Bauart, vom Hawken Gun zum Kentucky, von Jaeger-Gewehren zu doppelläufigen und großkalibrigen Musketen, die mit Schrot, Messingstücken oder einer Handvoll Silber-Dimes geladen waren. Zur Bande gehörten außerdem fünf Fährtenleser vom Stamm der Shawnee, ihr Häuptling hieß Sly Buck, der Große, der den Stallburschen mit der Heugabel aufgespießt hatte.

Dieser Indianer beriet sich jetzt mit Hobbes und seinem Gefolge, einem hageren Mann mit dünnem blondem Bart namens John Allen und einem weißbärtigen, rundlichen Mann unbestimmten Alters namens Foreman, der sich schwarz kleidete und irgendwann dem Jesuitenorden angehört haben soll und von allen Padre genannt wurde. Als die Besprechung beendet war, stiegen die Shawnee auf ihre Pferde und brachen Richtung Westen auf.

Jeder aus der Bande würde schon für sich genommen auf den Straßen jeder Stadt argwöhnische Blicke auf sich ziehen. Man würde ihn als Vagabund und Paria betrachten, als moralischen Affront und körperliche Gefahr für die geordnete Gesellschaft, von der Sorte, der man mit einer gut bewaffneten und zahlenstarken Streitmacht kurzen Prozess macht. Mit vielen von ihnen war auch so verfahren worden. Auf den Kopf von beinahe jedem von ihnen war eine Belohnung ausgesetzt. Doch zusammengeschlossen waren sie mehr als eine bloße Maschine der Gesetzlosigkeit. Sie waren eine gewalttätige Instanz, so alt wie Menschenblut, eine Macht, so einschneidend und schrecklich und jenseits verstandesmäßigen Begreifens wie der Tod selbst, so elementar wie Feuer oder Erdbeben oder heulender Wind.

2 Einige waren neugierig auf diesen neuen und jüngsten ihrer Kameraden, der sich Edward Boggs nannte. Eines Abends beim Lager spuckte Huddlestone ins Feuer und lehnte sich an seinen Sattel, und sein einsames Auge glänzte im Feuerschein. Er grinste Edward an und sagte: »Der alte Bill sagt, du hast schon mal Wilde gejagt?«

Edward zuckte die Achseln und spuckte aus.

Geech lachte. Er war dünn wie ein Gerippe, und sein Gesicht war rötlich roh mit offenen Geschwüren. »Richtig so, mein Junge. Sag weder Ja noch Nein, dann lügst du auch nicht, stimmt's? Bist mir ja ein ganz Gerissener.«

»Apachen«, sagte Jaggers und zwinkerte Edward übers Feuer zu. »Sind die Spezialität vom Jungen. Los tigres del desierto, wie die Mexies sie nennen. Bestes Jagen, das es gibt.«

»Wenn das Tiger sind, wie nennst du dann die Komantschen?« sagte Geech. »Schätze, das sind dann die Löwen.«

»Egal«, sagte Huddlestone, entzündete seine Pfeife und stieß Qualm aus. »Zu dieser Jahreszeit sehen wir hier unten wohl kaum Komantschen. Erst nach dem Erntemond, wenn die Wasserlöcher voll sind.«

»Kannst auch hoffen, dass wir keine verdammten Komantschen sehen«, sagte Tom Finn. »Einige von uns ha'm die Dreckskerle schon mal bei der Ernte erlebt.« Noch bevor sie ihr Nachtlager aufgeschlagen hatten, hatte er bereits angefangen, Mescal zu trinken, und der Kreosotgeruch des Schnapses stach unter seinen anderen Ausdünstungen hervor. Edward hatte von den anderen erfahren, dass Finn und Huddlestone Freunde gewesen waren, doch in den letzten Wochen waren sie einander feindselig geworden, und niemand wusste, worum es dabei ging.

»Kopfgeld ist doch dasselbe, ob die Haare von dem einen Wilden sind oder von dem andern«, sagte Huddlestone. »Is mir ganz gleich. Ich jage alle.«

»Das Geld ist vielleicht dasselbe, aber es ist verdammt noch mal schwerer, Komantschenhaar zu kriegen als das von Apachen«, beharrte Finn. »Einige von uns wissen, von was sie reden.«

Huddlestones Augen verengten sich. Er beugte sich von seinem Sattel vor und sagte: »Ich weiß also nicht, von was ich rede?«

Finn starrte ihn an.

»Lohnt sich nicht, drüber zu streiten, wo da der Unterschied is zwischen diesen heidnischen Hurensöhnen«, warf Jaggers schnell ein. »Die ein' sind so schlimm wie die andern. Es gibt ein' Spruch hier: Aus dem wird ein guter Mann, wenn die Apachen ihn nicht vorher auf ein' Kaktus stecken.«

»Das is ja wohl kaum das Schlimmste, was diese roten Nigger tun«, sagte Geech.

»Die von uns, die wissen, von was sie reden, jagen den ganzen Tag lang Apachen«, sagte Finn, immer noch den Blick auf Huddlestone gerichtet. »Aber bringt uns bloß keine verfluchten Komantschen.«

Huddlestone lachte freudlos. »Wie hast du dem Captain jemals weisgemacht, dass du ein Kopfjäger bist?«

»Ich bin jeder Zoll ein Kopfjäger wie jeder hier, vor allem wie du, verdammt noch mal.«

Ihre Blicke verkeilten sich, ihre starren Augen glänzten im schwankenden Licht des Feuers, während sie ihre Beine unter sich anzogen, schwirrte die Gewalt in der Luft.

Doch jetzt trat Captain James Kirkson Hobbes in den Feuerschein und alle verstummten. Er sah jeden der Reihe nach an, seine Miene ausdruckslos, doch sein Blick so heiß wie Glut. Er spuckte ins Feuer und zündete sich in aller Ruhe eine Zigarre an, paffte an ihr und prüfte ihre Glut. Dann sah er sie alle wieder an, drehte sich um und verschwand in die Dunkelheit. Huddelstone und Finn lehnten sich zurück, ihre starrenden Blicke voneinander gelöst, der Moment verflogen.

3 Sie ritten aus dem Buschland des nördlichen Nuevo León hinaus und in die Sandgebiete des östlichen Coahuila unter einer Sonne, die so blass war wie ein spanischer Priester. An jenem Abend

 kampierten sie neben einem kleinen Rinnsal, das unter einem orangeroten Katzenaugenmond durch eine schmale Weidenwaldung floss. Am Lagerfeuer fragte Padre Foreman Jaggers, ob er sich um diese Angelegenheit in Arkansas gekümmert habe.

»Hab ich«, erwiderte Jaggers. Seine Schwester hatte ihm einige Monate zuvor postlagernd in einem Hotel in Bexar geschrieben und ihm berichtet, ihr unbewaffneter Mann sei von einem Nachbarn namens Raitt bei einem Streit über die Grenze zwischen ihren Grundstücken getötet worden. Ihr ältester Sohn war erst acht Jahre alt, noch nicht in einem Alter, um den Platz seines Daddy einzunehmen, und so appellierte sie an ihren einzigen Bruder, die Angelegenheit zu begleichen. Die Bande war damals gerade dabei, nach Coahuila aufzubrechen und für den Bundesstaat Banditen zu jagen, und so ungern sich Jaggers dieses Unternehmen entgehen ließ, konnte er seiner einzigen Schwester die Bitte doch nicht abschlagen. Also war er nach Arkansas gegangen und hatte die Angelegenheit geregelt, indem er Raitt erschoss.

Tom Finn fragte, ob der Mann Söhne hatte.

»Ja«, sagte Jaggers. »Zwei. Der eine sah aus wie acht, der ältere ging auf die elf zu. Ich komm zu ihm auf sein Feld, und er steht so nah vor mir wie ich vor dir, als ich ihm in die Schädeldecke schieße. Seine Jungs haben die ganze Sache gesehen und sind rübergerannt. So wie die mich angesehen haben, schätz ich, werden sie mich jagen, sowie sie 'n Stück gewachsen sind. Schätze, ich hätte sie auch töten sollen.«

»Und ob«, sagte Tom Finn. »Ich hab Jungs gekannt, die alte Männer geworden sind bei der Jagd nach 'nem Burschen, der ihnen Blut geschuldet hat. Gibt solche, die nie aufhören zu suchen. Aber du sagst, sie waren so jung. Bis die groß genug sind, wissen die vielleicht nicht mehr, wo sie mit Suchen anfangen sollen. Die Welt ist groß.«

»Stimmt«, sagte Jaggers, »aber sie hat ihre Ecken. Und man weiß nie, wann man in welcher landet und wer da sonst noch so hinkommt.«

»Stimmt auch wieder«, gab Finn zu. »Bei den Ecken kann man nie wissen.«

Ein Mann namens Himmler kam vorbei und warf einen gleichgültigen Blick in ihre Richtung. Er war groß und geschmeidig und kein Freund von vielen Worten. Er trug seinen Hut für gewöhnlich tief ins Gesicht gezogen. Er setzte sich ans Rinnsal, zog eine Mundharmonika hervor und begann, leise zu spielen. *Sweet Betsy from Pike.*

»Dein Fehler war, dass du ihren Brief überhaupt gelesen hast«, gab jetzt Huddelstone seine Meinung kund. »Solltest jeden verdammten Brief wegschmeißen, sowie du ihn bekommst. Ich hab noch nie 'ne gute Nachricht in 'nem verdammten Brief bekommen.«

»Was zum Teufel verstehst du denn davon?« sagte Finn. »Du kannst ja nich mal deinen verdammten Namen lesen.«

Huddlestone warf ihm einen schnellen Blick zu, schwieg aber. Er wusste, Tom Finn konnte zumindest seinen eigenen geschriebenen Namen erkennen. Er hatte eine Zwanzig-Dollar-Wette verloren, als Finn es ihm in einer Cantina in Saltillo bewies. Er wandte sich wieder an Jaggers und sagte: »Wirf die verdammten Dinger weg, sowie du sie kriegst. Niemals aufmachen.«

Jaggers warf ihm einen schmaläugigen Blick zu. »Scheiße, Lon.«

Huddlestone spuckte aus und schüttelte den Kopf. »Oh, ich weiß, ich weiß – sie ist deine Schwester. Kapier nicht, warum das so viel zählt bei Leuten wie dir. Blutsverwandtschaft ist doch nur 'n gottverdammter Zufall.«

»Moment«, warf Padre Foreman schnell ein, dessen Interesse geweckt war, und beugte sich mit leuchtenden, wachen Augen vor. »Zufall ist kein Argument gegen die Verpflichtung, die man gegenüber der Familie hat. Man kann sagen, dass jenseits der Schöpfung der Welt durch den Herrn Selbst alles im Leben Zufall ist und der Mensch daher keine Verpflichtungen hat bis auf jene, die er glaubt, direkt seinem Gott zu schulden. Aber ist das Konzept vom Zufall nicht recht dünn? Vieles, das reiner Zufall in der Welt zu sein scheint, erweist sich später als Teil eines größeren Plans, und selbst wenn es nicht so gesehen wird, der Mangel an Zeugen ist kein Gegenbeweis für die Existenz des Plans.«

Huddlestone lachte. »Das ist schon 'n seltsames Geschwätz für ein' Kirchenmann, Padre, ungelogen.«

»Ich bin kein Kirchenmann«, erwiderte der Padre. »Und das ist nicht so sonderbar, wie du glaubst. Denk nach: Was ist eine Verpflichtung gegenüber Gott, wenn nicht Verpflichtung gegenüber der Familie? Hat der Sohn sich nicht mit dem Segen des Vaters geopfert, um für die Sünden all seiner sterblichen Familie Blutsühne zu leisten? Hat Gott mehr von Abraham verlangt, als Er Selbst bereitwillig aufgegeben hat?« Die Augen des Padre loderten. »Aber hört meine Worte. Der Sohn war nicht im wörtlichen Sinn vom Fleische des Herrn geschaffen, oder? Er wurde nicht gezeugt durch Blut, das durch die rohe Paarung des Fleisches geströmt ist, oder? Nein. Und doch, wer will bestreiten, dass Christus mit Gott dem Vater verwandt ist? Die heilige Vorrangstellung von Familie ist viel umfassender als lediglich ein Band des Fleisches, und dass der Herr Seinen Sohn – seinen *spirituellen* Verwandten – geopfert hat, allein das Ausmaß dieser Tat macht das deutlich.«

»Nix, was aus deinem Mund kommt, ist jemals deutlich«, sagte Geech.

Der Padre lächelte über ihn, über alle. »Ich befinde mich in diesem Moment in einer Familie, die mir nähersteht als jede, mit der ich durch Geburt verbunden bin. Ich bin unter Männern, deren geistige Haltung meiner am ähnlichsten ist. Kein mir durch Blut verbundener Bruder, keine Schwester, noch nicht mal mein Vater selbst, Gott habe ihn selig, war mir im Geist so ähnlich wie ihr alle. Kein Einziger von euch hat eine Seele, die dunkler oder heller ist als meine. Kein Einziger hat bessere Aussichten, in den Himmel zu kommen oder in die Hölle zu fahren. Es ist die Wahl unseres Handwerks, der gemeinsame Weg durch dieses Tal der Tränen, den wir gewählt haben, gewählt durch die Ausübung unseres freien Willens, das ist es, was uns im Blut enger verbindet als irgendeine Familie, die nichts weiter als Abstammung beinhaltet.« Er hielt inne und grinste zurück in den lächelnden, kopfschüttelnden Kreis um ihn herum.

»Du sagst also, ich bin mit diesem Haufen Nichtsnutze enger verwandt als mit meiner süßen Mama oben in Michigan?« fragte Runyon der Scharfschütze. »Will verflucht sein, wenn das so ist!«

Der ehemalige Jesuit lächelte noch breiter. »Ja, mein guter Teddy! Gut gesprochen.«

»Gut gesprochen, Scheiße«, sagte Huddlestone. »Ein Mann

muss so verrückt sein wie die Hölle, um sich deinen Scheiß anzuhören, Padre.«

Andere bestätigten dies mit einem Nicken und grinsten.

Der Padre strahlte geradezu und breitete die Arme aus, als wollte er sie segnen und alle an seine Brust drücken. »In der Tat«, sagte er. »In der Tat. Quod erat demonstrandum.«

4 Einige Tage später stießen sie auf die Shawnee. Sie erwarteten sie auf einer Anhöhe, an deren Fuß eine Quelle floss. Die Männer tränkten die Pferde und schlugen das Lager auf, und die Kundschafter berieten sich mit Hobbes. »Wahrscheinlich kriegen wir die Wilden erst auf der anderen Seite der Berge zu Gesicht«, meinte Jaggers zu Edward. Die Bergkette, von der er sprach, erhob sich dunkel am westlichen Horizont. Dies waren die ersten wirklichen Berge, die Edward seit seiner frühen Kindheit oben im Hochland von Georgia gesehen hatte, und sie waren in jeder Hinsicht anders: kahl und scharfkantig und roh violett vor dem roten Himmel des späten Nachmittags. Während sie auf diese Bergkette zuritten, kamen sie zu einem niedrigen Waldgebiet beim Rio Sabinas und trabten durch den kühlen Schatten uralter Sumpfzypressen und Weiden. Das Wasser hier strömte klar und süß, und nach zwei weiteren Tagen trafen sie im Pueblo Sabinas ein, wo weitere sechs Männer mit einer Caballada von Mustangs warteten, frisch gezähmt, doch noch kaum an den Sattel gewöhnt, und mit Maultiervorräten, die sie in Saltillo und Monclova eingekauft hatten.

Die neuen Pferde steckten voller Gemeinheit, schnappten mit den Zähnen und verdrehten die Augen. »Diese kleinen Scheißviecher beißen und treten dich, wo sie nur können«, sagte Jaggers zu Edward, »aber sie reiten den ganzen Tag und die ganze Nacht mit nur ei'm Schluck Wasser und fressen den letzten Dreck – Steine, Erde, dein' Hut, alles. Ein gemeineres oder härteres Pferd siehst du nur noch unter 'nem Komantschen.«

Ein Dutzend Mann aus der Gesellschaft ging in ein Restaurant, dessen einheimische Gäste mit offenem Mund diesem wie aus einem Albtraum entsprungenen wilden Haufen von Weißen und Indianern hinterherstarrten. Die Bande aß sich satt und begab sich dann in eine Cantina, aus der binnen einer halben Minute nach ihrem Eintreten beinahe alle anderen Gäste verschwunden waren. Nur ein paar Machos hielten ihre Stellung an der Theke, und es kam nur zu zwei Schlägereien an diesem Abend. Ein junger, aber weißhaariger Australier namens Holcomb richtete einen mexikanischen Viehhändler übel zu, der ihn angeblich hämisch angesehen hatte, und ein mexikanisch-indianisches Halbblut namens Chato zerbrach eine Flasche über dem Kopf eines Cowboys und stach ihm mit dem scharf gezackten Rand ein Auge aus, weil der Cowboy irgendwas von wegen »indio mugroso« gemurmelt hatte. Aber niemand wurde getötet, und es ließen sich keine Gesetzesvertreter blicken, und vor Sonnenaufgang ritten sie hinaus, im Schlepptau die Caballada und die Lasttiere, jeder Mann schmaläugig und gereizt im Schmerz seines Katers.

Das Gelände vor ihnen stieg an. Sie kamen zu den südlichen Ausläufern der Sierra del Carmen und dahinter die Encantadas, und im Verlauf der nächsten Wochen überquerten sie diese auf ansteigenden Serpentinen und über schmale Pässe, deren Wände dunkel und immer höher aufragten und an die sich hängender Wacholder und Feigenkaktus mit roten Früchten klammerten und stelzige Agaven mit Mittelstämmen, so lang wie spanische Lanzen. Das Hufgeklapper ihrer Pferde hallte von den Felswänden wider. Sie erlegten und brieten Wildschweine zum Abendessen und füllten ihre Feldflaschen aus eisigen Bächen; in den mondbeschienenen Abenden bauschte sich ihr Atem wie Wolken blauen Rauchs. Ihre Lagerfeuer duckten sich, sprangen und wirbelten in den wechselhaften Canyonwinden. Sie hörten Pumas in den Barrancas schreien. In diesem hoch gelegenen Gebiet hatten sie keine Anzeichen der Wilden erwartet und fanden auch keine. Mit der Zeit flachte der Pfad ab, wand sich um die Felswände herum, schnitt durch Buschwerk von Wacholder und Pinyon-Kiefern und begann seinen langsamen Abstieg. Als sie schließlich auf einen Schwemmfächer, eine Bajada, hinauskamen, erspähten sie im Westen ein Gewirbel von Geiern, und gegen Mittag des folgenden Tages stießen sie auf ein Dorf in Ruinen, die noch rauchten.

Die Toten lagen verstreut und nackt da, in ihrem eigenen schwarz getrockneten Blut, wimmelnd von Ameisen und Fliegen und teilweise von Raubtieren und Aasvögeln angenagt, die noch ungelenk an den Leichnamen pickten wie betrunkene Leichenbestatter. Die Überreste von Männern und Frauen lagen ausgeweidet da, mit durchschnittenen Kehlen und verstümmelten Geschlechtsteilen. Keine Leiche war unskalpiert bis auf einige der Kinder, die noch keine Haare hatten und die gekrümmt zwischen den Felsen lagen, auf denen ihre Schädel zertrümmert worden waren. Der Gestank war noch nicht zur vollen Reife gediehen, würde sie aber bis zum nächsten Tag erreichen. Nur die schwarzrußigen Lehmwände standen noch. Alles aus Holz war verkohlt und rauchte, alles aus Stroh war Asche. Die Shawnee trieben die Überlebenden schnell auf und scheuchten sie aus ihren Verstecken in den nahe gelegenen Arroyos. Es waren weniger als ein Dutzend, und alle wirkten, als wären sie über Nacht verrückt geworden. Eine Frau, deren Blick auf etwas weit jenseits der Welt um sie herum gerichtet war, hielt einen toten Säugling an ihrer Brust.

Die Plünderer waren mit dem Vieh und mehreren jungen weiblichen Gefangenen nach Nordwesten davongeritten. Hobbes besah sich die dürftige Ansammlung toter Schweine und Hunde, beugte sich auf seinem Pferd vor, spuckte aus und riet dem Dorfältesten in fließendem Spanisch, er solle alles unverdorbene Fleisch, das er finden konnte, in Streifen schneiden und räuchern. Der Alte hob eine Hand, als wollte er Hobbes auf etwas hinweisen, schien dann aber nicht mehr zu wissen, was er sagen wollte, und so ließ er die Hand fallen und blieb stumm.

Hobbes sprach mit Sly Buck, und dann galoppierten die Shawnee auf der Spur der Plünderer davon. Die Bande stieg auf und folgte in leichtem Galopp. Sie ritten den Rest des Nachmittags und hielten sich links von den Bergen. Das dürftige Gras verschwand bald völlig. Sie ritten hintereinander in die breiteren Arroyos, um zu vermeiden, dass sie sich für irgendwelche Kundschafter gegen den Himmel abzeichneten. In diesem Land von Kaktusnadeln und bluttränkten Felsen und Knochenresten war die Luft die trockenste, die Edward je eingeatmet hatte, und roch nach staubigem Tod. Hobbes kundschaftete gelegentlich von der Spitze eines Felsens und studierte die Linie dunkler Tafelberge, die sich massig auf dem fernen Horizont erstreckten unter niedrigen, wie blutverschmierten

 Wolkenbänken. Sie kampierten an jenem Abend ohne Feuer. Der Mond kam hinter den Carmens heraus, und der Wind blies kalt, und der Himmel war riesig und übersät mit Sternen. Leuchtend gelbe Kometen blitzten quer über den Himmel und in die Vergessenheit hinein. Edward wickelte sich in seine Decke und lag eine Weile wach, starrte in die Unendlichkeit dieses Wüstennachthimmels und lauschte dem hohen Jaulen der Kojoten in der Finsternis, und ihn ergriff das Gefühl, dass er in dieser fremden Einöde seine angestammte Heimat gefunden hatte, ein Gefühl, das er nicht in Worte hätte fassen können.

Sie ritten einen weiteren Tag und machten wieder ein feuerloses Lager, und am Vormittag des folgenden Tages fanden sie ein erst vor Kurzem verendetes Maultier, kaum mehr als Haut und Knochen, dessen Flanken übel zugerichtet waren. Einige Stunden später erspähten sie den Umriss einer Gestalt auf der Ebene vor ihnen, und nach einer Weile trafen sie auf einen der Shawnee-Späher. Neben ihm lag auf dem ausgedörrten Boden eine ermordete Mexikanerin, kaum dem Mädchenalter entwachsen. Sie wies keine Schnitte oder Schussverletzungen auf, doch die Innenseiten ihrer Oberschenkel waren mit getrocknetem Blut befleckt, ihre Schamgegend war schwarz verkrustet und ihre Augenhöhlen von den Ameisen ausgehöhlt. Die Arme waren über ihren Brüsten gekreuzt, als bestünde sie selbst im Tod auf ihrer Sittsamkeit.

Der Shawnee redete in seiner Sprache mit Hobbes und wies auf die dunkle Form eines Tafelberges etwa fünfzehn Meilen entfernt, wo der Himmel sich um die sinkende Sonne hellrot verfärbte. Hobbes gab die Auskunft an die Gesellschaft weiter: Die Plünderer lagerten an einer Stelle, die die Mexikaner Fuente de Dios nannten, einem Wasserloch in dem Tafelberg vor ihnen, und waren sich ihrer Verfolger offenbar nicht bewusst. Er befahl den Männern, sich in einer nahe gelegenen Schlucht niederzulassen und dort bis zum Einbruch der Nacht zu rasten, um zu verhindern, dass die Räuber ihren aufgewirbelten Staub entdeckten. Als Edward seine Janey wendete, sah er, wie der Shawnee sich mit einem Messer in der Hand zu dem toten Mädchen hinunterbeugte. Einen Moment später saß der Indianer wieder auf seinem Pferd und holte Hobbes ein, und ihr langhaariger Skalp baumelte von seinem Gürtel.

Sie zogen im Dunkeln unter einem blassen Mond weiter, der hinter ihnen niedrig im Himmel hing, bewegten sich im Trab voran, hintereinander und in großem Abstand, ihre Ausrüstung festgezurrt, damit sie nicht klapperte. Trotzdem, hätten die Wilden ein Ohr an den Boden gehalten, hätten sie sie kommen hören. Der Mond erreichte seinen Zenit und begann seinen langsamen Abstieg Richtung Westen. Als sie sich dem Tafelberg näherten, verlangsamten sie auf Schritttempo. Die einzigen Geräusche waren nun die von unbeschlagenen Hufen, die flüsternd durch den Sand strichen, das leise Knarzen der Sattel und das leichte Klimpern von Gebissstangen. Sly Buck und John Allen drehten mit der Hälfte der Bande in einem weiten Bogen nach links ab, während Hobbes die anderen zur rechten Seite führte. Beide Gruppen hielten sich dicht an die Schatten der Felsen.

Als sie die noch größeren Felsgruppen in der Nähe des Fußes des Tafelbergs erreichten, zeigte sich der Gegenschein über dem fernen Gebirgszug im Osten. Hobbes ließ alle anhalten. Sie stiegen ab, und der Captain entfaltete schnell die Decke, die hinter seinem Sattel zusammengerollt lag, und deckte den Kopf seines Pferdes damit ab. Die anderen folgten seinem Beispiel. Edward spürte, dass die Stute zitterte, und er klopfte ihr beruhigend auf den Hals und flüsterte ihr ins Ohr und sie entspannte sich. Sie führten die Pferde und Maultiere weiter die Felsen hinauf und in eine Schlucht hinein, und dann ließ Hobbes den Blick prüfend über die Männer gleiten, und Edward wusste, dass er als Jüngster und Unerfahrenster unter ihnen bei den Tieren bleiben musste. Doch stattdessen wies Hobbes auf einen Mann namens Patterson, der sich letztens laut beklagt hatte, dass er zwei Nächte hintereinander habe Wache halten müssen. Patterson verzog das Gesicht und knirschte mit den Zähnen, doch Hobbes starrte ihn einfach an, und Patterson wandte sich ab und nahm alle Zügel entgegen.

Hobbes führte sie rasch und sicheren Schritts durch die Felsschatten und Kaktusgewächse die steinigen Hänge hinauf, und schließlich kamen sie oben auf einem Tafelfelsen an. Sie folgten Hobbes geduckt durch Sand und Gebüsch, und plötzlich trat vor ihnen eine Gestalt aus den Schatten, und Edward fuhr heftig zusammen, bis er Sly Buck erkannte. Hobbes und der Häuptling berieten sich flüsternd und robbten dann auf dem Bauch zum Felsrand hinauf, wo sie einen gründlichen Blick nach unten warfen. Hobbes bedeutete den anderen hochzukommen. Während sie zum Rand des Felsens krochen, kamen sie in einem Schritt Entfernung an einem toten Apachen vorbei, der im Gebüsch auf dem Rücken lag, und Edward fing den Geruch von Rauch und rohem Leder auf. Sein Herz hämmerte gegen die Erde.

Im ersten grauen Licht der Morgendämmerung sahen sie die Plünderer in einer breiten sandigen Lichtung an die fünfzig Fuß unter ihnen. Edward zählte kurz und kam auf beinahe zwei Dutzend. Sie waren gerade aufgewacht und fachten die niedrigen Feuer an, die nah an der Felswand angelegt waren, sodass der dünne Rauch durch natürliche Schornsteine abzog und sich ungesehen aus irgendeinem anderen Teil des Tafelbergs verflüchtigte. Ihre Pferde und das gestohlene Vieh waren neben einem schmalen Pass in einem improvisierten Gehege eingepfercht. Zwei Frauen kauerten vor dem Felsenfeuer, das dem Wasserloch am nächsten lag, und ein groß gewachsener Apache versetzte einer von ihnen im Vorbeigehen einen Tritt. Ihr Aufschrei, der bis hinauf zu den Männern auf dem Felsen drang, löste bei den Apachen Gelächter aus.

Hobbes blickte zu der in tiefem Schatten liegenden Felswand gegenüber und dann zu Sly Buck, der nickte und zu einem buschigen Abschnitt auf dem gegenüberliegenden Felsrand wies. Edward vermutete, dass dort John Allen und die anderen postiert waren. Jetzt flüsterte Sly Buck etwas zu Hobbes und wies auf den groß gewachsenen Apachen, der im Lager herumging und mit verschiedenen Kriegern sprach. Hobbes nickte. Er zog seine beiden Colts aus dem Gurt und legte sie griffbereit hin, dann brachte er das Hawken in Anschlag. Die anderen machten sich ebenfalls bereit. Der Captain zielte auf den großen Indianer, als er über die Lichtung ging. Dann schoss eine orangerote Flamme aus der Mündung des Hawken, und der Schuss hallte ohrenbetäubend von den Felswänden zurück, als der Hinterkopf des Indianers zerbarst und er wie betrunken herumwirbelte. Noch während er zu Boden ging, eröffnete jede Waffe entlang beider Felsränder das Feuer.

Edward zielte auf einen Apachen, der zum Gehege raste, und das Kaliber .525 schleuderte den Mann zielsicher um, als wäre er mit einer Streitaxt erschlagen worden. Der Rückprall, wie ein Maultiertritt gegen seine Schulter, war befriedigender, als Edward es hätte ausdrücken können. Er spannte den Hebel erneut, legte an und traf sein nächstes Ziel in die Hüfte, und als der verwundete Wilde weiterkroch, zielte er genauer und schoss ihm den Vorderteil des Schädels weg. Mit seinen nächsten beiden Schüssen war er zu hastig und traf beide Male daneben, dann legte er das Gewehr beiseite und wechselte zum Revolver und leistete eifrig seinen Anteil an dem höllischen Kreuzfeuer, das auf die unglückseligen Eingeborenen niederkrachte. Zu beiden Seiten von ihm lag ein engelgleicher blonder Jessup-Zwilling, drei Jahre älter als er. Sie schossen zuerst mit dem doppelläufigen Gewehr und griffen dann auch zu ihren Pistolen. Das lang anhaltende Schreien einer Frau schnitt durch das Donnern von Schüssen und brach dann jäh ab. Apachen rannten, zuckten zusammen und fielen. Eine Handvoll erreichte das Gehege, trat die Stangen weg und sprang auf die Pferde. Sie galoppierten auf den schmalen Pass zu, doch eine Salve von den Felsen über ihnen, wo Sly Buck seine anderen Shawnee postiert hatte, brachte die Indianerpferde kreischend zu Fall. Einige Reiter rollten ab, kamen auf die Beine und begannen zu rennen, aber auch sie wurden niedergeschossen.

Und dann war es vorbei, und kein einziger Wilder war entkommen. Die Bande stieg durch den Dunst des Schwarzpulvers, der dicht in der Luft hing, zum Boden der Lichtung hinab und begann mit dem Skalpieren. Edward sah zu, wie Jaggers einen Apachen auf den Bauch rollte, sich neben ihn hockte und seine Messerklinge kräftig um den Schädel herumführte. Dann setzte er dem Toten einen Fuß ins Genick, wickelte sich einen Büschel Haare um die Hand und riss mit einem scharfen Ruck die Kopfhaut vom Schädel, mit einem Geräusch, wie wenn ein gestiefelter Fuß aus tiefem Schlamm gezogen wird. Er hob den Skalp, lang und triefend, hoch, sodass Edward ihn sehen konnte. Das gleiche Geräusch ertönte überall um sie herum. Indianer lagen da, ihre Schädel roh und blutig im roten Licht der Morgensonne, die bis zum Felsrand aufgestiegen war.

»Hier braucht noch einer ’ne neue Frisur, mein Junge.« Es war John Allen, der da neben ihm stand und auf einen Apachen dicht neben ihm wies. Edward machte sich ans Werk und führte es so mühelos aus, als hätte er es schon jahrelang getan. Als sich die Kopfhaut von dem Knochen losriss, fuhr ihm ein Zittern durch den Leib und bescherte ihm ein Gefühl, wie er es noch nie erlebt hatte. Er hielt die Beute hoch in die Luft, spürte, wie das Blut seinen Arm herunter und unter seinen Hemdsärmel rann, und sah Padre Foreman, der ihn breit angrinste, und jetzt erhoben die der Hölle Geweihten ihr jubelndes Geheul, und er stimmte mit seinem Schlachtruf mit ein.

5 Sie fanden die Tiere unbeaufsichtigt in der Schlucht. Patterson war verschwunden. Seine Spur führte zu einer Reihe blauer Berge Richtung Norden, und er hatte zwei Pferde aus der Caballada mitgenommen. Hobbes schickte Chato und einen der Shawnee hinter ihm her und Sly Buck und die übrigen Kundschafter in westliche Richtung, um dort nach Zeichen weiterer Apachen zu suchen. Dann setzte sich die Gesellschaft wieder in Bewegung und führte das von den Apachen gestohlene Vieh mit ihren eigenen Pferden hinter sich her. Keine der gefangenen Mexikanerinnen hatte das Gefecht überlebt, also wurden auch sie skalpiert und zusammen mit den anderen Toten den Aasfressern in Fuente de Dios überlassen. Der Einzige, der eine Verletzung erlitten hatte, war Castro der Spanier, der Mestizen ebenso leidenschaftlich hasste wie Indianer. Viele der Indios besäßen zumindest Mut, erklärte er oft, doch die Mestizen seien feige Bastardhunde, mit den schlimmsten Zügen beider Rassen, und hatten nichts von dem Bewunderungswürdigen der einen oder der anderen. Er war beim Abstieg vom Tafelfelsen ausgerutscht und hatte sich den linken Arm gebrochen. Doc Devlin hatte ihn geschient und verbunden, und der Spanier hatte viel Aufhebens darum gemacht, wie gut er mit seiner gesunden rechten Hand noch die Pistole wirbeln konnte, sollte Hobbes vielleicht denken, er sei nicht mehr in der Lage, seinen Teil der Last zu tragen.

Ein Shawnee-Späher kehrte gegen Mittag mit der Meldung zurück, dass sie zehn Meilen vor ihnen Wilde gesichtet hatten. Hobbes beauftragte den Spanier und den Shawnee, das Vieh zu führen, und die Gesellschaft preschte los und holte am Abend Sly Buck und die anderen Kundschafter ein. Die Encantadas zeichneten sich als harter roter Felsenzug zu ihrer Rechten ab. Am fernen Horizont waren zwischen ein paar kurzen, niedrigen Ketten die gespenstischen Formen der Chisos zu sehen, die auf der anderen Seite des Rio Bravo del Norte standen, wo er eine weite Krümmung nach Süden machte. Die Apachen hatten ein Lager am Fuß der nächsten Berge aufgeschlagen. Die Shawnee meinten, es seien die übrigen Angehörigen der Plünderer. Sie sagten Hobbes, es seien hauptsächlich Frauen und Kinder, doch einige wenige Krieger seien auch dabei, die sie bewachten.

»Leichtes Spiel«, meinte John Allen.

Sie griffen bei Tagesanbruch von Osten aus an. Wie von der höllenroten Sonne entfesselte Dämonen galoppierten sie durch das Herz des Lagers und schossen jeden Mann in Sicht nieder, und dann machten sie kehrt und ritten wieder durch, und diesmal schossen sie alles nieder, was noch stand, und setzten die verstreuten Hütten aus Stangen und Häuten in Brand. Und dann stiegen sie ab und erschossen alles, was noch atmete. Ein sterbender Krieger erhob sich auf die Knie und schoss einen Pfeil auf Runyon, der, in den Bauch getroffen, fluchend zu Boden ging. Himmler kam herbeigerannt und riss mit einem beidhändigen Schwung seines Bowiemessers den Kopf des Schützen in einer großen Blutfontäne aus seiner Verankerung. Der Kopf flog in einem Bogen durch die Luft, schlug auf dem Boden auf und rollte in die Nähe eines festgebundenen Hundes, der sich in ihn verbiss und das Ding in seiner rasenden Erregung wild hin und her schüttelte.

Und dann war da nur noch das Stöhnen und Wehklagen der sterbenden Frauen und Kinder, und die Bande schritt durch das Gemetzel und erschoss jeden Einzelnen von ihnen. Als sie ihr blutiges Geschäft beendet hatten, hatten sie ihre Beute um achtunddreißig Skalps vergrößert. Hobbes setzte die fachkundigen Shawnee darauf an, das Haar der weiblichen Skalps so zu trimmen, dass sie aussahen, als stammten sie von Kriegern, um höhere Kopfprämien zu bekommen.

Sie aßen von dem Fleisch, das die Indianer an Büschen und Mesquite-Ästen zum Trocknen ausgehängt hatten, alle bis auf Runyon, den man in den Schatten einer Felswand gebracht hatte und der jetzt mit dem Rücken zur Felswand saß, beide Hände fest auf seinen Bauch um den hervorstehenden Pfeilschaft gedrückt. Hobbes war herübergekommen, um ihn sich anzusehen, und machte dann Doc Devlin Platz, der die Verletzung untersuchte und sagte, er könne nichts tun.

»Sowie ich ihn herausziehe, stirbst du.«

»Teufel noch mal«, grunzte Runyon durch die Zähne. »Ich kann doch nicht mit 'nem Pfeil im Bauch rumlaufen.«

»Nein, kannst du nicht«, sagte Doc Devlin. Und weil es nichts mehr zu sagen gab, kehrten er und Hobbes zum Lagerfeuer zurück, um sich wieder zu den Speisenden zu gesellen, und Runyon blieb sich und seinen Gedanken allein überlassen.

Beim Feuer gaben Lionel und Linus lächelnd mit ihren neu begonnenen Halsketten aus Indianerohren an. Beide stammten aus dem nördlichsten Minnesota und waren nach Mexiko gekommen, um den Elefanten zu sehen, und waren geblieben, um ihm die Haut abzuziehen.

Später in der Nacht trafen Chato und die Shawnee ein, mit Patterson auf seinem Pferd im Schlepptau, die Hände auf den Rücken gefesselt. Sie brachten auch die anderen beiden Pferde mit. Bis auf eine blutige Armverletzung von Chatos Gewehr war Patterson unverletzt. Er grinste auf die versammelten Männer hinab und rief einigen Grüße zu, doch niemand grüßte zurück oder lächelte.

Hobbes befahl jemandem, den traurigen Hurensohn von seinem Pferd zu zerren, da er nicht zu so einem hinaufblicken wolle, weder jetzt noch jemals sonst. John Allen packte Pattersons Fuß vom Steigbügel und stieß sein Bein nach außen und oben und holte den Verräter so aus dem Sattel. Himmler zog ihn am Hemdkragen auf die Beine und stellte ihn vor den Captain, und Hobbes fragte ihn, was er zu seiner Verteidigung zu sagen habe.

»Wenn ich hier nicht mehr als ein Pferdehalter sein kann, will ich mit dieser Gesellschaft nix mehr zu schaffen haben«, sagte Patterson.

»Ich bestimme, was jeder Mann hier tut oder nicht tut«, sagte Hobbes.

»Ich sage, ich bin kein verdammter Pferdehalter.«

Hobbes schlug ihm auf den Mund und Patterson ging zu Boden. Himmler stellte ihn wieder auf. Patterson fuhr mit seiner Zunge durch den blutigen Mund und spuckte einen Zahn zu Hobbes' Füßen und sagte: »Mach ihn dir doch an deine Kette, du verdammter Hirnscheißer.« Hobbes schlug ihn wieder, und Blut spritzte aus seinem Mund, als er ein weiteres Mal zu Boden ging. Diesmal machte keiner Anstalten, ihn wieder hochzuziehen.

»Ich dulde keinen Aussteiger«, sagte Hobbes. Er trat Patterson in die Rippen, und Patterson rollte gegen die Beine seines Pferdes, das scheute und ihn beinahe zertrampelte, als fände selbst das Pferd ihn verachtenswert. Einer der Jessups packte die Zügel und zog das Tier fort.

»Ein Mann, der seine Gesellschaft im Stich lässt, ist das Niedrigste, was es gibt«, sagte Hobbes und gab Patterson einen Tritt, als der versuchte, von ihm wegzukriechen. Er folgte ihm, trat wieder nach ihm, versuchte, ihn in die Eier zu treffen. »Ein Mann, der seine Gesellschaft verlässt, spuckt auf jeden Mann, der mit ihm geritten ist, aber er ist der, der keine Spucke wert ist. Er ist nicht die Hälfte von dem Hund da wert.« Er wies auf den am Pflock angebundenen Hund, der stierte und jeden, der vorbeikam, anfletschte. Er versetzte Patterson wieder einen Tritt und sagte: »Schafft ihn mir aus den Augen, bis ich beschlossen habe, was ich mit dem traurigen Hurensohn mache.«

Bei Sonnenaufgang hatte er es beschlossen. Er ließ Patterson auf sein Pferd hieven und am Sattel festbinden, die Hände immer noch auf dem Rücken gefesselt. Er sagte, wenn er versuchen sollte, das Pferd Richtung Norden, Süden oder zurück nach Osten zu lenken, würde der erste Kundschafter, der ihn entdeckte, das Pferd unter ihm erschießen und ihn neben seinem toten Tier verdursten lassen.

»Für dich geht's nur nach Westen«, sagte Hobbes zu ihm. »Und jetzt verschwinde!« Er peitschte das Pferd und es ging so schnell durch, dass Patterson beinahe aus dem Sattel gefallen wäre. Sie beobachteten, wie er auf dem galoppierenden Pferd in dem unendlichen flachen Wüstenland kleiner wurde, bis er nur noch ein dunkler Fleck war, der in der aufsteigenden Hitze flimmerte, und dann war er nicht mehr zu sehen.

»Warum lässt er ihn laufen, wenn er Aussteiger so sehr hasst?« fragte Edward Jaggers.

 Jaggers sah ihn an. »Er lässt ihn nur in die Apacheria laufen. So sehr hasst er Aussteiger.«

Hobbes zerschnitt das Seil, das den Indianer-Hund an seinen Pflock festband. Einen Moment lang stand das Tier geduckt mit aufgestellten Nackenhaaren und entblößten Zähnen da. Es entfernte sich langsam in kreisenden Bewegungen von Hobbes und den anderen, wetzte dann über eine kleine Anhöhe und war weg.

Jetzt bereitete sich die Gesellschaft zum Aufbruch vor, und Runyons Augen folgten erst einem Mann und dann den nächsten, als sie ihre Pferde einfingen und bereit machten. Der Spanier war mit der Caballada und der Herde gefangenen Viehs eingetroffen, und die neu erbeuteten Indianerponys wurden eingereiht. Kein Mann begegnete Runyons Blick. Dann ging Hobbes zu ihm und fragte ihn, ob er eine geladene Pistole habe. Runyon entfernte eine blutige Hand neben dem Pfeil in seinem Bauch und zog einen geladenen Colt unter seiner Jacke hervor und legte ihn neben sich.

»Ich kann dir nichts anbieten, Teddy«, sagte Hobbes, »außer wenn du willst, dass es jemand anders tut, dann tu ich dir den Gefallen.« Er hielt bereits eine gespannte Pistole in der Hand und spähte jetzt zum fernen Horizont. »Von denen könnten hier noch mehr vorbeikommen, bevor du fertig bist.«

Runyon starrte einen Moment zu ihm hoch, ließ dann den Blick auf seine Wunde sinken und schüttelte den Kopf.

»Du weißt, was sie mit dir machen. Besser eine Kugel als das.«

»Nein«, sagte Runyon. »Das ist nich richtig.«

»Ist keine Schande, Mann«, sagte Hobbes beinahe flüsternd.

Runyon schüttelte den Kopf, ohne aufzublicken. Er sagte nichts mehr.

Hobbes wartete noch einen Moment, dann sicherte er die Pistole und steckte sie wieder in den Gurt. Er ging zu seinem Pferd und stieg auf, und dann führte er seine Männer Richtung Westen. Edward warf einen Blick zurück und sah Runyon wie zuvor dasitzen und ihnen nachblicken. Dann wandte er sich um und schaute nicht mehr zurück.

6 Sie waren jetzt tief im Blutland, Regionen, die auf Karten weiße Flecken waren, gekennzeichnet durch scharf zerklüftete Gebirgsketten, dazwischen riesige Bolsóns, Tiefebenen, und trockene, rissige Playas, die in der aufsteigenden Hitze der Leere unter der weißen Sonne dunstig flimmerten. Die schrecklichste dieser Einöden war der Bolsón de Mapimí, dessen nördlichen Ausläufer sie jetzt durchquerten und dessen graue, flimmernde Ebene sich in jeder Richtung bis zum Horizont erstreckte, ungebrochen bis auf einige verstreute niedrige Felstürme und einen gezackten blauen Gebirgszug, der sich weit im Norden abzeichnete.

Die Nächte erzitterten vom Heulen der Kojoten. Eines Nachts träumte er von Daddyjack, der in einer riesigen Wüste auf einem Felsen sitzend die Männer vorbeiziehen sah und grinste, als würde er sie alle kennen. Und tatsächlich hob Hobbes eine Hand zum Gruß, und Padre Foreman rief: »Wie geht's, Haywood!«, und John Allen fasste sich an die Hutkrempe und sagte: »Gut, dich zu sehen, Jack.« Edward nickte, als er vorbeikam, und Daddyjack grinste und sagte: »Fühl dich wie zu Hause, mein Junge.«

Drei Tage danach erspähten sie mittags eine Staubwolke, die im Nordwesten schnell größer wurde, und Hobbes führte die Bande in eine flache Schlucht. Dort zog jeder sein Gewehr aus der Scheide und rüstete sich gegen einen Angriff der Wilden. Nach einer Weile kam die Quelle des Staubs donnernd in Sicht und galoppierte vorbei. Es war nur eine atemberaubende Herde Hunderter Mustangs, wilder, als die Pferde der Gesellschaft beim Zähmen gewesen waren. Die Skalpierer hatten große Mühe, ihre erregt wiehernden Tiere zu bezwingen, die versuchten, mit aller Macht loszubrechen, um sich ihren vorbeidonnernden Artgenossen anzuschließen. Sie verloren ohnehin vier der Caballada an die Mesteños.

Zwei Tage später entdeckten sie eine kleine dunkle Form in der Unendlichkeit vor ihnen, und allmählich kamen sie nahe genug, um zu erkennen, dass es ein einsamer und skelettartiger Mesquite-Baum war, an dessen kahlen, dornigen Ästen etwas hing, das sie beim Näherkommen als die Überreste eines Menschen erkannten. Es war Patterson, der mit dem Kopf nach unten im Baum aufgehängt war. Man hatte ihm die Augenlider abgetrennt, die Geschlechtsteile abgeschnitten und in den Mund gestopft, hatte ihn skalpiert und vollständig gehäutet. Durch die rohen Streifen seines von der Sonne gerösteten Fleisches waren seine blassen Rippen und sein Hüftknochen sichtbar. Seine Augen sahen aus wie hart gekochte Eier. Der Boden unter ihm war schwarz mit seinem Blut.

Edward hatte Hunderte von Geschichten darüber gehört, was Männer einander im Krieg antaten. Was die Creeks den Weißen bei Mims angetan hatten und was Jackson den Creeks am Horseshoe Bend angetan hatte, und was die Mexikaner den Texanern bei Alamo und Houstons Armee den gefallenen Soldaten Santa Annas bei San Jacinto. Er dachte, er hätte schon alle vorstellbaren Beispiele menschlicher Grausamkeit gesehen und kenne ihren ungeheuren Einfallsreichtum nur allzu gut. Aber das, was er hier sah, war ihm noch nicht begegnet. Grauen vor dem Ding dort in dem Baum erfüllte ihn ebenso wie Bewunderung für die Reinheit seiner Entsetzlichkeit. Und er spürte jetzt die Gewissheit, dass es dieser verfluchte Teil der Welt war, wo seinesgleichen und seine Kameraden in dieser Bande der Verdammten wahrhaftig hingehörten – hier, wo Blut sowohl das allgemeine Handelsmittel als auch das verehrte Werkzeug der Kunst war.

Finn stieg ab, trat zu näherer Prüfung heran und machte dann einen schnellen Schritt zurück und sagte: »Gottverdammt, es lebt!«

Als wollte es ihm recht geben, stieß das Ding an dem Baum durch die Genitalien in seinem Mund ein schwaches, flatterndes Stöhnen aus. Die Pferde tänzelten und warfen ihre Köpfe mit weiß verdrehten Augen hoch, spürten vielleicht ihre Reiter erzittern. Hobbes zog seine Pistole und legte an und feuerte in den Kopf des elenden Geschöpfes, und erst dann entspannten sich die Muskeln, und der Körper sackte tot herab.

Sie beruhigten ihre Pferde. Hobbes steckte seinen Colt in den Gurt zurück, und sein Pferd wirbelte in einem schnellen engen Kreis herum, bevor er es zügelte. Er wies auf das Ding am Baum und rief: »Seht ihn euch an! Seht den, der diese Gesellschaft verlässt!« Er sah aus und klang wie ein irrer Prophet des Alten Testaments, der genau gewusst hatte, welches Schicksal diesen elenden Abtrünnigen in der Wildnis erwartete.

»Seht ihr den hier, der das Vertrauen seiner Kameraden gebrochen hat? Seht ihr ihn?«

Und er gab seinem Pferd die Sporen und preschte voran, und sie eilten ihm hinterher in die noch tiefere Wildnis hinein.

7 Pattersons Treulosigkeit hatte James Kirkson Hobbes derart erzürnt, dass er die Gesellschaft auf die nächstbeste Gruppe Indianer hetzte, der sie begegneten, und er sagte, der Teufel solle sie holen, als Doc Devlin bemerkte, dass sie nicht mit den Apachen verwandt seien, sondern einem Volk angehörten, das keinem Menschen Böses wollte. »Haare, Jungs!« rief er, als er seinen Colt zog und den Arm hob zum Signal, dass sie die glücklosen Indianer angreifen sollten. »Nehmt sie alle!« Und so geschah es in weniger als zehn Minuten.

Sie ritten weiter mit neunzehn neuen Skalps, frisch gesalzen und an ihre Maultiere gehängt, und der harte Geruch des Todes heftete sich an sie. Wölfe folgten ihnen am helllichten Tage und liefen manchmal an ihren Flanken entlang, und ein paar Männer schossen auf sie, trafen aber nie auch nur einen. Die Nächte waren zerrissen von ihrem Geheul.

Jetzt wandte sich die Gesellschaft nach Norden und erreichte mit der Zeit eine Kette namenloser Berge. Sie stiegen die Serpentinenpfade durch das Gestrüpp hinauf, und vom Felsenrand kundschafteten sie die Bolsóns unter ihnen aus, die in der aufsteigenden Hitze flimmerten. Während der nächsten Wochen sahen sie nur zwei nächtliche Lagerfeuer, und eines erwies sich als das einer großen Banditentruppe, die ihnen am nächsten Tag auf der Playa weiträumig aus dem Weg ging. Die Shawnee berichteten, dass das andere Lagerfeuer von einer Einheit der mexikanischen Kavallerie stamme, die sich selten in diesen Teil des wilden Landes hinauswagte, und die Gesellschaft machte einen großen Bogen um sie und ritt die Nacht durch, um bis zum Tagesanbruch genügend Entfernung zwischen sich und den Armeetrupp zu bringen.

In Barrenitos ruhten sie sich einen Abend lang aus und ließen in der roten Morgendämmerung zwei entstellte Einheimische und einen Toten zurück, die Himmler und Huddlestone in einer Angelegenheit zur Rede gestellt hatten, bei der es um die Ehre einiger Frauen des Dorfes ging. In San Pedro, wo sie geradezu als Beschützer vor den eingeborenen Dämonen begrüßt wurden, sah sich Castro genötigt, einen Bürger zu töten, der bewaffneten Widerstand gegen die Koketterien eines Spaniers mit seiner Tochter geleistet hatte. Sie durchquerten den Rio Conchos in einem kurzen harten Regen, der in seinem dämpfigen Gefolge die Gerüche von heißem Sand und Kreosot aufsteigen ließ. Erreichten dann die Sierra de la Tasajera und stiegen hinauf in Wälder von Zwergeichen, Kiefern und Manzanita. Sie kundschafteten die Kämme aus und die Ebenen unter ihnen, machten den Abstieg auf serpentinenreichen Pfaden, erreichten im Gänsemarsch die Ebene und ritten weiter. Tagelang sahen sie keinerlei Anzeichen von Leben bis auf ein paar zähe Eidechsen und einige in großer Höhe segelnde Rabengeier.

Westlich von Gallego sahen sie in der Ferne vor und hinter sich vier verschiedene Gewitter wüten, aber in dem Gebiet, das sie überquerten, gab es meilenweit keinerlei Anzeichen von Schatten oder Feuchtigkeit. Sie schwärzten sich die Augen und die ihrer Pferde, doch den Männern verbrannte die schreckliche Rückstrahlung der Sonne auf dem ausgedörrten Boden die Unterseite ihrer Gesichter. Mit der Zeit ritten sie wieder durch Buschland und kamen zu einem winzigen schlammigen Bach, wo sie ihre Pferde tränkten. Am nächsten Tag erreichten sie ein Dorf, dessen Namen niemand in der Gesellschaft kannte oder wissen wollte. In der einsamen Cantina an der einzigen Straße dieses gottverlassenen, aus einem Dutzend Lehmhäusern bestehenden Ortes wurde ihnen das Gerücht zugetragen, dass die Apachen nur wenige Tage zuvor eine kleine Gruppe Reisender auf dem Pfad abgeschlachtet hatten, der keine fünfzehn Meilen westlich am Fuß der Tunas-Kette verlief. Ihre blauen Gipfel waren von der Tür der Cantina, in der sie tranken, zu sehen.

Lange vor Tagesanbruch waren sie unterwegs zu den Tunas. Mit der Zeit stießen sie auf die Überreste der Gruppe – verkohltes Holz und geschwärzte Achsen und die verstreuten, verstümmelten Leichen, die vor Fliegen summten, und einige tote und aufgedunsene Tiere. Ihre Stimmung hob sich bei diesem deutlichen Beweis, dass Apachen nicht fern waren, und sie machten sich auf die Spur der Räuber und folgten ihr in die Berge. Doch hier bestand das Gelände ganz aus losem Geröll, und es war undeutlich, welche Spuren wohin führten, selbst die Shawnee stritten sich darüber, welcher sie folgen sollten, und in seiner Eile wies Hobbes schließlich den Hang hinauf und sagte: »Dort entlang.« Und das war die Richtung, die sie einschlugen.

Doch dieser Pfad schnitt nicht durch einen Pass, wie Hobbes angenommen hatte, sondern stieg weiter an und wurde schmaler und unsicherer, je steiler er wurde. Zu ihrer Rechten ragte eine Felswand auf, und zu ihrer Linken fiel der Boden ins Leere, als die Nacht wie ein schwarzes Leichentuch hereinbrach. Jedermann wusste, dass die Indianer ihr Vieh nicht über diesen Pfad getrieben hatten, und doch drängte Hobbes sie weiter in der Finsternis, weil er genügend Höhe bekommen wollte, um die Apachen bei Tagesanbruch zu sichten. Sie konnten die stecknadelkopfgroßen Laternenlichter des Dorfes sehen, das sie einen Tag zuvor verlassen hatten. Dann verlor das Pferd von Chato the Breed seinen Halt, und Chato konnte sich gerade noch rechtzeitig in Sicherheit bringen, bevor das Pony über den Rand und sich überschlagend und schreiend ins Leere stürzte und dann in der Stille verschwand. Einige Zeit danach erreichten sie einen Tafelfelsen, und dort schlug Hobbes ihr Lager auf. Sie suchten die unendliche Schwärze ab, doch erspähten nichts außer Blitze, die hellweiß und stumm am fernen Ende der Erde zuckten.

Der folgende Morgen brach blutrot über den östlichen Bergketten an, hinter denen sich plötzlich Gewitterwolken auftürmten. Der Himmel verdunkelte sich, und dann kam der Regen in böigen Strömen nieder. Sie hatten Angst, der schmale Pfad könnte unter ihnen wegspülen, aber er hielt, und am Nachmittag kam wieder die Sonne hervor, und Dampf stieg von ihren Pferden auf. Sie erreichten einen Felsenrand und spähten am Horizont in jede Richtung aus, sahen aber keine Anzeichen der Apachen. Sie brauchten zwei Tage, bis sie die Tunas durchquert hatten, und den größten Teil des Weges regnete es auf sie hinab.

Wochenlang danach fanden sie keinerlei Anzeichen von Beute. Sie dachten, dass sich die Kunde ihrer Mission verbreitet haben musste und die Indianer wachsamer waren und sich besser versteckt hielten. Sie ritten bis tief in die Nacht und machten Feuer an einer Stelle und kampierten ohne Feuer ein paar Meilen entfernt, um zu versuchen, die Wilden zu locken, doch es ließen sich keine Indianer blicken. Sie durchstreiften das Gebiet in weiten, suchenden Schleifen, und die Shawnee zogen los auf Spurensuche. Vergeblich. Sie überquerten riesige und sich ständig verschiebende Gipsdünen, so fein wie Gesichtspuder, die die Ponys und Maultiere hörbar nach Atem ringen ließen. Der Wind blies den Sand wie Meeresgischt, doch sie fanden dort nur die gebleichten Gebeine von Mensch und Tier. Sie überquerten schimmernde Ebenen bar jeder Vegetation bis auf gelegentliche Meldengewächse und verkümmerte Kakteen. Sie ritten durch schmale Arroyos hinauf auf die Gipfel von Tafelbergen, suchten das Gelände in alle Himmelsrichtungen ab, stiegen dann wieder hinab und ritten hinaus in die kochende, rissige Ebene der Playas. Sie legten sich auf den Bauch, um zu sehen, ob sich am Horizont Männer abzeichneten, die sie töten konnten. Sie stiegen ab und saßen im Schutz ihrer Pferde einen Sandsturm durch, der eine ganze Nacht lang und den größten Teil des nächsten Tages wütete, saßen, als er schließlich vorbei war, bis zur Hüfte im Sand, und ihre Pferde sahen aus wie Geschöpfe aus Silikatkristallen. Einige Tiere erblindeten und wurden erschossen und geschlachtet und ihr Fleisch geräuchert.

Sie durchsuchten die Nacht nach flackernden Lagerfeuern, sahen aber keine, sondern nur das ferne Aufleuchten stummer Blitze, die ihren blauen Schimmer über das leere Land warfen. Und dann kam eine Nacht, in der sie den kaum wahrnehmbaren Widerschein von Feuern im Norden erspähten. Sie ritten drei Nächte hintereinander in diese Richtung, und in der dritten Nacht hatten sie sich ihrer Beute bis auf zwei Meilen genähert. Hobbes schlug ein feuerloses Lager auf und schickte die Shawnee vor. Kurz vor dem ersten Licht kamen sie mit der Nachricht zurück, dass es eine Bande von vierzig Apachen sei, die von einem Raubüberfall zurückgekehrt waren, mit vielen frischen Skalps und einer Herde mit über dreißig gestohlenen Pferden und Maultieren.

Sie schlugen in der Morgendämmerung mit ihrer üblichen Strategie zu, ein von John Allen angeführter Teil der Männer schloss den Gegner auf der einen Flanke ein, während der andere, angeführt von Hobbes, von der anderen Seite zumachte. Sie töteten die Hälfte der Apachen beim ersten Schlag und verfolgten die Übrigen den ganzen Tag lang, bevor sie sie schließlich in der Dämmerung bei einer niedrigen Felsengruppe einholten, dort die Nacht hindurch kämpften und sie beim ersten Licht des nächsten Tages überwältigten. Ihr einziger Verlust war einer der Shawnee. Laut war der Klagegesang, den seine vier Stammesgenossen bei seiner Bestattung in den Felsen anstimmten. Zusätzlich zu den zweiundvierzig Skalps, die sie selber nahmen, bekamen sie noch zweiundzwanzig hinzu, die ihre Gegner dabeigehabt hatten, sowie auch deren Pferde und Maultiere.

Auf ihrem Weg zurück in den Süden trafen sie auf eine Sippe von dreißig Indianern eines Stammes, den keiner von ihnen erkannte. Als der Jefe dieses Trupps seine bloße Hand zum Gruß hob, sagte John Allen: »Kommt mir wie eine feindselige Geste vor.«

Hobbes zog seine Pistole und schoss den Jefe durch den Hals, und die Gesellschaft fiel über sie her und schlachtete sie alle ab.

8 An einem heißen, leuchtenden Augustmorgen trotteten sie blutverkrustet und zum Himmel stinkend durch die Tore von Chihuahua, der reichsten Handelsmetropole des Südwestens. Einige Skalps hatten sie an Stangen gehängt und trugen diese vor sich her wie Regimentsbanner, als sie zum lautstarken Empfang, den ihnen die Stadt bereitete, hereinritten, zu Hochrufen und zugeworfenen Blumen und Küssen der Frauen und Mädchen, dem Geschmetter der Blaskapellen und der hinausgebrüllten Bewunderung der Buben, die neben ihnen im Staub entlangrannten, aufgewirbelt von den Pferden und dem Vieh, das jetzt zur amtlichen Erfassung in den Viehhöfen den staatlichen Vaqueros übergeben wurde. Sie wurden zum Palast des Gouverneurs geleitet und, gefolgt von einer jubelnden Menge, in den Hof geführt und dort mit einer höchst herzlichen und lobenden Rede des Gouverneurs persönlich begrüßt. Sie legten ihre Trophäen auf dem Hofpflaster aus, worauf der Adjutant des Gouverneurs mit lauter Stimme eine öffentliche Zählung vornahm. Als die letzten Skalps gezählt waren, belief sich die Gesamtzahl auf 172, und der brausende Beifall der Menge erhob sich bebend gen Himmel. Hobbes versicherte, sämtliche Skalps bis auf 31 seien von Kriegern genommen worden. Falls jemand dieses

 Ungleichgewicht verdächtig fand oder sich fragte, ob wirklich jedes Haar von einem Apachenkopf stammte, so sagte es niemand. Binnen einer Stunde baumelten einige Skalps von der vorderen Mauer des Palasts und die andere Hälfte vom Portal der Hauptplaza, und auf beiden Plätzen standen den ganzen Nachmittag lang Gruppen junger Burschen und bestaunten sie mit offenem Mund.

Die Skalpjäger begaben sich zu den Bädern der Stadt und verbrachten dort den größten Teil des Tages damit, den angesammelten Dreck, das getrocknete Blut und tote Fleisch wegzuschrubben, das sich in den Spalten ihrer Haut verkrustet hatte, in Ohren, Haaren und unter Fingernägeln. Schaulustige, die entlang und auf den Mauern aufgereiht standen, stießen sich gegenseitig an und raunten einander zu beim Anblick dieser behaarten Barbaren aus dem Norden in all ihrer vernarbten, gebrandmarkten und tätowierten Nacktheit. Sie deuteten auf Huddlestones freigelegte Augenhöhle und die ohrlose Seite von Finns Kopf und die Seilnarbe um Chatos Hals, auf die eingebrannte Nummer 12 über Himmlers Auge und die versammelten Nummern auf der Innenseite von Geechs Unterarm und die Flecken von Räude, die Castros Brust und Rücken befallen hatten. So vollkommen zerfetzt und verdreckt war die Kleidung dieser Mörder, dass ihr nur noch mit Feuer beizukommen war. Bei dem Heer von Händlern, das gekommen war, um sie zu belagern, kleideten sie sich neu ein. Sie überließen sich Barbieren von priesterlicher Haltung, ließen sich die Bärte stutzen oder abrasieren, ihre wilden Locken scheren und selbst die Haare in Nase und Ohren entfernen.

An jenem Abend präsentierten sie sich jeder, einschließlich der Shawnee, in neu geschneidertem Anzug und Seidenkrawatte im Hauptspeisesaal des Palasts, um dort vom Gouverneur geehrt und bewirtet zu werden. Er begann die Festlichkeiten, indem er ein weiteres Mal ihre Furchtlosigkeit und ihre Kriegskünste pries. Sie erfuhren jetzt, dass ihr Gastland sich seit Anfang Mai mit den Vereinigten Staaten im Krieg befand, dass, selbst während sie da im Palast des Gouverneurs von Chihuahua saßen und tranken, die US Army gegen Monterrey marschierte, beinahe vierhundert Meilen Luftliniendistanz südöstlich, aber tatsächlich viel weiter entfernt, da es auf der anderen Seite der östlichen Sierra Madre lag.

»Aber der Krieg ist eine andere Angelegenheit«, sagte der Gouverneur auf Englisch, nur eine von mehreren Sprachen, die er bewundernswert gut sprach, »und hat nichts mit unserem eigenen zu tun.« Weder er noch irgendein anderer Mann in diesem prunkvollen Saal ahnte, dass in wenig mehr als sechs Monaten Big Bill Doniphans Armee von eintausend barbarischen und zerlumpten Missourianern wie der geballte Zorn Gottes in die Stadt einfallen und mehr als eintausend Mexikaner töten, verstümmeln und verwunden würde, während sie nur den Verlust von einem Einzigen der ihrigen zu beklagen hätte.

Der Gouverneur hob sein Glas auf die Gesellschaft und alle prosteten ihm zu. Man hörte Padre Foreman flüstern: »Gott halte diese Yankees fern … halte sie fern von unserem Teil dieses lukrativen Landes!«

Der Gouverneur übergab jetzt Hobbes eine schmucke Lederleinen-Tasche, die die Belohnung für die Skalps und die Tiere enthielt. Die würdevolle Erscheinung ihres Captains und der eloquente Klang seiner spanischen Dankesrede beeindruckten jeden Mann in der Gesellschaft, wenn auch nur wenige irgendwas von dem verstanden, was er sagte. Als er geendet hatte, beteiligten sich selbst die Shawnee, die überhaupt kein Spanisch sprachen und nur ein paar Worte Englisch, an dem heftigen Applaus, der das Glasgeschirr auf der Tafel erzittern ließ.

Es folgte ein üppiges Mahl mit zahlreichen Trinksprüchen. Die Männer kamen der anschließenden Pflicht, das Glas zu leeren, so ungehemmt nach, dass sehr bald die meisten ordentlich betrunken waren und lautstark nach der Gesellschaft bereitwilliger Damen verlangten. Hobbes schlug vor, dass der Adjutant des Gouverneurs seinen Männern den Weg zum nächsten gut bestückten Freudenhaus zeige, bevor sie in die Straße hinausstürzten und sich jede beliebige Frau nahmen, die sie zufällig antrafen. Der Gouverneur lachte darüber in der Annahme, es handele sich nur um einen groben Witz, wie man es von solchen Männern erwartete, doch dann bemerkte er, dass in Hobbes' Miene jeder Schalk fehlte, und flüsterte seinem Adjutanten etwas ins Ohr. Der Offizier schlug die Hacken zusammen und wandte sich an die Skalpjäger, die jetzt mit Humpen und den Messergriffen auf den Tisch hämmerten und »*Spalte!* …

 Spalte! … Spalte!« grölten, und breitete die Arme weit aus und verkündete: »Atención, caballeros! Siganme a la tierra prometida! Vamonos a ver las mujeres mas bonitas y mas cariñosas de la ciudad. Del mundo!« Er gab ihnen zu verstehen, dass sie ihm folgen sollten. »Síganme por acá.«

»Was sagt der Soldatenknabe da?« fragte Geech den Padre Foreman, der sich bereits aus seinem Stuhl erhob und sich mit seiner Serviette das Fett vom Mund wischte.

»Unsere rohen, doch ehrlichen Bittgebete wurden erhört, Jungs. Hier geht's lang zu den Damen. Lasst uns nicht säumen. Vita breve.«

Als Hobbes und John Allen sich erhoben, um der Gesellschaft zu folgen, fragte der Gouverneur den Captain, ob er einen Augenblick erübrigen könne, um mit einem Señor Aristotle Parras zu sprechen, der nicht nur der reichste Kaufmann in Chihuahua sei, sondern auch ein geschätzter persönlicher Freund. Er wies zu einem makellos gepflegten kleinen Mann, der zu seiner Rechten saß und den ganzen Abend lang noch kein Wort gesprochen hatte.

»Nun, Sir«, sagte Hobbes, »mich juckt es selber, mich den Damen zuzuwenden, vielleicht können wir also …«

»Bitte verzeihen Sie meine schlechten Manieren, Captain«, sagte Señor Parras in beinahe akzentfreiem Englisch, »aber ich habe einen Vorschlag für Sie, den Sie, wie ich glaube, sehr lohnenswert finden werden. Ich bin höchst begierig, ihn mit Ihnen zu erörtern.«

John Allen blickte grinsend zu Hobbes und sagte: »Ich glaube, der Herr fragt, ob wir etwas Geld machen wollen, J. K.«

»Bitte, Sir, nur einen Augenblick Ihrer Zeit«, sagte Parras.

Hobbes zuckte die Achseln, setzte sich wieder und sagte: »Also gut, Mister, worum geht's?«

9 Er träumte in jener Nacht, dass er in einem Saloon trank, nahe bei einem Transportpfad beim Rio del Norte. Die Nacht war kalt, und das Gespräch um ihn herum drehte sich um einem Brand in einem Hurenhaus, bei dem erst zwei Wochen zuvor zehn der zwölf Mädchen, die dort arbeiteten, umgekommen und auch fünf

ihrer Gäste verbrannt waren. Das Etablissement hieß The Pink Passion, und die Einheimischen erinnerten sich an ihre Lieblingsmädchen. Er hörte sie von Jeanette reden, die mit ihrer talentierten Pflaume eine Zigarre rauchen konnte. Von Charlene, bei der es jeder kostenlos kriegte, der es länger als fünf Minuten mit ihr aushielt, ohne zu kommen, und die es in drei Jahren nur zweimal hatte gratis tun müssen. Von Candy und Randy, den rothaarigen Zwillingen, die gerne zusammenarbeiteten, ob mit einem Mann oder zweien oder dreien. Von Eve, der launischsten und gemeinsten von ihnen, die, wie einige behaupteten, schlicht und einfach verrückt war und einem Mann schnell den Tod bescheren konnte. Sie wiegelte Männer gerne gegeneinander auf und sah dann zu, wie sie einander an die Gurgel gingen. Aber sie war die Beste im Haus und konnte einen Mann gottverdammt noch mal von innen nach außen kehren, wenn ihr danach war. »Hat mir richtig Angst gemacht«, sagte ein Mann, »und ich schäm mich nicht, es zuzugeben. Aber wenn ich betrunken genug war, wollt ich immer nur sie haben.« Nicken und Lächeln in der Runde. »Sie hatte die meisten Narben von allen Nutten, die ich kenne«, sagte ein anderer, »aber sie hatte was. Jedes Mal wenn ich sie hatte, war es, als hätt ich die Frau des Teufels gevögelt und hätt's überlebt.« Sie waren sich alle einig, dass man die nicht vergaß, diese verrückte Eve. »Diese Brustwarze«, fügte jemand hinzu, »ganz verdreht, als hätt jemand versucht, sie abzubeißen. So ungefähr die schlechteste Flickarbeit, die ich je gesehen hab.« Er hörte ihnen zu mit dem Glas halb an den Lippen, und sein Herz klopfte ihm in der Kehle. Seine Augen wanderten von einem zum anderen, überzeugt, es sei sicherlich irgendein teuflischer Streich, den sie ihm da spielten. Aber sie lachten alle und nickten einander zu und achteten überhaupt nicht auf ihn. Da wusste er, dass es kein Scherz war, wusste, dass sie es gewesen war. Wusste, dass sie hier in diesem staubigen Flecken Grenzland brennend zur Hölle gefahren war. Und dann war heller Morgen, und er schritt den Pfad entlang an den verkohlten Resten des Hauses vorbei, und etwas weiter kam ein Friedhof in Sicht. Dann stand er vor dem Grabstein eines Gemeinschaftsgrabes, wo man die Gebeine hineingelegt hatte, die man in der Asche gefunden hatte.

Und in seinem Traum sagte er zu sich: *Schätze, das hat dir gut gepasst. Von Reden hast du ja nicht mehr viel gehalten.*

10

Er erwachte, als eine Hand seine Schulter rüttelte. Sein Schädel fühlte sich an, als sei er mit Glasscherben gefüllt, und seine Zunge schmeckte nach etwas, das seit einer Woche tot war. John Allen grinste durch seinen spärlichen blonden Bart auf ihn hinab. »Komm, mein Junge. Der Captain hat eine Besprechung unten im Hof einberufen. Machen wir uns auf den Weg.«

Er sah das schummrige Licht des frühen Morgens im Fenster, dann das nackte braunhäutige Mädchen neben sich. Das Mädchen war sehr hübsch und blickte lächelnd auf John Allens Hand, die ihre Brust liebkoste.

»He, verdammt noch mal!« Er schob John Allens Hand weg, setzte sich auf und verzog das Gesicht bei dem Schmerz, der ihm jetzt den Schädel durchbohrte. John Allen behielt sein Grinsen, zwinkerte dem Mädchen zu und sagte dann zu Edward: »Komm, mein Junge, gehen wir!« Dann war er zur Tür hinaus und den Gang hinunter und weckte jemanden im Nachbarzimmer.

Sie taumelten rotäugig und zerzaust nach unten und rochen nach den stinkenden Ausdünstungen von Tequila, sexuellen Säften und Hurenhausparfüm. Ein halbes Dutzend Stallburschen hatten die Pferde der Gesellschaft gesattelt und hinter jeden Sattel Taschen gebunden, die frisch gepackt waren mit Verpflegung und neuen, sauberen Bettrollen. Diese Burschen hielten jetzt die vorbereiteten Pferde im Bordellhof, wo Hobbes und John Allen darauf warteten, dass die Männer sich versammelten. Keiner von beiden hatte geschlafen, doch beide sahen aus, als blickten sie dem Tag begierig entgegen. Einige Männer funkelten sie an und murmelten gereizt etwas davon, einem Mann so früh am Morgen den Spaß zu verderben, bevor er seinen neuen Schwung genießen konnte.

»He, Jungs«, sagte Geech, »seht euch mal die Pistolas da an.«

Sie sahen, dass jedes Pony jetzt ein paar Halfter trug, die vor dem

Sattelknauf angebracht waren, und jedes Halfter enthielt ein neues Colt-Modell. Hobbes hatte den wichtigsten Waffenhändler der Stadt mitten in der Nacht geweckt und ihm den Befehl des Gouverneurs zur sofortigen Lieferung von Waffen präsentiert. Er zog jetzt eine ähnliche Pistole aus seinem Halfter, sodass alle sie sehen konnten. »Meine Herren«, sagte er, »ich unterbreche ungern euren Spaß, wirklich. Aber ich will, dass ihr euch alle diesen neuen Colt anseht.«

Es war ein Five-Shooter wie die Texas Colts an ihren Hüften, unterschied sich aber dadurch, dass er eine Laderamme unter dem Lauf hatte. Die Gesellschaft sah dem Captain aufmerksam zu, wie er den Hahn der Pistole halb spannte, sodass die Trommel frei rotieren konnte, und aus einer Pulverflasche Schießpulver in eine Kammer füllte, eine Kugel hineinschob, die Trommel drehte, um Kammer und Ramme auf eine Linie zu bringen, und dann die Kugel hineinrammte. Als er auf diese Weise alle fünf Kammern geladen hatte, versah er jede mit einem Zündhütchen und die Pistole war einsatzbereit.

»Seht ihr?« sagte Hobbes. »Nicht mehr nötig, das Ding auseinanderzunehmen, um die Trommel zu laden wie bei den Texas-Modellen. Aber wer klug genug ist, eine zusätzliche Trommel oder zwei mitzuführen, die bereits geladen ist, der braucht, wenn er alle fünf Kugeln verschießt, nur Folgendes zu tun.« Er drückte auf einen Keil am Lauf, schob Lauf und Trommel vom Haltestift ab, wechselte schnell die Trommeln aus und schnappte die Pistole wieder zusammen und wirbelte die Waffe an seinem Finger so geschickt wie jeder Trickschütze. Er steckte sie wieder in den Gurt und spuckte zur Seite.

»Meine Herren«, sagte er, »diese Pistolen sind ein Geschenk des Gouverneurs für unsere gute Arbeit. Ein Bonus, könnte man sagen. Jetzt will ein Freund von ihm uns anheuern. Es ist ein lohnender Auftrag, und wenn wir den hinkriegen, dann können wir uns allen Spaß kaufen, den wir wollen, bis wir verdammt noch mal zu alt sind, um uns daran zu erinnern, wie man sich amüsiert. Nur müssen wir jetzt sofort losreiten.«

Er erklärte ihnen Parras' Vorschlag in weniger als einer Minute, und zwei Minuten später saßen alle neunzehn auf ihrem Pferd und trieben ihre Tiere die Straßen hinunter zu den Toren der Stadt und hinaus, dem Blutland entgegen.

Drei Tage zuvor war etwa dreißig oder vierzig Meilen nordöstlich der Stadt ein Zug von achtzig Maultieren mit einer ungeheuer großen Warenlieferung aus St. Louis von mehreren Dutzend Apachen angegriffen worden. Jedes Mitglied des Zuges bis auf zwei war getötet worden. Die Überlebenden waren die restliche Strecke nach Chihuahua zu Fuß gegangen. Einer von ihnen starb in Sichtweite der Stadt, der andere brach direkt vor den Toren zusammen. Er lebte gerade lang genug, um von dem Überfall zu berichten, bevor er mit dem Kopf im Schoß seiner Mutter starb. Der gesamte Zug hatte Parras gehört, und sein Vorschlag an Hobbes war dieser: Er könne die Hälfte der Maultiere behalten und die Hälfte der Waren, die er den Indianern abnahm. Außerdem bot Parras an, die vom Gouverneur ausgesetzte Prämie für jeden Skalp, den Hobbes zurückbrachte, noch einmal zu bezahlen. Parras wollte nur die Hälfte der Ausbeute und die Skalps dieser Indianer auf Stangen um die Mauern seiner Hacienda sehen, als Warnung für jede wilde Rothaut im nördlichen Mexiko, was mit jenen geschah, die ihn bestahlen.

»Wenn wir diese roten Nigger fangen, sind wir reicher als Midas«, hatte John Allen erzählt, und keiner widersprach.

11

Hobbes schickte die Shawnee vor und sie waren schnell den Blicken der Männer entschwunden. Die Gesellschaft ritt den ganzen Tag und die ganze Nacht und den ganzen nächsten Tag. Am späten Nachmittag erreichten sie den Schauplatz des Überfalls, wo einer der Shawnee-Kundschafter sie erwartete. Nopalea-Kakteen und Yucca warfen lange Schatten über den ausgedörrten Boden und der Himmel im Westen war blutrot. Die wenigen Maultiere, die bei dem Überfall getötet worden waren, trugen noch ihre Lasten, waren aber von Geiern angefressen worden und wimmelten von Maden. Die Gesellschaft sammelte die liegen gelassenen Säcke Korn und Kisten mit getrockneten Früchten ein, belud ihre Lasttiere damit, und bei der nächsten Felsengruppe verbarg sie die Waren in den Spalten, um sie auf dem Rückweg mitzunehmen.

Dann machten sie sich auf die Spur der Räuber ostwärts in die Einöde.

Sie preschten weiter durch die Nacht, ritten die nächsten beiden Tage und Nächte durch und stießen etwa alle zehn Meilen auf tote Maultiere und zurückgelassene Güter. Jedes Mal verbargen sie die Waren und verfluchten die Wilden, weil sie nicht besser für die Tiere sorgten. »Jedes Maultier, dem sie eine Lanze durch den Leib stoßen, nur weil es stolpert, ist ein Maultier weniger, das wir verkaufen können«, beschwerte sich Geech. »Verdammte heidnische Hurensöhne.«

Sie eilten weiter, ernährten sich unterwegs von Dörrfleisch und schliefen abwechselnd im Sattel. Spät in jener Nacht leuchtete das Land blassblau mit Blitzen auf, und dann krachte Donner wie Kanonenschüsse, und das nachfolgende Gewitter wehte den Regen seitlich heran. Vor Tagesanbruch hörte es auf zu regnen, und ihre Pferde platschten durch die Playa, doch noch bevor die Sonne ihren Höchststand auch nur halb erreicht hatte, war das Land schon wieder trocken und wurde zu Staub. Sie ritten noch tiefer in den großen Bolsón hinein. An ihrem achten Tag, während der östliche Himmel sich langsam wie eine frische Wunde rötete, brachte ein Shawnee-Kundschafter die Nachricht, dass die Räuber nur noch mit einem Tag Vorsprung an einem Tafelberg mit einer Quelle lagerten und sich offenbar sicher vor Verfolgern wähnten.

Sie erspähten den Berg bei Sonnenuntergang und hielten an. Nach Einbruch der Nacht rückten sie schnell unter einer silbernen Mondsichel vor, deren Spitzen wie Hornpfeifen aufgerichtet waren. Sie näherten sich den nächsten Felsen bis auf eine Meile und stiegen ab. An den Bergwänden zeichnete sich kaum merklich ein blasser Feuerschein ab. Die Bande verhängte die Köpfe der Pferde mit Decken und führte sie bis zu hundert Yards vor eine verbindende Felsformation. Selbst auf diese Entfernung konnten sie jetzt schwach das Johlen und Grölen von der anderen Seite der hohen Felswand vor ihnen hören. Hobbes und Sly Buck schlichen sich geduckt an und hielten Ausschau nach Wachposten, sahen aber keine, erreichten die ansteigende Felswand und erklommen sie so lautlos wie Katzen bis ganz nach oben. Sie befanden sich auf einem flachen, schmalen Rand mit ausgezeichnetem Blick auf das Indianerlager, das fünfzig Fuß unter ihnen in einem breiten Kessel aufgeschlagen war. Sie befanden sich auf dem östlichen Arm des Kessels, der sich über eine Länge von etwa dreihundert Fuß herumbog und dann seitlich senkrecht zum Lager hin abfiel. Die gegenüberliegende Wand gehörte zur Ostfront des Tafelbergs, eine höhere und noch steilere Felswand, die sich mehr als eine Meile gerade und ungebrochen in nördliche Richtung erstreckte.

Kein einziger Wachposten war zu sehen. Ein halbes Dutzend Feuer loderte auf dem Sandboden des Lagers. Der tiefste Teil der Kessellichtung war als Gehege für die Ponys und Maultiere mit Seilen abgeriegelt worden. Die meisten Maultiere trugen immer noch ihre Lasten, doch einige Pakete waren aufgebrochen und lagen verstreut im Lager herum.

Die Wilden sangen und tanzten und hatten sich wie zum Karneval aufgeputzt, in den merkwürdigsten Kombinationen von Hochzeitskleidern und Zylindern, Gamaschen und Schaftstiefeln, Sonnenhauben, Westen und Öljacken und noch mehr. Beinahe jeder hatte eine Flasche oder ein Flakon, und einige hielten kleine Fässer in beiden Händen und tranken direkt aus der entstöpselten Öffnung. Hobbes zählte vierunddreißig und gab diese Information flüsternd an Sly Buck weiter, der zurückflüsterte, dass es achtunddreißig seien. Ein Maultier lag tot da, Gesäß und Flanken abgeschnitten, die Pakete, die es getragen hatte, aufgebrochen und die Kleidung weit verstreut. Das Maultierfleisch briet auf Stöcken über Lagerfeuern, die in einem launischen Wind knallten und flackerten und deren Funken die Felswand hinaufstoben und im dunklen Nichts verschwanden.

Jetzt rannte ein Apache in Zylinder und einem steif aussehenden Überwurf mit einem lauten Schrei auf das größte Feuer zu, sprang lachend drüber, taumelte jedoch bei der Landung und fiel platt aufs Gesicht und blieb reglos liegen. Die anderen um ihn herum lachten schallend und schaufelten mit den Händen Sand und bewarfen die ausgestreckte Gestalt damit.

Hobbes grinste im Dunkeln, stieß Sly Buck an, und sie stiegen den Hang hinunter und gingen zurück zu den wartenden Männern und berichteten, die Apachen seien sternhagelvoll, und der beste Zeitpunkt zum Zuschlagen sei verdammt noch mal jetzt. Er schickte Sly Buck, seine Shawnee und die Jessup-Brüder zurück nach oben auf die Felswand, wo er und Sly Buck gerade gewesen waren. John Allen, Huddlestone, Geech, Chato, Himmler und Holcomb beorderte er auf Positionen dreißig Yards östlich der Mündung des Bergkessels. Dann bestiegen Hobbes und die restliche Gesellschaft ihre Pferde und ritten nach Norden, bis sie außerhalb des Feuerscheins der Apachen waren, beschrieben dann einen weiten Halbkreis und ritten wieder zurück auf das Indianerlager zu. Als sie sich der Mündung des Bergkessels auf eine Achtelmeile genähert hatten, hielten sie an.

Sie befanden sich immer noch im Schutz der Dunkelheit, konnten aber deutlich in das feuererleuchtete Herz des Lagers sehen. Selbst aus dieser Entfernung kam Edward der Anblick der feiernden Apachen – ihr närrischer Aufzug und wildes Gekreisch, ihre langen Schatten, die entlang der Felswand hin und her flackerten – wie eine Szene aus dem Irrenhaus der Hölle vor. Hobbes stieg ab, und nachdem er sein Pferd beruhigt hatte, stützte er das Hawken auf dem Sattel ab und zielte sorgfältig. Das Gewehr entlud sich mit gelbroter Feuerzunge, und in beinahe zweihundert Yards Entfernung machte ein Apache, der einen Farmerhut auf dem Kopf trug und sich einen Frauenrock wie einen Kragenmantel um den Hals geschlungen hatte, einen rückwärtigen Überschlag, als vollführe er ein akrobatisches Kunststück. Noch bevor er vollständig auf dem Boden aufgeschlagen war, eilten die übrigen Indianer in alle Richtungen und holten sich ihre Waffen, und die Shawnee und die Jessups schossen von der Felswand auf sie hinab.

Jeder Schuss fällte einen Indianer. Einige rannten zu ihren Pferden, und andere kamen aus dem Kessel geeilt, mit der Absicht, den Hang hinaufzuklettern und die Heckenschützen zu töten, doch als sie um die Wand kamen, präsentierten sie sich als deutliche Silhouetten gegen den Feuerschein hinter ihnen, und John Allens Jungs brauchten kaum zu zielen, um den ersten Haufen von ihnen mit einer Gewehrsalve niederzustrecken und dann die anderen mit ihren Pistolen zu erschießen.

Jetzt galoppierte etwa ein Dutzend berittener Apachen aus der Mündung des Kessels in Richtung Norden, fort von dem mörderischen Beschuss, der oben von der Felswand und ihrer rechten

 Flanke kam. Hobbes und seine Mannschaft warteten auf ihren Pferden in der Dunkelheit und beobachteten die herannahenden Silhouetten der Indianer, nahmen ihre Gewehre und legten an. Als sich die Wilden auf dreißig Yards genähert hatten, feuerten sie eine gelb blitzende Salve ab, unter der die vordersten sieben Pferde und ihre Reiter zu Boden gingen. Einige Ponys dahinter stolperten darüber und gingen ebenfalls schreiend zu Boden. Jetzt griffen die Skalpjäger zu ihren Pistolen, drängten ihre Pferde vorwärts und erschossen jeden Indianer, der sich am Boden rührte. Dann luden alle ihre Waffen nach – Sly Bucks Schützen auf der Felswand, John Allens Mannschaft auf der Flanke und Hobbes' berittene Mannschaft – und schossen wieder auf jeden Apachen, der nicht tot genug wirkte. Insgesamt war es ein perfekt ausgeführter Angriff, den sie schnell erledigten.

Als Edward seine Janey vorwärts in das Indianerlager trieb, flitzten die Shawnee so flink wie Eidechsen die Felswand hinunter und machten sich daran, die Toten zu skalpieren. Sie hatten ihre eigene Methode dazu, bei der sie einen Schnitt um den ganzen Schädel herumführten, dann sitzend die Füße gegen die Schultern des Toten stemmten, die Haare in einem festen beidhändigen Griff packten und den Skalp mit einem feuchten Sauggeräusch vom Schädel rissen.

John Allens Schützen kamen in die Lichtung getrottet, jeder von ihnen voll des übermütigen und lauten Überschwangs, der den Männern der Blutkünste eigen ist. Einige machten sich ans Skalpieren, während andere zu den Maultieren gingen und die Pakete durchstöberten, um zu sehen, von was sie da eigentlich die Hälfte besaßen und was sie mit Gewinn an die Händler von Chihuahua verkaufen würden. Es gab noch mehr Kleidung jeglicher Art, Herrenanzüge und Arbeitskleidung, Hosenträger und Stiefel, Kleider und Sonnenschirme, Frauenschuhe und Damenunterwäsche, die dieser Bande von Mördern Jubelrufe und viele prahlerisch wüste Absichten entlockten, die sie bei ihrer Rückkehr nach Chihuahua zu verwirklichen gedachten. Es gab Stoffballen unterschiedlichster Farben, Bibermützen für Herren und Damenhüte, geschmückt mit Reiherfedern so blass wie Sahne. Und noch mehr Korn, Trockenobst und Zucker, Angorawolle und Baumwolle,

Gläser mit Eingemachtem und Bonbons, Dosen mit Fleisch und Fisch und Konfekt.

Jetzt stieß Geech einen Ruf aus und zog aus einem Mauleselpaket eine Flasche französischen Cognacs hervor und hob sie hoch, und die Bande fiel über die Fracht von Hochprozentigem her wie Wölfe über ein verwundetes Rind. Edward schloss sich dem Ansturm auf das Schnapslager und dem zugehörigen Handgemenge an und ergatterte für sich eine Flasche Whiskey. Wäre Hobbes dabei gewesen, hätte er die Gesellschaft wohl vom Alkohol ferngehalten, bis sie die Maulesel umgepackt und für die Rückkehr nach Chihuahua im ersten Licht bereit gemacht hatten. Selbst dann hätte er ihnen erlaubt, nur einige wenige Flaschen miteinander zu teilen und nicht mehr, bis sie wieder in der Stadt waren, wo sich jeder nach Belieben benebeln und Ausschweifungen hingeben konnte, um deren Folgen sich dann jeder selbst zu kümmern hätte. Doch zu dem Zeitpunkt, als die jubelnden Skalpjäger anfingen, Whiskeyflaschen und Weinkrüge zu entkorken und hinunterzukippen, befand sich ihr Captain zusammen mit Doc Devlin auf der anderen Seite der Felswand und kümmerte sich bei Fackellicht um die Verwundeten.

Es gab zwei. Himmler hatte einen Pfeil durch seine Wade bekommen und lag jetzt auf dem Bauch, die Zähne um einen ledernen Kugelbeutel geschlossen, während Doc Devlin erst das spitze Ende wegschnitt, dann einen Fuß auf Himmlers Kniekehle setzte und den anderen auf sein Fußgelenk, vorsichtig mit beiden Händen den Schaft knapp unterhalb der Befederung des verbleibenden Teils packte und sich bereit machte, ihn mit einem kräftigen Ruck herauszuziehen. Himmler strömte der Schweiß vom Gesicht, seine Kiefernmuskeln sahen wie kleine Fäuste aus, und die Adern wölbten sich an seinem Hals und über der Nummer 12 auf seiner Stirn. Als der Pfeil freikam, entfuhr ihm ein erstickter Schrei, und er bäumte sich so weit zurück, dass es aussah, als würde sein Rückgrat brechen. Der Sack fiel ihm an Speichelfäden aus dem Mund. Sein Atem rauschte aus ihm heraus, und er fiel mit dem Gesicht in den Staub und stöhnte wie ein Mann, der sich auf einer Frau verausgabt hat. Doc Devlin warf den Pfeil in seiner Hand beiseite und überließ es Himmler, seine Wunde selbst zu verbinden.

Der andere Verwundete war ein Shawnee, der feucht keuchend am Fuß des Felshanges saß. Knapp unterhalb seines Brustbeins stak schräg nach unten das gefiederte Ende eines Pfeils, dessen Spitze ihm einen Fuß zwischen den Schulterblättern herausragte. Sly Buck stand dicht bei ihm, ohne ihn anzusehen. Blut strömte dem Indianer aus Mund und Nase, und sein Blick war auf irgendein fernes Ufer gerichtet, wo sich sein Geist bald niederlassen würde. Doc Devlin besah sich den Verwundeten und sprach dann mit Hobbes, der sich seinerseits in der Shawnee-Sprache an Sly Buck wendete. Der Häuptling erwiderte nichts, und der Captain nickte, und er und Doc Devlin entfernten sich.

Sie fanden die Bande völlig aus dem Häuschen vor. Castro, Geech und die Jessups, jeder mit einer Flasche Whiskey und einem Messer bewaffnet, schlossen Wetten auf Würfe auf einen skalpierten Apachen ab, den sie an die zwanzig Fuß entfernt gegen die Felswand gesetzt hatten. Einer der Jessups ging in Stellung, warf das Messer wirbelnd und versenkte es beinahe bis zum Knauf im Bauch der Leiche. Dieser Jessup juchzte triumphierend und hob seine Flasche zu seinen Kameraden, und alle kippten ihren Bourbon. Padre Foreman saß bleich und rund neben einem prasselnden Feuer, nackt bis auf eine Frauenhaube und eine große rote Unterhose, lächelte in die Flammen und trank von einer Karaffe spanischen Weins. Jaggers, Huddlestone und Holcomb stemmten Champagner-Magnumflaschen und sahen zu, wie ein Indianer im Feuer schmorte, in das sie ihn hineingeworfen hatten und dessen Rauch fettig und bittersüß war.

Edward saß an seinem Whiskey nippend auf einem flachen Felsen in der Nähe des Geheges und betrachtete diesen blutrünstigen Karneval.

John Allen erschien an Hobbes' Seite und reagierte auf das Funkeln des Captains mit einer abschätzigen Geste. »Hätte sie nicht zurückhalten können, wenn ich's versucht hätte, J. K. Du auch nicht. Hab mir sowieso gedacht, dass sie irgendwann zwischen hier und Chihuahua das Schnapslager da angezapft hätten, und wer weiß, ob das nicht gerade zur Unzeit passiert wär. Gut, wenn das gleich heute erledigt ist.«

Hobbes starrte ihn noch einen Augenblick länger an und ließ

dann seinen Blick wieder über seine zechenden Männer schweifen. »Haben sie wenigstens schon das Haar genommen?«

»Haben sie.« John Allen wies zu dem Seil, an dem die triefenden Skalps hingen.

Hobbes stieß einen langen, langsamen Seufzer aus. »Teufel noch mal. Sie haben gute Arbeit geleistet beim Töten, und jetzt sind sie sowieso nicht mehr zu bändigen. Was soll's, John. Dann können wir genauso gut auch was trinken.«

»Freut mich, dass du das so siehst, J. K.«, sagte John Allen, zog eine volle Flasche Bourbon hinter seinem Rücken hervor und drückte sie Hobbes in die Hand.

12

Die meisten von ihnen hatten einen Kater, und einige waren immer noch betrunken, als der Captain die Gesellschaft beim ersten Licht weckte. Die Männer waren eingeschlafen, wo sie niedergesunken waren, und erhoben sich jetzt mit den langsamen, unsicheren Bewegungen eingerosteter Maschinen, ihr Herzschlag wie Kaktusdornen in ihrem Schädel. Hobbes saß rotäugig bei dem einzigen noch brennenden Lagerfeuer, das er auf die richtige Flammengröße zum Kaffeemachen gebracht hatte. Auch John Allen saß dicht am Feuer und behandelte seinen eigenen Brummschädel mit einem Becher Kaffee, der mit Maismaische versetzt war. Der obere Rand der Bergwand leuchtete in den ersten Strahlen der Sonne wie rohes Rindfleisch. Die Shawnee begruben ihren Stammesgenossen unter einem Sockel, der an der unteren Felswand herausragte, und zum zweiten Mal in seinem Leben hörte Edward ihre zitternde Totenklage.

Ein paar Yards entfernt saß Tom Finn, barbrüstig, mit schlaffem Gesicht und wildem Haar, und grub andächtig vorne in den Tiefen seiner Hose herum. Er zog seine Hand mit zusammengekniffenem Daumen und Zeigefinger zurück, besah sich seinen Fang eingehend, beugte sich dann vor, drückte ihn in den Sand und bedeckte ihn.

Und jetzt kamen Huddlestone, Holcomb und Castro, alle drei elendig betrunken, und schleppten sich mühevoll dahin. Als sie bei Finn vorbeikamen, blickte Huddlestone hämisch zu ihm hinunter und sagte dann etwas zu seinen Gefährten, und alle drei Männer lachten leise. Finn blickte ihnen einen Augenblick lang nach und erhob sich dann so geschmeidig wie eine Schlange, die sich entrollt. Er hielt ein riesiges Bowiemesser mit beiden Händen wie ein Schwert. Castro warf einen Blick zurück und sah ihn kommen und wich zur Seite aus, und auch Holcomb sah ihn und blieb stehen, als Finn an ihnen mit dem Bowie über seinem Kopf vorbeitrat wie ein Mann, der im Begriff ist, Brennholz mit der Axt zu spalten. Vielleicht hörte Huddlestone das Flüstern der Klinge, als sie herabsauste. Sie spaltete seinen Kopf mit einem feuchten *tschank!* bis zu einem Punkt zwischen seinem einen Auge und seiner Augenklappe, und einen Moment lang waren sie verbunden, diese Waffenbrüder, durch die Klinge mitten in Huddlestones Schädel und dem Heft fest in Finns Griff. Finn gab dem Bowie eine ächzende Drehung, und die Klinge brach die Schädeldecke mit einem Laut wie splitterndes Holz auseinander. Er zog die Klinge heraus, und Huddlestone fiel vornüber, alle Gedanken, Pläne und Erinnerungen verschwunden aus der sich ergießenden Masse von Hirn und Blut. Er schlug mit dem Gesicht auf, und Blut und Schleim spritzte aus seinem klaffenden Schädel und bildete einen breiten Fleck über dem Boden vor ihm.

Tom Finn drehte sich um und ging dorthin zurück, wo seine Ausrüstung lag, und seine Miene verriet keinerlei innere Beunruhigung. Er wischte die Klinge an seinem Hemd sauber, steckte sie in die Scheide und zog dann das Hemd an, und alle Männer blickten zu Hobbes, um zu sehen, was er tun würde. Lange Zeit starrte der Captain auf Finn, der völlig ungerührt tat, blickte dann auf Huddlestone auf dem Boden, wendete den Blick von beiden ab und sagte: »Ziehen wir weiter.«

Jeder wandte sich jetzt dem Beladen der Maultiere und dem Packen der eigenen Ausrüstung zu, und binnen einer Stunde brachen die verbliebenen siebzehn Männer mit ihrem Zug von achtundfünfzig Maultieren mit geborgenen Gütern Richtung Westen auf. Unter den getöteten und skalpierten Indianern, die der Schar von Geiern überlassen wurden, lagen die Überreste von Huddlestone, dessen Knochen die Vögel und die Kojoten bald von allem Fleisch entblößen würden. Wer später auf sie stieß, würde nicht wissen, wem sie gehört hatten. Die Gebeine würden trocknen und in der Sonne brechen und auseinanderfallen und vom Sand überdeckt werden, sodass es mit der Zeit überhaupt keine Spur mehr geben würde von dem, was einmal Lonwell Pike Huddlestone aus High River, Kentucky, gewesen war. Und jene wenigen, die ihn als Mann gekannt hatten, würden auch tot sein, und so würde nicht einmal eine Erinnerung an ihn existieren, als hätte er nie einen Fuß in die Welt gesetzt.

Keiner der Bande kannte den Grund, warum Finn ihn getötet hatte. Wenn Finn ihn selber kannte, verriet er ihn nicht, nicht an jenem Tag, der der letzte war, der ihnen allen noch blieb, allen, bis auf einen.

13

Spät an jenem Nachmittag befanden sie sich in der Tiefe eines schimmernden Bolsón und sechzig Meilen von der nächsten Gebirgskette entfernt, die sich am Horizont als dünne flimmernde Linie aus rotem Fels abzeichnete, als sie eine Staubwolke erspähten, die am offenen Horizont im Südwesten emporstieg. John Allen meinte, höchstwahrscheinlich sei es wieder ein wilder Haufen von Mustangs auf dem Weg zum Grasland. »Möglich«, sagte Hobbes. Er sah sich um, besorgt über den völligen Mangel an schützendem Gelände auf der unendlichen Ebene der ausgedörrten Playa. Er gab den Befehl, einen Kreis von Packmaultieren zu bilden, und jeder Mann postierte sich und sein Pferd mit gezücktem Gewehr innerhalb des Maultierrings und beobachtete, wie der Staub näher kam und sich immer höher und breiter aufbauschte. Es mussten tausend Tiere oder mehr sein, um auf diese Entfernung solchen Staub aufzuwirbeln. Keiner von ihnen hatte je eine so große wilde Herde gesehen. Sie hielten ihre Pferde gezügelt, spuckten aus und sahen zu, wie die ersten der robusten kleinen Mustangs an der Spitze des heranrückenden Staubs Gestalt annahmen und das ferne Donnern ihrer Hufe auf der flimmernd heißen und staubigen Luft zu ihnen getragen wurde.

»Das sind ja mehr Pferde, als Hiob Geschwüre aufm Arsch hat«, sagte Allen. »Niemand kann so viele von diesen verrückten Viechern treiben. Muss ein wilder Haufen sein.«

Jetzt rollte der seifige Staub dicht über sie, und im Licht der niedrigen roten Sonne nahm die Welt einen purpurnen Dunst an, als wäre sie in eine blutgetränkte Flut getaucht. Der Boden unter ihnen erzitterte, als die donnernden Hufe näher kamen, und jetzt rannte ein Mustang mit wirrer, flatternder Mähne vorbei, den Hals vorgestreckt, die Augen riesig und weiß, die Flanken schäumend. Hinter ihm folgte der Rest der Herde. Die Maultiere scheuten und bäumten sich auf, und Hobbes befahl seinen Männern, die Tiere festzuhalten. Galoppierende Mustangs schossen zu beiden Seiten an der eingekreisten Gesellschaft vorbei wie ein krachender Fluss von Pferdefleisch, der um eine Insel herumbrach.

Die Männer entspannten die Hämmer ihrer Waffen, und einige steckten ihre Gewehre zurück. Alle grinsten wie Wahnsinnige in dem roten Dunst, und jeder von ihnen spürte die Verwandtschaft mit dieser rohen, umherstreifenden Herde des Blutlandes.

Dann sahen sie in dem wirbelnden Staub Pferde mit getrimmten Mähnen und Schwänzen und Brandzeichen auf den Kruppen, und die Männer tauschten eilige Blicke aus, und Edward hörte John Allen aufschreien. Er drehte sich um und sah ihn in den Steigbügeln stehen und angestrengt in den dichten roten Staub starren, und plötzlich war sein Hals von einem bunt gefiederten Pfeil durchbohrt. Allens Hand hob sich zu ihm und hielt auf halbem Wege inne. Er fiel vorwärts auf den Hals seines Pferdes, das Tier scheute, und John Allen kippte tot aus dem Sattel.

Ein großer flatternder Regen von Pfeilen kam über sie herabgeschossen, Maultiere und Pferde schrien, bäumten sich auf, brachen aus dem Zug. Ein Pfeil stieß schmatzend in Doc Devlins Brust. Ein weiterer nagelte Castros Bein an sein Pferd, und Pferd samt Reiter gingen beide schreiend zu Boden.

Es erhob sich jetzt ein Geheul, das jedes christliche Herz erstarren ließ. Aus dem roten Staub heraus tauchte keine achtzig Yards entfernt eine Horde kreischender Wilder auf, die wie die Legionen des Pandämoniums klangen, alle mit schwarzen Gesichtern und im Tollhaus ersonnener Körperbemalung, Bögen, Lanzen und Keulen schwingend, Pfeile zwischen die Zähne geklemmt. Selbst ihre Pferde waren bemalt und schienen mit ihren weit geöffneten Mäulern und riesigen, gebleckten Zähnen in das Geheul ihrer Reiter einzustimmen. Ein zweiter Schwarm Pfeile zitterte in die Bande hinein, bevor sie noch den ersten Schuss abfeuern konnte, und ein weiteres Dutzend Maultiere und einige vereinzelte Pferde und auch einige Tiere in der vorbeipreschenden Herde gingen zu Boden. Einer der Jessups fiel aus seinem Sattel, und der Australier Holcomb grunzte neben Edward und fasste an den Pfeil in seinem Arm. Hobbes hatte sein Pferd verloren und schoss mit einer Pistole in jeder Hand und brüllte Befehle, die in diesem höllischen Lärm von Kriegsrufen und Flüchen und Schmerzensschreien durchbohrter Männer und Tiere untergingen. Sie suchten Deckung hinter gefallenen Maultieren, und Edward glitt von seiner Stute und rannte vorbei an Padre Foreman, der auf dem Boden lag und schoss, obwohl ihm ein paar gefiederte Pfeile aus dem Rücken ragten. Edward warf sich hinter ein gefallenes Maultier und feuerte alle fünf Schüsse seines Karabiners so schnell, dass er dachte, er hätte nur einmal geschossen. Er geriet in Wut über die Waffe, schleuderte sie beiseite, zog seinen Revolver und schoss einen Wilden aus zwanzig Yards vom Pferd, schoss wieder, und ein indianisches Pony ging im vollen Galopp zu Boden, schleuderte seinen Reiter ab, und das Tier kam Hals über Kopf auf Edward zugestürzt, der sich hinter dem Frachtpaket duckte, als das bemalte Pony wild schreiend und mit rudernden Beinen über ihn hinwegschoss. Er hob den Kopf, und ein Pfeil streifte seinen Wangenknochen. Jetzt fiel die Horde über sie her, und ihre dämonisch heulenden schwarzen Gesichter waren überall. Einem von ihnen schoss er keine fünf Schritte von ihm entfernt durchs Auge, dann spürte er sein Kinn auf den Boden aufschlagen. Sein Gesicht wurde in den Sand gedrückt, und er wollte aufstehen, konnte sich aber nicht bewegen und spürte dann, wie sein Haar gepackt und sein Kopf hochgezerrt wurde. Direkt vor ihm war der weit aufgerissene Bauch eines gefallenen Maultieres und das riesige Gewirr seiner blutigen Gedärme, und er verspürte eine scharfe Linie von Schmerz über seiner Stirn, einen Moment bevor das Dach der Welt selbst weggerissen wurde und sich eine große Schwere auf ihn herabsenkte. Dann war alles stumme Finsternis.

14 Und in der Finsternis erwachte er. Er hörte das laute Brummen von Fliegen. Seine Schädeldecke brannte wie Feuer. Seine Glieder wollten ihm nicht gehorchen, und er dachte, er sei gelähmt, vielleicht war sein Rückgrat durchtrennt, sein Hals gebrochen. Er wusste, dass seine Augen offen standen, aber er konnte nichts sehen, und so dachte er, er sei auch blind. Dann spannte sich sein rechter Arm, und er erkannte, dass er nur unter einem schweren Gewicht festgenagelt war, und er zerrte und zog, bis er sich schließlich zwischen dem toten Pferd und dem Maultier, zwischen denen er eingeklemmt war, herauswinden konnte. Er scheuchte einen wütenden Schwarm Schmeißfliegen auf, als er sich befreite. Etwas streifte seinen Rücken und er zuckte zusammen. Er drehte sich um und sah einen riesigen schwarzen Geier weghüpfen, der mit seinem hässlichen roten Kopf nickte und seine Flügel in einer perversen Geste priesterlichen Segens ausbreitete. Er setzte sich auf und sah im staubigen Zwielicht überall Geier, konnte aber nicht feststellen, ob die Sonne auf- oder unterging, konnte nicht Ost von West unterscheiden. Endlich erspähte er den helleren Himmel im Osten und fand wieder seine Orientierung zurück.

Überall, wo er hinsah, war Gemetzel. Die Aasvögel stocherten und rissen und fraßen mit Geräuschen wie schlabberndes Kichern. Er stand auf und wankte, hielt sich aber im Gleichgewicht. Richtung Norden sah er eine lange niedrige Staubwolke, die Wilden, die heimwärts zu den hohen Ebenen zogen.

Er irrte wie ein Betrunkener umher auf Boden, der von Blut und den Entleerungen von Tieren durchtränkt war. Der aufsteigende Gestank hätte den Gedärmen der Hölle entsprungen sein können. Maultiere und Pferde und Männer lagen in grotesk verdrehten Stellungen da. Kein Mann war angekleidet oder unversehrt oder unskalpiert geblieben. Er erkannte Padre Foremans blassen, dicken Leib trotz des fehlenden Gesichts. Die Geschlechtsteile des Padre waren abgeschnitten worden, wie auch die aller anderen Männer. Hier lag Tom Finn, der gestern Huddlestone getötet hatte, jetzt bis auf den blutigen Knochen tonsuriert, ein Pfeil in seinem Auge, ein Arm abgehackt. Und hier lag der eine Jessup und dort der andere, und Geier stritten sich um die Gedärme von beiden. Dort lagen die unverkennbaren schwarzbärtigen Überreste des ausgeweideten Bill

Jaggers, der ihn aus dem Gefängnis gerettet und in das lukrative Geschäft des Indianertötens eingeführt hatte. Er fand auch, was von John Allen und dem Spanier Castro übrig geblieben war. Holcomb der Australier. Doc Devlin. Allen waren die Unterarme gehäutet und die Knochen entfernt worden, um daraus Flöten für die Lieblingskinder der Krieger zu machen.

Himmler war bis zum Rückgrat ausgenommen und Geech so grausam verstümmelt, dass Edward ihn nicht erkannt hätte, wäre da nicht das tätowierte »Tess« über seinem Herz gewesen. Der einzige Shawnee, den er als solchen erkannte, war Sly Buck, der bäuchlings über einem Frachtpaket von Reis lag, mit abgeschnittenen Händen, die abgetrennten Genitalien im Mund und eine gefiederte Lanze in seinem Rektum. Hobbes fand er ohne Kopf.

Er suchte nach seiner Janey, fand aber kein Pferd unter den toten Tieren, das aussah wie sie, und er schätzte, die Wilden hatten sie mitgenommen. Sein Kopf brannte immer noch, und der Anblick von so vielen Köpfen, die roh und blutig in der Morgensonne lagen, veranlasste ihn, sich selbst an den Kopf zu fassen. Er heulte auf bei dem heißen Schmerz, und seine Finger lösten sich klebrig vom gerinnenden Blut, und er wusste, dass unter den Skalps, die im Triumph zur Comancheria zurückgetragen wurden, sein eigener war.

15

Er suchte aufmerksam das Schlachtfeld ab und fand drei Feldflaschen, die noch Wasser enthielten, eine beinahe halb voll. Er fand auch einen Hut und konnte ihn sich so auf den Kopf setzen, dass kein Teil davon gegen die Wunde drückte. Er hatte noch sein Bowie und den Colt, an den er sich im Fallen geklammert hatte, und auch seinen Munitionsbeutel, und jetzt lud er die Pistole. Die einzigen Pakete, die die Wilden zurückgelassen hatten, enthielten Güter, die für ihn ebenso nutzlos waren wie für sie. Er schnitt ein Stück aus der Flanke eines Pferdes heraus, häutete es, zerteilte es in Streifen und befestigte die Streifen an Pfeilen, damit sie in der Sonne dörren konnten.

Die nächste Bergkette erhob sich in einer dünnen roten Silhouette im Nordosten, und er schlug die Richtung der Sierra Ponce ein, da er wusste, dass dort Quellen durch die Felsen rannen. Er marschierte los, die fleischbehängten Pfeile so in seinen Gürtel gesteckt, dass sie die volle Wucht der Sonne bekamen. Er ging den ganzen Tag lang, und sein Kopf loderte bei jedem Herzschlag auf. Mehrmals schrie er auf vor Schmerz, und zweimal schwanden ihm die Sinne, und er musste anhalten, um sich auszuruhen. Als die untergehende Sonne wieder den Bolsón in blutrotem Dunst badete, erschien die schmale Linie von Bergen am Horizont kaum größer als bei seinem Aufbruch. Er hatte keine Vorstellung, welche Entfernung er zurückgelegt hatte. Er hatte unterwegs auf seiner Wanderung Stöcke gesammelt und trug jetzt ein kleines Bündel Brennholz unterm Arm, als er in dieser riesigen Einöde sein Lager für die Nacht aufschlug. Die beiden weniger vollen Feldflaschen hatte er tagsüber ausgetrunken, und jetzt nahm er sich vor, nur fünf Schluck Wasser von der verbleibenden, beinahe halb vollen Feldflasche zu nehmen, doch er hatte schon zehn getrunken, bevor er aufhören konnte. Der Wind blies kalt, und sein kleines Feuer sprang hoch und duckte sich und wirbelte wie etwas, das verzweifelt seiner eigenen Essenz entkommen wollte. Er briet ein paar Streifen Pferdefleisch und aß sie, bevor sie ganz durch waren. Dann legte er sich hin, rollte sich fest zusammen und brüllte beinahe vor Schmerz wegen seiner Skalpwunde. Er wachte mitten in der Nacht auf und war sich nicht sicher, ob das Tier, das er in dem matten Schein des Mondes sah, ein Kojote war oder ein Wolf oder etwas ganz anderes, doch im Nu war es in der Dunkelheit mit seinem Pferdefleisch verschwunden.

Am nächsten Tag sah er ein Gewitter schwarz über den Bergen vor ihm wüten, sah das gezackte, grelle Blitzen und meinte das schwache Rumpeln des Donners zu hören, doch der Regen kam nicht in seine Richtung, und er wanderte den ganzen Tag unter einer erbarmungslosen Sonne. In jener Nacht träumte er von Feuerstürmen, zerrissen von Schreien, von Steinstraßen, in denen Blut strömte, und er wollte aufwachen, konnte aber nicht, erst als sich der erste graue Streifen Lichts entlang des östlichen Randes der Erde zeigte. Er erhob sich stöhnend und zog weiter. Am Mittag war ihm das Wasser ausgegangen. Bei Sonnenuntergang sahen die Berge so nahe aus, als könnte er sie berühren, doch er wusste, sie waren mindestens noch ein Dutzend Meilen entfernt, und wenn er sie nicht vor dem nächsten Sonnenaufgang erreichte, würde er es nie schaffen. Während er im Dunkeln weiter dahintrabte, meinte er am Fuß der Felswand Feuerschein flackern zu sehen, wusste aber nicht, ob er seinen Augen trauen konnte. Nach einer Weile brach er zusammen, stand auf, wankte weiter und brach wieder zusammen, verlor das Bewusstsein und kam erst wieder im ersten Licht zu sich. Er stemmte sich auf Händen und Knien hoch und schaffte es, auf die Beine zu kommen, und zog wieder weiter den vor ihm aufragenden Bergen entgegen. Als die Sonne in den Himmel stieg, schwoll seine Zunge an und würgte ihn, und er wusste, wenn er das nächste Mal fiel, wäre es das letzte Mal.

Und jetzt kamen Reiter von den Bergen auf ihn zu. Drei. Sie rückten langsam vor wie auf der Oberfläche eines unermesslichen, schimmernden Sees. Er hatte Angst, stehen zu bleiben, weil er fürchtete, umzufallen, doch als sie sich auf fünfzig Yards genähert hatten, blieb er stehen und wankte und war überrascht, das Gewicht des Colts in seiner Hand und den gespannten Hammer unter seinem Daumen zu spüren. Als sie sich auf zehn Yards genähert hatten, zügelten sie ihre Pferde und musterten ihn lange. Dann trieb einer von ihnen, ein Mexikaner mit flachem schwarzem Sombrero und einem langen hängenden Schnauzbart, sein Pferd einige Yards weiter heran und grinste ihn mit makellosen weißen Zähnen an. Seine Augen nahmen von ihm Maß und verharrten bei der Pistole in seiner Hand.

»Hallo, mein Freund«, sagte er. Er sprach mit starkem Akzent, aber nicht so schwer wie die meisten, die Edward aus mexikanischen Mündern gehört hatte. »Du musst sein sehr müde, no?«

Edward zuckte die Achseln. Seine Lippen waren geschwollen und aufgeplatzt, und er wollte nicht sprechen, wenn es nicht sein musste.

Der Mexikaner nahm eine Feldflasche von seinem riesigen Sattelknauf, trieb sein Pferd mit den Fersen einige Schritte vorwärts und reichte sie ihm. Sie war voll und schwer. Edward öffnete sie, hob sie an seinen Mund, zögerte und setzte sie sachte an seine Lippen. Der Schmerz sprang ihm in die Augen, und er drückte sie zu. Er trank und würgte und erbrach das Wasser beinahe. Er bezwang den Würgereiz und nahm dann kleinere, vorsichtige Schlucke. Er hielt inne, um zu atmen, und nippte dann wieder.

»Basta«, sagte der Mexikaner und griff hinunter nach der Feldflasche, doch Edward presste sie sich an die Brust und tat schnell einen Schritt zurück, wobei er beinahe gestürzt wäre. Der Mexikaner lächelte jetzt nicht mehr, und seine Augen wurden schmal. Er machte eine ungeduldige Handbewegung mit der ausgestreckten Hand. »Dámelo, muchacho.« Edward nahm noch einen letzten Schluck und reichte die Feldflasche hoch, und der Mexikaner stöpselte sie zu und hängte sie wieder an seinen Sattelknauf.

»Wir sehen dich desde ayer«, sagte der Mexikaner. »Desde – wie sagt man? – gestern. Meine Freunde, sie sagen, du erreichst nicht la montaña, aber ich sage, du erreichst. Wir sagen, äh, una apuesta.« Er unterbrach sich, drehte sich zu den anderen beiden um und sagte: »Una apuesta?«

Edward sah, dass einer der anderen beiden ein Weißer war, in einem grauen Staubmantel und mit einem Paar Pistolen an seinem Gurt. Dieser sagte: »Eine Wette.«

Der Mexikaner drehte sich zu Edward zurück und sagte: »Wir sagen eine Wette. Und du hast mich gelassen gewinnen.« Er ließ wieder sein breites weißes Grinsen sehen.

»Ich bin noch nicht …«, setzte Edward an, seine Stimme ein Krächzen, seine aufgeplatzten Lippen voller Bluttropfen. Er wankte und fing sich. »Ich bin noch nicht da.«

Der Mexikaner lachte. »Pues, ich denke, dass du bist nah genug. Ich denke so, ja.«

Edward fand das komisch und wollte lachen, doch seine Beine gaben nach und er fiel vorwärts. Dabei fiel ihm der Hut vom Kopf, und er hörte ein scharf ausgestoßenes »Gottverdammt noch mal!«.

Und ein leises »Ay Chihuahua!«.

16

Sie legten ihn in den Schatten eines Felsvorsprungs, gaben ihm noch mehr Wasser und etwas zu essen und behandelten seine Wunden abgesehen von seiner rohen Schädeldecke, für die sie nichts tun konnten.

»Dein Schädel eitert, und du hast ein gemeines Fieber. Schätze, entweder du stirbst dran oder nicht. Aber Teufel, ich kannte einen Burschen, der von Kiowas bis auf die Knochen skalpiert wurde und noch jahrelang die Geschichte erzählen konnte, bis er sich an 'nem Keks von seiner Frau zu Tode verschluckte.«

Das hatte Jack Spooner gesagt, bis jetzt der einzige Weiße in dieser Bande von achtzehn. »Selbst wenn du nicht stirbst, wirst du kein' Barbier mehr brauchen oder den Damen den Kopf verdrehen, so viel ist sicher.« Er besah sich Edwards verstümmelte Wange, dann den verbleibenden Teil seines Ohrs. »Muss schon sagen, mein Junge, dir fehlen mehr Teile am Kopf als so ungefähr jedem lebendigen Burschen, den ich gesehen hab.« Er wandte sich ab und spuckte aus, blickte hinaus aufs offene Land und sah dann wieder Edward an. »Wir reiten morgen weiter, also kriegen wir nicht mit, ob du lebst oder stirbst, es sei denn, du reitest mit uns. Manuel sagt, du kannst, wenn du willst.«

»Wer ist Manuel?« fragte Edward.

»Der Jefe«, sagte Spooner. Er wies zu dem Mexikaner, der Edward draußen auf der Playa das Wasser gegeben hatte. Er saß im Schatten eines anderen Felsens mit ein paar Männern, gestikulierte und lachte mit ihnen über die Geschichte, die er erzählte.

»Ich hab keine Ausrüstung«, sagte Edward. Seine Schädeldecke fühlte sich an, als würden glühende Kohlen draufgedrückt.

»Wir rüsten dich aus. Du kannst dem Jefe das später bezahlen. Wenn du stirbst, schätz ich nicht, dass du ihm noch was schuldest.«

Sie rasteten den Tag und die ganze Nacht dort in den Ausläufern der Sierra Ponce knapp südlich des del Norte. Die Ebene lag knochenweiß unter einem blassen Halbmond, und das Carmen-Gebirge erhob sich abweisend und violett im Osten. Kometen zeichneten leuchtend rotgelbe Streifen über die schwarze Leere und verschwanden im selben Augenblick, da sie erschienen.

Die Bande war vor Tagesanbruch auf den Beinen und machte sich bereit loszureiten. Edward hatte rote Augen und war geschwächt vom Fieber. Der Jefe ging zu ihm, sein Pferd hinter sich herführend, grinste und fragte, ob er sicher sei, dass er mit ihnen kommen wolle. »Vielleicht du willst hier bleiben hasta los Comanches kommen otra vez. Vielleicht du willst töten sie alle, weil sie getötet haben deine Freunde.«

Das löste einen Lacher bei den zwei oder drei Mexikanern aus, die Englisch verstanden, und sie erzählten den übrigen, was der Jefe gesagt hatte. Alle lachten, klopften sich gegenseitig auf die Schultern, wiesen auf Edward und rieben sich die Köpfe und lachten noch mehr. Spooner grinste. Edward war, als wäre die Welt etwas schief unter seinen Füßen und als könnte er sein Gleichgewicht nicht ganz finden. Alles kam ihm im roten Licht der aufsteigenden Sonne scharfrandig und sengend heiß vor. Jeder der Männer um ihn herum schien in einem andersfarbigen Dunst gebadet. Er war völlig wirr.

Er grinste durch seinen Schmerz hindurch, um gute Miene zu bösem Spiel zu machen. Er sagte, er nehme nur Rache für Beleidigungen, und obwohl die Wilden seine Gefährten getötet und seinen Skalp genommen hatten, seien sie wenigstens so klug gewesen, ihn nicht zu beleidigen. Er grinste wie ein Verrückter, als Spooner für die Compañeros übersetzte, die vor Lachen heulten, auf ihn zeigten und wie Betrunkene taumelten, und manche machten obszöne Gesten zur Comancheria im Norden. Sie nickten einander zu und waren sich einig, dass Eduardo muy chistoso y muy simpático sei, diese dunkelhäutigen, heißäugigen Männer, entstanden aus der gewalttätigen Mischung von heidnischem Indianerblut und den Trägern des spanischen Kreuzes. Ihre Zähne blitzten weiß unter dicken schwarzen Schnauzbärten, und jeder von ihnen trug Narben an Gesicht und Händen. Sie waren immer laut, beim Reden und Lachen, beim Fluchen und beim Singen ihrer melancholischen Lieder. Sie trugen die unterschiedlichsten Waffen – Schusswaffen, Messer und Macheten, einige hatten Lanzen, andere Kavalleriesäbel, alle konnten mit dem Lasso umgehen, um einen Mann von seinem Ross zu holen und ihn hinter ihren galoppierenden Pferden blutig zu schleifen. Einige hatten Skalps an ihren Sattelknäufen aufgefädelt, doch selbst in seinem Fieber bemerkte Edward, dass vieles von dem Haar von Grau durchsetzt war und von ungeübten Händen genommen worden war.

Dominguez, der Jefe, war ein Poblano, aus der Stadt Puebla, die weit im Süden, etwa fünfundsechzig Meilen hinter der Hauptstadt, lag und deren Schönheit, wie er sagte, sich in keiner anderen Sprache als der des Herzens angemessen beschreiben lasse. Im Alter von fünfzehn war er zu dem Schluss gekommen, dass es für jemand so gut Aussehenden, Starken und Klugen wie er selbst ungerecht sei, so arm zu sein, während so viele dicke, schwache und dumme Männer so reich waren. Also machte er sich daran, die Waage der Gerechtigkeit ins Lot zu bringen, und arbeitete sich rasch hoch. Hatte er anfangs Betrunkenen in nächtlichen Straßen aufgelauert, raubte er bald einsame Reisende auf den Bergstraßen aus und überfiel Postkutschen entlang der großen Landstraßen. Schon nach seinen ersten sechs Monaten im Räubergeschäft wurde eine Prämie auf seinen Kopf ausgesetzt, weil er den Wachmann einer Postkutsche getötet hatte, der sich geweigert hatte, die Geldschatulle hinunterzuwerfen, und stattdessen nach seinem Gewehr gegriffen hatte. Andere Morde folgten. Mit zweiundzwanzig tötete er einen berühmten Banditenführer namens Manolo Gomez in einem Messerkampf in einer Cantina an der Hauptplaza von Orizaba, schleifte dann den Leichnam nach draußen, zerlegte ihn mit einer Machete und verteilte die blutigen Stücke an die Köter der Plaza. Bei Sonnenuntergang hatten die Balladenschreiber der Stadt bereits ein Lied über den Kampf verfasst und würden es über Generationen hinweg singen. Danach hatte sich Dominguez' Ruf als furchterregender Mörder schnell verbreitet.

Er gründete seine eigene Bande, und mit der Zeit wurde sie die berüchtigtste von unzähligen Räuberbanden, die im gebirgigen Land zwischen Mexiko-Stadt und dem Golf umherstreiften, ein Gebiet, das schon seit Langem für das Räuberunwesen berüchtigt war. Das Bandenwesen grassierte derart, dass kein Reisender oder Zug von Lastmaultieren oder Güterwagen mehr vor Überfällen an den beiden wichtigsten Landstraßen zwischen der Hauptstadt und Veracruz sicher war. Die Regierung stellte immer mehr Lanzenreiter dafür ab, die Züge wohlhabender Kaufleute zu eskortieren und die Hauptstraßen zu patrouillieren. Bald wurden die wertvollsten Züge regelmäßig von gesamten Regimentern geschützt und waren so gut wie unangreifbar. Zudem waren die Formalitäten der Justiz sehr gelockert, und Männer, die sich der Räuberei nur verdächtig machten, wurden ebenso wie bekannte Bandidos oft noch an Ort und Stelle hingerichtet. Die Landstraßenräuberei wurde zu einem derart gefährlichen Unternehmen, dass Dominguez mit seiner Bande in die nördlichen Badlands zog, wo sich mit dem Töten von Indianern schnelles Geld machen ließ – das zumindest hatten sie gehört.

Das war vor einem Jahr gewesen. Und das Geld hatte sich nicht als so schnell erwiesen. Dominguez' Spurenleser waren den Apachen nicht gewachsen, und die Bande ergatterte nie mehr als ein Dutzend Skalps auf einmal und das größtenteils von Frauen und Kindern und gebrechlichen alten Männern. Als der Herbst kam, wurden sie von einem riesigen Kriegstrupp in der Sierra del Hueso angegriffen, und von den zweiundfünfzig Männern der Bande kamen nur achtzehn mit dem Leben davon. Die Überlebenden zogen sich nach El Paso zurück, um von ihren grauenvollen Abenteuern zu berichten und ihr letztes Geld zu vertrinken und zu verhuren. Dann erfuhren sie, dass einen Monat zuvor die amerikanische Armee die mexikanischen Verbände bei Monterrey besiegt hatte und die Gringos jetzt die Stadt besetzt hielten. Die Yankee-Nachschubzüge vom Rio Bravo nach Nuevo León waren angeblich reiche Beute für jene, die den Mumm hatten, sie auszurauben.

Die Compañeros waren unterwegs nach Nuevo León gewesen, als sie die Staubwolke des Gringo-Maultierzuges erspähten und dann die größere Staubwolke der heranrückenden Wilden. Die Kundschafter kamen in gestrecktem Galopp zurück, mit weiten Augen und brüllten: »Komantschen!«, und die Bande eilte in den Schutz der Berge. Von dort beobachteten sie den Staub des Komantschenangriffs auf den Gringo-Zug. Am Abend begann sich der Staub zu legen, und früh am nächsten Morgen setzten die Indianer ihren Treck nach Norden fort. Die Compañeros blieben in ihrem Versteck zwischen den Felsen, und am Tag darauf sahen sie die Komantschen, die Tiere vor sich hertreibend, keine halbe Meile von ihrer Position entfernt vorbeireiten. Sie lachten und juchzten, jeder Krieger mit getrocknetem Blut bedeckt, viele mit Lanzen, an denen Skalps baumelten. Einige hatten blutverkrustete Köpfe an ihren Ponys festgemacht, und der Gestank dieser Truppe zog bis zu den Versteckten hinauf. Dominguez sagte, sie hätten ausgesehen wie Teufel auf dem Heimweg in die Hölle. Die Compañeros warteten den Rest jenes Tages und die Nacht hindurch ab, um sicherzugehen, dass die Komantschen wirklich verschwunden waren, und machten sich bei Tagesanbruch bereit zum Aufbruch. Doch im roten Licht des Sonnenaufgangs erspähten sie dann Edwards ferne Gestalt, die ihnen entgegenschlurfte, wie die Inkarnation ihres eigenen Wahnsinns, sich in diese Einöde zu wagen, um ihrem Glück nachzujagen.

»Du hast viele Glück«, sagte Dominguez zu Edward, als sie nebeneinander ritten. Auf Edwards anderer Seite ritt Pedro Arria, ein Mann mit einem Habichtgesicht, der mit Dominguez seit dessen frühesten Banditentagen zusammen und der stellvertretende Befehlshaber der Gesellschaft war. »Alle deine Freunde, sie sind getotet, aber du nicht. Nur du nicht sterben. Que buena suerte, hijito. Sehr glücklich, du.«

»Ja«, entgegnete Edward. »Ich fühl mich auch wie ein verdammter Glückspilz.«

Dominguez lachte.

17 Seine nächsten Tage waren verschwommen von fiebrigem Schmerz, sein Schlaf heimgesucht von Visionen der Hölle, in denen er dann aber seine jüngste Vergangenheit erkannte. Im Dorf Boquillas ruhten sie sich für eine Nacht aus. Pulque linderte sein Leiden bis zum Morgen und verschlimmerte es dann mit einem Kater, doch endlich sank sein Fieber, und einige der Compañeros bezahlten widerwillig ihre Wetten und argumentierten, hoffend, doch ohne große Überzeugung, dass es dem Gringo ja vielleicht doch noch schlechter gehen und er sterben könnte. Den Dörflern jagte Edward aus dem ganzen Haufen am meisten Angst ein wegen seines verunstalteten Kopfes. Die Wunde reichte bis ins Gesicht, wo sich der Wangenknochen blass abzeichnete unter der straffen nachwachsenden Haut. Nur die Saat des Teufels, raunten sie einander zu, könnte solche grauenhaften Verletzungen überleben. Es gab wenig, was die Bande den eingeschüchterten Bewohnern als Tribut abknöpfen konnte außer getrocknetem Fleisch und sauberer Kleidung. Dann ritten sie weiter. An jenem Abend gerieten zwei von ihnen in Streit darüber, wem ein bestimmtes Hemd gehörte, und Messer kamen ins Spiel. Der Kampf endete, als einer, mit den Händen seine freigelegten Gedärme festhaltend, in die Dunkelheit taumelte. Der andere setzte sich am Lagerfeuer nieder, hielt sich mit einem siegesbewussten Grinsen seine durchschnittene Kehle, wäh-

 rend das Blut schwärzlich seinen Arm herunterrann, in glänzenden dicken Tropfen herabfiel und auf den Feuersteinen zischte, von dem widerwärtig süßliche Dämpfe aufstiegen. Einige Minuten später entfuhr ihm ein gurgelndes Seufzen, und er kippte nach vorne und war tot. Einer der Compañeros entfernte die Stiefel des Mannes und ließ seine eigenen abgetragenen dort neben ihm stehen, ein weiterer nahm sich seine Pistole und sein Messer, aber niemand machte Anstalten, ihn zu begraben. Kurze Zeit später hörten sie in der Nacht Kojoten rufen und näher kommen. Dann ertönte das hohe Heulen eines Wolfs und die Kojoten verstummten. Am Morgen stiegen sie auf und trieben ihre Pferde in südöstliche Richtung. Eine Viertelmeile weiter draußen in der ausgedörrten Ebene fanden sie den anderen ebenfalls tot, sein Unterleib ausgeweidet. Auf einem flankierenden Grat über ihnen erspähten sie einen einsamen bleichen Wolf, der mit aufgerichteten Ohren und dunkelrotem Maul auf die Vorbeiziehenden hinabblickte, doch kein Mann unter ihnen dachte auch nur daran, auf diesen oder sonst irgendeinen Wolf zu schießen.

Sie ritten hinauf in die blutroten Carmens und folgten verschlungenen Pfaden durch Wacholderwälder und an Agaven vorbei, deren Stängel doppelt so hoch waren wie ihre Pferde. Mittlerweile bildete sich Schorf auf seiner Schädeldecke, und der Schmerz nahm von Tag zu Tag ab. Fredo Ruiz, einer der wenigen hünenhaften Mexikaner, überreichte ihm ein breites schwarzes Kopftuch und zeigte ihm, wie man es sich wie ein Piratentuch um die Stirn band, um seinen Schädel vor neugierigen Blicken zu schützen, wenn er den Hut abnahm.

Während der nächsten Wochen ritten sie durch das Gebirgsland mit steilen Pässen und tiefen Schluchten, ritten entlang schmaler Bergpfade, die auf die Enden der Erde hinausblickten. Sie sahen unter sich die ausgebreiteten Flügel von Habichten auf der Jagd, die langsame Kreise zogen. Sie kampierten auf Tafelfelsen, und die Flammen ihrer Feuer spielten trunken im Wind. Hin und wieder konnten sie in der Tiefe der Wüstennächte die winzigen flackernden Lichter anderer Feuer sehen, doch ob von Wanderern oder Wilden oder von Wesen einer anderen Welt, das wagte niemand zu sagen.

Sie stiegen im Gänsemarsch durch eine Reihe tiefer Schluchten und felsiger Serpentinen hinab, die mit Pinyonkiefern, Akazien und Bergzypressen überwuchert waren. Die Luft war feucht und blau vom Nebel. Gelegentlich ertönte vom beschatteten hohen Felsen das Kreischen eines Pumas, bei dem ihnen die Nackenhaare zu Berge standen und die Pferde scheuten. Während er durch dieses ungastliche Land von Fels, Sand und Dornen ritt, spürte Edward, dass er einer Abrechnung entgegenzog, der er nicht ausweichen konnte, ganz gleich welchen Weg er nahm.

Schließlich kamen sie auf die Bajada hinunter. Am Mittag flimmerte der Horizont, und eisige Winde fegten durch ihre Nachtlager. Ihre Feuer wirbelten und schlugen aus und schickten wütende Funken in die dunkle Leere. Sie ritten lange Tage durch dorniges Buschwerk von Sotol, Ocotillo und Lechugilla, und kamen in dämmrigem Zwielicht, in dem Glühwürmchen blinkten, am Heiligabend 1846 im Dorf Naciamento an. Hier erfuhren sie, dass in den vergangenen Monaten mehr als eintausend Yankee-Soldaten unter dem Befehl eines gewissen General Wool vom Presidio am Rio Bravo heruntermarschiert waren und den Fluss nur vierzig Meilen weiter beim Dorf Sabinas überquert hatten. Ihr Staub war im Osten wochenlang sichtbar gewesen. Diese Gringo-Truppen befanden sich jetzt bei Monclova fünfundsiebzig Meilen südlich und warteten auf Befehle von Taylor in Monterrey. Die Compañeros lauschten den Neuigkeiten, taten sich an Cabrito gütlich und betranken sich mit Mescal. Mehrere fochten untereinander, aber keiner tötete den anderen, und die Streithähne wirkten danach trotz ihres zerschlagenen Aussehens umso erfrischter. Doch die Gemüter blieben den ganzen Abend lang erhitzt, und die Luft blieb mit Gewalt erfüllt. Dominguez saß zusammen mit Pedro, Spooner und Edward an einem Tisch an der hinteren Wand der kleinen Cantina, und seine Gesichtszüge sackten vom Trinken herab. Er beobachtete seine Männer mit einem Seufzen und sagte, sie müssten bald jemanden zum Ausrauben finden, sonst würden sie anfangen, sich aus reiner Langeweile gegenseitig umzubringen.

18

Knapp südlich von Sabinas lauerten sie im kalten Nieselregen einer Passagierkutsche auf. Bei ihrem Anblick warfen die beiden berittenen Wachen ihre Waffen weg und hoben die Hände, die Wache neben dem Fahrer tat dasselbe. Die Kiste enthielt zweihundert Pesos in Silber, alles andere waren Verträge und Urkunden und verschiedene andere Papiere, für die die Banditen keinerlei Verwendung hatten. Dominguez befahl den Passagieren, aus der Kutsche zu steigen, und ein Compañero namens Chucho durchsuchte sie nach Waffen und Wertgegenständen. Einer der fünf Passagiere war eine in einen Kapuzenmantel gehüllte Frau von reizlosem Äußeren, Gattin eines teuer gekleideten Mannes neben ihr. Nachdem Chucho den Mann durchsucht und eine kleine Börse hervorgeholt hatte, die achtzig Pesos in Goldmünzen enthielt, machte er Anstalten, die Frau zu durchsuchen. Doch der Ehemann trat zwischen sie und verbot Chucho, Hand an sie zu legen. Chucho zog seine Pistole und blickte zu Dominguez hoch, der auf seinem Pferd saß. Dominguez sagte dem Mann, es sei das Beste für ihn, wenn er erlaubte, dass seine Frau durchsucht werde, doch der Mann meinte, das käme nicht infrage. Dominguez zuckte die Achseln, wandte sich zu Edward und sagte: »Mátalo«, und machte mit Daumen und Zeigefinger eine Schießbewegung.

Er wusste, dass er damit hatte rechnen müssen. Natürlich würden sie ihn auf die Probe stellen. Natürlich würde er zeigen müssen, dass er einer von ihnen war. Einen Moment lang sah er sich als jemanden, der noch nie kaltblütig gemordet hatte, doch dann erinnerte er sich an einige der harmlosen Indianer, die er mit den anderen abgeschlachtet hatte. Trotzdem, das waren Indianer gewesen. Das hier war ein unbewaffneter weißer Mann, der da vor ihm stand und nur seine arme Frau beschützen wollte. Er zog den Colt und richtete ihn auf den Mann.

»Mira esa bonita pistola!« sagte Dominguez zu Pedro Arria und bewunderte den Five-Shooter.

Der Mann schob seine Frau sanft aus der Schusslinie, funkelte dann zu Edward hoch und sagte: »Crees que te tengo miedo, gringo? Nunca! *Nunca*, maldito!«

Edward spannte die Waffe und zielte zwischen die Augen des Mannes und fragte sich, wie er es erklären könnte, nicht zu schießen. Mit einem Mal wurde ihm klar, dass es keinen wirklichen Unterschied machte, ob er diesen Mann erschoss oder nicht, genauso wenig wie es etwas änderte, wenn er es tat. Mit der Zeit wären sowohl er als auch dieser Mann tot und jegliche Spur ihrer Existenz längst verschwunden. Als hätte keiner von beiden je existiert. Und doch existierten sie, beide, *jetzt*, und obwohl ein Mann in seiner Lebenszeit tat, was er tun musste, einfach weil es in seinem Blut war, hatte er vielleicht manchmal die Wahl, sich dem Drängen seines Blutes zu widersetzen. Und so konnte er sich in diesem Moment entscheiden, *nicht* zu schießen.

Wozu er sich in diesem Moment tatsächlich entschieden hätte, würde er nie wissen, denn in diesem Augenblick zog die Frau eine kleine Zweischuss-Pistole unter ihrem Gewand hervor und schoss auf ihn. Edwards Hutkrempe zuckte, sein Pferd scheute, und er schoss ihr durch die oberen Zähne. Im selben Augenblick erschoss Fredo den Mann. Und dann schossen alle und mühten sich, ihre erschrockenen Pferden im Zaum zu halten. Alle Passagiere fielen blutend zu Boden und schrien in dem Schusswechsel und dem dichter werdenden Dunst von Pulverrauch. Die zwei berittenen Wachen wendeten ihre Pferde, um zu fliehen, und Edward erschoss einen, und Dominguez holte den anderen herunter. Die Wache auf der Kutsche feuerte mit einer Pistole, und einer der Compañeros kippte vom Pferd. Edward erschoss den Wachmann. Dem spritzte das Blut aus dem Hals, und er fiel von der Kutsche. Der Kutscher stand mit hoch erhobenen Händen auf, doch Fredo erschoss auch ihn.

Jetzt stiegen einige der Bandidos ab und erledigten mit ihren Messern diejenigen der Kutschengesellschaft, die noch atmeten. Der gefallene Compañero war im Bauch getroffen worden, und sein Hemd war hellrot mit dickem Blut. Pedro Arria stand über ihn gebeugt, untersuchte die Wunde, blickte jetzt zu Dominguez auf und schüttelte den Kopf.

»No! No, jefe!« rief der Verletzte Dominguez zu. »Estoy bien! Ya lo verás, jefe!« Er ächzte vor Schmerz bei dem Versuch, sich zu erheben, und fiel dann stöhnend mit schmerzverzerrtem Gesicht zurück.

Dominguez wies Pedro Arria an, aus dem Weg zu gehen, und

hob die Pistole, die er bereits gespannt in der Hand hielt. Er beugte sich im Sattel vor, zielte sorgfältig und schoss dem Verwundeten durchs Auge.

Sie durchsuchten die Taschen und Börsen der Toten, und einige konnten nicht widerstehen, die Frau zu begrabschen, während sie vorgaben, sie ein weiteres Mal zu durchsuchen, falls den Vorgängern etwas entgangen war. Einige von ihnen wären imstande gewesen, sie zu schänden, bevor sie kalt war, wären nicht so viele ihrer Gefährten zugegen gewesen. Ein junger Compañero namens Gustavo, der einmal in einem Seminar studiert hatte, stand über den Leichen und bemerkte laut, dass es interessant sei zu sehen, wie die Beendigung dieser menschlichen Leben bald solch reiche Nahrung für die Ameisen und Fliegen und Geier bot. »De verdad de nada se desperdicia en este mundo«, sagte er. »Todo lo que ocurre tiene algún resultado bueno.« Seine Kameraden lächelten mit onkelhafter Nachsicht über seine Banalitäten, obwohl einige vor ihm auf der Hut waren, weil ihn der Gewissenskonflikt zwischen seiner anhaltenden Verehrung von Gottes geheimnisvollem Walten und seiner Bereitschaft, jedes Seiner Geschöpfe zu töten, in den Wahnsinn getrieben hatte.

Sie nahmen die Waffen der Wachen an sich, befreiten das Kutschengespann von den Zugriemen und banden die Pferde an ein paar Führungsleinen. Als sie ihre Waffen nachluden, bot Dominguez Edward fünfzig Silberdollar für den Colt. Edward sagte, er wolle ihn nicht verkaufen – und überreichte ihn dann dem Jefe als Geschenk. Dominguez dankte ihm überschwänglich und schenkte ihm im Tausch drei prachtvolle Caplock-Pistolen und ein .50-Millimeter-Hawken mit einem abgesägten Lauf, der mit zwei Dollar in Silber-Dimes geladen war.

19

Sie folgten dem Rio Sabinas bis zu seinem Zusammenfluss mit dem Salado und hielten sich an den südöstlichen Kurs des Salado. Eines sonnigen Nachmittags, an dem hoch aufgetürmte weiße Wolken am blauen Himmel standen, trafen sie in dem Dorf Anahuac ein. Schwärme von Stärlingen krakeelten in den Bäumen, räudige Hunde schlichen an den Gebäudemauern entlang, und kreischende Kinder trabten neben den Pferden der Gesellschaft her. Die Laredo-Straße befand sich weitere fünfundzwanzig Meilen flussabwärts, doch die Einheimischen sagten ihnen, die wichtigste amerikanische Nachschublinie nach Monterrey sei die Camargo-Straße, fünfzig Meilen jenseits der Laredo-Straße. Ein großes amerikanisches Lager bei Camargo am Südufer des Rio Bravo war der wichtigste Umschlagplatz für den Yankee-Nachschub an General Taylor. Die Dörfler hatten gehört, dass die Gringos sich bereit machten, von Monterrey nach Saltillo zu ziehen, um sich eine Schlacht mit Santa Anna zu liefern, und angeblich sei die Straße von Camargo voll mit Wagenverkehr, der Yankee-Nachschub beförderte.

Dominguez dankte ihnen für die Auskunft und sagte seinen Compañeros dann, sie sollten sich aus dem Dorf alles nehmen, was sie an Proviant benötigten. Einige Compañeros zwangen die Dörfler, frische Sarapes, Hemden oder Somberos gegen ihre eigenen zerrissenen einzutauschen, andere gingen von Hütte zu Hütte und beraubten jede ihres mageren Vorrats an Lebensmitteln. Aus der einzigen Cantina des Dorfes nahmen sie sämtliche Krüge mit Mescal mit. Einige bezahlten ein paar Centavos für das, was sie nahmen, ein oder zwei schrieben lächerlich hingekritzelte Schuldscheine aus, doch die gröberen von ihnen spuckten in die Handflächen, die sich ihnen um Bezahlung bittend entgegenstreckten. Die Dorfältesten protestierten, und Dominguez entschuldigte sich höflich, doch sagte er ihnen, seine erste Pflicht als Jefe gelte dem Wohl seiner Männer. Die wenigen Bürger, die so unvorsichtig waren, sich der Räuberei zu widersetzen, wurden zu Boden geschlagen. Ein Hund, der aus kaum mehr als Haut und Knochen bestand, kläffte sie unaufhörlich von der Ecke eines Hauses an, bis Pedro Arria ihn erschoss, und die Stille, die darauf folgte, war größer als die des zum Schweigen gebrachten Hundes und folgte ihnen, als sie fortritten.

20

Auf der Laredo-Straße herrschte nur wenig Betrieb. Nur Holzfäller und Gruppen mexikanischer Armeekundschafter kamen vorbei. Die Bande bewegte sich fort vom Fluss und ritt nach Süden zur Camargo-Straße. Zwei Tage später trafen sie am Rio Alamo auf ein Trio mexikanischer Kavallerie-Kundschafter, die ihre

 Feldflaschen am Ufer auffüllten. Zwei der Kundschafter standen auf und drehten sich um, gerade als die Compañeros auf Dominguez' Zeichen hin ihre Pistolen zogen und das Feuer eröffneten. Die beiden wurden ins Wasser geschleudert, und den Dritten trafen die Kugeln noch kniend, und auch er fiel in den flachen Fluss. Das Haar der Soldaten fächelte in der Strömung, und Blut stieg in rosaroten Wirbeln von ihren Wunden auf und wurde stromabwärts getragen. Sie zogen die Leichen aus dem Wasser und durchsuchten ihre Taschen. Spooner beanspruchte ein Paar Kavalleriestiefel für sich und verkündete, sie passten wie angegossen. Sie fingen die Pferde der Soldaten ein, und einige Compañeros beanspruchten die Sattel und banden sie schnell um ihre Pferde anstelle der alten kaputten. Die Armeetiere fügten sie der Caballada der Gesellschaft zu.

Dominguez stand am Flussufer und sang leise, während er Pulverreste von seinem Colt schnippte und die Kammern nachlud. Er sah, wie Edward ihm dabei zuschaute, und lächelte. Edward wies auf die toten mexikanischen Soldaten und sagte: »Ich dachte, du und die da, ihr seid auf derselben Seite.«

Der Jefe lächelte unsicher, seine Stirn verwirrt in Falten gelegt. »Selbe Seite?« sagte er. Er sah hinunter auf die toten Soldaten und schien über Edwards Frage nachzudenken, dann spuckte er in ihre Richtung, sah ihn wieder an und sagte: »Ich und *die*? *Noooo.* Nix selbe Seite. Somos enemigos!« Er lachte und drehte sich um zu den Compañeros, die er mit einer ausholenden Handbewegung einbezog. »*Meine Seite*, Eduardito. *Ich* meine Seite, *die* meine Seite. Du tambien! *Du* meine Seite.«

Er grinste Edward an wie ein Wolfsbruder.

21

Am folgenden Nachmittag kamen sie zur Camargo-Straße und verbrachten ein paar Tage mit Kundschaften. Einige Tage später griffen sie einen schlecht bewachten amerikanischen Lastenzug an und töteten ein halbes Dutzend Soldaten, bevor der Rest den Maultiertreibern hinterherflüchtete. Die Compañeros erbeuteten eine Wagenladung Hall-Perkussionsgewehre, zwei Kisten mit Colt-Five-Shooters und Maultiere, die mit Pulver und Munition beladen waren. Sie bewaffneten sich neu und verkauften die restlichen Waffen und Maultiere an eine Ranchero-Bande, die in den Magdalena-Bergen ihr Unwesen trieb.

Sie blieben die nächsten drei Monate in der Region. Wenn US-Züge zu gut bewacht waren, überfiel die Bande Transporte der mexikanischen Armee oder zivile Transporte, obwohl diese in ihrer Ausbeute nie so lukrativ waren wie die Yankee-Züge. Sie rekrutierten neue Mitglieder und zählten irgendwann beinahe fünfzig Mann, doch wurden ihre Reihen in den Gefechten mit den Amerikanern immer wieder gelichtet. Danach wuchs ihre Zahl dann wieder langsam an.

Während dieser Zeit lernte Edward, passabel Spanisch zu sprechen, obwohl er zu verschlossen war, um die Sprache so weit zu üben, als dass er seinen elenden Akzent hätte loswerden können. Für gewöhnlich hielt er sich abseits. Während der Ruhepausen, die die Gesellschaft zwischen den Raubzügen einlegte, gewöhnte er sich an, in höheres Gelände zu reiten, zu Felsenrändern, die meilenweit nach Westen reichten, in die wilderen Lagen der Sierras. Er band sein Pferd an und starrte zum Horizont, während der Himmel sich rot verfärbte wie ein gezackter Riss im sterbenden Licht der Sonne. Hätte man ihn gefragt, welche Gedanken ihm durch den Kopf gingen, während er auf dieses uralte Blutland hinausstarrte, wäre seine einzige Antwort ein Heulen gewesen.

An einem kühlen Nachmittag im Januar ritten sie nach Saltillo, um der Erhängung eines Compañeros namens Carlito Espinosa beizuwohnen. Er war während ihres Überfalls auf einen mexikanischen Lastenzug zwischen Victoria und Saltillo vom Pferd geschossen und gefangen genommen worden. Der örtliche Kommandeur wollte mit ihm ein Exempel statuieren für alle anderen Bandidos in der Region, und so verkündete er das Datum seiner Hinrichtung und lud die Bevölkerung ein, sich das Ereignis anzusehen. Die Bande betrat die Stadt in verstreuten Gruppen von dreien oder vieren, um keine Aufmerksamkeit zu erregen. Sie hatten nicht die Absicht, Carlito zu retten, so groß war die Überzahl der Garnisonssoldaten. Die Straßen waren überfüllt mit Soldaten zu Pferd und zu Fuß und alle von grimmiger Erscheinung. Die Bande wollte nur Zeuge der Hinrichtung ihres Compañero sein. Sie schlossen sich der wachsenden Menge auf der zentralen Plaza an. Ein großer Alamo-Baum stand in der Mitte des Platzes, die Rinde seines Hauptastes war vernarbt von den Erhängungsseilen vorhergehender Generationen. Es herrschte festliche Stimmung. Musik und Gesang mischten sich mit lautstarken Unterhaltungen und Kindergelächter und den schrillen Rufen von Straßenverkäufern. Der Geruch bratender Chilis und auf Holzkohle gegrillten Fleisches erfüllte die Plaza.

Als Carlito auf einem flachen Wagen gebracht wurde, zischten einige Schaulustige und warfen mit Schlamm nach ihm; manche lachten und machten laute Witze über seine Hinrichtung. Die Compañeros gaben nicht zu erkennen, dass sie den Verurteilten kannten. Carlito erhob sich auf dem Wagen, und ein Priester erteilte ihm Absolution, und der Henker legte ihm die Schlinge um den Hals. Der befehlshabende Offizier fragte ihn, ob er noch ein letztes Wort sprechen wolle. Carlito sagte: »Chinga tu madre!« Der Offizier lief rot an, und die Compañeros mussten ihr Lachen unterdrücken. Der Offizier verkündete den Zuschauern mit lauter Stimme, dass früher oder später alle Bandidos getötet oder gefangen genommen würden, und das hier geschehe dann mit diesen Gefangenen. Besonders den Kindern, sagte er, solle dies eine Lehre sein.

Seine Worte ernteten Beifall und zustimmende Pfiffe. Der Offizier gab dem Fuhrmann auf dem Wagen ein Zeichen. Der ließ die Peitsche knallen, der Wagen rollte unter Carlito weg und die Menge jubelte, als er in der Luft um sich trat. Eine Sekunde später wurde er mit einem Mal schlaff, wie es nur Tote tun, und er baumelte langsam unter dem Ast, die Hose frisch befleckt, die Augen verdreht und gänzlich weiß. Seine Zunge wölbte sich aus seinem violett angelaufenen Gesicht heraus.

Als Edward Carlito an dem Alamo-Ast hängen sah, erinnerte er sich an eine ferne Zeit, als sie zugesehen hatten, wie in Mississippi ein Neger gelyncht wurde, er und sein Bruder John, und der Gedanke an John erinnerte ihn an einen Traum, den er kürzlich gehabt hatte, in dem er seinen Bruder in einem tiefen Wald hatte herumirren sehen, der obere Teil seines Schädels bis auf den Knochen gehäutet, der Kopf von Blut überzogen. In diesem Traum hatte er wieder Daddyjacks Stimme rufen hören: »Gleiches Blut findet sich *immer*. Das wisst ihr ganz genau.«

22 Im Februar zog Taylor mit seiner Armee aus, um sich bei Buena Vista ein Gefecht mit Santa Anna zu liefern. Die Stammtruppe, die er in Monterrey zurückließ, war kaum ausreichend, um die Region zu überwachen, und im Verlauf der nächsten paar Wochen führten die Compañeros ihre bisher lukrativsten Überfälle entlang der Camargo-Straße nördlich von Monterrey durch. Sie stahlen Besoldungskisten und Kleidung, Lebensmittel und neues Sattel- und Zaumzeug, stahlen Pferde und Waffen und Munition, die sie wie immer an andere Banditen und an Banden von Comancheros verkauften. Manchmal wurden Edward und Spooner von amerikanischen Wachmännern, die sich ergeben hatten, als Amerikaner erkannt und als Verräter des Sternenbanners verflucht. Spooner ließen ihre Beleidigungen kalt, doch Edward war wütend, von Männern verurteilt zu werden, die militärische Strafen als etwas Naturgegebenes hinnahmen. Einmal drohte er einen Sergeant zu erschießen, der nicht aufhören wollte, ihn zu beleidigen. Der Sergeant spuckte ihn an und sagte: »Ich wette mit dir um einen gottverdammten Dollar, dass du kein' echten Soldaten erschießt, der dir direkt in die Augen sieht!« Edward schlug ihm mit dem Lauf seiner Pistole über den Mund, und der Sergeant fiel auf alle viere und spuckte blutige Zähne aus. Edward fragte ihn, ob er sonst noch etwas zu sagen habe, und der Mann schüttelte den Kopf. Er holte einen Silberdollar aus seiner Tasche und warf ihn dem Sergeant vor die Knie.

Spooner lachte und sagte: »Verdammt, Junge, wenn du nicht der Sportlichere bist.«

Sie schlichen sich manchmal in Gruppen von einem halben Dutzend nach Monterrey hinein, um sich in den besten Hurenhäusern der Stadt zu vergnügen. Für die meisten Compañeros war es eine Zeit voller Gelage und Reichtum, wie sie sie nie wieder erleben würden.

Taylor kehrte im März nach Monterrey zurück, wo er bis zum Ende des Krieges bleiben sollte, und die Gringo-Armeepatrouillen entlang der Camargo-Straße wurden zahlreicher denn je. Bei drei Überfällen hintereinander wurde die Bande durch die plötzliche Ankunft von Yankee-Dragonern von einem Lastzug vertrieben, und jedes Mal wurden auf einen Schlag ein Dutzend oder mehr Compañeros getötet oder gefangen genommen.

Die Compañeros waren auf achtzehn zusammengeschmolzen, als die Kunde von General Winfield Scotts Landung bei Veracruz und der Unterwerfung der Stadt nach amerikanischem Beschuss kam. Als er die Nachricht erfuhr, war Dominguez sehr erfreut. Jetzt würde der Vormarsch der Yankees auf Mexiko-Stadt durch seine Patria chica stattfinden, der Region seiner Geburt und Kindheit, durch die unteren Gebirgsketten der Sierra Madre, die er so gut kannte wie seine Westentasche. Die amerikanischen Nachschubzüge würden Scott hinauf in das zerklüftete Hochland folgen müssen, wo das Reisen beschwerlich war. Es war in den Bergen viel leichter, sie zu überfallen und den Verfolgern zu entkommen, als in Nuevo León.

»Da in den Bergen«, erzählte er Edward, »nie uns sie werden fangen. Ich kenne *viele* gute Verstecke en esas montañas.« Auch die mexikanischen Handelszüge waren dort leichter zu überfallen, weil jeder mexikanische Soldat für die Verteidigung gegen Scott gebraucht wurde und längst nicht mehr so viele zur Bewachung der Transporte abbeordert werden konnten.

Die ganze Bande war glücklich darüber, nach Süden zu ziehen. An jenem Abend saßen sie in Hochstimmung um das Hauptfeuer und tranken Mescal, und jeder legte fünf Pesos in einen Hut, die derjenige, der die beste Geschichte erzählte, gewinnen sollte. Edward tat etwas in den Hut, verzichtete aber darauf, eine Geschichte zum Besten zu geben. Die meisten Geschichten waren moralisch-belehrender Natur, und die Compañeros hörten sie sich mit nickender Zustimmung an. Die beste Geschichte kam vom ältesten Mitglied des Haufens, einem Graubart namens Lorenzo, der ein Onkel von Manuel Dominguez war. Er sagte, die Geschichte sei ihm vor vielen Jahren von seinem Großvater in Puebla erzählt worden, der sie von seinem spanischen Großvater in Guanajuato gehört hatte, der sie wiederum von einem englischen Bergwerksbesitzer hatte. In seiner Geschichte ging es um drei Banditen, die eines Abends am Straßenrand auf einen alten Mann trafen und beschlossen, ihn zum Vergnügen zu töten. Der Alte war bloß Haut und Knochen und sah aus, als wäre er bereit fürs Grab, doch er flehte um sein Leben. Er sagte, wenn sie ihn verschonten, würde er ihnen verraten, wo er eine Schatulle voller Gold versteckt hatte. Die

Banditen grinsten und zwinkerten einander zu und sagten, na gut, und der Alte beschrieb ihnen den Weg zu einem Hügel einige Meilen entfernt und sagte ihnen, das Gold sei oben auf dem Hügel unter dem höchsten Baum vergraben. Die Banditen dankten ihm und töteten ihn trotzdem. Und dann, weil sie nichts Besseres zu tun hatten, suchten sie den Hügel, von dem er ihnen erzählt hatte, und gruben unter dem höchsten Baum und waren erstaunt, eine große Schatulle voller Gold zu entdecken, genau wie der Alte gesagt hatte. Sie lachten und umarmten sich und tanzten umher und sangen, dass sie reich seien. Doch das Gold war zu schwer, um alles auf einmal fortzutragen, und so beschlossen sie, dort zu übernachten und sich am Morgen zu überlegen, wie sie den Schatz an einen sichereren Ort schaffen konnten. Die zwei älteren Banditen schickten den jüngsten zurück in die Stadt, um eine Flasche Tequila zu holen, mit der sie ihr Glück feiern und sich gegen die Nachtkälte schützen wollten. Während der Junge fort war, besprachen sich die beiden und kamen überein, dass es viel sinnvoller sei, das Gold durch zwei zu teilen anstatt durch drei, und als der Junge mit dem Tequila aus der Stadt zurückkam, töteten sie ihn. Dann entkorkten sie die Flasche und tranken auf ihre reiche Zukunft, und jeder nahm einen tiefen Schluck. Beide verspürten auf einmal große Schmerzen im Bauch, und sie brachen zusammen und starben an dem Gift, das der Junge in den Tequila gemischt hatte, nachdem er in der Stadt beschlossen hatte, dass er das ganze Gold für sich allein haben wollte.

Die Compañeros lachten über die tiefsinnige Wahrheit dieser Geschichte und spendeten energisch Beifall. Einige wiesen auf andere und sagten: »Esos tontos eran exatamente como tú!« Und jene, auf die gedeutet wurde, gaben sich erstaunt und sagten: »Como *yo*? Carajo! Como *tú*!«

Am Morgen waren sie vor Sonnenaufgang auf ihren Pferden und ritten auf einem alten Burro-Pfad Richtung Süden, in sicherem Abstand von der Hauptstraße und den Gringo-Army-Patrouillen, die dort entlangstreiften.

23

Südöstlich von Linares kamen sie über eine niedrige sandige Anhöhe und erspähten eine halbe Meile vor ihnen zwei große Planwagen. Ein steifer Wind zerrte an ihren Kleidern, und sie trugen die Hüte tief ins Gesicht gezogen, um sich vor dem stechenden Sand zu schützen. Die Sonne stand riesig und gelbrot im staubigen Dunst am Himmel. Die beiden Wagen wurden jeweils von einem Paar Maultiere gezogen, doch eines der Tiere des ersten Wagens hielt ein Vorderbein hoch, und eine Gruppe von sechs Frauen und zwei Männern war um das verletzte Tier versammelt. Eine der Frauen erblickte die Reiter und zeigte auf sie, und die ganze Gruppe drehte sich jetzt zu ihnen um. Die meisten sahen sich um, als suchten sie einen Platz, wo sie sich verstecken könnten. Doch das Land ringsum war bis zu den fernen Bergen flaches, sandiges Gebüsch, und so konnten sie nur neben dem Wagen stehen bleiben und zusehen, wie die achtzehn Reiter näher kamen.

Der eine Mann war ein muskulöser Schwarzer in einem ärmellosen Hemd, der andere ein groß gewachsener glatt rasierter Weißer in einem gelben Staubmantel. Von Nahem konnte die Bande erkennen, dass die Frauen, obwohl im mexikanischen Stil mit weiten bunten Baumwollröcken und weißen, schulterfreien Oberteilen gekleidet, allesamt Amerikanerinnen waren, und die meisten hübsch und jung. Ein Grinsen erschien auf den Gesichtern der Reiter, und einige stießen Pfiffe aus und streckten einander ihre geballten Fäuste zu und einer sagte: »Ay, que bonita compania de putas! Y puras gringas!«

»Esas gringas son tan puras como una pocilga«, meinte Pedro Arria und alle lachten.

Sie hielten vor der Gruppe an, und der Weiße schützte mit der Hand seine Augen vor dem wehenden Sand und sagte: »Amigos! Hello, amigos, hello!« Seine angespannte Miene verriet Besorgnis, bis er sah, dass zwei unter dieser Bande von dunklen Schnauzbärten von seiner eigenen Rasse waren, und er rief zu ihnen hinüber: »Howdy, Jungs! Tut verdammt gut, ein paar amerikanische Landsleute hier zu sehen!« Er trug eine Pistole im Gürtel, doch der Schwarze war unbewaffnet. Ein paar der Mädchen blickten verängstigt drein, doch andere erwiderten die raubtierhaften, lüsternen Blicke der grinsenden Compañeros. Das verletzte Maultier hatte ein gebrochenes Bein, ein komplizierter Schienbeinbruch, und die zackigen Enden des gebrochenen Knochens ragten aus der blutigen Haut heraus. Das Tier stand in seinem Zugriemen, das verletzte Bein angezogen, und schien in seine eigene Welt hineinzustarren.

»Man hat mich gewarnt, ich soll nicht diesen verdammten Weg durchs Sandland nehmen«, sagte der Mann zu Spooner und Edward mit angestrengter Stimme, die um Vertraulichkeit bemüht war, »vor allem nicht mit Maultieren anstatt Ochsen. Aber ich hab einfach gedacht, die übertreiben, wie die Leute das eben so tun. Jetzt seht euch mal *dieses* Maultier hier an. Is da drüben in ein Loch getreten, muss man selber erst reintreten, bevor man's sieht. Der Knochen hat einfach *pop* gemacht! Wie wenn man mit'm Stiefel auf'n trocknen Ast tritt.« Er sah das Maultier angewidert an, als hätte es sich absichtlich verletzt, nur um ihn zu ärgern.

Er stellte sich als Alan Segal aus Tennessee via Mississippi vor und gab bereitwillig zu, dass er im Hurengeschäft war. Im Sommer zuvor hatte er ein Dutzend amerikanische Damen in Louisiana und Texas mit dem Versprechen angeworben, sie könnten ein Vermögen machen, wenn sie sich ihm anschlossen und die Soldaten vom Old Rough and Ready unten am Rio Grande bedienten. Aber als sie dort eintrafen, hatte Taylor den größten Teil seiner Streitmacht an die achtzig Meilen stromaufwärts von Fort Brown nach Camargo verlegt, am Nebenfluss San Juan etwa drei Meilen unterhalb seines Zuflusses in den Rio Grande. Segal und seine Huren kamen nur langsam auf einer rauen Wagenpiste voran und erreichten endlich das amerikanische Lager, das sich als Pestloch erwies, selbst im Vergleich zu Fort Brown. Die Soldaten waren begeistert, dass diese amerikanischen Buhlschwestern gekommen waren, um hier ihr Gewerbe auszuüben, doch das Leben in Camargo hatte ihre Gemüter roh gemacht wie offene Geschwüre, und noch am Abend desselben Tages gerieten zwei Soldaten in einen Streit über eine von ihnen, und der blutige Verlierer humpelte in die Nacht hinaus, nur um einige Minuten später mit einer Pistole in der Hand wieder zu erscheinen und auf seinen Angreifer zu schießen. Aber er war zu betrunken, um gerade zu schießen, und traf stattdessen das Mädchen in den Hals und tötete es. Am nächsten Tag sprach Segal bei General Taylor vor, um Schadensersatz für den Verlust seines Besitzes zu verlangen, und wurde aus Old Zacks Zelt hinausgelacht. Eine Woche später wurden einem Mädchen das Gesicht und die Brüste von einem betrunkenen Corporal zerschnitten, der es verfluchte und immer wieder beim Namen seines treulosen Schatzes in Arkansas rief. Das Mädchen starb nicht, doch die Episode ließ es so schlimm entstellt und so wenig tauglich für das Gewerbe zurück, dass Segal sich genötigt sah, es auf einen Dampfer zurück nach Galveston zu setzen.

Sie waren noch keinen Monat in Camargo, da waren ihm schon zwei weitere Mädchen durch Krankheiten weggestorben. »So viele Krankheiten gab's da, das hat man noch nicht gesehen«, sagte Segal und blickte hoch zu dem Halbkreis von Reitern, die auf ihren Pferden saßen und ohne eine Spur von Mitgefühl auf ihn und den Neger hinabstarrten. Alle warfen den Mädchen Blicke zu wie Hunde, die nach frisch geschlachteten Fleischstücken äugen. Der Hurentreiber hatte schnell geredet, offensichtlich in der Überzeugung, dass er sich mit einem steten Wortfluss diese Männer vom Leibe halten konnte. Der Schwarze an seiner Seite wusste nicht, wo er hinsehen sollte.

Segal erzählte, Old Zacks Soldaten hätten den schlammigen und trägen Fluss für alles Mögliche benutzt, zum Pferdewaschen, Wäschewaschen und als Latrine, sodass der San Juan schnell zu einer Kloake geworden sei. Gleichzeitig holte man aus ihm auch das Trink- und Kochwasser für das Lager. Kaum ein Mann blieb vom Durchfall verschont, den die Soldaten den »Blues« nannten. Im Umkreis von fünf Meilen vom Lager gab es kein Entrinnen vor dem Gestank von Scheiße. Die häufigste Klage von Segals Huren war, dass Männer beim Vögeln das Bett beschmutzten. Täglich erkrankten Dutzende von Soldaten an Dysenterie, Gelbfieber, Masern, Typhus, weiß Gott was. Die Lazarettzelte waren immer überfüllt, und das Stöhnen drang Tag und Nacht durch das Lager. Bei jedem Sonnenaufgang und Sonnenuntergang wurden die Toten aus den Zelten geholt, auf Karren gehäuft und zum Friedhof geschoben. Jeder, der Augen hatte, sagte Segal, konnte sehen, dass in diesem gottverlassenen Land mehr Soldaten an Krankheiten starben als jemals von mexikanischen Klingen. Bis auf die zwei Mädchen, die krank geworden und gestorben waren, schienen seine übrigen Huren immun gegen alles zu sein, bis auf die üblichen Geschlechtskrankheiten.

»Als General Zack nach Monterrey aufbrach, sind wir mitgegangen«, sagte Segal, »und ich kann euch sagen, als unsere Jungs diese Stadt erst mal eingenommen hatten, ha'm wir bessere Geschäfte gemacht als je zuvor.«

Dominguez betrachtete den Hurentreiber, als wäre er eine faszinierende Verirrung der Natur, wie etwa ein sprechender Hund, doch die meisten Compañeros achteten kaum noch auf den Gringo, weil sie sich viel mehr für die lächelnden Mädchen interessierten, an die sie jetzt näher heranrückten.

Segal und seine Truppe waren dann Taylors Armee nach Saltillo gefolgt und boten den Jungs bei Buena Vista Erholung, und später kehrten sie in Taylors Schlepptau wieder nach Monterrey zurück. Aber inzwischen waren andere amerikanische Hurentreiber mit ihrem Gefolge erschienen, und der mexikanische Klerus beklagte lautstark, dass die Yankee-Buhlschwestern eine Schande für ihre edle Stadt seien. Weil ihm an guten Beziehungen zur örtlichen Bevölkerung gelegen war, verwies Old Zack sämtliche amerikanische Huren und ihre Zuhälter der Stadt. Einige der Etablissements richteten sich in Zelten knapp außerhalb der Stadt ein, doch Segal hatte gehört, dass Taylor als Nächstes nach Victoria marschieren würde, und wollte mit seiner Truppe zu den Ersten gehören, die dort ankamen. Anstatt die viel bereiste Monterrey-San-Luis-Straße nach Salado zu nehmen und dann durch den Pass nach Victoria zu queren, wählte Segal eine Abkürzung über Linares und das offene Land südlich davon. Sie hatten sich schon seit über einer Woche über diese Ebene geschleppt, als sich das Maultier noch keine Stunde zuvor das Bein gebrochen hatte. Er betrachtete das verletzte Tier mit finsterem Blick, das jetzt schwer atmete und die weißen Augen rollte.

»Porqué no han matado esa mula?« sagte Dominguez.

»Wieso hast du das Maultier da nicht erschossen?« fragte Spooner den Hurentreiber.

»Haben wir uns gerade überlegt, ich und der Äthiopier, als ihr Burschen aufgetaucht seid. Wir ha'm gedacht, vielleicht …«

»Chingados!« fauchte Dominguez. Er zog seinen Colt und schoss dem Maultier zweimal in den Kopf, und der Hurentreiber zuckte zusammen und die Pferde scheuten, als das tote Maultier in seinem Zugriemen zu Boden krachte. Die Mädchen kreischten und drängten sich enger aneinander.

Dominguez spuckte aus und steckte seinen Colt wieder in den Gurt. »Dijo que eran ocho«, sagte er. »Donde están las otras?«

»Du hast gesagt, es sind acht«, sagte Spooner zu Segal, »aber wir zählen bloß sechs von diesen kleinen süßen Dingern hier.«

»Zwei sind krank geworden, bevor wir letztes Mal Monterrey verlassen haben«, sagte Segal, noch schneller als zuvor. »Haben wochenlang in diesem Pesthaus in Camargo gearbeitet, und keine von beiden hat auch nur ›Hatschi‹ gesagt, und dann werden beide plötzlich krank wie Hunde und kotzen und scheißen ständig und machen 'ne stinkige widerliche Schweinerei, also hab ich die beiden in den andern Wagen da getan, wo sie allein sind. Ich lass den Nigger hier fahren und hab gehofft, dass keins der andern Mädchen sich was von denen da einfängt. Aber ich schwöre, ich bin drauf und dran, die beiden irgendwo am Straßenrand zurückzulassen, weil ich kein verfluchter Krankentransport bin oder 'n Totenkarren ...«

»Ist irgendeine von den Süßen hier krank?« fragte Spooner. Er lächelte die Mädchen an. Sie grinsten den Compañeros zu und ließen ihre Röcke im Wind hochwirbeln, der ihre Schenkel entblößte, und verschränkten die Arme unter den Brüsten, um sie in den tief ausgeschnittenen mexikanischen Blusen schwellen zu lassen.

»Diese Mädchen hier? Nein, Sir, keine von ihnen«, sagte Segal. Er sah zu seinen Mädchen und dann zurück zu Spooner und lächelte, als ahnte er plötzlich, dass diese Episode nicht nur überlebt werden, sondern auch noch profitabel sein könnte. Edward sah ihn verwundert an. Die neue Zuversicht dieses Mannes erschien ihm verrückt.

»Sie sind robust und sehen auch noch gut aus, diese Mädels«, sagte Segal, »keine unsaubere in dem ganzen Haufen, und jede ist besser als ...«

Dominguez brachte sein Pferd vor, das Pony schnappte nach dem Gesicht des Zuhälters wie ein übellauniger Hund, und Segals Lächeln verschwand, als er zurückwich. Der Jefe winkte eine große Rothaarige heran, der er Augen gemacht und die zurückgelächelt hatte. Das Mädchen trat hervor und nahm seine angebotene Hand, und ihre Oberschenkel blitzten weiß unter ihrem hochgewehten Rock, als er sie hinter sich aufs Pferd schwang. Ein Blick zwischen ihm und Pedro Arria, und dann wendete Dominguez sein Pferd und ritt in leichtem Galopp zu einigen Mesquite-Bäumen etwa fünfzig Yards entfernt. Dort hielt er an, stieg mit dem Mädchen ab und zog es in das spärliche Chaparral.

»Yo no soy tan modesto como el jefe«, sagte ein Compañero namens Julio, als er aus dem Sattel glitt, den Blick auf eine Dunkelhaarige gerichtet, die ihm zulächelte und standhielt, als er sich näherte. »Aquí mismo me sirve bien.« Er packte den Arm der Frau und zog sie an sich, und ihr Lächeln verschwand, als er ihre Bluse aufriss und ihre Brüste entblößte.

»Hey, ruhig, Amigo!« sagte der Hurentreiber. Sein Protest ging im Johlen der Compañeros unter. Die Frau versuchte, sich zu befreien, doch der Bandit verdrehte ihr den Arm und zwang sie auf die Knie und hielt sie mit einer Hand fest, während er mit der anderen seine Hose aufknöpfte. Die Compañeros lachten und stiegen ab und gingen auf die anderen Frauen zu, die jetzt alle mit großen angstgeweiteten Augen mit dem Rücken am Wagen standen.

Der Hurentreiber griff nicht nach seiner Pistole, sondern hob nur besänftigend die Hände in die Luft und rief wie ein Marktschreier: »Sachte, Jungs, sachte! Machen wir das doch auf ordentliche Art! Bildet einfach 'ne Reihe bei dem Wagen hier und haltet euer Geld bereit und …«

Pedro Arria trat mit breitem Grinsen zu ihm und legte ihm wie ein alter Freund eine Hand auf die Schulter. In seiner anderen Hand erschien ein Green-River-Messer, und ohne sein Lächeln zu verlieren, stieß er Segal das Messer bis zum Heft ins Herz. Der Mann war bereits tot, als er umfiel. Der Schwarze drehte sich um und rannte los, doch zwei Compañeros schossen ihm in den Rücken, und der Mann brach zusammen. Ein paar Sekunden lang suchten seine Füße nach Halt im Sand, dann bewegten sie sich nicht mehr.

Die Compañeros stürzten sich jetzt auf die Frauen, und es folgten wilde Ausschweifungen des Fleisches auf dieser sandverwehten Ebene. Sie wechselten sich damit ab, die Frauen festzuhalten, während sich ihre Kameraden, die Hosen um die Stiefelränder verknäult, mit entblößtem Hintern auf sie stürzten. Dominguez kehrte mit der Rothaarigen zurück, ihre Haare zerzaust, ihr Mund blutig, und sofort griffen sie sich zwei Compañeros. Die meisten Huren waren mit den brutalen Seiten des Gewerbes vertraut und ertrugen ihre Schändung ohne viel Klagen. Alle sollten die gewalttätigen Heimsuchungen jenes Nachmittags überleben, doch zwei von ihnen erkrankten noch vor dem Sommer und starben, eine sollte ein Jahr später bei einem Hotelbrand in San Antonio umkommen und eine, von Pocken entstellt, den Rest ihrer Tage in einem Pesthaus in Ost-Texas verbringen. Die Rothaarige kehrte nach Saint Louis zurück und bezirzte binnen weniger Monate einen wohlhabenden, silberhaarigen Schuhfabrikanten, der beim hochzeitsnächtlichen Liebesakt an Herzversagen starb, und danach wurde sie eine Dame von Welt und eine Mäzenin der Künste und führte ein Leben vornehmster Behaglichkeit bis ins nächste Jahrhundert hinein.

Der Wind ließ nach und erstarb dann ganz, während die Compañeros sich bis in den späten Nachmittag mit den Frauen vergnügten. Doch jetzt ließ Edwards Interesse nach, und er zog seine Hose hoch und begann den Leitwagen zu durchstöbern. Dort fand er ein verschlossenes Glas Pfirsiche in Sirup. Gerade als er das Glas aufmachte, gesellte sich Spooner zu ihm. Sie teilten sich die Pfirsiche und machten sich auf, um zu sehen, was in dem anderen Wagen zu finden war.

Spooner schob die Plane beiseite, und der Gestank aus der Dunkelheit war ein überwältigendes und widerwärtiges Gemisch von Körperausscheidungen und sterbendem Fleisch, das ihnen Tränen in die Augen jagte. Sie wichen vom Wagen zurück, rotzten und spuckten und rieben sich Augen und Nase. »Guter Gott«, sagte Spooner. Sie banden sich Tücher um Mund und Nase, zogen wieder die Plane zurück und spähten über die Wagenlade ins Innere und sahen die beiden Frauen, von denen der Hurentreiber gesprochen hatte.

Sie lagen nackt auf Decken, die mit ihren Ausscheidungen beschmutzt waren. Im trüben Licht konnten Edward und Spooner lediglich sehen, dass die eine dunkelhaarig und die andere blond war.

Sie ließen die Wagenlade herunter und zogen die Brünette an den Fersen heraus, und Edward spürte die Steifheit in ihren Sehnen und wusste, dass sie tot war, noch bevor sie ihren aufgedunsenen Bauch sahen und die Ameisen, die in Augen und Mund wimmelten. Sie ließen sie sanft auf den Boden herab, um nicht die aufgestauten Gase in ihr zu erschüttern. Dann holten sie die andere heraus und sahen, dass sie noch lebte.

Sie war bis auf die Knochen abgemagert und mit Dreck verkrustet. Ihre Augen waren rote Schlitze, zusammengezogen gegen das Licht des späten Nachmittags. Ihr blassgelbes Haar war eine stinkende, wirre Mähne. Edward kniete neben ihr und sah ihre Augen von Spooner zu ihm wandern und dann wieder zu ihm zurück. Sie atmete durch den teilweise geöffneten Mund, in dem ein abgeschlagener Vorderzahn sichtbar war. Eine weiße Rasiermessernarbe folgte der Linie ihres Kiefers vom Ohr bis zum Kinn. Ihre blau geränderten Augen streiften über sein Gesicht, und ihre kleinen Brüste hoben sich, als sie einen tiefen Atemzug tat. Ein kleiner erstickter Laut entfuhr ihr aus der Tiefe ihrer Kehle.

»Gott verdamm mich«, sagte Spooner und musterte sie. »Ich glaub, ich kenn dieses kleine Ding hier. Hab mich vor einem Jahr in Galveston mit ihr vergnügt, oder ich will ein streifarschiger Affe sein. Damals sah sie erheblich besser aus. Hat gesoffen wie'n Fisch, aber hab 'nen Haufen Spaß mit ihr gehabt. Teufel, bin drei Nächte hintereinander zum selben Haus gegangen und hab mich mit ihr vergnügt. Ich sag dir, ich hab das Mädchen richtig gut gekannt, aber ich will verdammt sein, wenn mir ihr Name noch einfällt.«

»Margaret«, murmelte Edward und dachte: *Sie hat gelogen, hat gelogen, hat gelogen!*

»Nein«, sagte Spooner und starrte hart auf das halb tote Mädchen, »das war's nicht. Jeannie … Janey … Julie, mehr so in die Richtung.«

Gottverdammte verrückte Schlampe. Ich hab gewusst, dass sie lügt, und das hat sie auch, gelogen, und lieber Gott, sieh nur, was draus geworden ist, sieh nur. Weil sie gelogen hat, gelogen, gelogen …

Ihr Blick blieb auf Edward geheftet und ihre Augen glommen feucht. Sie machte Anstalten, als wolle sie die Hand nach ihm ausstrecken, doch der Schmerz der Anstrengung war deutlich auf ihrem Gesicht zu sehen, und sie stöhnte und stieß einen langen Seufzer aus und schloss die Augen. Edward ergriff ihre Hand und hob sie an seine Lippen und hielt sie dort.

»He, Partner«, sagte Spooner, verwirrt und unsicher, ob er das lustig finden sollte. »Was geht hier vor, zum Teufel?«

Edward sagte nichts und sah ihn auch nicht an.

Spooner betrachtete ihn einen Moment lang und sagte dann: »He, Eddie«, in einem anderen Ton. Edward ließ den Blick auf die Frau gerichtet, hielt ihre Hand an seine Lippen gedrückt. Nach einer Weile ging Spooner fort.

Etwas später öffnete das Mädchen wieder die Augen und sah ihn an, und ihre Hand drückte gegen seinen Mund mit nicht mehr Kraft als der eines jungen Vogels. Sie versuchte zu sprechen, brachte aber nur ein leises Krächzen hervor. Ihr Atem ging schwer. Sie schob ihre schwärzliche Zunge über ihre Lippen und versuchte es wieder. »Was … haben sie … mit dir … gemacht.« Ihre Augen wurden feucht, und Tränen zogen dünne blasse Spuren über die Seiten ihres Gesichts.

Seine Kehle fühlte sich an, als würgte ihn jemand. Ihr Gesicht verschwamm, und er wischte sich die Tränen aus den Augen. Seine Hand umfasste ihre Hand noch fester, doch er lockerte sofort seinen Griff aus Angst, er könnte ihre Knochen zerbrechen.

»Ward«, krächzte sie. »Ward.« Ihre Finger übten kaum spürbaren Druck auf seine Lippen aus, dann schlossen sich ihre Augen wieder.

Er beobachtete das Heben und Senken ihrer Brüste, und für den Rest seines Lebens würde er sich nicht erinnern, was er in diesem Moment gedacht hatte, oder ob er überhaupt etwas gedacht hatte. Der Himmel brannte im Westen mit den Überresten des Tages. Zwei Compañeros kamen und trugen das andere Mädchen fort. Dominguez erschien im Zwielicht und setzte sich wortlos neben ihn. Nach einer Weile stand er auf und ging weg.

Dunkelheit senkte sich über das Land. Er wurde sich undeutlich eines Lagerfeuers in der Nähe des Leitwagens bewusst und der Bewegungen von Schatten und Silhouetten. Er roch Essen und hörte leise Stimmen und den verhaltenen Gesang eines Compañero. Dann ertönten wieder Schreie von Frauen, die meisten klangen jetzt eher lustvoll als schmerzlich.

Er fragte sich, ob sie noch einmal die Augen öffnen würde. Er konnte es im Dunkeln nicht sehen und überlegte, ob er eine Fackel holen und sie in den Sand neben ihr stecken sollte, damit er ihr Gesicht sehen konnte, entschied sich dann aber dagegen, weil er nicht eine Sekunde von ihr getrennt sein wollte, solange sie noch lebte. Noch wollte er, dass irgendjemand anders sie betrachtete. Weil er jetzt nicht sehen konnte, ob sie atmete, legte er seine Finger auf ihre geöffneten Lippen und spürte dort ihren unbestimmten warmen Atem. Er merkte, wie er schwächer wurde, bis er ihn beinahe überhaupt nicht mehr spürte. Dann war er weg, aber er hielt noch eine Weile länger seine Finger auf ihren Lippen, bis er fühlte, wie sie kühler wurden, und da wusste er, dass sie tot war.

Beim ersten Licht zog er sein Hemd aus und bedeckte ihre Blöße, ging dann zum Wagen und fand dort eine Schaufel, mit der er ihr Grab am Fuß einer sandigen Anhöhe etwa fünfzig Yards entfernt aushob. Fredo und Spooner kamen, um zu fragen, ob sie helfen konnten, doch weder antwortete er ihnen, noch sah er sie an, und sie zogen sich zurück. Als das Loch tief genug war, um den Aasfressern zu trotzen, brannte der Himmel rot über der fernen östlichen Bergkette. Er ging zum Wagen und hob sie auf und hielt ihre magere Gestalt behutsam an sich gedrückt und atmete tief ihre ganze sterbliche Wahrheit ein. Dann trug er sie zum Grab, legte sie hinein und begrub sie. Danach machte er sich auf die Suche nach großen Steinen, und als er das Grab mit ihnen bedeckt hatte, war er fertig.

Er hatte sich überlegt, sich bei den Huren zu erkundigen, was sie über sie wussten, wo sie gewesen war, was sie getan hatte und worüber sie gesprochen hatte, beschloss dann aber, dass das Wahnsinn wäre. Er hatte alles gesehen, was es zu wissen gab, es im sterbenden Licht des Vortages gesehen, es gesehen und gerochen und gespürt unter seinen Fingern und es bei diesem Sonnenaufgang begraben. Was gab es noch zu wissen, das eine Rolle spielen könnte?

Die Huren standen um die qualmenden Überreste des Lagerfeuers herum, wieder bekleidet und die Arme gegen die Morgenkälte verschränkt, und beobachteten, wie die Compañeros die Wagenmaultiere ihrer Herde zufügten. Ein paar Mädchen fragten, wie sie denn ohne Maultiere jemals hier wegkommen sollten, doch die Männer beachteten sie nicht.

Keiner seiner Kameraden befragte ihn weder da noch später über das Mädchen. Dominguez gab ihm ein Hemd zum Anziehen, und Chucho brachte ihm sein gesatteltes Pferd. Er stieg auf und warf einen letzten Blick zurück auf den Steinhaufen, den er in dieser einsamen Einöde errichtet hatte. Dann trieb er sein Pferd voran und ritt mit seinen Compañeros davon.

In jener Nacht und in vielen, die folgten, träumte er von ihr. Sah sie auf der Veranda zu Hause lachen und ihre Beine auf das Geländer legen, sah sich und seinen Bruder unter ihr Kleid bis hinauf zu ihrer Baumwollunterwäsche gucken. Sie lächelte schelmisch, griff hinunter und zerzauste seinem Bruder das Haar, und sein Bruder errötete und fuhr schnell mit dem Rücken seiner Hand die Unterseite ihres Beines entlang, riss dann seine Hand zurück und errötete noch heftiger.

Und er träumte auch von Daddyjack, der auf Maggie zeigte, ihn angrinste und gackerte: »Hab's dir doch gesagt, gleiches Blut findet sich immer! Hab's dir doch gesagt!«

24

Sie ritten die Pässe hinauf in die Sierra de Tamaulipas und stiegen den östlichen Hang auf den Kiefernwaldserpentinen hinab und kamen auf die Tierra Caliente der Golfküstenebene hinaus. Die Luft wurde feucht und schwer und roch nach Salz und Sumpfland. In der Hafenstadt Tampico sahen sie überall amerikanische Soldaten und Matrosen, die sie und ihre halbwilden Ponys und ihre ganze stinkende Erscheinung mitsamt ihrem rasselnden Waffenarsenal argwöhnisch betrachteten, aber niemand stellte sich ihnen entgegen. Auf jeder Plaza erklang das Zupfen und Geklimper von Marimba-Musik. Sie betraten ein Restaurant, aus dem ihr Gebaren und ihr Gestank einen Großteil der Gäste vertrieben. Vier nervöse Polizisten kamen herein und setzten sich an einen Tisch neben der Tür und sahen zu, wie sie sich laut schmatzend an Krabbenscheren, Schellfisch und Schildkrötensteaks satt aßen. Als die Bande ihr Mahl beendet hatte, trabte sie mit rasselnden Waffen wieder hinaus, ohne die sitzenden Polizisten eines Blickes zu würdigen.

Sie gingen zu einem Baño, das den Hafen überblickte, und badeten in großen Blechwannen. Danach wies jede Wanne einen dicken, schaumigen, rosagrauen Belag blutigen Drecks auf. Und dann zog sich jeder mit einem Mädchen in ein Zimmer zurück.

Edward wurde von einer jungen Mestizin bedient, der sein vernarbtes Gesicht nichts auszumachen schien, aber sie erbleichte, als er seinen entstellten Schädel entblößte, und so band er sich das Kopftuch wieder um. Ihre Haut war glatt und honigfarben, ihre Augen schwarz wie eine Regennacht. Sie roch nach feuchtem Gras und Erde.

Sie saß rittlings auf ihm und bewegte geschmeidig ihre Hüften, als ein Mann in der weißen Baumwollkleidung eines Peón durch die Tür krachte und »Puta!« kreischte und mit einer Machete nach ihr ausholte. Er hackte auf ihre erhobenen Arme und Schultern ein, und Blut spritzte gegen die Wände, und selbst durch die Schreie des Mädchens hindurch hörte Edward die Machete auf Knochen treffen, als er versuchte, sich unter ihr zu befreien und vom Bett zu entkommen. Die Klinge spaltete ihren Hals, und Blut sprühte gegen die Decke, und dann war Edward auf ihm und verdrehte ihm den Arm, und die Machete fiel klirrend zu Boden. Er schlug auf den Mann ein, bis dieser in die Knie ging, schnappte sich die Machete und wollte ihm gerade den Kopf abschlagen, als er von hinten von mehreren Männern überwältigt wurde, die ihm die Waffe entwanden und die Arme auf den Rücken rissen. Eine aufgeregt schnatternde Menge hatte sich an der Tür des winzigen Zimmers versammelt. Dominguez erschien, bellte einen Befehl, und Edward wurde sofort freigelassen.

Blut tropfte von der Decke, überzog die Wände, nässte den Boden und saugte das Bett voll, wo das Mädchen beinahe geköpft dalag, die toten Augen weit aufgerissen. Der Mörder schluchzte, als er von Polizisten abgeführt wurde. Jetzt erfuhr Edward, dass das Mädchen neu im Gewerbe war und erst seit ein paar Wochen in dem Haus gearbeitet hatte, und dass der Mann, der sie getötet hatte, ihr Bruder war. Er war drei Tage zuvor erschienen, um sie zum Dorf ihrer Familie in den Bergen zurückzuholen, aber sie hatte sich geweigert mitzugehen. Als er versuchte, sie hinauszuschleppen, hatte der Hauswächter ihn hinausgeworfen. Seitdem hatte er in den

 Cantinas des Viertels getrunken und murmelnde Selbstgespräche geführt, offenbar ratlos, was er tun solle. Heute hatte er einen Entschluss gefasst.

25

Sie stiegen die Sierra Madre hinauf und ritten in kalte blaue Wolken hinein, die die Bäume in Geistergestalten verwandelten. Der Pfad wurde schmaler, je höher er anstieg. Die steilen Felshänge waren dunkel und glatt. Sie ritten hintereinander, ihre Gewehre über die Sattelknäufe gelegt, und sprachen tagelang kaum ein Wort, während die Hufe ihrer Pferde gegen Steine klackten, Gebissstangen klirrten und Sättel ächzten. Vögel pfiffen und flogen aus den Bäumen, Hirsche sprangen über den Pfad, und kleine Tiere raschelten im Gebüsch. Der Sonnenuntergangshimmel sah aus wie marmoriertes, frisch geschlachtetes Fleisch. Wölfe heulten wie elendige Seelen.

Eines Vormittags trafen sie auf einen Lastenzug, der nach Pachuca an der Küste unterwegs war. Der Vorreiter hielt sein Pferd an und grinste ihnen zu. Er nahm seinen Sombrero ab und bedeckte damit seine Gürtelpistole. Dominguez wartete nicht ab, ob er nach seiner Waffe greifen würde, sondern zog einfach seinen Colt und schoss ihm ins Gesicht. Der Mann kippte aus dem Sattel, rollte vom Pfad hinab und stürzte in die neblige Leere. Die anderen Männer waren noch dabei, ihre Gewehre abzunehmen, als die Bande sie in einer donnernden Salve niederschoss, die die Canyonwände hinunterhallte. Sie töteten auch alle Maultiertreiber bis auf drei, die in den Wald entkamen. Die Compañeros erbeuteten Taschen mit frisch geprägten Silbermünzen und fünfzig Maultiere, die mit Kaffee beladen waren. Tiere und Fracht verkauften sie einem Händler in Tulancingo, der keine Fragen stellte.

Sie setzten ihren Weg durch die Sierra weiter fort und ritten ohne Hast Richtung Süden. Eine Woche später entdeckten sie eine mexikanische Armeepatrouille, die langsam den Berghang hinter ihnen heraufzog. Sie legten einen Hinterhalt zu beiden Seiten eines engen Passes und nahmen die Patrouille ins Kreuzfeuer, bei dem die Hälfte der Kavalleristen zu Boden ging, noch ehe der Rest sich zurückziehen konnte. Sie sammelten die Tiere und Waffen der ge-

fallenen Soldaten ein und setzten ihren Weg weiter nach Jalapa fort.
Ein paar Meilen nördlich dieser Stadt trafen sie auf einen Guerilla-Anführer, einem Ranchero namens Lucero Carbajal, den Dominguez seit seiner Kindheit kannte, und verkauften ihm die Maultiere und alle ihre zusätzlichen Pferde und Waffen und aßen dann mit ihm zusammen in seinem Lager.

Dominguez wollte Jalapa besuchen, ein wunderschöner Ort voller Gärten und Apfelsinenbäume und prachtvollem Klima. Aber Carbajal warnte ihn davor. Einen Monat zuvor hatte General Scotts Armee Santa Annas Truppen in einer erbitterten Schlacht bei Cerro Gordo, an die fünfzehn Meilen nordwestlich von Jalapa, aufgerieben, und die mexikanischen Verbände waren in heilloser Flucht um ihr Leben gerannt. Der Napoleon des Westens selbst war auf seinem Holzbein vom Schlachtfeld geflüchtet und soll schließlich in Orizaba eingetroffen sein, um dort seine Armee zur Verteidigung von Mexiko-Stadt umzubilden. Scotts Armee war jetzt sowohl in Jalapa als auch in Puebla verschanzt, und in den Cantinas war nur noch die Rede von den Vorbereitungen der Gringos für ihren Marsch auf die Hauptstadt. Der einzige wirkliche Widerstand, der sich den Gringos zwischen Puebla und Mexiko-Stadt stellte, sei laut Carbajal jener der Ranchero-Banden, die von solchen Männern wie ihm selbst angeführt wurden, von Padre Colombo Bermejillo, Anastasio Torrejón und José Miñon. Sie alle hatten den Yankees mit Überraschungsangriffen auf ihre Nachschubzüge und mit Heckenschützenbeschuss auf ihre Kolonnen zugesetzt. Sie hängten sich regelmäßig an die Gringo-Patrouillen, töteten die Nachzügler und verstümmelten ihre sterblichen Überreste, um deren Kameraden Angst zu machen. Doch trotz der anhaltenden Guerilla-Überfälle der Rancheros hatte der Sieg der Amerikaner bei Cerro Gordo ihren Weg nach Mexiko-Stadt freigemacht, und der Krieg würde mit Sicherheit bald die Hauptstadt erreichen.

Die Yankees waren nicht das einzige Problem, sagte Carbajal. Die Alcaldes von Jalapa und Puebla hatten den Gringo-Kommandeuren gesagt, dass die meisten der lokalen Ranchero-Banden nichts weiter als Bandidos seien, die versuchten, sich unter dem Banner des Patriotismus zu bereichern. Die Deckskerle hatten den Gringos eine Liste von Namen gegeben. Sie alle standen auf dieser

 Liste, sagte Carbajal aufgebracht – er selbst, Dominguez, Bermejillo, Torrejón – alle. Er wusste, die Einheimischen hassten sie, weil sie Banditen waren, und wollten sie alle tot sehen oder zumindest hinter Gittern, aber er hätte nie gedacht, dass sie sie so sehr hassten, dass sie sich an die gottverdammten Yankees um Hilfe wandten. Dominguez lächelte über den Rand seines Tequila-Bechers und sagte, es sei in der Tat erstaunlich, dass manche Leute einen Banditen nur hassten, weil er ab und zu ein paar ihrer Freunde und Nachbarn ausraubte und tötete. Carbajal grinste zurück und zuckte die Achseln. Er sagte, die Einheimischen wussten, dass Dominguez und seine Bande wieder in der Region waren, weil zwei überlebende Maultiertreiber des Pachuca-Lastenzuges von dem Überfall und dem Mord an den Wachen und den anderen Treibern berichtet hatten. Es wurde weithin angenommen, Dominguez sei auf dem Weg in seine Geburtsstadt, und sowohl die örtliche Polizei als auch die Yankee-Armee hielten nach ihm Ausschau. Es wäre unklug, sich in Jalapa blicken zu lassen, riet Carbajal ihm, und noch riskanter, in Puebla zu erscheinen.

Dominguez zuckte die Achseln und dankte ihm für die Auskunft und den Rat. Und dann verteilten sie Flaschen an ihre Compañeros, und es folgte ein Abend des Trinkens und Singens, und die zwei Anführer erzählten Geschichten von den alten Zeiten, als sie noch junge Burschen waren, die gerade als Banditen begannen. Schon vor Tagesanbruch waren Dominguez und seine Bande wieder zu Pferde unterwegs.

26

An einem leuchtenden Spätnachmittag kamen sie durch einen hohen Pass, und unter ihnen erstreckte sich Puebla. Sie hielten ihre Pferde auf einem hohen Kamm an, der die Stadt überblickte, und lauschten dem Läuten von Kirchenglocken. Dominguez seufzte und sagte: »Ay, que linda ciudad!« Jenseits der Stadtgrenze erhob sich der Presidio von Loreto, über dessen Toren die amerikanische Flagge wehte, und einige wenige Compañeros fluchten mit zusammengebissenen Zähnen, doch die meisten waren gegenüber der einen Flagge ebenso gleichgültig wie gegenüber der anderen und zuckten die Achseln über den Zorn ihrer Kameraden.

Dominguez trieb sein Pferd den Pfad hinunter, und die Gesellschaft folgte ihm.

Es war Mexikos zweitgrößte Stadt und die sauberste, die Edward in seinem Leben sehen würde. Die Straßen waren makellos mit Kopfsteinen gepflastert und von Bäumen beschattet. An jeder Plaza standen Kirchen und Klöster, die mit buntglasierten Kacheln geschmückt waren. Auf der zentralen Plaza erhob sich die imposante Kathedrale der Unbefleckten Empfängnis, die zweihundert Jahre zuvor von den Spaniern erbaut worden war. Es war Sonntagmittag, und die letzten Messen des Morgens waren gerade zu Ende gegangen. Die Straßen und Plätze waren voll mit Leuten in ihren besten Kleidern und Priestern und Nonnen in wogenden schwarzen Roben und Habits. Fredo Ruiz, der die katholische Kirche als persönlichen Feind verabscheute, besah sich die Menge von Geistlichen und spuckte aus. »La Roma de Mexico«, fauchte er.

Auf den Plazas, die funkelnde Springbrunnen zierten, herrschte rege Betriebsamkeit. Musikkapellen spielten, und Feuerschlucker, Jongleure und Clowns vom örtlichen Zirkus gaben ihre Kunststücke zum Besten. Straßenverkäufer boten frisches Obst und Tamales, auf Kohlen gebratenes Fleisch und Kitsch feil. Gäste bevölkerten die Arkadengeschäfte und Cafés. Und überall sahen sie Yankee-Soldaten. Die meisten schlenderten staunend über die ehrwürdige Schönheit der Stadt durch die Straßen und blickten mit offenem Mund den schönen Mädchen nach, die ihnen über ihren Spitzenfächern zulächelten, während sie von ihren böse blickenden Dueñas weitergescheucht wurden. Die Yankees beachteten die Bande nicht, doch in den Schatten der Arkaden gab es einige, die aufmerksam hinsahen, als die Compañeros vorbeikamen, und den Banditen Dominguez und ein paar andere Reiter erkannten und ihre Bewaffnung in Augenschein nahmen. Und dann folgten sie ihnen in einiger Entfernung.

Sie brachten ihre Pferde in einem Mietstall abseits der Hauptplaza unter und wuschen sich dort gründlich, kauften sich dann neue Kleidung bei einem Kurzwarenhändler und ließen sich rasieren, pomadisieren, frisieren und pudern. Ihre Gewehre verstauten sie bei ihren Pferden, doch jene, die ihnen folgten und sie beobachteten, bemerkten, dass jeder von ihnen ein Paar Colts unter der

 Jacke trug. Sie setzten sich zum Essen an einen Bankettisch in einem feinen Restaurant, wo Dominguez mehrmals manche seiner weniger kultivierten Kameraden wegen ihrer schlechten Manieren mit einem Zischen zurechtweisen musste. Sie zogen viel verstohlene und murmelnde Aufmerksamkeit von den anderen Tischen auf sich, und viele Compañeros freuten sich darüber, jedoch nicht Edward, der das Gefühl hatte, dass es die Art von Aufmerksamkeit war, die eine Kuriositätenschau erregt, und die meiste war auf ihn gerichtet wegen des Tuchs um seinen Kopf. Er war versucht, es zu entfernen und den Gaffern wirklich etwas zum Tuscheln zu geben, aber er verkniff es sich.

Anschließend begaben sie sich zur Corrida und kauften Schattenplätze, tranken Bier und feuerten jene Matadore an, die den Hörnern der Stiere am kühnsten trotzten, und jubelten auch den Stieren zu, die gut kämpften und ebenso starben. Die wenigen Matadore, deren Unfähigkeit oder Angst ein peinliches Schauspiel bot, was als Beleidigung für einen edlen Stier verstanden wurde, überschütteten sie mit Spott und Verwünschungen. Mehrere Compañeros schlossen sich anderen angewiderten Aficionados an und schleuderten Becher voller Pisse hinunter auf diese Schande für die Kunst eines Matadors. Es war das erste Mal, dass Edward die Pracht und die Blutrituale der Corrida erlebte, und die guten Kämpfe erregten ihn auf eine Art, wie er sie seit seiner Kindheit in Georgia nicht mehr erlebt hatte, als er Zeuge gewesen war, wie Daddyjack Tom Rainey erstach. Jedes Mal wenn er zusammen mit der Menge »Ole!« brüllte, wenn der Stier auf das wirbelnde Tuch des Matadors zustürmte und seine Hörner die Vorderseite dessen geschmückter Jacke streiften, spürte er eine gespannte Erregung bis hinunter in seine Eier.

Als sie die Plaza de Toros verließen und in das Zwielicht des frühen Abends hineingingen, waren die Compañeros alle leicht betrunken und gierten nach Frauen. Dominguez sagte, La Mariposa sei das beste Haus der Stadt, doch Pedro Arria, der auch ein Poblano war, meinte, Las Flores Picantes sei besser. Eine Hälfte der Männer wollte zu dem einen, die andere zu dem andern. Dominguez sagte, er würde sie alle am nächsten Nachmittag auf der Hauptplaza treffen, und ging dann alleine los.

»Wo geht *er* denn hin?« fragte Edward seinen Landsmann.

»Wahrscheinlich seine Frau besuchen«, sagte Spooner. Er lachte bei dem Blick auf Edwards Gesicht. »Teufel, mein Junge, der alte Manuel war schon verheiratet, als ich ihn kennengelernt hab. Seit vier Jahren, glaub ich. Sie heißt Laura. Hab sie selber noch nie gesehen, aber einige der Jungs schon, und sie sagen, sie ist 'ne richtige Schönheit. Weißt du, was sein großer Kummer ist? Er und seine Frau haben keine Kinder. Erzählt mir, sie probieren's wie der Teufel, jedes Mal wenn er heimkommt, aber ha'm bis jetzt einfach kein Glück gehabt.«

Spooner ging mit Pedro und seiner Gruppe fort, um sich im Las Flores zu vergnügen, und Edward und Chucho und der Rest machten sich auf den Weg zum La Mariposa. Als sie an der lampenbeleuchteten Hauptplaza vorbeikamen, blieben sie stehen, um die hübschen Mädchen zu bewundern, die in der Begleitung ihrer Dueñas beim Abend-Paseo promenierten. Eine Blechkapelle spielte fröhlich, während die Frauen in eine Richtung um die Plaza schlenderten und die Männer in die andere, und wenn sie aneinander vorbeikamen, lächelten sie und warfen einander abmessende Blicke zu. Der Mond leuchtete weiß durch die Bäume. »Andale«, sagte Chucho nach einer Minute. »Estas hermosas me tienen de rabia por una mujer. Vámonos!« Sie verließen die Plaza und gingen zwei Häuserblocks weiter, bogen in eine lange dunkle Gasse und kamen zum La Mariposa.

27

Edwards Mädchen war ein aufreizendes, doch missmutiges Frauenzimmer, das sich verhielt, als wäre der Akt eine Zumutung. Als er mit ihr fertig war, wollte er nicht verweilen und kleidete sich an, während sie eine dünne Zigarre rauchend nackt auf der Seite lag und ihn mit verschleiertem Blick beobachtete. Doch wollte er auch nicht, dass sich die Compañeros über ihn lustig machten, weil er zu schnell fertig war, und so drehte er sich eine Zigarette und setzte sich aufs Bett und rauchte. Das Zimmer war klein und von einer einzigen Kerze erleuchtet, und der Tabakqualm kräuselte sich blau und heftete sich wie ein Netz an die Decke. Beide schwiegen. Als die Zigarette auf einen Stummel heruntergеbrannt war, zerdrückte er sie unter seinem Stiefel, ging hinaus und machte die Tür hinter sich zu. In dem Moment kam Chucho aus einem anderen Zimmer weiter unten im Gang. Sie grinsten sich zu und gingen die Treppe hinunter, und auf dem mittleren Treppenabsatz blickten sie in die Mündungen von einem Dutzend gespannter Gewehre, die vom hell erleuchteten Salon aus auf sie gerichtet waren. Einige der Schützen trugen Polizeiuniformen, andere nicht.

»No se muevan, carajos«, sagte ein Mann mit einer erhobenen Pistole in der Hand. Er war der Polizeichef, und von seiner Autorität zeugte allein schon seine Uniform, die aufwendigste im Raum, gekrönt von einer steifen hohen Mütze, an deren Vorderseite ein silbernes Abzeichen prangte. Zwei seiner Schergen kamen argwöhnisch die Treppe herauf, nahmen Edward und Chucho ihre Colts ab und schoben sie die restliche Treppe hinab. Sie wurden gezwungen, sich auf ihren Händen auf den Boden zu setzen, den Rücken zur Wand. Der Polizeichef sagte ihnen, sollten sie auch nur ihr Gewicht verlagern, würden sie wegen Fluchtversuch erschossen. Er untersuchte ihre Colts und lächelte, gab seine Steinschlosspistole einem Adjutanten, spannte einen Revolver in jeder Hand und wandte seine Aufmerksamkeit wieder dem Treppenabsatz zu.

Einige Minuten später erschien Cisco auf dem Treppenabsatz, und seine Miene verdunkelte sich beim Anblick der schussbereiten Gewehre. Er streckte die Hände hoch, wurde entwaffnet und neben Edward und Chucho auf seine Hände gesetzt. Auf diese Weise wurden alle Compañeros im La Mariposa verhaftet. Alle bis auf Gustavo den Seminaristen, der sein Geschäft mit den Mädchen immer als Letzter beendete, weil er, nachdem er sich an ihnen befriedigt hatte, immer versuchte, sie dazu zu bekehren, das Hurendasein aufzugeben. Als er schließlich zum Treppenabsatz herunterkam und die Schützen sah und der Polizeigeneral sagte: »No te mueves, cara …«, griff er nach seinen Colts, und die Gewehre feuerten alle gleichzeitig und schleuderten ihn blutspritzend gegen die Wand zurück. Dann stürzte er kopfüber die Treppe hinunter, an deren Fuß er in einem verrenkten Haufen liegen blieb. Der Polizeichef stellte sich im Schießpulverdunst über ihn und entleerte beide Colts in ihn, während Gustavos Blut in einer sich ausbreitenden Lache in den Teppich sickerte. Erst als beide Pistolen leer geschossen waren, hörte Edward das hohe, anhaltende Kreischen der Damen des Hauses.

Zu acht wurden sie in Handschellen auf die Straße gebracht und zum Gefängnis geführt. Menschen waren von den Plazas herbeigeeilt, um zu sehen, was da vor sich ging, doch der Polizeichef befahl ihnen, Abstand zu halten. Im schaukelnden Licht der Straßenlaternen liefen die Gaffer den gefesselten Männern zu beiden Seiten hinterher, während sie sich aufgeregt über diese Bandidos unterhielten, die man da gefangen genommen hatte, und sie mit Beschimpfungen überhäuften. Eine der Blechkapellen der Plaza schloss sich der Prozession an und trug mit einer lebhaften Melodie zur festlichen Stimmung bei. Jetzt schnappten sich einige Jungs Steine und bewarfen die Gefangenen damit, die daraufhin fluchten und schützend die Arme hoben. Die Polizisten und alle anderen lachten sie dafür aus.

Sie kamen alle in eine Gemeinschaftszelle, einen langen steinernen Raum im hinteren Teil des städtischen Hauptgebäudes an der zentralen Plaza. Die Zelle hatte eine breite Tür aus Stahlstangen, und der Boden war mit schlammfarbenem Stroh bedeckt. Es gab ein einziges schwer vergittertes Fenster ein Dutzend Schritt über dem Boden und es reichte beinahe bis zur Decke. Den Compañeros wurden, einem nach dem anderen, im Vorraum die Handschellen abgenommen und sie wurden in die Zelle geschoben. Kleine Kerzen auf dem Boden und eine Lampe im Vorraum verbreiteten ein trübes Licht. Es stank überwältigend nach Schweiß und menschlichen Ausscheidungen. In den Ecken standen Abtritteimer. Die meisten der zwei Dutzend bisherigen Insassen waren Kameraden einiger Compañeros in früheren Banditenbanden gewesen, und es gab Grüße, Nicken des Wiedererkennens und bittersüße Abrazos.

Kaum eine Stunde später wurden die acht Compañeros, die ins Las Flores Picantes gegangen waren, hereingebracht. Julio hatte ein gebrochenes Handgelenk, und Fredos Wange war von einem Gewehrkolben gebrochen worden, und eine Gesichtshälfte war stark geschwollen und violett wie eine Pflaume. Spooner hatte seinen

 Hut verloren. Er setzte sich neben Edward und seufzte. »Was sind wir doch für dumme Hundesöhne, dass wir uns so von denen haben überrumpeln lassen?«

»Manuel haben sie nicht«, sagte Edward. »Könnte sein, dass er uns irgendwie hier rausholt.« Er überraschte sich selber mit diesen Worten, umso mehr, weil er daran glaubte. Er erinnerte sich, wie Captain James Kirkson Hobbes auf die Verhaftung eines Mannes aus seiner Gesellschaft reagiert hatte.

»Glaube kaum, dass er das tut«, sagte Spooner und spuckte ins Stroh.

»Und wieso nicht?« sagte Edward, verärgert über Spooners pessimistische Haltung.

»Weil er hier ist.«

Ein Knäuel Polizisten, das vom Polizeichef angeführt wurde, hatte Dominguez in den Vorraum gebracht. Er wurde zu beiden Seiten von einem Polizisten festgehalten, seine Hände waren ihm auf den Rücken gefesselt, und sein Mund war geschwollen und blutig. Sein Hemd war zerrissen und sein Hut fehlte. Das Haar um sein rechtes Ohr herum war blutverklebt. Einige Compañeros stürmten zur Zellentür und wurden vom Gefängniswärter zurückbeordert. Der Polizeichef packte einen Schopf von Dominguez' Haaren und richtete die Aufmerksamkeit des Banditenanführers auf die Männer in der Zelle. »Ya lo vez, cabrón? Hay están tus chingados compañeros, lo mismo como te dije! En dos dias los colgaremos a todos. Todos! Te lo prometo!« Er rammte Dominguez sein Knie zwischen die Beine, und der Bandit sackte stöhnend im Griff der Männer zusammen, die ihn hielten. Jetzt trat Ortiz zurück und sagte: »Tíranlo adentro!«, und die Männer, die Dominguez festhielten, schleppten ihn zur Zellentür und schleuderten ihn hinein. Ein Gefängniswärter knallte die Tür mit Getöse zu und drehte den Schlüssel um.

28

Später an jenem Abend saßen sie um einen rußenden Kerzenstummel, und Dominguez erzählte Spooner und Edward, wie er gerade seine Frau bestiegen hatte und kurz davor gewesen war zu kommen, als er plötzlich Sterne gesehen hatte und im nächsten Moment mit dem Gesicht auf dem Boden gelegen war, die Hände auf dem Rücken gefesselt und eine Stiefelsohle im Genick. Er war immer vorsichtig gewesen, wenn er sein Haus aufsuchte, hatte immer Umwege genommen, durch Seitenstraßen und Hintergassen und bevölkerte Marktplätze, hatte stets genau darauf geachtet, nicht verfolgt zu werden. Aber diesmal war er offenbar nicht vorsichtig genug gewesen. Die Polizei hatte zwei Tarasca-Indianer mitgenommen, die sich in sein Haus schlichen, die Treppe hinauf und ins Schlafzimmer, während er seine Frau vögelte, und er hatte nicht das Geringste gehört, bis sein Schädel explodiert war.

Als er wieder zu Bewusstsein kam, hielten ihn zwei Polizisten fest, einer an jedem Arm. Er war überrascht, dass sie ihm nicht einfach in den Rücken geschossen hatten und fertig. Dann sah er, dass der Polizeichef Huberto Ortiz war, und er begriff, warum sie es nicht getan hatten. Ortiz begrüßte ihn mit einem breiten Lächeln und einem Fausthieb in den Mund, der seine Lippen aufplatzen ließ und seine Vorderzähne lockerte.

»Ortiz, er mich hasst, seit wir sind kleine Jungs«, sagte Dominguez. »Wir kämpfen und ich gewinnen. Wir rennen und ich gewinnen. Wir tanzen und machen Liebe mit den Señoritas und ich gewinnen. Immer ich kriege die mehr hübschen. Er mich hasst, weil er nie kann gewinnen. Als wir sind hombres, ich mach zusammen meine gente, meine Compañeros, aber er nicht will mich nennen el jefe, also er macht zusammen sein eigene gente, aber sie können nie stehlen so viel, wie meine gente kann stehlen. Er nie so gut wie ich bei nix, Ortiz, seit der Zeit, dass wir sind muchachos. Also er mich hasst, versteht ihr? Ist einfach. Ist warum er will, dass alle diese Leute mich sehen hängen. Ist mehr Schande für mich, als wenn er mich erschießt, und mehr gut für ihn, wenn die Leute mich sehen hängen. Er kann sagen zu allen: ›Ihr seht alle diese schlechten Männer? Ihr seht diesen schlechten hombre Manuel Dominguez? Ich werde ihn hängen für euch und ihr könnt ihn sehen sterben mit euren Augen.‹ Er wird mehr berühmt, comprende?«

»Und jetzt ist der Dreckskerl Polizeichef?« fragte Spooner. Er schmunzelte. »Geht das nicht immer so?«

Dominguez' Lächeln klebte schief in seinem geschwollenen Gesicht. »Die Leute, die wollen einen Polizeimann, der sie geben kann

 Gefühl, dass sie sind sicher. Jemand stark, der sie schützt gegen den schlechten Mann wie Manuel Dominguez.« Er lachte freudlos. »Sie *wollen* sehen mich hängen, diese Leute verdammte.« Er sah hinauf zu dem hohen dunklen Fenster, als könnte er die Wand hinaufklettern und hinausblicken auf alle die Mitbürger, die ihn sterben sehen wollten. Er spuckte aus.

Er berichtete nichts von seiner Frau, und weder Edward noch Spooner war so unhöflich, nach ihr zu fragen. Es reichte zu wissen, dass sie nackt im Bett gewesen war, als die Polizei hereinkam. Man brauchte wenig Fantasie, um sich auszurechnen, was danach passiert war, und sie wussten, wäre es anders gewesen, hätte Dominguez es gesagt. Das hatte er aber nicht.

Am nächsten Morgen wurden die Urteile verkündet, die von einem Richter ausgesprochen wurden, den keiner von ihnen je gesehen hatte noch jemals sehen würde. Alle ohne Ausnahme waren für schuldig befunden worden, »unwiderlegbare« Mord-, Raub- und Vergewaltigungsdelikte begangen zu haben, und wurden samt und sonders zum Tode verurteilt. Noch am selben Nachmittag um vier Uhr sollten sie auf der städtischen Plaza erhängt werden. Je vier auf einmal an den Ästen des Hängebaumes aufgeknöpft, nacheinander, bis nur noch Dominguez übrig war. Ihn würde man alleine hängen.

Ortiz überbrachte die Kunde. Er grinste durch die Stangen Dominguez an und sagte, er würde jetzt Dominguez' Frau einen Besuch abstatten, aber rechtzeitig zur Hinrichtung wiederkommen. Dominguez starrte ihn ausdruckslos an und Ortiz lachte. »Quieres que la daré und besito por ti?« sagte er und schürzte die Lippen. Er lachte, als er ging.

29

Die Verurteilten sprachen wenig, während ihre letzten Stunden verstrichen. Jeder saß mit dem Rücken zur Wand und blieb in seinen eigenen Gedanken versunken. Edward lehnte sich mit geschlossenen Augen zurück und war überrascht über den Strom von Erinnerungen an die Tage in Florida. Er erinnerte sich an die würzigen Sumpflandgerüche und an die feuchte Hitze des langen Sommers. Er sah lebhaft den Bach vor sich, wo er miterlebt hatte, wie einer ihrer Hunde von einem Alligator getötet wurde, wo

er und sein Bruder Katzenwelse und Schildkröten gefangen hatten,
und wo er weiter stromaufwärts einmal seinen Bruder ertappt hatte, der im Schilf versteckt war und ihre Schwester heimlich beim Baden beobachtete. Auch er war versteckt geblieben und hatte sie beobachtet. Er spürte, wie er hart wurde, als er sich an seine nackte Schwester erinnerte – und jetzt dachte er an das schwachsinnige Mädchen, das sein erstes Mal gewesen war – und an die Mama des Mädchens, die nur Minuten später sein zweites Mal gewesen war. Er erinnerte sich an die zahllosen Sonnenuntergänge, als er auf dem Stumpf neben dem Stall saß und nach Westen schaute und sich irgendein unermessliches Gebiet vorstellte, dass rot brannte unter einer Mittagssonne, die so glühend und unbarmherzig war wie der Teufel persönlich.

Und erinnerte sich, dass er sich vollkommen sicher war, auf eine Weise, die er nie verstehen würde, dass er nur dort draußen wirklich hingehörte. Nur dort draußen.

30

Zwei Stunden vor ihrer Hinrichtung konnten sie durch das hohe Fenster den Lärm der sich auf der Plaza versammelnden Menge hören – eine Kapelle spielte fröhlich auf, Lachen und Geschrei von Kindern, Rufe von Verkäufern, die Erfrischungen feilboten. Der Oberwärter erschien an der vergitterten Tür und rief Dominguez zu, er solle herantreten. Dominguez starrte ihn an von dort, wo er an der Wand saß, und sagte, wenn der Wärter ihn aus der Nähe sehen wolle, dann könne er gerne hereinkommen und sich neben ihn setzen. Die Compañeros lachten boshaft.

»Ven aquí, cabrón!« befahl der Wärter. »Ya te lo digo.«

»No«, sagte Dominguez. »*Tú* ven *aquí*, hermanito.«

Jetzt traten zwei amerikanische Armeeoffiziere ein und spähten ins lärmige Dunkel der Zelle. Die Compañeros warfen sich verwirrte Blicke zu, und ihr Gemurmel schlängelte sich durch den Raum. Der Wärter wedelte die Yankees zurück und sagte, er würde sich darum kümmern, doch die Offiziere ignorierten ihn. Der Wärter legte seine Hand auf den Arm des Offiziers, als wollte er ihn von der Tür wegführen, da drehte der Yankee sich um und stieß ihn grob gegen die Wand, und der Aufprall seines Schädels hallte laut im Raum. Mehrere Insassen lachten, und der Wärter verdrückte sich.

»Captain Dominguez«, sagte der andere Offizier in die Finsternis hinein. »General Winfield Scott möchte mit Ihnen in seinem Hauptquartier sprechen, Sir. Auf der Stelle.«

Dominguez drehte sich zu Spooner. »El General Escott quiere hablar conmigo?« Spooner hob die Augenbrauen und nickte.

Dominguez blickte zum Yankee zurück. »Für was er mich will sprechen?«

»Dazu kann ich nichts sagen, Captain«, antwortete der Offizier. »Wenn Sie jetzt einfach mit uns kommen, Sir.«

»Pues«, sagte Dominguez und stand auf. »A ver que pasa. Si me van a colgar, que me cuelgan de una vez.«

Der andere Offizier verschwand kurz und erschien wieder mit den Schlüsseln des Wärters. Er machte sich am Schloss zu schaffen und schwang die Tür auf. Einige der anderen Insassen wollten zur Tür rennen, doch der Offizier zog seine Pistole und sagte: »Zurück, verflucht«, und sie wichen zurück.

Dominguez trat heraus, der Offizier schloss die Tür wieder, und dann entfernten sich die drei mit klackenden Stiefelhacken. Die Gefangenen hörten außen eine Tür knarrend aufgehen, dann zuschlagen und dann nichts mehr.

Die Compañeros tauschten Blicke und zuckten mit den Achseln. »Was meinst du, worum geht's?« fragte Edward Spooner.

»Könnte sein, sie wollen ihn hängen wegen all den US-Zügen, die wir überfallen haben. Nur hab ich noch nie gehört, dass ein General mit jemand reden will, den er hängen will, und vor allem kein Mexikaner. Und vor allem nich so höflich fragen und so.« Er kratzte sich nachdenklich am Kinn. »General Scott, Jesses! Der alte Fuss and Feathers persönlich. Nein Sir, ich glaub nicht, dass sie ihn hängen werden. Würde sagen, der General *will* irgendwas. Und wenn das der Fall is, dann vielleicht, verflucht noch mal vielleicht …« Er ließ den Gedanken unausgesprochen.

Aber jetzt dachte auch Edward: »Vielleicht, vielleicht …«, während das hohe Fenster über ihnen das anschwellende Geschrei der Menge hereinließ, die so begierig war, sie sterben zu sehen.

31 Um zehn vor vier hallte in der düsteren Zelle das blutgierige Grölen der Menge draußen wider, als Dominguez wieder bei der Gefängnistür erschien. Edwards Herz machte einen Sprung, als er das breite Grinsen des Jefe sah. Der Wärter trat zaghaft an Dominguez' Seite, drehte den Schlüssel im Schloss um und wich dann schnell zurück. Dominguez sah ihn an und lachte. Er betrat die Zelle, und die Compañeros versammelten sich mit allen möglichen Fragen um ihn, und die anderen Insassen rückten auf. Der Wärter machte die Tür nicht wieder zu. Auf Dominguez' Hemdsärmeln waren frische Blutflecken, und Chucho fragte ihn, ob er verwundet worden sei. Der Jefe lachte und schüttelte den Kopf und sagte, sie sollten den Mund halten und zuhören, er habe ihnen ein paar Dinge zu sagen. Seine gute Laune war ansteckend. Edward spürte sein eigenes Blut pulsieren.

Dominguez beschrieb Winfield Scott als jemanden mit dem Gesicht eines römischen Kaisers, dessen Bild einmal in einem Buch abgedruckt war. Seine Uniform war die prachtvollste, die er jemals an einem Yankee gesehen hatte. Zusätzlich zu Scott hatten noch andere an der Besprechung teilgenommen. General William Jenkins Worth war da, silberhaarig und mit Backenbart und beinahe ebenso blendend ausstaffiert wie Scott. Er hatte während der zwei Wochen vor Scotts Ankunft die US-Streitkräfte in Puebla kommandiert und wirkte aufgeblasen. Ebenfalls anwesend war Scotts Adjutant, ein geschniegelter und schnell sprechender Colonel namens Ethan Allen Hitchcock. Und ein wild wirkender Colonel namens Thomas Childs, Scotts Mann für den Posten des militärischen und zivilen Gouverneurs von Puebla. Außerdem ein merkwürdiger Mann namens Alphonse Wengierski, groß gewachsen, hager und mit Ziegenbart, der als Dolmetscher bei den Verhandlungen fungierte. Wengierski sagte, er stamme aus Polen, und obwohl sein Spanisch exzellent war, hatte er den seltsamsten Akzent, den Dominguez je gehört hatte.

Hauptsächlich führte Hitchcock das Wort und blickte hin und wieder zu Scott hinüber, um sich der Zustimmung des Generals bei dem einen oder anderen Punkt zu vergewissern. Worth saß da, die Arme vor der Brust gefaltet, und verzog während des Treffens kaum eine Miene. Childs beobachtete jeden eingehend, vor allem Scott, der seine Augen auf Dominguez behielt.

Man verschwendete keine Zeit auf Höflichkeiten. Mittels Wengierskis Übersetzung sagte Hitchcock zu Dominguez, dass General Scott jemanden brauchte, der in diesem Teil Mexikos aufgewachsen war und das Gebiet sehr gut kannte. Jemanden, der als Kundschafter während des bevorstehenden Vormarsches auf Mexiko-Stadt dienen könnte. Jemanden, der genaue Erkenntnisse für ihn sammeln konnte. Jemanden, der jeden Schritt auf den wichtigsten Landstraßen kannte und wusste, wo Guerilla-Banden sich aufstellten, um militärische Nachschubzüge zu überfallen, jemanden, der sich in den Bergen auskannte und wusste, wo die Guerilla-Lager sein könnten. Vor allem brauchte General Scott jemanden, der verlässlich – und schnell – in der Lage war, eine Gegenguerilla-Truppe aufzustellen, um diese Banden aufzuspüren und zu vernichten, und damit dem General die Notwendigkeit zu ersparen, seine regulären Soldaten für diese Aufgabe zu verwenden. Die Verbände des Generals waren in letzter Zeit stark dezimiert worden, nachdem viele Dienstverträge ausgelaufen waren, und jetzt wurde jeder Soldat für den Marsch auf die Hauptstadt benötigt.

Hitchcock hielt inne, um Dominguez Gelegenheit zu geben, das alles in sich aufzunehmen. Dominguez sah zu Scott, und der General lächelte leicht. In dem Moment, so erzählte Dominguez seinen Compañeros, wusste er, dass sie doch noch der Schlinge entkommen könnten.

Dann sagte Hitchcock: »Die Frage ist natürlich, ob so ein Mann, über den wir hier reden, Vorbehalte hätte, gegen seine eigenen Landsleute zu kämpfen.«

Dominguez tat so, als würde er noch kurz über Hitchcocks Einwand nachdenken, dann sagte er, er kenne einen solchen Mann, von dem die Rede sei, einen Mann ohne jegliche Vorbehalte, gegen seine eigenen Landsleute zu kämpfen. Dieser Mann habe sogar den größten Teil seines Lebens gegen seine Landsleute gekämpft und könne selbst jetzt mehrere Landsleute nennen, denen er liebend gerne das Herz herausschneiden würde. Die eigentliche Frage, sagte Dominguez, sei jedoch, ob ein solcher Mann wie der, über den sie hier redeten, von jeglichen rechtlichen Schwierigkeiten befreit würde, die ihm seine Landsleute jetzt gerade bereiteten.

Hitchcock lächelte und sagte: »Etwa rechtliche Schwierigkeiten, wie beispielsweise innerhalb der nächsten zwei Stunden ein Rendezvous mit dem Henker zu haben?«

Dominguez sagte, ja, das sei das perfekte Beispiel für die Art von rechtlichen Schwierigkeiten, die er meinte.

Hitchcock versicherte ihm, dass *alle* rechtlichen Probleme, die ihm seine eigene Regierung machen könnte, umgehend gelöst werden würden. Außerdem, sagte er, wäre ein solcher Mann sicher interessiert zu erfahren, dass die amerikanische Armee ihm weder jetzt noch später irgendwelche Raubüberfälle an amerikanischen Nachschubzügen, die er vielleicht begangen haben könnte, zur Last legen würde, noch irgendwelche anderen Verbrechen, die angeblich während jener Überfälle begangen wurden – ungeachtet der offiziellen Berichte seiner eigenen Regierung, die den Betreffenden namentlich als Täter solcher Vergehen benennen könnten.

Dominguez entgegnete, ein derartiges Versprechen der amerikanischen Regierung würde einen Mann wie den, über den sie sprachen, gewiss beruhigen. Würden solche Versicherungen, so fragte er, auch auf alle Mitglieder der Truppe dieses Mannes zutreffen?

Hitchcock blickte zu Scott und Scott nickte Dominguez zu.

Diesem Mann, so sagte Hitchcock zu Dominguez, würden der Rang eines Colonel erteilt und fünfzig Dollar im Monat bezahlt. Er wäre berechtigt, eine besondere Kavallerie-Einheit zu bilden, die den Namen *Spy Company* tragen würde. Sie würde aus dreißig Mann bestehen, einschließlich zweier Captains und zweier Sergeants seiner Wahl. Die Captains bekämen vierzig Dollar im Monat bezahlt, die Sergeants dreißig. Die anderen Mitglieder der Gesellschaft würden jeweils zwanzig Dollar im Monat erhalten – mehr als ein US-Sergeant. Die gesamte Kompanie würde für die Dauer des Krieges im Dienst der Armee der Vereinigten Staaten stehen und mit den besten Waffen und Pferden ausgerüstet werden und ihre eigene Uniform mit Insignien der US Army bekommen. Colonel Childs und er selbst, sagte Hitchcock, wären die Mittelsmänner zwischen der Kompanie und General Scott, unter dessen direktem Befehl sie stehen würden.

Dominguez sagte, ein solcher Mann wie der, über den sie redeten, könnte es gefährlich finden, nach Ende des Krieges unter seinen Landsleuten bleiben zu müssen. Könnte Vorsorge getroffen werden, dass er zu einem sichereren Verbleib gebracht werde, wenn der Krieg vorbei war – zum Beispiel in die Vereinigten Staaten?

Hitchcock sah zu Scott. Der General nickte. Dominguez lächelte.

»Jetzt sagen Sie uns, Captain«, fuhr Hitchcock fort, »wer ist dieser Mann, an den Sie denken, der General Scotts Anforderungen erfüllt?«

Dominguez wandte sich zu General Scott, nahm Habtachtstellung ein, grüßte schnittig und sagte: »Colonel Manuel Dominguez de la compañia de espias – a sus ordines, mi general!«

Selbst der General fiel in das Gelächter ein.

Und jetzt, im trüben Gefängnis, sagte Dominguez seinen grinsenden Compañeros, dass alle, die bereit wären, mit ihm als Mitglieder von General Scotts Spy Company zu reiten, jetzt mit ihm zur US-Garnison gehen sollten, wo sie ihre Rekrutierungspapiere unterschreiben, vorläufig Quartier beziehen würden und ihre Uniformen angepasst bekämen. Morgen würden sie Waffen und Pferde erhalten und mit der Vorbereitung ihres Feldzuges gegen die Ranchero-Banden der Region beginnen.

Jeder Compañero erhob sich und erklärte sich bereit, mit ihm zu gehen. Und aus der Schar der anderen Zelleninsassen, die sich alle anschließen wollten, wählte Dominguez die dreizehn fähigsten aus, um die ihm zugestandene Anzahl von dreißig vollzumachen. Sie gingen hintereinander aus der Zelle in den Vorraum und zur Tür hinaus auf den Hof des städtischen Gebäudes, wo ein Dutzend US-Soldaten wartete, um sie zur Garnison zu eskortieren. Fredo rief ständig nach den Gefängniswärtern, aber es ließ sich keiner sehen. Sie stolzierten über die Plaza, lachten und machten obszöne Handzeichen zu der gaffenden und ängstlichen Menge, die sich dort versammelt hatte, um sich am Schauspiel ihrer Hinrichtung zu ergötzen. Die Polizisten hielten Abstand, aber viele der Compañeros zeigten im Vorbeigehen auf sie und sagten, sie würden wiederkommen und sie sich vorknöpfen. Dominguez sprach mit dem Sergeant, der die Eskorte befehligte, und der Sergeant zuckte die Achseln und sagte: »Was soll's, Colonel, Sie geben die Befehle hier. Wir gehen dahin, wohin Sie wollen.«

Dominguez ließ sie von der Hauptavenida abbiegen, die direkt zur Garnison führte, und geleitete sie stattdessen mehrere Seitenstraßen hinunter, wo die Menschen, die sie kommen sahen, Reißaus nahmen. An der Ecke einer schmalen, von Eichen beschatteten Wohnstraße, die von Blumen leuchtete, hielt er die Prozession an. Niemand befand sich auf der Straße bis auf eine Handvoll Knirpse, die da standen und zu der riesigen Eingangstür eines auf halber Höhe der kurzen Straße gelegenen Hauses hochstarrten. Dominguez wies auf das Haus und sagte seinen Compañeros, es gehöre ihm, und dass er sofort nach seinem Treffen mit Scott direkt nach Hause gegangen sei, um seine Frau zu holen und zu einer Residenz zu bringen, wo sie vor der Polizei sicher wäre und vor jedem anderen, der ihm schaden wollte, indem er ihr etwas antat. Edward erinnerte sich jetzt an Ortiz' Abschiedsworte an Dominguez im Gefängnis und er sah, dass andere in der Gesellschaft jetzt auch daran dachten, und sie traten alle unbehaglich von einem Fuß auf den anderen, und keiner wollte dem Blick des Jefe begegnen wegen der Schande, die seine Frau unter den Händen dieses Hurensohnes sicherlich hatte erleiden müssen.

Doch Dominguez grinste breit und erzählte, er habe Glück gehabt, weil er bei seiner Ankunft Ortiz bei sich zu Hause angetroffen habe, als er sich gerade über seine Frau beugte.

Die Compañeros tauschten verwirrte Blicke aus. Dominguez lachte. »Miren!« sagt er und schritt schnell zum Haus, wo die Kinder versammelt waren. Die Compañeros folgten ihm, und er wies auf den großen Querbalken über der imposanten Eingangstür, die in einen Hof ging. »*Miren!*«

Und dort in der Mitte des Querbalkens war die Kappe mit dem Schild, die dem Polizeichef gehörte, mit dem Green-River-Messer ihres Jefe ans Holz genagelt, zusammen mit einem verschrumpelten Glied und einem baumelnden blutigen Hodensack.

32

Eine Woche später ritten sie aus Puebla hinaus zu ihrem ersten Einsatz, jeder auf einem prächtigen amerikanischen Hengst, größer als die meisten mexikanischen Pferde, auf einem gut gearbeiteten Sattel und bewaffnet mit zwei neuen Colt-Five-Shooters und einem Hall-Perkussionsgewehr und einige zusätzlich mit einer Schrotflinte. Ein halbes Dutzend trug Lanzen, deren Gebrauch sie während ihres Dienstes in der mexikanischen Armee erlernt hatten, und andere waren mit Säbeln bewaffnet oder mit Bowies, so groß wie Macheten. Sie hatten hohe schwarze Stiefel an und graue Hosen, kurzschwänzige graue Uniformjacken mit rotem Kragen und roten Manschetten und flache schwarze Filzhüte, die mit einem blutroten Schal umwickelt waren. Die Wirkung der Uniformen war berauschend. Edward fühlte sich in Macht gewandet.

Mit Hitchcocks Zustimmung hatte Dominguez die Kompanie in zwei Einheiten organisiert, die er Adler und Schlangen nannte, eine patriotische Anspielung, deren Ironie ihn amüsierte, die aber die Einheimischen erzürnte. Mexikanische Zeitungsartikel verurteilten die Kompanie als verwerfliche Ansammlung von Gestalten, dem Abschaum der Gesellschaft, als eine Truppe abscheulicher und ganz und gar verruchter Mörder und Zuchthäusler, denen selbst das letzte rettende bisschen Anstand fehlte, die Treue zu ihrem Vaterland. Je mehr die guten Bürger schimpften, umso erfreuter wirkte Dominguez. »Diese Leute wollen hängen mich«, sagte er zu Spooner und Edward, »und jetzt wollen, dass ich kämpfe gegen die Gringos für sie. Diese Leute sind sehr dumm, no?«

Edward war der Adler-Abteilung zugeteilt, der Spooner als Captain und Fredo als Sergeant vorstanden. Der Captain der Schlangen war Pedro Arria und ihr Sergeant ein neuer Mann namens Rogelio Gomez, den Dominguez noch aus alten Zeiten kannte und der als Sergeant in der mexikanischen Armee gedient hatte, bevor er desertiert war. Als sie auf ihren prächtigen tänzelnden Hengsten aus der Stadt hinausritten, betrachteten die auf der Straße versammelten Bürger dies als widerwärtiges Schauspiel, aber noch mehr flößte es ihnen Angst ein, und so fluchte niemand vernehmlich über sie, als ihre Pferde auf dem Kopfsteinpflaster vorbeitrabten.

Zwei Wochen später fanden sie das Lager von Padre Colombo Beremejillos Ranchero-Bande in den Bergen, ein paar Meilen östlich der Kreuzung der Nationalen Landstraße und der Orizaba-Straße. So sicher wähnten sich die Guerilleros vor den Yankee-Kundschaftern, dass sie nicht einmal nächtliche Wachposten aufstellten. Dominguez brachte Spooners Männer auf einer Flanke des Lagers in Stellung und sich selbst mit Arrias Männern auf der anderen, und dann warteten sie auf das erste Licht. Als es kam, eröffneten sie das Feuer und töteten ein Dutzend schlafend auf dem Boden, und erschossen die anderen fünfzehn, als sie aufsprangen und verwirrt umherrannten. Dann traten sie hinunter ins Gemetzel und töteten die Verwundeten. Padre Beremejillo war leicht an seinem Priestergewand zu erkennen, das er trotz seiner Exkommunizierung aus der Kirche beharrlich weitertrug. Dominguez schickte den tonsurierten Kopf des Padre und die Nasen der sechsundzwanzig anderen Rancheros in einem blutigen Sack zu Hitchcock zurück.

Die Trophäen entsetzten viele der Yankee-Offiziere in Hitchcocks Hauptquartier, und das nächste Mal, als sich Hitchcock und Wengierski mit Dominguez trafen, bat der Colonel ihn, ihm fortan nicht mehr solche Beweise seines Erfolges zu schicken. Dominguez entgegnete, er habe lediglich ihn und General Scott wissen lassen wollen, dass die Spy Company ihren Auftrag erfülle. Hitchcock sagte, das verstehe er, aber es gäbe einige Offiziere in der Truppe, die darauf aus seien, General Scott bei einigen Politikern daheim in Misskredit zu bringen, und diese Männer würden nicht zögern, amerikanische Zeitungen mit einer Menge Dreck darüber zu versorgen, dass Scott »Gräueltaten« in Mexiko dulde. General Scott sei der Überzeugung, Dominguez und seine Männer sollten alles tun, was nötig war, um ihren Auftrag zu erfüllen, doch Dominguez müsse fortan sehr darauf achten, in seinen Berichten die widerwärtigen Einzelheiten auszusparen. Jetzt war es an Dominguez, Hitchcock zu versichern, dass er das vollkommen verstehe.

Danach unterließ Dominguez es, in seinen Berichten auch die Einzelheiten der Befragungstechniken zu erwähnen, die sie manchmal anwenden mussten, um Dörflern im Guerilla-Gebiet Auskünfte zu entlocken. Wenn ihm eine Antwort zu ungenau oder unwahr erschien, erlaubte Dominguez dem Yaqui-Halbblut Bernardo – den sie El Verdadero nannten, wegen seines Talents, die Wahrheit zu ermitteln –, seine eigenen überzeugenden Befragungsmethoden anzuwenden, die er als Kundschafter für die mexikanische Armee bei ihrem endlosen Krieg gegen die Apachen gelernt hatte. Kein Mann konnte an einer Lüge festhalten, wenn Bernardo erst einmal damit begonnen hatte, ihm die Füße zu verbrennen oder die Zähne herauszuschneiden oder mit einer kleinen Rohledergerte auf die Hoden zu schlagen oder ihm das brennende Ende eines Stocks an sein Arschloch oder gegen die Eichel seine Schwanzes zu drücken.

Anfang Juli holten sie Anastasio Torrejóns Bande im Hochland bei Las Vigas ein, während diese gerade einer amerikanischen Nachschubkolonne, die aus Veracruz kam, auflauerte. Die Kompanie war über den Plan der Rancheros unterrichtet worden und näherte sich ihnen von hinten aus Richtung Westen und überfiel sie dann bei Nieselregen. Bei dem darauffolgenden einstündigen Gefecht wurden vier Mitglieder der Kompanie verwundet, aber nur zwei so schwer, dass sie nicht mehr zum Dienst taugten. Sie töteten alle zweiundzwanzig der Torrejón-Bande. Dominguez schickte einen Kurierbericht von ihrem Erfolg und eine Schar erbeuteter Pferde an Hitchcock.

Zehn Tage später spürten sie die Miñon-Bande in ihrem Versteck in einem Canyon nördlich von Orizaba auf. Die Rancheros ergriffen die Flucht, und das Gefecht zog sich über drei Tage und beinahe fünfzig Meilen hin, bis der letzte der Miñonistas zu Boden ging. Als eine Warnung an andere Banditen und Rancheros in der Gegend hängte die Kompanie alle paar Meilen entlang der Straße zwischen Orizaba und Córdoba die nackte Leiche eines Miñonista mit den Fersen an einem Baum auf. Mexikanische Amtsträger von Kirche und Staat beschwerten sich empört bei den amerikanischen Behörden, und Hitchcock schickte eine Abordnung los, die die Leichen herunterschnitt und begrub. Aber es gab keine Rüge für die Spy Company.

Als Nächstes ritt die Kompanie in die Sierras nördlich von Jalapa und suchte nach der Ranchero-Bande von Lucero Carbajal. Das Gefecht war heftig, doch kurz, und als es vorbei war, fand Dominguez seinen alten Freund unter den Gefallenen noch am Leben, aber mit einer tödlichen Bauchverletzung. Dominguez setzte sich und bettete Luceros Kopf in seinen Schoß, betupfte seine Stirn und drehte Zigaretten für ihn. Edward und Spooner saßen in der Nähe und scheuchten andere fort, die sich näherten. Dominguez und Carbajal sprachen von den alten Zeiten und sangen Lieder, die sie zusammen als Kinder gelernt hatten, und jedes Mal wenn Lucero unter einem neuen Schmerzanfall aufschrie, packte Dominguez seine Hände fest und flüsterte ihm zu, er müsse stark sein, stark sein. Zusammen sahen sie zu, wie sich der westliche Himmel hinter den Bergen blutrot verfärbte, und Carbajal sagte, der Anblick sei der schönste in Gottes weiter Welt, und Dominguez pflichtete ihm bei. Einen Augenblick später war Carbajal tot, und Dominguez und Rogelio Gomez, der ebenfalls Lucero seit seiner Kindheit kannte, schaufelten im Dunkeln sein Grab und bestatteten ihn. Die übrigen Rancheros überließen sie den Aasfressern.

33

In der ersten Augustwoche kehrten sie nach Puebla zurück, gerade als Scott im Begriff war, endlich mit seinem Vormarsch auf Mexiko-Stadt zu beginnen. Er beschloss, dass eine Abteilung der Spy Company mit ihm ziehen solle, eine andere würde unter dem Befehl von Colonel Childs in Puebla zurückbleiben. Dominguez schloss sich Spooners Abteilung, die Scott begleiten sollte, an und stellte sie unter seinen persönlichen Befehl. In der rötlichen Morgendämmerung brachen sie auf – Fußsoldaten, Kavallerie, Artillerie-Protzkästen, Munitionskisten, Vorratswagen –, eine Militärkolonne, die sich polternd und rumpelnd über viele Meilen erstreckte und sich wie ein riesiger martialischer Lindwurm über die Bergpfade wand.

Die Spy Company ritt ein gutes Stück vor der Hauptmacht, und im Verlauf des Tages setzte Dominguez abwechselnd Spooner und Edward als Kurier für die Berichterstattung an Scott ein, in der Annahme, der General wäre dankbar, keinen Dolmetscher zu brauchen. Und das war Scott auch, doch er und seine Offizierskollegen waren verwundert, dass zwei Amerikaner mit der Spy Company ritten. Spooner hatte den ersten Bericht gebracht und Edward bei seiner Rückkehr gewarnt, was ihm bevorstand, doch trotzdem hatte Edward, als er dem Haupttrupp zum ersten Mal entgegenritt, auf seinem Weg zu Scotts Wagen gefühlt, dass plötzlich jedes Auge in der Kolonne scharf auf ihn gerichtet war. Und im Quartier des Generals war er dann einer sehr eingehenden Musterung durch das halbe Dutzend anderer anwesender Offiziere unterzogen worden. Er hatte seinen Hut abgenommen und berichtet, dass die Straße zumindest für die nächsten zehn Meilen frei zu sein schien, und Scott dankte ihm und wollte ihn schon entlassen, als General Worth ihn fragte, wie er heiße und wo er herkomme.

»Edward Boggs, Sir, aus Tennessee, Nashville.«

Ein stiernackiger, weißbärtiger General namens Twiggs fragte ihn, ob er jemals die Uniform seines eigenen Landes getragen habe. Edward erwiderte, er habe noch nie in der Armee gedient, bevor er sich zur Spy Company gemeldet hatte. Twiggs blickte mit einem schmalen Lächeln zu seinen Gefährten und meinte, es sei vielleicht interessant, die Liste der Deserteure nach dem Namen Edward Boggs durchzugehen. Er wollte noch etwas hinzufügen, doch Scott unterbrach ihn und fragte Edward, warum er das Tuch um seinen Kopf trage.

»Ein Unfall, Sir«, sagte er. »Das hab ich, um es zu bedecken.«

»Lass mal sehen«, sagte ein General mit einem Backenbart, der sich über das glatt rasierte Kinn mit seinem dicken Schnurrbart verband. Edward sah Scott an, und der General erwiderte seinen Blick ausdruckslos. Also nahm er das Kopftuch ab.

»Verdammt, mein Sohn«, sagte der Backenbart.

»Ich bin eines Nachts betrunken hingefallen, Sir, muss ich zu meiner Schande gestehen, und meine Haare sind am Kochfeuer in Brand geraten. Meine eigene dumme Schuld.« Er band sich schnell wieder das Tuch um den Schädel.

Mehrere Offiziere wechselten grinsend einen Blick, und einer sagte: »Ich hab mal so ein –«, doch Scott brachte ihn mit einem erhobenen Finger zum Schweigen.

»Auch ich habe ähnliche Narben auf anderen Köpfen gesehen«, sagte Scott. »Seltsamerweise gehörten alle diese Köpfe Männern, über die die Wilden hergefallen waren, aber das Glück hatten, mit ihrem Leben davonzukommen, wenn auch nicht mit ihren Haaren.« Die Offiziere lachten, und Edward spürte, wie sein Gesicht heiß errötete.

»Nein, Davy«, sagte Scott zuversichtlich zu dem General namens Twiggs, »ich glaube nicht, dass dieser junge Mann sich als Deserteur erweisen wird. Niemand mit solchen, äh, Kochfeuernarben könnte so feige sein, aus seiner Truppe zu desertieren.« Er lächelte Edward zu und machte eine entlassende Handbewegung, und Edward grüßte hastig und verließ den Wagen.

Eine Gruppe angeworbener Männer stand in der Nähe und betrachtete ihn genau, als er zu seinem Pferd ging und aufstieg. Er hörte einen etwas sagen, über einen »verdammten Deserteur in dieser Mexie-Kundschaftertruppe«.

Aber ein anderer sagte schnell: »Wie soll er denn ein Deserteur sein, wenn er General Scott berichtet und die US-Insignien an seiner Jacke hat?«

»Er reitet doch mit Mexikanern, oder?«

»*Diese* Mexies sind auf unserer Seite, du Idiot!«

»*Du* bist der Idiot, wenn du glaubst, dass *irgendein* Mex auf unserer Seite ist!«

34

Drei Tage westlich von Puebla kamen sie durch einen breiten Pass herauf, der den großen Vulkan namens Popocatepetl flankierte, erklommen einen Kamm und blickten plötzlich über das gesamte Tal von Mexiko, das 3000 Fuß weit vor ihnen ausgebreitet lag wie eine unendliche Karte von leuchtend grünem Filz. Es war von einer scharfen, dunkel zerklüfteten Bergkette umgeben, einem gebirgigen Kreis mit einem Durchmesser von 120 Meilen. Und dort, direkt vor ihnen, geradeaus und strahlend wie irgendeine mit mittelalterlicher Magie hingezauberte Vision, lag die legendäre Stadt der Azteken. So deutlich zeichneten sich die Türme von Mexiko-Stadt in der scharfen kalten Luft ab, dass es Edward schien, als könnte er sie mit einem Gewehrschuss treffen, doch tatsächlich waren sie noch an die fünfundzwanzig Meilen entfernt. Die drei großen Seen, die die Stadt umgaben, glänzten wie Silberspiegel. Es war ein Panorama, das selbst Dominguez und den wenigen anderen, die es schon einmal gesehen hatten, Ehrfurcht abverlangte, und jene, die es zum erstem Mal zu Gesicht bekamen, konnten nicht in Worte fassen, was sie da sahen, diesen Teil der Erde, geformt von uralten, unbekannten Göttern.

Als Scott eintraf und das Panorama vor sich erblickte, war auch er davon geblendet. Dominguez strahlte, als wäre die Aussicht sein persönliches Geschenk an ihn. »Seht!« sagte Scott und breitete die Arme zum Tal hin aus, im Stil eines generösen Kriegsherrn, der seinen Günstlingen eine erstaunliche Beute zuteilwerden lässt. »Seht, meine Brüder! Nichts weniger als der Sitz von Montezuma selbst! Und bald, *bald*, bei allem, was recht und heilig ist, wird diese prächtige Stadt unsere sein!«

VII

DIE BRÜDER

1 Santa Anna machte sich in Mexiko-Stadt bereit. Er verhängte das Kriegsrecht über den Hauptstadtdistrikt und die umgebenden Bundesstaaten. Er leerte die Gefängnisse und wandelte sie in militärische Ausbildungslager um. Er befahl jeden wehrtauglichen Mexikaner zwischen fünfzehn und sechzig zum Dienst an der Waffe. Zwangsrekrutierer streiften Tag und Nacht durch die Straßen. Zivile Bautrupps wurden zwangsverpflichtet, neue Verteidigungsanlagen zu bauen und bestehende zu verstärken. Sie überfluteten das umgebende Sumpfgebiet, das die schmalen Dämme säumte, damit die Artillerie der Yankees nicht darüber hinwegrollen konnte. Private Viehbestände und Fahrzeuge wurden von der Armee im Namen des nationalen Notstands beschlagnahmt. Amerikanischen Zivilisten wurde befohlen, sich entweder den mexikanischen Verbänden anzuschließen oder die Stadt zu verlassen.

Die San Patricios waren in der Zitadelle einquartiert, auf der Westseite der Stadt. Von dort konnten sie über das flache Marschland zu der spektakulären Festung von Chapultepec blicken, weniger als zwei Meilen entfernt auf einem Hügel am anderen Ende des Belen-Dammes. In Erwartung ihrer Befehle verbrachten sie ihre Tage mit der Ausbildung von Rekruten und der Wartung ihrer Waffen und Ausrüstung. Abends und sonntagnachmittags machten sie ihre Runden durch die Stadt und entdeckten überall Sehenswertes. Die Stierkampf-Arena war größer und prunkvoller, ihre Aficionados lauter, als was sie in Puebla gesehen hatten. Sie standen mit offenem Mund vor dem Nationalpalast und schlenderten dann über den riesigen Hauptplatz des Zócalo, auf dem sich Verkäufer, Viejas, Bettler, Musiker und Straßenkünstler jeder Couleur tummelten. Sie betraten zaghaft das weihrauchige Dunkel der gewaltigen nationalen Kathedrale und staunten über die Kreuzgrat-Gewölbedecken, die sie schwindeln ließen, und die Altäre, die in blitzendem Gold erstrahlten. Sie zeigten sich beeindruckt von den auf Wänden und Fenstern abgebildeten realistischen Darstellungen der Gewalt, die Christus und den verschiedenen Heiligen angetan wurde. Während seiner Dienstzeit in den Yaqui-Gebieten der Sonora hatte Moreno viele von Pfeilen durchbohrte Menschenkörper gesehen, und er bestätigte, dass die Wunden am Standbild des heiligen Sebastian sehr naturgetreu waren. Es war nicht das erste Mal, dass John in der religiösen Kunst Mexikos eine derartige Treue zu gewalttätigen Details auffiel. Die genagelten Hände und Füße des geschnitzten Christus am Kreuz und der Schnitt in Seiner Seite sahen aus, als würde man sich die Finger blutig machen, wenn man sie darauflegte. Die Welt, sinnierte er, war nichts als Töten und blutige Riten, selbst unter den Gläubigen. Die Stärkeren töteten und fraßen die Schwächeren, und die Allerschwächsten fraßen von den Resten. Das war das Leitprinzip der Natur, das älteste ihrer unveränderbaren Gesetze.

Sie machten einen Rundgang durch das Nationalmuseum und sahen Gebeine von Mensch und Tier, Tausende von Jahren älter als das erste geschriebene Wort der Geschichte, sahen glänzende Aztekendolche aus Obsidian, die ungezählte menschliche Herzen, dampfend und noch schlagend, herausgeschnitten hatten. Sie schlenderten durch den sonnengesprenkelten Park bei Chapultepec und wurden in Einbäumen über die lilienübersäte Schönheit des Sees Xochimilco befördert.

Und als sie sich an den Wundern der Stadt sattgesehen hatten, begaben sie sich in Bordelle, die so prachtvoll ausgestattet waren wie aristokratische Salons, bestückt mit den begehrenswertesten Huren von ganz Mexiko. Doch nicht einmal die Reize der Mädchen im La Casa de la Contessa, Mädchen so wunderschön wie Tagträume und weißhäutig wie jeder der Saint Patricks selber, vermochten sie lange von der Gewissheit abzulenken, dass sich die Amerikaner im Anmarsch befanden.

2 Gerüchte aller Art kamen ihnen zu Ohren, von denen das beunruhigendste war, dass sie gar nicht zur Verteidigung der Stadt eingesetzt werden sollten. Angeblich misstraute Santa Anna ihrer

Bereitschaft, gegen ihre amerikanischen Landsleute zu kämpfen. Einem anderen Gerücht zufolge habe er vor, sie gegen bestimmte Zugeständnisse den Amerikanern auszuliefern, sollte die Verteidigung der Hauptstadt nicht gelingen. Einige Patricios meinten, sie würden es verdammt noch mal jedem General, Yank *oder* Mex, zutrauen, seine Männer auf diese Weise zu hintergehen, und dachten laut darüber nach, ob es nicht klug wäre, sich davonzuschleichen, solange man noch davonschleichen konnte. Riley warnte, er würde jeden Mann zu Brei schlagen, der so etwas sagte, und persönlich jeden erschießen, der versuchte zu desertieren.

In den letzten Wochen waren die Reihen der San Patricios sogar noch angewachsen, und beide Kompanien hatten jetzt beinahe ihre volle Stärke von je hundert Mann erreicht. In US-Lagern von Veracruz bis zu den Vormarsch-Einheiten, die sich bereits fünfzehn Meilen vor der Stadt befanden, riefen Santa Annas englischsprachige Handzettel Yankee-Soldaten dazu auf, sich von der ungerechten amerikanischen Sache loszusagen und zu Mexikos edler Verteidigung der wahren Freiheit und der Mutterkirche zu eilen. Die Zettel hatten zu einem neuen Zustrom von Deserteuren geführt, die begierig waren, die versprochene Belohnung zu ernten von »reichen Feldern und großen Streifen Landes, die, durch euren Fleiß bestellt, euch mit Glück und Wohlstand krönen werden«.

Handsome Jack selbst schrieb einen der Handzettel:

Landsleute, Iren! Ich dränge euch, das Leben eines sklavischen Mietlings in einer Nation aufzugeben, die euch mit Schmach und Schande behandelt. Für wen kämpft ihr? Für ein Volk, das in seiner Gier nach immer noch mehr Land, nach noch mehr friedliebenden Völkern, über die es als Despot herrschen kann, im Angesicht der ganzen Welt auf den heiligen Altären unseres Glaubens trampelt und an alle Zufluchtsstätten, die der Gesegneten Jungfrau gewidmet sind, Brandfackeln legt! Landsleute, ich habe die Gastfreundschaft der Bürger dieser einzig wahren Republik erfahren, und ich sage euch, dass ich ab dem Moment, wo ich ihnen die Hand zur Freundschaft reichte, mit Großherzigkeit empfangen wurde. Obwohl ich arm war, war ich frei; obwohl ich es nicht verdiente, wurde ich respektiert; und ich gelobe euch bei allem, was mir heilig ist, dass dieselben Gefühle, die mir entgegengebracht wurden, auch euch erwarten.

Lucas Malone las ein frisch gedrucktes Exemplar davon über Johns Schulter und sagte: »Verflucht noch mal, was Jack doch für eine Predigt kritzeln kann. Da will man fast wieder auf der andern Seite sein, damit man noch mal ganz von vorne desertieren kann.«

In seinem Eifer, neue Rekruten zu sammeln, besuchte Handsome Jack täglich das ehemalige Kloster von Santiago Tlatelolco und missionierte unter den gefangenen amerikanischen Soldaten, die dort eingesperrt waren. Die meisten verfluchten ihn als Abtrünnigen und Hurensohn und sagten, sie hofften, seinen Kopf bald auf einem Spieß zu sehen, doch andere erlagen seinen Überredungskünsten und den versprochenen Belohnungen und fanden sich binnen einer Stunde nach Annahme seines Angebots in einer Saint-Patrick-Uniform wieder.

3 Eines sonnigen Donnerstagmorgens bekamen sie den Befehl, sich umgehend zu dem Dorf Churubusco zu begeben, etwa fünf Meilen südlich der Zitadelle, und die Verteidigung der Brücke über den Rio Churubusco zu verstärken.

»Verdammt noch mal höchste Zeit«, sagte Lucas Malone. Die Truppe grinste breit. Der Befehl räumte ihre Befürchtungen aus, dass Santa Anna sie als Druckmittel für Verhandlungen zurückhielt.

»Wahrscheinlich hat Señor Napoleon jetzt endlich kapiert, dass wir viel mehr zu verlieren haben als jeder Mexie, wenn wir gefangen genommen werden«, bemerkte ein Patricio namens Tom Cassady. »Verdammt Mann, *wir* ha'm doch am meisten davon, wenn die Yanks zurückgeschlagen werden.«

»Churubusco«, sagte ein Rotbart namens O'Connor, als sie sich zum Ausrücken bereit machten. »Ist irgendein berühmter spanischer General oder so?«

»Nein«, sagte Colonel Moreno. »Das ist Aztekisch. Es heißt, äh, wo der Kriegsgott – wie sagt man – der Ort, wo die Vögel zu ihrem Nest kommen? Am Abend?«

»Ein Horst?«

»Sí! Churubusco. Es bedeutet der Horst des Kriegsgottes.«

»Und der Kriegsgott ist ein *Vogel*?«

»Wie ein wilder Vogel – wie ein Adler. Und auch wie eine Schlange. Der Kriegsgott ist wie Mexiko. Er ist wie alle wilden Dinge des Blutes.«

4 Sie überquerten an jenem Nachmittag den Rio Churubusco unter einer gleißenden Sonne, die hinter dünnen zerfaserten Wolken verschleiert war. Der Anblick des Saint-Patrick-Banners, das in der Brise flatterte, löste Jubelrufe bei den zwei Infanterieregimentern aus, die die Steinbrücke verteidigten. »Viva los Colorados! Viva los San Patricios!« Die Infanteristen hatten einen Brückenkopf mit einer hohen u-förmigen Brustwehr errichtet, hinter der zwei Schützenbataillone und drei Artilleriegeschütze Stellung bezogen hatten. Dieser Wall bot ein hervorragendes Schussfeld, dem ein wässriger Graben von zwanzig Fuß Breite vorgelagert war. Der Brückenkopf überblickte eine Dammstraße, die zu beiden Seiten von tiefen Gräben und matschigem Marschland gesäumt war. Die Dammstraße verlief beinahe zwei Meilen nach Süden zum Pueblo San Antonio. Sie war eine von nur zwei Zugängen, auf denen die Amerikaner zur Brücke gelangen konnten. Der andere Zugang war die Coyoacán-Straße. Auf beiden Dammstraßen wären sie ein leichtes Ziel.

Die Patricios grüßten die jubelnden Mexikaner mit erhobenen Fäusten. Sie bogen vom Brückenkopf ab und marschierten auf die Coyoacán-Straße und folgten ihr zweihundert Yards nach Südwesten zum imposanten Kloster von San Mateo. Das Kloster bestand aus mehreren Gebäuden und einer Kirche mit einem hohen, breiten Turm. Eine halbe Meile südlich lag ein Lava-Bett namens Pedregal, etwa fünfzehn Quadratmeilen aus schwarzem, diamanthartem vulkanischem Gestein, so scharfkantig, dass es durch Stiefelsohlen schnitt und selbst die beschlagenen Hufe der Pferde zerfetzte. Zusammen mit dem umgebenden Marschland und den dichten Maisfeldern blockierte der Pedregal jeglichen Zugang zum Churubusco bis auf den über die Straßen von Coyoacán und San Antonio.

Sie marschierten durch die riesigen Eingangstore zu den mitreißenden Klängen einer Armeekapelle und den schallenden Vivats der beiden Bataillone, die dort bereits unter dem Befehl von General Manuel Rincón stationiert waren. Das Kloster war von zwölf Fuß hohen, mit Schießscharten versehenen Mauern umschlossen, dahinter ein breites Gerüst, auf dem ein Quartett von Acht-Pfund-Geschützen postiert war. In der Mitte eines Hofs aus Kopfsteinpflaster befand sich ein großer Springbrunnen, um den ein mit Zypressen und blühenden Büschen gesäumter Backsteinweg verlief. Entlang der östlichen Mauer blühte ein leuchtend roter Rosengarten. Rincón hieß die Saint Patricks willkommen und hielt eine kurze, eloquente Rede über ihren Edelmut und ihr Heldentum. Es folgten weitere Vivats und Marschmusik, und dann nahm der General Moreno beiseite und beriet sich kurz mit ihm, deutete beim Sprechen hier- und dorthin im Kloster, beugte sich nahe zu ihm, um sich über dem Lärm der Kapelle verständlich zu machen. Die beiden Männer salutierten einander, und Moreno kehrte zu seinen Männern zurück und unterrichtete sie über ihre jeweiligen Aufgaben.

Die Mauern des Konvents sollten von Rincóns Infanterie bemannt werden, doch die vier großen Geschütze würden die San Patricios bedienen. Zwei Geschütze waren auf die San-Antonio-Straße gerichtet und zwei auf den südlichen Abschnitt der Coyoacán-Straße, über die die Yankees kommen mussten, wenn sie das Kloster angreifen wollten. Die Straße war auf einer Seite von Marschland, auf der anderen von einem matschigen Feld mit reifem Mais gesäumt und war bis zu einer kleinen Anhöhe beinahe eine halbe Meile südlich gut zu überblicken, wo das winzige Dorf Coyoacán lag und eine Abteilung Ausgucker postiert war. Jenseits der Anhöhe verlief die Straße westlich nach San Angel, eine Meile weiter.

Die flachen Dächer des Klostergebäudes waren von niedrigen schützenden Mauern umsäumt und ergaben hervorragende Wälle. Ihnen wurde Saturnino O'Learys Kompanie zugeteilt. Das Kernstück der Klosterverteidigung war die Kirche selbst. Um den massigen Turm herum verlief ein breiter, steingemauerter Rundgang, von dem man freien Blick auf das umliegende Land hatte. Die Position war ideal für Scharfschützen wie auch für das Sechs-Pfund-Geschütz und das Paar Vier-Pfünder, die Rincón bereits dort aufgestellt hatte. Ihre Verteidigung wurde Handsome Jack Rileys Kompanie und einem Zug mexikanischer Schützen anvertraut.

Santa Annas Befehl, so informierte Moreno sein Bataillon, lautete, dass das Kloster gehalten werden müsse, koste es was es wolle. »Sollten die Yankees unsere südlichen Stellungen durchbrechen und bis hierher vorrücken, stehen nur noch der Brückenkopf und dieses Kloster zwischen den Barbaren und der Hauptstadt. Wir dürfen nicht fallen, Compadres. Wir dürfen es nicht.«

»Wie wahr, wie wahr«, murmelte Lucas Malone.

5 Noch keine Stunde nachdem sie ihre zugewiesenen Positionen eingenommen hatten, drang von der fernen südlichen Seite des Pedregal, etwa drei oder vier Meilen entfernt, das Dröhnen von Artillerie zu ihnen. Die Klosterverteidiger versammelten sich an den Südmauern und spähten zum Pedregal, hinter dem die schweren Geschütze ertönten. General Rincón und Colonel Moreno gingen hinauf zu Rileys Saint Patricks auf dem Turm, doch selbst von diesem Aussichtspunkt aus konnten sie von der weit entfernten Schlacht nur undeutliche Wolken von Staub und Rauch sehen. Die Ausgucker bei Coyoacán waren auf dem Kamm der Anhöhe versammelt und spähten nach Süden.

»General Valencia ya emprendió la lucha«, berichtete Rincón. Moreno sagte Riley und John, dass General Valencia den Auftrag habe, jeden Versuch der Yankees zu vereiteln, das südliche Ende des Pedregal zu umrunden und dann über die San-Angel-Straße gegen das Kloster vorzurücken.

Die ferne Artillerieschlacht dauerte den ganzen Nachmittag an und schien sich langsam San Angel zu nähern. Jetzt ging die Sonne in einem purpurroten Tumult hinter Gewitterwolken unter, die sich schieferschwarz auftürmten. Wetterleuchten blitzte geisterhaft bleich in den Bergen. Die Lagerfrauen bereiteten ein Abendessen aus würzigem Lammeintopf, Bohnen und Tortillas vor, und die San Patricios stürzten sich darauf. Sie hatten gerade fertig gegessen, als der Lärm der Artillerie plötzlich verstummte. Die Armeekapelle hatte vorher schon ihr Geschmetter eingestellt, und jetzt wehten leise Gitarrenklänge durch das Kloster. Viele der mexikanischen

 Soldaten waren in Begleitung ihrer Frauen und schmiegten sich im Schatten an sie.

Jetzt senkte sich die Nacht vollständig über das Land. Der Himmel war finster von dahinjagenden Wolken, und ein Wind kam auf, der stark nach einem nahenden Gewitter roch. Donner rollte in einem langen wogenden Krachen über das Tal, und jeder Schlag war lauter als der vorherige. Windböen schüttelten die Bäume und Sträucher. Plötzlich leuchtete das Kloster in blassblauem Licht auf, gefolgt von einem markerschütternden Donnerschlag, der John zusammenzucken und Lucas juchzen ließ, und dann öffnete sich der Himmel und der Regen prasselte herunter.

6 Nach Mitternacht flaute der Wind schließlich ab, und der Regen wurde zu einem Nieseln, hörte aber erst kurz vor Sonnenaufgang ganz auf. Der Morgen war feucht und kühl, gewürzt mit den Gerüchen des fruchtbaren Marschlandes. Der Himmel rötete sich über den Bergen im Osten. Als die Sonne über die Gipfel stieg, begannen wieder die Schlachtgeräusche im fernen Südwesten.

John und Lucas standen am Steingeländer des Turmlaufganges und schlürften Kaffee, während sie die ferne Anhöhe der Coyoacán-Straße absuchten, wo die mexikanischen Ausgucker postiert waren. Sie waren als winzige Gestalten zu sehen, die ein weiteres Mal zusammengedrängt auf der Straße standen und nach Süden schauten. Jetzt begannen einige aufgeregt zu gestikulieren. Der Lärm von Artillerie und leichteren Waffen war zu hören. Riley trat neben John und richtete seinen Feldstecher auf die Coyoacán-Anhöhe. Die Ausgucker bestiegen eilig ihre Pferde, rissen die Zügel herum und jagten Richtung Kloster. Einen Moment später kam Moreno die Turmstufen zum Wehrgang heraufgerannt und spähte hinaus auf das Dutzend Reiter, die zu den Toren galoppierten und im Hof lärmend schrien: »Hay vienen! Hay vienen!«

Sie kamen in der Tat, aber es waren noch keine Yankees. Die Männer, die da in überstürzter Flucht über die Anhöhe geritten kamen, gefolgt von Soldaten zu Fuß, waren Valencias Truppen auf dem Rückzug von San Angel. Als sie die Straße erreichten, blickten sie weder zu den Kameraden hoch, die von den Mauern zu ihnen hinunterriefen, noch zu den offenen Toren des Klosters, sondern drängten weiter bis zum Brückenkopf und suchten dort Zuflucht.

Das Krachen amerikanischer Gewehre wurde lauter. Noch mehr Soldaten kamen galoppierend oder rennend die Straße herunter. Und jetzt wurde von der Ostmauer des Klosters »Mira! Mira!« gerufen, und die Patricios auf dem Wehrgang rannten zu dieser Seite und sahen, dass jetzt auch die San-Antonio-Straße Richtung Brücke voll war mit flüchtenden mexikanischen Soldaten.

John und Lucas sahen sich an, und John meinte in den Augen des Alten eine Erschöpfung zu sehen, die er noch nie bemerkt hatte. Sein eigener Mund war trocken geworden. Er hätte nicht sagen können, wie viel von seiner Aufregung Angst und wie viel Erwartung war.

Beinahe eine Stunde lang setzte sich der Rückzug der mexikanischen Soldaten auf beiden Straßen fort. Die letzten von ihnen feuerten hinter sich. Als diese Infanterie-Nachhut es zum Brückenkopf geschafft hatte, kamen die ersten Yankee-Soldaten in Sicht, eine Kompanie Dragoner. Sie ritten zum Damm hinauf und hielten dort. Während sie die Straße vor sich auskundschafteten, eröffneten alle drei Geschütze am Brückenkopf das Feuer auf sie.

Die Yankees machten auf dem schmalen Damm hastig kehrt und galoppierten alle dahin zurück, woher sie gekommen waren, einige wurden zu beiden Seiten von der Straße in den wässrigen Matsch gedrängt. Zwei der Kanonenkugeln waren massive Munition und landeten hoch aufspritzend im Marschwasser neben der Straße, doch die andere war ein Sprenggeschoss, das auf der Dammböschung explodierte und zwei Pferde und ihre Reiter traf. Großer Jubel erhob sich vom Brückenkopf und den Mauern des Klosters. Einer der getroffenen Yankees sprang auf und humpelte zu einem Kameraden, der ihn hinter sich aufs Pferd zog, doch der andere steckte im flachen Wasser neben der Straße unter seinem sterbenden und noch schwach ausschlagenden Pferd fest. Die Männer im Kloster konnten sehen, wie er seinen Kameraden verzweifelt anflehte, ihm zu helfen, konnten schwach seine schrillen Schreie hören, als der letzte der Dragoner davonspurtete, bevor die großen Geschütze ein zweites Mal auf sie schießen konnten.

»Seht nur, sie lassen ihn da einfach liegen«, sagte Lucas Malone. »Traurige Hurensöhne.«

»Gib ihm den Rest, Johnny«, sagte Riley.

John sah ihn an. »Teufel, Jack, der *ist* erledigt.«

Riley verzog das Gesicht. »Wenn er sich unter dem Pferd da befreit und wieder ins Gefecht kommt, dann könnte er genau der sein, der *dich* in einer Stunde erschießt. Schlimmer noch, er könnte der sein, der *mich* erschießt. Jetzt mach schon, los!«

»Ich wette ein' Dollar, dass Johnny ihn mit ei'm Schuss in den Kopf erledigt«, rief Lucas Malone schnell. »Egal, ob der Bursche sich wie 'ne Schlange schlängelt und es zweihundert Yards sind, wenn nicht noch mehr.«

»Bin dabei, Malone«, sagte jemand. »Der Junge kann schießen wie der Teufel, das stimmt, aber so gut ist er nicht!« Sofort wurden lautstark Wetten abgeschlossen. Als das Geld die Hände wechselte, zwinkerte Lucas John zu.

John stützte sein Gewehr auf die Brüstung des Wehrgangs, spannte die Waffe und zielte sorgfältig. Der Trooper saß aufrecht, seine Pistole in der Hand, und hatte es beinahe geschafft, sein Bein unter dem Pferd hervorzuziehen. John drückte ab, und in dem Moment meinte er zu sehen, wie die Kugel in einem rauchenden Blitz aus der Mündung schoss, die stille Mittagsluft durchschnitt und die Entfernung zu ihrem Ziel in weniger als einem Herzschlag zurücklegte. Vor Johns innerem Auge wuchs der Kopf des Yankee von einem winzigen Flecken zu seiner vollen Größe, als die Kugel knapp über dem linken Ohr knirschend in den Schädel einschlug, Knochen und Gehirn durchdrang und auf der anderen Seite des Schädels hinausschoss und das rechte Ohr in einem roten Sprühregen mitnahm. Der Kopf des Mannes kippte unvermittelt nach rechts, und er fiel tot mit dem Gesicht ins Wasser.

Die Mexikaner ließen wieder großes Jubelgeschrei hören, und Lucas Malone lachte und sammelte die Wetteinsätze ein und klopfte John auf die Schulter.

John empfand keine Freude über den Schuss. Der Mann war ihm keine größere Bedrohung gewesen als eine Flasche auf einem Zaun. Lucas bemerkte seine Miene, beugte sich zu ihm und sagte: »Jack hatte recht mit dem, was er gesagt hat. Und der Hurensohn war sowieso einer von *denen*, verdammt, und es ist immer richtig, einen von den *ihren* zu erschießen, egal ob er steht oder sitzt oder schläft oder scheißt oder vögelt oder seine gottverdammten Gebete spricht. Hörst du mich, Junge? Das hast du gut gemacht. Und *du* hast es getan, weil du der Beste von uns bist.«

John zuckte die Achseln und dachte, dass derjenige, der einmal gesagt hatte, dass ein Mann nicht mehr ist als das, was er am besten kann, verdammt noch mal recht hatte.

Eine halbe Stunde später erschienen ein weiteres Mal amerikanische Soldaten, diesmal sowohl auf dem Coyoacán-Damm als auch auf dem San-Antonio-Damm – und in großer Zahl. Das Brückenkopfgeschütz eröffnete das Feuer und brachte ein weiteres Pferd zu Fall. Jetzt feuerten die Mauergeschütze am Kloster – und unter der Rundgeschossmunition war auch eine hochexplosive Granate, die ein paar Dragoner und mehrere Fußsoldaten zu Fall brachte. Die Jubelrufe der Mexikaner übertönten die Schreie der Tiere und der gefallenen Männer.

Und dann griffen die Amerikaner von beiden Dämmen aus an.

7 Die Spy Company beteiligte sich am ersten Angriff nicht. General Twiggs, der den Angriff auf das Kloster über die Coyoacán-Straße leitete, hielt sie in einem Weidenhain eine halbe Meile südlich von San Angel in Reserve. Sie saßen rauchend und plaudernd auf dem Boden, ihre gesattelten Pferde in der Nähe, ihre Gewehre zur Hand. Der Tag war kühl angebrochen nach einer Nacht heftigen Regens, hatte sich aber schnell erwärmt, als die Sonne höher stieg, und jetzt am späten Vormittag war die Luft heiß und schwer. Sie konnten die Schlacht wüten hören, das stetige Dröhnen der mexikanischen Artillerie und das ständige Geratter leichter Waffen, die Schlachtrufe und Schreie von Männern, das Kreischen verletzter Pferde.

Sie hatten das Gerücht gehört, Twiggs traue der Spy Company nicht zu, mit voller Überzeugung gegen ihre Landsleute zu kämpfen, und jetzt sagte der alte Lázaro, dass es so aussehe, als stimme es. »Ich hoff verdammt noch mal, dass es wahr ist«, sagte Spooner auf Englisch und grinste Edward an.

 Doch Dominguez war beleidigt. »Dieser Twiggs, er nicht denkt, ich kämpfe hart gegen Mexicanos?« sagte er. »Bermejillo, er nicht ist Mexicano? Torrejón? Miñon? Mein guter Freund Lucero, ich habe *ihn* getötet. Er nicht ist Mexicano?«

»He, Manuel«, sagte Spooner, »hör dir doch einfach mal an, was da draußen vor sich geht. *Hörst* du diese Scheiße? Willst du *da* reingeraten? Ich Teufel noch mal nicht, das steht fest. Twiggs kann uns hier zurückhalten, bis die Hölle zufriert, is mir ganz recht.«

Doch zwei Stunden nach Beginn der Schlacht kam von Twiggs der Befehl, dass sie sofort aufsitzen und sich dem Angriff anschließen sollten. Sie stiegen in ihre Sättel und ritten schnell die Coyoacán-Straße hinauf, dem Höllenlärm entgegen, und erklommen eine kleine Anhöhe, gerade als eine Artilleriegranate den Damm keine vierzig Fuß vor ihnen traf und die ersten sechs Reiter in der Kolonne einschließlich Dominguez mit ihren kreischenden Pferden zu Boden gingen.

Edwards Pferd wurde von Granatsplittern getroffen, und es rannte laut wiehernd vom Damm hinunter in das angrenzende Maisfeld, seine Beine knickten ein, und Edward wurde abgeworfen. Er raffte sich schnell auf, die Hände voller Schlamm, hielt aber immer noch sein Gewehr fest. Das Pferd war verschwunden. Er klopfte den Gewehrlauf gegen seine Stiefelsohle, um die Mündung von Schlamm zu befreien. Die Maisstängel waren beinahe so hoch wie er selbst, und über dem Feld lag der Dunst von Pulverrauch. Die Erde wurde von Kanonengranaten erschüttert. Das Kloster erhob sich gespenstisch in der Ferne. Er kletterte die Dammböschung hinauf und spähte darüber und sah etwa eine Achtelmeile in Richtung Osten die zerschossene San-Antonio-Straße. Sah die kleinen undeutlichen Formen von Leichen auf der Straße ausgestreckt und im flachen Marschwasser treiben. General Worths Infanterie schleppte sich platschend durch den Sumpf dem Brückenkopf entgegen, während zwischen ihnen Artilleriegranaten explodierten. Er blickte zum Kloster und sah eine Kanone auf der Mauer gelbrot aufblitzen und ließ sich die Böschung hinunterrollen, als die Kugel über seinen Kopf hinwegheulte und keine fünfzehn Yards hinter ihm bebend in den Boden einschlug.

Jetzt explodierte eine Granate auf der anderen Seite des Dammes und schleuderte Körperteile in einem Schauer von Blut und schwarzem Wasser in die Höhe. Dominguez kam die Böschung heruntergerollt, landete ausgestreckt neben Edward und setzte sich mit wildem Blick und schlammbedeckt auf. Er war barhäuptig, und Blut rann ihm aus den Haaren über Gesicht und Schnauzbart. Er wischte sich mit den Fingern übers Kinn, starrte auf das Blut darauf und blickte Edward empört an. »Esos chingados casi me mataron!« Er sah sich mit funkelnden Blicken um, als könnten ihn jene, die ihn töten wollten, schnell umzingeln, dann schnappte er sich seinen Hut, setzte ihn auf und sagte grimmig zu Edward: »Pues, vamos a ver quien mata quien! Andale, Eduardito, sígueme!«

Er folgte Dominguez in die Maisstängel und auf das Kloster zu, das hundert Yards vor ihnen aufragte. Direkt vor ihnen rückte auch ein Regiment von Twiggs' Infanterie durch das Maisfeld vor. Der Damm war mit toten und sterbenden Männern und Pferden übersät und lag weiterhin unter schwerem Artilleriebeschuss. Edward war sicher, wenn er aufhörte, sich zu bewegen, würde er umgehend getötet. Er spürte, dass die einzige Taktik in diesem Augenblick die war, die für jedes Gefecht galt – immer weiter auf den zugehen, der versucht, dich zu töten, ihn erreichen und ihn zuerst töten. Andere Compañeros stießen zu ihnen, als sie vorrückten. Der größere Teil der Kompanie war noch am Leben. Spooner tauchte aus dem Rauch wie eine heimtückische Geistererscheinung auf, die auf Vernichtung aus war. Sein Ärmel glänzte hell mit Blut. »Töte sie!« verlangte er von Edward, als wäre ihm der Gedanke gerade eben erst gekommen. »Töte sie alle!« Sie rückten geduckt durch den Mais vor, bewegten sich an Leichen vorbei, vorbei an Verwundeten, die um Hilfe bettelten, um Wasser, fluchten, laut um ein Ende ihrer Qual beteten. Die Compañeros drängten weiter. Mit jedem Artillerieschuss bebte der Boden unter ihnen. Gewehrkugeln summten über ihre Köpfe hinweg. Das Gekreisch der Welt wollte nicht verstummen.

Als Twiggs' Streitkräfte dem Kloster immer näher kamen, feuerten die Kanonen auf den Mauern und dem Turm Kartätschen ab, und bei jeder Explosion gingen Dutzende von Yankees schreiend zu Boden. Die Compañeros ließen sich fallen und drückten sich fest auf die schlammige Erde. Edward hörte sich fluchen, wusste aber nicht über was. Ein Kugelhagel riss durch die Maisstängel. Er roch Blut durch den Schlamm in seiner Nase. Dann eine Explosion, die anders klang – eine Explosion nicht gegen Erde, sondern gegen Stein, und ein Chor von Jubelrufen der Amerikaner im Mais vor ihnen wurde laut. Er richtete sich auf und spähte über die Stängel, als eine weitere Explosion vom Kloster widerhallte. Eine große Fontäne zersplitternder Steine flog auf der anderen Seite der Kirche in die Luft und regnete wieder herab.

»Es sind die Jungs von Worth!« brüllte Spooner. »Sie müssen die Brücke eingenommen haben! Sie richten die Kanonen der Mexies auf ihre eigene Kirche, verdammt noch mal!«

Der Turm oberhalb des Wehrgangs wurde getroffen und ein großer Brocken herausgerissen, sodass die Kirchenglocken wie wild läuteten. Die Infanteristen im Mais stießen einen weiteren begeisterten Jubelruf aus. Eine Granate explodierte auf dem Klosterdach und schleuderte einen verstreuten Haufen von Schützen wie Puppen in die Luft. Jetzt brach ein Abschnitt der Mauer vor ihnen auseinander – eine Explosion von solcher Wucht, dass die Granate nur ein Pulverlager getroffen haben konnte oder es von einem Funken zur Explosion gebracht worden war. Bei dem Anblick der plötzlichen Bresche direkt vor ihnen richtete sich die Führungswelle der Infanterie im Maisfeld mit einem gewaltigen und zitternden Schlachtruf auf. Angeführt von ihren Captains stürmten sie mit hoch erhobenen Säbeln dem Kloster entgegen.

»Adelante!« brüllte Dominguez. »*Adelante!*« Er hatte sich aufgerichtet und schwang ein mit einem Bajonett versehenes Hall-Gewehr und rannte auf die gebrochene Mauer zu. Die Compañeros erhoben sich alle und stürmten hinter ihm her.

Edwards Gesichtsfeld schrumpfte jetzt auf diesen schmalen Ausschnitt der Welt direkt vor seinen Augen zusammen. Er war sich des Gewehrfeuers, das auf sie niederging, nur undeutlich bewusst, der Männer vor und neben ihm, deren Hände hochflogen, wenn sie stürzten, und über die er sprang oder auf die er trat, während er weiter auf die Mauer mit dem klaffenden Spalt zurannte, in den jetzt die ersten Amerikaner hineinsprangen und ins Innere drangen. Er warf einen Blick hinauf zur Mauer, die immer näher aufragte, und sah dort die dunklen, weißäugigen Gesichter mexikanischer Schützen und sah eine Geschütztruppe um eine Kanone gedrängt, doch auch sie schossen jetzt mit Gewehren, und er wusste, dass ihnen die Artilleriemunition ausgegangen war. Als er die Bresche erreichte, blickte er wieder hoch und sah, dass die Geschütztruppe aus weißen Männern bestand.

Und dann war er im Hof und erschoss einen kleinen mexikanischen Soldaten, der mit aufgestecktem Bajonett auf ihn zurannte und aussah, als wäre er vierzehn Jahre alt. Der Junge fiel vor seinen Füßen zu Boden, Blut quoll ihm aus dem Mund und seine Augen verdrehten sich. Überall waren Mexikaner, die sich dem ersten Ansturm von Yankees schießend und stechend entgegenstellten, und an ihrer Seite waren Frauen, die zähnefletschend wild mit Messern um sich schlugen. Jetzt war der Hof überflutet mit amerikanischen Soldaten, die durch die geborstenen Mauern hereinströmten und über die anderen kletterten und mit hohem, zitterndem Geheul in die Rosenbüsche hinuntersprangen.

Er wurde von hinten umgestoßen und rollte schnell zum Fuß des Springbrunnens und sah hoch oben auf dem Wehrgang des Turms zwei mexikanische Schützen, die weiße Fahnen an ihre Gewehrläufe gebunden hatten. Doch die Männer wurden von hinten gepackt, die weißen Fahnen abgerissen, und der eine wurde von einem großen hutlosen rothaarigen Mann in den Kopf geschossen, während der andere von einem graubärtigen Mann von den Füßen gehoben und ins Leere geworfen wurde. Er stürzte sich überschlagend und schreiend, doch kaum hörbar über dem Getöse, in die Tiefe, schlug mit dem Kopf gegen den Steinrand des Springbrunnens und fiel mit zertrümmertem Schädel auf das Kopfsteinpflaster als wären seine Knochen zu Sand geworden.

Cisco ging neben Edward mit blutüberströmtem Gesicht zu Boden und schlug mit seinem Säbel nach zwei mexikanischen Soldaten, die über ihm standen und versuchten, ihn zu bajonettieren. Edward sprang auf und stieß sein Bajonett durch die Kehle des einen Soldaten, und als der andere sich zu ihm umdrehte, durchbohrte Cisco seinen Oberschenkel, und der Mexikaner ging schreiend zu Boden, während Blut aus der Wunde spritzte.

Der Hof war wie eine Vorhölle aus Gebrüll und Gekreisch, aus Schreien und Flüchen, dem Krachen, Knallen und Querschlägergeheul von Schüssen, dem schallenden Klirren von Bajonetten und Säbeln. Die Luft war dick von Staub und Rauch und den Gerüchen von Scheiße und Blut. Edward schwang sein Gewehr mit beiden Händen wie eine Keule und spürte, wie jeder Schlag Knochen brach. Er stolperte über eine Leiche und fiel wieder hin, sah einen Moment lang den dunstigen Himmel, bevor die Sicht von einem Gewühl von Leibern verdrängt wurde, die über ihm mit Gewehren und Bajonetten um sich schlugen. Jemand in der Uniform der Spy Company schlitzte den Bauch eines mexikanischen Soldaten mit einem Bowie auf, und die Gedärme ergossen sich neben Edward wie ein Gewimmel blutiger blauer Schlangen. Der das Bowie führte, war Fredo Ruiz, der ihn auf die Füße zog und zu den Steinstufen der Kirche hinüber, wo ein Dutzend Compañeros bereits ins Innere eilte. Die Steine waren schlüpfrig von Blut, die getünchten Wände damit bespritzt und beschmiert.

Edward hatte einen Colt in der Hand und nahm zwei Stufen auf einmal. Doch jetzt fiel Fredo, und Edward stolperte beinahe über ihn. Er beugte sich herab, um ihm auf die Beine zu helfen, und sah, dass er ein großes rotes Loch gleich hinter dem Ohr hatte und tot war. Er steckte seine Pistole ein, nahm die zwei Colts von Fredo und rannte die Stufen hinauf und in die Düsternis der Kirche hinein, wo die Compañeros auf eine Horde Mexikaner, die mit Bajonetten um sich schlugen, schossen, einknüppelten und einstachen. Edward feuerte die Colts, bis beide leer waren, und legte fünf Mexikaner um. Er warf Fredos leere Pistolen weg und zog seine eigenen, doch die Compañeros hatten jetzt die restlichen Mexikaner an die Wand gedrängt und in schneller Reihenfolge erschossen oder bajonettieren sie ohne Ausnahme.

»Por acá!« Dominguez war bei der inneren Tür, Pistole in der Hand, und bedeutete ihnen, dass sie die Treppe gleich dahinter hinaufgehen sollten. »Arriba! Arriba en el campanario hay una bola de artilleristas. *Mátenlos*, muchachos, mátenlos todos!« Er ließ Chucho und ein Dutzend andere den Sturm anführen, die Wendeltreppe hinauf zu der Tür, durch die man zum Wehrgang des Turms gelangte, und schloss sich Edward an, den er wie ein Verrückter angrinste. Hinter ihnen drängelte ein Haufen Yankee-Schützen die Treppe hinauf, an ihrer Spitze der brüllende Captain.

»Está abierta!« rief Chucho, überrascht, die Tür unverriegelt zu finden. Er trat sie weit auf, sodass blendendes Tageslicht hereinkam – und eine ohrenbetäubende Explosion von Kartätschenhagel zerriss ihn und fünf andere in Stücke und versprühte ihre blutigen Körperteile über die Männer unter ihnen auf der Treppe.

8 Die Kartätsche war ihre letzte Artilleriemunition. Jack hatte das Geschütz geladen und es auf die Tür gerichtet und befahl jetzt, den Riegel zurückzuschieben, und sagte: »Wir bereiten ihnen einen heißen Empfang, bei Gott!« Sie hatten keine einzige Gewehrkugel mehr übrig, nur ein paar geladene Perkussionsschloss-Pistolen und ihre Messer und Bajonette, als die Yankees jetzt durch den Rauch und den zerstörten Türeingang heulend herausgerannt kamen. Doch die ersten von ihnen waren gar keine Yankees – sondern Mexikaner in flachen schwarzen Hüten und seltsamen Uniformen, die die US-Insignien trugen. Einer der mexikanischen Verteidiger platzte heraus: »Oye, pero qué …?«, und die Schwarzhüte feuerten aus der Hüfte und legten ein Dutzend bass erstaunte San Patricios um, wo sie standen, bevor sie alle in einem Tumult von Bajonetten und Gewehrkolben, hauenden Säbeln und Messern, Flüchen und Schreien aufeinanderprallten. Männer fielen in Fontänen von Blut aus aufgeschlitzten Kehlen und aufgerissenen Bäuchen und durchstoßenen Oberschenkeln. Die Patricios, die mit Pistolen bewaffnet waren, erschossen, wen sie konnten, mit ihrem einen Schuss und schwangen dann wild ihre leeren Waffen um sich. Sein Bajonett vor sich herstoßend und mit dem Gewehrkolben um sich knüppelnd, wich John immer weiter zurück auf dem von Blut glitschigen Wehrgang, während die Schwarzhüte und jetzt auch normale Yankee-Soldaten ihn und die weniger werdenden Patricios um ihn herum bedrängten. Er rammte einem grauhaarigen Schwarzhut sein Bajonett in den Bauch, bekam es jedoch nicht mehr heraus. Also ließ er das Gewehr los und zog mit einer Hand seine geladene Pistole und sein Messer mit der anderen und sah jetzt Lucas Malone mit einem Schwarzhut um ein Gewehr mit aufgepflanztem Bajonett ringen. Er schlitzte dem Schwarzhut den Hals bis zum Knochen auf. Lucas grinste ihm zu, dann traf ein lähmender Schlag John seitlich am Ge-

sicht, und er ging hart zu Boden. Ein Yankee ragte über ihm auf und wollte schon seinen Säbel auf ihn heruntersausen lassen, doch John war schneller und stieß ihm sein Messer zwischen die Beine. Der Soldat schrie auf, ließ seinen Säbel fallen und kippte um. Und da war Edward mit seinem schwarzen Hut keine sechs Schritt von ihm entfernt und starrte ihn mit offenem Mund an. In dem Moment rammte ein San Patricio ein Bajonett in Edwards Seite. John schoss den Patricio in den Kopf, kaum eine Sekunde bevor er selber niedergeschlagen wurde und sein Kopf gegen Stein prallte. Dann wurde das wackelnde Bild eines grinsenden Yankee-Soldaten scharf, und er erkannte Master Sergeant Kaufmann, der rittlings über ihm stand und ein Gewehr mit Bajonett hob, um es ihm durch den Leib zu stoßen – doch plötzlich erschien ein Unterarm um Kaufmanns Gesicht, ein Messer bewegte sich über seine Kehle und Blut spritzte aus der offenen Wunde, und Kaufmann starb noch im Fallen. Edward stand mit seinem Messer in der Hand da, Blut strömte aus seiner Seite, und er streckte die Hände nach seinem Bruder aus – und dann krümmte er sich plötzlich und packte sein Knie, zuckte und fiel vorwärts. John krabbelte auf ihn zu und umarmte ihn fest und wappnete sich, eine Kugel oder Klinge in den Rücken zu bekommen, doch jemand brüllte: »Kampf einstellen! *Kampf einstellen!* Verdammt, es ist vorbei!«

9 Er erwachte auf einer Bahre auf dem Pflaster des Hofes. Die Sonne schob sich gerade blendend über die westliche Mauer, und die Luft roch nach Rauch und Gemetzel und brummte vor Fliegen. Überall erklang Stöhnen und Wehklagen, lautes und leises Fluchen auf Englisch und Spanisch, Flehen um Wasser, um ärztliche Versorgung, um eine Kugel, die den Schmerzen ein Ende macht. Auf einer Seite von ihm lag ein Mann ohne Gesicht, der noch atmete, auf der anderen ein blonder amerikanischer Soldat mit toten Augen, dessen Gedärme durch ein großes rohes Loch in seiner Flanke sichtbar waren.

Sein Knie pochte und seine Seite brannte, und jeder Herzschlag hämmerte schmerzhaft gegen seinen Schädel. Der Himmel sah schief aus. Jetzt hörte er eine Stimme, die Flüche auf Spanisch kreischte, irgendwelche Leute als Stück Scheiße schmähte, als dreckige Schlangen, Schweinekotze, Ärsche von Scheißlöchern, als schlimmere Verräter Mexikos als La Malinche, der Hure von Cortés.

Er richtete sich mühsam auf seine Ellbogen auf, um über den Toten neben ihm sehen zu können, und entdeckte eine Kolonne mexikanischer Gefangener, die, einen General an ihrer Spitze, über den Hof geführt wurden, und dieser war es, der so schrille Schmähungen ausstieß. Ein Arm war an seine Brust gebunden, und ein blutdurchtränkter Verband bedeckte ein Auge. Seine Schmähungen waren gegen die Angehörigen der Spy Company gerichtet, die zusahen. Dominguez stand dort mit offener Uniformjacke, die Daumen in seinen Gürtel gehängt, und starrte den vorbeigehenden General leer und schweigend an. Spooner stand neben ihm und starrte auch zurück, mit einem breiten Grinsen, einen Arm in einer Schlinge und einen Verband um den Oberschenkel. Die anderen Compañeros sahen alle in verschiedene Richtungen, und keiner begegnete dem Blick des Generals, der sie so heftig verfluchte. Der General wies in einer umfassenden Bewegung mit einem anklagenden Finger auf sie, als er vorbeihumpelte, und schwor, dass Mexiko Rache an ihnen üben werde, weil sie elende verräterische Hurensöhne waren. Die Frauen, die die Gefangenen begleiteten, spuckten auf die Männer der Spy Company, und die Compañeros gingen außer Reichweite, bis die Frauen vorbei waren.

Dann kamen die gefangenen Amerikaner in mexikanischen Uniformen, und jetzt begann die große Menge von US-Soldaten, diese zu beschimpfen, sie anzuspucken und sie mit Steinen und Hundescheiße zu bewerfen. Sie riefen nach ihrem Blut, riefen danach, dass sie auf der Stelle erschossen und an dem Zypressenbaum aufgeknüpft werden sollten. Ihre giftigsten Drohungen waren gegen einen groß gewachsenen Rotschopf gerichtet, den Edward als den Mann erkannte, der den Mexikaner in dem Turm erschossen hatte, weil er versuchte, eine weiße Fahne zu schwenken. »Wir werden alle auf dein Grab pissen, Riley, du elender Dreckskerl!« brüllte einer ihm zu. Der Gerufene sah den Mann an, schlug sich mit der einen Hand auf den Bizeps und hob die Faust. Die Amerikaner heulten auf vor Wut und begannen vorzustürmen und hätten Riley und seine Kameraden sicher in Stücke gerissen, hätten nicht die Generäle Twiggs und Worth, die ihre Pferde vor der ersten Reihe der Menge postierten, ihnen befohlen, zu bleiben, wo sie waren.

»Ihr seid der niedrigste Abschaum der Erde!« rief ein Ire mit wildem Gesicht den vorbeigehenden Gefangenen zu. »Die dreckigsten Bastarde, die jemals das Antlitz von Gott beschämt haben, das seid ihr!«

»Ihr werdet diese Hundesöhne hängen sehen, Jungs«, bellte Twiggs. »Jeden letzten verräterischen Hund von ihnen!«

Edward mühte sich, seinen Kopf hochzuhalten, überflog die Kolonne von amerikanischen Gefangenen und entdeckte schließlich Johnny, der in seiner blutbefleckten Jacke vorbeistapfte, hutlos und gleichgültig gegenüber den Verwünschungen, die auf ihn und seine Kameraden niederregneten. Zuckte kaum zusammen, als ein Stein von seiner Schulter abprallte. Starrte tot vor sich hin, als warte er auf irgendein unduldsames Schicksal.

Edward sank zurück, und der Himmel über ihm drehte sich, und er wirbelte in die Finsternis hinein.

10 Als er das nächste Mal erwachte, befand er sich im US-Armeehospital bei Tacubaya, keine zwei Meilen vom Herzen der Hauptstadt entfernt. Er war beinahe drei Tage lang ohne Bewusstsein gewesen. Durch die Bajonettwunde an seiner Seite hatte er viel Blut verloren, seine Niere war beschädigt und die Ärzte hatten gedacht, er würde sterben. Dann ließ sein Fieber nach, und das Schlimmste war vorüber. Doch sein Knie war von einer Pistolenkugel zertrümmert worden, und es wurde diskutiert, es zu amputieren. Doch schließlich beschlossen sie, dass das Bein bleiben könne. Allerdings würde sich das Knie nur noch ganz wenig biegen lassen, und er würde für den Rest seines Lebens hinken. »Wenigstens«, sagte ihm ein Arzt, »wirst du auf deinem eigenen Bein hinken und nicht auf einem Holzstumpf.« Er hatte auch eine Gehirnerschütterung erlitten, und das Klirren in seinen Ohren würde sich höchstwahrscheinlich als dauerhaft erweisen. Als ein Arzt fragte, was mit seiner Kopfhaut passiert sei, sah Edward ihn ausdruckslos an, und der Arzt fragte nicht weiter.

Während der folgenden Woche schlief er hauptsächlich, wachte ab und zu auf, um Wasser hinunterzustürzen, als wollte er ein Feuer in seinem Bauch löschen, und um Suppe zu schlürfen, die ihm von Krankenschwestern eingeflößt wurde. Doch selbst die Anstrengung, klar zu denken, erschöpfte ihn, und so schlief er. Schlief und träumte von Daddyjack, der mit seinem einen Auge und seiner blutigen Hose durch die verkohlten und rauchenden Überreste eines großen niedergebrannten Hauses irrte, zornig vor sich hin murmelnd, während er gegen die schwelende Glut trat. Er entdeckte Edward, der unter einer hängenden Weide schweißgebadet und verwundet auf einer Decke lag. »Hast du gut gemacht«, sagte er. »Ihr beide. Blutsverwandtschaft ist alles, was du hast in der Welt, und du musst dein' Bruder beschützen und er dich. So ist das mit Brüdern, egal ob ihr Blut befleckt ist.« Er kratzte sein bärtiges Gesicht und blickte Edward listig an. »Ja – befleckt, sag ich! Vergiftet! Vergiftet, als hätte sie Klapperschlangengift in eure Adern gepumpt, als ihr noch in ihrem Bauch zusammengerollt wart, du und dein Bruder und auch eure Schwester. Sie hat meinen Stammbaum vergiftet, diese Teufelshure! Ihn vergiftet und ihn eine schlechte, bittere Frucht tragen lassen.« Er wandte sich wieder dem Durchstöbern der Asche zu, und Edward wollte mit ihm reden, aber es war, als sei er jeglicher aus Worten geformten Sprache beraubt.

11

Als er sich schließlich im Bett aufsetzte und wieder begann, mit Appetit zu essen und von der Welt um ihn herum Notiz zu nehmen, waren seit der Schlacht von Churubusco elf Tage vergangen. Ihm wurde gesagt, Colonel Dominguez und andere Angehörige der Spy Company seien mehrmals auf Krankenbesuch gekommen, aber jedes Mal habe er geschlafen, und der Arzt habe ihnen nicht erlaubt, ihn zu wecken. Zwei Tage zuvor war die Company als Eskorte für einen Zug nach Veracruz ausgerückt.

Von den Krankenschwestern und anderen Patienten erfuhr Edward, dass General Scott seine Armee kurz vor den Außenbezirken von Mexiko-Stadt hatte anhalten lassen und einen Waffenstillstand mit Santa Anna vereinbart hatte, um über Friedensbedingungen zu verhandeln. Auf ihr Gelöbnis hin, für den Rest des Krieges nicht mehr zu den Waffen zu greifen, hatte Scott die meisten der dreitausend mexikanischen Gefangenen freigelassen, die bei dem Vormarsch auf die Hauptstadt gefangen genommen worden waren. Unter den amerikanischen Truppen hatte es viel Murren gegeben. »Viele Jungs denken, er hätte sie alle erschießen sollen«, sagte ein Mann im Nachbarbett, ein Artilleriekorporal namens Walter Berry, der einen Fuß verloren hatte. »Viel unwahrscheinlicher, dass ein Toter nicht mehr gegen dich kämpft als einer, der nur verspricht, dass er's nicht tun wird.«

»Wenigstens hat Old Scotty keinen von diesen desertierten Dreckskerlen freigelassen, die sich Saint Paddies nennen«, meinte ein Mann namens Alan Overmeyer, der in dem Bett auf Edwards anderer Seite lag. Overmeyer hatte seinen rechten Arm und sein rechtes Bein verloren und sah so aus, als wäre er längs halbiert worden.

»Teufel nein, hat er nicht«, sagte Walter Berry. »Wenn Scotty *die* gehen lässt, knöpft seine eigene Armee *ihn* auf, das kannst du glauben.«

»Dieser gottverdammte Santa Anna sagt, wenn er noch einhundert wie diese Saint Paddies gehabt hätte, dann hätt er den Kampf gewonnen. Scheiße! Ein Grund mehr, diese Hundesöhne aufzuhängen, sag ich. Saint Paddies, mein trauriger Arsch – Saint Judas schon eher.«

Sie erzählten Edward, dass mehr als die Hälfte des Saint-Patrick-Bataillons bei Churubusco getötet worden sei. Beinahe zwei Dutzend wurden vermisst, vermutlich waren einige von ihnen entkommen. Um die neunzig waren gefangen genommen worden und zweiundsiebzig von ihnen der Fahnenflucht aus der Armee der Vereinigten Staaten angeklagt. Scott vergeudete keine Zeit, ihnen den Prozess zu machen. Dreiundvierzig waren vorletzten Montag bei Tacubaya verurteilt worden und drei Tage später die anderen neunundzwanzig bei San Angel. Jeder von ihnen außer zweien wurde für schuldig befunden und zum Tod durch Erhängen verurteilt.

»Ihr hättet den Jubel im Gericht von San Angel hören sollen, als die Richter das Urteil über Riley aussprachen«, sagte eine Krankenschwester namens Marlin Grady. »Ich war da und kann euch sagen, ich dachte, das Dach würde in die Luft fliegen, so laut war es. Oh, das ist wirklich ein verhasster Bastard, dieser Riley. Er war es, der diesen Haufen von Rebellen-Paddies gebildet hat und die gotteslästerliche Unverschämtheit gehabt hat, ihnen den Namen des guten Saint Patrick zu geben. Er hat nichts anderes getan, als uns Iren in den Dreck zu ziehen, jeden Einzelnen, dieser verdammte Hurensohn.«

»Sie haben sie alle gehängt?« fragte Edward und spürte, wie sich seine Kehle zuschnürte. Er sah jetzt Johns Gesicht so klar vor sich wie oben auf dem Turm in dem Augenblick, als sie sich wiedergesehen hatten, sein erstauntes blutverschmiertes Gesicht.

»Noch nicht, aber so gut wie », sagte Walter Berry. »Jetzt muss nur noch Old Fuss and Feathers die Urteile ganz offiziell bestätigen, und dann gibt es die Schlinge für diese Judas-Bastarde.«

Über die Prozesse hatte *The American Star* berichtet, eine Yankee-Zeitung, die zum ersten Mal in Jalapa erschienen und seitdem der US-Armee gefolgt war. Marlin Grady brachte Edward ein paar alte Ausgaben, damit er die Berichte selbst lesen konnte. So erfuhr er, dass einer der Saint Patricks, ein Bursche namens Ellis, der nie ordnungsgemäß als Soldat registriert war, wegen dieses Formfehlers freigesprochen worden war. Zwei Stunden später war er auf der Straße von einem Haufen US-Soldaten angegriffen und halb totgeschlagen worden, bevor eine Gruppe Mexikaner ihn retten und wegbringen konnte. Ein weiterer Saint Patrick, Lewis Prefier, hatte bei seiner Gefangennahme keine mexikanische Uniform getragen, war sogar splitternackt gewesen. Außerdem hatte sich herausgestellt, dass er verrückt war, so gestört, dass er nicht einmal seinen eigenen Namen wusste und ebenso wenig wie ein Hund die einfachsten Fragen, die ihm gestellt wurden, verstand. So gewährte ihm das Gericht ein Entlassungspapier, und kurz darauf war er unter einem Steinhagel von den Toren der Garnison vertrieben worden.

Nur sechs der Angeklagten bekannten sich schuldig. Die meisten anderen wiesen den Vorwurf der vorsätzlichen Fahnenflucht zurück und behaupteten, auf die eine oder andere Weise gezwungen worden zu sein, zur mexikanischen Seite überzuwechseln. Einige blieben durchgehend stumm. Doch die Anklage führte zwei Saint-Patrick-Gefangene als Zeugen an, einen Engländer und einen Iren, die schon vor dem Krieg in Mexiko gelebt hatten und nie in der amerikanischen Armee gewesen waren. Sie waren bereit, für eine frühzeitige Freilassung aus dem Gefängnis gegen ihre Waffengefährten auszusagen. Nacheinander deuteten sie auf die Angeklagten und sagten aus, diese hätten sie freiwillig die Uniform der mexikanischen Armee anlegen und gegen die Amerikaner Waffen tragen sehen.

Die Berichte enthielten eine alphabetische Liste der siebzig Männer, die zum Tod durch Erhängen verurteilt worden waren. Und dort – zwischen »Klager, John« und »Logenhamer, Henry« – las Edward den Namen seines einzigen wirklichen Bruders in dieser Welt. Und wollte aufheulen.

Die Zeitung brachte auch mehrere hämische Berichte über den Aufschrei der Mexikaner wegen der Todesurteile, die über ihre geliebten San Patricios verhängt worden waren. Zivile und militärische Amtsträger jeden Ranges legten öffentlich Protest ein. Der Erzbischof von Mexiko persönlich verwandte sich für sie bei Winfield Scott, wie auch der britische Außenminister. Dem irischen Anführer der Deserteure, John Riley, der den Amerikanern als der Verabscheuungswürdigste des gesamten abscheulichen Haufens galt, wurde die leidenschaftlichste Verteidigung zuteil. Scott wurde ein Gnadengesuch für ihn übergeben, das von beinahe einem Dutzend »Bürgern der Vereinigten Staaten und Ausländern verschiedener Nationen in der Stadt Mexiko« unterschrieben war. Dazu gehörte folgender Abschnitt:

Wir bitten demütig darum, dass Eure Exzellenz der Oberbefehlshaber der amerikanischen Streitkräfte sich gnädigst gefallen möge, Captain John O'Reilly von der Legion St. Patrick, und allgemein allen Deserteuren aus amerikanischem Dienst, Begnadigung zu gewähren.

Wir erwähnen Eurer Exzellenz gegenüber vornehmlich O'Reilly, da wir uns bewusst sind, dass sein Leben in größter Gefahr ist; sein Verhalten könnte von Eurer Exzellenz entschuldigt werden in Anbetracht des Schutzes, den er in dieser Stadt den verfolgten und verbannten amerikanischen Staatsbürgern gewährte, indem er einen Befehl, sie gefangen zu nehmen, für nichtig erklärte und nicht ausführte. Wir sind der Überzeugung, dass er ein großmütiges Herz hat und alle seine Fehler eingesteht.

Als Antwort auf den Appell um Nachsichtigkeit gegenüber den Saint Patricks ließ General Twiggs den *American Star* wissen, dass es schließlich die Generäle Santa Anna, Ampudia und Arista gewesen seien, welche die Deserteure umworben und »zur Fahnenflucht verleitet« hatten, und so seien sie verantwortlich für den Preis, den die »armen Schlucker« jetzt für ihre Vergehen bezahlten.

12 Im Lauf der nächsten Wochen kam Edward schnell wieder zu Kräften. Die Wunde in seiner Seite verheilte vollständig, und er verließ jeden Tag für längere Zeit das Bett und ging in der Station auf und ab, die ersten paar Tage mithilfe einer Krücke, bevor er zu einem Stock wechselte. Doch fühlte er sich wie ein Mann in einem Traum. Die Welt um ihn herum war bestechend klar, schien sich aber langsam zu bewegen, wie unter Wasser. Er verspürte ein unnachgiebiges Grauen. Jedes Mal wenn er die Augen schloss, sah er das Gesicht seines Bruders. Er hatte überhaupt keine Gedanken.

Nun kam Scotts Schiedsspruch zu den Urteilen der Gerichte. Aus verschiedenen Gründen begnadigte er fünf der Verurteilten. In fünfzehn anderen Fällen befand er, dass die Männer vor der offiziellen Kriegserklärung desertiert waren und daher, nach Kriegsrecht, nicht legal hingerichtet werden konnten. Diese fünfzehn würden stattdessen fünfzig Peitschenhiebe auf den bloßen Rücken erhalten und ihnen würde mit einem heißen Eisen ein *D* für »Deserteur« auf die Wange eingebrannt. Daraufhin würden sie so lange inhaftiert bleiben, bis sich die US-Armee aus Mexiko zurückzog, zu welchem Zeitpunkt man ihnen den Schädel rasieren, die Knöpfe ihrer Uniformen abreißen und sie zu den Klängen von *The Rogue's March* aus dem Dienst trommeln würde:

Armer alter Soldat, armer alter Soldat.
Geteert und gefedert und zur Hölle geschickt,
weil er kein guter Soldat sein wollte.

Die Urteile der fünfzig anderen ließ er stehen. Sie würden hängen.

Als sich im Hospital die Nachricht verbreitete, dass John Riley unter den fünfzehn war, die vom Strick verschont bleiben würden, brach dort die Hölle los. Bettpfannen wurden aus den Fenstern geschleudert und Teller mit Essen krachend gegen die Wände geworfen. Scott wurde als dummer Bastard verflucht. Walter Berry rief: »Riley ist der *größte* Hurensohn von allen! Er ist der, der gottverdammt noch mal *unbedingt* hängen sollte!« Overmeyer weinte vor Wut. Empörung wütete in der Truppe. Der *Star* zitierte Scotts Adjutant, der gesagt haben sollte, der General habe bei dem Ringen um seine Entscheidung schlaflose Nächte verbracht. Er habe gewusst, die Truppen wären erbost über die Umwandlung von Rileys Urteil. Seine Stabsoffiziere hatten argumentiert, es sei vorzuziehen, lieber alle anderen Verräter zu verschonen, als Riley zu begnadigen. Scott wies dies mit dem Hinweis zurück, Gesetz sei Gesetz, die Kriegsartikel verböten Rileys Hinrichtung, und wenn er nicht dem Gesetz gehorchte, dann würde er ebenso sehr seine Pflichten verletzen, wie Riley die seinen verletzt hatte. Lieber würde er im Sturm auf Mexiko-Stadt getötet werden als seine Pflicht gegenüber dem Gesetz verletzen.

Edward wollte nur wissen, wem außer Riley die Hinrichtung erspart geblieben war, konnte aber natürlich nicht verraten, dass er unter den Verrätern einen Verwandten hatte. Er humpelte durch die Station und versuchte, sich von jemandem eine Zeitung zu leihen, doch die wenigen, die eine hatten, wollten sich nicht davon trennen, während sie lasen und fluchten und die schlimme Nachricht über Riley immer wieder aufs Neue lasen. Schließlich ging Marlin Grady los und kaufte noch mehr Zeitungen. Edward nahm sich eine, setzte sich auf sein Bett, breitete sie vor sich aus und überflog die Namen der fünf, die vollständig begnadigt worden waren, und erkannte keinen. Er fluchte leise und ließ den Blick dann über die Liste der fünfzehn wandern, deren Urteile umgewandelt worden waren, und sah auch dort Johns Namen nicht. Er sah Rileys Namen, aber nicht Johns, und sein Atem stockte und seine Kehle schnürte sich zusammen, und er wollte nur noch schreien, jemanden zu erschießen. Dann ging er die Liste noch einmal durch, diesmal mit seinem Finger, und diesmal stieß er auf »Little, John«, und er schaute und schaute auf den Namen und hatte Angst, den Blick davon zu nehmen, aus Furcht, er könnte das nächste Mal, wenn er hinsah, nicht mehr da sein.

13 Am 10. September erhob er sich vor Tagesanbruch und gesellte sich zu den anderen Verwundeten an Bord eines Krankentransports für die drei Meilen weite Reise zur zentralen Plaza in San Angel, um den Bestrafungen der San Patricios beizuwohnen, die dort verurteilt worden waren. Dominguez war noch nicht von Veracruz zurückgekehrt. Der Waffenstillstand war drei Tage zuvor zu Ende gegangen, und die Außenbezirke der Hauptstadt wurden von Artillerieexplosionen erschüttert und waren erfüllt vom Knattern leichter Waffen. Die Luft roch wieder nach verwesendem Fleisch, Rauch, Schießpulver und Staub.

Auf der Plaza de San Jacinto drängten sich die Zuschauer in einem breiten Halbkreis vor der Kirche. Jeder amerikanische Soldat in San Angel, der nicht an den Kämpfen teilnahm, war erschienen, um der Bestrafung beizuwohnen, und auch viele Einwohner der Stadt waren anwesend. Der östliche Himmel färbte sich scharlachrot, als die Sonne über die Berge stieg. Menschen sahen von Dächern aus zu und von Wagendecks, von ihren Pferden und oben aus Bäumen. Die Stadtköter rasten in kläffendem Koller umher. Eine Armeekapelle spielte *Hail, Columbia*, während auf der anderen Seite des Platzes eine mexikanische Gitarrenkapelle eine Reihe improvisierter Balladen zum Lob der San Patricios anstimmte. Vor der Kirche war ein Galgen errichtet worden, aus vier dicken, einfachen Balken – ein etwa vierzig Fuß langer Längsbalken, auf jeder Seite gestützt von einem vierzehn Fuß langen Balken und einem weiteren in der Mitte. Vom Längsbalken baumelten sechzehn Schlingen, und direkt unter ihnen standen acht von Maultieren gezogene Flachdeck-Wagen, abwechselnd in die entgegengesetzte Richtung aufgestellt und jeder mit einem mexikanischen Treiber besetzt. An einem Ende des Galgens saßen General Scott und seine Offiziere in ihren Galauniformen zu Pferde. In ihrer Nähe standen sieben schwarz gewandete Priester. Am andern Ende des Galgens schürte eine Abteilung Soldaten in Unterhemden eine große Feuerschale, die vor Hitze flimmerte und mehrere Brandeisen enthielt und mit jedem Blasen des Balges Funken versprühte. Direkt daneben standen ein Holzhocker und ein Haufen Schaufeln. Ein paar Yards weiter erhob sich eine große Eiche, an deren Fuß ein aufgerolltes Seil lag.

Jetzt setzte ein Trommelwirbel ein, und das Murmeln der Soldaten wuchs zu einem aufgeregten Plappern an und explodierte dann in Schmähungen, als eine kleine Gruppe Saint Patricks in ihren blauen mexikanischen Uniformen, die Hände vor sich in Handschellen, von der Seite des Rathauses auf die Plaza geführt wurde. Es waren sieben, und John war der zweite Mann in der Kolonne, direkt hinter Riley, dem Einzigen, der namentlich geschmäht wurde. Edwards Herzschlag setzte aus, als ihm plötzlich durch den Kopf schoss, dass dies vielleicht die Männer waren, die erhängt werden sollten, dass er die Zeitungsberichte missverstanden hatte, dass Scott es sich anders überlegt und beschlossen hatte, doch alle hängen zu lassen. Doch die Gefangenen wurden nicht auf die Hinrichtungswagen gebracht. Sie mussten sich nur gegenüber dem Galgen aufstellen.

Dann betrat eine andere Kolonne die Plaza, und diesen Männern waren die Hände auf den Rücken gebunden. Das waren diejenigen, die sterben sollten. Sie wurden zu den Wagen geführt und hinaufbefördert, zwei Männer pro Wagen. Man zog ihnen die Stiefel aus und warf sie weg, dann mussten sie sich auf dem hinteren Teil der ebenen Ladefläche aufstellen. »Wieso sind das nur sechzehn?« hörte Edward jemanden fragen. »Es sollten doch zwanzig hängen.« Jemand sagte, er habe gehört, die anderen vier würden morgen in Mixcoac, etwa anderthalb Meilen entfernt, hingerichtet werden.

»Wieso das denn?« fragte der erste Mann.

»Teufel, alter Knabe«, sagte der zweite. »Wer weiß schon, warum die Army tut, was sie tut?«

Die meisten der sieben Gefangenen, die der Hinrichtung beiwohnen mussten, starrten auf ihre eigenen Füße, doch nicht John und Riley. Ihr Blick war auf einen der Verurteilten gerichtet, einen Graubart, der auf sie hinabsah und grinste. »Bis dann, Johnny-Jungs!« rief er durch den regelmäßigen Trommelschlag zu ihnen hinab. »Wir sehen uns in der Hölle!« Eine weiße Kapuze wurde ihm, wie auch den anderen, über den Kopf gestülpt, und dann wurden ihnen die Schlingen um den Hals gelegt und festgezogen. Die Trommeln verstummten jäh, und die einzigen Laute, die man jetzt auf dem Platz noch hörte, waren die gemurmelten Gebete der Priester, das Krächzen der Krähen in den hohen Ästen und das plötzliche

Bellen eines Hundes. Die Kapuzen der Verurteilten pulsierten gegen ihre Gesichter mit ihrem beschleunigten Atem.

Ein Captain trat zum Ende des Galgens neben General Scott und hob eine Pistole in die Luft. Die Maultiertreiber zückten ihre Peitschen. Die Trommeln wirbelten wieder, lauter und schneller als zuvor. Der Captain sah gespannt zu Scott hinüber. Scotts Blick ruhte auf den sechzehn vermummten Männern. Er kam Edward wie ein Mann vor, der des Tötens müde war. Er schien zu seufzen. Dann zog sich sein Mund zusammen und er nickte. Der Captain feuerte die Pistole ab, die Trommeln setzten aus, die Treiber ließen ihre Peitschen knallen, und vier Wagen ratterten gen Osten und vier gen Westen, und sechzehn Männer fielen von den Ladeflächen. Die Menge hielt den Atem an, und sogleich folgte eine Mischung aus männlichem Lachen und Fluchen und weiblichem Heulen und Schluchzen. Ein paar der Erhängten starben sofort, und andere traten für einen Moment wild um sich, bevor sie in der unverkennbaren Pose des Todes erschlafften, doch einer von ihnen, der Graubart, der zu John und Riley hinuntergerufen hatte, trat um sich auf eine Weise, die erkennen ließ, dass sein Genick nicht gebrochen war, dass seine Schlinge schlecht gesetzt war und er langsam erstickte. Soldaten deuteten auf ihn und lachten.

»Zieht an ihm!« rief John, »zieht an ihm, verdammt noch mal!« Der Sergeant der Wache schritt schnell die Reihe entlang zu John und versetzte ihm einen Faustschlag mitten auf den Mund, der John taumeln ließ, und brüllte: »Maul halten, Gefangener!« Riley machte Anstalten, als wollte er nach ihm treten, doch der Sergeant zog einen Knüppel aus seinem Gürtel und ging in Angriffsstellung, und Riley ließ es gut sein.

Zwei Priester eilten zu dem Graubart, packten je ein Bein und zogen an ihm, und als die Hose des Graubarts sich dunkel mit Pisse verfärbte, fielen weitere Soldaten in das Lachen ein. John starrte qualvoll mit offenem und blutendem Mund auf den mit dem Tode ringenden Mann. Der Graubart zappelte noch schwach, und unter seiner Kapuze entfuhr ihm ein schauriges Krächzen, als sich die rotgesichtigen Priester mit ihrem ganzen Gewicht an seine Beine hängten. Sein Hals war jetzt grotesk in die Länge gezogen, und Edward dachte, sein Kopf könnte abreißen. Doch jetzt rannten zwei mexikanische Maultiertreiber zu den Priestern und übernahmen die Beine des Graubarts. Sie hoben den Mann etwa zwei Fuß in die Höhe und rissen ihn dann mit einem heftigen Ruck nach unten, wodurch sie ihm das Genick brachen und ihn töteten.

Daraufhin wurden die Toten heruntergeschnitten, und die Priester schafften sieben von ihnen, die gläubige Katholiken waren und die heilige Kommunion und die Letzte Ölung empfangen hatten, bevor sie zum Galgen geführt wurden, in Handkarren fort. Sie würden in einem Klosterfriedhof eine Meile nördlich von San Angel begraben werden. Die anderen neun wurden an den Fersen um die Ecke auf die Seite der Kirche geschleift und dort aufgereiht. Die Fliegen hatten sie bereits gefunden und schwirrten über den vermummten Gesichtern und befleckten Hosen.

Die Trommeln setzten wieder ein und der Vollzug wurde fortgesetzt. Die sieben Gefangenen, denen die Erhängung erspart geblieben war, mussten jetzt vor der Eiche eine Reihe bilden, und als Erstem von ihnen wurde Riley befohlen, heranzutreten und sich bis zur Hüfte zu entblößen. Er wurde mit der Brust gegen den Baumstamm gestellt, und seine Arme wurden fest darum herumgebunden. Die Muskeln standen wie Seile auf Armen und Rücken hervor. General Twiggs führte den Befehl über die Ausführung der Bestrafungen und hatte ein Paar stämmige mexikanische Maultiertreiber dazu bestimmt, abwechselnd die Auspeitschungen vorzunehmen. Die Verräter waren unwürdig, von Amerikanern ausgepeitscht zu werden. Jetzt trat einer der Treiber mit einer Rohlederpeitsche vor und stellte sich ein paar Schritte hinter Riley. »Sagen Sie ihnen, sie sollen so heftig schlagen, wie sie können!« rief Twiggs zu seinem Dolmetscher. »Sagen Sie ihnen, wenn nicht, dann werde ich *sie* zu blutigem Brei peitschen lassen.« Der Dolmetscher gab den Befehl an die Treiber weiter, die grimmig nickten.

Der erste Hieb knallte wie ein Pistolenschuss und legte einen roten Striemen über Rileys Rücken, und die Soldaten in der Menge jubelten. Seine Muskeln spannten sich und zuckten. Wieder knallte die Peitsche und Rileys Kopf schnellte zurück und seine Zähne blitzten weiß in einer Schmerzgrimasse. Der Treiber arbeitete im stetigen Rhythmus eines Mannes, der Holz hackt, ließ die Hiebe hart und beinahe ohne Pause niedergehen. Und während die Peitsche krachte und krachte und ihm ein Kreuzmuster ins Fleisch schnitt, besprenkelte Blut die Äste und Blätter und rann Rileys Rücken hinunter und färbte seine Hose dunkel. Noch immer schrie er nicht, erst beim neunzehnten Streich. Daraufhin wurden bei seinem ersten Aufschrei und bei allen, die er dann bei jedem Peitschenhieb ausstieß, die Jubelrufe der amerikanischen Soldaten immer lauter. Nach dreißig Hieben stöhnte er zwischen dem Krachen der Peitsche, und die Soldaten lachten ihn aus und verspotteten ihn als Weichei. Der Maultiertreiber war schweißüberströmt. Er ächzte bei jedem Hieb. Beim vierzigsten sackte Riley gegen seine Fesseln, und die blutigen Striemen waren nicht mehr voneinander zu unterscheiden, sondern bildeten jetzt eine riesige Wunde, und seine Hose war bis zu den Oberschenkeln blutdurchtränkt. Edward dachte, er könnte sterben, bevor der letzte Hieb ausgeteilt war. Und dann war es vorbei. Seine Fesseln wurden gelöst und er sank zu Boden, und einige Soldaten bejubelten auch das und verspotteten ihn als Memme. Der Sergeant der Wache stupste ihn mit seiner Stiefelspitze an und sagte etwas zu ihm, allerdings so leise, dass Edward es nicht hören konnte. Und Riley erhob sich stöhnend ohne Hilfe und drehte sich zu den Reihen der Soldaten, die ihn beobachteten. Er spuckte zu seinen Füßen aus und setzte ein schiefes, flackerndes Grinsen auf. Jene, die ihn unablässig geschmäht hatten, heulten auf vor Wut, verfluchten ihn und drohten, ihn bei der erstbesten Gelegenheit umzubringen. Der Sergeant der Wache zog ihn auf die Seite und setzte ihn in die Nähe der Feuerschale. Die Männer am Feuer machten höhnische Bemerkungen, und der Schmied hob ein rot glühendes Brandeisen und schüttelte es ihm entgegen und sagte, er würde ihm das Eisen bis zu seinen Zähnen durchbrennen. Riley murmelte, er solle seine Mutter ficken. Das Gesicht des Schmieds wurde bleich vor Zorn, und er stürmte auf ihn zu, doch der Sergeant befahl ihm, zurück zu seinem Feuer zu gehen und sich um seine Pflichten zu kümmern. »Wir sind noch nicht fertig miteinander«, sagte der Schmied zu Riley.

Jetzt wurde John seines Hemds entledigt und zu dem Baum gebracht und schnell daran festgebunden. Der andere Maultiertreiber nahm die Peitsche, während der erste sich mit einer Kelle Wasser und einer Zigarette stärkte. Diesmal zuckte Edward bei jedem Sausen der Peitsche zusammen. Wie Riley war John nach dem fünfzigsten Hieb geschwächt, doch noch bei Sinnen. »Will verdammt sein, wenn's nicht so aussieht, als hätten Wölfe von dem Rücken des Jungen da gefressen«, sagte ein Mann in Edwards Nähe, dessen Arm beim Ellbogen endete.

»Verdammt noch mal, so schlimm isses gar nicht«, meinte ein anderer. »Ich hab Männer gesehen, die wurden bis aufs offene Rückgrat ausgepeitscht, und man konnte alle ihre Rippen sehen. Ich seh nicht viel Knochen an den Buschen hier. Die werden kaum ausgepeitscht, wenn du mich fragst.«

John musste sich neben Riley setzen, und keiner der beiden sah den anderen an, während die Auspeitschungen fortgesetzt wurden. Das Blut rann ihnen vom Rücken und durchnässte ihre Hosen und befleckte die Pflastersteine unter ihnen. Peitschenhiebe, Aufschreie und Jubelrufe hallten von den Plazamauern wider. Dann hatten alle sieben ihre fünfzig Hiebe erhalten, und der Stamm und die unteren Äste des Baums waren voller Blut. Nur zwei der Patricks waren bewusstlos vom Baum losgemacht worden, und einer kam nach einigen Minuten wieder zu sich. Beim anderen dachte man, er würde sterben, und sogleich wurden Wetten unter den Soldaten abgeschlossen, doch der Patrick rührte sich schließlich, nachdem er zum zweiten Mal mit einem Eimer Wasser übergossen worden war, und setzte sich auf, sein Rücken bedeckt mit einem Mantel blutigen Schlamms. Jene, die die Wette verloren hatten, verfluchten ihn jetzt noch mehr als zuvor für seinen Verrat.

Als der letzte Mann vom Baum befreit wurde, grölten die Soldaten »Das Eisen! Das Eisen! Das Eisen!« in Vorfreude auf die Brandmarkungen.

Jetzt wurden den Gefangenen die Hände hinterm Rücken gefesselt, und sie mussten sich ein weiteres Mal in einer Reihe aufstellen, Riley an der Spitze. Er musste sich auf den Hocker direkt neben die Feuerschale setzen. Zu beiden Seiten hielt ein stämmiger Soldat ihn am Arm, und ein dritter Mann, ein Korporal breit wie ein Fass, stand hinter ihm, nahm seinen Kopf in den Schwitzkasten und drehte ihn fest gegen seine Brust, sodass die rechte Wange nach vorne wies. Der grinsende Schmied nahm ein rotes Eisen aus dem Feuer und sagte: »Haltet den Dreckskerl ordentlich fest.«

Er legte das Brandeisen auf Rileys Wange, und es zischte leise. Riley schrie und die Soldaten jubelten, und im nächsten Moment stieg Edward der widerlich-süßliche Geruch von verbranntem Fleisch in die Nase. Inzwischen gestikulierte der Sergeant der Wache zornig zum Schmied und nannte ihn einen dummen Idioten, und der Schmied zuckte bloß die Achseln, setzte ein dämliches, breites Grinsen auf und sagte: »Teufel noch mal, war ein Versehen, mehr nicht, ich kann's ganz leicht richtig machen.« Die anderen Männer um das Feuer grinsten auch, und jetzt sah Edward den Grund für ihre gute Laune: Die *D*-Brandmarke auf Rileys Wange war falsch herum.

General Twiggs führte sein Pferd zu dem Brandmarktrupp und fragte, was zum Teufel da los sei, und der Sergeant erzählte es ihm. Twiggs sah zu Riley hinunter und kicherte und sagte: »Na ja, Jungs, schätze, wir machen alle mal Fehler, oder?«

Rileys misslungene Brandmarkung machte die Runde unter den Soldaten, und Gelächter, Jubel und Rufe »Gut gemacht, Schmied!« wurden laut. Twiggs grinste den Schmied an und sagte: »Mach das noch mal richtig auf der andern Wange, Soldat, und jetzt kein Versehen mehr. General Scott will, dass das rasch erledigt wird.«

Der große Korporal drehte Rileys Kopf zur anderen Seite und legte seine linke Wange bloß, der Schmied drückte ein frisches glühend rotes Eisen drauf, und Riley schrie wieder.

Und dann war es John, der auf dem Hocker schrie. Alle schrien nacheinander, und bald trug jeder ein dunkles *D* auf seiner entstellten rechten Wange.

Die Gefangenen bekamen dann Schaufeln und den Befehl, neun tiefe Gräber entlang der Kirche auszuheben. Sie schwankten und taumelten wie Betrunkene bei ihrer schmerzhaften Arbeit, sehr zum Vergnügen der gaffenden Soldaten, doch sie erfüllten ihre Aufgabe. Und als sie mit dem Graben fertig waren, hoben sie die neun Toten, die immer noch die Kapuzen über ihren Gesichtern trugen, in die Erde hinab und schaufelten sie zu.

Ihnen wurde befohlen, ihre Hemden wieder anzuziehen, und einige verzogen vor Schmerz das Gesicht bei der Berührung des Stoffes mit ihrem gehäuteten Rücken, aber nicht John, den Edward beobachtete. Als sie von der Plaza abgeführt wurden, brach ein Gefangener zusammen, und die Soldaten jubelten und skandierten: »Stirb! Stirb! Stirb!« Riley zog den Mann hoch und legte ihn sich über die Schulter und trug ihn. Andere sahen aus, als würden sie im nächsten Moment umkippen, schafften es aber, auf den Beinen zu bleiben. Die blutigen sieben wankten innerhalb von zehn Yards an Edward vorüber. Als sie vorbeikamen, blickte John herüber, wie von der Intensität von Edwards Blick angezogen, und ihre Blicke trafen sich, und Edward fragte sich, ob sein Bruder in seinem Gesicht die Qual lesen konnte, die er empfand, die Wut, die Rage, mit der er aufheulen und alles verwüsten wollte. In Johns entstelltem Gesicht sah er nichts als Gleichgültigkeit, so grenzenlos, dass es ihn beängstigte. Der Blick eines Menschen, dem es gleich war, ob die Sonne jemals wieder aufging.

14 Am folgenden Tag ging er nach Mixcoac und sah der Hinrichtung der anderen vier Saint Patricks zu, die in San Angel verurteilt worden waren. Er hatte nicht vorgehabt, sich nach den Hinrichtungen von San Angel noch weitere anzusehen, doch in dieser Nacht war ihm Daddyjack in einem düsteren Traum erschienen, mit funkelndem Auge und blutig-wilden Haaren, und hatte geflüstert: »Ist noch nich getan, ist noch nich getan.« Er hatte ihn gefragt, was er damit meine, doch Daddyjack hatte nur den Kopf geschüttelt und wieder gezischt: »Ist noch nich getan, sag ich!« Er schien dem Wahnsinn nahe.

Der Traum beunruhigte Edward und erfüllte ihn mit der Vorahnung, dass John doch noch hingerichtet werden könnte, und so ging er nach Mixcoac, um sich zu vergewissern, dass das nicht der Fall war. Er blieb den Rest jenes Tages und den ganzen nächsten für sich, seine Gedanken völlig von seinem Bruder vereinnahmt.

An jenem Abend kehrte die Spy Company von ihrem Veracruz-Einsatz zurück, und Dominguez und Spooner erschienen im Hospital und kümmerten sich um Edwards Entlassung. Die drei gingen zu einer Cantina und tranken dort Bier und Tequila und aßen etwas. Dominguez und Spooner warfen Edward grinsend vor, ein Drückeberger zu sein.

»Ein verfluchtes Humpeln is doch kein Grund, nicht auf 'nem

Pferd zu sitzen, gottverdammt«, sagte Spooner. »*Wir* sind geritten, überall, über die verdammten Berge und durch das Tieflandgestrüpp und riskierten unser Leben, um Mexiko von Bandidos zu befreien, und *du* liegst hier rum und tust so, als wär's eine Meisterleistung, drei Mahlzeiten am Tag zu essen und dick zu werden.«

Dominguez lachte. »Wenn wir beseitigen würden alle Bandidos in Mexiko, wären übrig keine hundert Leute mehr in Mexiko.«

»Na, ich wär garantiert bei den anderen neunundneunzig«, sagte Spooner, »aber bei euch Jungs bin ich mir da nicht so sicher.«

Dominguez und Spooner wollten bei der Hinrichtung der dreißig Saint Patricks dabei sein, die vom Gericht in Tacubaya verurteilt worden waren. Edward erklärte sich bereit, sie zu begleiten. Er erzählte ihnen nichts von seinem Bruder, doch seine Befürchtung, dass John noch immer die Schlinge drohte, würde bleiben, bis er auch die letzten Hinrichtungen mit eigenen Augen gesehen hatte.

15

Sie kamen an, gerade als die Sonne in einer überwältigenden zinnoberroten Glut über den Bergen hervorbrach. Der Galgen war genauso gebaut wie in San Angel, nur zweimal so lang, um die dreißig Verurteilten auf einmal unterzubringen. Er stand auf einem Hügel gleich außerhalb von Mixcoac mit freiem Blick bis Mexiko-Stadt und auf die Festung von Chapultepec, die sich auf einem höheren Hügel knapp westlich der Hauptstadt befand. Die Feuerschale für das Brandmarken war daneben aufgestellt, und ein Schmied betätigte bereits den Blasebalg. Der Artillerieangriff auf die Festung hatte vor Tagesanbruch begonnen, und der wummernde Beschuss und der Rauch der Granaten waren von der Hügelspitze von Mixcoac gut sichtbar. Ebenso die Verbände der Dragoner und Infanteristen im Tal, die auf ihren Angriffsbefehl warteten.

Die Hinrichtungen wurden von Colonel William Selby Harney beaufsichtigt, dessen Entscheidung, alle dreißig mit einem Streich zu erhängen, in Einklang mit seinem Ruf stand, der, wie sein Nachruf im Jahr 1880 festhalten sollte, jener eines »schweren Hassers ohne Ausnahme« war, »auch etwas grausam in der Vergabe von Strafen«. Es hieß, er habe ein Dutzend Jahre zuvor in Saint Louis eine widerspenstige Sklavin zu Tode geprügelt. Während der Indianerkriege in Florida hatte er gerne Gefangene enthauptet und ihre Köpfe auf Stangen entlang der Flussufer ausgestellt, als Warnung für die Wilden. In der ganzen Armee kursierten Geschichten von seinem unersättlichen Appetit für indianische Mädchen, die er danach daran hinderte, Anklage gegen ihn zu erheben, indem er sie als Spione erhängte. Jetzt würde er die letzten dreißig Verräter auf seine Art hängen.

Die drei Compañeros zügelten ihre nervös aufstampfenden Pferde neben der Abteilung der Dragoner, die direkt neben dem Galgen postiert waren, und sahen zu, wie eine Kolonne von zehn von Maultieren gezogenen Wagen den Hügel heraufgeklappert kam. In jedem saßen drei Männer, bis auf den letzten, der zwei enthielt. Die Männer waren an Händen und Füßen gefesselt, und als Edward sah, dass John nicht unter ihnen war, war seine Erleichterung so groß, dass er sich plötzlich erschöpft fühlte. Harney wollte von dem Lieutenant, der für die Gefangenenbegleitung verantwortlich war, wissen, warum nur neunundzwanzig Männer herausgebracht worden seien. Der Lieutenant erklärte, dass einer der Verurteilten, ein Mann namens Francis O'Connor, im Gefecht um Churubusco beide Beine verloren habe und die Ärzte hätten gesagt, man erwarte nicht, dass er noch länger leben würde als ein oder zwei Tage.

»Ein oder zwei Tage, zur Hölle damit!« donnerte Harney. »Der Dreckskerl wird den nächsten Morgen nicht erleben! Holen Sie diesen traurigen Hurensohn auf der Stelle hierher! Wenn irgendein gottverdammter Arzt Schwierigkeiten macht, dann sagen Sie ihm, dass ich ihn auch aufhängen werde!« Der Lieutenant galoppierte davon.

Die Karren wurden in einer Reihe unter den Galgen aufgestellt, die Gefangenen mussten sich erheben, und ihnen wurden die Schlingen um den Hals gelegt. Sie würden keine Kapuzen bekommen. Harney wollte, dass sie mitbekamen, was bei Chapultepec passierte. »Seht ihr Hundesöhne diese Mex-Fahne da oben auf dem Turm?« fragte er und zeigte zur Festung, wo der Infanteriesturm begonnen hatte und Gewehrfeuer prasselte und rauchte und die Armeekapelle, die hinter den Soldaten hermarschierte, mit aller Macht den *Yankee Doodle* angestimmt hatte. »Wenn das Stück Scheiße herunterkommt und die Stars und Stripes gehisst werden, *dann* werdet ihr hängen, euer ganzer Dreckshaufen. Also denkt mal schön darüber nach in der Zeit, die euch noch bleibt.«

Dominguez warf Spooner und Edward einen Blick zu. »Pero que modo de matar es este?« sagte er leiste. »Ein Mann nicht tötet so. Ist kein Kinderspiel.«

»Wenn wir warten müssen, bis deine Fahne über dem Turm da weht«, rief ein ziegenbärtiger Saint Patrick aus, »werden wir bei Gott noch lang genug leben, um die Gans zu essen, die sich an dem Gras mästet, das auf *deinem* Scheißgrab wächst, du verdammter angeberischer Dreckskerl!«

Die anderen Patricks lachten, und die drei Compañeros tauschten ein Grinsen aus. Harney trieb sein Pferd zu dem Karren, auf dem der Saint Patrick, der gesprochen hatte, stand, und versetzte ihm mit seinem Säbel einen Hieb, der dem Mann das Gesicht aufschnitt.

»Sei verflucht!« brüllte der Patricio. »Sei verflucht, feiger Schurke, der du bist!« Blut strömte aus seinem zerschnittenen Gesicht, und seine Zähne blitzten durch die klaffende Wunde in seiner Wange hervor.

»Der hat dir jetzt aber mal dein hübsches Gesichtchen ruiniert, Larry!« rief ein Patrick auf einem Karren daneben. »Wirst für den Rest deiner Tage kei'm hübschen Mädchen mehr den Kopf verdrehen, will ich wetten!« Der blutende Larry lachte mit seinen Kameraden.

Harney war rot angelaufen vor Wut, wusste aber, dass er sie nicht zwingen konnte, von ihrem Spott abzulassen, es sei denn, er erschoss sie, was ihn nur des Vergnügens beraubte, sie hängen zu sehen.

»Lacht nur, ihr dreckigen Hurensöhne«, sagte er. »Wir werden schon sehen, wie ihr lacht, wenn Old Glory die Stange da hochkommt und ihr in der Luft tanzt. Werden wir schon sehen, wer dann lacht!«

So witzelten sie weiter, diese Verurteilten, während die amerikanische Infanterie auf dem Hügel von Chapultepec stetig vorrückte, durch das heftige Verteidigungsfeuer hindurch, und es bis zu den Festungsmauern schaffte.

Jetzt traf der beinlose Saint Patrick namens O'Connor in einem

Lazarettwagen ein und wurde zu einem Hinrichtungskarren überführt, wo eine Planke über die Seitenwände gelegt wurde. Dort wurde er draufgesetzt, die Hände auf dem Rücken gefesselt. Eine Schlinge wurde ihm um den Hals gelegt und das Seil gestrafft, damit er nicht umfiel. Die Verbände um die Beinstümpfe des Mannes waren rotbraun von Blut und gelb gefleckt mit Eiter und boten einen Festschmaus für ein fauchendes Heer von Fliegen. Seine Augen waren schwarze Höhlen, und wie er da auf der Planke saß, sah er beinahe schon tot aus.

Jetzt hatte die Infanterie die Festungsmauern bezwungen, und ein blasser Dunst von Rauch und Staub erhob sich von innen, wo nun von Mann zu Mann gekämpft wurde und das Bajonett den Streit entscheiden würde. Beinahe eine halbe Stunde lang wütete die Schlacht bei Chapultepec. Als einige Saint Patricks sich spöttisch beschwerten, dass sie verdammt müde seien vom langen Stehen, witzelten andere, es wäre noch viel unangenehmer, wenn sie versuchten, sich hinzusetzen. Und dann verstummte das letzte Schießen, und eine Minute später drang ein schwaches, doch anhaltendes Jubeln von der Festung zu den Männern auf dem Hügel. Harney merkte auf und erhob sich in den Steigbügeln, als könnte er so über die fernen Mauern hinwegsehen.

Die mexikanische Fahne wurde heruntergeholt, und Harney wendete sein Pferd, trabte die Front der Galgen entlang und grinste zu den verstummten Verurteilten hinauf, die noch einen Moment zuvor über ihre müden Beine gewitzelt hatten.

»Peitschen bereit!« befahl Harney den Maultiertreibern.

»Schaut hin!« rief er den Verurteilten zu und wies auf den Festungsturm, wo die mexikanische Fahne jetzt verschwunden war. »Schaut hin auf das Allerletzte, was eure Verräteraugen je sehen werden. Schaut euch die Fahne an, die ihr verraten habt. Verdammt sollen eure Seelen sein!«

Über dem Turm der Festung von Chapultepec wurde jetzt das Sternenbanner gehisst, das in der Sonne leuchtete. Und jeder, der dort mit einer Schlinge um den Hals stand, starrte hin und jenseits davon seiner eigenen Ewigkeit entgegen.

»*Jetzt* könnt ihr lachen!« brüllte Harney und gackerte wie ein Verrückter. Er ließ seinen Säbel durch die Luft sausen, und im nächsten Moment traten die Renegaten wild um sich gegen die Leere unter ihren Füßen, wie verrückte Marionetten – alle bis auf einen, dem die Beine zum Treten fehlten –, und dann baumelten dreißig Tote im Dunst jenes uralten mexikanischen Hügels.

Es folgten die Auspeitschungen und Brandmarkungen der acht, deren Urteile umgewandelt worden waren und die danach ihre toten Kameraden begraben mussten. Und während dieser Bestrafungen sagte Edward zu Dominguez, er brauche seine Hilfe. Dominguez fragte, wobei, und Edward sagte: »Um meinen Bruder aus dem Gefängnis zu holen.«

16

Im *North American*, einer weiteren amerikanischen Zeitung, die zu dieser Zeit in Mexiko-Stadt erschien, wurde folgender Leitartikel gedruckt:

> *Kein Mann, wie sehr vom Gewissen verflucht und von aller Welt verachtet er auch sein mag, gibt ein so vollständig entmanntes, so schändliches und entwürdigendes Bild ab wie der Deserteur. Keine Strafe kann für den Verräter zu hart sein; keine Schmach zu besudelnd für seinen Namen. Unsere Sprache kennt kein anderes Wort, das so viel Schande in sich birgt, wie das des Deserteurs. Unter Amerikanern drückt es mehr aus als alle Schimpfworte der Sprache zusammengenommen; denn würden alle Verbrechen gebündelt und zu einem verdichtet, könnten sie immer noch nicht die Stärke des schwärzesten von allen vermitteln – DESERTEUR!*

Am Abend nach den Hinrichtungen in Mixcoac verkündete ein Leitartikel im *Diario del Gobierno*, einer hauptstädtischen Zeitung, Folgendes:

> *Mexikaner: Unter den Europäern, die die amerikanische Armee angeworben hat, uns zu töten, finden sich viele unglückliche Männer, die von der Ungerechtigkeit dieses Krieges überzeugt sind, sich zum selben katholischen Glauben bekennen wie wir und die, den edlen Impulsen ihres Herzens folgend, zu unserer Armee übergetreten sind, um unsere gerechte Sache zu verteidigen. Aus ihnen bildete der Prä-*

sident die Fremdenlegion, bekannt unter dem Namen der San Patricios. Bei Angostura und Churubusco haben sie mit äußerster Tapferkeit gekämpft, und nachdem der Feind diese letzte Stellung eingenommen hatte, wurden sie gefangen genommen. Und nun, liebe Landsleute, haltet ihr das für möglich? Heute hat die barbarische amerikanische Armee, aus einem Impuls des Aberglaubens heraus, und in der Art der Wilden wie in primitiven Zeiten, diese Männer in einer Massenvernichtung kaltblütig erhängt.

Mexikaner: Im Namen unserer Würde als Männer und unseres Gottes sollten wir uns alle im einmütigen und fortgesetzten Bemühen vereinen, jene ungeheuren Gräueltaten zu sühnen …

Das war der Gegensatz amerikanischer und mexikanischer Meinungen zu den San Patricios. Überall geißelten Amerikaner sie als verdammungswürdige Verräter, während Mexikaner aller Stände sie als Helden verehrten. Scott wies mexikanische Bitten zurück, die Saint Patricks aus dem Gefängnis zu entlassen. Doch erlaubte er dem Stadtrat, eine Gruppe von Inspektoren zu schicken, die sich selbst davon überzeugen konnten, dass die Saint Patricks menschlich behandelt wurden. Sie waren im Acordada-Zuchthaus eingesperrt, einem imposanten weiß getünchten Kolonialgebäude, das beinahe einen gesamten Straßenblock an der breiten, wunderschönen Calle Patoni einnahm. Bewaffnete Wachen patrouillierten an den Mauern des großen zentralen Hofes, wo die Gefangenen ihre Tage damit zubrachten, Karten zu spielen, Leibesübungen zu betreiben, Briefe zu schreiben und im Schatten der Sumpfzypressen um den Springbrunnen herum zu dösen. Am frühen Abend wurden sie in eine Gemeinschaftszelle eingeschlossen, die die Hälfte des oberen Stockwerks einnahm. Hohe vergitterte Fenster gewährten ihnen einen klaren Blick auf den geschäftigen Gehsteig, die Straße unter ihnen und auf den wunderschönen Alameda-Park mit seinen glatten Steinwegen und dichten grünen Bäumen und prachtvoll bunten Blumengärten. Die Inspektoren sahen, dass jeder Mann ein Hemd, eine Hose, ein Paar Schuhe, eine Schlafmatte und eine Decke erhalten hatte, und sie prüften nach, ob die Männer ausreichend Nahrung bekamen. Der Rat bat darum, dass die Gefangenen Besuch und Geschenke erhalten durften, und gegen den Protest seiner Berater erklärte sich Scott damit einverstanden. Zeitungen begannen über den täglichen Aufmarsch von Personen zu berichten, zumeist Priester und Frauen, die ins Gefängnis eingelassen wurden, um die San Patricios zu besuchen und ihnen üppige Speisen und Gebäck, saubere Kleidungsstücke und Bücher zu schenken. Jeder hatte eine Pritsche mit einer weichen Matratze und bekam täglich frische Bettwäsche. Einer ihrer Wohltäter hatte die Zelle mit einem langen Tisch und Bänken ausgestattet, wo die Männer sitzen konnten, um Briefe zu schreiben und sich mit ihren Anwälten zu besprechen. All diese Großzügigkeit gegenüber den Verrätern ließ den Herausgeber des *North American* schäumen:

> *Die Bewacher dieser Gefangenen werden täglich von Personen, offenbar von angesehener Stellung, belästigt, die in Kutschen in das Gebäude hineinfahren und diesen elendigen Rechtfertigungen für Menschlichkeit, diesen schmierigen Schurken, Luxusgüter aller Art hineinbringen, während ihre eigenen Landsleute, auch Gefangene, die kranken und verwundeten Offiziere und gemeinen Soldaten, vollkommen vernachlässigt werden. Der größere Teil dieser demonstrativ wohltätigen Personen sind Frauen.*

Eine solche Frau war Señora Olga Maritza Martinez del Castro, eine wohlhabende Witwe mittleren Alters und majestätischer Erscheinung, deren Vater ein pensionierter Botschafter war und deren Mann, ein Colonel der Dragoner in Ampudias Armee, einen Heldentod bei Monterrey gestorben war. Señora del Castro sollte für immer Trauer tragen und leidenschaftlich alles Amerikanische verachten, bis auf die Männer des San-Patricio-Bataillons, die sie wegen ihrer hingebungsvollen Verteidigung ihres geliebten Vaterlandes als Heilige ansah. Sie hatte großzügig zur mexikanischen Kriegsanstrengung beigetragen, und als eine der führenden gesellschaftlichen Berühmtheiten der Hauptstadt wurde sie in der mexikanischen Presse oft zitiert mit ihren Ansichten über amerikanische Barbareien und das Heldentum der San Patricios. Sie stattete den Patricios regelmäßig Besuche ab, und auf Anweisung von General Scott, der über ihre gesellschaftliche Stellung in Kenntnis gesetzt worden war, wurde ihr von den Gefängniswärtern alle Ehrerbietung entgegengebracht. Sie hatte jedem San Patricio im Acordada die Hand geschüttelt und dafür gesorgt, dass sie täglich üppige Portionen Fleisch zu essen bekamen. Sie war es, die dafür gesorgt hatte, dass sie mit Pritschen und Matratzen ausgestattet wurden. Und weil sie eine freiheitlich gesinnte Frau war, die die Bedürfnisse von Männern durchaus verstand, schickte sie einen Emissär zu General Scott mit einer besonderen Bitte. Scott hatte bereits ohne viel Aufheben dem halben Dutzend verheirateter San Patricios dasselbe Recht auf ehelichen Besuch eingeräumt, das das mexikanische Gesetz den eigenen Häftlingen gestattete. Jetzt bat Señora del Castro, dass er den unverheirateten Patricios ein vergleichbares Recht auf intime Beziehungen mit ihren Liebchen einräumte oder, in Ermangelung eines solchen, mit einer Dame des Gewerbes. Sie selbst würde sich um die Bereitstellung der Frauen kümmern und sämtliche mit ihren Besuchen verbundenen Kosten tragen. Als er erfuhr, dass derartige Liebesprivilegien von den mexikanischen Strafbehörden gewohnheitsmäßig geduldet wurden, zuckte Scott die Achseln und fügte sich der Bitte der Señora. Die mexikanischen Zeitungen begrüßten ihre Bemühungen um eine zivilisiertere Behandlung der San Patricios, doch die amerikanische Presse verurteilte Scott, weil er, indem er diese unmoralische mexikanische Praxis gestattete, es mit seiner übermäßigen Güte gegenüber den Verrätern wirklich zu weit treibe.

Eines Morgens präsentierten sich drei Männer – zwei Amerikaner und ein Mexikaner, alle drei in gut geschneiderten Geschäftsanzügen – an ihrer Tür und setzten den Mayordomo darüber in Kenntnis, dass sie eine Audienz bei Señora del Castro wünschten. Sie behaupteten, Freunde der San Patricios zu sein und über diese etwas zu wissen, was die Señora von großem Interesse finden könnte. Der Mayordomo bat sie zu warten, und während er fort war, fragten sie sich, ob er vielleicht die Behörden benachrichtigte, um sie als Eindringlinge oder Schlimmeres verhaften zu lassen. Dann erschien er wieder und führte sie höflich in den Salon, wo die Señora sie erwartete. Sie musterte die beiden Amerikaner mit unverhohlenem Misstrauen, doch bat alle drei Platz zu nehmen und ließ einen Bediensteten Tee einschenken. Der Mexikaner führte das Wort im Namen der Besucher, bediente sich seines förmlichsten

Spanischs, obwohl allseits bekannt war, dass die Señora ein makelloses Englisch sprach. Er stellte sich als Captain Jorge Amado vor, und seine beiden Freunde als Lieutenant James Walker und Korporal William Meese. Alle drei vom San-Patricio-Bataillon, glückliche Überlebende, die der Gefangennahme bei Churubusco entgangen seien und sich jetzt unter Santa Annas direktem Befehl befanden, um die Einheit so schnell wie möglich für eine mögliche Wiederaufnahme von militärischen Aktionen gegen die Yankees umzuorganisieren.

Die Señora war höchst erregt über diese Enthüllung, und es folgten viele Bekundungen gegenseitiger Bewunderung, seitens der Señora für den mutigen Kampf der San Patricios bei der Verteidigung Mexikos, und aufseiten der Männer für die Großzügigkeit der Señora gegenüber ihren inhaftierten Kameraden und für ihre glühende öffentliche Unterstützung ihrer Organisation. Die Amerikaner entschuldigten sich für ihr grauenhaftes Spanisch, doch die Señora wischte ihre Worte mit einer Handbewegung beiseite und sagte auf Englisch: »In der Sprache der Tapferkeit sind Sie beide in höchstem Maße fließend.«

Die Besucher kamen alsbald zur Sache. Ihre neue Einheit sei beinahe vollständig und begierig, ihre Einsätze gegen die amerikanischen Nachschublinien zwischen der Hauptstadt und Veracruz wieder aufzunehmen, aber ihnen fehle ein Sprengstoffexperte. Der beste Sprengstoffmann, den sie kannten, befinde sich jetzt unter den Gefangenen im Acordada. Obwohl es natürlich absolut keine Möglichkeit gäbe, sämtliche ihrer gefangenen Kameraden zu befreien, sei es vielleicht doch möglich, *einem* die Flucht zu ermöglichen. Das sei der Grund, warum sie zu ihr gekommen waren. Wenn sie gewillt wäre, könne sie ihrem Land einen großen Dienst erweisen.

Aber natürlich sei sie gewillt! Man möge ihr nur sagen, was sie tun solle.

Kaum eine Stunde später brachte der Mayordomo ein halbes Dutzend Männer zu ihnen, die der Beschreibung weitgehend entsprachen, die der jüngste der drei Patricios gegeben hatte, der mit dem entstellten Gesicht, der an einem Stock ging und ein schwarzes Kopftuch um den Schädel trug. Die sechs Männer wurden vor diesem jungen Mann aufgestellt, der jeden der Reihe nach eingehend musterte, bevor er seine Wahl traf. Die Señora lächelte und nickte. Wie jeder andere in ihrem Personal war der Auserwählte namens Luis ihr vollkommen ergeben und würde alles tun, was sie verlangte.

17 Edward war bereits mehrere Male zum Alameda-Park gegangen und hatte zum Acordada auf der anderen Straßenseite hinübergestarrt und über der Notlage seines Bruders gebrütet, aber er hatte ihn noch nicht besucht. Er fühlte sich verantwortlich für Johns Situation. Er war sich sicher, dass sein Bruder nicht freiwillig zur Army gegangen war, also musste er in New Orleans dazu gezwungen worden sein. Wären sie zusammengeblieben, wäre das nicht passiert – oder wenigstens wären sie gemeinsam zwangsrekrutiert worden. Aber er hatte seinen Bruder in Dixie-City im Stich gelassen, und John war zum Dienst gezwungen worden. Und war dann desertiert. Dann hatte er sich aus irgendeinem verfluchten Grund den Mexikanern angeschlossen und war dafür knapp der Hinrichtung entronnen. Aber er war ausgepeitscht und gebrandmarkt und ins Gefängnis gesperrt worden, und Edward hatte das Gefühl, dass er ihm nicht unter die Augen treten konnte, ohne ihm irgendein Sühneopfer darzubringen.

Am Morgen nachdem er mit Dominguez und Spooner die Señora del Castro aufgesucht hatte, ging er in seiner Uniform der Spy Company zum Acordada und präsentierte sich dem Offizier der Wache als Sergeant Edward Boggs von General Scotts Life Guards und sagte, er wolle John Little sprechen, einen ehemaligen Kameraden der Fünften Infanterie, der unter Umständen wusste, was aus einigen alten gemeinsamen Freunden geworden war. Ihm wurde Einlass gewährt, und er stieg mit seinem steifen Bein mühsam die Treppe zum ersten Stock hinauf und wurde durch die vergitterte Tür auf den Treppenabsatz gelassen. Dann durfte er bis zu den Eisenstangen gehen, die die Gemeinschaftszelle der Gefangenen abtrennte. Der schwere Holzboden war sauber gefegt und glänzte in dem sanften gelben Sonnenlicht, das durch die hohen Fenster fiel. Die Besuchszeit begann früh, und es standen schon einige Dutzend

Menschen an den Stangen – Ehefrauen und Freundinnen, Reporter, mexikanische Anwälte. Im Raum summte es von leiser Unterhaltung. Die Gefangenen würden erst in einer Stunde auf den Hof gelassen, und von verschiedenen Feuerschalen innerhalb der sauber aufgeräumten Zelle drang der Duft von Kaffee und gegrillten Chorizos und gebratenen Eiern. Er überflog die Zelle, als er an die Stangen herantrat, konnte John aber nicht entdecken. Männer spielten Karten, lasen Zeitung oder unterhielten sich in kleinen Gruppen oder standen einfach bei den sonnendurchfluteten Fenstern stumm da und starrten hinaus auf die Welt dahinter.

Er nahm einen Platz bei den Stangen ein, der ihm den größten Freiraum gab. Ein paar Schritte zu seiner Linken flüsterte eine Mexikanerin einem San Patricio zu, der mürrisch zuhörte. Zu seiner Rechten stand ein Anwalt in einem teuren Anzug mit einem Stapel juristischer Dokumente unter dem Arm und unterhielt sich murmelnd mit einem Gefangenen, dessen Backen von Wangenknochen bis Kiefer enthäutet waren. Edward erkannte John Riley. Er hatte sich die Haut von seinem Gesicht gekratzt, um sich der Brandmarken zu entledigen.

»Der hat mal *Handsome* Jack geheißen.«

Die ersten Worte, die Edward außer in seinen Träumen seit einer verregneten Nacht in New Orleans vor einer Ewigkeit von seinem Bruder hörte. John stand an den Stangen und betrachtete ihn, musterte lächelnd seine Uniform. Die D-Brandmarke war dunkelrot verkrustet, und auf seiner anderen Wange trug er eine sichelförmige Narbe. Seine Augen waren dunkle Höhlen. Er betrachtete den Stock in Edwards Hand, die entstellte Wange, das Kopftuch, das unter seinem schwarzen Hut hervorlugte. »Bist wohl auch ein paar Mal fast draufgegangen, wie's aussieht.«

»Genauso fast wie du, schätz ich.«

Sie sahen sich lange an.

»Hör zu«, sagte Edward. »Maggie ist tot.« Er hatte vorgehabt, es ihm später zu sagen, wenn die Umstände besser waren, aber er hatte plötzlich das Bedürfnis, etwas von Bedeutung zu sagen, und das war das, was ihm in diesem Moment in den Sinn kam.

Johns Gesicht schien hohl zu werden. Er trat von den Stangen zurück. »Tot?« Er fuhr sich durchs Haar und sah sich um, als suche er nach der Bedeutung des Wortes. Dann sah er wieder zu Edward. »Tot, wie? Wo?«

»Irgendeine schlimme Krankheit«, sagte Edward. »Ich hab sie begraben. Vor fünf, sechs Monaten. Oben in der Nähe von Linares.«

John umklammerte die Stangen und ließ sie wieder los. Er drehte sich im Kreis, blickte zur Decke, seufzte tief und rieb sich mit beiden Händen die Augen, wie jemand, der sich alle Mühe gibt, aus einem schlechten Traum zu erwachen. Edward hielt es für besser, die Tatsache, dass ihre Schwester eine Hure gewesen war, auf ein anderes Mal zu verschieben. »Sie hätte nicht nach Mexiko kommen sollen«, sagte er. Die Worte klangen lahm in seinen eigenen Ohren.

John wandte den Blick ab und sah für einen langen Augenblick hinüber zum sonnenüberfluteten Fenster und wandte sich dann wieder zurück zu Edward. »Niemand sollte nach Mexiko kommen. Ist nicht so freundlich, nicht mal für die Mexikaner.«

Sie standen für eine Weile in verlegenem Schweigen da, dann nahm Edward seinen Hut ab, brachte sein Gesicht dicht an die Stangen und flüsterte: »Du kommst hier raus.«

John sah ihn ausdruckslos an.

»Morgen Abend«, sagte Edward. Er sah sich kurz nach beiden Seiten um, um sich zu vergewissern, dass niemand auf sie achtete. »Die Castro wird hier sein. Tu, was sie sagt. Ich werde mit einem Pferd auf dich warten. Bei Sonnenaufgang sind wir schon sechzig Meilen weit weg.«

John sah ihn an und sagte nichts. Seine Miene war gleichgültig, der Blick in seinen Augen irgendwie fremd. Edward hatte das plötzliche Gefühl, einem Fremden gegenüberzustehen.

»Verstehst du mich?« fragte er.

John starrte ihn an. »Verstehen?« Er wiederholte das Wort, als wäre es aus irgendeiner fremden Sprache. Er blickte wieder zum Fenster, und es folgte ein langes, angestrengtes Schweigen. Dann sagte er: »Weißt du was? Ich habe diese Schlinge verdient. Nicht fürs Desertieren. Für das, was wir mit Daddyjack getan haben.« Er blickte zu Riley zu seiner Linken und fuhr in leiserem Tonfall fort: »Was *ich* getan hab, meine ich, weil ich der Grund bin, warum er tot ist. Wenn ich nicht versucht hätte, ihn umzubringen, hätte er nicht versucht, mich umzubringen, und du hättest kein' Grund gehabt, ihn zu erschießen. Es is also nicht *deine* Schuld, dass er tot is, verstehst du, sondern meine. Hier gab's nicht viel zu tun, als über Dinge nachzudenken, und ich hab 'ne Menge nachgedacht, und darauf läuft's raus, egal wohin ich denke. Unser *Daddy*, Ward. Er war ein gemeiner Kerl, ja, aber er war unser *Daddy*.«

Johns Augen wirkten gleichzeitig fremd und vertraut. Und da begriff Edward, dass sie ihn an die Augen ihrer Mutter erinnerten.

»Ich hab mich manchmal gefragt«, flüsterte John, »wenn es richtig ist, einen Mann zu erhängen dafür, dass er von 'nem Haufen Fremder desertiert, was müsste dann mit ei'm passieren, der seinen eigenen Daddy umbringt? Aufhängen kommt mir da kaum genug vor. Ich hab's auch aus andern Gründen verdient, Gründen, die ich nicht mal …«

»Lass das!« zischte Edward so scharf, dass Riley und sein Anwalt kurz zu ihnen herüberblickten und ihr Gespräch dann wieder fortsetzten. Er umklammerte die Eisenstangen mit festem Griff und drückte sein Gesicht dagegen und sagte langsam: »Es ist *geschehen*, verdammt noch mal. Es ist *geschehen*. Das lässt sich nicht mehr rückgängig machen und ändern, und es lässt sich nicht wiedergutmachen. Erhängen macht überhaupt nix gut, es macht nur aus ei'm Mann, der lebt, ein' Mann, der tot ist.«

»Ich träum von ihm, Ward.«

»Ich auch! Aber ich lass mich nicht davon auffressen.« Er trat unvermittelt zurück, beschämt von seiner eigenen Heftigkeit. Er lockerte seinen Griff an den Stäben, atmete aus und blickte sich um. Dann lehnte er sich wieder näher heran. »Hör zu, Johnny. Es ist, wie die Mexikaner sagen, was du nicht verändern kannst, musst du ertragen. Das is nix als die schlichte Wahrheit.«

John betrachtete ihn eingehend. »Sagst du mir die Wahrheit? Träumst du wirklich von ihm oder sagst du das nur so?«

»Verdammt, ja. ich träum von ihm. Jede verfluchte Nacht. Und er gibt mir immer das Gefühl, dass ich es nicht wert bin zu leben. Aber er ist tot, verdammt noch mal. Zur Hölle mit ihm.«

Sie standen da, die Eisenstäbe zwischen ihnen, und suchten in den Augen des anderen irgendwas, das keiner von ihnen hätte benennen können.

»Hör zu, Johnny«, flüsterte Edward. »Ich wollte … ich meine … ich hätte nicht einfach so verschwinden sollen …«

»Verschwinden?« fragte John. »Von wo?«

»Von *wo*? Von *Dixie*, verflucht noch mal. Wenn ich geblieben wär, hätten sie dich vielleicht nich gekriegt.«

»Wer? Meinst du die Konstabler?« John erinnerte sich jetzt, wie Maggie den Wirt vom Mermaid Hotel außer Gefecht gesetzt hatte, als sie durch die Tür geflohen war, und musste bei der Erinnerung daran lächeln. Und dann erinnerte er sich, was er in der Nacht getan hatte, bevor die Konstabler durch die Tür gekracht waren, und er hörte auf zu lächeln. »Verdammt, du hättest nix tun können. Du hast nicht gewusst, wo wir waren.«

Edward sah ihn mit schmalen Augen an. »Wer *wir*?« sagte er. »*Was für* Konstabler?«

Doch just in dem Moment kam eine Schar Besucher auf der Etage an, und seine Fragen gingen im Lärm unter, als die Neuankömmlinge sich zu beiden Seiten dicht neben ihm drängten und sich jetzt mehr Gefangene neben John schoben und ihnen das kleine bisschen Ungestörtheit, das sie hatten, genommen wurde. Er trat von den Stangen zurück und setzte seinen Hut auf. »Hör zu. Ich muss mich um ein paar Dinge kümmern. Ich seh dich, Johnny. Bald.«

John nickte.

Und in dem Moment sah jeder von beiden sich selbst in den Augen des anderen wie in der sich schließenden Faust eines seit Langem besiegelten Schicksals.

18

Kurz nach zehn am folgenden Abend fuhr Señora del Castros Kutsche unerwartet am Acordada vor, wo sie im dunstigen bernsteinfarbenen Licht der Straßenlaternen in Begleitung dreier Männer ausstieg, die breitkrempige Hüte und schwarze Gewänder trugen und Aktentaschen in der Hand hielten. Zwei der Männer hatten einen schwarzen Bart. Bei der Tür neben dem Haupttor unterrichtete sie den Wachoffizier, einen jungen Lieutenant, der das Wachpersonal befehligte, dass die Männer Anwälte aus Veracruz seien, von einer Firma, die seit Langem mit ihrer Familie verbunden sei, und sie habe sie beauftragt, mehreren San Patricios beizustehen, die ihre Freilassung aus dem Gefängnis beantragt hatten. Weil die Herren die Hauptstadt gleich am nächsten Morgen wieder würden verlassen müssen, sei es unabdingbar, dass sie diesen Abend noch mit ihren Mandanten sprechen konnten. Die Angelegenheit sei wichtig, könne aber verhältnismäßig rasch erledigt werden.

Der Lieutenant zögerte, den Besuchern Einlass zu gewähren, denn es war bereits spät und lange nach Ende der täglichen Besuchszeit. Einer der Anwälte seufzte vernehmlich und warf einen Blick auf seine Taschenuhr. Señora del Castro fragte sich laut, ob sie vielleicht General Scotts Nachtruhe stören sollten, um zu sehen, ob er die Wachleute überzeugen könnte, etwas entgegenkommender zu sein. Derart an General Scotts Freizügigkeit gegenüber der Señora del Castro bezüglich ihrer Besuche der San Patricios erinnert, sah sich der Lieutenant plötzlich zu irgendeinem entlegenen Außenposten in der Wüste versetzt.

»Nun, Ma'am«, sagte er, »ich schätze, es besteht keine Notwendigkeit, den General in seiner Mußezeit zu stören.«

Die Señora und ihr Trio wurden eingelassen und dann die Treppe hinaufeskortiert. Auf dem Absatz wurden die drei Männer durchsucht, um sicherzugehen, dass sie keine Waffen an ihrem Körper oder in ihren Aktentaschen trugen. Als der Sergeant vor der Señora stand, als überlege er, ob er auch sie durchsuchen solle, fixierte sie ihn mit festem, herausforderndem Blick. Er sah zum Lieutenant, der seine Lippen schürzte und wegblickte. Der Sergeant zuckte die Achseln und trat zur Seite, und die Señora und ihre Anwälte wurden in den trüben Vorraum der Zelle hineingelassen. Eine Wache wurde direkt vor den Stangen postiert, um die Vorgänge drinnen im Auge zu behalten.

Die meisten Gefangenen hatten sich bereits zur Nachtruhe gelegt und schnarchten vernehmlich. Das schwache Licht des Raumes kam von den zwei kleinen Kerzen, in deren Licht zwei Männer an einem Tisch Domino spielten, und von den Straßenlaternen, die durch die Fenster hereinschienen und gestreifte Schatten an die Wand warfen. Im Raum roch es nach Kohle und Flatulenz und dem scharfen Geruch von Männern, die auf engem Raum zusammen hausen.

Die beiden Männer am Tisch erhoben sich, als sie sich näherte. Einer war ein Patricio namens George Killian, der andere John Little. Sie lächelte John an und flüsterte George Killian zu, er solle sich zu ihm setzen und nichts tun, sondern nur ernst dreinblicken und nicken, wenn er angesprochen werde, und seine Unterschrift auf jedes Papier setzen, das ihm vorgelegt werde. Killian grinste und nickte aufgeregt, froh, bei dem Spiel beteiligt zu sein. Sie bedachte ihn mit einem durchdringenden Blick, und er setzte eine ernste Miene auf. Sie wies John an, sich ihr gegenüber zu setzen, mit dem Rücken zur Tür, neben einen der bärtigen Anwälte, einem Mann von ähnlicher Größe und Statur wie er selbst und mit derselben wettergegerbten Bräune von Gesicht und Händen. Die Anwälte setzten alle ihre Hüte ab, doch nur die beiden auf ihrer Seite des Tisches zogen auch ihre Umhänge aus. Während diese beiden ihren Aktentaschen eine Reihe von Dokumenten entnahmen und sich dann John und Killian zuwandten, um mit ihnen über Petitionsrecht und Präzedenzfälle zu sprechen, entfernte der Bärtige, der neben John saß, seinen falschen Bart und gab ihn unbemerkt an ihn weiter. John beugte sich auf den Ellbogen vor wie jemand, der sich den Rat der Anwälte auf der anderen Seite des Tisches genau anhört, und klebte sich seinerseits den Bart ins Gesicht. Er reichte ihm bis zu den Wangenknochen und bedeckte die Brandmarke, doch der Klebstoff war von dem nervösen Schweiß des anderen Mannes verdünnt, und der Bart fühlte sich auf seiner Haut locker an. Er blickte über den Tisch zur Señora, und sie lächelte und nickte einmal.

Ihr Tun erregte die Aufmerksamkeit mehrerer anderer Patricios, die noch wach waren. Sie wollten auf den Tisch zugehen, doch die Señora bedeutete ihnen, Abstand zu wahren, und sie sahen sich achselzuckend an und taten, wie ihnen geheißen. Immer noch laut genug sprechend, dass die Wache an der Zellentür sie hören konnte, zeigten die Anwälte John und Killian, wo sie ihre Unterschrift auf ein halbes Dutzend verschiedener Formulare setzen sollten.

Jetzt erschien aus den Schatten John Riley mit seinem verwüsteten Gesicht. Er setzte sich neben die Señora und lächelte verkrampft zu John am Tisch gegenüber. »Wieso *er*?« fragte Riley mit leiser Stimme. »Wieso nicht ich?«

»Weil«, sagte die Señora, »er der Sprengstoffexperte ist.«

Riley sah von ihr zu John und wieder zurück, lächelte unsicher, als dächte er, sie könnten einen Scherz mit ihm treiben. »Wer sagt das? Ich versteh mehr von Sprengstoff, als dieser Kleine es je tun wird.«

»Das hat mir Captain Amado gesagt.«

»Captain *wer*?«

»Sprechen Sie leise!« zischte sie mit einem Blick zur Tür. »Er ist Offizier bei den San Patricios, wie Sie sehr wohl wissen. Er ist bei Churubusco der Gefangenschaft entkommen zusammen mit Lieutenant Walker und Korporal Meese.«

»Was zum Teufel erzählen Sie da? Ich hab noch von keinem von denen gehört.«

Der Blick der Señora war verächtlich. »Wirklich, Captain, ich bin sehr enttäuscht, dass Sie sich solcher Heuchelei bedienen, um Ihrem Groll nachzugeben.«

Riley sah John mit schmalen Augen an. »Was soll das hier, verflucht noch mal? Du bist doch kein Sprengstoffmann und das sind keine Saint Patricks, die dich hier rausholen. Warum bin ich nicht auch dabei?«

John sah ihn an und sagte nichts. Er fühlte sich merkwürdig distanziert. Sein Herz schlug so stetig wie eine Uhr. Sein einziges Gefühl war Neugier. Er fragte sich, ob es ihnen wirklich gelingen würde.

Jetzt wandten sich die Anwälte wieder ihren Papieren zu, überprüften ihre Uhren bei Kerzenlicht, erinnerten die Señora daran, dass sie am nächsten Morgen eine frühe Kutsche nehmen mussten.

Riley sagte: »Ich bin geneigt, Sie zu verpfeifen, wenn ich nicht mit dabei sein kann.«

Die Miene der Señora wurde grimmig. »Wenn Sie sich hier auf welche Weise auch immer einmischen, Captain, dann verspreche ich Ihnen, dass das Leben im Gefängnis sehr unangenehm werden wird, für alle. Ich verspreche Ihnen, dass keine einzige Frau mehr ihren Fuß in diesen Käfig setzen wird für die restliche Zeit, die Sie und Ihre Männer hier sind – und ich verspreche Ihnen, ich werde Ihren Männern sagen, warum die Frauen nicht kommen.«

Riley lächelte, doch seine Augen loderten vor Wut.

Sie blickte zu dem Wachmann an der Tür und sah, dass er in die Betrachtung einer Kakerlake vertieft war, die über den Boden huschte. Sie nickte dem Mann zu, der John den Bart gegeben hatte, und er erhob sich und schüttelte seinen Umhang ab, sodass die mexikanische Uniform, die er trug, zum Vorschein kam. Er ließ den Umhang über Johns Schulter gleiten und verschwand schnell im Schatten. Die Señora bedeutete Killian, ebenfalls den Tisch zu verlassen. Die beiden Anwälte setzten ihre Hüte und Umhänge auf, und John faltete den Umhang um sich und zog sich die Krempe des Huts ins Gesicht. Señora del Castro kam um den Tisch herum, und so geschickt zog sie einen fünfschüssigen Revolver aus ihrer Tasche und drückte ihn in seine Hand, und so geschickt ließ er ihn unter seinen Umhang verschwinden, dass nicht einmal Riley bemerkte, dass zwischen ihnen etwas vorgegangen war. »Was soll aus Ihrem Mann hier werden?« fragte Riley die Señora mit einem Kopfnicken zum hinteren Teil der dunklen Zelle.

»Luis wird auf den Namen John Little hören, bis Sie alle entlassen werden«, flüsterte sie.

Riley schnaubte. »Verzeihen Sie meine Unverblümtheit, Lady, aber das ist reiner Schwachsinn. Sie können den Mexie nicht für einen Iren ausgeben. Die werden dahinterkommen, sowie sie ihn bei Tageslicht sehn.«

»Wenn sie dahinterkommen, wird er nichts zugeben«, sagte die Señora.

»Sie werden ihn ganz schön quälen, um ihn von etwas anderem zu überzeugen.«

»Ganz gleich. Er wird nicht reden. Wenn nicht einige von euch denen erzählen, wer er ist, werden die Gringos nie erfahren, wie der Tausch gemacht wurde. Vielleicht werden sie mich verdächtigen, aber sie werden es nie mit Sicherheit wissen. Sagen Sie den anderen, falls sie eine Fortsetzung ihrer Annehmlichkeiten und Vergnügen wünschen, sollten sie das Geheimnis lieber für sich behalten.«

Riley schnaubte und spuckte auf den Boden.

Die Besuchergruppe ging zur Zellentür, und der Wachmann öffnete das Schloss, ließ sie hinaus und schenkte den drei Anwälten nur einen flüchtigen Blick, während er eingehend die Frau betrachtete, die ihn mit ihrem breiten, warmen Lächeln blendete und ihm sagte, er erinnere sie an ein Gemälde von Sir Gawain und der Tafelrunde.

Dann waren sie die Treppe hinunter und an den restlichen Wachposten vorbei und draußen in der dunstigen, bernsteinfarbenen Luft und auf dem breiten Gehsteig der Calle Patoni, drei Schatten unter dem Licht der Straßenlaternen. Sie waren nur noch wenige Schritte vor ihrer wartenden Kutsche, als jemand gleich hinter der Gefängnistür rief: »Haltet sie auf! Haltet sie auf!«

Wachen kamen mit Gewehren in der Hand herausgerannt, und die beiden Anwälte stürzten zur Kutsche und zu ihren Waffen, die darin lagen, und der Kutscher sprang vom Sitz, packte die Señora und schirmte sie mit seinem Körper ab, als er sie von der Kutsche wegzog. John wirbelte herum, mit dem Colt in der Hand, und feuerte drei schnelle Schüsse und zwei Soldaten gingen zu Boden und ein weiterer warf sich auf den Gehsteig, und der Rest machte kehrt und rannte zurück durch die Tür, als er noch zweimal schoss und der letzte Soldat aufschrie und kopfüber durch die Tür fiel.

Er wandte sich um und rannte in westliche Richtung die Straße hinunter, als ein Stakkato von Schüssen hinter ihm ertönte. Rennend blickte er sich um und sah, dass sich die Anwälte aus einer Entfernung von sechs Fuß mit zwei der Wachposten, die auf dem Gehsteig lagen, ein Feuergefecht lieferten. Die Anwälte gingen zu Boden, und die anderen Wachposten kamen wieder herausgerannt, um noch mehr Schüsse auf sie abzufeuern, und keiner von ihnen sah in seine Richtung, als er um die Ecke der Avenida Dolores bog und in den dunklen Schatten verschwand.

19

Fünf Häuserblocks östlich des Gefängnisses saß Edward auf einer Bank auf der Calle Patoni, wo sie sich mit der Avenida de Perdidos kreuzte. Sein Pferd war an einen Pfosten gebunden, daneben stand ein voll ausgerüsteter schwarzer Hengst, den er für John vorbereitet hatte. Er trug seine Uniform der Spy Company und hatte eine zweite Uniform in Johns Satteltasche. Zwar war die Nacht dunstig von Nebel, doch konnte er von dort, wo er saß, den Eingang des Gefängnisses sehen. Er wartete seit Einbruch der

Nacht, und sowohl der Verkehr auf der Straße als auch auf den Gehsteigen war ruhig gewesen. Schließlich, gerade als der Straßenwächter vorbeikam und ausrief, dass es zehn Uhr und alles ruhig sei, traf die Kutsche der Castro beim Gefängnis ein. Es erschien ein Offizier und ein längerer Wortwechsel folgte, und Edward war sich schon sicher, dass ihnen der Zugang verwehrt würde. Dann ging die Tür weit auf und die Señora ging mit ihren Begleitern hinein, und die Tür schloss sich hinter ihnen.

Er wartete und verbrachte die Zeit damit, darüber nachzudenken, wie er und sein Bruder binnen einer Stunde nach Norden die Straße nach Querétaro entlanggaloppieren würden. Seit seinem Besuch bei John hatte er kaum an etwas anderes gedacht als an ihre Rückkehr zur anderen Seite des Rio del Norte. Hatte sich an seines Bruders unerfüllte Sehnsucht nach einem Stück Waldland erinnert, das er sein Eigen nennen konnte, an seinen Wunsch, zu Vermögen zu kommen, sich irgendwo niederzulassen. Und er war entschlossen, dass John bekommen sollte, was er haben wollte. Es stand ihm mit Fug und Recht zu. Sie würden sich in Texas niederlassen, oben im Osten, ein gutes Stück entfernt von diesem mörderischen Mexiko. Oben irgendwo direkt am Sabine, wo die Kiefern so dicht wie Gras wuchsen und so hoch wie die verdammten Wolken. Sie würden sich ein schönes Stück Waldland kaufen und Holz schlagen und vielleicht ihre eigene Sägemühle betreiben, warum auch nicht? Wie John sagte, es war das Handwerk, das ihnen beigebracht worden war, seit sie groß genug waren, um eine Axt zu schwingen. John hatte recht – er hatte immer recht gehabt. Sowie sie Mexiko-Stadt hinter sich gelassen und den Norden des Landes erreicht hatten, würde er ihm sagen, wie sehr er selber diese Vorstellung schätzen gelernt hatte. Edward grinste in dem gelben Straßenlicht, als er sich ihr Gespräch ausmalte, sich den Augenblick vorstellte, wenn John klagen würde, dass ihnen ja doch das Geld fehle, um ein großes Waldstück zu kaufen. Das wäre der Augenblick, wenn er ihm die Beutel voller Gold und Silber zeigen würde, das er als Angehöriger von Dominguez' Bande gesammelt hatte. Dann *will ich mal Johnnys Gesicht sehen, Jesses noch mal.*

»Las diez y media y todo sereno!« Der Ruf des Wachmanns riss ihn aus seiner Träumerei. Sie waren jetzt seit einer halben Stunde da drin, was ihm viel länger als nötig vorkam. Er war plötzlich von einer Ahnung erfasst, dass etwas schiefgegangen war und jetzt alle dort drinnen festgehalten wurden.

Dann schwang die Gefängnistür auf, und da kamen sie alle heraus und er wusste, dass John einer der drei Männer war, die einen Umhang trugen. Er stieg in seinen Sattel und ergriff die Zügel des Rappen. Die Kutsche sollte die Calle Patoni herunterfahren und in die Avenida de Perdidos einbiegen, außer Sichtweite des Gefängnisses, und dort John absetzen. Sein Pferd spürte seine Aufregung und stampfte und schnaubte, und er klopfte ihm auf den Hals und sagte ihm, es solle ausharren, Johnny würde gleich da sein, so Gott wollte.

Doch jetzt kamen Soldaten aus dem Gefängnis gerannt, und eine Schießerei brach aus, und mehrere Soldaten gingen zu Boden. Die anderen zogen sich ins Gefängnis zurück, und der Schütze rannte die Calle Patoni hinab und in die andere Richtung, als gelbe Feuerzungen zwischen den Soldaten auf dem Boden und den anderen beiden Männern mit Umhang aufblitzten. Jetzt waren alle auf dem Boden, und mehr Soldaten strömten heraus und schossen viele Male auf die beiden Männer, während der dritte um die Ecke verschwand.

Edward gab seinem Pferd die Sporen, führte den Rappen hinter sich und galoppierte zum Gefängnis. Mehrere Wachen richteten ihre Waffen auf ihn, als er sein Pferd zügelte und rief: »Scott's Guard! Ich bin ein Scott's Guard!«

»Nicht schießen!« rief ein Lieutenant. »Er ist einer von uns. Nicht schießen!« Er drehte sich zu einem Soldaten neben ihm und sagte: »Durchsuch die Kutsche da!«

Edward glitt aus dem Sattel und ging zu den beiden bemäntelten Männern, die in Blutlachen auf dem Gehsteig lagen. Einer lag auf dem Rücken und war bärtig, und Edward beugte sich vor, musterte ihn und sah, dass es nicht sein Bruder war. Der andere lag auf der Seite, und er drehte ihn um, um sein Gesicht zu sehen. Der Mann war glatt rasiert und hatte ein Loch über einem Auge und ein anderes, das durch seine Oberlippe ging, und war auch nicht John.

»Hier is niemand drin, Sir!« rief der Soldat bei der Kutsche.

»Hufnagel! Reedy!« befahl der Lieutenant. »Überprüft die Gasse da auf der anderen Straßenseite! Johnson! Geh da hinten zu der Ecke und sieh, ob du ihn entdecken kannst. Bewegung!«

Edward blickte dem Soldaten nach, der zu der Ecke lief. Er wollte wieder aufsteigen, und dort stand die Señora, ihr Arm im Griff eines Soldaten, und neben ihr der Kutscher mit erhobenen Händen. Sie blickte auf Edwards Spy-Company-Uniform wie auf ein fremdes Grauen. Sie funkelte ihn mit einer Mischung aus Verwirrung, Ungläubigkeit und sichtbar kochender Wut an. Der Soldat, der sie festhielt, blickte hinüber zur Straße, wo seine Kameraden nach dem dritten Mann suchten, und Edward legte für den flüchtigsten aller Augenblicke einen Finger auf die Lippen.

Vorläufig funktionierte der Trick. Die Frau folgte ihm mit ihren Blicken, blieb aber stumm, während er sich in den Sattel schwang.

»Was haben Sie da getan, Sergeant?« rief der Lieutenant ihm mit einem Grinsen zu. »Nachgesehen, ob sie tot genug sind?«

Edward grinste zurück. »Die sind ganz schön tot genug, Sir«, sagte er.

»Nichts von ihm zu sehen, Sir!« brüllte der Soldat namens Johnson von der Ecke. »Nichts als ein Haufen Mexikaner auf dem Gehsteig. Er muss um die nächste Ecke gerannt sein.«

»*Scheiße!*« zischte der Lieutenant. »Wenn er Freunde in der Stadt hat, finden wir den Dreckskerl nie.«

»Mugroso *condenado*!« rief die Señora plötzlich aus. »Eres de la compañia de traidores! La compañia de Dominguez!« Sie wand sich im Griff des Wachmannes, als wollte sie sich auf Edward stürzen und mit bloßen Händen auf ihn eindreschen. »Maldito mentiroso!« Sie spuckte nach ihm.

»Du meine Güte«, meinte ein Soldat, »diese Mexikaner haben wirklich nicht viel übrig für die Jungs von der Spy Company, wie? Selbst wenn man kein verdammter Mexikaner is.«

»*Por que?*« rief die Frau. »Warum seid ihr Lügner zu mir gekommen? Was war der Zweck? *Sag* es mir!«

»Wovon zum Teufel redet sie da?« sagte der Lieutenant.

»Will verflucht sein, wenn ich das weiß, Sir«, sagte Edward. »Verrücktes Weibergeschwätz, wenn Sie mich fragen. Wie der Junge da schon gesagt hat, diese Uniform macht viele der Einheimischen verrückt, wenn sie sie nur sehen.« Er nahm die Zügel des Rappen. »Muss weiter, Sir. Hab einen Bericht an General Scott abzuliefern und dieses Pferd hier an Colonel Hitchcock. War gerade auf dem Weg dorthin, als ich euch hier schießen sah.«

»*Warum?*« rief die Señora. Ihr Gesicht glänzte vor Tränen. »Was wollten Sie? Sie und dieser verdammte Dominguez, der dreckige Verräter! Er war das mit Ihnen zusammen, neulich, nicht wahr? Nicht *wahr*?«

Der Lieutenant sah verwirrt aus. »Dominguez ist doch Ihr Befehlshaber, nicht?«

»Verdammt guter Mann«, sagte Edward. »Diese ganzen Mexikaner hassen ihn, weil er für uns kämpft. Die sind bereit, jede Lüge über ihn zu erzählen.«

Er trieb sein Pferd mit einem Zungenschnalzen an und ritt die Calle Patoni hinunter und blickte zurück und sah die Frau mit dem Lieutenant sprechen. Dann bog er um die Ecke, hinter der John verschwunden war.

20

Er rannte die Avenida Dolores hinunter, die Pistole unter seinem Umhang, und fädelte sich zwischen den Passanten auf dem Gehsteig ein und kam zu einer Plaza, wo eine Kapelle für eine Feier spielte und die Bäume mit bunten Papierlaternen behängt waren. Er bog in eine Seitenstraße und schritt an hell erleuchteten Geschäften und Cafés vorbei, erspähte jetzt eine dunkle Gasse, und er betrat sie und hielt inne, um Atem zu schöpfen. Er lauschte angestrengt nach möglichen Verfolgern, hörte aber nichts, nur das Klappern von Pferdehufen und das Rumpeln von Rädern auf dem Kopfsteinpflaster und das Gelächter und den Gesang von Nachtschwärmern. Der Bart fühlte sich schief an auf seinem verschwitzten Gesicht, und er richtete ihn, so gut er es nach Gefühl konnte. Wo war Edward, und wusste er, was passiert war? Oder war er in der Nähe gewesen und hatte es gesehen?

Auf der geschäftigen Straße ein paar Schritte entfernt glitt die gleichgültige Welt vorbei. Die Gasse war dunkel und lang, erstreckte sich etwa sechzig Yards bis zur Straße, die ihr anderes Ende säumte. Die einzige Beleuchtung war der ölig gelbe Lichtschein, der auf halbem Wege die Gasse entlang aus einer offenen Tür drang, wo eine Reihe von Pferden an einer langen Stange festgebunden war. Selbst auf diese Entfernung konnte er den Lärm im Inneren hören. In der Annahme, es sei klüger, die hellen Lichter der Straßen zu meiden, steuerte er auf die Tür zu. Der Lärm wurde lauter, als er sich näherte.

In der Gasse stank es nach Pisse und Verfaultem, und die Kopfsteine waren schlüpfrig unter seinen Stiefelsohlen. Er steckte die Pistole in seinen Bund und schloss den Umhang darüber, dann trat er zum Eingang und spähte um den Türpfosten. Es war eine Taverne, deren Raum im rauchigen Lampenlicht in einen blaugelben Dunst getaucht war. Eine lärmige Schar Männer war um eine kleine rechteckige Hahnenkampfarena versammelt, die von etwa drei Fuß hohen Holzwänden eingefasst war. Die Männer feuerten die Hähne an, fluchten und platzierten laut ihre Wetten. Durch Lücken zwischen den Zuschauern sah er, wie die Hähne mit blitzenden Sporen und in einem Gestöber von Federn hochsprangen und immer wieder unter spritzendem Blut aufeinander losgingen. Entlang der Wand zur Linken befand sich eine Reihe von Tischen, und an der rechten Seite des Raums verlief eine Bar. Er konnte die Schwingtür des Vordereingangs am anderen Ende der langen Cantina sehen. Die Luft des Raumes schlug ihm ins Gesicht wie heißer Atem und trug die Gerüche von Rauch und Schweiß und Schnaps mit sich. Er beschloss, seinen ersten Schluck seit Wochen zu nehmen, während er über seinen nächsten Zug nachdachte.

Er trat ein und ging an der Menge um die Arena vorbei zur Theke, wo er sich bei einem Cantinero mit welligem Haar, das so stark pomadisiert war, dass es wie schwarzer Satin glänzte, einen Tequila bestellte.

Der Cantinero goss eine kleine Tonschale mit Tequila voll und stellte sie vor ihn. »Dos reales!« sagte er.

Erst da fiel ihm ein, dass er kein Geld hatte. Er klopfte auf seine leeren Taschen und grinste den Barmann verlegen an. »Verdammt, da bin ich wohl ein bisschen knapp.«

Der Catinero seufzte und schüttelte den Kopf und wollte schon den Becher zurücknehmen, als John ihn schnell schnappte, ihn in einem Schluck hinunterkippte und das leere Gefäß auf die Theke knallte und den Barmann angrinste. Der Tequila brannte in einem herrlichen Rausch in den Bauch hinunter.

Der Barmann verzog das Gesicht und murmelte »Hijo de chingada«, zog den Becher weg und machte eine abrupte Geste mit dem Rücken seiner Hand, um John zu bedeuten, dass er sich entfernen solle.

»Wie wär's mit noch ei'm?« sagte John. »Otro más. Te lo pago mañana.«

»Quítate de aquí, carajo!« sagte der Barmann. »Andale.«

»Uno más y me voy«, sagte John. »Por amistad, amigo.«

»Ya no te digo más«, sagte der Cantinero, und seine Miene verdüsterte sich. »Ya, vete!«

»Scheiße, Junge, bettle den öligen Dreckskerl doch nicht an.« Er hatte den amerikanischen Soldaten nicht bemerkt, der ein paar Schritte zu seiner Rechten stand und über einen Krug Bier auf dem Schanktisch gebeugt war, ein Sergeant mit einer weißen Narbe, die quer über ein Auge verlief. »Keiner von den Ölköpfen gibt uns ein' aus«, sagte er, »noch nicht mal, wenn du verdammtes Mexikanisch sprichst.« Er schnippte die Finger zum Cantinero und wies mit seinem Daumen zu John und sagte: »Gib ihm einen.«

Der Cantinero schlug mit den Knöcheln auf die Theke und streckte ihm die Handfläche hin für Geld. Mit seiner Fingerspitze schob der Sergeant zwei Münzen von dem Haufen Münzgeld, den er vor sich liegen hatte, zum Cantinero hinüber, der sie nahm und auf den Becher wies, den John gerade geleert hatte. Wieder hielt er seine Hand hin.

»Hurensohn«, murmelte der Sergeant und schob ihm noch mal zwei Reales hinüber. Der Cantinero stellte den Becher wieder vor John und füllte ihn. John hob das Getränk zum Sergeant und sagte: »Danke«, nippte aber nur daran, um mehr davon zu haben.

Jetzt erreichten die Anfeuerungsrufe bei der Arena einen Höhepunkt, und einen Augenblick später ertönte ein durchdringender Hahnenschrei und das Anfeuern verstummte. Flüche und fröhliches Jauchzen wurden laut und die Menge verteilte sich. Ein grinsender Gallero schmiegte seinen Hahn an seine Brust, während der andere angewidert seinen toten Vogel gegen die Wand schleuderte und ein anderer ihn aus der Tür in die dunkle Gasse trat. Jetzt bemerkte John, dass einiges von der aufgeregten Unterhaltung auf Englisch war, und er sah eine Handvoll Yankee-Soldaten auf die Theke zusteuern, um sich zu dem Sergeant zu gesellen. Einige prahlten mit ihrem Gewinn aus dem Kampf, und andere verfluchten den feigen Verliererhahn. Alle hatten Waffen.

Als sie sich alle an die Theke drängten, rempelte einer gegen Johns Arm und etwas von dem Inhalt seines Bechers schwappte heraus und spritzte auf die Theke und den Ärmel des Soldaten. Dieser drehte sich mit böser Miene zu ihm um, und dann sah er, dass John ein Amerikaner war, und sein dicker schwarzer Schnauzbart weitete sich zu einem Grinsen. »Tut mir leid, Kumpel. Ich zahl dir noch einen.«

Der Cantinero goss ein weiteres Mal Johns Becher voll, und John lächelte und hob ihn dankend dem Schnauzbart entgegen und sah, dass der Soldat nicht mehr grinste, sondern jetzt auf sein Gesicht starrte. »Scheiße noch mal«, sagte der Schnauzbart. »Seht euch das mal an, Jungs.«

Die anderen Soldaten scherzten und lachten und drehten sich jetzt zu John, und auch ihr Lächeln verschwand.

Und John wusste, was sie sahen. Er spürte, dass sich der falsche Bart verschoben hatte. Er griff sich ans Gesicht, und seine Finger streiften das verkrustet hervorstehende Fleisch der entblößten Brandmarke auf seiner Wange.

Scheiß drauf. Er zog den Bart ab und hielt ihn mit zwei Fingern hoch wie etwas Totes und warf ihn fort, und alle Blicke folgten dem Bart, der in einem Bogen über die Theke flog und aus dem Blickfeld verschwand.

Auch die Augen des Cantinero ruhten auf seiner Brandmarke, und jetzt rannte er schnell hinter der Theke hervor und floh durch den Vordereingang. Andere Mexikaner merkten jetzt auch, was los war, und eilten zu den Ausgängen, als die Soldaten einen lockeren Halbkreis um den Gebrandmarkten bildeten.

»Was wir hier haben«, knurrte der Sergeant, »ist ein gottverdammter *Deserteur.*«

John kippte den Rest des Getränks hinunter und ließ den Becher auf den Boden fallen. Die Soldaten zuckten zusammen und wichen einen Schritt zurück, als er zu ihren Füßen zersprang. Er grinste sie alle an. *Höchste Zeit, verdammt*, dachte er. *Höchste Zeit, verdammt.* Er hörte Daddyjacks Lachen irgendwo draußen im Dunkel und sah einen Moment lang Maggies lächelndes Gesicht vor sich.

»Was ihr hier habt, ihr Dreckskerle«, sagte er und spürte sein Lächeln grimmig in seinem gespannten Gesicht, »ist John Little, der gekommen ist, um euch zu geben, was ihr verdient habt.«

Er warf seinen Umhang zurück, und sie sahen seine mexikanische Uniform und den gespannten Colt in seiner sich hebenden Hand. John grinste über das ungläubige Gesicht des Sergeant, als er ihm die Pistole direkt vors Auge hielt und abdrückte.

Der Hammer fiel mit einem dumpfen Klicken auf die leere Kammer.

Einen langen Moment standen die Soldaten alle mit offenem Mund da. Dann schmetterte John dem Sergeant die Pistole über den Mund, und Zähne flogen in einem Sprühregen von Blut durch die Luft.

Dann fielen sie über ihn her.

21

Er trabte mit seinem Pferd die Avenida Dolores hinauf und blickte im Vorbeireiten in Türeingänge von Cantinas, Geschäften und Cafés. Eine Streicherkapelle spielte auf der Plaza am Ende der Straße auf, und er bog links in eine Seitenstraße und zügelte das Pferd, während er die Gehsteige und offenen Türen absuchte und in jede dunkle Gasse spähte. Er kam an einer Kirche vorbei, auf der sich die frisch gemalte Aufforderung befand: »¡mueran los yanquis!« Einige Passanten warfen ihm und dem gesattelten Pferd, das er neben sich führte, neugierige Blicke zu, doch die meisten beachteten ihn nicht.

Plötzlich krachte in der Nähe irgendwo ein Schuss – und dann noch einer, und dann noch zwei. Einige Leute entfernten sich schnell von der Straße, aber die meisten sahen sich nur um und ließen sich nicht weiter stören. Schüsse waren in der Hauptstadt zu etwas Alltäglichem geworden, seit die Yankees die Stadt in Besitz genommen hatten, und Heckenschützen waren überall. Manchmal brachen kleine Scharmützel in den vollen Straßen aus. Doch die Capitalinos waren seit Langem mit spontaner Gewalt in der Öffentlichkeit vertraut, und die meisten gingen ihren Geschäften mehr oder weniger genauso nach wie immer.

Er ritt zurück zur Plaza und überquerte sie zur nächsten Straße. Jetzt entdeckte er eine Schar Mexikaner, einige zu Pferde, doch die meisten zu Fuß, die aus einer Gasse zwei Blocks entfernt gerannt kamen. Einige blickten sich um, als sie in die Straße einbogen und sich verstreuten. Er spornte sein Pferd vorwärts, zog den Rappen mit sich und ritt klappernd in die Gasse hinein und überrannte beinahe ein paar Nachzügler, bevor er sein Pferd zum Stehen brachte. Er erspähte den erleuchteten Eingang weiter hinten in der Gasse und hörte schwach Stimmen, Gelächter, Rufe von drinnen – dann sah er eine Handvoll amerikanischer Soldaten johlend und lachend aus der Tür rennen.

Sie rannten die Gasse in die andere Richtung hinunter und dann um die Ecke und waren verschwunden. Er nahm einen Colt aus dem Gurt und ließ sein Pferd langsam vorwärts gehen zu der erleuchteten Tür. Als er sich auf wenige Yards genähert hatte, hielt er an, stieg ab und band die beiden Pferde an eine Stange. Er zog den anderen Colt, und mit einer Pistole in jeder Hand trat er zum Eingang.

John hing am Hals von einem Seil, das über einen Deckenbalken geworfen war. Blut tropfte von seinen Stiefelspitzen, von seinem Kinn. Er hatte Wunden in der Leistengegend und an einem Bein; ein Auge fehlte, und unter dem anderen aufgerissenen Auge war ein rotschwarzes Einschussloch.

Sonst war niemand im Raum. Edward setzte sich an einen Tisch, starrte zu seinem Bruder hoch, dachte an nichts und hatte das Gefühl, als wäre seine Brust vollkommen ausgehöhlt.

Nach einer Weile stand er auf und schnitt ihn herunter. Dann ging er hinaus zu dem schwarzen Hengst, nahm die Jacke der Spy Company aus der Satteltasche, ging wieder in die Taverne und zog John die mexikanische Jacke aus und die andere Uniformjacke an. Er ging zur Theke und goss sich einen Drink ein, leerte ihn und ging dann zu John zurück und trug ihn hinaus. Er hob ihn bäuchlings über den Sattel des Rappen und band ihn fest. Er setzte ihm den schwarzen Hut der Spy Company auf und straffte die Krawatte eng unter seinem Kinn. Dann ging er zurück in die Cantina, holte sich zwei volle Flaschen Tequila, stopfte sie in seine Taschen, stieg auf und dirigierte die Pferde hinaus auf die Straße.

Menschen auf dem Gehsteig starrten ihn an, als er vorbeikam, starrten und flüsterten miteinander und zeigten ihm hinterher.

Er ritt durch die Stadt und begegnete keiner Armeepatrouille, weder zu Pferde noch zu Fuß, bis er zu dem Kontrollposten am nördlichen Ende der Tlalnepantla-Dammstraße kam. Er sagte dem befehlshabenden Offizier, dass der Tote ein Kamerad sei, der noch keine Stunde zuvor von einem gottverdammten mexikanischen Heckenschützen getötet worden sei, und er würde ihn zu dem Kundschafterlager seiner Einheit in der Nähe von Pachuca zurückbringen, damit Colonel Dominguez beschließen könne, wo er zu begraben sei. Der Offizier drückte ihm sein Beileid aus, verfluchte die mexikanischen Heckenschützen als feige Bastarde und winkte Edward durch.

22

Er ritt die ganze Nacht lang und den ganzen nächsten Tag in leichtem Galopp über das Tafelland zwischen aufragenden violetten Bergketten von Ost nach West. Er schlief im Sattel, machte nur Rast, um die Tiere zu tränken. Er dachte über wenig nach außer über die greifbare Welt um ihn herum. Er versank in tiefes Sinnen über die wechselnden Himmelsfarben, die sich bewegenden Wolken. Er studierte ferne Gewitter, die sich wie geheimnisvolle violette Schleier über den Horizont schleppten.

Am folgenden Tag bog er Richtung Nordwesten ab in die braunen Ausläufer und dann durch einen schmalen hohen Canyon, wo das Licht trübe blau war und die Hufe der Pferde wie gehämmerte Ambosse klangen. Beinahe taub vor Erschöpfung schlug er sein Lager auf einer Lichtung auf, die von Wacholder und Akazien gesäumt war. Ein kalter Wind pfiff in den Felsen, und sein Lagerfeuer schlug aus und wand sich verzweifelt wie in stummer Qual über sein eigenes Verbrennen. Der Mond richtete sein klägliches gelbes Auge auf diese harte, dunkle Welt dort unten. Er dachte über den Ursprung von Kometen nach, die über die schwarze Leere streiften, und fragte sich auch, wo ihre Feuer verloschen. Er wachte vor

Tagesanbruch auf und sah, dass sich eine Klapperschlange neben ihm zusammengerollt hatte. Die Augen der Schlange waren vielleicht auf seine gerichtet oder starrten auf irgendeine innere Vision, die auf ewig das Geheimnis der Schlangen blieb. Er schloss die Augen und schlief wieder ein, und als er erwachte, war die Schlange verschwunden.

Vor Tagesanbruch saß er im Sattel und folgte Pfaden, die kein Mensch vor ihm gegangen war, gewundene Wege, die von Abfluss und Steinschlag und der Passage wilder Tiere geformt waren, Wege, die stellenweise so schmal durch den dornigen Bewuchs schnitten, dass er und die Tiere blutige Streifen bekamen von den tiefen Kratzern. Das Fortkommen wurde immer schwieriger, je höher sie kamen. Die Pferde scheuten und legten die Ohren zurück, als sie verzweifelt Halt suchten und sich ausschlagend vorwärtsbewegten, wobei sie große, krachende Lawinen von den Felsen hinter sich auslösten. Beim nächsten Sonnenaufgang befand er sich auf einem ansteigenden Pfad, der aus einer senkrechten Felswand hervorragte und kaum breit genug war, die Pferde zu tragen, bevor er ins neblige Nichts abfiel.

An diesem Nachmittag kam er um eine lange Biegung im Berghang zu einer breiten Lichtung, die auf einen riesigen, dunkel gefleckten Bolsón hinunterblickte, der eine halbe Meile unter ihm lag in einem rau zerfetzten Teppich, der sich bis zu dem blaudunstigen nördlichen Rand der Welt erstreckte. Die Lichtung wurde von einer Gruppe Kiefern beschattet, und Wasser rann aus einem Spalt in der Felswand und ergoss sich in einen kleinen Teich. Er ließ die Pferde trinken, beugte sich dann vor, um seinen eigenen Durst zu stillen, und starrte kurz auf sein Spiegelbild in der Wasseroberfläche. Er merkte, dass die Erde auf der einen Seite des Teichs und am Fuß der Felswand weich genug war, um mit Messer und Händen zu graben. Er stemmte die Hände in die Hüften und überlegte. Blickte dann zurück zu dem Rappen, auf dem noch der Leichnam seines Bruders lag. Dann sah er sich eine Weile die Aussicht unter ihm an. Schließlich machte er sich mit dem Bowie und seinen bloßen Händen ans Werk und grub schnell und mühelos, bis er ein flaches Grab ausgehoben hatte. Dort hinein legte er die sterblichen Überreste seines Bruders, John Jackson Little.

Er legte seinen Hut auf Johns Gesicht, bedeckte ihn mit Erde und klopfte die weiche Erde fest. Dann suchte er schwere Steine, die er kaum mit beiden Händen heben konnte, und ächzte von der Anstrengung, sie zu dem Grab zu schleppen und sie daraufzusetzen. Als er das gesamte Grab mit Steinen bedeckt hatte, um seinen Bruder vor Aasfressern zu schützen, holte er eine Flasche aus seiner Satteltasche und nahm mehrere tiefe Schlucke Tequila. Er setzte sich an den Felsrand und blickte hinaus in das verglimmende Zwielicht, auf den unendlichen und dunstigen Horizont zum Norden, wo ihr Heimatland im Nebel lag.

Lange, niedrige Wolkenbänke brannten rötlich im Westen. Und jetzt sprach er, ohne sich zu dem Grab hinter ihm umzuwenden, zu seinem Bruder. Sagte ihm, es tue ihm leid. Für alles. Leid für ihre Mutter und ihren Daddy und ihre kleine Schwester. Leid, dass er so ein nichtsnutziger Bruder war. Leid, dass er ihn in New Orleans im Stich gelassen hatte und jetzt in Mexiko. Leid, dass er ihn nicht einmal zu dem Teil von Mexiko hatte bringen können, wo Maggie jetzt lag.

»Es ist das falsche Land, Bruder, aber wenigstens seid ihr beide im selben.« Er nahm ein weiteren tiefen Schluck. »Teufel, Junge, ich hätte mal schlafen müssen. Aber dann hätten die Wölfe dich gepackt. Die verdammten Kojoten. Du weißt, dass es so ist.«

Er blickte hinüber zu dem fernen Ende der Welt. »Mir tut alles so verdammt leid.«

In der aufkommenden Dunkelheit blickte er hinaus auf die leere Einöde und spürte, dass sich die Welt unter ihm drehte, so wie sie sich gedreht hat, bevor die Zeit gemessen wurde, und wie sie sich drehen würde, lange nachdem die Zeit aufgehört hatte zu existieren, weil kein Mensch ihr Verstreichen verzeichnet. Ein einsamer Wolf heulte im Wald.

»Verdammt, Kumpel, ich hasse es, es so direkt zu sagen, aber du hättest angefangen, ziemlich übel zu riechen, wenn ich noch länger gewartet hätte. Schätze, alle paar Meilen wär ein Stück von dir abgefallen. In diesem verdammten Mexiko in Stücken verteilt rumzuliegen – das wäre wesentlich schlimmer, als hier in einem Stück begraben zu sein. Du weißt, dass das stimmt.«

Und dann, als er einen weiteren Schluck nahm, musste er plötzlich lachen, und der Tequila kam durch seine Nase hoch in einem feurigen Erguss, und er verschluckte sich und Tränen stiegen ihm in die Augen.

Keuchend drehte er sich zum Grab und sagte: »Verflucht noch mal, Bruderherz – du wärst von Krähen und Geiern gefressen worden, und das ist weiß Gott schlimm und beschämend genug, aber das ist nicht das Schlimmste, nein, Sir. Das Schlimmste ist, dass sie dich bald wieder ausgeschissen hätten!«

Er warf den Kopf zurück und lachte mit weit aufgerissenem Mund. Trommelte mit seinen Fäusten gegen seinen Oberschenkel und taumelte und schnaubte und schniefte vor Lachen. Die Pferde wandten sich zu ihm um, um zu sehen, was in ihn gefahren war, und die Sorge, die er in ihren überschatteten Gesichtern wahrnahm, ließ ihn noch lauter lachen. Seine Kiefer schmerzten vor Lachen, sein Bauch verkrampfte sich. Seine Augen brannten.

Und dann, plötzlich, stieß er einen durchdringenden Schrei aus und weinte. Weinte hemmungslos. Geschüttelt von riesigen, heftigen Schluchzern, die ihn bis in die Knochen erschütterten.

Er zog sein heiles Knie an seine Brust, schlang fest die Arme darum und wiegte sich hin und her wie ein Kind und heulte seine Trauer hinaus aus dem Herzen, das ihm noch geblieben war.

Und seine Schreie hallten von den Felswänden hinunter in die leeren Canyons und hinaus in die Einöde und verklangen in der sich dunkelnden Leere.